A E
& I

Tiempo de tormentas

Autores Españoles e Iberoamericanos

Boris Izaguirre

Tiempo de tormentas

Planeta

Obra editada en colaboración con Editorial Planeta – España

Diseño de portada: Planeta Arte & Diseño
Fotografía de portada: «Stretch out» © Peter Hawkins (colección privada)
Bridgeman Images / AGE
Fotografía del autor: © Carlos Ruiz B.k.
Diseño de la colección: © Compañía

© 2018, Boris Izaguirre
Autor representado por Casanovas & Lynch Agencia Literaria, S. L.

Preimpresión: J. A. Diseño Editorial, S. L.

© 2018, Editorial Planeta S.A. – Barcelona, España

Derechos reservados

© 2018, Editorial Planeta Mexicana, S.A. de C.V.
Bajo el sello editorial PLANETA M.R.
Avenida Presidente Masarik núm. 111, Piso 2
Colonia Polanco V Sección
Delegación Miguel Hidalgo
C.P. 11560, Ciudad de México
www.planetadelibros.com.mx

Primera edición impresa en España: marzo de 2018
ISBN: 978-84-08-18267-2

Primera edición impresa en México: marzo de 2018
ISBN: 978-607-07-4885-1

Impreso en los talleres de Litográfica Ingramex, S.A. de C.V.
Centeno núm. 162, colonia Granjas Esmeralda, Ciudad de México
Impreso en México –*Printed in Mexico*

Para Titina. Y los monos equilibristas

[...] But in the back of my head I heard distant feet Che Guevara and Debussy to a disco beat. It's not a crime [...]

«Left to My Own Devices», *Introspective*, 1988
PET SHOP BOYS

PRIMERA PARTE

—

CARACAS

CAPÍTULO 1

—

MALABARES

El salón de ensayos de la Academia y Ballet Nena Coronil quedaba en la planta baja de una inmensa casa colonial en lo alto de La Florida, la que había sido una de las mejores urbanizaciones de Caracas. La casa en sí parecía una réplica tropical del Partenón, con frisos calcados a los que se conservan en el Museo Británico solo que más coloridos, por lo tropical. Esos colores, aun brillantes, tenían pequeñas marcas del paso del tiempo. No es común que un edificio sobreviva en esta ciudad, pero este había conseguido atravesar décadas favorecido por alguna ley patrimonial. Allí sería el funeral por Belén Lobo. Mi mamá. Las dos maneras que a lo largo de cincuenta años tuve para llamarla. Las dos mujeres que había sido para mí.

Fran, siempre Fran, me acompañaba en la subida por el empinado jardín. Parecíamos los Pet Shop Boys en el funeral de alguna princesa europea. A un lado se arremolinaban los periodistas, gritando mi nombre como si estuviera en una alfombra roja. Fran quiso decirles algo y le sujeté fuerte. Me daba igual que para ellos esto no fuera un funeral. «Boris, Boris, tú como paladín del saber estar, ¿cómo se entierra a una madre?». Era insólito. «Es el favorito del programa, ¿piensa abandonar?». Miré, como tantas otras veces, al otro lado. Y allí me sorprendieron las fragancias de los limoneros de ese jardín y los pequeños bulbos de malabares abriéndose camino debajo de los ventanales de la mansión. Los olores de mi infancia, cuando llegaba aquí junto a mi padre a buscar a Belén después del colegio.

—Los malabares —empezó Fran, como si le invadiera un cuerpo extraño.

En el resto del mundo estas flores se conocen como gardenias, solo en Caracas, que es tan dada a la exageración, se les refiere de esa forma, malabares, para tener suficientes vocales para abrir y cerrar la boca creando un chic o glamour extra. Fran parecía incapaz de contener un llanto melodramático.

—Con calma, amiga —ordené—. No vamos a empezar a llorar antes de saludar a mi padre.

—Belén los adoraba —siguió Fran con una nueva voz entrecortada—. Es curioso, esta no es época de malabares —susurró.

—Fran, es noviembre y ha llovido y los malabares florecen entre octubre y enero.

—Te lo estás inventando.

—Fran, para. Intentemos un poco de…

—Normalidad para nada. ¡Estás viendo la que está montada, muuujeeer! Detesto la normalidad desde que tengo uso de razón —sentenció como solo él sabía hacerlo.

Soy escritor y presentador de televisión y, de momento, finalista de un show de telerrealidad con celebridades en apuros económicos y psicológicos. Fran había bajado a buscarme al aeropuerto Simón Bolívar, un lugar en el mundo absurdamente blanco. El único color lo ponen el mar Caribe, al fondo de las pistas, y los aparatosos retratos de Hugo Chávez abrazando niños, libros o aves de colorido plumaje. Cada retrato lleva una frase que habla mucho de la Revolución y del Compromiso pero donde jamás se lee Bienvenidos.

La auténtica bienvenida te abofetea apenas sales de la aduana, cuando el aire acondicionado deja de existir y te invade la realidad: todos los que esperan a sus familiares parecen un cuadro, mezcla de mercado en Katmandú con pícnic improvisado el primer día de rebajas. La desigualdad social ofrecida como emblema de la ciudad. La Guardia Nacional parece escoger sus cadetes más desfavorecidos para que sean los primeros venezolanos que veas y entonces desees retroceder y volver al avión.

La ventanilla de una importante camioneta, por tamaño y altura, bajó al verme cerca.

—Mujer, deja esa cara de asustada. Acabas de irte hace nada

—dijo Fran, con su característico mote para todo el mundo desde los años ochenta. Fueras hombre o mujer, para él eras solo mujer y, además, muy pronunciado. Muuuuuujeeeer.

—Frambuesa, estoy muerta. —Siempre que nos reuníamos, adoptaba esa manera de hablar en femenino.

—No, mi vida, la que está muerta es Belén, libre ya por fin de este injusto dolor. —Puso voz de mando, de Generalesa—: Ponga rumbo a casa de los señores Beracasa, Gerardo.

Me impresionó escuchar, siempre de forma inesperada, ese nombre. Gerardo. Gerardo, un fantasma, un dolor. «Gerardo, déjalo, ya está bien». Fran se dio cuenta de mi asombro ante la coincidencia de nombres. Y el nuevo Gerardo decidió quebrar el hielo diciéndome:

—Mi sentido pésame por su pérdida. Estoy seguro que, desde el cielo, su mamita le va a ayudar a ganar el reality.

Estreché la amplia y fuerte mano de ese Gerardo y observé el grosor de sus antebrazos, parecían dos llaves inglesas. Seguro que Fran le habría hecho un catálogo con poquísima ropa. Es uno de los fotógrafos más conocidos de la ciudad. Algunos de sus modelos se han vuelto celebridades, incluso mitos hollywoodenses. Pero él permanecía en Caracas. «No encontraré esta luz en ninguna otra parte», decía en sus entrevistas. En mi opinión, se ha quedado más por antebrazos como los de este Gerardo.

Superados los malabares, mi hermano mayor, su esposa y su hija, Valentina, se acercaron a nosotros con cara de querer saber qué nos había hecho llegar tarde al funeral de mi madre. Los abracé y al hacerlo observé a mi padre. Había perdido peso. Mantenía su sonrisa y se sujetaba a quienes le daban sus condolencias como si ellos fueran el viudo y no él. Sonreí. Estaba haciendo exactamente lo que mi mamá había indicado. «Ya no lloro», le escuchamos papá y yo decirle a su doctora cuando esta le informó que el tratamiento no había resultado. «Antes lloraba por casi todo. Ahora no». Papá y yo, sin decirnos nada, asumimos que sería una falta de respeto hacia ella llorar en su despedida.

—Boris —dijo bajando un poco la voz, como si fuera a compartir un chisme—, igual que dirías tú: Está todo el mundo. —Dejó escapar una risa—. Irma y Graciella, un poquito operadas. Tus amigas del Miss Venezuela. Todo el mundo dice que Sofía va a venir. No es un funeral. Parece un cóctel —confesó escondiendo una sonrisa.

Fran dejó escapar un sí demasiado sonoro.

Muchas veces he descrito en mis libros a Caracas como la capital internacional de las bodas, porque durante el tiempo que fui caraqueño no dejé de asistir a eventos matrimoniales completamente exagerados en cantidad de invitados, comidas y desaciertos de vestuario. Pero ahora, en el funeral de mi madre, confirmaba que las despedidas a los seres queridos le otorgaban otra segunda capitalidad. El funeral como otra fiesta, un momento en el que la cantidad de dolientes mezclaba deudos auténticos con los que asisten para agregar mayor espectáculo a esta forma de despedida. Pensé que mi madre se sorprendería, quizás no le agradaría tanto, pero al final, como en mis fiestas de los ochenta, se quedaría a observar. Cuantas más personas nos rodeaban a papá y a mí, cuantos más nombres y figuras importantes de la cultura, la literatura, el ballet y el cine y la televisión venezolanos distinguía, más consciente me hacía de la importancia de mi propia madre y más temía por que esas dos personas que nunca sé cómo recibir aparecieran en el tanatorio. Ni siquiera me atrevía a pensar sus nombres para no soltarlos, pero creía que estaban escritos en cada mirada de cada pésame. Esa madre y ese hijo.

Fran insistió en subrayar la relevancia que iba cobrando el evento.

—Mujer, mujer, es que de verdad está ¡todo el mundo! Mira tu papá cómo les agarra la espalda a las presentadoras del Miss Venezuela —señaló.

—La gente le hacía lo mismo a mi mamá para comprobar si llevaba faja.

—Es que ni el cáncer pudo quitarle su belleza —dijo y de repente contuvo el aliento—. Mi amor, allí están ellas.

—Dios mío, Fran, ¿quiénes?

—¡Ese ejército de locas! ¡Han venido todas juntas!

Fran llevaba razón. Eran un ejército, sí, de hombres desordenados, por tamaño, conducta y vestuario pero todos muy sonoros, en verdad escandalosos. A veces llamándose por sus nombres de pila. Y otros, por los de guerra. Lucio, Marcos. Bienvenido y Mal Hallado (que eran pareja y llevaban casi treinta años juntos), Elías, la Mata Hari de Barlovento (como llamaban al pobre Fernando, que era muy delgado y negro) y Alexis Carrington del Valle, como también llamaban a mi querido Modesto, que de verdad se llamaba así y era el último en incorporarse a la banda, dando vueltas sobre sí mismo y con la mirada fija en lontananza como hace Giselle cuando aparece en el primer acto y sabe que su vida va a cambiar. «No halla lo que hacer para llamar la atención», dijeron los otros amigos.

Me acerqué a él y le tomé las manos como si yo fuera el Príncipe Albrecht, el que se enamora de Giselle, y aproveché para revisar su vestuario. Los pantalones negros más ceñidos de la historia, una apretadísima camisa negra, con el cuello abierto para enseñar todos los collares de oro sobre su torso velludo. Todo en él era tan viril menos… ese gran más que era toda la feminidad que era capaz de generar. Y exagerar. Los otros, que siempre se empeñaban en ridiculizarle, se detuvieron en seco buscando que, entre sus vueltas y aspavientos, Modesto se viniera al suelo. Pero, ay, no conocían de verdad a Alexis Carrington del Valle: antes de caer, lo evitó cuadrándose como si fuera una de las Miss Universo venezolanas. Y entonces sí que hubo aplauso. El funeral de Belén acababa de volverse un programa de tele de alguna cadena muy *gay friendly*.

—Boris, amado nuestro, disculpa a la Presidente que es así de fuerte —dijo la Mata Hari de Barlovento. Me reí, de buena gana, quizás por haber contenido tanto llanto.

—Dejen de llamarla la Presidente, que ella es y siempre fue Alexis Carrington del Valle —exigí.

—Hijas de puta, que querían que me dejara los dientes. Siempre te interesa muchísimo, Mata Hari de Barlovento, recordar mi pasado de portera, ahora que soy presidente de mi compañía de diseño de interiores —dijo con el tono más fuerte que podía alcanzar—. De todas ustedes, soy la que más alto he llegado.

—Claro, mi amor, vives en el penthouse más caro… —sostuvo la Mata Hari.

—Pero todos los domingos voy al Valle a visitar a mi gente —terció Alexis Carrington refiriéndose a una de las zonas más densas y socialmente conflictivas de la ciudad, donde había nacido y por eso lo llevaba adscrito a su mote—. Qué maravilla de lugar, Boris, toda mi vida quise entrar aquí dentro —soltó regresando a ser Modesto, con su voz gruesa de camionero tan contrastante con su vestuario saturado de tendencias masculinas y femeninas.

—Con todo lo femenina que eres, Alexis Carrington del Valle, nunca aprenderás que solo se pueden combinar dos tendencias a la vez.

—Frena el carro, Mata Hari de Barlovento. Cada detalle de lo que llevo es para honrar a Belén, que fue una madre para mí —sentenció mirándome muy fijamente y dejando caer una lágrima.

Fran intentaba contenerlos —«Mujeres, mujeres, es un funeral, no el Orgullo Gay»— pero ellos no podían evitar elevar sus voces, agudas y graves, hasta esdrújulas, más que el resto de los presentes. Lanzar Ohs y Ahs cuando veían la concurrencia. «Qué horror de pelo lleva Marisela Hermoso», vociferó Mal Hallado, que según él «no filtro, mi amor, y por eso no salgo a la calle, pero es un desastre de pelo. ¿Qué pasó?». «Su peluquero huyó a Miami, querido», remató la Mata Hari de Barlovento. «En cambio, a Emilia Torresfuertes, que dicen que se está quedando ciega, la visten muy bien. Está impecable». «Aunque ese Chanel sea del año que naciste, Alexis». Risas, silencios, manoteos, palmadas, un amago de imitación de esa entrada de Alexis Carrington del Valle al funeral y de pronto había que regresar al salón y volví a recibir el embrujo de los malabares sumándose a esta insólita celebración.

Sofía entró acompañada de su hija, los flashes y un grupo de personas que la aplaudían y también la acariciaban como si fuera una figura milagrosa. Me cogió por los brazos, como siempre hacía cuando estábamos en público.

—Acabo de hablar con Gabriel —dijo con mucha suavidad, midiendo la importancia de sus palabras—. Quizás no sea el momento…

Me asombró su vacilación.

Me entregó una carta. De Gabriel, enviada a ella, aquí en Caracas. La abrí. Era una nota firmada por nosotros dos, por él y por mí. «Unidos por el caos». Sofía me miraba con lágrimas y conservé el papel.

La algarabía regresó a una cierta normalidad fúnebre cuando escuchamos el ruido de unos neumáticos rozar la gravilla de la entrada. Fran se puso muy rígido. Mi papá también. Yo me sostuve del brazo velludo de Alexis Carrington del Valle, que muy serio dijo:

—Es un coche oficial.

Escuché el clic, clic, clic de los fotógrafos disparando hacia mí. Me coloqué unas gafas oscuras, aprobadas por la mirada de Alexis. Sentí el pie que emergía del coche como si fuera un golpe. Y el siguiente paso, igual. Y el gesto de abrocharse el único botón de la americana, como algo que estallaba en mi interior.

—Coño —soltó Alexis—. Se comporta como si fuera su mamá.

—No creo que Altagracia se atreva a venir —dije.

—Pues él sí lo ha hecho, amiga.

No me iba a mover de mi sitio junto a Alexis y me di cuenta que casi todo el grupo se reunió junto a mí, casi como escudo. Mi hermano mayor decidió aproximarse al recién llegado y saludarlo. Y, entonces, él se quitó sus anteojos oscuros y allí estábamos otra vez todos juntos. Mi hermano, él y yo.

Todo el mundo estaba tenso. El funeral era ahora susurros, murmuraciones. «Su madre le ha conseguido el puesto. Siempre ha sido así». «Vino sin la esposa». «Pobre Boris». El último comentario me alertó. No, no era pobre Boris. Por eso fui hacia él y el resto se apartaba, dejándonos solos.

—Gracias por venir, Gerardo —dije extendiendo mi mano y mirándole a los ojos. Los faros, el azul más intenso, un océano peligroso.

Intenté volver a mi lugar y él me sujetó con esa fuerza que en todos estos años, todos estos recuerdos, fue un importante ingrediente de los melodramas que escribí y también de los que nunca escribí. Seguíamos solos pero observados. «Son como el país, divididos ideológicamente pero unidos por una madre», escuché decir a Alexis Carrington del Valle.

—Te conozco tan bien —dijo Gerardo—. Rodeado de gente, cualquier tipo de gente, para que nadie se acerque a ti.

No respondí nada, me quedé callado. Era siempre así. Prefería que esta conversación sucediera en otro momento. O no sucediera.

—Nunca me has dado un chance —dijo—. Por eso estoy aquí.

Miré hacia delante e insistí en callar.

—Gerardo, ya está bien —dijo mi hermano.

—Gerardo, déjalo, ya está bien —solté. Era el orden correcto de la frase. La frase que volvía, siempre volvía, cuando él aparecía.

Gerardo bajó los ojos. Me alejé. Delante de nosotros se elevaron las cámaras y los móviles y, con mucha mala suerte, vi en uno de ellos a Gerardo, todavía a mi espalda, insistiendo en quedarse. Alto, serio, la ofuscación haciéndolo aún más masculino. El hermano enmascarado de Meteoro.

Mi padre y yo viajamos juntos en el coche que nos devolvía hacia la Quinta Nancy. La ciudad empezó a desfilar ante nuestros ojos. Los árboles en la mitad de la calle, crecidos como si una mano temblorosa arrojara sus semillas sin orden, tamizando la luz del sol y volviendo verde el asfalto. Al otro lado, la cercanía de las montañas, que son en realidad una sierra bajo un mismo nombre, El Ávila. El verde de sus tierras iba poniéndose morado a medida que el sol se volvía más débil. Por encima de sus picos, el cielo inyectado de ese azul, como el de los ojos de Gerardo pero mucho más limpio e infinito. Suspiré, siempre lo hacía cuando miraba mi ciudad. Tanta belleza alrededor de cosas tan feas. Los edificios sin valor arquitectónico, las favelas creciendo al fondo de la autopista, todos los coches con vidrios tintados, como si fueran un ejército de vehículos funerarios, reflejando en sus superficies ese cada vez más extenso paisaje de desigualdad. Esa imposible realidad de naturaleza maravillosa vigilando el oscuro desorden donde la ciudad agita el melodrama y la violencia como si fueran sal y pimienta.

La mano de mi padre estuvo sujeta a la mía todo el trayecto. Juntos vimos las filas de personas, más o menos bien vestidas, haciendo cola para comprar lo que fuese de alimentos, mendigar cualquier medicina, aunque fuera una aspirina. Alineados delante de establecimientos con sus nombres incompletos por una letra de neón extraviada. Merc do. F rmaci. int re ia. Palabras vaciadas, letras robadas. Delante de un contenedor de basura, una familia, la madre, el padre y dos hijos, se turnaban para rebuscar en su interior comida, medicinas, cartones. O esas letras extraviadas, quise pensar. «No sé en qué momento nos convertimos en esto, Boris», había dicho Belén en esa última conversación. Quizás sí, lo que sucedió, su muerte, fue lo mejor. Ella se había ahorrado ver más deterioro en la ciudad donde nació.

—No voy a dormir aquí —dijo mi padre—. Iré a casa de los vecinos, esperan que tú hagas lo mismo.

—Prefiero quedarme en la Quinta Nancy, papá.

—Comprenderás que no puedo dormir en el mismo cuarto donde vi morir a tu madre.

—Claro que lo comprendo, papá.

—Es una enfermedad espantosa, Boris —empezó a hablar muy lentamente—. Tardaré una vida entera en olvidar las cosas que vi. Por eso no puedo entrar ahí.

—Lo entiendo, papá. Pasará. Tome el tiempo que tome, pasará.

Colocamos una buena parte de los arreglos florales sobre la mesa del comedor, para recordar los nombres de quienes los enviaban y agradecer mañana, pasado mañana, la semana que viene. Se veían como mis amigos en el funeral: llamativos, exagerados. El comedor siempre fue el corazón de la Quinta Nancy. Centro de discusiones, mesa redonda de grandes verdades. Tres paredes y un jardín cubierto de helechos mimados por mi padre y también por Belén. Un cuadro naíf sobre el mueble auxiliar, en la pared de la izquierda. El aparador setentero, sin puertas, para las vajillas y licores, en la pared de enfrente. Y esa otra pared, la que evité mirar, donde siempre estuvo, colgado, reinando, *Tiempo de tormentas*.

CAPÍTULO 2

—

1967. EL CAMPAMENTO

Fue como un tropezón, así lo recuerdo, pese a que fuera muy niño. De inmediato todo tembló. La pared de mosaicos blancos se desplomó y me eché hacia atrás dentro de la ducha. La puerta, de plástico duro que simulaba ser vidrio esmerilado, ya estaba abierta, porque acababa de terminar mi ducha y Marta iba a buscar la toalla para envolverme en ella; fue lo único a lo que pudo sujetarse, a ese trozo de algodón mullido y con mi nombre, Boris, en uno de sus bordes. El impacto hizo que me resbalara y por eso sentí algo abierto en la parte de atrás de mi cabeza. Me había golpeado con una de las esquinas del alicatado.

No grité, me quedé quieto, tirado sobre el suelo de la ducha viendo cómo el techo del baño se movía como un mar o la corriente de un río. Cuando miré hacia Marta la vi avanzar hacia mí con mucha dificultad porque el suelo se agitaba casi de la misma manera que el techo, para protegerme con la toalla y arrastrarme hacia el pasillo que se arrugaba como una servilleta. Alcancé a ver cómo en mi cuarto los afiches de un Superman a punto de tomar vuelo caían al suelo y Superman se quedaba viéndome desde abajo, desplazándose hacia una esquina de mi cuarto donde quedaba atrapado por todos los juguetes que iban hacia él como ratones intentando escapar por un hueco. Marta y yo no nos deteníamos, dejamos todo, ese Superman, mi carro de juguete, atrás. En el salón, los ventanales que daban a la calle crujían y creaban una extraña música, casi como un piano, que solamente yo escuchaba.

—A la calle, salgan a la calle —gritaba la Pelirroja, la portera del edificio. Mis padres la llamaban así por el fulgurante tono de su cabello, pero el resto de los vecinos, casi todos allí afuera, reunidos en el pequeño jardín que ocupaba el hueco de la escalera del edificio haciéndole todo el caso del mundo, la llamaban la Gallega—. No os rezaguéis, ya volveréis a buscar las cosas. Marta, sujeta bien al crío. ¡Dios mío, si tiene una brecha en la cabeza!

Fue la primera vez que me sentí el centro de atención. Patricia, mi vecina del piso superior, me miraba con tristeza. Me di cuenta que no estaba totalmente vestida y que tenía unas piernas más redondas que las mías y que su padre estaba con unos pantalones muy cortos y con un calcetín en un pie pero el otro desnudo. A su lado, la señora Altagracia, la vecina más amiga de mis padres, apretaba con todas sus fuerzas las manos de Gerardo, su único hijo, mientras se sostenía a la barandilla de la escalera y se cubría con la mano libre una oreja para no escuchar los gritos de todos los presentes. Fuera, los coches en el garaje se empujaban unos a otros y las plantas en el parterre de la entrada se desprendían sobresaltadas como cohetes.

—Presiona la servilleta contra la herida, mujer. Las heridas en la cabeza alarman mucho porque hay muchas venas —continuó la Pelirroja—. Pobre niño, precisamente con la cabeza que tiene, ya desde tan pequeñito.

—¿Es un terremoto, señora María? —preguntó Gerardo.

—¡¿Uno solo, guapo?! ¡Pareciera que hubieran sido seis de golpe! —dijo la Pelirroja—. Sigan a la calle, hacia la otra acera. No, ya no hay manera, menuda grieta se ha abierto. Es que ya no hay calle, pero hay que salir de aquí como sea. Fuera. Fuera —gritaba y gesticulaba y de repente me miró y luego a Marta—. Tápale los ojos al niño. Esto no debería recordarlo.

Marta obedeció a la Pelirroja pero apreté mis manos contra las suyas, que temblaban de nervios y miedo, aunque el terremoto ya había pasado. Todo lo que se había estado moviendo quedó detenido, igual que si tras una lluvia intensa escampara de repente. Los dedos de Marta creaban una especie de cortinilla que dividía la realidad. Vi a la gente arrodillándose a rezar sobre las calles abiertas, como si un dragón furioso las hubiese retorcido con sus garras y luego aventado con su lengua de fuego. La noche era doblemente oscura, negro sobre negro, aunque el fuego y el polvo de los escombros creaban una iluminación suspendida, un blanco ceniza y refulgente por las llamas. El coche de los padres de Patricia había avanzado desde el garaje hasta quedar atrapado en un agujero de lo que antes era la calle. La camioneta de los helados permanecía solita encima de un trozo de asfalto. Ya no tenía techo, donde venía el logo de la marca, y los helados de fresa, mango y vainilla rodaban lentamente hacia el precipicio.

—Ya no se mueve —gritó la Pelirroja desde lejos—. En la radio dicen que ha pasado.

A medida que regresaba la inmovilidad, avanzaba un calor espantoso. Una farola de la calle recuperó energía y el polvo blanco me pareció un fantasma que manchaba todo de tiza. Empecé a ver gente que deambulaba perdida, desorientada. El tiempo, la velocidad de las cosas eran extraños, parecían acelerados, parecían lentos. Los ruidos crecían, desaparecían y regresaban. Cada vez había más gente, con camillas. Y bomberos. Bomberos, era la primera vez que los veía, descargando agua desde unas mangueras portentosas sobre los edificios de enfrente, que ya no eran edificios, sino montañas llenas de cables y hierros retorcidos.

Y, de repente, Gerardo me llamaba. Estaba solo, unos pasos más allá, detenido frente a un bulto redondeado. Insistió en que me acercara y avancé hacia él. Tenía algo en las manos, un trozo de madera con el que empujaba el bulto. Consiguió girar la cosa. Parpadeé y sobrevino la ráfaga, tan fuerte e inesperada como el temblor. Gerardo no tuvo tiempo de decir nada, apenas un pie suyo intentó retroceder y el resto de su cuerpo ya estaba atrapado por algo oscuro y con movimiento.

—Boris, aléjate —era la voz de mamá—. Rodolfo —gritaba el nombre de mi padre al tiempo que sus manos me impedían seguir viendo. Esta vez no intenté separar los dedos.

—¡Mi hijo, sáquenlo de ahí! —Ahora el grito de Altagracia, a la que dos bomberos contenían.

Vi a Gerardo avanzando, cubierto de algo negro, una especie de velo que no paraba de agitarse, sin dejar de emitir ese sonido como de pequeños dientes pegándose entre ellos. Dios mío, gritaba Altagracia, mi hijo, mi hijo, y en un instante Gerardo se derrumbó y el velo que se movía sobre él ascendió y se transformó en decenas, cientos de abejas elevándose sobre las llamas en las grietas de la calle, los bomberos arrojando agua y dos enfermeras con sus uniformes blancos recogiendo el cuerpo enrojecido, inflamado, deformado de Gerardo. Y sus ojos, sus ojos todavía azules, mirándome, queriendo decirme algo, solo a mí.

El terremoto del 29 de julio de 1967 afectó a Caracas y toda la costa de esa parte del país, a las ocho de la noche. De 6,6 en la escala de Richter. La ciudad celebraba los fastos del 400 aniversario de su fundación. Unos años antes, Cristóbal Colón llegó a Venezuela en su tercer viaje a América y fue la primera vez que tocaba tierra firme. Todo lo anterior habían sido islas. La Corona Española designó a esta parte del mundo como una Capitanía General, reservando los grandiosos títulos de Virreinatos a Colombia, México y Perú. Caracas fue fundada en un valle a menos de treinta kilómetros de la costa y a una altura de mil metros sobre el nivel del mar. Era un paraíso. Todo eso estaba sepultado ahora bajo toneladas de hormigón retorcido. Los lamentos acompañaron toda la noche y las mujeres del edificio fueron sacando sillas y mesas de dentro de sus casas para acomodar heridos y vecinos.

En la madrugada, Altagracia regresó cansada, asustada. Gerardo estaba fuera de peligro, nos dijo. Mi mamá me sujetaba, a veces poniéndome en el angosto pasillo de la entrada del edificio y otras acercándome a su cuerpo, siempre pidiéndome que por favor me fuera a dormir. Pero no quería irme al cuarto, mi hermano tampoco y los bomberos insistían en que nos quedáramos fuera hasta que se declarara un cierto nivel de normalidad. Cuando Altagracia vino hacia ella, se separó de mí para abrazarla. Las vi llorar juntas y me uní, entre sus piernas, a llorar yo también.

Eso las enterneció y consiguió calmarlas.

—La colmena estaría escondida en alguno de los árboles, o debajo del balcón de una de las plantas superiores —gimoteaba

Altagracia—. Boris y Gerardo se quedaron solos. Les llamó la curiosidad y fueron…

—Hacia la boca de la colmena —susurró mi madre.

Y entonces repetí:

—La boca de la colmena.

—Altagracia —se incorporó una voz masculina y no era la de mi padre.

Altagracia reaccionó y fue hacia él.

—Ernesto, Dios mío, Ernesto, pensé que tú también… —No pudo continuar y estalló en llantos. Mi madre me volvió a cubrir los ojos.

Cuando se hizo de día, los bomberos autorizaron que volviéramos a casa. Todo se había movido, como si un monstruo se hubiera quedado atrapado y destrozado cada esquina con su cola. Mi hermano y yo entramos en nuestra habitación y empezamos a recoger cosas. El Superman al revés, los tacos de colores desperdigados, ropa, los coches eléctricos de mi hermano. La mañana se hizo mediodía y todos seguíamos recogiendo. Escuchamos más sollozos y salimos hacia el pasillo. Ernesto, el señor que había aparecido de repente, acompañaba a Altagracia mientras entraban a Gerardo en una camilla, completamente vendado. «Gerardo, soy yo», le decía mi hermano. Y él abría sus ojos azules, rodeados de piel enrojecida e hinchada. Y me miraba y le acercaba mi mano. Y él la estrechaba, mirándome bajo esos ojos deformes con esa misma mirada que parecía decirme algo solo a mí.

La puerta de la casa estaba abierta con los vecinos arremolinándose, curiosos por ver cómo regresaba Gerardo. No me pareció bien, no estaba bien, vendado, hinchado e intenté cerrar la puerta. Mi padre me detuvo. Altagracia y mi mamá estaban allí fuera, mirando hacia donde debía estar la escalera que subía a los pisos superiores. Pero ya no había escalera, solo la que habían colocado los bomberos para ayudar a evacuar a los otros vecinos.

—Belencita… —empezó Altagracia.

—No digas nada, Altagracia. Os acomodaremos en casa.

—A mí también, Belén —acompañó Ernesto.

Y yo empecé a decir:

—Belén. —Y fui el primero en reírme por la forma en que lo decía, como una campana, un timbre, algo que llamaba la atención—. Belén. Belén. Belén.

Belén se rio, me di cuenta que era por nervios, más que todo, y mi papá extendió los brazos para empujar suavemente a Altagracia y a Ernesto dentro de casa.

—Bienvenidos al campamento —dijo.

Fueron días intensos, congestionados a la hora de comer, de usar el baño, de prestarse ropa entre Altagracia y Belén. Y entre Ernesto y mi padre. De debates encendidos y polémicos, de atender el noticiero donde aparecía Altagracia entrevistando a expertos, ministros y al propio presidente de la República acerca del terremoto y la recuperación de las ciudades afectadas en todo el país. La primera vez que la vi en televisión, me quedé… maravillado. Gerardo se rio.

—Boris acaba de darse cuenta que eres dos —le dijo a su madre.

—No soy dos, Gerardo. No insistas con eso.

—Sí lo eres —continuó él.

—¿Por qué estás dentro de la televisión y también aquí? —pregunté.

—Porque estamos grabando estos días a causa del terremoto.

—¿Grabando?

—Boris es muy niñito para entenderte, mamá —dijo Gerardo.

Altagracia se quedó mirándome un rato que me pareció larguísimo. La otra Altagracia se despedía de todos nosotros en el televisor.

—Tenemos que quedarnos unos días más, Belencita. Ya saben cómo están las cosas entre el padre de Gerardo y yo.

—Divorciados —dijo él bajando sus ojos, azules y brillantes, como los faros de un coche y rascándose los párpados que seguían gordísimos. Altagracia le apartó los dedos.

—No hagas eso, Gerardo, por favor.

—Me arde.

Altagracia sacó algo de su bolso y se lo aplicó. Parecía arderle todavía más. Y fui hacia él y él me separó bruscamente.

—Gerardo —dijo su madre.

—Está bien, Boris, déjalo tranquilo —intervino Belén—. Gerardo está dolorido por las picadas de las abejas.

—No estoy dolorido —exclamó él mirándome con esos ojos faro, rodeados de piel roja—. No son las abejas. Es que no es verdad el divorcio. Mi papá jamás ha estado con nosotros.

—Gerardo, ¿dónde has oído eso?

—Lo leí —soltó él.

Mis padres se miraron entre sí.

—Yo sé la verdad —continuó Gerardo—. Está desaparecido, quizás en otro país, fabricando pasaportes falsos, inventándose guerrillas para seguir luchando.

Altagracia se dirigió hacia él y Gerardo, instintivamente, dio un paso atrás, como si se defendiera de un golpe. O como si ella fuera una de esas abejas que le rodearon.

Ernesto intervino y la contuvo.

—Boris, vete a tu cuarto con tu hermano.

No. Quería seguir viendo lo que pasaba entre ellos. Gerardo me miró con esos ojos inflados. Y preferí obedecer a mis padres.

Soñé con Marta apretándome en la toalla con mi nombre, que había desaparecido, igual que ella. «No mires a Gerardo —decía en el sueño—. No mires a Gerardo». Desperté de golpe, era otro día, mi hermano se estaba cambiando de camiseta.

—Venga, dormilón, vamos a comer con todos los arrimaos.

—Soñé con Marta —confesé.

—Se regresó a su pueblo —dijo mi hermano tomándome del brazo.

Salí con él hacia el salón y todos dijeron mi nombre y me senté en mi lugar en la mesa. Gerardo estaba menos vendado, tenía marcas en brazos y piernas, no dejaba de rascarse. Altagracia le reñía y se levantó para apagar la televisión, donde de nuevo estaba ella, o la otra Altagracia, detrás de la pantalla.

—Debería renunciar —dijo aplicando una loción sobre los brazos de Gerardo—. Un día más nos obligan a decir exactamente lo que nos ponen en un guion, mal escrito y mentiroso.

—Se te nota nerviosa, mamá —dijo Gerardo, que comía muy despacio, seguramente porque las abejas le habrían mordido la boca.

Hablaba y me miraba como si estuviera midiendo la atención que le prestaba. Se sentaba siempre al lado de mi hermano porque tenían más o menos la misma edad, pero mis ojos podían detectar que eran distintos. Mi hermano más moreno, mientras que el Gerardo que parecía surgir debajo del que las abejas habían dejado hinchado y monstruoso era rubio, rosado. Quieto. Y hermoso.

—¿Cómo se te ocurre decirme eso? —exclamó Altagracia con una voz fuerte y atemorizante.

—Altagracia… —Belén, siempre mediando.

—Déjalo, Belén. Es lo peor que pueden decirme en un tiempo como este —zanjó Altagracia—. Esas malditas abejas. Te han cambiado.

Ernesto, que tenía el don de seguir ahí sin que nadie se percatara de que seguía ahí, me pasó la mano sobre el cabello.

—¿Tuviste miedo, Boris? —me preguntó.

Miré a Gerardo. Con uno de sus dedos me señaló que dijera que no.

—No —respondí y mi mamá me sirvió otra ración de ensalada de gallina, un plato navideño que sin embargo comíamos en ese campamento. Gerardo hizo un amago de sonrisa cómplice en su boca mordida y con los labios hinchados.

Ernesto era el mejor amigo de mi papá. Lo dejaba caer a veces como si fuera una amenaza. «Rodolfo, no te olvides que soy tu mejor amigo», decía antes, durante y después de las incesantes discusiones que tenían por el terremoto, por lo que llamaban la «situación del país» y por algo que ellos llamaban «nuestro gran fracaso» y que eran esas guerrillas a las que siempre hacían alusión. Aunque lo preguntaba todo, no me atrevía a decir nada sobre esa palabra, «guerrilla». O «la guerrilla», como también la llamaban. Ernesto bebía ron y en alguna ocasión mi mamá apartaba la botella. Él la agarraba y volvía a servirse, «un poquito más», como decía. Se vestía con camisetas blancas y un saco con cuatro bolsillos en su parte delantera, cada uno de ellos llenos de algo, un pequeño cuaderno, bolígrafos, monedas, canicas, trozos de papel, servilletas arrugadas.

—Tío Ernesto. —Le llamaba así, quizás se lo habría escuchado decir a mis padres o a mi hermano y lo había adoptado—. ¿Es verdad que eres mi padrino?

—Sí, pero de una manera así… como tus padres y yo, no convencional.

—¿Convencional?

—Vas a tener mucho vocabulario, niño, con ese sistema de repetición. —Se rio, y pude ver sus dientes pequeñitos debajo de su barba—. Belén quería llamarte Alejandro pero en el Gobierno hay un ministro con ese nombre y tu mismo apellido que lo llamamos el Policía Izaguirre.

—Policía Izaguirre —repetí.

—Se encarga de matar a personas como yo. —Me miraba muy fijamente—. Los que fuimos a la montaña para cambiar este país, pero este país tiene miedo y no quiere cambios.

Me quedé callado. ¿Matar? ¿País? ¿Miedo?, no podía repetir tantas palabras.

—Al tercer día que estábamos hartos de no saber cómo llamarte —continuó como si nada, como si no hubiera dicho una palabra de lo anterior—, fui a visitar a Belén y tuve la idea. Llámenlo Boris, como Boris Godunov y Boris Vian. Una enfermera que pasaba por ahí terminó el conjuro: Y como Boris Karloff.

—Ernesto, no le metas vainas en la cabeza a este carajito. —Era Altagracia.

—¿Y por qué no? Es el auténtico hijo de la revolución.

—Hijo de la revolución —dije muy bajito.

Altagracia me separó.

—Ya está bien, Ernesto. No paras, te aprovechas de lo que sea, hasta de un imberbe, para seguir repartiendo proclamas, consignas. La revolución se acabó. Fracasó.

—Volverá. Volveremos. —Ernesto se sirvió más ron en su vaso. Sacó la libreta y se fue hacia la mesa del comedor a dibujar. Me regresé a mi cuarto deseando encontrar un cuaderno similar y hacer lo mismo que él.

Por la mañana, seguían todos allí, menos mal. El cuaderno

de Ernesto estaba abierto sobre la mesa del comedor y me asomé a verlo. Había una cara, de mujer, con unos ojos muy abiertos que parecían hablar. Él pasó a mi lado, me acarició la cabeza y cerró el cuaderno y volvió a ponerlo en uno de los bolsillos de su chaqueta.

—Siguen buscando desaparecidos entre los escombros —informó, siempre como si nada, Ernesto.

—Cuidado con Boris, lo escucha todo —dijo Gerardo y mi hermano se rio.

—¿Han hablado con Isaac? —preguntó Belén.

Isaac era otro de los amigos de mis padres, también era escritor y muchas de las conversaciones de Belén empezaban y terminaban con un «como dice Isaac».

—Continúan excavando en el edificio donde vivía su hermana. Se desplomó como un castillo de naipes —siguió Ernesto, con ese tono frío.

Se levantó para ir hacia el mueble donde estaba la botella de ron, pero mi papá lo detuvo. Se miraron y Ernesto regresó a la mesa. Todos se quedaron en silencio. Y entonces, Ernesto se cubrió la cara y empezó a llorar. Belén, suavemente, acarició la mía y me atrajo hacia ella para que no le viera. Ernesto volvió a levantarse, un poco más violento, tomó la botella y bebió directamente de ella.

—Por favor —dijo mi padre.

Belén fue hacia Altagracia, que intentaba encender un cigarrillo con manos temblorosas.

—Este país es incontrolable. Es como si nos odiara por haber nacido aquí —dijo mirando al suelo—. Al informativo llegan documentos que atestiguan que están desviando el dinero de las aportaciones internacionales para la reconstrucción de lo que el terremoto ha destruido. Es un escándalo.

—Quizás dar ese tipo de información pondría aún más nerviosa a la gente —le dijo Belén.

—Es un país de ladrones, Belencita. Quedarse con el dinero de las ayudas internacionales —insistió Ernesto.

—¿Sabes lo que es poner tu cara y leerles una mentira a esos miles de personas que creen todo lo que dices? —expuso Altagracia con sus ojos muy abiertos.

—Una mentira, a miles de personas, una mentira —empecé a decir imitando la voz y los ojos abiertos de Altagracia. Hubo un momento de silencio, hasta que Gerardo y mi hermano lo rompieron con sus carcajadas. Altagracia no se rio nada.

Las clases se habían suspendido y mi hermano jugaba con Gerardo, que no podía seguirle el ritmo por sus heridas. El periódico no llegaba con regularidad porque se había afectado una planta distribuidora, se quejaban mis padres. A mí me divertía ver cómo el campamento continuaba y todo se alteraba. El desayuno podía volverse almuerzo. Ernesto y Altagracia bebían y fumaban y discutían sobre casi todo cuando estaban juntos, sobre todo porque, cuando ella se marchaba a ponerse detrás de la pantalla de la televisión, nadie parecía seguir a rajatabla las instrucciones de las curas de Gerardo. En uno de esos momentos de refriega, como decía mi papá, apareció Isaac, un hombre delgado, vestido como si fuera presidente de una oficina importante. Se movía de una manera que me llamó la atención. Como si todo fuera más suave y ligero. Como mohair.

Estaba delgado. «Demacrado», dijo Belén, y también me quedé con esa palabra. Y hablaba y se quedaba callado casi al mismo tiempo. Los ojos parecían haberse empequeñecido, podías ver cómo subían y bajaban sus costillas al respirar. Belén avanzó decidida hacia él y lo abrazó con mucha fuerza. Él empezó a llorar.

—Aún me sorprende que pueda seguir llorando, Belén —dijo.

Sentí unas ganas irrefrenables de unirme también en un abrazo con el recién llegado. Y él por fin sonrió, creciéndole los ojos y dejándose llevar por otra sacudida de llantos.

—Bienvenido al campamento —dije muy oficial.

Isaac no se instaló, me di cuenta que le disgustaba la precariedad de la situación. Aun así, venía casi todos los días, al almuerzo o antes de la cena, discutiendo un libro, «mi nueva obra», decía él, con Ernesto o con mi papá. Y retando a Altagracia a que dijera toda la verdad sobre las ayudas en su programa. «Siendo la mejor periodista de este país de mentirosos, no puedes volverte una de ellos». Altagracia se levantaba airada. «¿Por qué me presionan? Yo no soy el Gobierno, son ellos los que saben qué están haciendo. No puedo plantarme ante mis jefes y pedirles que denuncien. No somos la policía, somos periodistas», exclamaba y abría la puerta de nuestra casa, como si fuera a regresar a la suya, y allí estaba el patio lleno de escombros, los ojos vigilantes de la Pelirroja al fondo, agazapada en su puerta, pendiente de la vida de los demás. La escalera seguía sin reconstruirse. Era una madeja de escalones, como si alguien los hubiera empujado hasta dejarlos como un acordeón aplastado. Altagracia regresaba a la mesa e Isaac la tomaba de un brazo. «La mujer con menos sentido del humor del mundo», decía. Y el resto empezaba a reír hasta que Altagracia rebajaba su molestia y terminaba uniéndose.

Me fascinaba vivir en ese campamento. En el fondo, casi hasta agradecí al terremoto esta nueva situación. La señora del informativo, «la mejor periodista del país», Altagracia, bañándose en mi mismo baño e intercambiando con Belén ropa y maquillaje. Y el coche de la televisión viniendo a buscarla y los vecinos arremolinándose entre las ruinas para verla salir y llegar y preguntarle cosas sobre las ayudas, la recuperación de la normalidad, las cifras de muertos y heridos. Y Belén a veces saliendo a protegerla de esa avalancha de preguntas. Las veía por la ventana del salón, solas y unidas, diciéndose cosas al oído o a través de un lenguaje que solo ellas parecían conocer. Dos amigas, dos madres, dos mujeres. Me apasionaban, era increíblemente niño y sin embargo sentía dentro de mí que las comprendía, que tenía que seguir comprendiéndolas para ayudarlas a que, como decía Belén, todo volviera a estar bien.

Es probable que esa temporada de «campamento» cimentara mi personalidad. A veces pienso que fue duro el destino porque enfocó y cifró mi vida cuando apenas era un niño que aprendía a hablar. Pero en muchas ocasiones, años después de estos eventos, entendí que muchas veces la vida se determina en un solo instante. Y ese campamento fue ese instante.

Cumplí años y pasaron más días y volví a cumplirlos y en todos esos días, aunque ya no fueran ese campamento, la presencia de Altagracia y su hijo Gerardo, de Ernesto, su chaqueta y su cuaderno, Isaac y su inquieta personalidad formaron parte de mi casa, visitantes que probablemente anhelaban ese clima de los días posteriores al terremoto. Y cuando llegó julio de 1969, todos los miembros de esa familia que creó el campamento nos quedamos sentados delante del televisor esperando que el hombre llegara a la Luna. Aunque lo que de verdad me apasionaba de ese instante de historia compartida era observar las reacciones de Altagracia dentro de la televisión, sus ojos casi tan coloridos como los de su hijo, inyectándose de lágrimas a medida que traducía la narración en inglés de la pisada de Armstrong sobre el suelo lunar. «Histórico o no, esos astronautas están cagados de miedo», soltó mi papá exactamente en el momento histórico en que pisaban el satélite.

Ernesto estaba ayudando a mis padres a instalar una litera nueva para mi hermano, y yo le miraba al lado de Superman.

—Boris, sabes qué es la derecha y qué la izquierda, ¿sí o no?

Levanté una mano, la derecha, y él dijo derecha, y luego la otra y él dijo izquierda.

—Muy bien, ayúdame a empujar primero el mueble de abajo, o sea, tu cama, a la izquierda —ordenó.

Me quedé detenido delante de mi parte de la litera. Como si no oyera, como si no recordara. Ernesto se entretuvo buscando unas sábanas.

—¿Qué pasa?

—No veo lo que me dices.

—¿No sabes la izquierda y la derecha?

No quería responder. Mi papá, que acababa de incorporarse, me miraba fijamente.

Ernesto salió hacia su coche, vi cómo en el salón Gerardo y mi hermano cuchicheaban algo mirándome, evidentemente era sobre mí. Ernesto regresó con un espejo más grande que yo, incluso que él mismo. Lo probó detrás de la mesa del comedor, horizontalmente, y en él se reflejaba el ventanal del salón y parte de la calle. Asintió con la cabeza. Luego apoyó el espejo en la pared, al lado de la puerta de la cocina, y me colocó delante.

—Levanta la mano derecha.

Y levanté la izquierda.

—No, la derecha —dijo él.

Y entonces, inspirado por su mirada e insistencia, levanté la correcta.

—Ahora la derecha —dijo.

Y levanté la anterior, o sea, la izquierda.

—Basta, Ernesto, vas a agotarlo.

—Es que pasa algo —dijo con mucha firmeza.

Me quedé mirándolos, sentía que no me gustaba lo que estaba pasando, pero en vez de llorar o portarme mal, decidí agitar mis brazos a un ritmo sin música. Me miraba en el espejo y, de pronto, me encantó lo que vi y sin ningún tipo de orden seguí ese ritmo inexistente. Ernesto y mi papá rieron. Gerardo y mi hermano siguieron en su cuchicheo. Ernesto parecía intrigado por mi ineficacia al reconocer cuál era la izquierda y cuál la derecha. Pero mi baile disimuló, disipó todas esas sospechas y molestias. Todos nos reíamos. Qué bien sentaba esa risa. Y yo seguí. Toda una audiencia para mí.

Belén se había quedado detenida en la puerta. No le gustaba lo que veía. Mi papá fue hacia ella.

—Tenemos que hablar con Carmina —dijo mi mamá.

CAPÍTULO 3

—

EL DESPACHO DE CARMINA

Me impresionó ver a otra mujer que trabajaba, como Belén, con un uniforme. La bata de médico. Eso me hizo sonreírle de inmediato, porque al ver ese uniforme entendí que mi mamá tenía otro, distinto, pero igual de cotidiano. Ya sabía que mi mamá trabajaba en una compañía de ballet y que eso implicaba verla poner distintas mallas, leotardos, como ella los llamaba, y calentadores y otros accesorios dentro de una bolsa de cuero que me parecía tan mágica como los ojos de Gerardo, porque cambiaba de tamaño, cada día cabían más cosas. Las mallas de Belén y la bata de médico de Carmina se me hicieron iguales. Uniformes, una prueba de que ellas no eran como las otras madres, sino distintas. Tenían un trabajo que las hacía llevar un atuendo especial, un distintivo.

—Qué ojos más grandes tienes, Boris. Es como si quisieras verlo todo.

—Tú también tienes unos ojos muy bonitos. Me encantan los ojos verdes. Y también los azules —le dije. Creo que le causó tanta impresión que lo escribió después en su libro sobre cómo tratar niños con dislexia. En ese primer encuentro, esa palabra precisamente no se pronunció, pero era su especialidad.

Belén intervino para explicarme quién era Carmina. «Ella me ayudó a que tú vinieras al mundo, mi amor», decía Belén, y yo me quedaba mirándola, lleno de curiosidad. Era rubia, muy alta y grande, con voz suave y un poquito grave. «Gracias», le dije acercándome a darle un beso. Un gesto que maravilló a ambas y que a mí me hizo ganar muchos puntos, que iba a necesitar. «Es inteligentísimo, ya lo demuestra con esa insistencia de llamarte Belén, pero...», no pude escuchar el final de la frase porque, con mucha suavidad, Carmina me devolvió a la salita de espera, junto a mi hermano.

—¿Estoy enfermo? —le pregunté a él.

—Parece que no vas a caminar bien y que te estrellarás con las paredes y las cosas.

—¿No voy a poder volar?

—No. Porque no vas a caminar bien. No tienes orientación.

—¿Orienta-qué?

—Orientación. Es lo que han dicho. Por el golpe en la cabeza el día del terremoto o por algo con que naciste.

—Con una capa sí podré volar —insistí.

—Antes te van a poner en tratamiento, a ver si reaccionas.

En 1970, la dislexia no era una patología reconocida en una ciudad como Caracas. Para mamá y Carmina fue motivo de una alianza muy especial.

—¿Por qué estás tan segura que Carmina tiene razón? —le preguntó mi papá una de esas noches en que los escuchaba mientras me creían dormido.

—No podemos quedarnos de brazos cruzados esperando que su condición desaparezca. Necesita un tratamiento porque ha nacido con esa… dislexia. Su cerebro avanza hacia una dirección y a una velocidad que no es igual a su desarrollo físico.

—Es solo un niño.

—No, no es solo un niño. Es… nuestra responsabilidad, Rodolfo, que evolucione, que salga… como de esa burbuja que le impide… ser como otros.

—Pero es que tampoco quieres que sea como otros, Belén. ¿No crees que te obsesionas con él más que con su hermano o conmigo, incluso?

Me quedé muy pegado a la pared intentando contar el tiempo que estuvieron callados, solo que no sabía contar. O no podía, pero comprendía que estaba corriendo el tiempo, quizás por primera vez en mi vida, durante ese prolongado silencio. Y a partir de ese momento, los silencios se hicieron muy importantes para mí. Porque es un tiempo invisible, pero que cuenta, que sigue la cuenta. Y que desde ese primer silencio supe que tenía un poder para detectarlos, para verlos y que fueran menos invisibles.

—Porque me siento culpable de que haya nacido así —rompió el silencio Belén—. Porque fue durante el parto —su voz se quebraba— que algo se estropeó para siempre. Recuerda que nos dijeron que nació cianótico. No fue así exactamente. El parto fue complicado, no podía dilatarme y lo sacaron con presión. Y no irrigaron bien, no permitieron que la sangre fluyera bien por su cerebro.

—Belén, ninguno de los dos es médico y, con perdón, no puedes dar por buenas esas explicaciones.

—Lo hemos analizado muy detenidamente con Carmina. Eso forma parte de sus estudios —dijo ella con algo de alarma en su voz.

—Mover un niño para que se irrigue su cerebro, realmente, es…

—No se te ocurra decir lo que quieres decir, Rodolfo. —Su voz aumentaba en fuerza.

—Lo siento, Belén. Lo siento.

—Estoy convencida que hay una solución. —Pegado a la pared podía imaginarme lo que sucedía en la otra habitación, cómo mi padre seguro se acercaba a ella y la abrazaba y ella estallaba a llorar y yo me convertía en una consternación—. Tenemos que hacer con él un tratamiento.

El tratamiento nunca recibió ese nombre en mi casa. Carmina sugirió que fueran «ejercicios». Belén prefirió llamarlos «círculos». Intentaba por todos los medios que no parecieran ejercicios, ella que toda su vida estaba ligada a repetir uno tras otro. Lo disimulaba bastante bien. En la tarde, después de su ensayo, recién duchada y con el pelo todavía mojado, que apartaba del folio para no mojarlo, cubierta por una camisa de botones ligeramente húmeda por las gotas de líquido aún en su piel, un pantalón vaquero que siempre parecía quedarle un poquito grande, su ombligo, terso y pegado a la piel, sobresaliendo mientras respiraba, sus pies llenos de tiritas y cubiertos por unas zapatillas muy planas, se sentaba conmigo en la mesa del comedor y colocaba las hojas en blanco y los lápices afilados. «Vamos a hacerlo con calma, empiezas lentamente a mover el lápiz hacia un lado, cualquiera, hasta que completes un círculo». Un lado, cualquier lado y no podía seguir. No podía tomar una dirección. «Un lado, cualquier lado», decía Belén. Mi mano se negaba a moverse. «No te puedo ayudar, mi amor, porque haríamos trampas. Tienes que hacerlo tú», repetía, muy suavemente pero con un respingo de miedo en su voz. Lo notaba, sabía reconocerlo, ese respingo, ese miedo porque otra tarde más el círculo quedaría sin completar.

Había que cerrar los círculos. Pero cada tarde se hacía más cruel. Jamás conseguía cerrarlos. Y Belén tenía menos tiempo. Había que dejarlos, allí abiertos y desdibujados por alguna lágrima mía de frustración, porque Belén tenía que salir al teatro a bailar.

Brasil ganó el Mundial de fútbol y Pelé se convirtió en alguien más de mi familia. Mi papá y Belén y Altagracia y Gerardo y mi hermano lo veneraban y el tío Isaac instauró una frase: «Te ganó Brasil, mi amor», que todos ellos repetían. Salía corriendo hacia la calle a recibir a mi papá al regresar de su trabajo en la universidad al grito de «Te ganó Brasil, mi amor». Cuando íbamos todos juntos a cenar fuera o a la inauguración de una exposición, parecíamos saborear el momento en que inesperadamente gritaríamos lo de «Te ganó Brasil, mi amor». Mi hermano se ocultaba replegándose en la parte de atrás de nuestro coche, y en lo que le veíamos convertido en un ovillo abríamos las ventanas del coche y gritábamos a los transeúntes la frase del tío Isaac: «Te ganó Brasil, mi amor».

Poco a poco aparecían más cosas en casa. Ese televisor nuevo donde Altagracia parecía más grande, casi una cabeza suspendida en el aire, diciendo noticias cada vez más positivas. «El crecimiento económico de la nación puede alcanzar valores desconocidos hacia el final del año». Debía ser cierto, porque cambiamos de cocina, de nevera. Y de tocadiscos, todo el mismo año. El tocadiscos era un mueble de madera que se abría por arriba y tenía toda una sección para colocar los discos favoritos, todos de mi hermano. *Cream, The Long and Winding Road* de los

Beatles. Observando cómo lo abrían y empleaban Gerardo y mi hermano, aprendí a hacerlo yo también. Podría considerarse un avance en mi «desfase» pero Carmina declaró que mi precocidad me hacía aprender por medio de la observación. Que no había que despreciar esa innata habilidad, tampoco dejar de lado el tratamiento. «Se volverá tan confiado en su don para observar que querrá verlo todo en conjunto, jamás por separado. Eso impedirá que se concentre. Acarreará muchos problemas para aprender a leer, a escribir. Y sobre todo, para las matemáticas», dejó escrito en un reporte que mi hermano decidió leerme.

Así estaba, sin avanzar en los círculos pero poniendo y bailando discos de mi hermano. Cantando, muy desafinado, pero asombrando a todos con que repitiera las mismas palabras en otro idioma. Me sentía celebrado, me sabía celebrado y pensé que les debía esa felicidad a los electrodomésticos. Todos los días besaba el tocadiscos y la nueva televisión. Belén lo miraba, parecía no aprobarlo pero no me decía que dejara de hacerlo. Y yo pasé a llamarlos como si fueran personas. «Hola, Tocadiscos, ¿estás bien?». Y lo mismo con el televisor: «Hola, señora Televisión». Y cuando en la pantalla aparecía Altagracia, iba y la besaba. Y tras el beso, Altagracia hacía entrar la historia en la sala de mi casa. «En breve conectaremos con el Madison Square Garden para asistir a la conferencia de prensa de Cassius Clay, ahora Muhammad Ali, anunciando su regreso al boxeo después de tres años de alejamiento por una sentencia que ha acatado…».

1971, iba a cumplir seis años y todos mis «disimulos» no ocultaban que seguía arrastrando esos problemas de izquierda a derecha, arriba y abajo. Desfase. Desfase. Ese año cambió el baño, otra redecoración entre Ernesto, mi papá y Belén. Gerardo y mi hermano se turnaban como albañiles para ayudar. Ahora había más espacio y un mueble para alojar las cosas que Belén necesitaba. Toallas, también vendas y ungüentos para sus pies. La ducha tenía dos alcachofas (como me había enseñado la Pelirroja que se decía en España). Así, por ejemplo, mi hermano y yo podíamos ducharnos juntos y ahorrar agua y tiempo. Mi hermano no fue muy partidario al principio pero yo lo encontré estupendo. Una vez, entré al baño y mi hermano y Gerardo estaban casi desnudos, sudando por el trabajo. No me veían pero, aunque quise volverme a mi cuarto, me quedé allí mirándolos. Sus espaldas parecían mármoles, fue lo primero que pensé. Y cada movimiento revelaba un músculo debajo de la piel. Aunque en los hombros de Gerardo no se habían marchado las marcas de las picadas de las abejas. Eran como pequeñas mordidas. Y sus hombros se parecían a los de mi hermano, pero con más cosas, como si alguien se hubiera esmerado en dibujarlos mejor. Como estaban trabajando en ajustar pomos y grifos, sus músculos se movían iguales. Pensé en los delfines que veía en la televisión acompañando a Flipper, el delfín más famoso del mundo, nadando juntos sobre la superficie del mar al principio de cada episodio. Pero a Flipper y sus amigos podía verlos y dejar de verlos. Con los músculos y la piel en los cuerpos de Gerardo y mi hermano no, no quería dejar de observarlos, estudiarlos y sentir curiosidad. Quizás, si me dejaban ver más, podría al fin vencer mi desorientación. Uno de los dos venía hacia la puerta y la cerraba.

Ernesto y Altagracia pasaban casi a diario por la casa. Isaac también, siempre vestido con ese aspecto de ser director de algo importante. Y esos movimientos suaves, como si tuviera una música interior. Su última obra había ganado tanto dinero que ahora tenía un coche nuevo. Un Mustang Camaro de color amarillo. «No, no es amarillo, es mostaza», me explicó sentándome al volante. El interior olía a madera, el olor de su colonia. Había papeles en el asiento del copiloto y fotos de él acompañado por otro hombre, más joven y en la playa. Tenía deseos de preguntar quién era pero entendía que no hacía falta. No sabía definir por qué lo entendía, pero refugiado en ese silencio me sentía mucho mejor. Y me gustó que el «tío Isaac» tuviera esa aura de misterio.

Otras veces, Altagracia se quedaba a solas con mi mamá mientras se suponía que mi hermano y yo dormíamos la siesta. Por supuesto, prefería escucharlas.

—Dicen que Elías sigue en Bolivia —hablaba Altagracia—. ¿Cómo se lo explico a Gerardo cuando pregunta por él?

—Diciéndole la verdad, Altagracia.

—¡Que su padre es un guerrillero desfasado! Belencita, no aceptó la pacificación, no ha venido nunca a verlo. Fue un error, mi peor error, y es mi hijo —Altagracia empezaba a luchar contra sus propios sollozos.

Yo miraba hacia mi hermano, tampoco dormía la siesta. También escuchaba el diálogo entre ellas. ¿Dónde estaba Gerardo? Me levanté y fui hacia la ventana que daba al patio de entrada del edificio. Y allí estaba Gerardo, sentado en la misma esquina donde habíamos encontrado la colmena desprendida la noche del terremoto.

Muchos domingos, a la hora de almorzar, «los del campamento», como se llamaban, traían platillos que compraban preparados. Auténticos banquetes. Altagracia traía empanadas chilenas, que siempre dejaba sin comer porque «engordan muchísimo pero están buenísimas». Isaac traía pollo horneado, «lo hacía mi papá en Maracay y debe ser mi condena, acaban de abrir un asador al lado del teatro». Y Ernesto siempre aparecía con un bote de pepinillos o arenques. Y la Pelirroja nos dejaba un poco de la ensaladilla que había hecho esa mañana. Mis platos preferidos. El papá de Belén, mi abuelo Lobo, traía unos postres dulcísimos, como con capas de azúcar de colores, que llamaban «aragoneses». Y el abuelo Izaguirre, don Pablo, que nos miraba como si fuéramos gitanos, traía conservas. Y un bote de mostaza y Bovril, «que al niño le gusta tanto», advertía. Belén intentaba esconderlos en la parte superior de la estantería de la cocina porque, si los dejaba a mi alcance, los devoraba hasta anestesiar mi paladar.

«¿Cómo puede comer cosas con sabor tan fuerte si es un carajito?», preguntaba Altagracia. Mis padres no respondían, como si no estuvieran cómodos en revelar intimidades de ese hijo que no dejaba de llamar la atención. Mi respuesta era sorber con ruido el líquido que dejaba el aliño en el plato de la ensalada. «Yo no dejaría que Gerardo hiciera algo así», manifestaba, y mis padres seguían sin decir nada.

Una mañana que solo estábamos Gerardo, mi hermano y yo, decidí acercar una silla a la estantería para alcanzar el Bovril.

Gerardo y mi hermano estaban concentrados ordenando discos por su carátula en los espacios vacíos del tocadiscos. No me vieron ni oyeron, hasta que estuve a punto de caerme de uno de sus anaqueles y mi hermano me gritó:

—Te vas a matar por comer, Barrigas Bill —que era como me llamaba por mi incipiente barriga de comilón—. Boris, baja de ahí ahora mismo.

—No puedo, tengo miedo —empecé a gritar, y no era miedo en realidad, sino una especie de parálisis, otra burbuja que parecía suspenderme y dejarme sin capacidad de movimientos. Algo que me raptaba, que me separaba y me impedía moverme porque me aterraba todo lo que me rodeaba. Mi propio miedo me producía más miedo e inmovilidad. La presencia de ellos dos, la velocidad que sucedía en mi cerebro pese a que nada se moviera.

—Pero, Boris, igual que has subido hasta ahí puedes bajar —decía mi hermano.

—Está cagado de miedo —dijo Gerardo.

Empecé a gritar, no puedo, no puedo. Y estuve así, minutos, hasta que apareció por la puerta la Pelirroja con su delantal de cuadros azules y blancos y el olor de una buena tortilla alrededor.

—Árbol que nace torcido jamás se endereza —sentenció subiéndose a la silla y sujetándome muy fuertemente para devolverme al suelo.

Se incrementaron los ejercicios con los círculos. Había que cerrarlos, Boris, ciérralos, ciérralos y ya no tendrás el desfase ni te quedarás suspendido en las alturas. Pero los círculos no se cerraban. Se quedaban así, cada noche, abiertos como bocas que roncaban en la oscuridad dibujando un globo encima de ellas donde se leía: Desfase.

Una tarde desperté de la siesta y me di cuenta que estaba solo en casa. Avancé por el pasillo hacia al salón y me pareció escuchar un ruido en la cocina pero antes de entrar vi cómo se suspendían en el aire unas partículas, casi doradas, hilitos que parecían volar delante mío. Entré en la cocina y vi una mujer altísima con algo amarillo en la mano. Quería gritar pero no lo hice porque vi cómo esos hilitos dorados provenían de lo que sostenía en la mano. Ella se giró, tan asustada como yo por mi presencia. Era negra, con el pelo tan crespo que parecía otra cabeza. Todavía sorprendida sonrió y vi los dientes más grandes y blancos de mi vida.

—Tú debes ser Boris —dijo con una voz inmensa, tan grande como ella misma y sus dientes y su pelo—. Yo soy Victoria —se presentó—. Victoria Lorenzo, que es mi nombre completo.

—Tienes nombre de hombre y de mujer —dije.

Ella se rio y colocó lo amarillo sobre la mesa de la cocina.

—Es miel del Oriente; como yo, que vengo del Oriente —me informó. Fue hacia el fregadero y se lavó las manos y luego metió uno de sus dedos en lo que había puesto sobre la mesa. Y me lo dio a probar.

—Es de las abejas —dije—. Las que volaron sobre Gerardo en el terremoto.

—Me han contado lo de las abejas. Me habían dicho que lo habías olvidado.

—No lo voy a olvidar nunca.

Ni tampoco esa primera vez junto a Victoria Lorenzo. Había venido por esa tarde a cuidarme porque era uno de esos días en que ninguno de los mayores podían estar en casa. No se fue nunca más. Belén sentía por ella una mezcla de agradecimiento y rivalidad porque sus hombres, mi papá, mi hermano y yo la adorábamos. Preparaba el desayuno y también el almuerzo, atendía el teléfono, hacía las diligencias propias de la casa, le recordaba a mi papá dónde estaban sus gafas y sus documentos. Vigilaba que Belén tuviera todas sus mallas y zapatillas en orden. Pero también se fijaba en mis rarezas. Y se las decía a mis padres. «No puede comer tanta mostaza. No sabe correr. Los niños hablan de él». Mis padres la escuchaban, sobre todo Belén. «Pero usted lo quiere así, con su rareza, ¿verdad? Usted es una mujer muy valiente. Y lo más valiente que tiene es ese hijo».

Victoria Lorenzo se integró a nuestra forma de vivir rápidamente. Se daba cuenta cómo en nuestra casa la gente venía a opinar, a discutir, a beber. Y que quienes venían eran personas distintas porque eran conocidas públicamente.

—Señor Rodolfo, ¿ustedes son importantes? —preguntó una vez.

—Algo. Puede ser. Pero no ricos.

—O sea, ¿que importantes y ricos no son la misma cosa?

—Al menos en este país, no —le dijo mi padre.

—Yo prefiero ser importante que rico —dije.

—Este niño nació lleno de equivocación —soltó Victoria Lorenzo y todos nos reímos. Incluido yo, que detecté que ella también sabía cómo complacer a una audiencia.

Se convirtió en alguien imprescindible. Belén parecía ver en ella a alguien que podía decir y hacer lo que ella tenía que disimular. De alguna manera entre las dos se repartían los papeles. Victoria intuía y Belén reaccionaba. «Señora, usted se ocupa más de Boris que de su hermano». «Victoria, eso no es verdad, a su hermano lo tuve que criar sola. Boris es distinto, necesita más atención, más cariño». «Cuidado que no le dé demasiada, entonces nunca sabrá cuál es el límite», sentenciaba Victoria.

Dormía en un cuarto que hicieron para ella en el garaje. Mi hermano a veces la acompañaba a cruzar el patio y me había dicho que, en vez de tener un póster de Superman como nosotros, tenía uno del Che Guevara y otro de Cassius Clay. Eso, sin poder explicármelo, me fascinó. Y a partir de entonces me parecía que ella debía ser hermana de uno de los dos. Por eso, cada vez que había un combate de Cassius Clay, Victoria se sentaba junto a nosotros a verlo. Mi papá tenía muy en cuenta sus opiniones. «Cassius Clay baila igual que la señora para confundirlos», decía. «Belén también baila para confundirnos», agregaba mi papá y nos reíamos. Mi hermano me vigilaba. «¿Tú qué ves?», preguntaba y yo tardaba en responder porque en realidad prefería quedarme con la información. Al final, él y Gerardo, que también venía a casa a ver los combates, se miraban entre ellos y reían. «Lo veo a él», dije. Y nadie prefirió agregar nada más.

Las noches de boxeo garantizaban que Gerardo se quedara con nosotros, como cuando el campamento. Mi hermano y él hablaban y, sin despedirse, se iban a dormir. Yo fingía hacer lo mismo. Al principio, estuve un rato viendo cómo las luces de los coches al pasar por la calle iluminaban nuestra habitación y dibujaban y desdibujaban el rostro de Gerardo, metido en una *sleeping bag,* como la llamaba, que había traído. Su piel tan blanca, las pestañas parecían cambiar de color. La nariz tan seria, como de alguien más adulto. Los labios, entreabiertos, gruesos. Al rato, parecía hablar desde su sueño. «Tienes miedo, Boris. No te acerques. Es la boca de la colmena». Me incorporé para cerciorarme si era eso lo que decía pero en cambio recibí el calor de su aliento y un olor dulce saliendo de sus labios. Acerqué mi mano para atrapar un poco de ese aliento y él abrió los ojos tan rápidamente que casi grité. Regresé de inmediato a mi cama. Me dejé invadir por un pánico terrible; sabía que no iba a dormir, pero no podía saber qué iba a hacer él. La noche se hizo más larga.

Altagracia regresó de Nueva York con unos pantalones «sicodélicos» para mí y para mi hermano. Gerardo en cambio tenía una camisa blanca con botones igual de blancos. «Es de vaqueros y los botones son de nácar», le dijo a mi hermano. Ernesto reapareció con una amiga que llamaba «novia» y mis padres decidieron organizar una fiesta para su «animadora preferida» y Altagracia nos enseñó las fotos que le habían regalado con Cassius Clay, con muy poca ropa y unos dientes enormes, como los de Victoria Lorenzo. Sentí cómo Gerardo vigilaba el tiempo que yo empleaba en ver la foto hasta que pasaba de mis manos a las de mi papá y a las de Ernesto y su novia. El tío Isaac llegó tarde. «Es sexy ese negrito». Todos reímos. Repetí la frase y Victoria Lorenzo puso sus ojos hacia atrás y terminó sumándose a la carcajada.

La fiesta fue larga y de nuevo mi hermano, Gerardo y yo compartimos habitación. No podía dormir, lentamente abrí la puerta y salí al pasillo. Los adultos, papá, Belén, Altagracia, Ernesto, Isaac, estaban reunidos en el salón. Percibí el olor del tabaco y también el de los tragos que tomaban. Whisky, cerveza, vino tinto, ron.

—No pasa nada en que le lleves a una revisión más especializada —escuché decir a Altagracia.

—A lo mejor es el golpe en la cabeza cuando el terremoto.

—No, Belén, ya lo han notado otras veces, se equivoca hablando y de repente te dice una parrafada que te deja sin habla —era la voz de mi padre.

—Debe tener más de un cerebro —dijo Ernesto.

—No quiero que lo traten como un enfermo —expuso el tío Isaac.

—Habla con Carmina, ella te indicará qué hay que hacer. Son síntomas claros: desorientación, vértigo —dijo Altagracia.

—Y esa forma de ser.

—¿Cuál forma de ser, Ernesto? —atajó Belén.

—No para de verse, de moverse, de actuar, llama la atención.

—Como si me imitara —soltó el tío Isaac—. A lo mejor debería venir menos. Que vea gente más normal que nosotros, quiero decir. Todos los sitios a los que va es con gente rara.

—¿Rara, cómo? —preguntó Altagracia.

—Como tú, mi amor. ¿O tú crees que eres la mujer más normal de Venezuela? Estrella de la televisión. Novia de un guerrillero desaparecido…

Se hizo uno de esos silencios interminables.

—Estoy de acuerdo con Isaac en que quizás Boris es lo que ve en su casa —dijo Belén intentando superar el silencio.

—No tolero que sigamos hablando así de Boris —zanjó mi padre. Estuvieron callados otro largo rato.

Me quedé muy pegado a la pared del pasillo. No quería que me descubrieran. Muy despacio regresé a mi habitación a contar una y dos y tres y cuatro luces de coches iluminar y devolver a las sombras el rostro de Superman. Mi hermano dormía tan plácidamente. Pero el deslumbrante azul de los ojos de Gerardo se reflejaba en el suelo. Nos miramos y yo sentí, nada que pudiera definir. Sentí, punto. Y él cerró sus ojos y me dio la espalda.

El campamento volvió a reunirse para ver el tan anunciado combate de Muhammad Ali contra Joe Frazier, en marzo de 1971. La excitación era total. Muhammad, que no se llamaba así, sino Cassius, había sido suspendido por no querer ir a una guerra que llamaban Vietnam; Frazier era un contrincante poderoso. Yo mismo no podía parar de dar golpes al aire vestido con una bata de seda que Belén había traído de su ballet. Victoria Lorenzo estaba vestida de gala, una gran batola de un estampado mareante y un turbante. Sí, un turbante, porque su afro podía obstaculizar la visión. Isaac la llamó Miriam Makeba, y Altagracia y Belén le preguntaron dónde podían comprar un vestido igual. Mi papá fue corriendo al tocadiscos y seleccionó un álbum y puso el vinilo a toda prisa. Apenas escucharon los acordes, todos se pusieron a bailar y mi mamá me cogió para que lo hiciera con ella. «Ay, Pata-Pata», coreaban todos. Y, por supuesto, yo también. Todos se reían, esa carcajada fluida que caracterizaba sus reuniones, y yo seguía repitiendo: «Ay, Pata-Pata», sentí una especie de mareo delicioso y seguir, seguir.

—Mamá, en qué idioma están cantando.

—Es sudafricano, porque lo bailan en Johannesburg Way —dijo ella imitando las palabras africanas—. Mira a Victoria, no le hace ninguna gracia esto del Pata-Pata —me sonrió.

Gerardo, de repente, cómo no, me sujetó. Me sentó a su lado. Como la única forma de aquietarme porque aquietado, en efecto, me quedé. La canción terminó y todos estaban otra vez atentos a la pelea, tan pegados a la pantalla de la televisión que no se percataron de lo pegados que estábamos nosotros. Él se acercó más y sentí su cuerpo. No era que estuviéramos unidos, sino que algo de mí se adentraba en él. Y no había mejor sitio en el mundo en el que estar. Quería subir hacia sus ojos y ver si el mundo se veía azul. Pero empezaron los gritos. Altagracia, Ernesto, Victoria, mis padres e Isaac gritaban, ¡¡knock out, knock out!! Pero era una desolación total. Frazier le había pegado fulminantemente a Clay. Victoria Lorenzo se quitó el turbante y se sentó con las piernas abiertas y mesándose el pelo ensortijado. Mi papá se bebió lo que tenía en su vaso de un trago y mi mamá se lo retiró y él lo aguantó para servirse otro. Altagracia y Ernesto decían que era imposible. «Frazier es feísimo», soltó Altagracia. «Hijo de puta», le siguió Ernesto. Gerardo se levantó junto a mi hermano y coreaban el ¡¡knock out, knock out!! entre los adultos desolados y me pareció ridículo. Yo miraba la televisión y veía ese lugar impresionante, el Madison Square Garden, lleno de luz, tan blanco. Y pensé que acababa de descubrir un extraño paraíso donde caías, otros triunfaban, pero de alguna manera alguien esperaba a que te levantaras y también brillaras en ese espacio inundado de luz. Gerardo apagó la televisión y entonces el espacio de luz fue sustituido por sus ojos y su gesto de orden y superioridad.

Belén comenzó a llegar más tarde de la Academia Nena Coronil, «porque estamos preparando algo grande, Boris —dijo en una de las pocas cenas que compartíamos con ella—. Tengo que trabajar de noche porque son los horarios de los ensayos». Rompí a llorar ese mismo momento. Y muchas, muchas noches más en las que me iba a dormir sin verla regresar. Aprendí, con esfuerzo, a no llorar por su ausencia en la cena. Me parecía que tenía todo el derecho a llorar y patalear. Todos mis amigos cenaban con sus mamás. Pero entendía que no serviría de nada. Mi mamá trabajaba durante la cena, punto.

Altagracia venía, siempre como si tuviera una máscara delante de su auténtico rostro y que era el maquillaje de televisión, y traía a Gerardo, que comía con ensimismamiento, algo que me llamaba tanto la atención que lo intentaba imitar pero me podía más esa hambre que parecía vivir en mi interior y entonces masticaba a toda prisa y para disimular el ruido, hacía gestos y movía los ojos. Y las manos. Mi hermano intentaba corregirme. «Deja las manos quietas». Y las agitaba más. A veces, la comida se torcía en el descenso por mi garganta y empezaba a toser y hacía más ruido, más aspavientos. Gerardo jamás cambiaba ni de parsimonia ni de gesto.

Ernesto venía a veces con su novia, otras solo, con aliento a ron, los ojos rojos, la nariz mocosa. Una de esas noches se presentó con un cuadro gigantesco, casi más grande que la pared donde colgaba el espejo que había puesto después del terremoto. Nos quedamos atónitos. Ernesto empezó a colocarlo en la pared, donde apenas cabía.

—Lo concebí después de estar aquí en el campamento. De hecho, es la fecha que he puesto en mis archivos. Creo que nunca viviré unos días como esos, con ustedes, Rodolfo, Altagracia, tan seria y maternal. Y Belén, cada mañana, gloriosamente bella…

—Ernesto —empezó Belén, que acababa de entrar en casa, por fin, y yo corrí aparatosamente para refugiarme en su abrazo—. Es enorme. E hipnotizante —agregó.

—Es lo mejor que he hecho. Quizás no consiga nunca hacer algo mejor.

—¿Por qué quieres que esté aquí? —preguntó mi mamá.

—Para que no olvidemos nunca esos días del campamento.

—El cuadro es más grande que la pared, señor Ernesto —advirtió Victoria Lorenzo.

Eso no le detuvo y empezó a atornillar algo detrás del lienzo y a medir haciendo marcas en la pared con un taladro ruidoso. Mi hermano y Gerardo se refugiaron en la cocina mientras yo me quedé todo el tiempo sujeto a Belén, tan hipnotizada que yo me paré delante de ella y levanté mis brazos, como había visto hacer a un mago en la televisión, diciéndole: «Te estás quedando dormida».

—Ernesto, te has vuelto loco —terminó por decir Belén.

—Quiero que lo conserven, que lo cuiden. Es de ustedes. Que vaya creciendo con él —dijo señalándome.

Belén cambió de cara, se relajó y se emocionó. Me cargó en sus brazos tan suaves (y tan fuertes, porque yo era un fardo), me agarré de su cuello, como siempre hacía para poder estar envuelto de su cabello y el olor de su perfume.

El cuadro de Ernesto tenía un cartel que decía «Tiempo de tormentas» como elemento principal. Justo al medio del cuadro, el cartel estaba abatido, como si una tormenta, en efecto, lo hubiera dejado así. Las letras en algunas de las tres palabras faltaban, como arrancadas por el viento. Ernesto aclaró de inmediato que más bien se habían esfumado de la memoria. Y se quedó mirándome y me acercó al cuadro.

—Muchas cosas en la vida son como una tormenta. Y por eso el tiempo de tormentas nunca termina de irse, se mantiene, regresa con el viento, las lluvias, pero algo en tu interior te hace saber que la tormenta está dentro de ti.

Le oía y miraba hacia el cuadro. Estaba hecho de escenas, como fragmentos de una historia que no concluía. Algunos de esos fragmentos estaban pintados, otros dibujados y otros eran trozos de fotografías o fotogramas de películas olvidadas, no importantes, en las que aparecía un hombre en una silla de ruedas a la que se aferraba una señora vestida de largo y aspirando un cigarrillo. En otra, dos amigas hablaban mientras tendían o arreglaban una cama. En otra, dos niños pequeños jurungaban con un palo una colmena caída. Gerardo y yo, pensé y no dije nada. Ernesto seguía comentando el cuadro.

—En realidad, en nuestros países siempre vivimos en tiempo de tormentas. Nunca deja de agitarse el viento, la lluvia destruye los hogares mal construidos, los sueños se vuelven pesadillas.

—Déjalo, Ernesto, estás echándole un maleficio a tu obra.

—A mí me gusta —dijo mi mamá—. Lo siento. Lo entiendo perfectamente.

—Tiempo de tormentas —dije al fin.

Ernesto pareció no escucharme, seguía detallando con sus manos las escenas de su pintura. Una mujer aferrada a un trozo de cortina de telón, a punto de marcharse del escenario. Imaginé que era mi madre. Altagracia, sí, dentro de la pantalla de un televisor, y una persona misteriosa, oculta por el espaldar de una butaca, echando humo, fumando un cigarro mientras la observa. Gente caminando sobre calles destrozadas. Una llamarada, cebras solitarias avanzando en una meseta desierta. Encima de ellas, en el margen superior izquierdo, un grupo de flores blancas de plástico, no marchitas pero tampoco de apariencia fresca, metidas dentro de una especie de repisa cubierta en el mismo cuadro.

—Pero también —dijo Ernesto— me gustaría llamarlo *La boca de la colmena*.

—Por las abejas, por Gerardo y yo —dije, aunque Ernesto y los demás adultos seguían ignorándome; él continuó:

—Porque igualmente siempre parecemos estar delante de la boca de la colmena. O bien asustados por que las abejas nos ataquen o bien deseando que la boca nos engulla. Toda la vida, al menos la mía, está siempre a un paso del precipicio —concluyó.

Seguí observando el cuadro. Me asombró que, al igual que yo, llevara días sin nombre. O sea, que si yo decidía el nombre del cuadro de Ernesto, estaría devolviéndole el favor. Por eso, miré con más atención el lienzo. El ojo podría perderse entre tantas imágenes, todas tan atractivas y virulentas, pero era la mirada de esa mujer, justo al lado derecho del cartel, la que de alguna manera servía de guía para recorrer el cuadro en cualquier dirección y regresar siempre a ella. De lejos parecía una muñeca de trapo, de cerca era una mujer, una señora, una novia, apostada ante una ventana. «Se llama Aminta», deslizó Ernesto, muy quedo, dentro de mi oído. Su mirada te seguía, fueras a la izquierda o a la derecha. Recordé de inmediato el cuaderno, su cuaderno, abierto en la mesa del comedor, ese mismo rostro.

—Boris, decide tú. ¿Qué te gusta más, Tiempo de tormentas o La boca de la colmena?

Volvimos a mirar el cuadro.

—Tiempo de tormentas me gusta más.

CAPÍTULO 4

—

GISELLE

Belén apareció en el programa de Altagracia vestida con sus ropas de ensayo y junto a otras personas de su compañía. Anunciaban la primera producción completa de un ballet clásico en Venezuela: Giselle. Y Altagracia entrevistaba a Belén, que se veía increíble, su cuerpo delineado bajo la malla del ensayo, sus senos firmes, sus brazos con formas, sus manos tan delicadas, la cintura, el dibujo de sus caderas. La cámara no sabía qué hacer, si tomarla de lejos, acercarse, centrarse en su rostro, sin nada de maquillaje, tan fresco, tan real. Me sobrecogió y quise apagar la televisión para que nadie más la viera como yo acababa de verla. Era mi mamá, era mía. Sentía que me la quitaban. Mi papá se colocó a mi lado.

—Boris, esa es tu mamá. Y es también la bailarina de un ballet muy importante. Por eso está en el programa de Altagracia.

Me aquieté, como si me volviera un animal capaz de encontrar refugio en sí mismo.

—Belén, muchas personas no saben que eres madre de dos hijos de edades muy distintas —Altagracia pronunciaba cada letra de cada palabra, estuve muy tentado a imitarla pero esperaba, anhelaba la respuesta de mi madre—. ¿Cómo haces para atenderlos y al mismo tiempo prepararte para un reto profesional tan importante?

—Sola no podría hacer nada de esto y, afortunadamente, cuento con Victoria, que es la columna principal de mi casa. Y Rodolfo, mi marido, más a menudo de lo que le gusta, me sustituye. Él mismo dice, «soy padre y soy madre». Muchas veces le dijeron cosas desagradables en la calle por llevar a Boris a pasear en su carrito. ¡Imagínate en un país como el nuestro, un hombre que saque a pasear a su hijo! A mí me parece maravilloso, me encantaría que más hombres lo imitaran. Todo se andará.

—Es tu frase favorita, ¿no es cierto?

—No, es «todo va a salir bien». Y creo en ella. Lo digo a cada momento, aquí, en el ensayo, en la compañía cuando nos dicen que no llegamos con el presupuesto al estreno y yo me paro y digo: Todo va a salir bien. —Se veía maravillosa, llevaba la conversación y, sobre todo, su voz era maravillosa. Ronquita, como dijo mi papá, demostrando que a él también le fascinaba.

—Rodolfo y tú forman una familia muy poco convencional, ¿cómo la definirías?

—Nunca la vería como «poco convencional» porque somos como una familia más. Es cierto que mi marido es escritor. Y yo bailarina. Y nuestros hijos nos ven, pues, a su papá escribiendo y a mí vestida así porque tengo que venir a ensayar. No tengo por qué disfrazarme y ocultarles a mis hijos lo que soy. Quizás eso nos haga menos convencionales... —se quedó un poco pensativa— ¡Todo va a salir bien!

Yo me emocioné y aplaudí. Volvía a escuchar esas palabras, «poco convencional», asociadas a nosotros. Miré a Ernesto, que estaba sentado, ligeramente encorvado, siempre dibujando en su cuaderno. Isaac intentaba mirar por encima de su hombro. Mi papá no dejaba de ir y venir de la cocina trayendo bandejas con comida y vasos. Mi hermano también observaba desde la mesa del comedor, mientras terminaba sus deberes junto a Gerardo.

La entrevista terminó con mi mamá y Altagracia despidiéndose con un abrazo y la imagen fundiéndose para dar paso a Altagracia, que anunciaba una serie de fascículos semanales sobre la historia de Venezuela, «con fotografías que no dejan nada a la imaginación». Ernesto se levantó y fue hasta el televisor.

—¿Lo han escuchado? —Todos nos quedamos mirándole—. «Fotografías que no dejan nada a la imaginación». ¿No lo han escuchado?

—Ernesto, es un anuncio —dijo mi papá.

—Y para eso hemos quedado, Rodolfo, para hacer anuncios. Para peinarnos como Altagracia, llena de laca, toda complacencia con Belén, como si fueran unas estrellas. No unas artistas.

Me quedé mirando a Gerardo, quería saber qué pensaba.

—Es un programa de televisión, Ernesto. Belén y la compañía necesitan la promoción, es una producción muy cara, quieren que vaya la gente al teatro.

—Dinero, capitalismo, ser linda y bella. Muñequitas de belleza. Y no unas personas con un compromiso, el compromiso con su arte, con su talento.

—No entiendo por qué tienes que ponerte así, Ernesto —intervino Isaac.

—Tú eres el primero que se vende —insistió él—. Escribiendo esas obritas de teatro para que todas las señoras burguesas te inviten a sus casas.

—Ya está bien, Ernesto.

—No, Rodolfo, déjale que siga —dijo Isaac.

—No delante de los niños —ordenó mi papá—. Se van al cuarto.

—Para nada —dijo Gerardo—. Es mejor que el programa de mi mamá.

Ernesto fue hacia su botella de ron. Estaba vacía, hizo un gesto de desesperación y tomó su chaqueta cargada de cosas y se la puso con la misma violencia con la que había hablado. Se cayeron monedas, llaves, canicas y unos sobrecitos muy apretados de color azul. Me había agachado para recoger las canicas y mi papá me levantó en sus brazos y apartó con el pie los sobrecitos, que Ernesto recogió rápidamente y salió.

Al final fui yo el único en la habitación. Miré las canicas de Ernesto, parecían colores que se unían con otros. Las apreté en mi puño y busqué un lugar donde conservarlas. Tenía una caja donde guardaba cosas similares, monedas que recogía en la calle, un reloj de una reciente piñata, un trompo, una perinola. Y las canicas de Ernesto.

Belén y Altagracia entraron en la casa y escuché desde mi habitación el jolgorio, venían felices de la entrevista. Mi mamá estaba besando a mi papá cuando regresé al salón.

—¿Y Ernesto? —preguntó al tiempo que venía hacia mí para besarme. Quería quedarme más tiempo así junto a ella, rodeado de su pelo, la piel, el perfume, pero sentía imperativo informarle de lo que había pasado.

—Ernesto se fue porque no le gustó el programa, Belén.

—¿Qué dijo? —preguntó Altagracia.

—Su cantinela de siempre —informó Isaac—. Que hicieron las guerrillas para volverse ricos y famosos.

—Aquí el rico y famoso eres tú, mi amor —dijo mi mamá dirigiéndose a él a repartirle un poco de ese aroma que quería solo para mí.

Altagracia se quedó en una esquina, rígida. La miré para ver si era verdad que podía convertirse en otra persona.

—No me gusta nada lo que pasa con Ernesto. Bebe mucho —dijo.

—Y más cosas —agregó mi papá, y todos se giraron a verlo, pero él hizo un gesto que creí que nos involucraba a Gerardo, a mi hermano y a mí dando a entender que cualesquiera que fueran esas «más cosas» no podían discutirse con nosotros presentes.

—Tiene que enfocarse en pintar —dijo mi mamá.

—Después de un cuadro como el que tienes aquí —empezó Isaac—, es muy difícil que pueda pintar algo mejor.

—Isaac, no lo hundas.

—Él ya está hundido, mi amor —dijo Isaac—. La guerrilla y ese sueño de revolución lo han dejado mal. Lo perdimos. Nunca lo recuperaremos.

—Será difícil —empezó mi mamá comiendo un trozo de pollo con un hambre que nunca le había visto—. Ernesto y Rodolfo se hicieron amigos hace muchos años, en un grupo literario. Juntos se fueron a Roma y en realidad fue Ernesto quien nos presentó.

—Bueno, no exactamente así —dijo mi papá.

—Sí, Rodolfo, Ernesto era muy amigo de…

—… la administración anterior —dijo mi papá.

Gerardo y yo nos miramos para saber si uno de los dos entendía algo.

—Ernesto era muy amigo de Alfredo, es verdad. Pero yo ya había roto con él —dijo mi mamá ocultando una sonrisa y haciendo gestos para que no se mencionara a ese Alfredo otra vez, y mucho menos delante de mi hermano mayor.

Mi hermano se me quedaba mirando. Mis ojos parecían como dos libretas en donde todo lo que decían se quedaba escrito.

—Rodolfo regresó de Roma a dejar un dinero para «nuestros amigos de la montaña» —continuó mamá. Mi papá bajó la cabeza, parecía que no le gustaba mucho lo que estaba reportando—. Y Ernesto me contó que estaba muy admirado del esfuerzo de Rodolfo…

—Eran cuarenta mil dólares ocultos en una chaqueta de cuero —informó Altagracia.

—Estaban completamente locos. Completamente —soltó Isaac.

—El Partido Comunista jamás me dio las gracias. Ni una sola palabra.

—Obvio, estaban en la clandestinidad, Rodolfo, ¿qué esperabas?

—Bueno, ya pasó. El hecho es que le dije a Ernesto que sí, que lo trajera a casa, que tomábamos algo. Iba a invitar a Irma y a Graciella pero lo pensé mejor y…

—¡Para mí sola el guerrillero que venía de Italia! —soltó Altagracia quitándose los zapatos y tumbándose en el sofá.

Se rieron. Menos Gerardo que me miraba y regresaba la mirada a su cuaderno de deberes.

—Al final diste una fiesta, Belencita. A mí me invitaste toda curiosidad y nervios. «No es guerrillero pero está con ellos» —dijo Isaac imitando la forma de hablar de mi mamá.

—Mentira, no te dije nada de eso —saltó mi mamá y se abrazaron.

—Sí que fue una fiesta, mi amor.

—¡Una fiesta! —exclamé.

—Este niño, de verdad, o será playboy o el próximo cronista social —dijo Altagracia—. ¡Mira cómo se pone al oír la palabra «fiesta»!

—Fue una fiesta muy divertida. Todavía fumaba —continuó Belén—. Y la verdad, me la merecía después del divorcio del padre de mi hijo mayor, la compañía prácticamente quebrada y haciendo esos trabajos horribles en la televisión…

—¿Has salido antes en la televisión, mamá? —Se me escapó ese «mamá».

—Sí, mi amor, bailando para unos comerciales y varias veces

más. Así conseguí esta casa. Y, bueno, para terminarlo, di esa fiesta. Todos mis amigos son músicos o escritores, no toman precisamente zumo de naranja. —Se rio—. Jamás había visto tantas botellas de Tanqueray y de Red Label apiladas sobre la mesa de la cocina. No tenía ni idea de que había bolsas de hielo. Pero fue una fiesta tan divertida —dijo mirando hacia mi padre y tomándole las manos.

—Que no ha terminado —dijo él.

Altagracia sonrió mirando a Belén.

—¿Es verdad que Sofía te llamó para decirte que tenías que casarte? —preguntó Isaac—. La todopoderosa Sofía —agregó.

—Sí —rio Belén—. Sofía es así. Me dijo que no podía darle a este carajito —que era yo, porque me señaló— una vida hippie. ¡Si nos viera ahora! Y Rodolfo fue a la alcaldía y nos casaron por un decreto que regulariza los concubinatos.

Quedé entusiasmado con esa palabra. «Concubinato». Creí que se refería a dos personas. Una que se llamaba Concubi y la otra Nato.

—Apenas me casé, con un traje Dior de color tabaco, la llamé. «Sofía, me acabo de casar». «Así me gusta, Belén», respondió ella. Mas nunca hemos vuelto a hablar. Seguramente se enteró que Rodolfo había estado trayendo dinero para los rebeldes.

—«Nuestros amigos de la montaña» —bromeó Isaac imitando a mi mamá otra vez.

—Retiro lo dicho sobre el Partido Comunista. No necesito sus gracias, es al revés. Nunca le estaré lo suficientemente agradecido al Partido Comunista de Venezuela por ponerte en mi vida —sentenció mi papá abrazando a mi madre. Y se besaron.

Unas tardes después colocaron un nuevo aparato de teléfono, era anaranjado y con las teclas blancas. Me encantaba, quería que toda la casa fuera anaranjada. Belén estaba terminando de ducharse, mi papá tecleaba en su máquina de escribir y el teléfono empezó a sonar y yo respondí.

—Rodolfo Izaguirre —me pareció una voz muy seria. Y se lo pasé a mi padre, a quien no le gustaba atender el teléfono y por eso lo dejaba sonar aunque estuviera al lado. Fue una conversación breve, con mi papá bajando la cabeza y levantando los ojos y buscando los de Belén, que había salido del baño y esperaba atenta a su lado.

—¿Cassius Clay va a pelear en Caracas? —se me ocurrió preguntar. Belén me hizo una señal para que callara.

—Era el presidente —dijo al fin mi papá—. El propio presidente. Acaban de nombrarme director de la Filmoteca.

Belén corrió a abrazarlo. Y luego besarlo.

—Bravo —exclamó Belén mientras improvisaba un baile—. ¡Todo va a salir bien!

Casi no, porque la noticia no fue tan bien recibida por Ernesto esa misma noche mientras se tomaba un ron con mucho hielo.

—Además, que haya llamado el propio presidente, «el enemigo número uno del comunismo». Rodolfo, ¿cómo te pusiste?

—Solo dijo su nombre y yo se lo pasé —intervine.

—Boris, a tu cama, ya —dijo mi padre. Era la tercera, quizás la cuarta vez que lo decía. Miré hacia Belén, era un día importante, tenía que estar ahí.

—Boris, a tu habitación —ordenó ella.

—Da igual, si lo voy a escuchar todo desde mi cuarto —dije desafiante.

Mi papá se levantó de su silla mirándome como si fuera a quemarme con sus rayos X. Salí corriendo a mi cuarto. Mi hermano saltó de mi cama, donde estaba leyendo sus comiquitas de Superman, y se metió en la suya.

—Eres una ladilla —me dijo—. Nunca sabes cuándo tienes que parar.

—¿Tú no quieres saber por qué es malo que haya llamado el presidente?

—«El presidente, el presidente, el presidente» —dijo mi hermano imitando mi voz, que era más chillona que la suya.

—Yo hablé con el presidente, con el enemigo de los comunistas —insistí.

—«Yo hablé con el presidente. Yo hablé con el presidente» —siguió él imitándome.

La discusión crecía en volumen.

—Te has vendido —vociferaba Ernesto— como esos mierdas que apenas regresaron de las montañas se metieron a trabajar en la publicidad. En eso acabó nuestro comunismo. Todos, tú también, vendidos al sistema. Y vendiendo algo. Todos tomando whisky, como los adecos, como los enemigos. Solo yo sigo con mi ron. Me enterrarán con una botella en la mano.

—Llévate el cuadro —exclamó mi papá.

—Es tuyo, vendido. Para que todos los días recuerdes que compartimos un sueño y tú lo volviste traición.

Belén consiguió empujarlo fuera de casa, cerró la puerta y se giró a descubrirnos a mi hermano y a mí parados en el pasillo.

La dirección de la Cinemateca Nacional transformó el orden de nuestra vida. Hasta para Victoria Lorenzo los días se convirtieron en galimatías. Mi papá tenía que dejarme antes en el colegio y Belén hacía malabarismos espectaculares para recogerme en la tarde porque esa era la hora de sus ensayos, y cuando tenía función, todo se complicaba porque Victoria Lorenzo no podía dejar la casa sola y debía esperar la llegada de mi hermano de su colegio. Entonces venían a buscarme dos amigas de Belén, de camino al ensayo. Graciella e Irma. No paraban de hablar en todo el trayecto, iban perfumadas. No era el mismo olor de Belén, sino otro como de mandarinas y quizás un poco de chicle. Tenían el mismo cuerpo de Belén, pero más duro, los brazos muy delgados pero con partes abultadas, músculos.

Siempre llegaban con el pelo mojado y se lo iban secando mientras manejaban a través de toda la ciudad para llegar a la quinta donde se alojaba el ballet. Hablaban con horquillas entre los dientes que luego iban apretando alrededor de un moño durísimo hecho de pelo húmedo.

—Ayer leí que se nos va a partir todo el pelo si seguimos esta costumbre —dijo Irma, que iba al volante mirando el exterior como si estuviera repleto de dinosaurios corriendo a su alrededor y de pterodáctilos sobrevolándola.

Yo también miraba la calle de esa forma. No podía entender

por qué no había dinosaurios en la calle. ¿Por qué se extinguieron? Quizás se lo había comentado a Irma en uno de nuestros viajes después que ella me advirtiera que todo el mundo se mofaba de su mala conducción. En vez de pterodáctilos, según ella, la gente le decía que manejaba como si viera elefantes varados en el camino. Pero los dos preferíamos sustituir los elefantes por dinosaurios.

Me tumbaba en la parte de atrás y miraba el cielo acompañarme a través de la ventana. El cielo perfectamente azul de Caracas, sin pterodáctilos pero con una continua hilera de pájaros negros, los zamuros, sobrevolando el valle. Cerraba los ojos para que pensaran que dormía y me entregaba a un nuevo placer: seguir la conversación de Irma y Graciella deshilvanándose de fondo.

—Que nos regalen un buen secador americano que nos deje secas y peinadas en diez minutos.

—Ese secador aún no existe, Graciella.

—Estás loca, claro que lo hay. —Debió girarse para chequear que estaba dormido—. Irma, ¿tú sigues tirando con el marido de la conserje?

—Está divino, te tira como si fuera a entrar la Pelirroja y nos matara allí mismo. Adrenalina pura, mi amor.

—Tú no aprendes, mi amor.

—Árbol que nace torcido… Como el que llevamos aquí detrás.

—¡Irma!

—¡Se lo dijo la propia Pelirroja al niño! ¿Tú crees que sus padres no lo saben? Lo comenta todo el mundo.

Graciella se giró otra vez y me encontró con los ojos abiertos. Se asustó.

—¿Cuántos años tienes, Boris?

—Seis y medio —respondí con voz de medio dormido.

—¿Con esa precisión? —insistió.

Asentí con la cabeza, no sabía muy bien qué sería «precisión» pero lo estaba descubriendo. Igual que lo que ellas llamaban «tirar» y que no era la basura a lo que se referían.

—Siempre responde seis y medio. Parece que no sabe contar muy bien por lo de la dislexia —dijo Irma mientras Graciella le hacía señas para que se callara—. A mí me encantaría tener esa dislexia para no saber qué años tengo. Como si fuera bisiesta, ¿entiendes? El niñito nos va a dar tres vueltas muy pronto, mi amor. Yo lo he hablado con Belén —continuó Irma hablando como si yo no estuviera atento, que era lo que Graciella intentaba advertirle. Claro, ¡no separaba los ojos del parabrisas!

—El niñito te está escuchando —exclamó Graciella—. Ha estado despierto todo el tiempo.

Irma se giró a verme y le devolví una impecable sonrisa. Ella me sacó la lengua.

—Por eso no tendré hijos. Es una lotería. O tienes uno como el de la señora Nena, bobo y con mal aliento. O tienes uno como el de aquí atrás.

—Graciella, Belén es nuestra única amiga.

—Y su hijo también lo es. Único. Esa es la lotería, amiga, no saber si prefieres lo diferente a lo normal.

Puede que esa fuera la primera vez que me di cuenta que yo era un comentario. O de que formaba parte de un comentario. De lo que significaba ser parte de una conversación. Un chisme. La Pelirroja tenía un marido que tiraba y yo no era normal, era una lotería, pero como si ser un premio también acarreara una condena.

Me «despertaba» cuando el carro iniciaba su ascenso por la colina que antecedía la Academia Coronil, la casa donde se alojaba el Ballet y Academia Nena Coronil. Los árboles alineados en su entrada. Acacias, robles y castaños de Indias, guardias hechos de madera y ramas. Y, zas, los limoneros y, en los meses de frío, el intenso olor envolvente como un perfume de varias mujeres reunidas, de los malabares.

Graciella e Irma aparcaban y saltaban del coche, ya bailando, sonriendo, estirando los brazos hacia el maestro Holguin, tan alto como los árboles, como si fuera uno más. Esperaba al final de la escalera, al lado de la Nena Coronil, que llevaba un turbante, ¡como Victoria Lorenzo!, vestido blanco y largo cigarrillo igual de blanco suspendido en el aire.

—Ese es el hijo de la Lobo —señaló, me asombró la gravedad de su voz y esa selección de palabras.

Llamar a Belén por su apellido y al mismo tiempo volverla

un animal con dos sexos. La Lobo. Me gustó, me indignó, me volvió a gustar y sostuve la mano de la señora Coronil e imité una reverencia como las que hacía mi mamá al final de los ballets. El maestro Holguin pareció contrariado, pero las señoras estuvieron encantadas.

—El príncipe Boris —me llamó la Nena Coronil—. Qué dulzura de niño —pronunció y me tomó de la mano con más firmeza que Belén. Y con muchísimos más anillos y pulseras, de las que colgaban otras joyas y monedas distintas, todas de oro. Me sentí observado por la distinción que la Nena Coronil hacía llevándome de su enjoyadísima mano al interior de su academia.

CAPÍTULO 5

—

LA LOBO

Por entre los cristales de la sala de ensayos, vi moverse a Belén, a la Lobo. Tenía el cabello suelto y lo agitaba corriendo de espaldas y girándose fuertemente para luego saltar varias veces, levantar los brazos y caer fulminada, al mismo tiempo que terminaba la música del piano. El maestro Holguin abrió las puertas del salón y corrí hacia Belén para abalanzarme sobre ella.

—¿Estás bien?

—Mi amor, estamos ensayando —me explicó con muy poca voz; hizo un esfuerzo por tragar saliva y recuperar el aliento—. No puedes estar aquí —dijo con una inesperada solemnidad.

—Pensé que te hacías daño, Belén.

—No, mi amor, estamos ensayando la coreografía —espaciaba las sílabas porque sabía que era una palabra nueva para mí—. Siéntate en la esquina y quédate muy tranquilo.

Hice exactamente lo que me dijo. Me resultó extraño, me parecía como si me rechazara. O, mejor, como si descubriera que por encima de mí estaba eso que estaba ensayando. El baile. Su baile. Seguí observándola, cómo volvía a levantarse y caminaba hacia otra esquina y volvía a avanzar, agitando el pelo, corriendo sin correr, girando con esa fuerza súbita, saltando como si tuviera un resorte y haciéndolo una, dos veces más, levantar los brazos al cielo y caerse completamente al suelo. «Otra vez, Lobita», decía el Maestro, de nuevo cambiándole el nombre. Y otra vez sonaba la música, exactamente igual que la vez anterior y otra vez repetían. La Lobo no parecía cansarse, a cada repetición discutía unos instantes con el Maestro y volvían a hacerlo. Irma y Graciella se apostaban en una barra cerca y hacían ejercicios, viendo de vez en cuando lo que hacía Belén, y de pronto entraron varios hombres, hablando muy alto, con bolsos casi tan grandes como los de Belén, abrazándose, o tocándose entre ellos como si fueran también Irma y Graciella. Riendo y acariciándose la nuca, los brazos, golpeándose por la cintura con sus caderas. Toda esa otra «coreografía» desvió mi atención de la que ensayaba la Lobo. «Chicos, please, silencio, estamos ensayando, un poco de respeto», bramó el Maestro. Los «chicos» rieron todavía más, hicieron unas morisquetas y volvieron a salir del salón entre risas y más toqueteos.

Uno de ellos me regaló un caramelo. «¿No eres muy niño para ver cómo se muere Giselle?». Se fue sin esperar mi respuesta.

—¿Por qué se muere Giselle, Belén?

—Porque la han engañado y enloquece.

—¿Y se puede morir de eso?

—Tú y yo no, somos más fuertes que eso, mi amor. ¿Verdad que sí?

Me quedé un instante sin saber qué responder. Terminé asintiendo y ella me tomó la cara entre sus manos.

—Es un ballet romántico, y en los ballets románticos los personajes se mueren de amor. Para ver todo eso la gente paga una entrada y llena el teatro —se detuvo—. ¿Cómo vas a saber tú qué es un ballet romántico, mi vida? —Y me acarició y nos reímos.

—Pero Giselle no se muere de verdad verdad porque luego tú sigues bailando.

—Porque se vuelve una *willi*, que son las almas en pena de las muchachas que han muerto engañadas de amor muy jóvenes.

—O sea, siguen vivas pero muertas.

—Un poco —dijo dejando escapar otra risa.

—Qué bonito ser fantasma, ¿no?

—¿Tú quieres ser fantasma?

—Sí. E invisible también.

Belén siempre comentaba que durante mi embarazo había estado leyendo una selección de cuentos de Edgar Allan Poe. «Siempre tan culta», le había dicho alguna vez el tío Isaac. Lo cierto es que siempre llevaba un libro con ella, le encantaban los misterios. Y las historias con fantasmas. Por eso lo decía sin miramientos: «La noche antes que Boris naciera, me terminé *La caída de la Casa Usher* y llegué temblando de miedo al paritorio», reía. Mi papá también parecía fascinado por Drácula, tenía rompecabezas con el rostro de ese personaje interpretado por Bela Lugosi. Y libros, las novelas de *Drácula* y *Frankenstein* y muchas fotografías de esas películas de la Universal sobre esos monstruos: el Drácula de Bela Lugosi, el Frankenstein de Boris Karloff, que había inspirado mi nombre. La Momia. El Hombre Invisible. Y el Hombre Lobo, que por supuesto yo pensaba que era un primo. King Kong. Todos parecían también formar parte de mi casa. Belén aportaba las willis; mi papá, los monstruos de la Universal. O sea que los monstruos ya estaban antes que mi hermano y yo integráramos a los superhéroes. Teníamos el póster de Superman y en la televisión toda esa colección de series de animación dibujadas por el tándem de Hannah-Barbera: Los Supersónicos, Aquaman, Los Picapiedra y el Oso Yogui y su compañero Bubu, Maguila Gorila. Y a ellos se agregaban Batman y Robin, interpretados por dos señores llamados Adam West y Burt Ward. Y desde Japón, tan lejos pero tan familiar para nosotros en Caracas, venían El Hombre Par, que se podía multiplicar y aparecer en cualquier lugar para hacer el bien, y Meteoro, el jovencísimo campeón de carreras que muchas veces corría por el mismo trofeo lado a lado con su hermano, sin saberlo, porque era su rival y competía bajo el nombre del Corredor Enmascarado.

Con ese panorama en casa, Giselle, el personaje al que mi madre daba vida, era otro superhéroe y también otro monstruo. Estaba fascinado de comprobar que en la casa del Ballet Coronil se le daba vida a Giselle desde el esfuerzo del ensayo. Me hacía admirar aún más a mi mamá, en principio porque sabía que, como los superhéroes, tenía una doble personalidad. Y luego, que la transformación —el cambio de Belén, la Lobo, a Giselle— necesitara de todo ese esfuerzo en el salón de ensayos engrandecía a mi mamá porque era un superhéroe de verdad. Uno auténtico, que requería de más trabajo porque estaba pasando en la realidad.

Por eso la casa que alojaba la Academia y Ballet Nena Coronil pasó a ser como El Lugar, el sitio donde mi mamá y todos sus compañeros, el maestro Holguin, la propia Nena Coronil, Irma y Graciella, todos acudían a mejorar sus personalidades de superhéroes. Sentí la corazonada de que la Nena Coronil era la jefa de los superhéroes. Y ella misma, por tanto, una superhéroe en retiro para entrenar nuevas generaciones. Cada vez que subía hacia los que ella llamaba «sus departamentos», me paseaba delante de los ventanales, siempre cerrados, y admiraba el interior. Un salón era completamente amarillo, con un gran retrato de ella misma vestida de amarillo y sujetando esa boquilla hacia arriba. Y el turbante, ocultando algo, quizás el emblema de su poder, volviéndola una especie de maga, de hipnotizadora, como la Aminta de Tiempo de tormentas.

No tenía acceso a esos apartamentos. Mientras que enfrente, en el otro pasillo dividido por el patio interior, sí podía entrar. Es más, la señora Miranda, que todos llamaban Leo, salía de uno de esos salones y me llamaba por mi nombre para que los visitara. Mis favoritos eran los dos cuartos de vestuario y peluquería, ubicados en la planta superior. Había tantos baúles con sellos de viajes, nombres de otras ciudades —Niza, México, La Habana, Colombia, Guayaquil—, que me asombraban, aunque no pudiera leerlos. La señora Miranda, una negra imponente, la Victoria Lorenzo de la Nena Coronil, con dientes blanquísimos y unas manos de dedos fuertes pero curiosamente suaves, me los leía.

—La compañía no para de viajar, mi niño. Tu madre va a estar en la siguiente gira. Y tienes que ser un varoncito y no llorar porque ella va a estar trabajando, pero pensando en ti todo el tiempo.

No estaba tan de acuerdo, me entraban ganas de llorar allí mismo de pensar que Belén estaría lejos.

—Los bailarines de la Compañía van repartiendo belleza y música por todos los lugares del mundo —insistió la señora Miranda desplegando ante mí los trajes que llevarían en esa misión.

—Yo sé que son superhéroes, señora Miranda —confesé. Ella respondió con una gran carcajada.

—¿Como los de la televisión?

—No, son más poderosos porque son reales —dije.

Ella me estudió, algo que hacían muchos adultos cuando se quedaban solos conmigo, y sin otra respuesta, decidió enseñarme casi todos los tesoros que guardaba ese espacio. Los trajes de reyes, las capas de los príncipes en cacerías, que de inmediato vestí creyendo que al ponerse en contacto con mi cuerpo me darían superpoderes. La señora Miranda movió un espejo con ruedas de una esquina hacia donde estaba. Y me vi, príncipe Boris, como había dicho la Nena Coronil. El hechizo se había realizado. No podría estar sin capa si quería retener mis poderes.

Regresamos a casa con mi mamá intentando alivianar mis argumentos de que había descubierto que ella era un superhéroe. Y yo otro. Fue tanto mi apasionamiento que terminó consintiendo en que me atara un largo pañuelo suyo al cuello. No tenía la contundencia de las capas que había visto con la señora Miranda pero serviría para sostener mis poderes durante el día. Particularmente en el colegio, donde aparecí la mañana siguiente delante de mi clase. «¿Qué llevas puesto, Boris?», interrogó la profesora Antonieta. «Una capa con poderes», respondí. Y eso animó, entre risas y aplausos, al resto de mis compañeros. Me dejaron vestirla una semana, luego dos, quizás una temporada hasta que uno de los compañeros, Jorge Luis, se entusiasmó tanto por ella que accedí a entregársela si me regalaba sus zapatos nuevos. Cuando entré en la Academia Coronil sin mi capa pero estrenando zapatos, tuve que explicárselo a mi mamá, bañada en sudor porque los ensayos eran cada vez más exigentes.

—Boris, los tienes que devolver.

—Tiene mi capa, que es mucho más valiosa.

—¿Qué harás cuando él descubra que no puede volar con ella?

—Es que no es una capa para volar, sino para estar protegido.

El razonamiento la hacía regresar al cruel ensayo. De vuelta a casa pasaríamos por el bazar donde había pañuelos que se volverían capas protectoras y mientras nadie se diera por aludido yo podía seguir cambiándolos por zapatos, cuadernos, mochilas. Y regresar a la Academia Coronil a seguir absorbiendo, a través de mi mamá, de sus ensayos y, sobre todo, de observar la conducta de la Nena Coronil para ser el superhéroe con los poderes específicos que deseaba obtener y, con esfuerzo, mejorar. Y que fueran solo míos. Y secretos.

Mi mamá estuvo de acuerdo, solo que no fui sincero con ella, únicamente le dije que quería ir a los ensayos todas las tardes después del colegio. «La Nena pregunta siempre por ti», me dijo. Y yo disimulé mi sonrisa. «Le gustaría que te lleve a un almuerzo para los posibles inversores», agregó. Se me iluminó la cara. «Va a tener razón Altagracia cuando dice que acabarás siendo playboy porque no hay nada que te guste más que ir a una fiesta. Eso sí, vendrás sin capa», terminó ella besándome y llenándome de su perfume.

Fue mi primera oportunidad de ver el salón amarillo de la Nena Coronil por dentro. Fui directo al cuadro para comprobar si el turbante escondía una linterna, un diamante, un trébol de cuatro hojas. Me pareció que brillaba, que desprendía un delgado hilo de luz encima mío. Belén me apartó para que atendiera a las personas que empezaban a llenar el salón. Había flores que combinaban entre ellas, rosas rosadas y amarillas y blancas, colocadas de una manera que consideré estratégica. Un baile, un pequeño y discreto minuet, como se llamaban esas coreografías. La Nena Coronil se movía entre sus bailarines, el maestro Holguin y los patrocinadores soltando frases. «Por favor, por favor, por favor —repetía siempre tres veces—. Somos una compañía de ballet, no de danzas folclóricas», levantaba los brazos al aire, con la boquilla siempre ladeada en alto y se movía hacia otro sitio, otro grupo de personas. «¿Más limonada? Luego servimos *terrine* y un poco de pescado ahumado». Mi mamá intentaba controlar que no me pusiera más excitado de lo que ya estaba, con unas ganas casi irrefrenables de hablar y moverme como la señora Coronil.

Ella también se percató de mi fascinación.

—Boris, acompáñame un instante —me dijo tomándome de la mano, como si fuera un nuevo amigo, incluso un nuevo novio.

Yo respondí como mejor sabía hacerlo, tomando bien esa mano que acababa de ofrecerme y siguiéndola a su paso, que era rápido, muy seguro.

Me llevó hasta su dormitorio, que tenía un pequeño salón delante con una puerta corredera. Ella lo llamó «mi rincón» y era todo rosa, menos los cojines en los sofás y butacas, que buscaban repetir el amarillo de su gran salón. El sol había contribuido a desteñirlos y no parecía importarle. Rápidamente, imaginé que a las rosas les pasaría lo mismo y que eso también le gustaría. Entró en su habitación, aún más rosada, casi roja. La cama parecía el comedor de mi casa, cubierta por una manta de un verde que no podía describir y con sus iniciales NC en el medio. Ella seguía moviéndome, alcanzando hacia un sofá con respaldo, cubierto de cojines que disminuían en tamaño hasta casi caer al suelo. Sobre ellos descansaba un vestido almidonado y de un color que tampoco podía definir.

—¿Este color es mantequilla? —pregunté, y ella empezó a reír sacándose los zapatos y abriéndose con una rapidez asombrosa la parte de atrás de su traje.

Debajo tenía otro, más ligero, más acartonado, que la cubría hasta el principio de las piernas, mayores que las de mi mamá, pero igual de cuidadas y hasta musculadas. No era un vestido, sino una combinación, que le permitía estar vestida para cambiarse de traje. Ni mamá ni Altagracia poseían una prenda así y tampoco se cambiaban tantas veces al día.

—Es marfil, querido Boris, que no tiene nada que ver con la mantequilla. No se come con la boca sino con los ojos, recuérdalo, siempre, aunque te digan lo contrario. Todos los colores tienen nombre —dijo—. ¿Te molestaría abrir las puertas y entrar en mi vestidor? Necesito cambiar el turbante para el almuerzo —indicó.

Abrí las puertas y sentí que estaba delante del verdadero secreto de la Academia Coronil. Las prendas, igual que las flores en el salón, seguían una coreografía cromática, otro minuet, creando un movimiento entre sus colores y la armonía que producían al verlos organizados. Parecía un cuarto más grande que el que compartíamos mi hermano y yo, más incluso que el de mis padres. Me quedé quieto hasta que ella, quizás comprendiendo mi asombro, volvió a hablarme.

—Al fondo a la izquierda los verás —dijo.

Me inmovilicé. «Al fondo a la izquierda» parecía un hechizo, un maleficio. De repente, no sabía cuál era la izquierda.

—¿Pasa algo, príncipe Boris? —preguntó pasada una eternidad; no habrían sido más de dos minutos pero mi parálisis me

70

aterraba porque creía que me alejaría de ser premiado con algún superpoder si reconocía que no sabía diferenciar la izquierda de la derecha.

—Boris tiene problemas de motricidad —informó Belén, que había llegado hasta nosotros.

Sentí cómo algo me recorría el cuerpo, una división, una molestia, una furia hacia ella por haberme desvelado de esa forma ante la señora Coronil. Quise marcharme, huir de la fiesta, no quedarme para el almuerzo. La señora Coronil me detuvo en seco.

—Mi príncipe Boris, es muy fácil. Mi orden es muy estricto, aquí nada está nunca fuera de sitio. Los turbantes estarán siempre al fondo a la izquierda, que es ahí donde ahora te indico.

Sentí que se me escapaban unas lágrimas. Me confundía que la señora Coronil supiera resolver de forma tan sencilla una situación que sentía complicada. Y que mi mamá estuviera allí para testificarlo. Vi los turbantes, perfectamente organizados por colores, los amarillos con los otros amarillos, los verdes con todos los otros verdes posibles y así con el azul y el rojo y el naranja. Los vi como personas que se iban a burlar de mí. «Príncipe Boris no sabe dónde está la izquierda». Sí, idiotas, allí donde están todos ustedes. Estaba llorando. No quería limpiarme las lágrimas para no ensuciar los turbantes. Escogí uno que no era exactamente del mismo tono del resto del vestuario de la señora Coronil.

—Oh, Boris, no es el color. ¿Y por qué estás llorando?

—Podría combinarlo con los zapatos —respondí, sin hacer referencia a las lágrimas.

La Nena entró a su vestidor y vi que avanzaba también al fondo pero a la derecha, escogiendo unos zapatos del mismo tono del turbante. Mi mamá me tomó de una mano y no quité la mía, aunque lo deseaba.

—Muy buena idea, príncipe Boris. De ahora en adelante te adjudico seleccionar mis turbantes y zapatos. Pero sin lágrimas. —Miró hacia mi madre—. Volvamos, estos patrocinadores tenían cara de no haber probado una terrine.

Salió, mi mamá la siguió y yo me rezagué. Zapatos a la derecha. Turbantes a la izquierda. Sin lágrimas.

CAPÍTULO 6

—

KARLA

La señora Coronil se ausentó del país para hacer su gira anual «por los teatros del mundo para ver compañías y quizás adquirir algún ballet o contratar algún maestro», explicaba la crónica social que mi mamá me leía en voz alta. No dije nada pero me dolió que mi recién adquirida amistad se marchara lejos.

—Eso no significa que no puedas seguir viniendo a los ensayos, mi amor —dijo mi mamá, que se dio cuenta de mi cara de asombro mal disimulada.

Pero no era igual adentrarse en la Academia sin su gran dama presente. Y los ensayos se volvían más largos y minuciosos. Entonces, salía del salón de ensayos y paseaba de nuevo por la casa. Los departamentos de la señora Coronil tenían alguna persiana bajada del todo y, si pegaba la cara contra los ventanales, podía ver cómo en el salón amarillo muchos muebles estaban cubiertos por telas más toscas y sin color.

—Escoge algo —me dijo la señora Miranda volviéndome a aceptar en las habitaciones del vestuario de la compañía.

—No, no tengo edad —dije, como me había enseñado el tío Isaac que dijera cada vez que asumiera una negativa.

—Muchacho, tú sí que hablas raro —dijo la señora Miranda—. Ahora no hay capas porque las han llevado al teatro. Mira en los baúles, seguro que habrá algo que te gustará.

No me atrevía a moverme.

—Mira en el baúl de los sombreros —insistió la señora Miranda.

Y fui hasta donde me señalaba. Eran sombreros de tantos tipos diferentes. Con forma triangular, circular; ya entendía bastante de esas figuras geométricas aunque fuera incapaz de dibujarlas bien. Rebusqué y rebusqué, con la señora Miranda instándome a que me los probara y me viera en el espejo de la pared del fondo. Me reía, me divertía, me animaba a seguir probando y probando hasta que dimos con un sombrero de copa muy alto de seda negra que tan solo me cubría la frente pero que me dejaba los ojos para seguir viendo.

—Ahora sí que pareces el príncipe Boris, como dice la señora Nena —dijo la señora Miranda—. Ve a dar una vuelta para que aprendas a llevarlo —insistió.

El sombrero no me gustaba tanto como mi pañuelo que se volvía capa, pero le hice caso; avancé por el pasillo viendo cómo los árboles parecían alegrarse de mi nuevo aspecto, sintiéndome distinto, como si con el sombrero fuera otro niño, probablemente extranjero, llegado de otro sitio, otro mundo, otro tiempo.

Me encontré delante del vestuario de bailarines. Y escuché risas en el interior. Y al avanzar descubrí que provenían de las duchas. La humedad era espesa, había vapor y observé en el suelo las mallas, los calcetines, los zapatos de calle y las zapatillas planas desordenados como también iban volviéndose más extrañas las risas. Parecían llantos, parecían suspiros y de repente crecían los silencios y regresaban esos sonidos largos, como si el piano del ensayo se hubiera distorsionado. Un nombre que no se terminaba de decir, palabras quebradas, pausas y entonces, sí, desde lejos, se colaba la música repetitiva del ensayo y de nuevo escuchaba un nombre que no terminaba, un llanto que era risa y una risa que era algo diferente.

Avancé entre el vapor, con mi sombrero siempre calado para que me hiciera aún más «invisible» y aparté con las manos el vaho y pude ver los dos cuerpos acariciándose bajo el agua. Las manos de uno sujetando la cintura ajena y luego recorriendo ese otro cuerpo por el frente, apretándole el cuello, introduciendo los dedos en la otra boca. Alberto, para, no, un poco más, mi amor, me gusta mucho, te quiero, no me hagas daño…

El vapor los envolvía y los ocultaba y volvía a enseñármelos. Eran dos hombres, sus cuerpos tan parecidos, las piernas volviéndose cuatro y moviéndose como si también estuvieran ensayando, los brazos subiendo, bajando, el cuello y el agua resbalando, las manos de uno agarrando la cabeza, el cabello del otro y de nuevo esa cintura empujando hacia delante al que decía más cosas, no lo hagamos ahora, más tarde, déjame, déjame hacerlo, déjame enseñarte… De nuevo el silencio, la música del piano a lo lejos, repitiéndose. Y repitiéndose.

Y de repente, escuché mi nombre. La señora Miranda.

—¡Boris! —todo lo alto posible, un bramido—. Boris, ¿dónde te has metido?

Salí corriendo, antes que los bailarines dejaran lo que estaban haciendo y me descubrieran. El sombrero perdió equilibrio y casi se cae. Como si una fuerza surgiera de mi accidentada motricidad, conseguí sujetarlo en el aire y salir hacia el pasillo y devolverlo sin ninguna explicación ante los ojos muy curiosos de la señora Miranda.

Giselle cumplió una primera temporada exitosa. Y casi de inmediato se negoció una segunda. Y una tercera. Y al final de la función del domingo, mi casa se convertía en un club y parecía una de las crónicas de sociedad que me gustaban tanto ver y que deseaba, suspiraba por aprender a leer. Mi padre me enseñó a preparar un gin-tonic. «Mides poniendo dos dedos horizontalmente, esa es la cantidad exacta de ginebra que verterás sobre mucho hielo en el vaso. Arrojas la cáscara del limón y echas la tónica, abundante, refrescante. Dejas que sea la tónica la que agite y mezcle. Y tú no lo bebas hasta más adelante». Me encantaba mi trabajo de mesero porque me permitía estar entre ellos. «Un buen camarero es el que no se nota», me dijo el tío Isaac una de esas noches. Mis padres no ocultaban nada, no decían: «Boris, son más de las diez, tienes que ir a dormir». Ya me iba yo solo. «¡Cómo te encanta estar entre viejos», me decía mi hermano. Sí, me enloquecía. En parte porque los amigos de mis padres eran en realidad fascinantes. Y en parte porque sabía que eran personalidades muy importantes de mi país. Y en esas fiestas se sentían seguros y dejaban fuera sus personalidades públicas, porque entre ellos, mis superhéroes reales, aprendía que todos tenemos dos personalidades. La pública y la privada. La buena y la mala.

Karla Cosentino era una de esas amistades que aparecían todos los domingos. Muy alta, con manos muy fuertes, muy maquillada, siempre vestida de una forma osada, no vulgar pero sí mostrando mucha más piel que Belén o Irma o Graciella. La Nena Coronil se ponía muy nerviosa cuando coincidían y una vez la escuché hablar con Victoria Lorenzo (que le tenía mucho cariño a la señora Coronil y era bastante recíproco, seguramente porque sabían que ambas vestían turbante. Victoria la llamaba señora Nena y la Nena le decía señora Victoria), algo alteradas por la presencia de Karla. «No nació mujer, señora Victoria. Era hombre». Me quedé estupefacto. Y al mismo tiempo con ganas de saber más de él. O ella. Pero la fascinación por observarlo me hizo más difícil aproximarme. Un hombre que se había hecho mujer.

Belén se dio cuenta, seguramente porque lo preveía.

—Era mi compañero de piso en Nueva York —fue lo primero que me dijo—. Y me ha pedido que le ayude a escribir un reportaje sobre su historia.

—¿Para *El Nacional*?

—Sí, para *El Séptimo Día*, el suplemento de los domingos.

Me entusiasmó que Belén fuera a escribir en ese suplemento porque yo soñaba con escribir allí también, si alguna vez aprendía a leer y escribir.

—Te imaginas si el artículo se convierte en película —le dije a Belén. A veces le pedían a mi padre que hiciera un reportaje sobre alguna película, sobre todo si era venezolana, que empezaba a ser una industria «bastante seria», como decía mi papá.

—¿Y por qué iba a hacerlo?

—Belén, es una historia increíble. Es una mujer que antes fue varón.

Belén calculó muy bien lo que iba a decir a continuación.

—Ella dice que era una persona atrapada en un cuerpo que no le pertenecía.

Volví a quedarme estupefacto. Pero también podía leer la mente de Belén.

—Crees que no deberíamos hablar de esto, ¿verdad? —le dije.

—Bueno, la vas a ver muy a menudo estos días. Creo que es mejor que lo sepas. Y que seas tú quien quiera saber más o menos.

Guardé silencio y me retiré a la habitación. Mi hermano parecía dormido. Días después, en la misma habitación, le dije:

—Afuera está una señora que antes fue varón.

—¡Lo que te faltaba por ver!

—Yo no quiero ser mujer.

—Yo tampoco. Suficiente tengo con que me gusten —dijo él.

—Pero es increíble, ¿o no? ¿Tú crees que tengamos el cuerpo equivocado? A lo mejor tu cuerpo iba a ser el mío y el mío era para ti —susurré.

—Es imposible, Boris. Tenemos ocho años de diferencia.

—Pero es lo que Karla le ha dicho a Belén, que estaba atrapada en un cuerpo que no le pertenecía.

—O sea, que si ahora se llama Karla, antes fue Karlos...

Se me escapó la risa y se la contagié.

—Debe doler... —continué.

—No, te anestesian. Lo que debe costar más es acostumbrarte a ser una mujer cuando antes has sido varón.

—Claro. ¡Qué entrevista más interesante va a hacer Belén!

Al día siguiente, en el desayuno, Belén estaba levantada pese a que los lunes era su día de despertarse más tarde.

—Boris, no puedes comentar nada de la entrevista. Mucho menos en tu colegio.

—¿La gente puede pensar que me puede pasar lo mismo a mí?

—En ese caso, no importa lo que piense la gente, Boris, sino lo que pienses tú.

—Yo no quiero ser mujer.

—Claro, pero en su caso eso era lo que pasaba. No era que quisiese ser mujer, es que dentro, muy muy dentro, sabía que era mujer. Pero veía su cuerpo y era el de un hombre.

—¿Cómo puede pasar algo así?

—Belén. —Era mi papá que venía a por mí para marchar al colegio—. Es un poquito pronto, no solo porque sean las siete de la mañana, para esta conversación, ¿no crees?

Belén se quedó callada y yo subí rápidamente en el coche con mi papá.

Pero, en la tarde, los escuché discutir.

—Entonces no podré escribir el artículo.

—No te digo que no lo hagas, estoy completamente de acuerdo en que lo escribas. Pero no me gusta tanto que Boris...

—Precisamente Boris...

—Sí, precisamente Boris, lo vea.

—Cambiarte de sexo no es algo que se contagia, Rodolfo. Esta entrevista puede ayudar a mucha gente. De eso se trata, de ayudar. ¿De qué sirve que seamos tan progresistas si no podemos hacer que el resto de la gente también abra sus mentes?

—Tenemos un hijo como Boris. Ya viste como de inmediato detectó a Karla en la fiesta. Cómo la analizó.

—También es cierto que Karla no es Caperucita.

Se me escapó la risa y me oyeron.

—Yo no quiero ser como Karla. Pero sí quiero conocerla más.

—Además, que Boris de mujer no tendría ningún interés. Sería feísima —soltó mi hermano, que también había estado oyendo.

Karla Cosentino acudió siete veces a casa. Belén adquirió una grabadora y varios blocs de notas. Y así como en su día se sentaba conmigo a hacer círculos —que habían quedado abandonados y sin cerrar porque ahora la preocupación giraba en torno a que, como había vaticinado Carmina, no tenía suficiente concentración para enfocarme en aprender a leer y escribir—, se sentaba con Karla en el porche y charlaban. Karla jamás acudió a estos encuentros vestida de forma «decente», como luego decía Victoria. «Pasar por todo ese dolor para ir vestida como una...», Belén no la dejaba terminar: «Es una rebeldía, Victoria. Estoy segura que lo superará. Ayer mismo me dijo que le encantaba el suéter que llevaba puesto». Mi hermano aprovechó para decir una de las suyas. «Con suéter se sentirá Karlos». Y volví a reírme. Sentí que cada vez que me reía sobre algo de Karla había un tono distinto en mi risa. La burla que ofrece la incomprensión. «Lo que deberían de entender es lo doloroso del proceso que ha tenido que vivir», zanjaba Belén.

El artículo salió publicado a doble página y en la mitad del suplemento; las siguientes seis páginas, llenas de fotos de Carlos y Karla. No paraba de ver y ver y ver el artículo, las fotos, las letras. Al principio Belén era reticente a leerme lo que había escrito. Y mi papá también. Y mi hermano. Victoria Lorenzo llevó sus ojos hacia atrás. «Yo tampoco sé leer ni escribir». El artículo había descubierto más verdades que la que intentaba desvelar originalmente y Belén consintió en leerme lo que yo escogiera al azar. Subí y bajé mi dedo y lo posé en un párrafo. «Lo más duro es sentirte observado. Todos los días veo en los ojos de los demás: Es un hombre. Pero yo siento como una mujer, pienso como una mujer, afortunadamente. Y entonces les digo a esos que me miran: Estás equivocado, soy una mujer. Nací y moriré mujer. Y espero, confío que en el futuro, muy próximamente, las mujeres como yo seamos respetadas, aceptadas, toleradas». Mi mamá y yo nos quedamos mirándonos sin agregar una sola palabra.

La repercusión del artículo fue enorme. Hubo muchas críticas, la principal de parte de mi colegio. ¿Había estado presente durante las entrevistas? ¿Dónde habían sucedido, en nuestra casa? La Nena Coronil salió en defensa de Belén, escribiendo una carta desde Londres o París, quizás Stuttgart, donde en una letra precisa y que mi mamá llamó «de escuela de monjas» declaraba que las entrevistas se realizaron en su academia porque «Karla había sido bailarín de la compañía cuando era Carlos». Los padres de otros alumnos empezaron a hacer preguntas. La Directora exigió una reunión con Belén fuera del colegio. Belén acudió con una copia de su artículo y su bloc de notas. Yo no había estado presente, las reuniones se hicieron sin mi presencia física o directa. Yo sabía que no era verdad pero no podía traicionar a Belén. Pasó la semana y pasó la presión. Karla fue contratada por una cadena de televisión y filmó seis películas ese año, iniciando una buena carrera con un nombre artístico muy fiel a su estilo de ser mujer, Karla Luzbel. Nunca dejó de agradecerle a Belén su valentía para hacer la entrevista. Todas las Navidades le regalaba el mismo suéter azul marino.

CAPÍTULO 7
—

PATRICIA

En el colegio empezaron a comentarme que no debería pasar tanto tiempo viendo los ensayos en la academia de ballet ni perdiendo el otro poco tiempo libre viendo series de superhéroes en la televisión. «También veo todas las fotos de las películas de monstruos», agregué, y la profesora Antonieta puso una cara muy contrariada. «Si empiezas a fallar en tus tareas, habrá que llamar a tus padres». El secreto era que no fallaba en ninguna de ellas porque sabía que si eso salía mal, todo lo demás, que era lo que me interesaba, se pondría en jaque.

Por supuesto, no hacía ninguna mención sobre Karla. Ni de cuánto extrañaba a la señora Coronil y así poder volver a entrar en sus departamentos y aprender a controlar mis problemas de motricidad sumergiéndome en su universo chic, elegante, de glamour o vanidad, que eran palabras que relacionaba con ella. Y que para mí eran sus superpoderes.

La Nena se apiadó de esa tristeza que me embargaba por su ausencia y empezó a enviar paquetes de revistas extranjeras, *¡Hola!, Paris Match,* y también referidas al universo de la danza y la decoración. Venían muy bien atadas y envueltas en un papel duro y de un tono que tomaba prestado su nombre de una ciudad lejana, Manila. Y siempre acompañadas de un sobre con sus iniciales y una tarjeta dura y con bordes rosas, también con esas dos letras NC al centro. «Para el Príncipe Boris, cuando pueda leerlas».

—Es propaganda chic —terció mi padre.

—Son revistas de gente rica, señor Rodolfo.

Mi mamá me observaba admirando los rostros en las portadas. Maria Callas. Elizabeth Taylor. Alain Delon. Romy Schneider, que había sido el gran amor de ese mismo actor. Greta Garbo envuelta en un abrigo color camel. Isabel Preysler. Jugando ping pong en Marbella. Una actriz bellísima, Mimí, rodeada de sus hijos, uno de ellos tan hermoso como la madre. Grace Kelly con su hija Carolina en los Campos Elíseos. Los duques de Windsor, ajados pero cubiertos de joyas sin tiempo. Necesitaba que mi mamá leyera los pies de página y los titulares y por eso también tenía que contar con su complicidad. Pero seguía creciendo ese deseo de leer para hacerlo yo mismo, para fijarme en lo que me llamaba la atención.

—Ninguna de esas mujeres se parece a mí —dijo Belén muy cerca, muy dentro de mis oídos.

—No —susurré.

—¿Te fascinan igual?

—Me enseñan algo, Belén —atiné a decir.

—¿Qué?

—Algo —seguí susurrando—. Nada más.

—¿Te molesta que no sea como ellas? —insistió.

Me giré a mirarla. Iba a decir «No» pero me quedé callado y me retiré con mi paquete de tesoros, joyas, heroínas entre mis manos. Las revistas volvieron a aparecer unos meses después, casi las mismas gentes, Rudolf Nureyev, un bailarín portentoso, un cuerpo de hombre impresionante, un carácter endiablado a través de su mirada. Mi papá y Belén tuvieron otra discusión. Y las revistas dejaron de venir. Una última carta de la Nena: «Príncipe Boris, no dejes nunca de comer con los ojos, aunque te digan lo contrario».

Seguía viendo a mi mamá como otra superhéroe, capaz de transformarse cada noche en su álter ego, Giselle. Y seguía observando que la vida me había dado el superpoder de estar rodeado de gente con superpoderes. Pero algo dentro de mí me obligaba a rebajar un poco mis propios humos y entonces me decía que tenía que ser amigo de gente que no tuviera poderes. Gerardo tenía un superpoder que era eso que agitaba dentro de mí, el color de sus ojos, todo lo que sentía que se escondía tras su mirada. Mi hermano también tenía poderes porque se adelantaba a lo que pensaba, hasta de mí mismo. Y Victoria Lorenzo, porque leía sin saber leer, algo que me había confesado y demostrado leyéndome trozos de las fotonovelas que adquiría en el kiosco de la avenida.

Las fotonovelas eran melodramas de argumentos muy sencillos en las que aparecían fotografiados actores, algunos famosos de las telenovelas, posando en situaciones que luego eran narradas en una viñeta o en un globo sobre los actores. Yo entendía la fórmula pero, al igual que Victoria Lorenzo, no podía leerlas del todo porque intentaba leer como cualquier niño de mi edad, pero mi «desfase» me hacía confundir las letras (la m, la n, la o y la p eran como un Cuarteto Infernal en mi contra y doblegaban mis superpoderes visuales), así que disfrutaba mucho asumiendo las explicaciones y los giros argumentales que Victoria se inventaba y que no siempre eran los que venían en las fotonovelas. Pero el resultado era genial, porque Victoria y yo separábamos a los protagonistas a veces porque uno era comunista o anticomunista, o copeyano o adeco, que eran los partidos políticos que se repartían el equilibrio democrático en Venezuela. Y pasábamos un buen rato divirtiéndonos hasta que llegaran los capítulos de *Batman y Robin, Las aventuras de Huckleberry Finn* y *Los Picapiedra.* A partir de las ocho, las telenovelas se volvían «adultas» y tenía que ducharme, cenar y revisar si me había olvidado algo de mis deberes. Cuando mamá estaba de gira, mi papá se iba a dormir realmente temprano y mi hermano también y me escabullía hasta la habitación de Victoria Lorenzo y veía *Raquel,* una indómita, escandalosa, retorcida telenovela que tenía el superpoder de hacerse interminable y así repetir este horario, esta manera de pasar mi niñez construyéndome un universo propio, que al final de todo era el más poderoso e infalible de mis superpoderes.

Pero, siempre ese pero que tiraba hacia atrás, tenía que procurarme ese poco de normalidad que parecía esconderse temerosa de mi superioridad. La Pelirroja estaba en un sí es no es de los superpoderes porque resolvía todos los problemas de la comunidad por más tonto que fuera el problema. Patricia, se me iluminó la mirada, la vecina de arriba, que era ligeramente mayor que yo, solitaria porque tenía sobrepeso y piernas muy gordas. Patricia, el nombre empezó a gustarme. Y lo primero que hice fue invitarla a ver *Bambi*, que lo habían reestrenado en el cine Florida, en la esquina de nuestro edificio. Fuimos y, por supuesto, yo lloré mucho más que ella. Lo que me agradó porque confirmó que ella era esa persona más simple que necesitaba para equilibrar mi universo abigarrado, repleto de información y desfases.

—Mami, ¿puedo ver la película de *Godzilla*? Es un dinosaurio radioactivo, o sea, que él sí que no es normal.

Mi mamá, que había vuelto de una de las giras, consintió.

—Voy a llevar a mi nueva amiga Patricia —agregué, poniéndome un poco de la colonia de mi hermano mayor y arreglándome el cuello enorme de una camisa que no era de mi talla.

—¿Quieres una novia gordita? —dijo Gerardo, que estaba terminando materias con mi hermano.

—Quiero ver Godzilla con ella —respondí.

—Porque se parecen —soltó Gerardo.

La película era antigua, eso no lo habían advertido en el cartel del cine. Tokio me resultó muy parecida a Caracas, solo que con mar y rascacielos. Patricia reaccionaba igual que con Bambi, cero expresividad, mientras yo me entusiasmaba con el monstruo radioactivo que en verdad quería ayudar a la humanidad. En el fondo, detecté una doble personalidad en Godzilla y eso ya lo hacía entrar en mi lista de superhéroes. Patricia me invitó a cenar en una fuente de soda que quedaba dentro del supermercado al lado del cine. Me llamó la atención, ¿cenar? Y accedí, en realidad nos tragamos dos perros calientes y una merengada de mantecado. Ella ordenó otra de fresa y como no la pudo terminar, pidió que la ayudara, a pesar que el estómago me reventaba.

En la televisión anunciaron una serie protagonizada por Godzilla. Toda una hora con mi monstruo favorito. A mi hermano no le interesaba verla, estaba harto de las repeticiones de Batman y Robin interrumpiendo las retransmisiones de los partidos de béisbol. Y no se podía comprar otra televisión ni escaparme hasta el cuarto de Victoria cuando se suponía que todavía estaba en horario de tareas. Patricia, pensé. Subí hasta su casa. Estaba sola y aburrida y con unos nuevos aparatos en los dientes que la obligaban a reírse poco. Me dijo que aunque le repugnaba Godzilla, era mucho mejor verla conmigo que seguir sola en su habitación.

«Es asqueroso», decía ella. «Es una buena persona porque en realidad quiere salvarnos de otros como él, pero más malos», defendía yo. «Da igual, sigue siendo feo», concluía Patricia. No me atrevía a decirle que ella y el monstruo de la televisión se parecían. Que Gerardo lo había dicho. Que los hierros en su boca le daban a su dentadura un aspecto similar a la boca del dinosaurio radioactivo. «¿De qué te ríes?», preguntaba ella. «En mi casa, en mi mundo, todos se ríen», le respondí.

—Eso no lo puedes leer —dijo al ver que tomaba un cuaderno rosa con un candado dorado. La serie había terminado, Godzilla había regresado al mar delante de Tokio, quizás para recargarse de radioactividad.

—¿Por qué? —me quedé con el cuaderno en mi espalda.

—Devuélvemelo, por favor, Boris.

Me negué.

—No me hagas forcejear.

—Dime lo que has escrito —insistí.

—Sobre lo que hablan en la escalera, en el patio. Sobre las fiestas de tus padres. Y sobre ti, sobre cómo te afectan. En lo que te están convirtiendo. La gente no nace como tú.

Desde luego, prefería no nacer como ella. Decidí devolverle el cuaderno a Patricia, que lo agarró aprehensiva, cerró el candado y lo colocó en un sitio inaccesible.

—Dime lo que has escrito sobre nosotros —exigí.

—Es todo lo que hablan, alrededor vuestro, de ti, sobre todo de ti. Dicen que las amistades de tus padres no son apropiadas para ti.

—¿Cuáles amistades? ¿Quiénes dicen?

—Mis padres, por ejemplo. La Pelirroja. Dicen que son… gente amoral. Separados, monstruos de circo como esa de la que tu mamá escribió ese artículo.

—Karla no es un monstruo de circo. Es un caso biológico.

—Toda esa gente que va a tu casa, son todos raros. No hay nadie normal.

—Pues son muy famosos —le dije—. Como la mamá de Gerardo.

—Maricones —soltó por fin—. Todos esos bailarines, la gente con la que trabaja tu madre. No te dejan ser un niño normal. Quieren que seas uno más de ellos.

Empecé a sospechar que Patricia estaba repitiendo una lección aprendida. Que sus padres le habían instruido que me despachara como amigo. No les gustaba y le habían repetido todo eso para que dejara de verla. Iba cavilando y ella seguía hablando. Pero también pensaba que era la primera vez que escuchaba todas esas palabras. Y todas esas verdades. Eso que hablaban sobre nosotros. Dentro de mí crecía un odio. La gente normal habla de los que no son normales y Patricia empezaba a volverse un enemigo que podría debilitar mis superpoderes si seguía cerca de ella y de sus comentarios sobre los comentarios que hacían otros.

—Gerardo ha escuchado cómo su mamá le dice que tú lo miras demasiado, de una forma diferente. Que quieres sus ojos.

—Mentira —empecé a decir. Patricia no me oía.

—Que también miras a tu hermano. Que no paras de comer porque tú lo sabes pero no puedes hacer nada.

—¿Nada acerca de qué?

—Que no eres normal. Y dicen otra palabra. La tengo, no la he olvidado. «Precocidad».

—¿Qué significa?

—Tú, tú mismo. Que eres como un monstruo. Sabes y dices cosas que no son de tu edad. Y tus papás se aprovechan de eso para hacerte un monstruo. Un monstruo de circo. Y es verdad, mírate, tu cuerpo, esos zapatos ortopédicos porque no sabes caminar. El desfase ese del que hablan está afectando tu crecimiento.

Por un momento, me desconcertó tanto que su rostro se pareciera más y más a Godzilla. ¿Por qué no se lo decía? «Yo seré anormal pero tú eres fea». Seguía mirando sus dientes, soltando esas críticas con tanto odio. Los hierros retorciéndose en su boca. Me giré para verme en el espejo de su habitación y, también por primera vez, se reveló ante mí cómo debía verme para los demás, para todo ese resto que comentaba sobre mí. Para todos los que no tenían superpoderes ni la capacidad de hacerse invisibles o tener una doble personalidad. Sí, las botas ortopédicas habían aparecido unos meses antes para corregir mi andar y mis pies absolutamente planos. Ella dejó escapar una risa que quería ser burlona pero salió fea, hosca.

—Para mí son los zapatos de Frankenstein —le dije—. El actor que lo hizo famoso se llama igual que yo, Boris —insistí. Y ella repitió su mala sonrisa burlona.

—Eres fofo —soltó. Y no pude sobreponerme a decirle que ella era una gordita sin amigos. No me pareció de superhéroe—. Somos feos los dos, por eso estamos juntos —dijo—. Pero yo no soy anormal —sentenció.

Y entonces me inflamé de furia. Ella retrocedió pero fui más rápido y con toda la fuerza que pude la enfrenté al espejo. Ella gemía, sus ojos empezaban a llenarse de lágrimas. «Mírate, mírate, de verdad. Abre la boca y mírate», le decía. Y ella miraba hacia el espejo, aterrorizada. Le abrí la boca como pude y ella al fin se observó convertida en una mueca. Y me abofeteó. Salí del cuarto, vi los muebles de imitación antigua, las alfombras de imitación persa. Y a sus padres, con una cara de espanto y reprobación mientras su niña lloraba.

Los días posteriores al incidente con Patricia me castigaron sin ver televisión. Eso me hizo odiarla aún más y evitaba cualquier contacto físico o visual con ella. Sus padres insultaron a mis padres e irritaron muchísimo a Belén, que optó, como yo, por no verlos ni ofrecerles siquiera los buenos días. Mi hermano consiguió que Gerardo se pusiera de nuestro lado y dejara a Patricia sin su saludo.

Todo lo que tocaba se convertía en un problema. No quería estudiar, las maestras enviaban notas en el «correo escolar», una estúpida agendita que ponía «*Notes*» en cada página. «Boris tiene serios problemas de atención. Crece la alarma por que no sepa leer». No quería aprender a leer para leer esas frases estúpidas de «mi mamá me mima». Me aburrían todos los deberes, todas las clases, menos la de inglés, que repetía casi en su totalidad, gracias a mi memoria, en el coche de regreso a casa. Belén y Rodolfo se sentaban conmigo, en la barandilla del jardín del edificio. «Tienes que hacer un esfuerzo, tienes tanto que leer por delante, mi amor». Pero no había manera. Llegaba el día siguiente y las letras seguían siendo un muro. Que, sin aviso, empezaban a saltar entre ellas sin que pudiera recordar el orden inicial.

La Nena Coronil continuaba lejos; Giselle, sin dejar de dar vueltas por escenarios en ciudades que no conseguía recordar; Godzilla necesitaba una segunda temporada para saber si regresaría más radioactivo del océano. Mis superhéroes me abandonaban. Aunque viendo las repeticiones de Batman y Robin me di cuenta que cualquier día podían volver a emitir el episodio en que Bruno Díaz y su sobrino Ricardo, que eran las personalidades «normales» de Batman y Robin, recibían a un famoso pianista llamado Liberace. Liberace, el pianista de las lentejuelas y las piedras preciosas, las lámparas de baccarat y los impresionantes coches de oro entrando sobre el escenario, me parecía que hacía de su amaneramiento una forma de ser. Distinto, divertido, fascinante. En el doblaje, su voz me recordaba a la Nena Coronil, más estrafalario, más ostentoso. Liberace era otro superhéroe. Cada vez que veía la repetición de ese capítulo creía que lo retransmitían para enviarme un mensaje. Admirarle, sí, pero no emularle. Solo había un Liberace. Y Boris, ¿también habría uno solo?

Belén hacía una llamada diaria, antes de salir a escena, desde dondequiera que estuviese. Y había que hacer fila. Primero mi papá, agobiadísimo porque «todo me sale mal, no sé cómo organizar el tiempo, mi amor. Sí, hoy sí fui a buscar a Boris». Luego mi hermano, más rápido pero él se quedaba con el teléfono para no dármelo. Victoria Lorenzo que le decía que no se preocupara que no faltaba nada en la cocina y le contaba cómo el marido de la Pelirroja a veces se paseaba sin la camisa por delante de su habitación en el garaje. Y por fin a mí.

«¿Te duele algo, Belén?». «Me duele todo, mi amor, cuando me haces esa pregunta», sentía su emoción cubrir su voz, carraspeaba y se recuperaba. «Un poco la rodilla, mi amor, pero hay un masajista estupendo viajando con nosotros. ¿No hay buenas noticias de la lectura? ¿Has avanzado algo, mi amor?». Me daba mucha pena decir que no y me callaba. «Lo vas a conseguir, Boris. Piensa en lo que siempre te digo, mi amor. Vas a leer cosas tan maravillosas». «¿Cómo es la gente, Belén? ¿Está llena la sala?». Necesitaba cambiar la conversación. «Sí, mi amor, está llena». «¿Giselle se enamora igual del Príncipe Albrecht en esas ciudades, Belén?». Y se reía. «Sí, mi amor, igual de tonta se enamora. Ahora tengo que salir, mi amor. Me vas a dar mucha suerte, mi vida, te quiero». «Sí, Belén, baila mejor que nunca».

«¿Extrañas a tu mami, Boris?», me preguntaban esas otras Belenes que recogían a sus hijos, mis compañeros de clase, todas bien peinadas, con trajes que siempre parecían nuevos, las uñas brillando bajo el sol, el maquillaje como dibujado por otra persona en sus caras. Bajaba los ojos y decía, extraño a Belén, no a mami. No la llamo nunca mami. Se quedaban como si hubieran visto un fantasma. En realidad lo que quería decirles era que Belén era mejor que ellas porque no estaba en casa, sino en varias ciudades a la vez. Bailaba una noche, dormía en un hotel y viajaba al día siguiente y otra vez, a bailar, al hotel, al avión. Ninguna de ellas podía hacer eso. Quería decírselo pero ese raro autocontrol cada vez ocupando más espacio me hacía callarme. Quizás el autocontrol me hacía pensar que ellas, molestas por mi verdad, responderían que no tenían la vida de mi mamá pero tampoco un hijo como yo.

Me despertaba con la máquina de escribir de mi papá sonando por toda la casa como un rezo, un mantra. Todas las mañanas mi papá escribía tanto su crítica cinematográfica como el libreto del programa de radio que acababa de cumplir mi edad. El sonido de las letras creando una historia, un punto de vista, una emisión. Y, después, cuando leía la del día anterior publicada en el periódico de esa mañana, allí estaba el muro de las letras saltarinas.

—Papá, no puedo más, ¡quiero aprender a leer! —estallé una mañana.

Mi papá se demacró, tenía tanto que organizar que la idea de enfrentarse a mi viejo problema le superó.

—Puedes ser miope, todos los Izaguirre lo somos.

Aparecí con lentes unas semanas después en el colegio. El elemento que faltaba para mi aspecto diferente. Culo de botella, cuatro ojos. Aprendí a sonreír ante cada una de esas palabras. Al día siguiente no se repitieron. Y convertí el estuche de mis gafas en un complemento que no podían criticarme. «Los niños no llevan cosas como esa en las manos», amonestó la Directora. La miré directamente a sus ojos pequeños. «Mis gafas tienen que estar protegidas. Y limpias». El tono que empleé, su seguridad, me ganó el aplauso de mis compañeros y un gesto muy malencarado de la Directora. Me di cuenta que si hablaba y decía bien todo lo que pensaba dejaba callados a los que me enfrentaban.

Belén reapareció bastante cansada, bastante más flaca. La gira la había consumido. La compañía no quería que descansara mucho, la etereidad de su cuerpo la hacía interpretar mejor. Pero Victoria Lorenzo le preparó un cocido de pescado al que todos nos sumamos. Y quedamos tan llenos que nos fuimos a la cama muchísimo antes. Con el regreso de Belén, volvían también esas conversaciones que siempre escuchaba.

—Deberíamos mudarnos el año que viene, una casa más grande. Van a subirme el sueldo en la compañía por haber mantenido la temporada y la gira, y desde hace veinte funciones me dejan a cobrar un porcentaje de las entradas vendidas.

—Junto a mi sueldo, podemos ahorrar, mi amor. Aunque Boris sale caro.

—Merecerá la pena —dijo Belén.

—Belén, hay una cosa que debemos hablar. Sobre Boris.

—Siempre hay una cosa que debemos hablar sobre Boris.

—Es el colegio, insisten en que se comporta… como si siempre quisiera llamar la atención.

—La llama porque es muy inteligente.

—Habla continuamente de ti, de Giselle, les explica a los otros amigos cómo es el ballet, lo que pasa, las willis. Y baila, baila partes enteras delante de ellos.

—¿Tú lo ves mal?

—Los otros niños, sobre todo los mayores, los de otros grados, se burlan. Hacen mofas. Dicen cosas. Y la Directora es la primera que dice cosas e insiste en que tenemos un problema.

—La gran pedagoga de la nueva Venezuela —dijo Belén con un tono burlón—, la progresista.

—Belén, tienes que reconocer que Boris… llama la atención. Sus gestos. La ropa, los zapatos ortopédicos, ahora los anteojos.

—Siempre será diferente, Rodolfo. Es así, vino con esa diferencia. Y se marchará con ella. Y nosotros dos tenemos que defenderlo de todos los que pretendan cambiarlo —dijo Belén muy lentamente, como si cada palabra sirviera de protección, de infinita protección, hacia mí. Hacia ella. Hacia los dos.

Sabía que Belén pasaría por mi habitación y, en esa espera, pensé que debía levantarme y decirle que lo había escuchado todo. Y aprovechar para decirle, sincerarme. Contarle. Desde los dos bailarines en la ducha hasta el diario de Patricia, los gritos de «cuatro ojos» y los zapatos de Frankenstein y de cómo me había visto tan monstruoso como Godzilla y lo que conversábamos Victoria Lorenzo y yo viendo la novela, que la veíamos a escondidas en su habitación cerca del garaje y veíamos también al marido de la Pelirroja merodeando sin su camisa. Debía decirle todo. La noche que Gerardo abrió su boca y me acerqué para sentir su aliento. Y le tenía que decir sobre mi costumbre de quedarme en silencio cuando todas esas personas me decían cosas atroces. Excepto con Patricia a quien obligué a verse en el espejo. Sí, le diría todo.

La puerta se abrió. Y vi el perfil de Belén, apartándose un poco de su pelo, un gesto que hacía cuando algo le preocupaba. Como si buscara una solución a través de ese pequeño gesto. Entró unos pasos dentro de nuestra habitación y seguramente quiso decir mi nombre. Su mirada fue hacia mi hermano, que dormía tranquilamente. Después, sentí que me miraba. Entrecerré los ojos pero pude ver ese brillo especial en los de ella. Cariño. Y preocupación. Ganas de hablar y de saber. Y no me moví de la cama. Fingí estar dormido y ella cerró de nuevo la puerta y las verdades quedaron sin decirse.

CAPÍTULO 8
—

ELECTROENCEFALOGRAMA

Victoria Lorenzo me esperaba en su habitación, con el pelo echando humo. Esa noche no podría ver la televisión con ella.

—Es el agua caliente, Boris, no tengas miedo.

—Pareces un cohete —le dije.

—Hoy voy a salir.

—¿Y conocerás a alguien? ¿Como en *Duerme, mi niña mala?*

No sé cómo me había aprendido ese nombre de esa fotonovela, seguramente porque era la primera que «leíamos» en colores.

—Un poco sí, un poco sí, pero tú no puedes quedarte mucho tiempo aquí.

—Mañana me llevan a un psicólogo, un nuevo tratamiento.

Se puso rígida.

—Pídele al Che Guevara —dijo ella de inmediato.

—No tiene lo que tienen los santos arriba de la cabeza.

—Pero lo es, confía en mí. Pídele cualquier cosa.

—¿Cómo?

—Así: señor Che Guevara, que usted y su revolución bendigan mis acciones y me hagan…

—Crecer, aprender a leer. Quitarme los zapatos ortopédicos, los culo de botella. Ser delgado y volar por encima de todo el mundo.

Todo había comenzado con la incorporación de una nueva maestra en nuestro curso. Era boliviana, algo que en un principio nos fascinó a todos porque era exótico. Venía de los Andes, creíamos que aparecería hablando quechua y vestida con ponchos. En realidad lo hizo vestida de beige y de inmediato sentí una repulsa absoluta por ese no color. Y se quedó estudiándome. «¿Por qué te agitas tanto hablando? No eres una niña». Como acostumbraba, me quedé callado y mis amigos salieron a mi defensa. «Boris es Boris», le dijeron. Eso empeoró una relación que había nacido dañada.

Cada mañana, mientras mi papá me llevaba al colegio atravesando una ciudad llena de verde y sol, cada casa cubierta de enredaderas o profundas y profusas extensiones de buganvillas, iba pensando en esa mirada reprobatoria de la nueva maestra. Le quité el nombre, como hacía con tantas cosas que me molestaban, y le adjudiqué un sobrenombre, algo que mi hermano mayor hacía magistralmente pero a mí me salían demasiado comunes, rasos. Solo los superhéroes tenían dos nombres para cada una de sus personalidades. El resto, sobrenombres.

«Boris, ¿por qué te vistes tan raro?», expulsó la Nueva Maestra, sus labios como de puerco moviéndose a cámara lenta. Y de pronto veía cómo todos me miraban. Nadie dijo nada. Y en el espejo del pasillo de entrada, estaba yo. ¿Qué pasaba con la ropa? Llevaba una chaqueta de ante de mi papá, me quedaba bastante holgada pero la arremangaba. Y unos pantalones que me sentaban pequeños con rayas de colores. Tenía frío esa mañana, no vestíamos uniformes en la escuela progresista y no me dio tiempo de combinarme mejor. Pero la mirada de la Nueva Maestra desnudaba más cosas. Me vi más gordo, más titubeante en mi andar, los zapatos ortopédicos elevándome casi un palmo de la acera. Los brazos pegados a los lados para que no se convirtieran en alas descontroladas. Sujetando el bulto, en vez de una mochila como el resto de mis compañeros, como si su peso pudiera dominar el resto de mi incongruencia. Y de repente, el botón del pantalón se abría.

Sí, tenía barriga. El hijo de la bailarina era gordo.

La Nueva Maestra se cruzó de brazos y generó en sus delgados labios no una mueca de desaprobación sino un chasquido. Como un mechero sin gas.

Dejé caer el bulto derramando su contenido. Y no solo eso, me agitaba el pelo y me arrodillaba para recoger lo que había dejado caer y entonces descubría que los malditos zapatos ortopédicos se habían destrenzado, sí, ellos solos en mi caída.

—Amárrate los cordones, Boris —exclamó la Nueva Maestra.

Y todo se detuvo. Argimiro y Juangustavo, que siempre estaban juntos y moviéndose, fueron hasta la Nueva Maestra y le dijeron que no podía. No podía atarme los cordones, como los llamaba ella. Una horrible verdad, quizás el más humillante de mis problemas. No sabía atarme las trenzas, como se decía en Caracas. No podía. Las manos se engarrotaban ante la circunstancia y no sabía crear el lazo que los uniera.

—Átate los cordones, Boris —exigió la Nueva Maestra.

Y la miré, desde mi inferioridad, desde el suelo y la vi tan absurdamente imponente, tan propietaria de una autoridad injusta, que pensé en atacarla. Arañarla. Girarla, igual que a Patricia, ante el espejo del pasillo y enfrentarla con su propio horror. Y entonces, fiel a ese instinto payaso que todo lo disimulaba, me incorporé y eché a andar con los cordones siguiendo el ritmo de mi andar, como antenas de una langosta desorientada o a punto de ser hervida.

—Camino como un animal —reté a la Nueva Maestra—. A ver si lo adivinas.

—Como un pato —gritó Juliana—. Boris camina como un pato.

—Como una jirafa —dijo Juangustavo.

—Como la Pantera Rosa —dijo Argimiro, y me gustó. Era mi nuevo personaje de televisión favorito.

—Como un Aristogato —remató Juangustavo.

No contuvimos la risa y los aplausos por cómo habíamos dejado desubicada a la Nueva Maestra. Hasta que ella separó sus delgados labios y fulminó nuestra alegría.

—Como un maricón —expulsó.

Y todos nos quedamos inmóviles. Ella levantó la cabeza y fue directa a la Dirección.

Mi papá llegó más tarde que Belén, seguían trabajando en sitios opuestos de la ciudad. Belén se había colocado una especie de blusa que se ataba encima de su traje de trabajo, mallas en las piernas y un *leotard* en el torso. El pelo recogido en una cinta de satén negro. Hombres y mujeres, Juangustavo, Argimiro y Juliana, la miraban de arriba abajo, por delante y por detrás. Ella sí se movía como un nuevo tipo de animal. Paso firme, glúteos firmes, senos erguidos, cuello largo, mirada fiera, pelo negro y frondoso, la piel tan blanca y sin embargo sentías el rojo de su sangre avivándose debajo.

—Necesitamos hablar de Boris —dijo la Directora con la Nueva Maestra a su lado—. Todos los días arma un espectáculo en la puerta que distrae a otros padres y sus hijos. Hemos recibido quejas.

—Belén, solo quiero caminar bien.

—Boris, espera fuera, por favor.

—No, preferimos que esté aquí —dijo mi padre—. Si hay un problema, que lo escuche y ustedes como docentes encuentren una manera de solucionarlo con él.

—Rodolfo, no creo que este sea el lugar para que demuestres...

—Perdona, Josefina, pero nos han llamado e interrumpido nuestros trabajos para decirnos que había un problema con Boris y, si él está aquí, pues que lo oiga.

—Tiene casi ocho años. No puede leer.

—Es lo que más quiero —intervine—. Poder leer. De una vez, todo el periódico, todos los libros.

—Josefina, las dos sabemos el problema que tiene Boris.

—Monta una escandalera en la puerta del colegio en lo que ustedes lo dejan y se van —empezó la Nueva Maestra—. Tira el bulto, se agacha a recogerlo y empieza... empieza a moverse...

—Como un mono. Como la Pantera Rosa. Como un Aristogato —empecé a decir intentando defenderme y aprovechando obviamente que mis padres habían conseguido que estuviera presente—. Como un maricón. Como dijo ella, la Nueva Maestra —expulsé, sin imaginar el cambio en los ojos de todos los presentes.

La Nueva Maestra no movió sus delgados labios. La Directora no levantaba la mirada del cuaderno que tenía delante. No les di tiempo a mis padres a reaccionar. De nuevo, impulsado, repetí todos los gestos que había hecho en la entrada del colegio esa mañana. Lo reviví, agitando los brazos, contoneándome, mesándome el pelo. Hasta que mi padre me cogió por ambos brazos y me dejó en el sitio con su mirada.

—Boris no es igual a nadie y necesita encontrar refugios para superar sus defectos. A veces actúa como si estuviera en un escenario, probablemente porque me ve ensayar, luego bailar —reinició Belén.

—Usted debería ser más responsable a lo que permite que su hijo se exponga —dijo la Nueva Maestra.

—Y usted evitar tratar a mi hijo de forma denigrante —le dijo Belén con frío en cada palabra.

La Nueva Maestra se quedó muda. Y tembló un poquito.

—Tenemos que abordar esto de una forma científica —intervino la Directora.

—¿Por qué científica? —reclamó mi papá.

—Belén —empezó la Directora hablándole como si fuera otra de sus alumnas—. Ya no es solo la dislexia. Es algo más.

—Josefina, no puedo entender cómo tú, la que se califica de modernizar la educación, estés presentándonos a nuestro hijo como si fuera un enfermo.

—La gente, la sociedad es tan cruel con alguien… que no es como los demás —insistió en decir la Directora, siempre con ese tono maternal hacia mis padres—. Boris no puede continuar presente en la conversación.

—Yo prefiero que se quede —dijo mi padre.

—No, Rodolfo, porque es una conversación de adultos. De otra manera no habría interrumpido vuestros trabajos.

Me di cuenta que podía colaborar y me levanté de mi silla y fui hacia la puerta y salí al pasillo. Juangustavo y Argimiro estaban al final haciéndome señas para que les dijera qué estaba pasando. Me pasé la mano por el cuello y se quedaron bastante asombrados. Esperé sin saber qué hacer. Escuchando el silencio del colegio, el ruido repetitivo de la cadena que sujetaba la bandera nacional al mástil, el paso del tráfico, la espera de la campana que anunciaba el recreo. Y de repente Gerardo estaba a mi lado.

—Te dan el día libre por tus bailes en la puerta.

—No son bailes —dije mirando al suelo. Me alegraba tenerlo cerca.

—Son un problema.

—¿Y qué vamos a hacer?

—¿Por qué tienes que enseñarlo todo?

—¿Cómo todo?

—Necesitas llamar la atención, que todo el mundo sepa qué eres.

—¿Y por qué tengo que ser otra cosa?

—Porque tendrías menos problemas —dijo él.

Se levantó y se plantó enfrente. El hermano enmascarado de Meteoro solía pararse así.

—Deja de actuar de esa manera y todo se solucionará —dijo Gerardo alejándose.

La primera tarde que mis padres y yo fuimos a la Clínica de la Estrella, para la consulta psicológica en San Bernardino, había una boda judía en la sinagoga de enfrente.

—Belén, ¿qué es una sinagoga?

—Una iglesia para los judíos.

—¿Y yo no puedo ser judío?

—Primero tenemos que resolver otras cosas contigo —dijo mi padre.

La doctora Estrella me cayó muy bien porque era rubia, de ojos azules y se llamaba igual que la clínica donde trabajaba. Sostenía una carpeta amarilla con mi nombre escrito en letras rojas. No me gustó, me dio miedo pero preferí disimularlo observando hacia dentro de su consultorio: quería saber si habría otros niños. Solo vi un chico, quizás de la edad de mi hermano, con sus manos tapándose los oídos y la mirada cargada de furia.

—Boris tiene muchos problemas psicomotores. Al mismo tiempo, hemos detectado un…

—Amaneramiento —soltó Belén con su voz de pocos amigos.

—Es un signo de rebeldía, probablemente porque se siente ofuscado al no saberse igual que los demás —dijo con mucha amabilidad la doctora Estrella.

95

—No quiero ser igual a los demás —solté yo generando un silencio—. Porque no soy igual que los demás —reiteré.

—Lo primero que tenemos que hacer es un examen, un poco largo, en varias partes y sesiones.

—¿Es un electroencefalograma? —preguntó Belén.

La doctora Estrella asintió.

—Boris y yo nos quedaremos solos. Te pondré unos cablecitos en la cabeza, conectados a una máquina. Te iré haciendo unos ejercicios muy facilitos, sencillitos, mientras los cables recogen tus pulsaciones.

—Doctora, ¿es necesario —preguntó mi padre, y en su voz había una sequedad nada contenida— que tenga que hablar en diminutivo?

La doctora Estrella cambió de cara.

—El electroencefalograma es una exigencia del colegio —decidió responder.

—Un colegio que se anuncia como una escuela experimental, con una educación individual y abierta a nuevas búsquedas pedagógicas —expresó Belén.

—Los otros padres se han quejado de que Boris genera una influencia… peligrosa.

—Contaminante, es lo que pone el informe —terminó Belén tajante, afilada como sus pómulos.

—Son solo seis sesiones. Una vez finalizadas, el problema estará solucionado, el colegio estará satisfecho. Boris tiene muy buenos reportes y sus compañeros le aprecian mucho. Son solo esos signos de rebeldía, que podrían derivar en una mala conducta, en otro problemita, perdón, problema para él.

Mis padres se quedaron fuera de la pequeña habitación donde la doctora Estrella me llevó. Era un cubículo rodeado de ventanales.

—Parece la cápsula de un astronauta —dije, y ella se rio.

—No lo había pensado, pero puede ser, puede ser.

—Los astronautas se cagaron cuando supieron que estaban en la Luna —dije, y ella dejó de hacer lo que estaba haciendo.

—¿Cómo sabes eso?

—Porque me acuerdo, alguien lo dijo cuando lo veíamos por televisión.

—Eras muy niño entonces.

—Lo recuerdo perfectamente. Y también recuerdo el terremoto. Y era todavía más niño.

—Pues los astronautas no se cagaron sino que hicieron algo muy importante para la humanidad —dijo ella y empezó a colocarme los cables sobre mi cabello, abriendo espacios, como cráteres en la Luna. Eran de colores, cada cable con un color distinto. Amarillo, verde, azul, rojo y morado. El colorido sobre mi pelo de inmediato me entusiasmó. Y la doctora lo detectó.

—¿Puedo verme en un espejo?

—No hay.

—Por favor —insistí, y ella pensó que podría ser peor si no veía mi deseo cumplido. Fue hasta su bolso y extrajo una polvera, que abrió para que pudiera verme en su espejo.

Me reí pero de inmediato sentí una pena profunda abriéndose paso en mi mirada. Parecía un monito atrapado. Alguien a punto de ser reducido, o de ser encerrado en una celda que no le correspondía, que aun liberándose jamás podría dejar atrás. Iban a quitarme mis superpoderes. La doctora fue a cerrar su polvera y la levantó hacia ella y entonces vi a mi mamá, esperando, de pie, fuera del despacho, su rostro hermoso, la piel lavada, las lágrimas atrapadas mojando sus dedos.

—Dime qué cosas son amarillas para ti. —La doctora inició el cuestionario atenta a lo que leía en unas líneas sobre un papel milimetrado.

—El sol, los ojos de los guepardos, el maíz y un vestido.

—¿Cómo es ese vestido?

—Corto. O largo.

—¿Es de tu mamá?

—No. Yo no digo mamá, la llamo Belén. Y el vestido es de la Pelirroja, la conserje, se lo pone los días libres. Y también es un turbante.

—¿Qué es un turbante?

—Para mí, la izquierda y la derecha, porque así están dispuestos en la casa de la señora Coronil. Para el resto de la gente, son como unas coronas.

—¿Te gustan las coronas?

—Sí.

—¿Te gustaría llevar cosas en la cabeza?

—Sí. No. Me darían calor. Ya llevo cosas en la cabeza, estos cables.

Y ella guardó silencio.

—¿Es verdad que quieres nadar?

—Después de leer y escribir, sí, pero tienen miedo que me ahogue.

—¿Por qué?

—Porque soy torpe. Y gordo.

—¿No te gusta el béisbol?

—Lo odio.

—¿Te gustaría ponerte otros zapatos que no sean tus botas ortopédicas?

—Sí. —Y sentí ganas de llorar pero preferí contenerme, me parecía que era humillante pero que no podía mostrarme herido tan rápido.

—¿Te gusta el helado?

—Mucho. De mantecado y naranja.

—¿Te gusta tu hermano?

Fue una pregunta después de la otra. Algo en su voz, un pequeño y casi imperceptible deje, me hizo hacerla esperar por mi respuesta.

—Es mayor que yo. Ocho años.

—Tú tienes casi ocho y entonces él tiene dieciséis.

—Sí. Casi igual que Gerardo, que tiene tres o cuatro menos.

—¿Gerardo?

—Sí. Y también tiene los ojos muy azules. Y también es nadador.

—¿Qué más sabes de Gerardo? ¿Lo ves distinto a ti?

Volví a escuchar ese deje, como un dije que caía en una habitación vacía. Clin.

—Sí —respondí. Y me cerré en banda a continuar. La sesión había acabado.

—¿Van a curar a Boris? —preguntó mi hermano en plena cena. La habíamos preparado los tres varones de la casa porque era día de función de Belén y de salida de Victoria.

—No está enfermo —dijo mi papá muy serio—. Los resultados serán buenos y el colegio estará tranquilo.

—Yo no estoy enfermo. Soy diferente —dije.

Y mi hermano se concentró en su plato. Me quedé viéndole, en efecto no era nada igual a mí. Los dientes eran más grandes, los ojos más intensos, los brazos más delgados y fuertes, la cintura más estrecha y las piernas separadas. Y llevaba una camiseta con la S de Superman que parecía adherírsele. Volví a sentir ese pequeño dolor, esa certeza profunda de que nunca iba a poder verme igual, a pesar de lo mucho, muchísimo que me gustaba lo que veía.

Esa noche, me di cuenta que no se quedaba dormido.

—Boris, ¿puedo pedirte un favor?

—Sí.

—No me mires de esa forma.

—¿Cuál forma?

—Yo no te puedo gustar. Eres mi hermano.

Me quedé muy quieto. Era casi el momento más serio de toda mi vida.

—Me vigilas, me revisas, me investigas.

—Pero…

—Yo no puedo gustarte. Sería… un caos. Y no me dejarías quererte como te quiero.

—¿Y cómo me quieres?

—Como una protección. Siento que estoy aquí para protegerte. Para que no te hagan daño. Pero, sobre todo, para que no te hagas daño tú mismo.

Cerré los ojos y empecé a llorar. No sabía qué más podría pasar. Si él me dejaría irme a su cama y abrazarle o si él vendría hacia la mía. Empecé a escucharle a él llorar también. Y estiré mi mano en el espacio entre los dos y él la sujetó.

Así como los dos establecimos esa comunión, en el mundo exterior las cosas comenzaron a salirse de madre. La palabra «maricón» empezó a cubrir espacio en mi vida. En mi día a día. Cambiaba de nombre con una rapidez asombrosa. Pato, pargo, regalo, lacito, pájaro, mariquita, marico, mari, maripón, mariposa.

Se volvía frase o refrán: Esas caraotas se pasaron. Esa canoa pierde agua. O aceite. Se inmiscuía con cosas del auto: Bota la segunda. Bota la tercera. Trepaba por los árboles: «Tronco torcido no endereza». Se volvía sonido: un siseo que recordaba el ruido de un neumático pinchado. Cuando se acababan los ruidos, refranes y animales y canoas, se convertía en un cuchicheo, como la Pelirroja y los padres de Patricia. «Lo están tratando en una clínica especializada», oí una tarde mientras Patricia, como siempre desde aquella vez, me evitaba y subía rápidamente por la escalera hacia su casa. «Solo va con niñas, odia el béisbol y prefiere los tutús de su mamá», había dicho también la Pelirroja. «Y la madre siempre con esos amigos bailarines en la casa, es como si lo estuviera deseando». Era como si, al saberse de mi tratamiento psicológico, alguien hubiera decretado que se me tratara como un enfermo, el bicho raro que es maricón y por eso la palabra, el comentario, el siseo tenía que rodearme, señalarme, acorralarme.

Se me escapó uno de estos comentarios delante de Belén y sus amigas Graciella e Irma. Lo de que estar rodeado de bailarines influía en mi conducta. Algo pasó, Irma dejó de comer, Victoria Lorenzo le hizo una señal a Belén y de repente estábamos todos en el patio interno y veíamos cómo Irma iba hasta la puerta de la Pelirroja y la golpeaba severamente con sus nudillos. La Pelirroja salió, olorosa a tortilla y con sus dientes de oro brillando en una sonrisa que se apagó enseguida.

—Dígale a su esposo que salga.

La Pelirroja empezó a balbucear una rara explicación.

—Pues sepa usted que su marido mete mujeres en su casa cuando usted se marcha a España. Y que una de esas mujeres soy yo.

Mi papá estaba llegando con mi hermano, que rápidamente corrió hacia nuestra casa y el marido de la Pelirroja salió a la puerta, medio diciendo procacidades hacia Belén y hacia mí.

—Aunque no lo sea profesionalmente, me gustaría haberle cobrado a su marido cada tirada que nos hemos dado —continuó Irma, y Graciella empezó a aplaudirla. Belén indicó con un gesto que volviera hacia la casa. Victoria Lorenzo lo impidió.

—Revise bien lo que pasa en su propia casa antes de echar

mierda sobre las de los demás —dijo Victoria Lorenzo. Entonces Irma y Graciella la aplaudieron a ella.

—Está loca —empezó a gritarle la Pelirroja a Irma—. Artista, se cree superior porque es artista, porque no tiene que fregar como yo.

—Usted ha dicho que el hijo de mi amiga es maricón. Pues yo le vengo a confirmar que es una cornuda como muchas, demasiadas mujeres. Le estoy haciendo un favor —continuó Irma—. Es solo un niño. ¿Por qué no se lo dice en la cara a su madre, que está allí?

Miré hacia la escalera y se arremolinaban otros vecinos, incluyendo los padres de Patricia. En cuanto coincidieron con mi mirada, el padre de Patricia le hizo una señal a la madre para volver a la casa.

—Ahí está, no se atreve —continuó Irma—. Pues yo sí me atrevo a decirle que su marido la llama a usted la Muerta. Porque es lo que siente cuando le hace el amor.

—¡Basta! —gritó Belén.

La Pelirroja iba a abalanzarse sobre Irma cuando su marido, aparecido de la nada, en el peor momento para él y el mejor para Irma, sujetó por un brazo a su esposa y entonces la Pelirroja descargó su furia contra él.

—No soy una cornuda. No soy una cornuda. Vete con tus putas a otra parte —gritaba y de repente consiguió dejarlo en medio del patio de vecinos y cerró la puerta de su casa.

Belén me zafó de Victoria Lorenzo y me metió en la casa. Mi hermano y mi papá estaban en el salón.

—Irma no se puede quedar sola con ese energúmeno —dijo mi papá. Y entonces Victoria Lorenzo abrió la puerta y vi cómo el marido de la Pelirroja e Irma se golpeaban y los vecinos se asomaban a sus puertas.

—Hijo de puta, cabrón, ojalá te partan ese pedazo de carne —gritaba Irma mientras Victoria Lorenzo se acercaba y de un solo golpe dejaba al marido de la Pelirroja en el suelo. Irma se quedó sin habla y Graciella, que seguía allí, la tomó del brazo y la llevó hacia su auto.

El marido de la Pelirroja se quedó en medio del patio murmurando maldiciones. Belén lo observaba todo. Y sentenció:

—Mañana mismo empezamos a buscar una nueva casa.

Durante la noche, escuché los gritos de la Pelirroja a su marido: «Vete con tus putas, hasta gonorrea me has pegado y ojalá que a ellas también».

Nos mudamos. A la Quinta Marobel, una casa con ese nombre escrito sobre una hélice de avión plantada en el césped del jardín de la entrada. Todo era más grande, aunque mi hermano y yo tuviéramos que compartir habitación de nuevo. La cocina también era más grande, con una recámara al lado, que sería el dominio de Victoria Lorenzo. Su afiche del Che Guevara fue lo primero que se colgó en la casa. Tiempo de tormentas también se veía más desahogado, en una pared más extensa, presidiendo el nuevo salón-comedor. Todas las estancias estaban comunicadas por un patio interior con un inmenso castaño de Indias en la esquina. Una planta de aguacate, otra de mango y tres enormes árboles con troncos y ramas para subir por ellas, que fue lo primero que hicieron mi hermano y Gerardo. Yo, como siempre, los veía ascender hasta la copa y quedarse allí hablando.

Había un anexo donde mi papá instaló su escritorio y se mandó a construir unas librerías para organizar su biblioteca. Y él mismo lo bautizó como la baticueva, en clara referencia a la que aparecía en los episodios de Batman, el lugar donde Bruno Díaz y su sobrino Ricardo Tapias se convertían en Batman y Robin e investigaban sobre los malhechores que acechaban Ciudad Gótica. Al instante de bautizar su espacio como «la baticueva», entendí que mi papá me incluía en ella. Todo lo que me interesaba estaba allí. Sus libros de cine, su colección de novelas policiacas, Agatha Christie y el inspector Maigret. Mis libros de *Tintín* y de *Astérix y Obélix*, pero también las ediciones cubanas de obras de teatro, los cuentos de Edgar Allan Poe, las novelas de los amigos de mi padre, los periódicos viejos. Y el nuevo aparato de televisión, que si alguna vez llegaba la televisión en color se adaptaría con tan solo hacerle un clic en un botón trasero. En casa se impuso un nuevo grito: «Boris, sal de la baticueva».

Belén se compró un coche para ella sola. Era un Ford Cortina, de cuatro puertas, aunque ella había dudado en tenerlo solo de dos. La convencieron porque era madre. Indudablemente, habría sido más sexy de dos puertas. Era de color mostaza, sugerencia o influencia del tío Isaac, que se había mudado a España donde sus obras de teatro estaban teniendo mucho éxito. Mostaza. Mi sabor favorito. Mostaza no es amarillo. Tampoco es verde, es mostaza. Y esa diferencia, tan evidente, me hizo sentir como si yo también fuera mostaza. Por eso en la habitación que compartía con mi hermano se acentuaron los detalles mostaza. Mi mesa de noche, por ejemplo, el borde de mi cama, una alfombra para no poner los pies en el piso frío de las mañanas. Anhelaba un juego de toallas mostaza. Un bañador mostaza. Un sombrero, un traje.

La nueva casa provocó el milagro. Mi abuelo Lobo se había retrasado el sábado, el día que siempre almorzaba con nosotros y traía unos dulces aragoneses. Belén y mi papá se preocuparon y sonó el teléfono y era el abuelo, que se había perdido pero estaba cerca, en la avenida debajo de nuestras casas. Mis padres se miraron extrañados pero me llevaron con ellos a buscarlo.

Subíamos por una avenida paralela a casa y pasamos un terreno abandonado con un muro roto como único habitante. Sobre el muro había cuatro letras y las conté. Y antes que se quedaran fuera de mi vista, las leí. Sí, las leí: PUTA. Y lo exclamé, PUTA, PUTA, PUTA, cada vez más exaltado. ¡Había leído! ¡Había leído! «Pero ¿qué dice este niño, Belén?». Y Belén se giró a verme, sus ojos tan brillantes, tan emocionados. Mi papá frenó el carro. «He leído, he leído, he leído», insistía.

En esa época el periódico tenía cuerpos, El Nacional hasta cuatro. Nacional; Internacional; Economía; y en el último, Cultura, entretenimiento, crónica social y deportes. Mis grandes intereses se formaron desde el primer día: Crónica social y Crónica de sucesos. Me fascinaban noticias como la oreja cortada al nieto de Gordon Getty por sus secuestradores o como las fiestas de temática Mil y Una Noches o Maria Antoinette de la alta sociedad caraqueña.

Una de esas mañanas de lectura, el teléfono sonó para ofrecer una mala noticia. El abuelo Lobo acababa de fallecer. El abuelo Lobo, que estuvo conmigo el día más importante de mi vida, se había marchado durmiendo. Sus pérdidas —se quedaba sin memoria y a veces se marchaba de casa y tardábamos días en reencontrarlo— se habían vuelto preocupantes. Estaba convencido que era una enfermedad como la mía, algo del cerebro que todavía no tenía muchos estudios hechos sobre ella. Lo habían recluido en un hogar para personas de su edad pero con una política muy estricta de visitas que hacía a veces imposible que las giras de Belén le permitieran verle.

La noticia impuso un largo silencio, mi hermano empezó a llorar. «El abuelo Lobo me cuidó cuando te divorciaste, mamá. Y cuando mi papá me dejó, él se ocupó de mí», exclamó. Me sentí muy triste por él, siempre me parecía un misterio, por nuestra diferencia de edad, la vida de mi hermano antes que yo apareciera en la suya. Quise acompañarle pero Belén me hizo ver que era mejor dejarle solo. Ella también estaba afectada. Se levantó y fue hacia su nuevo baño, inundado de la luz de la mañana. Mi papá la siguió, sin cerrar la puerta, y yo me quedé allí, viendo cómo Belén apenas podía abrir los grifos de la ducha y mi papá la ayudaba, la desnudaba y al final entraban juntos.

Poco a poco escuché a mis padres hablar desde la ducha. No tenía cortina sino que estaba enfrascada por una puerta de vidrio. La habían dejado abierta y el agua salía hacia el exterior.

—Me pidió perdón —empezó Belén retirando el agua de su cara—. Como si supiera que era la última vez. Él nunca olvidó que me echó de casa gritándome puta cuando le expliqué que iba a estudiar ballet.

Lloraba de una forma tan adolorida. Podía ver los puntos suspensivos entre frase y frase. Mi papá le retiró el pelo mojado de la cara. La besó, la abrazó y ella colocó sus brazos en su espalda. Y se separó para seguir hablando.

—Me pidió perdón. —Lloraba todavía más y entrecortaba con más espacio sus frases—. Porque le he demostrado que iba a ser buena en algo, me dijo, en algo que él no podía entender y que ha sido mi éxito, lo que le ha abierto los ojos. Me pidió que lo entendiera también; yo soy su única hija, siempre ha deseado y querido lo mejor para mí y que muchas veces... no sabía si iba a conseguirlo.

—Y tú en realidad lo ayudaste. Independizándote, mi amor, dejando la casa, buscándote la vida.

—Se dolía mucho de eso —seguía Belén, ahora sin poder controlar su llanto—. Y yo también, mi amor, yo también porque me fui sin pensar en que iba a dolerle, en que iba a hacerle daño.

—Tu mamá se había muerto, Belén, y tú querías ser bailarina. Y también querías salir de ahí, de tu casa, de...

—Lo que había, mi amor. No podía soportarlo porque sabía que había más, más cosas, más oportunidades. Otra casa. Otra familia. Que no me dejaran sin hacer, sin probar lo que quería probar, lo que quería hacer. —Continuaba llorando como si algo le doliera de verdad y empecé a preocuparme—. Siempre he ido hacia delante. —Bajó un poco la voz y decidí acercarme, ellos estaban tan concentrados en su conversación que no me notaron—. Sin mirar atrás —dijo casi inaudible—, hasta ahora, que se ha muerto, que lo oí pedirme perdón y, al mismo tiempo, volver a castigarme, dejarme así, culpable, porque fui egoísta, porque hice lo que quería y me marché. Y nunca más volví. Nunca más le dije, papá, te quiero. Papá, perdóname.

Me paré delante de ellos contemplándolos en su intimidad. En ese extraño momento de desnudez y lágrimas, sentía que podía entenderlo todo, que mi abuelo no comprendió nunca a Belén, al contrario de todo lo que ella luchaba para entenderme a mí. Que se sintió atrapada y tuvo que salir de ese encierro que era su casa para impedir que aplastaran su voluntad y su deseo. Y que a partir de allí, la vida de Belén fue un riesgo. Eso era lo que más entendía, la necesidad de correr un riesgo, de salir de un sitio para encontrar el que de verdad es tu sitio. Y me asombraba la palabra «éxito» en medio de todo esto. Fue el éxito el que abrió los ojos de mi abuelo y era ese mismo éxito el que en el fondo hacía llorar a Belén.

—Boris, mi amor, ¿qué estás haciendo ahí? —preguntó Belén, se acababa de percatar de mi presencia.

Mi papá se separó de ella y se cubrió su entrepierna con las manos.

—Vamos a llegar tarde al colegio, carajito, entra y dúchate con nosotros. —Belén lo miró un poco extrañada pero me recibió con un abrazo y un beso lleno de agua y jabón. Y un poquito de sus lágrimas, también.

CAPÍTULO 9

EL COMENTARIO

—¿Te duchas con tus padres? —exclamó Argimiro mirándome con los ojos muy abiertos y subiendo la voz para que lo escucharan en todo el recreo.

—Eso es lo de menos, lo que importa es lo que te contaba de cómo Belén tuvo que marcharse de su casa para ser exitosa y cómo todo eso se había revelado tras la muerte de mi abuelo —seguí hablando, insistiendo en el punto que de verdad me interesaba comentar con él.

Jamás conseguí devolver la conversación a ese punto de mi interés. Argimiro se levantó del banco que ocupábamos y salió corriendo a contarle a cualquiera que pasara por su carrera que mis padres y yo nos duchábamos juntos. Y, repetía, desnudos. Regresamos a la clase y me senté delante del cuaderno de lengua española con cierta preocupación. Mi conversación no había terminado como yo deseaba. Lo que me interesaba comentar no era precisamente lo que había llamado la atención.

Fueron un par de días movidos. No podía entender cómo el comentario de que me duchara con mis padres podía movilizar tanta molestia sobre mis padres y yo. Victoria Lorenzo decidió que era mejor que me mantuviera ocupado en la habitación que compartía con mi hermano, sin estar dando vueltas por el salón y mucho menos la baticueva, donde Belén y mi papá habían instaurado una especie de salón de soluciones. El teléfono no dejaba de repicar y las pocas veces que pude escuchar con quién hablaban me daba cuenta, para mi preocupación y desespero, que lo hacían con otros padres del colegio. «La ducha de Boris con sus padres» se había convertido en motivo de queja de los demás progenitores. Otra que se unía a mis bailes en el salón de clase,

107

a mis juegos en el recreo, que muchas veces consistían en repetir escenas de Meteoro o de Batman pero también de la Mujer Maravilla, que giraba sobre sí misma y se convertía en superhéroe y de otro tipo de superheroínas que teníamos en Caracas: Las Trillizas de Oro. Eran unas chicas argentinas coristas de Julio Iglesias que protagonizaban una serie de disparatadas aventuras, muy mal hecha, peor actuada, pero que me gustaba ver y luego reproducir sus diálogos con mis amigas en el recreo. Eso también había caído en el inventario de «las cosas que hace Boris» que disgustaba o incluso alarmaba a los otros padres del colegio.

—¿Qué vaina es esa de *Las Trillizas de Oro*? —preguntó mi papá.

—Es una serie. Las trillizas hacen muchas cosas, a veces son investigadoras y se adentran en una casa abandonada que está embrujada…

—¿No te basta con Batman y Robin? O Meteoro…

—Las repiten todo el tiempo. Meteoro terminó de hacerse el año en que yo nací —le dije. Sí, lo había averiguado en una visita que el colegio hizo a la embajada de Japón y donde la única pregunta que hizo mi grupo fue precisamente la mía acerca de la edad de Meteoro. Y si al final descubría que el Enmascarado era su hermano. Vaya, seguramente eso también estaría dentro de esas quejas de los representantes.

Belén entró en nuestra habitación.

—¿Qué es lo que hacías con las Trillizas de Plata?

—De Oro, son de oro porque son superrubias. Y argentinas. Y cantan con Julio Iglesias…

—¿De qué trata el juego?

—Ellas son tres y, bueno, en el recreo, Juliana, Daniela, María Eugenia y yo jugamos a ser ellas.

—¿Y tú qué haces?

—Bueno, me invento que soy una cuarta trilliza —dije. Pasó por mi cabeza que podía haberlo dicho antes, no esperar a que ahora se estuvieran revisando todas mis actividades en el colegio.

—¿O sea que haces de mujer? —preguntó Belén.

—Es solo un juego.

Belén levantó el auricular de una nueva llamada.

El colegio celebraría una junta extraordinaria para la que solicitaban la presencia de mis padres. Al mismo tiempo, la psicóloga de la Clínica de la Estrella había entregado su reporte sobre mi caso después de casi más de un año de exámenes y, al parecer, alertaba sobre unas patologías en mi carácter que podrían generar una personalidad agresiva y preocupante para el resto de la sociedad de mi entorno. Anoté en un nuevo cuaderno todas las palabras que tenía que buscar en el diccionario. «Patología», por supuesto, me fascinó. Entre los insultos que recopilaba por mi forma de ser, «pato» era una manera muy de moda de llamarme maricón. Imaginé que «patología» se refería a lo mismo.

El día de la junta extraordinaria nos enviaron fuera del colegio a ver el Planetario en el Parque del Este. Así que descubrí las estrellas y los planetas mientras discutían extraordinariamente un pedazo de mi personalidad y de mi universo. Me dolía el cuello mirando hacia el techo abovedado y observando planetas moverse en su propia órbita mientras en mi cabeza todas esas palabras, «junta extraordinaria, representantes, disculpas, patologías, convicciones», iban configurando su propio espacio sideral. Miré a Venus y me hechizaron sus claroscuros, por sus lunas. Y miré a Marte y le temí y me pareció que era la Directora del colegio amonestando a mis padres por ducharse conmigo. Miré a Saturno, contemplé los anillos. Y al final llegué hasta Plutón, tan alejado de todos. Me identifiqué. Como me había pasado con Frankenstein y Godzilla. Éramos iguales, únicos y apartados, echados al último rincón del espacio.

Regresamos a casa en el autobús especial de la excursión. Victoria Lorenzo estaba a la espera, muy seria, erguida en la esquina de la calle ciega con una falda blanca y una camisa blanca con topos negros y un turbante de la misma tela. ¿Cómo no íbamos a ser diferentes? Uno de los nuevos vecinos se acercó a ella y le preguntó si tenía un dálmata en casa. Victoria Lorenzo casi se lo come, afortunadamente mientras el autobús se alejaba.

«¡Vaya comentario más estúpido!», fue lo más suave que le dijo al hombre, que entró, cabizbajo, en la casa anterior a la nuestra.

Nos sirvió a mi hermano y a mí un trozo gigante de pasticho, empecé a sentirme mal, muy mal, mareado y con unas ganas de llorar incontrolables. Mi hermano intentó reanimarme pero se le escapó un «todo nos pasa porque no te controlas» que incrementó el llanto, el malestar, el que todo en la cocina diera vueltas.

Abrí los ojos con Belén mirándome, totalmente maquillada para ir al teatro. Parecía un ser que acabara de bajar de uno de los planetas que había descubierto.

—Hoy vi a Venus, Belén.

Ella me abrazó, y sentí ese maravilloso calor de su escote, de sus brazos, igual de delicados que fuertes, de su barbilla apoyada contra mi frente y sus dedos tomando los míos, unidos, no quería que se separara jamás.

—Tu papá esperó toda la hora horrible en que las dos profesoras y los padres de tus amigos nos dijeran de todas las maneras posibles indecentes, malos padres, criadores de un hijo sin control, sin valores, sin brújula ni norte. A lo mejor fue más de una hora pero los dos aguantamos el chaparrón hasta que, bastante atónitos de que no dijéramos nada, la Directora nos cedió el turno de palabra. —Hizo una pausa y pude verla otra vez, la sombra de ojos negra, para agrandar los ojos, los pómulos con la espesa mancha violeta para que las luces no se tragaran su cara, la barbilla con otro punto de oscuridad para contrariamente iluminar aún más el rostro.

»Tu papá le recordó a la Directora que ella hablaba de su proyecto como una escuela para el futuro, sin complejos. —Me seguía mirando porque creo que escogía sus palabras para que luego las buscara en el diccionario. No perdía ocasión para enseñarme que todo puede convertirse en una enseñanza—. Y les preguntó directamente si ellos consideraban, desde su progresía, como escritores, pintores, políticos, presentadores de televisión, cantantes, que ser diferente era un ataque contra el equilibrio de la sociedad del futuro, como acababa de decir la Directora.

Lo describía muy bien, casi me sentía en ese recinto, con todos los padres de mis amigos, la propia Altagracia, vestida con sus chaquetas de la televisión y su peinado con todo el pelo cayendo por un lado de su cara, y la mamá de Argimiro, con su cara llena de pecas y los ojos luchando por no salirse de sus órbitas, el papá de Juliana, mascando un puro y sin atreverse a cruzar las piernas. Y mi papá, delgado, elegante, hablándoles muy seriamente en mi defensa.

—«Por eso me permito preguntarles —les dijo tu papá— si en algún momento de sus vidas alguno de ustedes no se sintió distinto. Sí, mi hijo es más curioso que otros. Es más alerta, quizás tenga un mundo interior mucho más personal y rico que el de muchos de nosotros, que el mío propio. Y yo no quiero cambiárselo. Por eso le permito que exprese su amor hacia su madre y hacia mí y su hermano de todas las formas que quiera. Que se vista como más le guste porque no veo daño. No veo peligro. No tengo miedo que sea distinto a los demás porque no quiero que deje de ser él».

—¿Y lo aplaudieron? —interrumpí a Belén en su narración. Era, claro, la pregunta de un hijo diferente.

—La Directora y la Nueva Maestra se pusieron rojas, de furia y vergüenza. Y los padres, un poco también. Tu papá finalizó… —siguió Belén, y de nuevo volví a trasladarme hasta esa reunión, todos los padres convertidos en futuros sobrenombres, tan rasos y sin mayor imaginación, como la Directora y la Nueva Maestra—: «Mi hijo debería estar orgulloso de que algo que haya dicho al final terminara por convocar a una buena suma de talentosas e inquietas mentes del país, como son ustedes, de distintas ideologías y reuniones y, sin embargo, unidos, porque Boris dijo que se había duchado con sus padres. En el fondo, ustedes saben que no les ha escandalizado que se duchara conmigo y su madre. Lo que les escandaliza es que Boris sea Boris. Me decepciona profundamente de todos ustedes. Pero también me deja una lección. Cuando te molesta la diferencia de otro es porque te despierta acerca de lo que careces».

—¿Lo dejó escrito, para entenderlo mejor cuando lo lea? —pregunté.

—No. Pero por eso te lo cuento. Para que lo escribas tú.

—Belén, ¿por qué no nos vamos a Venus?

Se quedó callada un segundo y vi cómo resbalaban las lágrimas. Se las sequé con la esquina de una de mis sábanas.

—No hay teatros en Venus, mi amor.

—Aún —insistí.

—Tenemos que enfrentar las cosas aquí, mi amor, donde vivimos. Y tienes que entender una cosa. No llames la atención. ¡Porque ya llamas la atención!

—Está bien, mamá.

—¡Me has llamado mamá, Boris!

—Solo por esta vez. —Y entonces lloré. No queríamos despertar o molestar todavía más a mi hermano, así que los dos nos refugiamos en el otro y como pudimos silenciamos el intenso llanto.

Mi hermano recibió también su abrazo, haciéndose el dormido. El perfume de Belén se mantuvo un rato largo después que saliera.

—En mi colegio hablaron todo el rato de la reunión de padres del tuyo —dijo con su voz cada vez más profunda—. Ahora, aparte de llamativo, disléxico y todo lo demás, eres famoso. ¡A ver quién te aguanta! —dijo antes de girarse a dormir.

Fue una semana muy agitada, Altagracia llevó a la Directora a su programa de televisión y mis padres rehusaron acudir porque no querían alimentar una tormenta que cada vez pisaba más cerca de casa. La Directora explicó que su postura se debía sinceramente a su deseo de encontrar una solución «perfecta» para lo que ella llamó «un caso muy interesante» en sus años de pedagoga. «Se trata de una persona con ciertas carencias pero una inteligencia muy desarrollada, y que necesita instrumentos para ayudarla a concentrarse mejor, entre otras cosas». Belén me dejó ver el programa y me molestó que no me llamaran por mi nombre. «Eres un menor», dijo mi hermano. Altagracia también hablaba de mí como caso de estudio «que debe alertar a los padres sobre cómo enfrentan a sus hijos a la sociedad moderna». La Directora pidió un poco más de tiempo para dejar clara su postura. «Todos somos individuos pero a veces necesitamos pensar en los demás para balancear nuestro puesto en la comunidad». Belén se quedó mirándome.

—Pendejadas, mi amor. Tienen miedo, es todo.

Belén llamó a Altagracia para manifestar su molestia y Altagracia apareció, con el maquillaje de la televisión, esa misma tarde en casa.

—No puedo llegar tarde al ensayo, Altagracia.

—Tú y yo tenemos que hablar. Por lo menos tienes que oírme. Para mí no fue fácil hacer el programa. Josefina me pidió que lo hiciera, los ataques crecen.

—Tu hijo también estudia en ese colegio y sin embargo solo mencionas a Boris.

—Voy a cambiar a Gerardo de colegio.

—¡Qué disparate! —soltó Belén—. Y culparás a Boris, ¿no?

Sentí como toda mi columna se convertía en una antena.

—Una mujer como tú tendría que aceptar que ellos tienen razón.

—¿Razón en qué?

—En que Boris es un foco de…

—¿Cómo se te ocurre llamarlo foco y hacerlo aquí, delante de él?

—Porque siento que me pasa lo mismo con Gerardo.

Todos nos quedamos callados, menos Victoria Lorenzo, que estaba recogiendo la mesa y dejó escapar un *Uau* bastante sonoro.

—Boris, déjanos solas a tu mamá y a mí —pidió Altagracia.

—Solo si me lo pide Belén —dije.

—Boris, por favor, vamos a hacerle caso a Altagracia.

Me marché hacia el jardín interior. Mi hermano estaba allí estudiando para su examen de inglés.

—No dejas a nadie tranquilo. Ahora le toca a Gerardo.

Pero fue idea de mi hermano que nos escondiéramos en la baticueva, la biblioteca de mi papá y dejáramos abiertas las puertas. Así podríamos escuchar mucho de la conversación. Y, según nos posicionáramos, ver cómo se movían las dos mujeres. «Esto no va a terminar bien», me advirtió.

—Una madre siente este tipo de cosas. A ti tiene que haberte pasado lo mismo —decía Altagracia a Belén.

—¿Qué tipo de cosas? —escuché la voz de Belén distinta. No le gustaba nada de lo que estaba pasando.

—Gerardo es... hermoso, ¿no? No se puede negar, basta verlo, lo delgado, los ojos, la manera que tiene de conducirse. Pasa mucho tiempo solo, su padre no se sabe dónde vive y yo... vivo para trabajar.

—Estamos todas trabajando, Altagracia. No vamos a ser como nuestras madres, eso lo hemos hablado...

—Sí, sí, tantas veces. Es lo que nos hizo amigas. Pero, Belencita, a mí me da miedo que Gerardo sea como Boris.

Belén se irguió, como solo ella sabía hacerlo: estiraba la columna y parecía crecer dos tallas.

—Lo que acabas de decir es como si fueras la Directora señalando a alguien, enviándolo a una especie de condena...

—Belencita, la gente no tolera a los... distintos, como dices tú.

—¿Ni siquiera su propia madre? —planteó Belén.

—Porque va a sufrir. ¿Tú no crees que Boris sufre? Todo el mundo lo señala, todo el mundo habla de él como un problema. «Pobrecitos los Izaguirre que tienen un hijo maricón» —soltó Altagracia.

Belén se apartó de su lado. Veloz, más que veloz. Violenta.

—Belencita —empezó Altagracia. Mi mamá la interrumpió fulminante.

—No me llames Belencita. Se acabó el «Belencita».

—Belén —corrigió Altagracia—, por favor, estamos hablando como lo que somos, con la verdad. ¿Sabes cómo me sentía escuchando a Rodolfo en esa junta? Mal, porque me estaba retratando. Sí, reconozco que no me gusta sentirme abrumada por lo que pienso que le puede pasar a mi hijo. Pero no quiero —hablaba deprisa y se detuvo en seco y continuó—: No voy a permitir que sea homosexual.

Iba a entrar en el salón, porque algo dentro de mí me hacía pensar que tenía que estar al lado de mi mamá, de Belén. No podía dejarla sola junto a Altagracia. La mano de mi hermano me detuvo.

—No quiero que regrese aquí —continuó Altagracia—. No quiero que esté expuesto a... Boris.

—Mi hijo no es una enfermedad, Altagracia. Y no vas a poder frenar lo que ya está en marcha —dijo.

—¿Eso es lo que tú haces? ¿Dejas que siga? ¿No lo enfrentas? ¿Por qué crees que es normal, porque es lo que ves todos los días en la compañía? El resto de la gente te está enviando señales, la psicóloga de los electroencefalogramas. La pobre Carmina, que la dejaste atrás porque se atrevió a usar la palabra. La palabra que no quieres oír.

—¿La quieres oír tú? —restalló Belén.

Altagracia pareció retroceder.

—Por supuesto que no. Y por eso Gerardo no vendrá más aquí. Y te reitero que no haré como tú, no estoy de acuerdo. No pienso permitirlo.

—Entonces no vuelvas tú tampoco a mi casa, Altagracia.

Mi hermano me soltó y avanzamos los dos en el salón. Victoria Lorenzo lo hizo también y Altagracia recogió su bolso y, al voltearse, se encontró que estábamos todos allí.

—Boris nunca va a tener una vida triste, Altagracia. Ni mucho menos obligada a esconderse o ir en contra de sí mismo. Yo creo en el amor. Y en el apoyo. Y en que en mi hijo hay muchas más cosas que su elección.

—¿Una elección? Belén…

—Es una elección —afirmó mi madre con una convicción que nos hizo girar a verla. Estaba de perfil, la punta de su nariz se movía como si fuera independiente del resto del apéndice, como un animal, un lobo, a punto de atacar—. Una elección, igual que la mía de terminar esta conversación. Y nuestra amistad.

CAPÍTULO 10
—

LA PRIMERA PROMESA

Gerardo, quizás por intervención de mi hermano, vino hacia mí en pleno recreo, donde casi siempre estaba solo leyendo el libro que me interesara.

—Me ha dicho tu hermano que quieres nadar —empezó.

Asentí con la cabeza. Estaba más fuerte, más alto, los ojos tan brillantes y la seriedad en su rostro, como una estatua.

—Pero como tengo dislexia y soy miope, tienen miedo que termine ahogándome.

—Sabes que puedes conseguir todo lo que quieras. Incluso ser un poco más discreto —dijo. Y se marchó. Fueron sus últimas palabras en ese patio de recreo; al día siguiente no regresó.

Se lo conté a Belén. Observábamos tendidos en la hierba de la Quinta Marobel cómo el azul del cielo empezaba su vertiginoso viaje hacia el violeta y de allí hacia el azul oscuro antes de convertirse en noche.

—¿Y de verdad quieres nadar? —me dijo.

—Sí, Belén.

—Requiere de mucha coordinación, que es precisamente lo que no tienes.

—Entonces me ayudará a conseguirlo, ¿no crees?

—Sí, tienes razón.

Se hizo de noche y el césped súbitamente se enfriaba. Pero no nos levantamos.

—A veces estoy tan harto, Belén. ¿Por qué es tan difícil?

—Tan difícil, ¿qué? —preguntó ella cubriéndome los ojos con sus manos. Las sujeté, me encantaba cuando hacía eso.

—Tener que sentir que tengo que dar explicaciones por todo.

Nos cogimos de la mano, como si acabara de pasar una estrella fugaz.

—La gente es muy difícil, Boris. No están preparados para entender lo que no conocen, se asustan. Y por eso te acribillan a preguntas y luego te señalan. Llamas la atención, por muchas cosas. Gustas. Y también disgustas.

—Pero yo no me veo anormal, Belén.

—No lo eres. Y al mismo tiempo, sí lo eres. Porque tienes algo especial que no tiene nadie más.

—Pero por ese algo especial me pasan todas estas cosas. Gerardo se ha marchado del colegio. Altagracia y tú ya no sois amigas. Estoy solo la mayor parte del recreo. No me gustan los deportes, no me gustan los juegos de mis amigos. No me quiero subir a los árboles —hablaba apresuradamente—. Bueno, sí, me encantaría poder subirme a los árboles como hace Juangustavo pero no puedo porque me aterra separarme del suelo.

—Sí, tu vértigo —susurró Belén.

—A veces no quiero ser yo —dije.

Belén se incorporó un poco y me puso frente a ella. Sus ojos, sus ojos, tan líquidos, tan intensos, tan abiertos conmigo, como si quisiera meterme dentro de ellos.

—Boris, prométeme que pase lo que pase con esa diferencia tuya, sea lo que sea que vayas a hacer, no la perderás. No la venderás a ningún precio. No la traicionarás ni la volverás barata. Y no la disimularás.

Entendí que era un momento único, que no iba a repetirse y que, pese a que no comprendiera del todo lo que acababa de decir, iba a recordar cada palabra el resto de mi vida. Me estaba hablando como la persona que ella, desde un sitio muy profundo en su interior, sabía que sería de adulto. Y que, a lo mejor, bajo ese cielo de Caracas, esa precisa tarde, ya era.

—No hay que disimular el talento, la valentía y la manera de pensar —dijo muy tajantemente—. Aunque hagan todo lo posible por doblegarte y hacerte pensar lo contrario, cumple esta promesa. No disimules.

—Gerardo me pidió lo contrario.

—Es su problema. Yo no quiero que disimules. Que te engañes y te obligues a mentir para poder existir.

Me concentré en mirarla.

—Me gusta Gerardo —lo dije muy lentamente, como si las tres palabras fueran tres inmensas esculturas de próceres de alguna independencia.

Ella se pasó las manos por el cabello despegándose la frente. Si en la discusión con Altagracia la nariz parecía volverse un diminuto pero poderoso animal, ahora parecía el ingrediente perfecto para volverla algo femenino, coqueto, que daban ganas de morder para ver si no era un pastel.

—¿No te gusta ninguna…, ninguna chica en el colegio?

—No.

Despertaron los ruidos de la noche. Los grillos y los sapos, tan invisibles como el silencio, creando esa peculiar sinfonía, húmeda, ruidosa, misteriosa, escondida entre los arbustos, alrededor de los helechos, entre la hiedra de los muros, dispersándose, extendiéndose por toda la noche de Caracas.

—Pero yo les encanto a ellas, mamá —agregué.

Ella se giró a mirarme y dejó escapar una sonrisa.

—Es la segunda vez que me has llamado mamá en todos estos años.

Las flores blancas, artificiales, de una de las esquinas de Tiempo de tormentas se desprendieron e hicieron un grupo de pétalos de plástico en el suelo. A Victoria Lorenzo y a mí nos alarmó, porque éramos los únicos en el salón en ese instante. Ella se persignó y le hizo un gesto al cuadro. Y una última flor blanca terminó de desprenderse.

Ernesto reapareció unos días después con nuevas flores artificiales para reponer las que cayeron. Estuvo casi toda la tarde delante de su obra. Analizándola, revisándola. Mi papá no salió en ningún momento de su baticueva ni Ernesto preguntó por él. Le observaba a distancia, haciéndome el loco, mientras terminaba unos deberes y veía cómo en sus ojos a veces se formaban lágrimas y en sus labios, otras veces, parecían agruparse palabras sin sonido. Pensé y pensé en qué podría decirle para saber lo que estaba pensando, por qué se tardaba tanto en reponer unas flores de plástico. Y, de pronto, terminó, recogió su chaqueta de varios bolsillos y se fue. Sin decir adiós.

Victoria Lorenzo emergió de la cocina.

—Estaba embrujando el cuadro.

—Victoria Lorenzo, es imposible, lo estaba queriendo, nada más, después de todo es suyo.

—¿Se lo va a llevar?

—Cómo se lo va a llevar si lo pintó para mis padres. Y para mi hermano y hasta para ti.

—Yo nada, zape, fuera, que se lo quede que a mí me da miedo.

—Ay, Victoria, ¿cómo te va a dar miedo si es tan parte de esta casa como tú?

—Zape, yo llegué después.

Regresó a la cocina y salí raudo hacia mi habitación. Fui hacia mi caja con las canicas que había robado a Ernesto hacía tanto tiempo. Las cogí con mucho cuidado para que no se cayeran de mi mano. Volví hasta Tiempo de tormentas y calculé la distancia entre las flores de plástico y yo. Me dije a mí mismo que olvidara aquel vértigo absurdo y me subí a la silla más próxima. Estirándome un poquito, podía lanzar las canicas junto a las flores. Más que un secreto entre el cuadro y yo, sería un aporte. Un hechizo para que el cuadro jamás se fuera de nuestra casa.

Como si nada, igual que recordaba a Ernesto andar por el campamento, entré en la cocina.

—Victoria, estás haciendo torta de pan.

—Con más papelón para el señor —se rio—. Que no se entere la señora Belén, porque me mata. —Y salió de la cocina levantando sus pulgares para arriba, como hacía cuando algo salía bien. Pero al volver a ver el cuadro, los puso para abajo.

La torta de pan había quedado realmente deliciosa. Mi hermano se comió tres pedazos, se deshacía en la boca, casi como si fuera un flan. Y pensar que se hacía de las sobras de los panes que se iban poniendo duros. Escuchamos el coche de Belén. Acababa de regresar del ensayo y no parecía de muy buen humor.

Mi papá salió de su habitación con una chaqueta negra en la

mano, como si la hubiera esperado para salir juntos a una cena. Se detuvo.

—Ahora ¿cuál es el problema?

Belén se echó en el sofá y empezó a estirarse como generalmente hacía al final de su ensayo.

—Van a darme un ballet nuevo —dijo.

El maestro Holguin había decidido, como la Directora (en cierta manera eran muy parecidos y más de una vez me divertía imaginar que la Directora era el maestro Holguin disfrazado de mujer con una almohada mullida haciendo de barriga), que Giselle, la Giselle de Belén, había tenido una vida mucho más extensa que lo imaginable. El siguiente rol sería Cinderella, otro clásico basado en el cuento de *La Cenicienta* pero infinitamente más complicado, como ballet, por sus minuciosos pasos aunque sin la fuerza del argumento de Giselle.

—Tengo miedo —dijo Belén, otra vez en la sala de ensayos.

—Lobo, por favor.

—Debí haberla bailado antes, Maestro. Las piruetas, los *jetes*. Siento cómo la rodilla se estira y se contrae. Es arriesgado, estoy bien de forma. —Bajó la voz hasta hacerla casi inaudible—. Pero... el accidente, tantos años atrás, se hace notar. Toda la parte derecha, las rodillas. Los *port de bras*, que hay tantos en la coreografía, sería... muy riesgoso —terminó de decir en ese hilillo de voz.

—Lobo, nunca encontraré una Cinderella como tú. Por favor, déjame guiarte. Será uno de tus grandes éxitos. Hay muchas Giselles, y la tuya ha sido maravillosa. Pero tu Cinderella será todavía más única. Tienes que creerme.

Belén dirigió su mirada hacia donde yo estaba y me di cuenta que esperaba una respuesta mía. Y levanté mis pulgares, como hacía Victoria Lorenzo.

De nuevo, asistí con ella a todos los ensayos. Era como su talismán, y ese nuevo rol me hacía sentir sumamente importante. Si ella me apoyaba y protegía en mis más recónditas necesidades, me parecía lógico acompañarla en esta arriesgada aventura.

Miraba su cara, sobre todo su nariz, y entendía todo lo que pensaba. El miedo pero también la inmensa satisfacción cuando un ensayo terminaba con un aplauso y un pequeño pero significativo abrazo del maestro Holguin.

La Nena Coronil irrumpió en uno de esos ensayos vestida de blanco y negro, desde el turbante hasta el calzado, y con un desmesurado ramo de rosas blancas para felicitar a Belén. Detrás iba un señor que parecía un poco más joven que ella y un poco más femenino también. Todo el mundo se quedó en silencio mientras ella lo presentaba como el príncipe Zutz Wingen algo. Se me escapó una risita. Belén evitó mirarme porque le contagiaría la risa. La Nena explicó que el señor príncipe Zutz Wingen algo era un alto cargo ejecutivo de Lufthansa para Brasil y América Latina y que a partir de ahora las futuras producciones del ballet tendrían «la amable, dedicada y especial colaboración de la compañía». Todos rompieron a aplaudir y la Nena paseó su flamante y caritativo esposo ante los presentes. Mi mamá me miró severamente y recordé ese aviso de «no comentes nada». Cuando llegó nuestro turno besé a la Nena en ambas mejillas y extendí mi mano al príncipe alemán, que me miraba como si fuera un trozo de torta de pan. Me coloqué muy cerca de mi mamá y aproveché para observar cómo los bailarines hacían gestos sobre el príncipe y esa feminidad que tan poco asociamos a lo germánico.

Mientras mi mamá terminaba de arreglarse, la Nena me invitó a que hablara con ella en sus departamentos. Tenía tanto tiempo sin haber entrado en ellos. El retrato seguía cubierto por las mismas telas sobre el resto del mobiliario. Se había cambiado de traje y llevaba una creación en un tono salmón. Necesitaba que la ayudara a subirse la cremallera. Lo hice muy diligentemente.

—Hans no termina de aclimatarse a este trópico avasallador. No soporta que ponga aire acondicionado en los departamentos, pero tampoco disfruta cuando se empapa de sudor.

—El trópico está enfrentado a la elegancia, señora Coronil.

—Bueno, enfrentado, mi querido príncipe Boris, no lo está. Hay elegancia para todo. Para cada estación. Incluso es un instrumento de supervivencia.

—¿Supervivencia?

—Sí. —Había cerrado la cremallera y el diminuto broche que convertía el traje en una armadura. Se apartó y avanzó ante el espejo y se giró para poner sobre mis hombros sus larguísimas y huesudas manos, que olían a perfume y tenían unas uñas tan fuertes como delicadas cubiertas de un esmalte casi del mismo color de su vestido—. Me di cuenta que eres el único que ha visto a mi marido con respeto, querido Boris.

—¿Y por qué iba a verlo de otra manera?

—Porque es una debilidad. Pese a todo lo que ahora ves, soy débil. Y bastante tonta y muy maleducada por creer que un hombre al lado es una representación necesaria. Empiezo a actuar como mi madre, algo que siempre temí. Dejándome llevar por hombres más jóvenes para no perder ese sentimiento. Y también por hombres que no me aportan ni me merecen. Me encantaría saber estar sola. Llegar sola a los estrenos, ofrecer mis fiestas, sola. Salir de mi baño y entrar en mi cama, sola. Sin que me angustie. Pero no soy capaz.

Me quedé callado delante de ella. Me gustaba tanto su confesión que intuí que mi silencio era la mejor demostración de ese respeto que me adjudicaba.

—Imagino que ahora que está casada con un príncipe de verdad ya no seré su príncipe Boris —dije.

Ella estaba llorando y me acercó hacia su pecho, acariciándome la espalda con esas manos delicadas pero extrañamente fuertes, casi duras.

—No, tú serás siempre mi príncipe Boris —dijo y me separó para que nos viéramos bien—. Vas a ser tú el que me cambiará por princesas de verdad —expresó con una sonrisa auténtica—. Como esas que te enviaba y que súbitamente me pediste que no lo hiciera más.

No, no se lo había pedido. Alguien lo había hecho por mí. Pero, igual que con el respeto, el silencio fue mi mejor respuesta. Ella me miró, dubitativa de seguir indagando o aceptar mi silencio. Fue hacia una esquina a colocarse más perfume y extendió esos brazos de manos huesudas para que la escoltara de nuevo hacia la Academia.

Mientras la señora Coronil se marchaba a Brasil para estar junto a su nuevo marido, la actividad en la compañía era frenética. Los ensayos se hacían más complicados, mi mamá sudaba y perdía kilos pero yo veía cómo crecía en ella una determinación en depurar su estilo y su baile hasta superar las exigencias del maestro Holguin. Mis amigos del colegio se quejaban de que no les dedicaba la misma atención que a mi mamá y el ballet pero es que, lamentablemente, ellos no eran tan interesantes, tan apasionantes, tan mágicos. Eran demasiado reales, mientras que en los ensayos veía cómo algo iba tomando forma y volviéndose no solo un castillo, o un pueblo o una casa de seres humanos enfrentados, sino una historia de amor que, por elaborada, por diseñada con tantos pasos que debían ser bailados con precisión, se hacía más real ante mis ojos.

En realidad, la agitación de los ensayos, esa atmósfera de esfuerzo y repetición, me ayudaban a concentrarme. Por fin había dado con el elemento para conseguirlo. Mientras mi mamá y sus compañeros repetían por horas enteras la colocación de las manos en un *pas de deux*, las célebres alzadas, el vals de Cinderella junto al Príncipe (que era un bailarín importado de Brasil) y los complicados coros con las hermanastras y la madrastra, los port de bras que tanto mortificaban a Belén, yo iba despachando mis tareas. Cuando una vuelta o un adagio la obligaban a pasar por donde yo estaba, desparramado con mis cuadernos y lápices, Belén se apartaba de los cuadernos para evitar que cayeran sus gotas de sudor. Y sonreía con todos sus dientes.

—¿Qué tal los brazos, Belén? —preguntaba.

Ella respondía con una mueca de dolor.

—¡No te atrevas a preguntarme por las piernas, carajito!

Al volver a casa, Victoria Lorenzo tenía preparado un baño muy caliente al que arrojaban unos líquidos blancos con un olor de medicina. Belén se desnudaba muy lentamente y se sumergía recogiéndose el pelo con unos palos de madera. Era un momento de gran belleza, el vapor del agua y el cuerpo de Belén, frágil y fuerte al mismo tiempo. Bello y adolorido. Mientras lo admiraba recordaba todo el esfuerzo que exigía tener ese cuerpo. Y pensaba que no podía verlo como un cuerpo sino como un instrumento. Que era lo que ella siempre decía, que los bailarines no ven su cuerpo como tal sino como un instrumento, incluso como un instrumento de música, un piano, un violín, un cello. Agradecía, sin decirlo, a mi mamá que también me dejara estar con ella en esa atmósfera de olor medicinal y su «instrumento», hermoso y magullado, entraba en otra dimensión. Pedía que me sentara cerca de ella en una banqueta. Se quedaba inmóvil y me miraba esperando y, a la vez, temiendo un poquito que fuera a iniciar una conversación que no la dejara relajarse.

—¿A quién quieres más, a mi papá, a mi hermano, al bailarín de Brasil o a mí?

—¿El bailarín de Brasil? —me hacía la pregunta sin quitarme los ojos de encima—. No puedo quererlo mucho porque es un compañero de trabajo, mi amor.

—Él sí te quiere a ti, porque cierra los ojos cuando hacen el pas de deux.

—Dice que así se concentra mejor, mi amor.

—Yo creo que está enamorado, Belén.

—Boris, hoy no puedo más. Y más si sigues llamándome Belén al final de esas preguntas tan… tan…

Su cuerpo y su cara se relajaban. Hasta el cabello perdía ese autocontrol y los palos de madera se caían al suelo y ella entreabría los ojos y yo volvía a colocárselos. Victoria Lorenzo entraba para revisar que todo estuviera bien, a veces con una taza de alguna infusión que Belén tragaba con cierto disgusto.

—Sabe a demonios —decía.

—Es como se la ha indicado el brasileño —respondía Victoria Lorenzo.

—¿El bailarín? —preguntaba mi papá, que regresaba del trabajo y se encontraba con esta escena tipo geisha con su hijo y su ama de llaves. Belén lo miraba con infinito cariño y aceptaba su beso sin moverse un milímetro en el agua.

—Pedro quiere ser nutricionista cuando abandone el baile —empezó Belén recuperando movilidad y habla, levantándose muy lentamente del baño medicinal.

Victoria Lorenzo estiraba la toalla color tabaco, el color favorito de Belén, que reservaban para este baño.

—Es el mejor bailarín que se ha visto en la compañía, ¿cómo va a pensar en retirarse? —expresó mi papá.

—Porque tiene mi edad y a mi edad todos sabemos que la siguiente función puede ser la última.

—Los bailarines son como los actores, igual de melodramáticos. No te retirarás nunca, Belén. Vas a bailar toda tu vida —sentenció mi padre acercándose para ayudarla a vestirse con los jerséis con los que dormía, para mantener el calor del cuerpo y los músculos.

Se besaban. Se miraban, se alegraban de terminar el día juntos.

—No quiero bailar como una mujer mayor, sin fuerza, levantada por bailarines más jóvenes. No quiero esa decadencia. —Y se dirigía a su cama, a aplicarse su hidratante.

Me parecía admirable que Belén repitiera este proceso. Despertarse antes que nadie y hacer una hora de ejercicios de estiramiento, esa obsesiva vigilancia sobre los músculos, que estuvieran siempre a tono para cualquier exigencia. Después desayunaba con nosotros como si fuera a salir a trabajar al campo. Vegetales, huevos, cereales y pechuga de pollo cocida y sin sal. Me quedaba fascinado mirándola, olvidando comer mis cereales con leche.

—No le cuentas a tus amigos que como así ni que tomo los baños calientes, ¿verdad?

—Son capaces de llamar a la policía —respondí.

—Podrías intentarlo. Tu hermano también. Comer esta comida, quiero decir —cambiaba de tema.

—Tu comida no tiene sabor.

—No, tiene sus sabores. No le pongo sal ni azúcar a nada. Los condimentos arrebatan el verdadero sabor de los ingredientes.

—Belén, los ingredientes no tienen sabor, por eso existen la sal y la azúcar —intervino mi papá.

—Te equivocas muchísimo. Cada sabor es único, por más escondido que esté. Y es importante conocer todos los sabores, así desnudos, para saber qué son y cómo te afectan. Todo lo que comes es información para el estómago pero también para el cerebro.

—Belén, el niño ya está suficientemente trastornado para que lo quieras hacer macrobiótico —soltó mi padre.

Mi hermano ya estaba listo y se devoraba un sándwich de jamón y queso extraído de la sandwichera.

—Voy a deshacerme de esa sandwichera —dijo Belén.

—Por encima de mi cadáver, señora —repostó Victoria Lorenzo—. Usted aliméntese como le han dicho pero a nosotros déjenos una ventana.

—Belén, convéncete, vas a ser la mejor Cinderella de Venezuela —seguía mi papá haciendo una torpe pirueta, y yo empezaba a reírme mientras mi hermano marchaba, medio avergonzado de nuestras tonterías—. La mejor de Sudamérica, el Virreinato de la Nueva Granada y del Perú —continuaba haciendo más saltos.

Victoria Lorenzo reaparecía con una nueva cafetera cargada de café. Y entonces Belén se levantaba, hacía un gesto típico de la coreografía y se erguía sobre sus pies y caía rendida en los brazos de mi padre. Me asustaba un poco porque un gesto equivocado de parte de papá podía terminar con Belén en el suelo y posiblemente dañada.

Él la cubría de besos.

—Vas a bailar toda la vida.

La *Cinderella* del Ballet de la Nena Coronil fue un éxito. Mi papá, mi hermano y yo llegamos media hora antes del estreno y nos fotografiaron en el *foyer* del Teatro Municipal. Un programa de radio emitía en directo el estreno, «de la compañía de ballet más importante y joven de Latinoamérica. Aquí están los hijos de su primera bailarina, Belén Lobo. ¿Están nerviosos por el estreno?». Mi hermano se quedó mirándome y yo agarré el micrófono como la cosa más natural del mundo. «Mi mamá es mucho más bella que la Cenicienta de Disney». Todo el mundo pareció fascinarse. Incluido mi hermano, que no pudo agregar nada más porque nos hacían entrar al teatro.

Había estado muy atinado en decir «mamá» en público. Pensé en eso mientras las luces del teatro se apagaban y subía el telón. Belén era la primera persona en aparecer en el escenario. Apreté mi puño derecho y me dije a mí mismo que estaba pensando en mí. Y que con la fuerza de mi puño apretado podía conseguir transmitirle una fuerza magnética que la protegería de cualquier error, cualquier desbalance y que sus brazos se moverían cual «lágrimas entre el agua», como había indicado en todos los ensayos el maestro Holguin. Que sus pies no sentirían las tablas del escenario, ni clavos ni ortigas ni hierros retorcidos mientras se deslizara por ellas. Mi puño se apretaba él solo cada vez más fuerte. Y Belén bailaba mejor.

Cinderella sufría las humillaciones de las hermanastras y la madrastra y se dejaba llevar por las fantásticas posibilidades del Hada Madrina y entraba en palacio como si alas invisibles la suspendieran de la inmensa escalera. Y huía por ella, dejando caer la zapatilla de oro y bailaba sola, rodeada de sus animales (bien interpretados por sus amigas Graciella e Irma pero espantosamente humanizados por un vestuario atroz) para terminar bailando sola, enamorada, etérea en una buhardilla azulada. El aplauso en el primer telón fue atronador y mucha gente nos aplaudía a mi hermano y a mí. El segundo acto me pareció mucho más rápido que en los ensayos. Todo iba deprisa, deprisa, una velocidad que a veces pensaba le haría daño a mi mamá. Apretaba los puños y mi mamá bajaba las escaleras de esa buhardilla para probarse la zapatilla con el edecán del palacio. Y una vez calzada, volar, volar, entre los brazos del Príncipe y la fuerza de sus piernas para saltar, girar, elevarse y casi rozar el suelo en el pas de deux final.

Y entonces, tras un instante extraño de silencio, mutismo absoluto, sobrevinieron los aplausos, los bravos y los gritos. Miré a mi alrededor y mi papá lloraba, el resto de la fila gritaba el nombre de Belén seguido de esos bravos. Quería ver más, la parte de arriba del teatro, la gente en lo más alto, casi pegados a la inmensa araña de cristal, gritando, aplaudiendo. Mi hermano se subió al brazo de su asiento e hice lo mismo, para ver bien a Belén quedarse sola en el escenario y avanzar, sujetando un ramo de flores con muchísimos colores, hacia el clamor de ese público y sujetarlo con su mirada, estirar una pierna y con la otra inclinarse dejando que su frente casi tocara el escenario y entonces levantarse y repetirlo y luego retroceder para unirse a la compañía.

Aprendía todos esos gestos con una emocionada convicción. Así como estaba convencido que mis puños le dieron fuerza al baile de Belén, verla allí, recibiendo el aplauso del público, me hizo pensar que yo también podría estar allí. En cualquier momento. Y que tenía que aprender de Belén cada gesto, el más mínimo movimiento para recibir ese aplauso.

Belén se acercó hacia la esquina más cercana a donde estaban nuestros asientos y, buscándonos a mi hermano y a mí, lanzó dos rosas que mi hermano capturó como si fueran una bola de béisbol.

Ese diciembre, Carlos Andrés Pérez, el flamante presidente de la República de Venezuela, nacionalizó el petróleo y consideró muy oportuno acompañar la función de Cinderella esa noche tras el anuncio de la nacionalización. Mi papá estaba anudándose una corbata, cosa que nunca le había visto hacer, mientras yo me abotonaba una nueva camisa blanca superalmidonada.

—¿Qué va a pasar ahora que han nacionalizado el petróleo? —decir «nacionalizado» casi me hizo romperme la lengua con mis propios dientes.

—Vamos a ser mucho más ricos de lo que podemos soportar —respondió.

Esa noche el Teatro Municipal era una película. Coches de policía y las dos limusinas negras más largas que había visto. Una especie de pared de luz brillaba y parpadeaba en el foyer. Eran los flashes de la prensa recibiendo al presidente y su esposa, vestidos de blanco ella y de negro él, como si fueran dos piezas de dominó con poder para caminar. Un señor y una señora muy nerviosos y apresurados nos hicieron atravesar la pared de gente y colocarnos en una esquina estratégica para ser presentados a la pareja presidencial, parados muy rectos delante de unas cámaras de televisión que parecían otras personas. Estaban transmitiendo en directo, en el noticiero de Altagracia. El presidente se refirió a mi papá por su nombre y dijo que celebrar la nacionalización con el mejor ballet de Latinoamérica era la imagen de la Venezuela que acababa de nacer. Alguien nos dio un em-pujoncito y yo estuve entre la pareja presidencial, con todo mi pelo mojado resbalándome por la frente. Mi hermano sonreía, aparentemente muy orgulloso o quizás aliviado de no tener que estar en mi lugar.

—Este niño, con esos ojos tan grandes, ¿qué quiere ser de grande? —me preguntó la primera dama, que los tenía muy pe-queños.

—Presidente, como su marido, señora Primera Dama —sol-té ganando la primera ovación de la noche para la familia de la Bailarina de la Nueva Venezuela, como la prensa ya empezaba a llamar a mi mamá.

Belén no estaba bailando bien esa noche. Lo detecté cuan-do la vi tocarse la rodilla tras bambalinas. Sin embargo, al medio segundo anterior a su compás de entrada, se entregaba a la luz del escenario y el conteo de sus pasos, la repetición, la exacta ejecución. Apreté mi puño, pero esta vez sentí que no tenía fuerza. En el intermedio, corrí hacia su camerino. Me conocía todos los pasadizos del teatro. Y habían instalado un sistema de circuito cerrado y en un pequeño monitor se podía seguir la función. El maestro Holguin miraba también otro monitor en su esquina detrás del escenario. Y veía que en su cara iban ano-tándose las pequeñas equivocaciones de Belén.

Cuando la primera bailarina se equivoca, toda la compañía lo siente. Una reacción en cadena. No eran errores garrafales, caídas, desequilibrios, nada de eso. Sino una mano que no flo-taba como debería, un giro que se desviaba hacia la izquierda o hacia la derecha. Una mirada de dolor. Belén entró súbitamen-te en su camerino y me oculté, porque intuí que no era mi sitio. Victoria Lorenzo estaba detrás de ella e Irma y Graciella se unieron, con sus tutús haciéndose gigantescos en el diminuto espacio.

—Aprieten más la cintura y las zapatillas —gritó Belén su-dando muchísimo y peinándose el pelo hacia atrás, colocándose unas horquillas para apretar el moño. Estaba haciéndose daño y todas intentaban detenerlo.

—Belén, podemos explicar que has tenido…

—No he tenido nada, Graciella. ¡Puedo bailar el pas de deux! ¡Voy a bailar el pas de deux!

—La rodilla está inflamada —dijo Irma.

—Y el tobillo va a quebrarse, Belén, en los giros y las levantadas.

—Voy a bailar hasta el último minuto. Luego, ya veremos. Aprieten la cintura. Victoria, coge esta venda y ponla sobre la malla.

—Belén, se va a ver.

—Que sujete la rodilla —insistió mientras su cara se retorcía de dolor. Miró a través del espejo, como si sintiera que estaba allí. Giró hacia donde me escondía, sus ojos brillando. Contuve la respiración.

—Tres minutos para el final —dijo el regidor.

Belén se volvió para salir y todo su cuerpo se contrajo y emitió un grito de dolor.

—No pasa nada —soltó de inmediato. Y salió hacia el pasillo mientras yo apretaba y apretaba mis puños sin conseguir fuerza alguna en ellos.

Las reseñas de esa función presidencial y con el petróleo nacionalizado resultaron elogiosas y hasta magnificentes acerca de la actuación de Belén. «Una Cenicienta fortalecida, valiente, luchadora. El espíritu de una nueva nación». «La imagen de la Nacionalización» y aparecía Belén flotando en el aire, mirando hacia el público con una sonrisa que escondía su dolor. En las páginas sociales reseñaban, con abundante material fotográfico, los saludos en el camerino de Belén. «El camerino de una Cenicienta Inolvidable» leía el titular. «La gran mecenas, Nena Coronil, viajó de su retiro brasileño sin la compañía del príncipe Witzgen pero igual de maravillada por que su compañía sea el rostro del nuevo y orgulloso país nacionalizado. "Amo el talento y Venezuela tiene tanto talento como petróleo", manifestó la elegantísima dama caraqueña», leía la reseña de la página de sociales. Me daba risa porque había estado muy cerca de ella cuando, en efecto, comparó el talento con el oro negro. «Sofía Imber, la otra mujer más poderosa de la cultura de este nuevo país, sorprendió a todos asistiendo a este estreno. La señora Imber es una mujer más próxima a las artes plásticas que al ballet. "Belén es nuestra bailarina, por primera vez encuentro algo verosímil en la historia de La Cenicienta"». Ponían una fotografía donde mi mamá y ella hablaban muy concentradas. Estudiaba la foto, casi podía sentir lo que sus miradas decían. Mi madre intentando explicarle su dolor y ella pidiéndole resistencia. «Los Izaguirre gustan de llevar a sus hijos desde muy temprana edad a todas sus actividades profesionales. El pequeño e inquieto Boris ha cautivado a todos diciéndole a la primera dama que quiere ser presidente», terminaba la columna.

Pequeño e inquieto. Sonó el teléfono y Belén se apresuró a tomarlo. Era el maestro Holguin. Cancelaban la función de esa noche. Belén se llevó las manos al estómago como si acabaran de golpearla allí.

—Dejo la función, Maestro.

—No, no, Belén —se le escuchaba pese a que Belén apretaba el auricular contra su oído—. Podemos esperar, el fisio dice que necesitas solo unos días.

—No, Maestro. Ya no tengo la fuerza. Ha desaparecido desde ayer. La rodilla puede que se recupere, pero la fuerza está acabada. Ida. Desaparecida —dijo Belén apretando los dientes para contener el llanto que la dominaba.

Fue así de rápido. Intenté incorporarme para ir hacia ella, pero mi padre me detuvo con un gesto solemne de su mano. Mi hermano tampoco osó desobedecerle y Belén empezó a llorar como si fuera un animal herido. Se ahogaba, se daba golpes contra su estómago y contra esa rodilla herida y agitaba la cabeza, su pelo tan negro cubriéndole la cara contorsionada por su llanto. Se golpeaba la rodilla una y otra vez hasta que mi padre la sujetó y ella gritaba que la soltaran. Mi padre no la soltó mientras ella seguía gritando. «Es el final», clamaba. «Es el final», gritaba, todo el dolor que disimuló sobre el escenario desparramándose ante nosotros.

CAPÍTULO 11

—

PEGADOS

—Puedes retirarte del clásico pero probar otras opciones —dijo, unos días después, mi papá.

—Esto es Venezuela, Rodolfo, no es Nueva York, no hay veinte compañías de ballet, de clásico, de moderno, de danza contemporánea.

—El maestro Holguin está pensando en una coreografía para ti.

—Un churro —dijo ella, nunca le había oído una palabra así.

—Belén, tu sueldo es mucho más importante que el mío —esgrimió mi padre.

Belén se giró para verlo y me acercó a su lado.

—La gente paga por ver un clásico, mi amor. Una coreografía nueva para una bailarina acabada, eso no es taquilla. Y no quiero que me vean acabada.

Me sentí obligado a intervenir.

—Es que ellos no saben que tú te sientes acabada, Belén. —Fue una buena frase, sentí cómo partículas de música se activaban a su alrededor y en su mirada.

—Pero el público, el público no entenderá que no baile Giselle y la Cenicienta —musitó.

—El público no sabe lo que quiere —soltó mi papá.

—El público es estúpido —agregué yo, y Belén me miró fulminantemente.

—Eso no es verdad, Boris. O, al menos, nunca puedes repetirlo.

—Entonces, que no te importe. —No sabía muy bien de dónde sacaba esa conclusión—. No tienes que preocuparte por el público. Sino por ti. Hacer lo que quieres hacer. Quieres bai-

132

lar, quieres seguir. La rodilla ha sido un accidente, te recuperaste una vez de uno y lo volverás a hacer —solté, mis palabras acumulándose detrás de mis dientes como si fueran las teclas de la máquina de escribir de mi papá.

Belén volvió a avanzar en la sala de ensayos. Iba con ella porque me había pedido que la acompañara y fue a buscarme al colegio y condujimos en un profundo silencio hasta allí. Muchos de sus compañeros la miraron extrañadísimos. Y de inmediato empezaron a aplaudirla y fue hacia el maestro Holguin a abrazarlo y besarlo y después hacia sus amigas Irma y Graciella. Justo antes de abrazar al pianista, se detuvo delante de Alicia, la nueva bailarina que ya estaba vestida con uno de los tutús de Cinderella. Se dieron la mano.

La coreografía «moderna» del maestro Holguin era la historia de un amor imposible entre una mujer «moderna», casada con una figura paternal y opresora que, quizás por razones de presupuesto, no era interpretado por un bailarín sino que era un inmenso cuadro, como el retrato de la Nena Coronil en su salón amarillo, colocado en medio del escenario. Ella conoce a otro hombre y se enamora, vuela por los aires junto a él, flotan y al final la mujer, presionada por esa fuerza hipnotizante del cuadro de su marido, lucha por no acabar con su vida, marcharse o volverse loca como una Giselle moderna.

—El talento coreográfico del maestro Holguin es pequeño pero efectivo —murmuraba mi papá en la cena.

—Funcionará —decía yo.

—¿Y qué sabes tú de ballets, Boris? —intervino mi hermano.

—Viene a todos los ensayos —aportó Belén.

—Funcionará porque es como una telenovela —dije.

Mi mamá me miró con esa mirada inyectada de curiosidad y un poquito de autoridad.

—No le dirás eso al Maestro en el estreno, ¿verdad?

—No, ya sé que no debo hacerlo. Pero ¿no pueden cambiar el título a la coreografía?

—¿No te gusta *Noche para tres*?

Moví la cabeza de un lado a otro. Mi hermano se rio y mi papá y mi mamá se quedaron mirándome.

—Es mejor Pegados —sugerí.

Mi papá se echó hacia atrás y mi mamá se inclinó hacia delante repitiendo la palabra.

—Me gusta cómo suena. —Belén se levantó para acercarse y decirme al oído—: Atraerá más público con ese nombre. —Y se rio.

Acertamos. Pese a que no tenía tutús ni grandes decorados, se convirtió en otro éxito para la compañía, aunque la crítica del periódico donde trabajaba mi papá dijera que «era una telenovela bailada» y surgiera en mí la sospecha de que mi papá estaba detrás de esa frase. Pegados se hizo tan popular que de nuevo surgieron las giras, los baños, los viajes, la presencia de Pedro, el bailarín nutricionista que interpretaba el amante, se reforzó en mi casa. Estaba allí todas las noches, como la telenovela de las 9 p. m.

Pedro siempre sonreía y la cara y el pelo se le iluminaban. Saludaba muy afectuoso a mi papá pero abrazaba con más intensidad a Belén. Mi hermano directamente le negó el saludo. Para suavizar las cosas, mi papá contó que, cuando empezó a salir con Belén, mi hermano lo recibía con puntapiés y malos gestos hasta que un día le contó que no era humano sino marciano y que guardaba su nave espacial en un garaje cerca. Entre una conversación de celos y alimentos, jetes y port de bras, Pedro había conseguido rascar en una pequeña herida en mi casa. Mi hermano y yo éramos hermanos de distintos padres, lo que no significaba ningún problema pero sí me hacía pensar en que mi mamá era capaz de enamorarse varias veces en su vida. Lo habría estado del padre de mi hermano. De mi padre. Y, muy probablemente, de Pedro.

—Belén, como le dices tú, se casó antes con mi papá, nada más —me dijo mi hermano mientras lo miraba cambiarse de ropa para acostarse.

—¿Y a quién quieres más, a tu papá o a mi papá?

—A nuestro papá —respondió él mirándome muy serio—. Aunque hagan demasiado el payaso todos ustedes.

—Somos diferentes —agregué.

—Menuda diferencia. Nadie es diferente, «pequeño e inquieto» Boris. Todo el mundo es igual, tiene dos piernas, dos brazos, una cabeza —dejó de enumerar. Se metió en la cama y apagó la luz. Y de nuevo la luz azul de la noche recorrió su cuerpo y el calor le hizo abandonar la sábana y el desvelo volvió a envolverme para seguir contemplándole y reconocer que sí había diferencia entre él y yo.

Él era delgado, yo gordo. Él se movía con destreza, practicaba deportes y tenía músculos en los brazos, las piernas y el abdomen. Yo no sabía moverme. Él hablaba con una voz más ronca. Yo, aguda. Y, sobre todo, en esas noches desnudas él tenía pene, con vello, a veces inflamado, otras en reposo, mientras que el mío insistía en desaparecer, mejor, esconderse, sin nada de vello.

Pero, por encima de todo, verlo desnudo me hacía pensar en Gerardo. Y la naturalidad con que pensaba en Gerardo me hacía alejarme, con la misma naturalidad, de enamorarme de mi hermano. En alguna parte de mi agitado cerebro celebraba que fuera así, si no serían demasiadas cosas.

Gerardo. Seguía ahí, la misma sensación que me apretaba el cuello y, sin embargo, me hacía sentir levantado encima de mi cama. Gerardo, el hermano enmascarado de Meteoro. ¿Por qué tenía que ser tan definitivo lo que sentía por él? ¿Tan radical? ¿Por qué no podía enamorarme, por probar, de alguien más?

—Belén, volvemos a tener un problema con Boris —escuché decir a mi padre antes de sentarse a escribir sus guiones y críticas, la mañana siguiente—. Parece que ha vuelto a armar un escándalo en una primera comunión.

Decidí levantarme y presentarme en la habitación de mis padres.

—No he hecho ningún escándalo, es mentira.

—¿Qué hace Boris yendo a una primera comunión? —planteó mi papá.

—Fue toda mi clase —dije.

—Invitaron los padres de la niña. Son patrocinadores del ballet y querían en realidad que fuéramos todos. Pero decidimos que fueras tú —dijo Belén.

—Me resulta curioso que envíes a Boris a una primera comunión cuando has insistido en que no se bautice —interrumpió mi padre.

—Es una fiesta, Rodolfo —dijo.

—Tienes que practicar con el ejemplo. Si no quieres que haga la primera comunión, no puedes enviarlo a otras comuniones. Y con más de diez años, Belén.

—Pero yo quería ir a la fiesta —dije.

—Ok, Belén —suspiró mi papá—. No queremos un monstruo y no hacemos más que alimentar al monstruo.

—Su hermano mayor tampoco está bautizado —retomó Belén—. Su padre, para complacer a su familia, hace todo lo posible para secuestrarlo y llevarlo delante del primer cura que encuentre. Pero quiero que esa sea una decisión de ellos. No impuesta por mí.

—Sí, Belén, pero ese no es el tema…

—¿Estás seguro? —Se puso muy seria—. Claro que es el tema. La religión siempre está en medio de todo. —Respiró hondo y me miró—. ¿Qué hiciste en esa primera comunión?

—Comerse todos los postres y todos los pasapalos y se llevó una mortadela —empezó a enumerar mi papá.

No mentía. La mortadela estaba oculta detrás de otras viandas en la nevera de la cocina que abastecía la opípara comida de la primera comunión. La separé y la escondí entre unos arbustos de la puerta de la sala de fiestas y, lamentablemente, el chofer de una de las invitadas me descubrió sacándola e intentando taparla con mi cuerpo. Los postres ya los llevaba dentro. Los padres de esa primera comunión eran muy ricos y la mesa de postres… Nunca había visto algo así: flanes, tarta de dulce de leche, de helado, de rodajas de piña (la favorita de mi hermano), milhojas con crema, merengones e islas flotantes, chantillys de fresas. Probé de todas y me tragué un trozo de brazo gitano, de repente empecé a sentirme mal y tuve que entrar en el primer baño que encontré y devolverlo todo.

—Este niño es macrobiótico, dulcero, comunista y antimillonarios: quiere comerles toda su comida y además robarla —agregó mi papá.

Belén se levantó de inmediato y salió hacia el salón a marcar un número en el teléfono.

—La señora Garmendia, por favor. Sí, de parte de Belén, la mamá de Boris. —Se quedó mirándome, una rara mezcla de amenaza y orgullo propio. Se dio cuenta que estaba de pie y se sentó en el sofá—. Señora. Sí, claro, Patricia, sí, acabamos de hablar con Boris sobre lo sucedido en la comunión de Ana Cristina. Sí, Titina. Está muy apenado y… desea hablar con usted, sí, claro, contigo… —Me acercó el teléfono, que me pareció pesadísimo.

—Señora… —empecé—. Sí, sí, señora Patricia, siento mucho haber vomitado en su baño y comerme todos esos pasteles.

Mi papá se acercó a Belén y Victoria Lorenzo también.

—Lo siento mucho. Nunca había visto tantos dulces juntos y los quise probar todos. Además, como nunca voy a tener una comunión, pues decidí aprovecharme de la de su hija.

Belén se llevó las manos a la cabeza e iba a quitarme el teléfono pero mi papá la sujetó.

—No, no, se lo digo completamente en serio. Mis padres no ven necesario que haga ni la primera comunión ni bautizarme. Hasta que yo decida. Y por ahora no quiero —dije, todo con voz de persona adulta, muy adulta.

Belén puso los ojos en blanco.

—Belén, la señora Patricia quiere hablar contigo.

Sabía que lo había hecho mal. El tema de que no estuviera bautizado ni fuera a hacer la primera comunión era un lío muy complicado en casa. Belén y mi papá lidiaban con esa decisión por no ponerla jamás sobre la mesa. Y asumían que el colegio que pagaban era un centro de educación alternativa, completamente laico, donde el tema de la religión estaba apartado. Era obvio que no. Estaba muy presente. Belén colgó el teléfono pero en sus ojos y en sus manos, sobre todo en sus manos, supe ver que estaba furiosa.

Mi papá fue hacia ella.

—Belén…

—Otra vez la Iglesia metiendo sus narices donde no debe. Esto lo hemos hablado y lo hemos hablado mucho y discutido y vuelto a discutir. Ninguno de mis hijos va a ser obligado a formar parte de un culto. Punto.

—Belén —insistía mi papá.

—Es un culto. Estamos en 1976 y no tengo que hacer con mis hijos lo que mis padres hicieron conmigo. Y tiene la misma importancia esta decisión que la otra de someternos a lo que dice la mayoría, lo que piensa la mayoría, lo que asume la mayoría, que es bautizarlos y además en la religión católica, como si fuera la única que existe en el mundo.

—¿Es que hay otras? —preguntó Victoria Lorenzo. Mi papá le hizo un gesto, inútil, de que se mantuviera callada.

—Hay, Victoria Lorenzo, sí, hay, cientos, cientos de religiones. Vivir, por ejemplo, es una religión.

—Un vía crucis —aporté yo.

—Boris, no puedes ir a comer como un cochinito en esas fiestas. Sean o no comuniones o bautizos, no puedes ponerte ciego con la comida en otras casas. No es elegante —dijo Belén con un tono de amonestación que no podía disimular su risa. Luego carcajada—. «Señora Patricia, sus dulces estaban riquísimos y me los comí todos…» —me imitó.

—Sí, es que en esas comuniones los dulces son riquísimos, Belén.

—Este niño va a darnos tantos dolores de cabeza. Tragón, precoz, payaso… y ahora oficialmente ateo —soltó mi papá.

—Y «pequeño e inquieto» —añadió mi hermano desde la cocina, donde había estado todo el tiempo.

CAPÍTULO 12

EL AGREGADO

Mis padres me otorgaron una copia de las llaves de la casa con tan solo una advertencia: que llamara a dejar dicho dónde iba a estar en todo momento. Y también me permitieron irme caminando al colegio. Tenía una ruta escolar, pero la encontraba soporífera y además me obligaba a despertarme demasiado temprano. Había descubierto que si seguía una línea recta podía llegar al colegio en veinte minutos, contando la parada en la panadería La Espiga de Oro para volver a desayunar cachitos de jamón, un cuarto de leche malteada y aprovisionarme de las barras de chocolate con leche, almendrado y envuelto en una galleta praliné, que eran mi dieta casi diaria, apartada del estricto régimen macrobiótico de mis padres.

Tras esa parada, Caracas era mi compañera de paseo. Las hileras de árboles de pomagas, un fruto similar al ruibarbo y que desflora en los meses calientes y cubre el pavimento de morado porque sueltan una pelusilla de ese color. Y que recibe los rayos del primer sol de la mañana y te hace sentir como si desfilaras sobre una alfombra mágica. El perfecto azul del cielo, el amarillo luminoso del sol sobre el asfalto y la alfombra infinita del morado pomagas.

En mi recorrido, pasaba por las casonas semiabandonadas de antiguas haciendas de cacao y café que el petróleo convertiría en centros comerciales. Los obreros trabajando en esa renovación me gritaban MARICO, MARICO, MARICO, cada vez más alto, cada vez más mayúsculo. MARICO, MARICO, todos los días, de lunes a viernes de seis y media a seis y treinta y cinco de la mañana. Acercándose a las rejas y agitándolas a mi paso. Podía sentir el aliento y el sudor de ese hombre que me gritaba. La Chinotto que tomaban para desayunar junto a la nicotina del primer cigarrillo del día y a todo eso se mezclaba el olor de sus pieles, los restos de jabón Palmolive en algunas de ellas y cómo sus ojos también se inyectaban de una curiosa mezcla de furia y de placer, el mío y el de ellos, volviéndose fieras delante de un corderito amanerado que secretamente disfrutaba con todo ello.

Quizás por esa dualidad, no les contaba a mis padres lo que sucedía en ese trayecto. Y llegaba al colegio entusiasmado, casi como si hubiera tomado algo más que azúcar y jamón en la parada de La Espiga de Oro. Permanecía el resto del tiempo agitado, recordando los insultos y la extraña excitación como si fueran letras de dos canciones diferentes que se mezclaban y se hacían una. El conjunto parecía formar parte de un mundo que era solo mío, al que solo yo tenía acceso y sobre el que solo yo sabía cómo y hacia dónde moverme en todo momento.

Otra mañana más, La Espiga de Oro, el color y fragancia de los jardines en el trayecto de Sebucán hacia Altamira y La Castellana. Y los hombres gritándome marico y apoyando sus caras distorsionadas contra las rejas. Cada vez pasaba más cerca, hasta percibir el origen de esa palabra gestándose al fondo de sus gargantas, sus dientes apretándose unos contra otros, sus lenguas casi mordiéndose a sí mismas y sus ojos saliéndose de sus órbitas. Menos en uno de ellos, alto, delgado, la cremallera del mono abierta hasta casi enseñar su ombligo. Reconocía un buen cuerpo con facilidad, lo veía continuamente en mis padres, sobre todo en Belén y en sus compañeros bailarines. El pelo le cubría los ojos y él se lo apartaba y el gesto me hacía retroceder y también avanzar. Él se giraba. Podía ver el dibujo de sus omoplatos, unos huesos que Belén siempre mencionaba, junto con las ingles y los glúteos, como los más importantes en sentido estético y de utilidad para el cuerpo. Los veía, los omoplatos, moverse de un lado a otro y hacia arriba y abajo, bajo la tela del mono. El grito de marico no acallaba, pero iba quedando atrás mientras seguía al hombre del mono abierto hacia una curva y otra calle. No había nadie más. Solamente él, sus omoplatos, sus glúteos, toda la piel desde su cuello hasta el ombligo, y yo. Y la sirena del inicio de la jornada deteniéndonos en seco. Se alejaba, apartándose el pelo de los ojos. Alcancé a verlos, cómo me veían y se marchaban, separándose del grupo que seguía gritándome marico.

Terminó 1976, empezó 1977 e iba a cumplir doce años y creía que se me hacía demasiado tarde para dedicarme a nadar.

Mi hermano se rio al verme salir del vestuario con un pequeño y apretado bañador, que era parte de la equipación de la academia de natación, que incluía un gorro y dos pares de anteojos protectores. Por mi edad y mi tamaño no podía optar a una plaza de novato sino como mediano. Un riesgo, sin duda, porque no había nadado nunca. Pero, a pesar de la risa de mi hermano, avancé junto al grupo de varones, de distintas escuelas, saludando discretamente a mi papá e intentando que mis andares de la Pantera Rosa no llamaran la atención de los asistentes. Tenía el presentimiento de que una cascada de maricomaricomaricomarico afectaría mi ingreso en la academia de natación. Llegué al punto de partida, me subí al podio y me reí al darme cuenta que al no estar bautizado no tenía Dios a quien encomendarme que no fuera yo mismo. Me toqué la punta de los pies, doblando mucho las rodillas y me estiré en el aire y quebré la superficie azul atlántico tragando todo el cloro a través de mi nariz, mis ojos y mi garganta. Sentí el infierno o como si estuviera dentro del tornado que se lleva a Dorothy en *El Mago de Oz*, pero intuitivamente sacudí un pie, luego otro, empecé a patear y de alguna manera pensé que debía hacer lo mismo con los brazos e intentar respirar, mejor de lado que de frente porque así lo había visto hacer a Tarzán (tanto Weissmüller como el señor Lex Barker que le sustituyó) en sus películas. Y pensé que escuchaba a Belén: «No pares, si te equivocas, sigue». Y llegué a la meta, salí al borde, apartándome los lentes y el gorro, y mi hermano y mi papá corrieron a abrazarme.

—¿Cómo lo conseguiste? —me preguntó risueño y muy interesado Pedro, el bailarín-nutricionista, estirando una verdura desconocida sobre una bandeja de cristal para el horno.

—Pensé en Tarzán. —Él levantó su mirada de la bandeja y reconocí el mismo color de ojos que el hombre de la reja y también la misma convocatoria.

Cerré los míos y vi pasar muy rápidamente sus movimientos junto a Belén en Pegados, sus brazos rodeándola, sus pectorales acercándose cuando la alzaba y la elevaba para luego dejarla reposar en el suelo y rodar por el escenario al mismo ritmo, las delicadas piernas de Belén confundiéndose con las de él, más largas, musculadas, sus glúteos despegándose del cuerpo y su respiración recorriendo todo su cuerpo, elevándolo y devolviéndolo y elevándolo y devolviéndolo.

—¿Y qué estás preparando? —dije, sin saber muy bien qué era lo que preguntaba.

—Una lasaña de chayota. —Siguió mirándome, no era solo el grave de su voz sino el acento foráneo lo que inició un latido en mi interior que sentía que se me escapaba por los dedos—. Ahora que vas a ser gran nadador, deberías ver lo que comes.

—Yo como berenjenas y las tartaletas de puerros. Soy el único de mi colegio que come de esa forma.

—Pues que no te dé ni miedo ni vergüenza. Esta forma de comer nos hace más fuertes. Fíjate en tu mamá, está mucho más delgada. Y fuerte.

—Sí —me quedé callado y observaba cómo los músculos de sus antebrazos parecían bailar debajo de su piel.

—¿Quieres ayudarme a poner las chayotas en capas?

Fui hacia la bandeja y él se separó para ponerse a mi espalda y coloqué una capa, mientras sentía sus antebrazos al lado de los míos y la respiración en su estómago apretando el poco espacio entre nosotros. Igual que la mirada del obrero, la luz azul de la noche sobre el cuerpo de mi hermano, los labios abiertos de Gerardo expulsando su aliento, esa respiración era como un truco de magia que originaría algo más que un conejo blanco dentro de una chistera. En todos ellos encontraba una especie de protección, algo que era solo mío. O nuestro. Que pasaría a formar parte de una colección de cosas, sensaciones, inolvidables. Como una canción de la radio que reaparecía sin anunciarse. Como una frase que regresaba. «No comentes lo que te digo con nadie». «No traiciones tu diferencia. O la abarates». La respiración detrás de ese estómago plano y compacto, los antebrazos velludos, la mirada del obrero apartándose el pelo de la cara, el aliento de Gerardo y sus ojos azules escondidos tras sus párpados cerrados y esperando que me acercara, como él, a la boca de la colmena, y al estar próximo, abrirlos y cegarme con su luz azul. Y todo el tiempo, seguía allí, aquietando mi cuerpo, respirando sin que se notara, concentrándome en la tarea que me pedían, pidiendo a un dios inexistente que Victoria Lorenzo no viniera, que Belén no entrara, que mi papá siguiera escribiendo y mi hermano no empujara al Bailarín-Nutricionista hacia un lado. Quería detener el tiempo para prolongar el disfrute del instante o avivar la inquietud, el miedo de ser descubiertos o de adentrarme otra vez en un nuevo secreto. Algo que no estaba bien y que sin embargo me hacía sentir muy bien.

Pedro dejó de ser el Bailarín-Nutricionista porque me pareció injusto tratarlo con los sobrenombres que ponía a la gente que me parecía innecesaria, como la Nueva Maestra o la Directora. Ejercía una influencia en todos nosotros menos en mi hermano. Hasta Victoria Lorenzo aceptaba que cocinara en su espacio. No sentía que me enamoraba de él porque estaba cada vez más convencido que los que estaban enamorándose de él eran mis padres. Cada uno a su manera y cada uno sin sentir que era necesario dar explicaciones de lo que estaba pasando.

Eran los años setenta. Y al vivirlos y sobre todo entrando en mi adolescencia, ¿cómo iba a saber que estaba viviendo los locos, rebeldes, económicamente inestables años setenta? Para empezar, en mi país no había inestabilidad política sino un nivel de bonanza que, como había dicho mi padre, «no sabremos qué hacer con tanto dinero». Tenía toda la razón, los empresarios de Venezuela se volvieron supermillonarios sin ajustar la desigualdad social, como si el petróleo solo salpicara a unos cuantos con su riqueza. La compañía de ballet era una causa en la que invertir dinero sobre todo a través de la academia, donde esos empresarios cada vez más ricos inscribían a sus hijas para que tuvieran un poco de la elegancia asociada a ese nivel de vida. Mi mamá lo detestaba y criticaba agriamente. Pedro lo celebraba y hablaba de grandes planes para convertir la academia en una franquicia por todo el país. Mi papá lamentaba que a esos ricos no les interesara tanto el cine y en cambio tenía que lidiar con los esfuerzos de los partidos conservadores por clausurar la Cinemateca por exhibir películas como *El último tango en París* en retrospectivas de la obra de su director Bernardo Bertolucci. «El dinero público se emplea en exhibir pornografía», habían denunciado. A veces me preguntaba qué estaría pensando Ernesto, el desaparecido, de todo aquello.

Al mismo tiempo, Sofía Imber avanzaba en la construcción del Museo de Arte Contemporáneo con una selección de obras de los máximos representantes de lo moderno y ella misma se erigía en un ejemplo de mujer moderna, no completamente ejecutiva pero sí con aspecto y maneras de jefa, impecable peinado, poco maquillaje, joyas de pequeño tamaño pero exigente diseño, tan distintas a los turbantes y trajes de colores impactantes de la Nena Coronil.

Mientras Pedro desplegaba su hechizo en nuestra casa, en el resto del país el dinero, continuo, a borbotones como el propio petróleo, también efectuaba un hechizo, el embrujo de que éramos lo más de lo más. El Sha de Irán y su esposa, Farah Diba, vinieron de visita y la crónica social me hizo ver que nosotros, los venezolanos de ese momento, éramos unos nuevos persas, sin mucho imperio o historia pero con todo el aspecto, el vestuario, la ilusión para no solo creerlo nosotros sino hacérselo creer al resto del mundo o, al menos, a todo el que nos visitara.

Aunque no tuvieran la misma influencia que Altagracia, cuyo programa era la referencia diaria tanto para la información como para la opinión, o Sofía, mis padres manejaban una especie de poder de convocatoria que también los hacía formar parte de esos representantes de la vida cultural de la nación petrolera.

En ese sentido, sí eran privilegiados y actuaban como lo hacen los elegidos, estableciendo sus propias reglas. Y una de esas reglas era Pedro, un ejemplo de belleza, extranjero, sensible, provisto de nuevas fórmulas de nutrición. Y seducción. Desde ese momento, asocié el crecimiento de la economía nacional a la presencia de Pedro en nuestra casa. Cuanto más dinero del petróleo salpicaba instituciones, despachos, edificios, autopistas y familias, más pensaba que gente como Pedro aparecía en las vidas de alguno de nosotros para ajustarnos a los cambios, pequeños, a veces invisibles como los silencios, que se infiltraban en nuestras vidas.

Y así, sin pedir explicaciones, acepté que Pedro y su coqueteo con el nudismo, la intensidad con la que consiguió que mis padres abrazaran la alimentación macrobiótica y mi propia presencia, con mi diferencia, éramos los ingredientes para formar parte de la alborotada ensalada que eran los setenta.

El nudismo, por ejemplo, empezó porque Pedro explicó que el sol de Caracas, al ser un valle rodeado de montañas, es mucho más saludable que el de una ciudad costera. «La energía está más cerca porque es una montaña», decía. Y así, simplemente, convenció a mis padres de tomar el sol desnudos, antes de almorzar, al regresar de buscarme en el colegio. Ya sabía bien que no podía comentar con nadie fuera de mi casa lo que sucedía en su interior. «Además, la altura de la ciudad favorecerá el tono. Un poquito de contaminación consigue un tono perfecto», decía Pedro. E insistía en que tenían que broncearse más para bailar Pegados, sobre todo ahora que iniciarían una gira por Estados Unidos y Europa.

Mi papá, que al igual que yo resolvía casi todas las cosas haciendo un poco el payaso, fue el primero en desnudarse mientras Victoria Lorenzo se reía nerviosa.

—Aquí se va a quemar más que la carne —bramó ella. Los tres adultos se rieron.

Mi hermano, con su don para los motes, otorgó a Pedro el de Agregado. «Estas son cosas del Agregado», decía cuando en el almuerzo aparecían nuevas tartaletas con ingredientes demasiado alternativos, cebollas chinas y puerros colombianos. «Esto lo diría el Agregado», volvía a pronunciarse cuando en una discusión entre Belén y mi padre aparecían expresiones como «tiene una energía equivocada» o «dispersa todo su potencial». Si encontraba alguna camiseta que no era mía ni suya, con la mirada más seria decía «Pertenece al Agregado».

Una tarde me pidió que me quedara hablándole mientras el

sol flaqueaba y su maravilloso cuerpo masculino iba desorientando y orientando mis dispersas energías.

—¿Por qué no te tomas en serio lo de la natación?

—Porque ya soy mayor —dije.

—Qué estupidez. Es mentira eso de que hay que empezar todo desde niño. Yo no empecé a bailar hasta los dieciséis.

—Guao, como Nureyev.

—Le conocí en São Paulo, tomé varias clases con él. Y bailé dos años para su compañía en Londres. Hasta que no pude hacer algo que quería.

Entendí perfectamente que era sexo pero no dije nada.

—No puedes seguir así, dejando que todo se decida por ti. En alguna ocasión tienes que dar el primer paso —me dijo apoyando una mano sobre la pared, un gesto que era característico—. Ya te has lanzado, ahora tienes que entrenar para mejorar.

—¿Y llegar a ser como tú? —pregunté con una gota de saliva escapándose sobre mis labios.

Él se llevó las manos al pecho.

—Mucho mejor que yo. No igual, tienes que ser siempre mejor. Mejor que cualquiera.

La natación se apoderó de mí. Fue como si varias piezas desordenadas decidieran ponerse de acuerdo y juntarse. Y calzar. Al póster de Superman pronto le acompañó otro. Un Superman verdadero. Mark Spitz, el supercampeón de natación en las Olimpiadas de Múnich de 1972. Era un desplegable de él con su bañador minúsculo, el bigote cruzándole la cara pero sin ocultar sus enormes dientes en la extensa sonrisa. Y las siete medallas conseguidas en la Olimpiada cruzándole los amplísimos pectorales.

Quise colgarla en mi lado de la cama pero algo me hizo pensar mejor y estaba pegada a la parte interior de mi lado del armario que compartía con mi hermano. Lo prefería así porque cada mañana lo encontraba allí, esperándome con esa sonrisa infinita y esa poderosa desnudez mientras seleccionaba lo que vestiría. E iba murmurando mis palabras creadas para construir un hechizo que me conseguiría un cuerpo como el de Mark Spitz con los antebrazos del Agregado.

El Agregado desapareció una noche. No se presentó al teatro para la función. Buscaron en su hotel, mi mamá, el maestro Holguin y mi papá pasaron días muy angustiosos llamando y esperando llamadas delante del teléfono. Al mismo tiempo, designaron a otro bailarín para no suspender funciones. También acompañé a mi mamá en esos precipitados ensayos. El escogido era uno de los dos bailarines que había visto con otro en la ducha de la academia. No tenía la misma fuerza ni virilidad del Agregado y mi mamá hacía esfuerzos para suplir con su belleza, sus movimientos, la falta de química entre los dos. Cada función terminaba con mi madre sentada junto al maestro Holguin esperando una llamada del Agregado.

Una redactora del periódico anunció, varios días después, que la esposa del Agregado era nutricionista pero también miembro de un grupo político contrario a la dictadura brasileña. Llevaba meses desaparecida y probablemente la noticia hubiera llegado al Agregado y se habría devuelto a su país a intentar encontrarla. Mis padres se encerraron en su habitación mientras mi hermano, Victoria Lorenzo y yo nos dábamos cuenta que era la primera vez que escuchábamos la palabra «desaparecida» y nos percatábamos que el resto del subcontinente suramericano estaba plagado por ese tipo de regímenes. Fui hacia la puerta de la habitación de mis padres y pegué mi oído. Mi mamá lloraba y mi papá le decía que no pensara lo peor.

—Quizás me retire antes que termine mi contrato —anunció Belén delante de una de esas tartaletas que ahora llamábamos «tartaletas del Agregado».

Silencio generalizado.

—Belén, lo de Pedro es aún muy reciente…

—No es Pedro —exclamó, la serenidad de su voz cediendo un pedacito de espacio a la tristeza. Solo un pedacito—. Así como decidí bailar, también voy a decidir dejarlo.

No quería nada extraordinario, ningún anuncio, ningún homenaje ni palabras de despedida.

—Simplemente, mañana me despertaré y no tendré trabajo —dijo sujetando una enorme taza de café—. Tengo apetito. Me comería dos arepas —rio, con los ojos perdidos en el horizonte.

Me ofrecí a pasar mi cumpleaños con ella, acompañarla al teatro.

—¿Para qué vas a hacer eso, mi amor? Va a ser una función más. Aunque, tras mucho discutir, he consentido con el maestro Holguin que bailaré, como sorpresa, *El espíritu de la rosa*. Fue mi primer ballet con la compañía.

—Supercursi —solté, y Belén se quedó mirándome.

—Sí, quizás —se quedó pensativa—. Pero ¿sabes qué es cursi?

—Algo así, un ballet romántico bailado para despedirte —le dije. Me di cuenta en el acto que las palabras no eran las más adecuadas y ella siguió mirándome para que supiera que la estaba hiriendo.

—A mí me gusta ese ballet, Boris. Lo recuerdo perfectamente, cada paso. Me voy a morir recordándolo.

—Lo siento, Belén. No quise ofenderte.

—Tienes razón en una parte. El ballet es una disciplina férrea, atroz, domina toda tu vida hasta que extrae todas tus fuerzas y te deja tirada con un cuerpo adolorido y quebrado. Pero toda esa disciplina y ferocidad están diseñadas para que el esfuerzo jamás se note sobre el escenario y la gente piense que es una tontería, un arte bastante risible. Cursi, como tú has dicho. Sin embargo, ese cursi ha sido mi vida. Hasta ahora. Y mañana. —Volvió a quedarse callada—. Mañana, solo puedo imaginarme que empezaré a ser todo eso que nunca quise ser. Ama de casa. Esposa. Madre. Una persona cursi.

Esa última función, sin anunciarse, asumida como una más, Irma y Graciella se empeñaron en «protegerla». Belén intentaba apartarlas pero ellas insistían mientras se maquillaban, vistiéndose para el escenario, revoloteando en el camerino. En un momento dado Belén las sacó de allí y nos quedamos solos ella y yo. Quería preguntarle si había llorado todo lo que necesitaba en la mañana. Pero no lo hice, no sabía exactamente si era incluso necesario conversar algo con ella. Podría haberle preguntado si le estorbaba, si prefería quedarse sola. Pero tampoco lo hice, en el fondo pensaba que nos necesitábamos los dos en ese camerino y bajo ese silencio invisible.

Belén se levantó de su butaca, estuvo un instante quieta y de inmediato empezó a bailar, como si estuviera en otra parte, ni siquiera sobre el escenario, sino en un lugar abierto, sin fronteras. Creía que podía identificar algunos movimientos sacados de Pegados pero de inmediato ella los cambiaba, seguía creando una especie de coreografía personal y de despedida. De despedida de su mundo más que de su carrera. Despedida de ese camerino, que llevaba impregnado su olor y ahora el conmovido testigo de su adiós.

Cuando terminó, mirándome a través del espejo, sonó el llamado a escenario y ella, sin decirme nada, fue hacia la puerta y la dejó abierta para que pudiera verla avanzar hasta que las luces del escenario la desvanecieran.

SEGUNDA PARTE
—

ANIMAL DE FRIVOLIDAD

CAPÍTULO 13
—

ENTRE *LA GUERRA DE LAS GALAXIAS* Y TONY MANERO

Fiebre del sábado noche y *La guerra de las galaxias* se estrenaron el mismo año, 1977. Y también se inauguró un club en Nueva York, Studio 54. Estaba acostumbrado a observar clásicos en la Cinemateca y, ahora que mi mamá no bailaba y no había ensayos que atender y vigilar, era mi biblioteca de Alejandría, mi templo, pero supe comprobar que estaba delante de dos clásicos en mi propio tiempo, en mi presente, ante esas dos películas. Por eso las vi cada una más de diez veces, instalándome en el cine todo el día, viendo la función del mediodía, la *matinée*, la vespertina y la nocturna. Mi hermano y yo derrotábamos naves espaciales en nuestra habitación y alguna vez éramos Han Solo y otras Chewaka. Por respeto a él, jamás me propuse ser la princesa Leia. Y, por supuesto, él se reservaba su rol de Luke Skywalker para cualquiera de sus novias, que eran varias.

Lo divertido era que también nos gustaba Fiebre del sábado noche y secretamente sabíamos que ambos teníamos cosas en común con Tony Manero, el personaje principal de la película, que interpretaba John Travolta. Me apasionaban las escenas en que Tony Manero, empleado en una ferretería durante el día, se transforma en ese Tony Manero que conquista las pistas de baile. Sabía que tenía que hacer algo similar conmigo mismo. Y que todas esas personas que veía desfilar en las crónicas sociales sobre ese Studio 54 lo imitaban. Se creaban, se construían y pasaban a ser famosas, reconocidas, celebradas a causa de esas creaciones.

—Quiero ir a Studio 54 y conocerlos a todos. A Truman Capote, a Bianca Jagger, a Andy Warhol y Liza Minelli y Halston.

—Son famosos, pero también tienen un talento, Boris —intentaba acotar Belén—. La fama te escoge, tú no la escoges a ella, por eso tanta gente se queda en el camino.

—Pero yo no sé hacer nada.

—Llamar la atención. —Se rio. Y me contagié.

—Pero, Belén, tú siempre me dices…

—No llames la atención porque ya llamas la atención.

Terminamos la conversación. Pero no dejé de masticar y masticar lo que acababa de suceder, creyendo que al final lo digeriría. Eso que siempre me había señalado que no hiciera era precisamente lo que decidía ahora que sería mi salida, mi método, mi disciplina. Llamar la atención para hacerme famoso. Y entrar a Studio 54.

A principios de 1978, mi cuerpo se había transformado, era más largo, más fuerte y al mismo tiempo con pequeñas formas, como dibujos en los brazos, los hombros, los pectorales y el estómago. Y también en las piernas. Y los gemelos. Seguía sin tener religión pero le pedía cada noche a Mark Spitz que los ejercicios en la piscina me dejaran con un cuerpo como el suyo.

Todo parecía crecer y crear una línea que me hacía sentir muy distinto de aquel monstruo de piernas deformes, zapatos ortopédicos, barriga prominente, que no sabía leer ni defenderse. Y me quedaba tiempo contemplándome en el espejo de la ducha de la academia de natación. Cómo mi ombligo se pegaba a la piel y seguía el ritmo de la respiración, cómo mis costillas se aferraban a mis lados o el antebrazo de Pedro parecía reproducirse en el mío. Y mis ojos miraban como los del obrero de la reja.

Alguien interrumpió ese momento delante del espejo. Gerardo, que ahora era el capitán del equipo del colegio Don Bosco. Empleaban momentáneamente las instalaciones de la academia porque su piscina se había roto.

—Me alegro que al fin me hayas hecho caso —dijo con una voz más ronca que la de mi hermano—. Tu entrenador no hace más que hablar de tu potencial. De tu brazada.

—Van a ponerme en el equipo de los juegos interinstitucionales —le informé con la voz fingidamente más adulta.

—Sí, lo he leído en tu periódico.

—Si no estás en el colegio, ¿cómo lo lees?

—Se lo envían a mi mamá. Y lo leo. Me gusta. Lo haces muy bien, quiero decir, lo diriges muy bien.

Iba a ducharse, se quitó la toalla, la dejó caer muy cerca de mí. Avanzó con los omoplatos moviéndose al mismo ritmo que sus glúteos y sus pies, grandes y de dedos alargados, pisando cada centímetro de suelo como si fueran a dejar la huella del yeti. Entró en la ducha, empezó a enjabonarse y decidió abrir todas las demás creando una nube de vapor que lo ocultó un maravilloso instante hasta que emergió de ella, enrojecido, erecto, sus ojos tan azules que se habían vuelto oscuros. Me levantó con sus brazos para llevarme adherido a su piel mojada hacia dentro del bosque de vapor.

Gerardo me empujaba contra la pared húmeda, separando mis labios con sus dedos más gruesos que los míos y muy lentamente, casi dudando o haciéndome dudar, aproximaba sus labios. Eran calientes y dejaba pasar sus dientes como una sierra contra mi nuca, mis hombros, mis mejillas. Besaba y también quería morder. Y su aliento, ese aliento igual al de hacía tantas noches, se inmiscuía entre mis dientes, calmaba mi lengua, la suya se cruzaba sobre la mía. Deseaba que no se separara nunca. Mi cuerpo temblaba, mis manos, mi cuello, mis pies. Él iba aplacando cada temblor con sus manos, con su lengua, con la cercanía de su cuerpo, sus piernas unidas a las mías, su torso uniéndose al mío. Mis manos intentaban sujetarlo, resbalaban por el agua en la piel y volvían a intentarlo. Nos separábamos y nos mirábamos, débilmente alcanzaba a ver muy al fondo de uno de sus ojos la palabra «secreto». Y en el otro, «obedéceme». Y también podía leer en el anverso de mis párpados mi redención: «Te amaré». Y «callaré». Y aceptaré y recibiré tus dedos en mis labios, dentro de mi cabello, resbalando por mi espalda, sujetándome por la nuca. Mis piernas, mis labios, tus piernas, tus labios. Me hizo agacharme, apretándome contra la pared de la ducha. Y sujetó su miembro con la otra mano y muy lentamente, para que me acostumbrara a él, para que lo saboreara, lo introdujo en mi boca. Lo llevó hasta adentro, lo separó, lo volvió a introducir. Recordé la ducha de los bailarines que había visto de niño, años atrás, en la Academia Coronil. Recordé cómo la señora Leo gritó mi nombre. Y recordé los gemidos y las cosas que entre suspiros y gemidos se decían los dos bailarines. Miré hacia él, arriba, dominándome, golpeando mis labios con su pene y luego repartiendo más golpes sobre mi cara. Le miraba y capturaba ese brillo en sus ojos, esa complacencia al saberse dominador. Y pedía, exigía. Cómelo, trágalo. Miraba por encima de su vello púbico, más allá de su ombligo, los pectorales convertidos en pequeñas montañas que enmarcaban su rostro. Y su mirada, calmándome, ordenándome, llenándome, llevándome. Sentía su erección volverse una lancha surcando el océano, dejando una estela. Luego acelerando. Todo mi cuerpo se contraía de miedo ante lo inesperado, temeroso de que la lancha y su velocidad de pronto me aventaran y me lanzaran al océano, abandonándome, flotando, ahogado.

Me dejó en mi casa, al volante de su propio coche.

—Tengo una novia —dijo.

Me quedé callado.

—Esto no cambia nada —agregó.

—Primero me conociste a mí —dije, y me arrepentí de hacerlo.

Marzo fue abril y mis bailes Travolta, una sucesión disparatada de movimientos inspirados en los de Fiebre del sábado noche, tuvieron repercusión en el colegio, entre los amigos de mis amigos y hasta en institutos y escuelas superiores. La mayoría de las veces me invitaban para que los hiciera, para que bailara y escandalizara a alguna madre, alguna maestra o algún invitado. Y yo cumplía, sin cobrar. Iba, bailaba hasta que acabara la fiesta y me regresaba, empapado en sudor a tumbarme bajo el techo de mi habitación y sentirme dividido entre el arrepentimiento y el éxito. Porque no sabía sacarle un rédito. Y sin embargo lo hacía porque saciaba la peor de mis hambres: el exhibicionismo. Y ese primer golpe de fama.

La natación, en cambio, exigía esfuerzo, rigor, disciplina, puntualidad y un extra de seriedad cuando estaba fuera del agua. Por ejemplo, no podía ponerme a bailar *More Than a Woman* al borde de la piscina y en bañador. En contraprestación, mi brazada izquierda no solo ganaba competencias sino que mejoraba mi aspecto y mi cuerpo. Belén era la primera en reconocerlo. «Eres bello y por eso nadas bello», me decía. Y luego se callaba, como si lo que acabara de decir fuera también una condena. Para ella y para mí.

Pero sí, era mucho más atractivo que el resto de mis compañeros nadadores, porque tenía mayor control de mis gestos bajo el agua, no me sumergía sino que me deslizaba. Quizás tenía que ver con haber visto bailar a Belén. Y ese esfuerzo invisible que se exige a los bailarines. Quizás tenía que ver con que, bajo el agua, pensaba, dibujaba, hablaba, ordenaba las cosas y frases que hasta entonces habían sostenido esa burbuja protectora contra la violencia que el exterior siempre me arrojaba.

Bajo el agua, recordaba escenas de las películas que devoraba en la soledad de mi asiento casi fijo en la Cinemateca que dirigía mi papá. Los libros que leía a veces en un día. Los gestos que robaba a las protagonistas de las telenovelas. Y la lupa incrustada en mis pupilas con que escrutaba cada foto del ¡Hola! Otro cóctel que me impulsaba y contribuía a que mi brazada y patada fueran armoniosas, una línea recta sesgando el agua, sin que su fuerza se notara, solo su constante avance hasta alcanzar la otra orilla, dar la vuelta y empezar otra vez. Y recordaba que en las duchas podría reaparecer Gerardo. Pero no era así. Las nubes del vapor se lo habían llevado, como las willis se llevaban el Príncipe Albrecht en el segundo acto de Giselle.

Aun así, fui invitado a competir en el equipo del Don Bosco, el colegio católico donde Gerardo era el nadador más importante de su equipo aunque pronto se marcharía. El entrenador de la academia, Tony, insistió en que mi brazada podría hacerle ganar varias medallas al equipo. Y que podría ser el relevo de Gerardo.

Gerardo vino hasta mi casa en su moto recién regalada por Altagracia, que acababa de ser condecorada con el premio nacional a la Comunicación y Libertad de Prensa.

—Está prohibido ser mejor que yo, carajito —amenazó.

—Contigo siempre hay una prohibición.

—Recuerda bien lo que acabo de decirte. Está prohibido ganarme.

Quizás no fuera tan necesario hacerme esa advertencia. El equipo del colegio Don Bosco paralizó mi ingreso al saberse que no estaba bautizado.

—Una vez más, la religión metiendo las narices —empezó mi mamá.

—Quizás sea la razón necesaria para que lo haga, Belén —dijo mi papá.

—Si tú quieres bautizarte, es lo más sencillo del mundo —empezó con esa voz dos grados menos de lo habitual, que era la que le dominaba cuando decía algo que no le gustaba—. Vamos aquí a la parroquia, explicamos cualquier cosa, que se nos olvidó, que no hemos tenido tiempo. Y listo.

—Es tan fácil como eso —musité.

—Sí, en las religiones es muy fácil entrar. Muy difícil salir —dijo mi padre.

Belén sonrió pero me daba cuenta que toda la situación la abrumaba porque era absurda. Y una imposición.

—No es Dios quien te hace nadar y ser un buen nadador. Eres tú. Es tu naturaleza. Y yo creo que yo tengo que respetar tu naturaleza para que puedas hacer crecer tu talento —explicó pausadamente.

—¿Dios te ha hecho daño, Belén?

Se quedó callada un momento.

—Sí.

—Señora —interrumpió Victoria Lorenzo, que seguía la conversación desde la cocina.

—Sí, Victoria, sí me ha hecho daño. ¿Es necesario que lo repita? Solo le pedí una vez por que se llevara a mi madre para que dejara de sufrir. ¿Qué razón tiene prolongar la agonía de alguien enfermo y no permitir que la ciencia, el hombre, la experiencia decidan mejor y ayuden?

—Eso no se puede pedir al Señor, señora.

—Pues yo lo hice y tenía catorce años. No quería seguir viendo lo que veía todos los días. Ese suspiro que iba transformándose en un grito hasta que llegara la noche y eran pesadillas. Y mis lágrimas, mi propio dolor en la habitación al lado de la de ella. Eso me alejó de esa idea de Dios como alguien bueno. Y me hizo sentirme envenenada de un amor fingido e impuesto porque me habían bautizado y comulgado en la religión de alguien sin misericordia.

Me fui al cuarto muy conmovido por la conversación, por la dimensión de ese debate. La religión era algo que podía determinar si entrabas o no entrabas en un equipo. Algo más fuerte que el color de piel, el origen social. O tu inclinación. Más fuerte que aquello que considerabas verdad. Y más fuerte que todo aquello que considerabas amor. Deseo. Voluntad. Belén defendía sus argumentos con palabras precisas, con hechos reales. Y al mismo tiempo estaba dispuesta a claudicar ante esa decisión en su vida para que yo pudiera nadar donde quisiera.

No ingresé en el equipo de natación del Don Bosco y me perdí el formar parte de un equipo campeón en casi todas las competencias de ese año. Me perdí también el observar a Gerardo recoger medalla tras medalla todas esas competencias. La Directora, quizás para aplacar mi pena, insistía en que las conversaciones con una piscina municipal, de veinticinco metros, no como la de cincuenta metros del Don Bosco, iban adelantadas, pero en realidad no se concretaron hasta la mitad del último trimestre. Si conseguíamos ganar un par de competencias interescolares, podríamos aspirar a calificarnos para las competencias de finales de año entrenando casi la mitad de las vacaciones. ¿Había otra cosa mejor que hacer? Belén fue la primera que insistió. «Ya tienes la brazada, ahora tienes que entrenarla hasta que sea perfecta». Le brillaron los ojos, a lo mejor esa era mi carta para ser famoso. El primer nadador con brazada perfecta.

A partir de septiembre, el equipo de mi colegio, unos seis varones y hembras con muchas ganas, empezamos a ganar competencias hasta conseguir rivalizar con el Don Bosco.

Gerardo estaba solo delante de su podio y yo en el otro extremo, el último de la fila. El Corredor Enmascarado, ese hermano secreto que competía contra Meteoro en las carreras de autos. Y yo, al fin, intentando mantenerme sereno y controlado delante del agua, era Meteoro. Llamaron a subir al podio. Un segundo de silencio y el disparo para saltar. Vi trozos de mi infancia ante mí, como si acabara de invocarlos. Y escuché esos gritos de mis compañeros cuando imitaba el caminar de la Pantera Rosa. Los gritos de «marico» mezclados con una frase que estaba muy de moda en un comercial de desodorante con una voz de un locutor muy popular que exclamaba «pártete, galleta» alargando mucho las vocales cuando un hombre muy afeminado subía a un autobús. Los ojos del obrero de la reja, la Directora diciendo «diferente», la palabra «homosexual» en la boca de Carmina, en la mirada de la psicóloga aplicándome los electrodos. Esperaba a que el agua se quedara quieta. Pateaba con fuerza y sacaba levemente la cabeza, lo justo para respirar y empezar a bracear sin que se notara el esfuerzo, como Belén bailando Pegados o Giselle. Los gritos se volvían más cercanos, como la respiración, como el jadeo de Gerardo, como si estuviera allí, realmente al lado, diciéndome Te quiero entre burbujas de cloro. Y, de inmediato: No puedes ganarme.

Toqué la pared con la palma de mi brazo izquierdo, saqué la cabeza del agua, miré los gestos de mis compañeros. Campeón, campeón, campeones. Miré hacia el cielo y hacia el marcador. Treinta y dos segundos. Y vi entonces a Gerardo arrastrando una pierna, habría tenido un calambre, camino del vestuario. Gritaban mi nombre, en los altavoces anunciaban mi récord, el ascenso de nuestro improvisado equipo a lo más alto. Busqué a mis padres en las gradas y estaba toda mi familia alborozada. Sonreí feliz. Pero la sonrisa se congeló al ver a Altagracia, abriendo y guardando algo en su cartera, marchándose a toda prisa.

«Está prohibido ser mejor que yo, carajito». Pasaron dos semanas, que conté meticulosamente, asomándome en la noche a la calle ciega, a veces deseando que esos ojos aparecieran a mi lado. Y, apenas dos días antes de la siguiente competición, el parpadeo de los faros atravesó el salón de casa Marobel y se coló por debajo de la puerta, sin despertar a mi hermano. Hacía un calor insoportable, me puse una camiseta nueva y un pantalón corto. Entré en el coche y sentí una pared de miedo, como un muro con botellas afiladas en sus bordes y que estaba allí, invisible pero presente, entre Gerardo y yo. Su mirada parecía desorbitada. Antes que pudiera regresar a la calle, cerró la puerta y otras dos manos me sujetaron al asiento del copiloto, otra persona.

—Vamos a celebrar tu medallita, mariquito —dijo Gerardo.

Estaba bebido y a lo mejor algo más, moqueaba y movía los dientes de una manera casi desordenada. Las luces de la calle iluminaron el espejo retrovisor y vi los ojos enrojecidos de los otros dos chicos que lo acompañaban.

El carro entró rapidísimo en el garaje de la casa de Gerardo. Era mucho más grande que la mía. Suelo de madera, de buena madera. Los ventanales impresionantes, el calor de la noche aplastándose contra ellos. Ellos tres avanzaban como asaltantes y me arrastraban, intentaba en vano resistirme y me dieron dos golpes en el estómago y en el pecho. Gerardo me lanzó contra la cama de su habitación y escuché cómo bajaban las persianas de madera y al mismo tiempo se bajaban las cremalleras, y los dos sonidos me resultaron tan similares como espeluznantes. Y deseables.

Gerardo se acercaba, erecto, bebido. Me hablaba al oído.

—No puedes ganarme nunca más, maricón.

—Sí, la lección —dijo otro de ellos.

La lección, empezaron a repetir. Y repetir. Y repetir mientras escuchaba cómo se desnudaban y Gerardo empezaba a violarme delante de ellos y a darme cachetadas y golpes en la nuca y a aplastar mi cabeza contra las almohadas mientras se alejaba y otro de ellos se colocaba detrás y me penetraba. «Métesela toda, Emilio», ordenaba Gerardo. Conseguí zafarme, levantarme y correr hacia la puerta y me retuvieron por los tobillos haciéndome caer y rompiéndome algo en la cara y sangrar. Me pusieron un pañuelo mojado en alcohol y el dolor, el ardor y el olor me adormilaron o me hicieron desvanecer. No mucho tiempo, me desperté viendo todo al revés. Seguían sujetándome por los tobillos, el que Gerardo había llamado Emilio, con la cara distorsionada, una sonrisa que daba miedo, los dientes apretándose entre ellos, mordiéndose la lengua. Me suspendían en el vacío, en una de las terrazas de la casa de Altagracia. Lo que miraba al revés eran las copas de los árboles, encima de mí, como trajes de cancán dados la vuelta. «Te vamos a dejar caer, marico, si no cooperas», decía ese Emilio. El otro seguía en silencio, el Sin Nombre, chocaba su puño contra la palma de la otra mano. Y de pronto aparecía Gerardo, esa mirada desorbitada, esa erección perenne, esa luz de la noche derramándose sobre su cuerpo desnudo. «Tienes que aprender a cooperar, Boris. A cooperar», repetía y volvían a levantarme, alejándome del vacío y arrojándome contra el suelo de la terraza. Untaban mostaza y kétchup sobre sus erecciones y las acercaban a mi boca. «Ábrela, pruébalo», decían. Intenté retroceder, impedir que me forzaran a lamerlas más. Gerardo me sujetó, obligándome a que dejara entrar esos penes en mi boca. Alcancé a morderle y el bofetón fue todavía más fuerte. De repente un instante de incertidumbre entre ellos. «Ya está». «No quiero seguir». Gerardo insistía. «Vamos hasta el final». «Gerardo, ya está bien. Si tu novia te viera». Escuché una rama crujir y empecé a toser y Gerardo vino hacia mí. Le miré a los ojos, el azul oscureciéndose. «Hasta el final», dijo, su boca abriéndose y al fondo creí ver las abejas agazapadas que le atacaron la noche del terremoto cuando éramos niños. Esperando brotar y envolverme, como le pasó a él entonces. Intenté moverme, pero él me sujetó por las costillas acercando su boca, la boca de la colmena. Su aliento. Hasta besarme, chupándome, introduciéndome. Y allí dentro, dejarme abandonado. «Gerardo, déjalo, ya está bien», repitieron. «Ya está, Gerardo», insistió ese Emilio. Gerardo me lanzó al otro lado y fue desnudo, erecto, a caerse a golpes con ellos. Empecé a escuchar lo que se decían como si estuvieran o muy lejos o con voces distorsionadas. Creo que la visión también se nubló y, cuando pasó esa neblina, Gerardo estaba solo, bebiendo de una botella; la erección y la botella parecían la misma. Y nos mirábamos. Me golpeó la cara, intenté levantarme y pegarle a él también, pero él abría mis piernas, como si las empujara a patadas. Y estaba, otra vez, encima. Y volvía a penetrarme. Para que no escapara, para que no me fuera de su dominio.

Éramos él y yo. Empecé a sentir gusto, ese mismo gusto que me incitaban los ojos del obrero detrás de la reja. Ese mismo gusto que cuando otros me miraban por ser tan afeminado, tan torpe, tan bello. Gusto. Y dolor. Un poco de amor, todo mezclándose en esa habitación, dejando que Gerardo entrara y saliera de mí, apretándome las muñecas, acercándose como un animal a engullirme o escupirme. O, como finalmente lo hizo, besarme cuando más dolor me provocaba.

—Abre los ojos —dijo—. Mírame.

Obedecí. No era él. Y al mismo tiempo, sí era él, su ser más profundo, el que habitaba exactamente al fondo de la colmena, el que había sido secuestrado en vez de devorado por aquellas abejas. Me penetró con más violencia y sentí que mi grito ni siquiera llegaba a mi boca. «Mírame», siguió ordenando. Y volví a obedecer y su cara era la de Aminta, la mujer en Tiempo de tormentas, siguiéndome. «Mírame», insistió Gerardo, al fin, corriéndose dentro de mí y todo su cuerpo perdiendo fuerza y el mío intentando separarse y escapar. Pero él volvió a sujetarme, por las muñecas, por los tobillos. Me abrió la boca para vaciar lo que quedaba en la botella. A través de ella, su rostro empezó a deformarse y solo quedaban los ojos, los faros y su boca diciéndome cosas que ya no podía comprender.

Desperté en el césped de mi casa. Las últimas nubes de la noche abriendo camino al sol, la camiseta rota. Un dolor intenso en mi brazo izquierdo, un espantoso aliento regurgitando en mi garganta, la mano trémula y la voz quebrada de Belén.

El doctor de urgencias reconoció que mi brazo izquierdo se había fracturado producto de una caída. El brazo que dirigía mi brazada. El que conseguía ese balance que casi me suspendía sobre el agua. El que armonizaba mis movimientos hasta hacerlos parecer casi un baile. Se desvanecía mi ambición de ser el nadador venezolano con la brazada más bella de la historia. Mis padres seguían atentos al parte del doctor. Necesitaba hacerme más exámenes para comprobar la evolución de algunos golpes, si me habían partido el tabique nasal, si me habían partido el conducto anal, como lo llamó el doctor, al forzarme, como también matizó. Miraba hacia el techo, la luz estaba cambiando, se esfumaba y vi por la ventana cómo se aproximaba una tormenta. A medida que avanzaba el aparato eléctrico, esos relámpagos agrupados como las brujas de Macbeth, pensaba en la capacidad de las cosas para crear su propia verdad. A pesar de haber sido violado, mi culo reventado, nada de eso podía expresarse de esa manera. Mi conducto anal fue violentado, sería la frase que acompañaría la violencia que acababa de estallar en mi vida y en la de Belén y Rodolfo, él mirando hacia el suelo y, en cambio, Belén pendiente de mi más ligero movimiento. Cerré los ojos para que no se dieran cuenta que estaba despierto. Empecé a ver de nuevo ese escenario fragmentado de la violación, como si fueran escenas de Tiempo de tormentas que hubieran cobrado vida y destrozaban la mía.

CAPÍTULO 14

—

AGUAS SOBRE LA PARED

La lluvia se desplomó sobre la ciudad. Y las paredes de la habitación del hospital parecían llorar. Una pared lloraba por la verdad, otra por la duda, otra por el miedo y la última por mí. Mi tío Isaac acababa de llegar. Mi papá doblaba su impermeable empapado sobre una de las sillas. Los tres me miraban. Mi mamá se sentó a un lado de mi cama y deslicé uno de mis pies debajo de la sábana para hacer contacto.

—Mi amor —dijo ella acercándose. Llevaba puesto su perfume, el pelo tan denso, los ojos tan abiertos. Sentí el apremio de decirle todo, vaciarme de ese secreto, esa verdad encubierta que rodeaba todo lo que tuviera que ver con Gerardo—. Boris —empezó ella hablando muy lentamente y evitando demostrarme otra cosa que no fuera su absoluta confianza y cercanía—, no hay necesidad de que existan secretos entre nosotros. ¿Sabías dónde estabas? ¿Estabas con alguien que conoces?

Ella puso sus manos sobre las mías y se las agarré creyendo que tenía fuerza pero no, no tenía ninguna. Mi papá e Isaac se apartaron un poco.

—¿Puede ser que me lo mereciera, Belén?

—No, Boris. De ninguna manera.

—Y, entonces, ¿por qué sucedió?

La pregunta angustió a mi mamá, se giró hacia Isaac y mi papá, que no dijeron nada.

—Me violaron —dije muy adolorido, como si al reconocerlo, más allá de esas «dulzuras» del médico, me diera cuenta que esta parte, la de la confesión y la recuperación, era aún más desagradable, violenta, fea que la propia violación. Que tuviera que explicar que había sido Gerardo. Y desvelar el secreto, nuestro secreto, su amenaza de que no le ganara.

—Pero tú sabes quiénes son —continuó Belén.

—Belén, déjalo respirar un poco —intervino Isaac; me gustó el tono de su voz y quise agradecerle que estuviera ahí.

Ella intentó contener el llanto y volví a tomarla de las manos.

—¿Recuerdas lo que dijo Ernesto cuando nos entregó el cuadro? —empecé.

—¿Tiempo de tormentas?

—Sí. «Muchas cosas en la vida son como una tormenta. Y por eso el tiempo de tormentas nunca termina de irse, se mantiene, regresa con el viento, las lluvias».

—«Pero algo en tu interior —continuó ella— te hace saber que la tormenta está dentro de ti».

—Tú también lo recuerdas…

Las paredes intercambiaron culpas, verdades, dudas y miedos. Mi mamá seguía mirándome y acariciándome, conteniendo sus lágrimas.

—Yo creo que Ernesto quería pintar otro cuadro —empecé, observando cómo la mirada de mamá se hacía más escrutadora, ¿a qué venía el cuadro ahora?—. Quería dibujarnos a Gerardo y a mí delante de la colmena que se había caído por el terremoto.

—¿Fue él? —preguntó mi mamá hablándome muy cerca del oído.

—Me gustó, mamá —le dije, también con la voz muy baja y sin evitar el «mamá». Miré hacia mi tío Isaac y creí ver que él estaba escuchándonos y no podía contener un gesto de asombro. Belén se echó hacia atrás e hizo un esfuerzo enorme por no derramar sus lágrimas. No había repulsión en su cara, ni tampoco el asombro del rostro de mi tío. Me miraba, rígida, como una esfinge, intentando descifrarme—. Me gustó —repetí.

Belén se giró hacia Rodolfo e Isaac, como pidiéndoles ayuda. Luego se acercó de nuevo a mí y me pasó la mano por la frente y noté que tenía bultos. Adentró sus dedos en mi cabello, masajeándome con tanto cuidado, tanta protección.

—Por eso lo proteges, ¿verdad? —dijo repentinamente.

La puerta de la habitación se abrió. Y era Altagracia.

Isaac fue de inmediato hacia ella como para impedir que llegara hasta mi cama. Se supone que en mi estado solamente los familiares más directos podrían acceder a mi habitación, pero Altagracia Orozco era Altagracia Orozco, ninguna enfermera de guardia podría cortarle el paso a la periodista más importante del país. Belén se pegó aún más a mí, y a mí me sobrevino un dolor intenso, no grité, pero sí sentí que no podía siquiera moverme, ponerme de lado, agarrarme esa parte del bajo estómago que me dolía tanto.

—Sabemos que es Gerardo —empezó Belén, calmada pero fría.

Altagracia se descolocó un instante.

—Gerardo no hizo nada —habló con esa voz de las noticias—. Lo drogaron y lo golpearon cuando entraron a casa esos malandros. Vieron a Boris junto a Gerardo y creyeron que eran dos… Me arrepiento de no haber estado en la casa. De no saber qué pasaba entre ellos.

Me llamó la atención que, pese a que su voz no flaqueara, sus frases se deshacían. Debió detectar que pensaba en eso cuando me miró y entonces sus pupilas destilaron más furia y desprecio hacia mí.

—Es mentira. Gerardo te ha mentido —dijo Belén.

—Mi hijo está herido, los otros dos los agredieron porque estaban desnudos… Porque Boris convenció a Gerardo…

—Mientes. Y miente Gerardo. Boris es el que está en el hospital, Altagracia —intervino Isaac—. Gerardo tiene un problema porque se lo has creado tú.

Altagracia fue hacia Isaac y lo abofeteó, mi papá la cogió por un brazo y ella se soltó y se paró delante de Belén.

—Estás ciega, loca, no lo quieres ver, desde el principio, no lo quieres ver, para protegerlo, pero el mal que tiene dentro avanza, corroe, corrompe. Y siempre obsesionado con mi hijo —dijo Altagracia.

—Somos los dos. Él también está obsesionado —intenté decir, pero no podía hablar, me quedaba sin voz.

—No está bien, no sabe lo que dice —arremetió Altagracia.

—Déjalo hablar —clamó Isaac.

—Gerardo me quiso castigar por haberle ganado en la competencia. Llamó a sus amigos malos, como dice él. Estaban dentro de su carro cuando vino a buscarme.

Todos me miraban con distintas caras. Belén bajaba los ojos, mi papá se ofuscaba, Isaac me entendía y Altagracia se mordía la lengua, los labios, los dientes. Dejé que mi voz perdiera fuerza. No quería seguir. Le había prometido a Gerardo que sería un secreto. Él me había dicho, esa vez de la ducha, que sería «nuestro secreto». Ahora lo desvelaba y dejaba que otro secreto creciera como una nueva corriente subterránea. El secreto que durante un momento, un instante de la violación, yo había disfrutado.

—Mi hijo no es marico —estalló Altagracia.

—Es un monstruo —le respondió Belén.

—Si lo denuncias, te juro que haré todo lo posible para que seas tú la responsable de lo que le ha pasado a tu hijo —lanzó Altagracia, irracional, enfurecida, poderosa, tomando todo el control de la situación—. Porque es la verdad. Tú quieres que tu hijo sea esto, una piltrafa, un violado, un marico. Yo no. No pienso permitirlo. Mantenlo lejos de mi hijo. Que no lo corrompa más.

La tormenta también enfureció y un rayo se sintió caer exactamente dentro de la habitación. Y la luz se fue. Y en esa oscuridad, escapó también Altagracia.

CAPÍTULO 15
—
LA COTORRA

Cumplí quince años en septiembre de 1980. Iban a cumplirse casi dos del evento, el incidente, la situación, el hecho, la mierda, cualquier palabra era preferible a «violación». Altagracia envió a Gerardo a una academia militar en los Estados Unidos antes que se cumpliera un mes del hecho, el incidente, la situación. Fue muy rápida. Con Gerardo fuera, era aún más difícil señalarlo.

Tampoco era fácil asumirlo. Belén, Rodolfo y mi hermano sufrieron y sufrieron todavía más al darse cuenta que no podían exteriorizarlo. Delante de otros, no había cabida. Delante de ellos mismos, tampoco. El silencio, el muro del silencio se estrechaba hasta casi aplastarnos. No era igual a los silencios invisibles de mi infancia. Este dominaba más, sobre todo a mí, que era el primero en preferirlo como refugio, a veces incluso como instrumento para que todo se olvidara. Se deshiciera.

Si hablaba, denunciaría. Y al denunciar tendría que responder que me había gustado. Un segundo, un aullido que pudo ser gemido, bastaría para hacerme culpable del evento. Era mi culpa, lo había provocado. Gerardo me había advertido que no le ganara y no pude evitar hacerlo, ganarle. Lo que pasó, el evento, el incidente fue provocado. Mi provocación. En el silencio, en la negación, en la no exhibición había un poco de salvación. Aunque supiera que era una condena. Un lastre. Una sombra que jamás abandonaría la habitación, ni aun en la noche más profunda.

Pedía al silencio que la eliminara y la sombra se hacía más larga. Se hacía recuerdo. Las miradas, las palabras. Los golpes, los olores, los besos, las penetraciones. En cualquier lugar podrían aparecer Emilio y ese otro más. O si no aparecían ellos, en las miradas de los que me miraban estaría el rumor, el murmullo. El incidente, el evento, la situación. Cambiamos de casa, como si fuera un exorcismo. Se llamaba la Quinta Nancy, tenía dos plantas y una escalera que convertí en escenario. La bajaba con aires de divo. O de diva. Vedette. Y las subía igual.

Tiempo de tormentas encontró una pared más grande, sus personajes respiraron. Aminta continuó siguiendo a todo aquel que la mirara. Por fin tuve un cuarto para mí solo. Mi hermano dormiría al lado y compartiríamos baño. Él se levantaba primero, quizás para evitar coincidir. Lo entendía. Lo tenía que entender. Nunca, jamás, comentamos a Gerardo. ¿Por qué? Para qué. El silencio.

Intenté suicidarme, porque alguien, en algún sitio, en algún momento había dicho que me había pasado lo que me había pasado y que me había gustado. Me había gustado, era verdad. O no. Pero no sabía cómo enfrentar ese oprobio. Tuvo un incidente, una situación, un accidente. Y le gustó. Mi madre salió a la calle y me preguntó qué tenía en la mano. El cuchillo más grande que había en la cocina. Se lo entregué, me sentí estúpido. Ella me pidió que le contara qué habían dicho. Nada, mamá. Insistió. Nada, mamá. Nada. Silencio. Por favor, silencio. Silencio.

Belén decidió hablar. La escuché sollozar al teléfono. Pedía ayuda. A Isaac. «Tú lo entenderás. Tú sabes cómo es», decía como una súplica.

Isaac propuso que acudiera al Nuevo Grupo, la compañía que había fundado junto a José Ignacio Cabrujas y Roman Chalbaud.

—Creo que es momento que pienses en escribir —dijo mientras me enseñaba el teatro de El Nuevo Grupo, que había sido refaccionado, con nuevas butacas rojas que olían a madera y tela, el olor de los buenos teatros. Sus obras se habían convertido en éxitos de taquilla, y él miraba con esa profundidad de quien te estudia, como si cualquiera que se cruzara delante pudiera convertirse en un personaje—. Eres tan bueno en tus descripciones. Y recuerdas las cosas con tanto detalle.

—¿Crees que pueda escribir una obra de teatro? ¿Sobre mi violación? —solté.

Isaac se incomodó.

—Sabía que harías todo lo posible para poner ese tema sobre la mesa. Y que me tocaría a mí escucharlo.

—¿Por qué estabas en la habitación del hospital?

—Para que la situación no se hiciera aún más descontrolada.

—¿Para que mi mamá no sufriera más?

—Para que tú no sufrieras más, Boris.

—¿A ti te pasó algo similar?

—Sí. —Y calló un instante—. Vivimos en una sociedad muy violenta. Por eso es machista, porque la violencia le exige al macho cuentas que no sabe cómo enfrentar de otra manera que no sea irracional, bárbara.

Guardé silencio. Miré su despacho, los premios nacionales e internacionales alineados en los anaqueles de una librería infinita, tantos libros, algunos organizados por colecciones, la Austral, por ejemplo. O por la calidad de sus encuadernaciones, otros por editoriales latinoamericanas, como el Fondo Económico. Y estaban también sus propios libros, sus obras de teatro, tan exitosas que se convertían en libros.

—Quiero que escribas y por eso te he citado, quiero que estés en un curso que voy a dar. Necesitas que te apruebe un jurado en el que no estoy. Podrías hacer el esfuerzo de escribir algo interesante. —Hizo una pausa para aspirar y continuar—. No necesariamente autobiográfico, de momento.

—¿No dirán que es nepotismo?

—Dirán cosas peores, pero no me perdonaría no ayudar a mi mejor amiga, que es tu mamá.

Me quedé esperando, si no la advertencia, la condición de esta reaparición de mi tío Isaac y tanta benevolencia.

—No puedes andar fijándote en los actores ni en ningún muchachito que pulule por aquí.

Me divirtió su selección de verbos. «Pulular».

—No quiero alborotos. Me apartaron de ti porque al parecer iba a ser una mala influencia y me he perdido muchas cosas de tu fascinante crecimiento, no quiero quedarme sin esta segunda parte.

—Ok. Creo que sé comportarme.

Pero no, no sabía. Gané la beca para escribir en el taller de dramaturgia que daría Isaac y que se impartía dos veces a la semana en la sede de El Nuevo Grupo. Apenas salí de la primera clase, conocí a Fran y a Leski y, en menos de dos horas, los tres éramos inseparables.

Fran trabajaba como productor de una telenovela y Leski, que era guapo como si fuera el galán de una de ellas, ojos verdes, que se volvían amarillos en la noche, prefería ser productor de obras de teatro y trabajaba en el Nuevo Grupo.

Los dos eran fans de Belén y en una de las funciones de estreno del teatro la habían abordado con fotos antiguas de ella. Mientras Belén firmaba, Leski me guiñó un ojo y Fran intentó hacer una de las piruetas de Giselle y me reí. Me gustó ese teatrillo.

—¿Puedo llamarte a tu casa para invitarte a una fiesta? Te va a encantar —preguntó Fran, que llevaba en una oreja un pendiente que brillaba si le daba la luz. Era bastante mayor, podría tener más de veinte años.

Me pareció bien, pero antes tenía que explicárselo a mis padres.

—¿Qué tipo de fiesta? —preguntó Belén. Victoria Lorenzo estaba batiendo huevos para un flan de naranja junto a mi papá, que se dedicaba más y más tardes a cocinar platillos con ella.

—Una fiesta divertida, supongo. De gente grande.

—¿Con bailarines de la compañía? —siguió preguntando—. Esos chicos son muy amigos de los bailarines de la compañía.

—No. Serán de la telenovela y del teatro. Como Leski.

—¿Quién es Leski?

Mi papá dejó de batir huevos.

—Belén, qué sentido tiene que cuestiones con quién va si le has dicho que siempre lo defenderás y que sea él mismo.

—No es lo mismo —dijo ella. Bajó la voz—. Es demasiado… pronto.

—Tengo quince años —dije yo. Y entendí a lo que se refería. A Gerardo—. Ha pasado mucho tiempo, mamá.

—El tiempo de tormentas nunca termina de irse —me dijo. Tenía un paño en las manos y empezó a apretarlo.

Me apresuré a abrazarla muy fuerte. No quería que se sintiera culpable o débil ante el poder de Altagracia, tan imponente que había conseguido silenciarnos. Era eso lo que le dolía. Lo que la hacía estrujar y estrujar ese paño.

—Todo va a estar bien —le dije.

Y ella soltó el paño y se levantó a encerrarse en su habitación. Mi papá me tocó por la espalda y me giré a verlo y permanecimos así un rato eterno. Belén apareció de nuevo, secándose los ojos.

—Ve a la fiesta. Pero no puede haber nadie de la compañía, Boris. Ese es nuestro trato. Es nuestro límite.

La miré a los ojos. Sonó como Gerardo pidiéndome que no le ganara en una competencia. O Isaac diciendo que no creara alborotos. Como si bailara en un círculo de autorizaciones que venían siempre acompañadas de esa petición «especial» para un niño «especial» con una condición «especial».

Especialmente, la fiesta era una celebración de toda la compañía, incluso estaba presente Alicia, que bebía vaso tras vaso de vodka y de vez en cuando evitaba mirarme cuando se adentraba en el baño de visitas con varias personas a la vez. Fran iba de un lado para otro, aparecía con una bandeja de tortillas en una ocasión y con otra de licores, vasos y hielo en otra. Algunos de los bailarines se quitaban la ropa y bailaban éxitos de una radio que permanecía encendida hasta cuando transmitían las cuñas de publicidad. Y también las bailaban con un efecto hilarante que me fascinó. Otros invitados actuaban sus escenas de telenovelas y se decían los diálogos románticos de los protagonistas, pero entre hombres y hombres y mujeres y mujeres. Por primera vez escuchaba y veía palabras de amor entre personas del mismo sexo. Leski se dio cuenta de mi asombro y me propuso, después de darle una buena calada a un cigarrillo mal hecho, que lo intentáramos.

—No sé actuar.

—No es muy difícil —dijo abriendo los ojos de gato, que empezaban a amarillear.

Los otros actores empezaron a formar un corro, alentándonos a seguir.

—Dime algo así: «No ha pasado una noche, desde la última vez, que no pensara en ti».

Me reí, pero me percaté de que me observaban y esperaban que superara a Leski. Me eché hacia atrás, me peiné con ambas manos y me las llevé al pecho, cerré los ojos, los volví a abrir y dije la frase.

—Créeme —agregué—. No ha pasado una noche, desde la última vez, que no pensara en ti. —Iban a aplaudir, pero me acerqué más a Leski—. Que no pensara en nosotros —terminé, y empezaron a aplaudir y fui hacia Leski, más cerca. Lo besé en la boca mientras el aplauso crecía y crecía. Cerré los ojos y cuando los abrí Alicia me miraba. Y Fran también.

—Esto no se lo vas a contar a Belén, ¿o sí? —me preguntó Isaac sirviéndose su copa de scotch antes de cenar. Estaba sentado en su butaca vienesa debajo del cuadro de Luisa Richter, el favorito de su selecta colección.

—Con un poquito de edición —maticé.

Sara, su inseparable y fiel colaboradora, que cultivaba café en uno de los parterres de la terraza que rodeaba su penthouse y que también cocinaba, ordenaba, revisaba y aprobaba y ejercía de guardiana de su intimidad, miraba desde su esquina en el pasillo entre el salón y el comedor.

—Este Boris va a ser un picaflor, señor —dijo.

—Sara jamás se equivoca, Boris.

—No lo puede evitar, señor, es como usted, necesita gustar para respirar.

—Yo no soy un sex symbol, Sara.

—Ay, pobre señora Belén —dijo levantando los brazos al aire y regresando a la cocina.

Isaac se preparó un segundo vaso de scotch.

—Eso lo decía Altagracia, ¿no? Que terminarías de playboy o de cronista social.

—¿Hablas de mí cuando la ves?

—Es otra de mis mejores amigas, Boris. Aunque cada vez se radicaliza más en contra de estos gobiernos. Dice que nos conducirán a un rompimiento social. Y que vendrá una devaluación y cosas siempre apocalípticas. Pero, no, mi querido Boris. No hablamos de ti. No se lo permito. Soy amigo de todos en esa historia y todos tienen que respetar que sea Suiza.

Me reí muchísimo. Era la primera vez que conseguía reírme de algo que tuviera que ver con el incidente, el evento, el accidente. Fui a abrazarle y él lo permitió porque se daba cuenta que acababa de deshacer una maldición al menos unas horas. Me tomó del brazo para entrar al comedor.

Me gustaba cenar en casa de mi tío Isaac. No hablábamos nada del taller, pero él me dejaba leer lo que estaba escribiendo, me pasaba artículos del *New York Times* que le llamaban la atención y me prestaba libros que compraba en Nueva York. El más importante de ellos, *Música para camaleones* de Truman Capote.

—Te gustará a ti más que a mí, Boris. Pero ¿te gusta más Capote por lo que es o por cómo escribe?

—¿Se puede ambas?

Lo pensó un buen rato.

—A lo mejor no es tan buena idea. Me espanta verlo en esas fotos saliendo del Studio 54 como si fuera un escritor a la deriva disfrutando de su excesiva fama.

—¿Hay algo malo con ser escritor y famoso?

—Imagino que tantas fiestas no pueden hacerte escribir bien. Pero, mira, ahí tienes una obra tan magnífica como esa. Aunque son recopilaciones, nada escrito como una novela. Cuentos cortos, crónicas.

Acaricié el libro. Y esa misma noche lo leí completo. Y a la noche siguiente volví a leerlo y a la siguiente y a la siguiente. Y a la siguiente. Y la siguiente.

La amistad con Fran y Leski también se hizo diaria, íbamos juntos al teatro, a ver los ensayos de las obras y los ballets y les invitaba a ver películas en la Cinemateca, que les aburría un poco más porque decían que los «clásicos» eran siempre aburridos. Discutíamos mucho por eso, yo consideraba que no había nada más importante que las películas clásicas. Toda la información necesaria para entender cosas tan nuevas y apasionantes como la moda, por ejemplo, o la arquitectura y la decoración, estaba encerrada en esas películas. Todo lo que creíamos que se estaba inventando en esa década recién inaugurada en realidad eran revisiones o copias de lo que pasaba en las películas clásicas. Les enseñaba la hoja informática con la programación de la Cinemateca: *Citizen Kane* y *El conformista* de Bertolucci, el mismo día. *La luz que agoniza*, con Ingrid Bergman y Charles Boyer. *Morocco* con Marlene Dietrich, otro día. *Gilda*, en varios horarios. *Irma la dulce* era una mezcla tan extraordinaria, generalmente dividida en géneros, comedia, drama, melodrama, film *noir*, para cada día de la semana. Incluso el culto a las estrellas femeninas de antaño era algo que solo podías aprender acudiendo a la Cinemateca. El rostro de Garbo, Crawford, Shearer hasta llegar a Marilyn y Taylor. Pero les daba igual. «Chica, tanta cultura te hace más rara todavía». Me divertía, y mucho, que hablaran en femenino. «El teatro es más verdadero, porque ves a la gente sudar y puedes ver más de cerca los bultos», decía Fran. ¿Los bultos?, preguntaba yo. «Ven al teatro, tonto, a sentarte en primera fila», proponía Leski. Entonces caía en cuenta a qué se referían. Cuando Fran nos dejaba solos, me acercaba bastante a Leski. Me atrevía a que sintiera mi bulto. Y se separaba. «Somos amigos. Los tres somos amigos. No fastidiemos eso».

Como tres amigos inseparables, avanzamos dentro de La Cotorra, la discoteca que, muy atrevidamente, comparaban con Studio 54. Leski me tomó de la mano y se puso firme delante del portero, Modesto, pero que prefería que lo llamaran Alexis Carrington, como el personaje que interpretaba Joan Collins en *Dinastía*, la serie de la que todos hablaban. Me pareció genial, sobre todo porque Modesto no tenía ningún parecido físico con la actriz inglesa.

—Es como me siento, *darling*. Y para no olvidarme de mis raíces, le he agregado el nombre de mi barrio, Alexis Carrington del Valle.

Terminé por ofrecerle una reverencia, que le encantó y me respondió con otra.

—Dos reinas —dijo—. Eres muy divina y muy hija de, mi amor, pero déjame advertirte: cuida tus actos, carajito, que eres una menor.

Y tuve que contener mi carcajada. Se atusó el bigote y al mismo tiempo bajó sus párpados y vi cómo sus pestañas postizas se confundían con el bigote. Me electrizó. Se colocó delante de la puerta de dos hojas y las empujó para abrirlas de par en par. Me envolvió una humareda, que tenía olor a flores y un poco de detergente, unida a la corriente helada del aire acondicionado y el olor de velas, perfumes, laca, esmalte de uñas y ese aroma de la piel en los coches por estrenar. Leski me cogió de un brazo y Fran de otro y, no pudimos evitarlo, cantamos un poquito de El Mago de Oz como si yo fuera Dorothy con sus amigos el Espantapájaros y el Hombre de Hojalata. En menos de un paso estábamos rodeados de gente. Celebraban el triunfo de Irene Sáez en el Miss Universo; había sido unas semanas atrás, pero como si fuera ayer para ellos. «Yo también soy Miss Universo», coreaban.

La música cambió, pusieron *Rappers Delight*, la canción que en Venezuela se había rebautizado como La Cotorra porque su intérprete no para de hablar en un inglés muy complicado y rápido. Hablar de esa manera, que no se entiende del todo, era una cotorra, un loro hablando sin parar. La canción había dado nombre al club. Me sabía los pasos y decidí unirme al grupo de hombres, sin camisas y con unos pantalones de satén brillante y de distintos colores, que lo bailaban en medio de la pista. Apenas me uní a ellos, hicieron un espacio, un círculo y allí decidí que iba a hacer lo mismo que en una piscina: ganar. Agregué a los pasos que ya hacían, movimientos como si estuviera nadando. Resultaron un éxito, pronto los demás me seguían a mí. Hasta que en una de las vueltas, en una de las barras alrededor de la pista, vi un póster inaudito, inesperado, casi una revelación. Belén. Sí, Belén, en un póster de la primera temporada de Giselle, con ese maquillaje recargado, esos ojos alargados y ennegrecidos en los párpados y la boca asombrosamente roja. Nunca lo hubiera imaginado. Belén como un símbolo. Belén y su Giselle, dos figuras protectoras de este nuevo y nada santo lugar. Avancé agitando todos mis huesos. Y me incliné delante de ella. Y sobrevino la ola de aplausos.

Me erguí y mi estómago dio un vuelco. Alto, serio, impenetrable, estaba el maestro Holguin.

—¿Qué vas a decirle a tu madre? —me interrogó con su voz dura, la que empleaba para corregir una mala mano o un pie mal puesto en los ensayos del ballet. Tenía aliento a alcohol, bebía vodka en un vaso muy largo y decorado con unas hojas de plata. Me pareció delirante, una maravillosa excentricidad, que tuviera su propio vaso en el bar—. ¿Qué vas a decirle a tu madre? —repitió.

—Lo que usted me indique, maestro Holguin.

Me agarró por los hombros con fuerza de fantasma malo.

—No me llames así nunca en este bar —ordenó amenazante. Separó sus manos de mí y bebió un buen trago de vodka. Sentí tan claramente cómo disfrutaba el alcohol que casi deseé imitarle—. Belén, como tú la llamas, tiene demasiado orgullo —retornó a su tono de director de la compañía, severo, metálico. Volvió a beber, toda la copa y se puso más de una botella que le acercaron—. Siempre lo tuvo, desde muy joven, desde que la vi en la calle y le dije que entrara a la Academia. Por eso no lo reconoce, lo que tú le significas. Y se enfrenta a los demás. Pero por dentro sufre porque su hijo más amado sea un maricón, como yo, peor que yo, más maricón que todos nosotros.

CAPÍTULO 16

ANIMAL DE FRIVOLIDAD

Mi plan echó a andar la mañana siguiente, al leer el suplemento dominical de El Nacional. Isabel Allende escribía una columna allí sobre cosas que le sucedían a ella y yo esperaba cada domingo para disfrutarla. Me fascinaba la capacidad de poder escribir sobre algo tan cotidiano como escuchar la radio durante el interminable tráfico de Caracas o lo que significaba enfrentarse a la báscula en las farmacias. Bang, yo podía hacer lo mismo. Tenía algo que contar: mi primera vez en La Cotorra.

El lunes fue festivo en mi instituto, así que me quedé solo en la casa, mientras todos los demás acudían a sus obligaciones. Esperé a estar completamente solo y bajé hasta la biblioteca de mi papá y me coloqué delante de su máquina de escribir. Ya tenía organizada la estrategia para conseguir que esas hojas fueran publicadas en el periódico. A ser posible en el mismo suplemento que Isabel Allende.

Pulsé una tecla. Y luego otra, y sentí que no sonaban igual que las de mi padre al escribir sus columnas. Eran más ásperas, más agresivas, más presionadas. Escribí y escribí, luchando por recordar cada detalle, la decoración, los trajes, las palabras de Leski y Fran. «No hay nada más divertido que ser gay, mi amor». Lo vertí todo, sentía en mi cuerpo los mismos ardores y sobresaltos de una gran vomitona, como aquella vez en la primera comunión de Ana Cristina Garmendia. Era exactamente igual, la primera gran vomitona escrita.

La devoré encerrado en mi habitación, en absoluto silencio, y luego otra vez bajo el estruendo de un álbum de canciones de The Supremes en los primeros audífonos que estaban de moda ese año. Me gustó mucho más así. La leí una tercera vez, bajo el susurro de unos boleros de Toña la Negra. Siguió gustándome. Me encantaban mis descripciones, sentía que transportaban a los lectores al lugar sin necesidad de estar allí físicamente. Y decidí que estaba terminada. Agarré un lápiz de color y escribí el título de la columna: «Una noche en La Cotorra». Y encima de ese título puse Animal de Frivolidad. Y debajo de los títulos, mi nombre, Boris Rodolfo Izaguirre Lobo. Demasiados nombres, así que taché el Rodolfo y el apellido de mi madre. Y quedó Boris Izaguirre.

Mi papá solía entregar sus columnas los jueves por la tarde. Eran críticas de estrenos cinematográficos que las distribuidoras le proyectaban en un salón privado dos veces por semana. Adoraba ver las películas antes que el resto de mis amigos o compañeros de liceo. Y también me asombraba de la capacidad de mi padre de conciliar una opinión con la película en marcha, que anotaba rápidamente en su libreta de notas. Al día siguiente todas esas notas serían deslizadas en su crítica, tecleando mucho más suavemente que yo. Siempre que podía, le acompañaba a la sede del periódico, en el extremo oeste de la ciudad, a entregar su nota.

Por eso, era muy conocido en la redacción. Muchos de esos periodistas, con aliento a cigarrillos y alcohol, camisas mal planchadas, caries reveladoras y voces de trueno, se esmeraban en hacerme muecas, desordenarme el pelo y, por supuesto, comentar a mis espaldas sobre mi manera de andar y de mover las manos y los ojos mientras les contaba algo. Ciertamente, yo prefería el mundo de ensayo, sudor y lágrimas de la compañía de la Nena Coronil, pero esta vez, este jueves en especial, traía conmigo unas cuartillas escritas por mí con lo que yo consideraba que era una noticia.

Luis Alberto era un poeta que, al igual que Ernesto, había formado parte del movimiento guerrillero que combatió, desde las montañas de Caracas y en el resto del país, la presidencia de Rómulo Betancourt. Ernesto y mi papá habían sido simpatizantes, voluntarios en conseguir dinero y, a veces, en introducirlo en el país de maneras no necesariamente lícitas, como tantas veces les escuché contar. Luis Alberto, en cambio, tenía cicatrices en la cara y en los brazos que demostraban que había estado muy cerca de bombas y metralla. Sin embargo, era muy dulce, con unos ojos muy marrones que parecían siempre dispuestos a ofrecerte un regalo, un helado o un buen trago de ron.

—Luis Alberto, he escrito algo que me gustaría mostrarte —le dije a bocajarro.

—Coño, el hijito de Rodolfo, por fin me dices algo que llevo años esperando oír.

Su manera de hablar, la vestimenta, llevaba una chaqueta con bolsillos por todas partes, me recordaron a Ernesto. Pensé en preguntarle por él, prácticamente había desaparecido de nuestras vidas. Pero sentía que no tenía tiempo. Le acerqué mi escrito. Luis Alberto se puso unas gafas, «compradas en París, como el talento, hijo mío», dijo. Y apenas empezó a leer vi cómo le cambiaba la cara.

—Demonio. Eres un demonio.

Me reí.

—Mi papá no puede enterarse que lo he escrito.

—Coño, encima quieres que sea una bomba sorpresa, carajito. Tienes aspecto de príncipe, pero eres un guerrillero. El que debió ir a las montañas debiste ser tú, demonio. —Se levantó y me cogió del brazo—. Esto es demasiado jugoso, coño, no es para unas páginas que nadie lee como el *Papel Literario*. Esto te lo tiene que publicar el diario.

Luis Alberto me hizo recorrer la redacción a escondidas, por detrás de los parabanes que delimitaban los cubículos. «Agáchate que te van a ver», decía, y yo caminaba como si fuera un enano en un acto circense. Así llegamos hasta las escaleras, siempre vacías porque la gente prefería los ascensores, y así subimos hasta la séptima planta y vi que Luis Alberto abría la puerta de las oficinas del suplemento dominical, que entendí al fin que se llamaba El Séptimo Día más bien por estar ubicado en una séptima planta.

Las secretarias estaban organizadas en fila, desde la ejecutiva pasando por las que vendían los anuncios hasta la que recogía todos los recados, revisiones, borradores y correspondencias del suplemento. En su escritorio vi el artículo, perfectamente enmarcado, limpio de errores, escrito con una tinta que parecía fresca, de Isabel Allende.

—¿Este es el hijo de Izaguirre? —señaló un vozarrón con acento argentino.

Sabía quién era. El periodista y escritor Tomás Eloy Martínez, exiliado de su país a causa de la dictadura. Alto, fuerte, masculino y sonriente se paraba en el marco de su despacho impidiendo que nadie pasara.

—El carajito es una vaina, TEM —le dijo Luis Alberto.

TEM tomó mi artículo y empezó a leerlo allí mismo. Las secretarias seguían haciendo su trabajo, pero noté que lo hacían más lento para no perder detalle. TEM no movía un músculo, los ojos parecían no ir de izquierda a derecha sino acapararlo todo transversalmente.

Terminó.

—Ven aquí dentro, Izaguirre junior —ordenó.

—No, yo me llamo Boris Izaguirre y así quiero firmar —dije.

Avancé al interior de su despacho. Había un escritorio sin casi nada encima, más que ordenado, vacío. Todas las paredes eran librerías y casi todos los libros parecían dispuestos siguiendo un pantone, los tomos azules en una estantería, los rojos en otra, los naranjas. Aproveché para leer sus lomos. Capote. Fitzgerald, Faulkner, Dumas, Malraux, Cocteau, Hemingway, una colección entera del *Esquire*.

—Usas nombres propios, eso no lo podemos publicar —dijo recuperando toda mi atención—. Y citas tu edad, eso tampoco lo podemos publicar, podría acarrear una detención al dueño del local por dejarte entrar.

—Pero es todo cierto —dije yo.

—Sí, en efecto, eso es lo bueno. Pero la verdad es siempre un obstáculo, querido Boris —dijo él poniendo mi escrito sobre su impecable mesa.

Lo vi como me veía yo mismo unos años antes, lleno de borrones, con el título escrito en un lápiz de color y con mi caligrafía de enfermo. Así me veía cuando llevaba los zapatos ortopédicos, un pequeño monstruo, afeando toda superficie hermosa.

Tomé el único bolígrafo de su mesa y rápidamente taché en el texto mi edad y puse encima «incierta edad» y quité el apellido Holguin y dejé solo «Maestro» y lo volví a colocar en el escritorio. TEM lo leyó y se quedó mirándome un largo e intimidante rato.

—Me gusta *Animal de Frivolidad*. ¿No preferirías *Animal de Frivolidades?*

—No —dije muy serio—. Porque podría confundirse con Animal de Costumbres. Y yo quiero solo una costumbre. Y que esa sea la frivolidad.

—Muy bien, Izaguirre. Tienes trabajo. Publicaremos la primera el domingo que viene. A partir de esa, entregarás los jueves para que estés más «caliente».

Me quedé paralizado. Él se rio, una buena carcajada.

—Saldrá con tu nombre, te pagaremos igual que al resto de nuestros colaboradores. Isabel Allende no es considerada una colaboradora, por cierto —avanzó—. Pero no puedes hablar de la columna en ninguna parte.

—No entiendo —dije.

—No puedes reconocerte como Boris Izaguirre hasta que cumplas los dieciséis. No falta mucho, por lo que veo. Tan solo seis columnas. Es el único favor que te pido.

Salimos al pasillo y él me dejó allí, solo, delante de las secretarias. La última de ellas, la que parecía encargarse de todo, levantó su mano indicándome que fuera hacia ella. «Debes entregarme a mí este martes y después todos los jueves y yo te escribo el cheque que cambiarás abajo en la taquilla de administración. *Good luck*», dijo en inglés. Salí de allí, bajé la escalera y avancé muy tranquilamente hacia donde mi padre seguía escogiendo las fotos de sus artículos.

Fue la semana más desesperante de mi vida. Un minuto pensaba en todos los artículos de vestir que me iba a comprar con ese cheque. Otro me encerraba en mi habitación escribiendo a mano las descripciones de la «matinée» del pasado viernes, que no había sido para nada divertida, un agotamiento, una sosez total y estaba decidido a escribir sobre eso precisamente, cómo algo que ansías que sea divertidísimo se puede volver una agonía.

Y al siguiente minuto quería llamar por teléfono a Fran y a Leski contándoles todo, TODO, TODO lo que había pasado en el periódico. Y al minuto siguiente me plantaba delante del baño y me veía y veía y veía en el espejo. Voy a ser escritor, voy a ser famoso, voy a ser alguien totalmente diferente. Y al minuto siguiente me derrumbaba sobre la tapa de la poceta y me mesaba los cabellos. Tengo que esperar seis columnas, y tienen que ser las mejores, las más escandalosas, para decirles a todos mis lectores que soy yo, yo soy Boris Izaguirre.

Y entonces, como ese imperceptible ruido de la brazada al salir del agua, como la pausa entre el rayo y el trueno, como iguanas que reptan y avanzan bajo el sol achicharrante, llegó el domingo.

Mi hermano fue el primero en salir al jardín y recoger el fajo de papeles muy bien atados que era la edición dominical. Belén acostumbraba hacernos un servicio de manicura y pedicura a sus varones, como nos llamaba, un hábito familiar al que todos nos sometíamos felices quincenalmente. Belén siempre explicaba que había aprendido a hacerlo cuando estudiaba y bailaba en el American Ballet, en Nueva York. No tenía dinero para pagarse una pedicura profesional en los miles de puestos atendidos por chinas y coreanas en las cercanías del ballet. Así que invirtió en ir varias veces a ver cómo lo hacían las coreanas y se compró un pequeño equipo. Le costaba mucho hacerse la mano derecha, pero se entrenó para que al menos le quedara razonablemente bien. Para nosotros era una maravilla. Mis manos y mis pobres pies tan atrofiados mejoraban muchísimo tras los cuidados de Belén.

La lectura del periódico transcurría en silencio. Mi hermano leía el cuerpo de deportes, muy trágico en esos días porque su equipo de béisbol, el Caracas, no cesaba de perder partidos y retroceder en la puntuación. Yo jugueteaba con las comiquitas de *Mandrake el mago* y *El Fantasma*. Al mismo tiempo, leía la página internacional y tenía bien sujeta la de sociales, que los domingos abarcaba más páginas y había una enteramente a color. Y de repente, durante la pedicura, mi papá movió el pie derecho en el momento en que Belén desprendía algunas cutículas y el aparato entró con más fuerza haciéndole sangrar.

—Belén —gritó mi papá.

—Mi amor, te has movido.

—No, Belén. Es Boris. Ha publicado… Es una locura…

Sentí un extraño pavor, como si delante de nosotros la frivolidad empezara a convertirse en animal y cualquiera de sus garras fuera a herirnos y volver esa apacible escena familiar en un reguero de sangre.

El teléfono empezó a repicar. Nadie parecía querer atenderlo. Repicaba y repicaba y, al mismo tiempo, el timbre de la puerta empezó a sonar, varias veces seguidas.

—Belén, abre o reviento esta puerta a patadas. —Era la voz de Alicia, por entre los rosales podía verla acompañada de otras dos personas. Al final, mi hermano desprendió el auricular.

—Es el maestro Holguin.

CAPÍTULO 17
—
SEÑORITA SUÁREZ

Nos sentamos todos en el comedor. Belén colgó el teléfono y avanzó para sentarse entre nosotros con una cara terrible. Parecían escucharse aún los alaridos del maestro Holguin. Miraba hacia mi papá y evitaba verme. Y mi hermano mayor discretamente se colocaba cerca de una de las imágenes de Tiempo de tormentas: la enfermera cubriendo a un hombre herido con una venda. Conseguí que no se me escapara una carcajada en un momento tan crítico. Alicia, que no había parado de lanzar amenazas e improperios, se dio cuenta de lo que pasaba entre mi hermano y yo y miró hacia el cuadro. Y quedó hipnotizada y calló momentáneamente.

—Se llama Tiempo de tormentas —indiqué con todo mi temple. Alicia giró su rostro hacia mí con esos ojos que parecían rajas sin contenido. Una máscara—. ¿Te gusta? —insistí.

—Me inquieta —respondió ella con su voz templada y con un acento gringo que era lo que más remarcaban de ella sus imitadores en la televisión.

—Esta vez no puedo defenderte, Boris —dijo Belén.

—Claro que es indefendible, Belén. Ha involucrado al director principal de la compañía en un ballet rosado —expuso Alicia.

Mi papá y Belén se miraron entre ellos.

—¿Un ballet rosado? —preguntaron casi al unísono.

Me reí de buena gana. Era una cursilada y además no se atenía a la verdad.

—Pero, señorita Suárez —fue la primera vez que la llamé así, había leído que detestaba que se refirieran a ella con ese tratamiento—, yo no he escrito sobre un ballet rosado. Eso es una manera que tiene la prensa amarillista de calificar a las reunio-

186

nes de varones homosexuales donde la policía hace redadas porque alguien desde adentro ha dado el pitazo.

—No entiendo nada de lo que dices —dijo ella mirando a su vez a sus acompañantes, que empezaban a poner caras de disgusto—. Y no me llames señorita Suárez.

—De acuerdo, señorita Suárez.

Tuvieron que sujetarla sus dos acompañantes. Belén no se movió ni de su sitio ni de su disgusto.

—¡Cómo que no hay un ballet rosado, si mencionas a travestis, con esos nombres como la Milagrosa de Petare!

—No, señorita Suárez, es Alexis Carrington del Valle.

—Tú lo que necesitas es una buena bofetada.

—Yo no he escrito sobre un ballet rosado —seguí defendiéndome—, sino sobre mi visita a un bar gay, superconocido en la ciudad y donde casualmente me encontré con alguien a quien preferí llamar Maestro. Eso es todo. Él no tendría que sentirse aludido porque solo dice el Maestro.

—Todo el mundo lo llama el Maestro, hombre, desde que soy una enana —dijo Alicia mirando de reojo un pedazo del cuadro y luego a Belén.

—A muchas personas se les llama el Maestro. No solamente al maestro Holguin. Quien lea la columna estará más interesado en la descripción del sitio gay que en el hecho de que haya un Maestro, que además insulta a los otros presentes. Eso pasó de verdad, me pasó a mí. Y tal como fue, lo escribí.

—O sea, para hacer daño —dijo uno de los acompañantes de Alicia.

—No —repliqué—. Lo escribí exactamente como pasó. Es una crónica.

Belén me miraba con los ojos brillándole. Pensé que, pese a no estar de acuerdo, admiraba la defensa que hacía de mi artículo.

—Si él se siente aludido es porque todo lo que he escrito es cierto y él sabe que es cierto. En ese sentido, no he faltado al periódico, no he publicado una mentira.

—Pero hacerle saber a todo el mundo que lee ese periódico que el maestro Holguin va a un bar de maricones es decirle a todo el mundo que el maestro Holguin es un maricón. Y eso es lo que le ha humillado, carajito. Es increíble que no te des cuenta —insistió Alicia.

—Si hubiera puesto su apellido, le habría otorgado una valentía que él no tiene, la de reconocerse públicamente como gay. Como yo mismo, que no tengo problema en reconocerlo, señorita Suárez —rematé creyendo que me abofetearía.

—Como la bailarina estrella de esta compañía, me inquieta y mucho, Belén, que el Maestro salga mencionado en una columna sobre bares gay. Habrá que echarlo. La compañía no recibirá un centavo más de la administración pública si sabe que hay un homosexual públicamente señalado —soltó Alicia, ella misma administrando cada palabra para que su veneno fuera más mortífero.

—¿Lo echarías de la compañía, Alicia?

—Lo estoy pensando. Sabes que yo decido. La Nena llama desde Brasil o París o desde dondequiera que la lleve su marido —dijo ella mirando fijamente el cuadro—. Creo que es suficiente. Este cuadro… ¿Cómo pueden vivir con él?

—De la misma manera que vivimos con otras cosas que también son inquietantes. Como el prejuicio. Como lo que acabas de decir. ¿Puede pesar más un artículo en el que hay una velada referencia sobre alguien tan talentoso como el maestro Holguin que su propia carrera? ¿Que todo lo que te ha transmitido? Todo lo que te ha enseñado —dijo Belén sin subir su tono de voz, pero sin quitarle la mirada de encima a Alicia.

—Yo tengo mis valores. *I have my values* —repitió en inglés, como si eso le diera más fuerzas—. Puedo ser todo lo que piensen de mí, que soy capaz de cualquier cosa por quedarme con un rol. Esa es mi forma de trabajar. Pero los trapos sucios de la compañía se tienen que lavar dentro. Antes que empiecen a llamar los padres y los patrocinadores, tenemos que darle unas vacaciones forzosas al Maestro.

—Te estás aprovechando de la situación, Alicia —exclamó Belén.

—Sí, es probable. —Y entonces me miró—. Me lo has servido en bandeja.

No había imaginado un desenlace así para mi estreno como

columnista. Despedirían al maestro Holguin por estar en un bar gay. Y lo habían leído en mi columna. Mi hermano me miró como si entendiera mi angustia y se pasó la mano por el cuello. La señorita Suárez inició su marcha; nos habían enseñado que los hombres se levantan cuando una dama se retira, pero mi padre hizo un gesto contrario y ninguno se levantó. Ella se dio cuenta, volvió a dirigir su mirada hacia el cuadro.

—Es maléfico —condenó, mientras sus acompañantes la seguían como pajes en un mal ballet.

Mi hermano se acercó.

—La columna es buenísima.

Y nos dejó solos.

—Sigo pensando que este no es el camino, tampoco la manera, Boris —empezó mi papá—. Hacer todo esto a nuestras espaldas. Nosotros jamás te hemos ocultado nada. Y vienes y subes hasta la dirección del periódico y consigues que te publiquen un artículo egocéntrico, fatuo y encima escrito para herir a alguien que es amigo nuestro.

—Él me hirió primero —salté sintiendo que no debía, pero no pude evitarlo—. Él me llamó maricón, dijo que tú, Belén...

—Él afirma que nunca te dijo eso —intervino ella.

—Estaba borracho, no lo recuerda —respondí.

—Razón de más para que no nos guste lo que has hecho. Has publicado las palabras que te dijo una persona en estado de ebriedad. Eso no está bien.

—Pero es verdad, Belén. Escribí lo que pasó, es rigurosamente cierto.

—¿Y para eso quieres una columna en el periódico? ¿Para vomitar todo lo que te sueltan en la calle? ¿Para vanagloriarte de que eres distinto, que piensas distinto, que sientes distinto? —exclamó mi padre—. Ser distinto no te hace tanto bien. Y mucho menos te hará si lo utilizas para hacer daño a los demás. Para señalarlos y herirlos.

—¿Y tú cuando destruyes una película no haces lo mismo? —remaché.

Mi papá pareció digerir un relámpago en su estómago. Por un instante sus ojos dieron vueltas sin saber dónde detenerse.

—Es un trabajo, es un oficio, carajito —empezó a responder con un tono muy severo—. Y tiene sus reglas. Y no escribo para destruir. Señalo los fallos que considero y encuentro la manera de valorar.

—¿Estás seguro que cuando criticas una película no estás también criticando a las personas que la han hecho?

—Un crítico forma parte de una cadena, es necesario, para futuros estrenos o incluso para corregir un mal paso —intervino Belén—. Una crónica social no parece tener esas reglas, Boris. O al menos, así lo vemos. El maestro Holguin podría perder su trabajo, su puesto en una compañía a la que le ha dado años de su vida. En realidad, toda su vida. Y será así por algo que has escrito. No podemos celebrarte nada de lo que has puesto en esa columna.

Tenía razón, pero al mismo tiempo me hacían ver mi recién estrenado trabajo con más ganas, más fuerza. Era capaz de desmoronar cosas y también de generar un debate. A un precio, indiscutiblemente. En esta ocasión, sería una molestia, la de Belén sobre todo, que por primera vez estaba completamente en desacuerdo con mis acciones.

—No entiendo por qué quieres causar tanto daño y dolor si nosotros solo te hemos dado lo contrario, amor, protección. Entendimiento.

—Él me insultó. Me agredió.

—Otras personas te han agredido. Y con mucha más violencia, Boris —dijo Belén.

Gerardo, el fantasma, allí estaba presente. Podía aprovechar ese momento para liberarme, otra vomitona, reventar por fin ese silencio que nos habíamos impuesto. Los ojos de Belén parecían flotar solos, fuera de su rostro, delante de mí.

—Estará olvidado la semana que viene, cuando se publique la siguiente columna —preferí decir ahuyentando el fantasma de Gerardo, permitiendo al silencio mantenerse otro rato más entre nosotros.

Mi papá se levantó y se marchó.

—¿Por qué no me dijiste nada? —era una madre dolida la que hacía la pregunta.

—Porque, si no, no lo iba a escribir.

—Creía que nosotros no teníamos secretos.

—Tú lo has dicho, no teníamos.

Me quedé sentado delante del cuadro. El hombre en la silla de ruedas, la muñeca desfigurada, desfigurándose. Los dos niños delante de la colmena caída. Las flores blancas de plástico, el trozo de marco pegado debajo de ellas. Y de nuevo, el hombre en la silla de ruedas, la muñeca desfigurada, desfigurándose. Los dos niños delante de la colmena caída. Las flores blancas de plástico... Al final de todo, detrás de todo, siempre estaba Gerardo. No, grité en mi interior. Sí, pareció responderme Aminta desde el cuadro.

Belén decidió no dirigirme la palabra hasta nuevo aviso. Pasó el miércoles y el silencio continuaba. Llegó el jueves y entendí que evitaba encontrarse conmigo en nuestra casa. Alcanzamos el domingo, y con él mi segunda columna, dedicada esta vez a una fiesta de niños ricos que quedaban para ir encapuchados a pintar grafitis en las paredes de las quintas en la zona noble de la ciudad, y Belén cambió de periódico, delante de mis ojos; dejó de leer El Nacional para leer *El Universal,* que siempre criticaba por su excesivo conservadurismo.

Llamé a Fran y a Leski, que estaban encantados. «Nuestro Truman Capote», dijeron al unísono.

—Necesito un favor, de los dos. No puedo seguir en mi casa, el ambiente es insoportable.

—¿Quieres mudarte aquí? —dijo Fran, como si me leyera el pensamiento—. O prefieres irte a vivir con la Alexis esa del Valle, que tan bien mencionas en tu columna.

—Ya te nombraré, te prometo. Ahora, necesito que me refugies. Ahora mismo —sentencié.

Mi papá quiso levantar un ojo de sus revisiones, pero Belén le dio un pequeño puntapié, sin dejar de leer.

Fran y Leski vivían en Parque Central, un conjunto comercial y residencial de imponentes rascacielos en el centro de la ciudad. Una selva de concreto con más de quinientas viviendas, en esa época un auténtico hito urbanístico. Albergó la conferencia sobre el mar que Carlos Andrés Pérez había diseñado para darle mayor protagonismo a Caracas en el mapa mundial. Allí quedaba el Museo de Arte Contemporáneo que dirigía Sofía Imber, pero también se comentaba que entre los rascacielos, en las viviendas, había burdeles para todos los gustos. Que se vendía droga de todo tipo. Que la gente desaparecía en los pasillos del conjunto y que luego extraían sus órganos vitales y los pasaban de contrabando a Colombia, donde los vendían para otros países. Cuando el autobús me dejó en la parada correspondiente, contemplé los imponentes edificios como esas protagonistas de telenovelas que llegan a la gran ciudad después de abandonar un campo infectado de desamores y otras desgracias. Gente, tanta gente. El olor de los cachitos en las panaderías, las señoras saliendo de las boutiques de moda, alguien con ropa cara visitando el museo. Los nombres de los edificios, Catuche, Río Negro, casi siempre haciendo referencia a las caídas de agua que en el principio bañaban la ciudad provenientes de la montaña y que regaban pequeños ríos en la zona donde ahora se levantaban ellos.

El apartamento de Fran y Leski quedaba en el Catuche. Planta 24. Cuando se abrió el ascensor sentí un espasmo. Emergieron tantas personas y de repente, casi al final, dos hombres, uno con bigote y otro con un flequillo tapándole media cara, los dos recién duchados, con ese mismo olor de los hombres que me gritaban marico camino al colegio. Nos miramos. Y, en vez de salir, se pusieron muy juntos contra las paredes del ascensor. Yo no me atreví a pulsar ningún botón. La tensión crecía y pensaba que era la bienvenida más asombrosa. Quería preguntar cualquier cosa, ¿a qué piso van?, ¿cómo te llamas? Uno de ellos se acarició la parte frontal de sus pantalones. Y otro seguía mirándome. Iban a follarme o no, no pasaría nada. Las puertas del ascensor se cerraron. Y el olor a jabón Palmolive se fortaleció cuando empezaron a quitarse la ropa.

Fran abrió la puerta de su departamento que apenas podía percibir por la luz cegadora del sol. Parpadeando y aceptando su beso de bienvenida en mis mejillas pude entender por qué la luz era tan potente: había dos grandes espejos enfrentados entre sí. Y casi todos los muebles eran blancos, la mesa del comedor, los sofás, una extensa alfombra de pelos muy largos. El borde de los «couches», como los llamaban ellos, era metalizado y hacían también de espejo y por uno de ellos alcancé a ver el cuerpo desnudo de Leski moviéndose en la única habitación, yendo de la cama revuelta hacia el baño.

—Mi amor, hueles a jabón proletario —me dijo Fran apenas entré en el salón.

—¡Coño, ya se lo follaron los Detroit! —exclamó Leski desde el cuarto riéndose. Una risa estupenda, grave, masculina.

—¿Los De-qué? —pregunté dándome cuenta que seguía en la puerta y tenía el pantalón manchado.

—Son unas temibles que no pelan una —continuó Fran—. Van muy pegadas al fondo del ascensor y crees que son pareja, hermanos o perfectas desconocidas.

—Bueno, imagino que me he convertido en estadística —dije.

—Chama, tú tendrás esa cara de niña bonita pero eres tremenda, tremenda. —Me revisó de arriba abajo con esa mirada que él llamaba «la mirada seleccionadora de Miss Venezuela»—. El artículo de hoy supera el anterior —soltó con la sonrisa de mamá orgullosa que Belén no tenía.

—Si ya empezó con los Detroit, no va a perdonar a nadie —siguió diciendo Leski desde la habitación.

—Esta es una casa decente, mijita. —Fran cambió su tono de voz. La advertencia parecía ir en serio—: Si usted quiere coger con los del jabón proletario, coja, pero de aquí para fuera.

—No seas marico, Fran.

Era Leski, tan solo en interiores, apoyado en el umbral de esa puerta que ya entendía como el límite que jamás debería cruzar sin permiso. Los calzoncillos no le colgaban de ninguna parte, tenía los dientes recién cepillados y sonreía y el gesto del brazo, apoyado en el marco, ofreciendo un recorrido visual de la axila, el vello completamente igualado, un trozo de césped oscuro, sus costillas bien definidas bajo la piel, el momento en que el torso y las piernas dejan espacio a una ingeniería de piel, músculos y venas tan verdes que de inmediato pensé en un nuevo color, verde vena. Y seguí recorriendo, los vellos que sobresalían de su interior y se convertían en hilo conductor a través de sus gruesas y musculadas piernas y el largo de los dedos en sus pies.

—¡Qué fuerte la Izaguirre que ya cogió con los Detroit apenas subió a la casa! —Fran hizo una carcajada superteatral y por fin extendió la puerta para que pudiera entrar.

—Pero ¿por qué los llaman los Detroit? —pregunté hábilmente para no seguir recorriendo el paseo de la axila hasta los dedos del pie de Leski.

—Porque una de ellas dice que estudió allí.

—¿En Detroit? ¿Y qué se estudia en Detroit?

—Ingeniería de ascensores. —Leski volvía a evaporarse hacia el interior del baño en la habitación.

CAPÍTULO 18

LESKI

Otro perfume marcó mi estancia en esa casa. Leski. Tenía veintitrés años y llevaba siete de ellos viviendo con Fran, que lo había conocido en un estreno de una obra de teatro y luego supo, «esa misma noche, mi amor, en una arepera mugrienta donde íbamos todos los estrenos, que era huérfano. Su papá desapareció de su vida antes que naciera y su Belén perdió la cabeza y también desapareció entre las montañas de su pueblo, en donde el diablo perdió su nombre». Trágico, infinitamente triste y, a pesar de ello, era esa historia la que otorgaba todavía más belleza a mi nuevo perfume, mi nuevo animal favorito.

Leski, ¿por qué ese nombre? «Al parecer un familiar, un primo, un hermano de la madre, quién sabe, tenía un cachorro de perro siberiano y le llamaban así», contó Fran. ¿Un perro siberiano en un lugar donde el diablo perdió su nombre? Sonaba inventado. «Pues así le bautizaron, como el perro, Leski. Le queda perfecto. Porque él también es perro. Y le gusta cogerte a cuatro patas, mi amor», sentenció Fran. Sabía muy bien cómo apuntar sus dardos. Saber cómo actuaba Leski cuando era amante me hizo desear, con más fuerza, todo lo que tuviera que ver con él.

Cada uno de sus movimientos era el de una pantera enjaulada. No había tenido tiempo de percatarme de ello porque fuera de su casa adoptaba otra personalidad. El perfecto asistente de producción, listo para resolver un recado o un cortocircuito. Ese era el que conocía. La bellísima pantera, aparentemente domesticada, pero capaz de rasgarte en cualquier momento, era un descubrimiento. Y quizás, también, una nueva boca de la colmena.

Antes de embriagarme con el nuevo perfume, barajé la idea de que había dos Leskis. Como los superhéroes, como Batman y

Robin y como Superman. Como el hermano enmascarado de Meteoro. En el caso de Leski, estaba el Leski asistente de producción, siempre al quite para cualquier problema, vestido con su camisa blanca, las mangas arremangadas en un perfecto cuadrículo sobre el bíceps y zapatos deportivos. El otro era este dios en calzoncillos, junto a su novio, riendo con ese tono grave, las venas verdes moviéndose debajo de la piel del antebrazo o de las ingles. El calzoncillo abultado, los dientes grandes. La mirada amarilla de la pantera negra.

Mi fascinación por los dos Leskis seguía siendo la misma que sentía de niño por los superhéroes. Por eso pensé que ahora tenía una oportunidad para hacerla realidad, a través de mi columna. Ser el Animal de Frivolidad que contaba el mundo desde el remolino de su frivolidad y además ser Boris, el hombre que supera una violación, que entra y sale de situaciones, buscando experiencias, personajes, quizás un amor. El Animal de Frivolidad y el simplemente animal.

La convivencia con Leski, durmiendo en el sofá del reducido salón, las miradas furtivas hacia él o a su sinuoso paso de ese dormitorio hacia la finita cocina donde preparaba los platillos del día bajo mi atenta mirada y cero colaboración, me convencían, segundo a segundo, que la única manera de adquirir ese poder, el de la personalidad doble, era amándolo. Borrón, deseándolo. Borrón, poseyéndolo.

Pero él no quería ser poseído. Él poseía, me di cuenta al escuchar los gritos de Fran mientras hacían el amor, y yo miraba hacia la montaña escondida en su manto nocturno y me masturbaba sintiendo las embestidas de Leski, y me quedaba quieto, en silencio, fingiendo dormir cuando se abría la puerta y él salía, desnudo, los músculos engrandecidos, cubriéndose o sujetándose la verga morcillona con las manos y abría la nevera para tomarse una jarra entera de agua y podía ver su silueta, la erección retrocediendo, la línea de sus glúteos y la fuerza de sus piernas iluminadas por la luz de la nevera. Se quedaba un tiempo así, refrescando el vello en su pecho con el frío del electrodoméstico. Y quizás, quizás, sintiera que le admiraba. Y entonces se acercaría hacia mi lecho en el sofá y repetiría conmigo lo que acababa de hacer con Fran.

Pero, al cerrar la nevera, Leski regresaba a su habitación sin siquiera acercar sus piernas al borde del sofá para que pudiera sacar mis garras de animal invitado y sujetarle. Y el amor entre ellos regresaba y las frases de Fran a veces me hacían desear salir al pasillo y esperar a que terminasen. «Necesito que me claves. A la pared, como una cruz. Déjame sin respiración. Clávame hasta dentro, que no pueda respirar». Y el jadeo bronco, casi como un caballo, de Leski. «Aprieta», decía. Y volvía a repetir, un instante después, «aprieta», y Fran dejaba escapar un grito, leve, que iba derritiéndose en gemido y casi un sollozo. «Gracias, mi amor. Gracias, Dios mío, por este amor tan grande», remataba. Y entonces, el silencio. La puerta que se abría y el desfile de Leski desnudo hacia la luz en el interior de la nevera. Y de vuelta a la habitación. Según la calidad del sexo, Fran rezaba un padrenuestro en voz clara y alta o susurraba rezos que imaginaba oriundos de otras religiones, quizás maleficios para que mis garras jamás rozaran la pierna de su pantera.

—¿Por qué no te mudas aquí?, hay una habitación que podría llevar tu nombre en una plaquita en la puerta, ¿verdad, Sara? —decía mi tío Isaac.

—Belén vendría en el acto y me devolvería a casa.

—Hiciste muy bien sacando del clóset al maestro Holguin. ¡Cómo puede creer que nadie se da cuenta!

Me reí un buen rato. Y él también.

—Lo que menos me gusta es que desperdicies tanto talento en unas crónicas en el periódico —retomó.

—Es excelente ejercicio, no lo puedes negar.

—Sí, pero me deja preocupado, Boris. Estás tan orientado al aplauso fácil, a lo rápido. Debe ser algo de tu generación.

—*Faster, faster.*

—Si te propusieras, si te tomaras en serio lo de escribir, allí tendrías un título perfecto para una obra autobiográfica.

—¿Le das más importancia al título que a la obra?

—A veces es más importante la forma que el contenido. Escribir es poroso, como la propia vida. Tienes que escribir lo que vives, o vivir para escribirlo. Hasta que no descubras el equilibrio en esa fórmula…

—No seré un escritor.

—Señor, la cena está servida —decía Sara.

Escuché a alguien bajar por las escaleras que llevaban a la habitación de Isaac. Era un hombre de la edad de Leski pero más rubio, vestido con un polo y pantalones muy estrechos. Sonreía como si estuviera entrando en el Nuevo Grupo una noche de estreno.

—Hola, Boris. Yo soy Luis —dijo.

—Mi amor, si todo el mundo habla de eso —me confesó luego Fran en el salón blanco de su casa cuando le contaba cómo había entrado Luis en el comedor. Y lo bello que era—. Se conocieron en la Escuela de Arte y en la clase magistral que tu tío da ahí.

—No le llames mi tío. Son vainas de mis padres, que llaman tíos a todos sus amigos delante de mi hermano y yo.

—Mi amor, tus tíos son la intelectualidad venezolana, ¿tú te das cuenta de lo que eso significa?

—Volvamos a hablar de Luis.

—Es un dios. Todo perfecto, los ojos, el pelo castaño, las piernas y la entrepierna, mi amor, que parece que es como un segundo estado Cojedes.

—Creo que es de Cumaná, Fran, del oriente.

—Por eso, mi amor, qué suerte la de tu tío. Un ejemplar así, ¡un rubio bien dotado de la primera ciudad fundada en América!

Unas veces regresaba del instituto y veía a Leski solo en la habitación levantando mancuernas y haciendo sentadillas, en interiores o en ocasiones desnudo. Se detenía y avanzaba hacia la puerta y la cerraba. Y yo extraía mi Olivetti portátil y escribía, con esfuerzo porque lo que quería era derribar esa puerta y pedirle, sí, pedirle, que me levantara como las mancuernas y me disfrutara como hacía con Fran. Pero él pasaba la seguridad y no salía de la habitación hasta que Fran regresara cargado de bolsas del supermercado y gritando que estaba harto de ser él el que se ocupara de la manutención. «No soy una cachifa, no me pagan para serlo». Yo ayudaba de inmediato a ponerlo todo en los estantes o dentro de esa nevera, que rediseñaba esperando que, al verla en la noche, Leski observara mis mensajes ocultos. Todo lo que sabía que le gustaba pasaba a estar en primera fila. No atrás y desordenado como antes que yo viviera con ellos.

Fran y Leski decidieron hacer una de sus fiestas *deli*. O Deli Fiestas. Las llamaban así porque «todo sería una delicia». «¿A quién llamaremos esta vez?», preguntaba Leski poniendo su voz un poco más gruesa. «A Jackie Kennedy y a Arturo Uslar Pietri, por ejemplo», respondía Fran. Moría por poder decir frases así. «Mejor empecemos por Daniela Romo, que me acaban de decir que visita Caracas y se queda hasta el fin de semana», respondía Leski. Entendía perfectamente de quién estaba hablando. Daniela Romo era una cantante mexicana con un pelo superlarguísimo, intérprete de canciones tristísimas con mucha guitarra acústica. «Necesitamos gente de nivel, Leski, no vamos a ninguna parte si no invitamos a gente de nivel». Leski se detenía y Fran empezaba una extraña danza abriendo las palmas de sus manos en posiciones estrafalarias. «Carolina Herrera», empezaba. Leski le seguía, imitándole en los gestos. «Aprobada». «Lucrecia Borgia». «Demasiado renacentista. Altagracia Orozco». Me cambió la cara y Fran se dio cuenta. Y rápido dijo: «Belén Lobo». «Está arrecha con su hijo», dije yo. «Razón de más para invitarla», terciaba Leski y, por fin, de forma inesperada, me dio un beso en la mejilla.

A partir de las nueve y media, con las luces titilantes de los apartamentos en las torres vecinas convirtiendo la noche en una capa de alguna Miss Venezuela, la puerta empezó a abrirse y a entrar más y más gente. Rubias delgadísimas que hablaban con voces de camionero, camioneros que hablaban con voces de rubias delgadísimas. Fran, de un lado a otro sirviendo y preparando bebidas y gritando darling, darling a todo el que entraba. De pronto me encontré con Jackie Kennedy en la diminuta cocina acercándose un cigarrillo a la boca y mirándome a través de sus espesas gafas oscuras. «*Hi, Jackie, nice to have you around*», le dije con ese inglés que nunca supe bien dónde lo había aprendido. Y ella se sonrió y arruinó el efecto porque no eran para nada los dientes de Jackie O. «No impresionen al cachorro», escuché decir a Fran a tres recién llegados vestidos de Rocío Dúrcal, Rocío

Jurado e Isabel Pantoja, las tres cantantes españolas más conocidas del momento, que levantaron las manos e improvisaron poses entre lo flamenco y lo guerrillero.

La fiesta creció y pareció convertirse en un árbol que va taladrando otros pisos superiores en su búsqueda de luz o de noche. Las folclóricas cantaron todo su repertorio, siempre ovacionadas por el gentío que poblaba el apartamento. Unos bailarines improvisaron un tablao cargado de erotismo porque se iban quitando la ropa y se frotaban de una manera que era sexy pero también divertida. Fran y dos de los actores aparecieron desde dentro del baño de su habitación vestidos con unas túnicas hechas con papel higiénico. «Moda Papel *Toilet*», decían y desfilaban en medio de las canciones de las folclóricas y cosechaban las mismas ovaciones y volvían al baño y reaparecían casi desnudos con las toallas puestas en la cabeza a modo de turbantes.

Alexis Carrington del Valle llegó acompañado de un señor muy negro y corpulento que presentó como «mi amiga, la Mata Hari de Barlovento». Tan tarde que también fueron ovacionadas. Vinieron de inmediato hacia mí.

—No soy de agradecer que me mencionen en la prensa local —dijo Alexis muy solemne pero con mucho aspaviento—. Valoro mucho mi privacidad. Pero chica, lo has hecho genial.

—Qué pena que esa noche no estaba —agregó la Mata Hari.

—Quieren salir de nuevo, conozco bien a estas mujeres —terció Fran atrayendo a otros dos caballeros vestidos con ropas que parecían haber secuestrado del armario de sus madres. O tías.

—Somos Bienvenido y Mal Hallado —me dijeron.

Mata Hari de Barlovento los reunió en un mismo abrazo con sus manotas gigantes.

—Llevan juntas desde *Lo que el viento se llevó*.

Y seguía llegando más gente al piso. Una mujer alta, muy seria, que de repente hizo un giro sobre sí misma y descubrió su larguísima melena. Daniela Romo, la mismísima Daniela Romo, allí, en persona, ningún hombre disfrazado de ella. Fran no podía abrir la boca, se llevaba las manos a los labios y todos le temblaban. Y se rindió ante ella en una reverencia como había visto hacer a Deborah Kerr en *El rey y yo*. Las folclóricas hicieron lo mismo y casi media fiesta. Menos Leski y yo y la propia Daniela Romo, que ante el homenaje cantó uno de sus éxitos. Y entonces, como sentenció la Mata Hari de Barlovento, la fiesta «¡pasó de delirio a Historia Nacional!».

Al día siguiente debía acudir al instituto. Crucé el océano de copas, de vidrio y de plástico, tazas de café con las astas rotas, medias deshechas, alguna mano y alguna pierna humana, zapatos de mujer con los tacones abiertos en dos, colillas, coletas y coletillas y Leski completamente desnudo mirando la montaña cubrirse de sol. Fui hacia él, su aliento era un bar y en sus ojos la sangre avanzaba desde los bordes. Al mirarme tan cerca, los cerró, los volvió a abrir y me acerqué a besarlo. Él recorrió toda mi espalda con ese brazo cuyo recorrido anhelaba. Me apretó, empezó a besarme, igual que Gerardo, una lengua más fuerte que la mía, más espesa. Y a quitarme el uniforme del instituto que no recordaba cómo había conseguido ponerme. Se detuvo y sentí todo el espíritu de la frustración entrarme por los ojos, las fosas nasales, las yemas de los dedos, mis labios abiertos. No, no pares. Quizás lo dije, no servía de nada porque él se arrastraba hacia su habitación, a encerrarse, a alejarse de mí.

Mi hermano mayor me esperaba en la puerta del colegio.
—Mamá está muy enfadada. Sabe que estás con amigos, pero es papá quien está más consternado.
—Estoy bien, diles que me has visto bien.
—Hueles a cigarrillo. Y a vodka, y quién sabe a qué otra cosa más.
—Eso también se lo puedes decir.
—Boris, no puedes estar fuera de casa mucho tiempo más. Entiende lo que vengo a decirte, mamá no te va a perdonar lo del artículo pero quiere que regreses.
—Prefiero que me perdone. Y entonces me pensaré cuándo voy a volver.
—Te vas a meter en problemas. En esa casa, con esos dos, te vas a meter en problemas.

CAPÍTULO 19

—

LA RETROSPECTIVA

«La Retrospectiva», como la llamaba Fran, surgió por primera vez mientras Leski se probaba unos pantalones vaqueros azul marino oscuro, como todos los que tenía. Estos le apretaban un poco más los muslos y ese culo «de cubana», como decía Fran.

—Tiene que ser en el Mambo, que Leski prácticamente lo lleva aunque te lo niegue —avanzaba Fran explicando su idea.

—Deja de proclamar esa falsedad. Coopero en que sea un sitio arrecho y nada más —interrumpió Leski evitando mirarme, como hacía cada vez que estábamos los tres juntos.

—Ok, ok, no voy a discutir, pero bien que te dejas los reales allí dentro con tus tres borracheras a la semana.

—Coño, Fran, pareces una mamá.

—Soy una Belén —dijo adoptando mi manera de llamar a mi progenitora—. Al menos de esta parte de mi vida con el cachorro viviendo aquí.

—Puedo buscarme otro sitio —aventuré.

—¿Y yo perderme de decirles a tus biógrafos que viviste entre nosotros el despertar de tu homosexualidad? —proclamó Fran con una voz histórica—. Nada que ver, mi amor. Tú no eres un invitado, tú eres una inversión. Y de eso va mi idea. Agarramos el Mambo Café, lo decoramos con fotos tuyas y de Belén y montamos una exposición sobre ti. Sobre Boris Izaguirre.

Leski se quitó los pantalones y una buena parte de sus interiores y alcancé a ver ese mambo que deseaba conocer mejor.

—¿Una exposición sobre el carajito? —dijo subiéndose los interiores que parecían felices de recuperar su contenido.

—Exactamente —continuó Fran—. Una exposición no, al-

202

go mucho más ambicioso. Una retrospectiva, como estoy harta de repetir.

—Pero si solo ha publicado siete artículos, Fran.

—Siete artículos y una vida como la de nadie en este país. El hijo de la Lobo, el descubridor de la nocturnidad, de la Caracas más moderna que Manhattan. Y el amante más joven que jamás hayas tenido, mi amor.

—¿Qué estás diciendo?

—Mi amor, el niñito pone ojos de leche condensada cada vez que te mira. Y te conozco, mi amor, mi gran amor, no hay una cosa a la que menos puedas resistirte que a un cachorrito enamorado de ti.

—Fran —dije.

—No me interrumpas, precocidad. No me importa que te quieras acostar con mi hombre. Me preocupa que él lo haga contigo. A ver si me explico.

—Pues él no lo ha hecho —aseguré.

Fran me miró como diciéndome que era muy mal actor. O actriz. Leski, enfadado, aprovechó para cerrar la puerta de la habitación con tal fuerza que casi la desmarca.

—Me sale la mujer de barrio, perdónenme. Y también el animal celoso —aseveró Fran—. Leski, mi amor, perdóname.

—Yo no soy un calientapollas —gritó desde adentro Leski. Y abrió la puerta, su mirada bastante fuera de sí—. No me gustan los menores, Fran. Y tengo muy claro quiénes somos tú y yo. No sé si tú tanto. —Me alarmó el grosor de su voz, estaba seriamente molesto. Y volvió a cerrar de un golpe. Era un buen marco, resistió.

Silencio. Incómodo.

—Me he equivocado —dijo Fran—. Ya lo había leído en mi horóscopo. «Si eres sagitario, hoy tendrás pelea con tu ser querido».

Quise reírme pero el silencio no me dejó.

—Ay, cuánto daría por haber nacido como tú, la brillantísima, bellísima e hijísima de papás maravillosos Boris Izaguirre y ser un animal de frivolidad en vez de uno cualquiera. La he cagado, chica, la he cagado. Pero tú sí lo miras, lo sé, no lo puedes evitar.

—No, no lo miro —mentí.

—¡Cómo no lo vas a mirar, quinceañera como eres! —insistió Fran.

—Te equivocas. Desde hoy dieciséis.

—Yo no sé si te voy a perdonar tan fácilmente lo que acabas de decir —soltó Leski reapareciendo en la discusión. Se había cambiado, ropa de trabajo; llevaba las llaves en la mano.

—Leski, no te pongas ahora en plan gato enfurruñado.

Leski no dijo nada más, tomó su paquete de cigarrillos y salió de la casa.

—Volverá, borracho pero volverá —dijo.

—¿Por qué no seguimos hablando de tu idea? —sugerí.

Fran se levantó y fue hacia la habitación. Se giró a medio camino.

—Solo piensas en ti.

—Pero si eres tú quien ha empezado a hablar de una idea…

—O eres demasiado niño para no saber cómo duele querer a alguien o sencillamente no te importa nada lo que eres capaz de hacer.

Leski regresó, casi de mañana, cuando la televisión era un rombo de colores y acababan de emitir el himno nacional y enseguida empezaría el noticiero matinal. Se abrió camino en el sofá donde yo dormía desnudo, se abrió los pantalones y empezó a penetrarme y a besarme. «Ya nos han descubierto, esta es la última vez», susurraba mientras comenzaba a galoparme y a besarme más y más profundamente.

Pero no era verdad, era mi sueño. Abrí los ojos y sentí que caían gotas. Llovía de una forma estruendosa y el balcón estaba abierto y ahí estaba Leski, la ropa mojada, el aliento a alcohol. El viento lanzó el agua hasta nuestros rostros.

—Conozco a Gerardo. Sé lo que pasó —empezó a decir.

Otra vez, preferí callarme, otra vez esa sensación de cosas quebrándose en mi interior.

—Jamás se me ocurriría tocarte, mucho menos forzarte. No quiero ser ese tipo de hombre. Me enamoré de Fran porque quiero hacer algo juntos. Porque me recogió, tú eso no lo entenderás nunca porque naciste perfecto. Juegas a irte de tu casa porque sabes que pasado mañana te da la gana y regresarás. Y habrá gente dentro. Siempre habrá gente para recibirte. Es tu encanto, tu hechizo.

—Estoy enamorado de ti, Leski.

—No. Y si lo estás no puedes estarlo. Aquí estamos para acogerte. No para cogerte —dijo con una media sonrisa escapándosele y que le hacía aún más delicioso.

—Pero me hace daño —solté.

—Porque estás enamorado solo, Boris. Tienes que luchar contra eso. No lo puedes tener todo. Tienes mucho, pero no lo puedes tener todo —continuó, la gravedad de su voz volviéndose igual a la de un profesor. O a la de Belén intentando advertir los límites de mis deseos y mi columna.

—Nadie tiene por qué saberlo.

—Todos los saben, Boris. Y Fran no pudo más y lo soltó.

—Yo quiero estar contigo.

—Pero yo no.

—Te dejaría hacer lo que quieras —solté.

—No, Boris. Déjame escoger lo más difícil. Yo no soy Gerardo, hay muchos que no somos como él —terminó.

La lluvia estaba mojando las alfombras blancas. Él pasó de largo y abrió la puerta de su habitación. Y volvió a cerrarla. Esta vez suavemente. Me quedé esperando que, ahora sí, se desmarcara. Pero no fue así.

«La Retrospectiva» también resistió y unos días después estábamos Fran y yo junto a Roy y su pareja, Winston, los dueños temporales del Mambo Café. Roy tenía un bigote como uno de las Detroit y Winston se arremangaba las mangas de su polo gris como Leski hacía con sus camisas blancas.

—Amigas —empezó Winston, que tenía una cara preciosa y esa irresistible mezcla de feminidad y canalleo de chico de barrio—. Ay, amigas —reiteró.

Todos estaban fascinados por hablarse en femenino, me hacía gracia, pero algo dentro de mí me frenaba de aplicármelo y aplicarlo a todos los que conociera—. Yo también leo la columna. Me chifla, ¿cómo puede ser que la niña tenga acceso a tantas cosas siendo, como es evidente, una niña? —continuó revisándome con la mirada y sonriéndome su increíble sonrisa de dientes perfectos y luminosos.

—Esta mujer con apariencia de niña tiene más años que tú y yo juntas —siguió Fran. Hablaban como si repitieran frases de una obra de teatro.

—Eso es lo que te gusta de la niña, que es tan vampira como tú, querida Fran —agregó Winston. Carcajada general.

Roy, que era todo lo masculino que no deseaban ser las palabras y formas de Fran —bigote, músculos y barriga con abdominales, con uno de sus brazos siempre unido a una cerveza o a un vaso de whisky increíblemente ambarino—, no estaba tan entusiasmado como nosotros. No se rio nada.

—Es un menor.

—Acabo de cumplir dieciséis años, hace nada —aseveré.

—Ni modo. Tuvimos una redada la semana pasada y los gastos se acumulan. Lo último que quiero es que me retiren la licencia y devolverle el trasto a su caprichosa dueña con un montón de deudas y problemas.

El trasto era el Mambo. Había abierto tres años atrás en pleno apogeo disco y era una especie de garaje con una planta superior donde la dueña, Clementina, la hija bastante díscola de una de las mejores familias de la ciudad, había decorado una sala de invitados con palmeras falsas y cojines de igualmente falsas telas de víbora y cebras. De la noche a la mañana se había convertido en el sitio *in* de la ciudad, probablemente el primer lugar que movilizó el uso de la expresión «in» en Caracas. Mientras en Nueva York sucedía Studio 54 y el glamour se reconvertía en una atmósfera densa, peligrosa y fascinante, en Caracas estaba el Mambo.

Clementina contrató a Roy, que estaba sobreviviendo en Nueva York trabajando en cosas dudosas (algunos decían que prostituyéndose bajo la especialidad de meador, meaba sobre sus clientes, por eso bebía tantas copas con ese color ámbar). Con su llegada y «management», el local alcanzó noches históricas como la Fiesta Blanca, en la que toda la decoración y vestimenta eran rigurosamente blancas y se servía cocaína en recipientes tan blancos sobre cada mesa blanca que apenas podía ser discernida y no siempre bien aspirada. En la puerta te rechazaban por no venir vestido de blanco, pero también si no tenías la piel blanca. Una auténtica provocación en Caracas. Los rechazados, que llegaron a ser muchos, montaron un escándalo en plena calle y cantaron canciones de salsa, una afrenta a los blancos del interior que bailaban disco a todo volumen. La policía disolvió a los manifestantes, pero también entró en el local donde la cocaína era invisible precisamente por lo visible. Aun así, un cliente se asustó y corrió al baño a echar por el lavabo uno de los ceniceros y dio el cante. La hija díscola se deshizo del bar para salir de la ciudad antes que su nombre y el de su familia se vieran implicados.

Roy quedó al frente, esperó la semana obligada y reabrió manteniendo el nombre. La publicidad que había generado la Noche Blanca seguía fascinando a la clientela. Compró nuevos equipos de sonido, cambiaba la decoración cada noche y permitía que chicos se besaran con otros chicos y chicas con chicas y en un momento dado importó a una de las travestis de las avenidas circundantes, donde se prostituían y generaban un espectáculo nocturno lleno de moda y peligro, para que hiciera el consabido espectáculo de Rocío D, Rocío J y Pantoja. Como el que había visto en casa de Fran y Leski. Muchos noctámbulos se quejaron de la «deriva gay» del Mambo, pero el local se llenaba todos los fines de semana. Pese a los tres años de edad no había perdido ni un centímetro de atractivo ni adrenalina, de in.

—Te equivocas muchísimo. La Retrospectiva llamará la atención del mundo intelectual, del ballet. Es el hijo de la Lobo, coño —insistió Fran.

Roy se bebió de un trago su vaso y consultó su reloj, a lo mejor tenía algún cliente y debía calcular cuánto tiempo estaría el líquido en su interior.

—Vi Giselle unas diez veces en mi infancia —suspiró Winston y volvió a arremangarse la camisa de piqué gris—. Todas las veces quería ser ella.

—Búscate otro sitio. Los intelectuales no pagan tragos —retumbó la voz de Roy—. Y no me gusta el ballet, coño —proclamó marchándose y dejándonos ahí, adoloridos, derrumbados.

Pero en casa de Fran y Leski tuve una idea. Escribir sobre el Mambo como si fuera un ensayo histórico. Todo lo que su existencia significaba para la historia de la ciudad. Con datos, fechas, *memorabilia* y todo lo que pudiera usar como documentación. Leski me miraba escribir sobre mi Olivetti portátil y de vez en cuando se levantaba del sofá y venía a apoyar sus manos sobre mis hombros y yo sentía la proximidad de su bajo vientre en mi nuca.

—Deja a nuestro Trotski escribir su revolución —terminaba por decir Fran. «Nuestro Trotski». Seguro que jamás lo había leído pero la frase le parecía genial.

El artículo se publicó a dos páginas y con profusión de fotos del suceso policial, de Warhol y Bianca Jagger a quienes comparaba, por supuesto, con Roy y la hija díscola. «Animal de Frivolidad hace historia: El antes y el después del Mambo Café», leía la entradilla. El efecto, entre el texto y las fotografías, era poderoso. Como un mosaico de una revolución nada trotskista pero perfectamente adecuada a ese universo que mi columna, Animal de Frivolidad, no solo quería narrar sino aprehender, hacerla parte esencial de mi vida y la de mis lectores. La década de los ochenta tenía algo especial: todos los días eran históricos. Y nostálgicos, mirando hacia atrás para recuperar más fuerza y saltar más lejos. Y el Mambo Café que yo describía parecía ser la superbaticueva de todo ese movimiento.

Leski tomó el teléfono al segundo repique. Con sus labios dibujó la palabra «Winston». Fran y yo nos pusimos a cada lado de él, apoyando nuestras manos en sus rodillas desnudas y pegados al auricular.

—¿Puedes decirle a la escritora que se ponga? —dijo Winston—. Roy quiere hablarle.

—Escritora al habla —dije recogiendo el auricular.

—Eres más inteligente de lo que demuestras, bicho —dijo Roy—. Tendrás La Retrospectiva, pero el domingo a las seis de la tarde. Y no podrás entrar al local, te quedarás fuera en un banquito que voy a mandar hacer especialmente para ti.

Fran se cubrió la boca con las manos y empezó a llorar, un poco como las actrices en las telenovelas. Leski me dio otro beso en la mejilla.

—Y déjame decirte que mi güevo, paloma o polla, es uno de los güevos que mearon para las *Piss paintings* de Andy Warhol —terminó Roy antes de colgar.

La Retrospectiva sucedió el primer domingo de octubre. El inmenso ventanal del Mambo Café estaba cubierto por letras que imitaban las de mi máquina de escribir. Boris Izaguirre, Animal de Frivolidad. «La Retrospectiva». Y un dibujo en tinta negra de mi perfil y mis ojos enmarcados por espesas pestañas. Era obra de Winston, siempre levantándose la manga del eterno polo de piqué gris y fumando.

—Te habría puesto fumando, pero no fumas.

—Creo que es fatal para la piel.

—¿Y me lo dices ahora, nena?

—Estoy nervioso —confesé—. ¿Y si no viene nadie?

—Desagradecida, primero deberías decirme qué te parece todo esto que he hecho para ti, ambiciosa.

Lo besé con auténtico cariño. Me disculpé por no haber comentado nada. Pero estaba más pendiente de qué iba a decir, cómo iba a explicar La Retrospectiva, definir su implicación, su dimensión. Su importancia. Sí, su importancia.

Los primeros en llegar fueron los cronistas sociales del periódico y de la competencia. Se veían ligeramente mayores, ancianos. «Dinosaurios», como los llamó Fran entre dientes. Tomaban fotos y le pedían a Roy que me dejara entrar para colocarme debajo del inmenso retrato de Belén en uno de los pósteres de una de las temporadas de Giselle. Todas las paredes del Mambo recogían fotos de mi cortísima vida, la mayoría con Belén y dos o tres recientes, vestido con trajes de los años cincuenta que había recogido del armario de mi abuelo y había ajustado a mi cuerpo. El pelo con medio flequillo cubriéndome la cara y una bandana anudada en el cuello. Otra, ajustándome un cuello de largos picos imitando un retrato de Greta Garbo, que estaba justo detrás de mí. Las fotos se repetían subrayando la falta de material de La Retrospectiva. En el techo estaban colocadas en orden, y también repitiéndose, las columnas publicadas y con un grafiti escrito sobre ellas: La Frivolidad es Cultura.

Sobre el bar, Winston colocó un inmenso espejo con marco antiguo donde se reflejaba todo el ambiente, cada vez más gente, de cualquier orientación. Y como si fueran regentes de una monarquía desaparecida, la Mata Hari de Barlovento, Alexis Carrington del Valle y Bienvenido junto a Mal Hallado bebían falsos tés mezclados con ron, ginebra, whisky y vodka. Los cronistas de sociales preguntaban por mis padres y me hacía el loco, siempre atado a mi tronito en la calle, dando la mano a todos los que llegaban e invitándoles a disfrutar de un trozo «precoz, rápido, veloz de mi vida».

Se armó un cierto jaleo cuando apareció la propia hija díscola, acompañada de un hombre bellísimo, recién duchado, la camisa abierta y pegada a su piel mojada. Roy y Winston se pusieron en fila y Fran empezó a decir cosas incomprensibles. «La sociedad del momento, Glamour y Cultura», balbuceaba. Otras personas, ya bastante bebidas, empezaron a agregar más consignas. «Frivolidad y democracia», «República del Glamour», insistían y la hija díscola y su acompañante, «un actor de telenovelas brasileiro, gay de clóset», susurraban, avanzaban bajo un cielo de flashes, deteniéndose delante del póster de Belén. Alguien aprovechó para confirmar que el caballero era uno de los galanes más famosos de las telenovelas brasileiras y que era el novio de la hija díscola pese a que la noche anterior había estado en el mismo Mambo besándose con Winston y Roy. Luis, el novio de Isaac, llegó solo, me besó cariñoso, el olor de su perfume bailando delante de mi cara. «Isaac me pide que le disculpes, sabes que los domingos por la tarde está escribiendo».

Pensé en Belén. Quería que la siguiente en aparecer fuera ella. Vestida en su uniforme negro de los cócteles, el pelo muy prensado y luminoso, apenas maquillaje en su sanísimo cutis. Seguí imaginando que llegaba acompañada de mi padre y del maestro Holguin y que juntos hacíamos enloquecer a los fotógrafos y a los asistentes. El perdón en público. Y con el perdón, el encumbramiento. Y detrás, como una canción que se repite y se repite, las espontáneas proclamas de la exposición: La Frivolidad es Libertad. No al Aburrimiento, Sí al Glamour. Todos somos Frivolidad. República del Glamour.

Alguien me tocó el hombro con fuerza.

Era mi hermano. Me impresionó, se veía superserio, como si fuera a darme una mala noticia.

—Enhorabuena —dijo—. Esta gente está loquísima y superperfumada.

—¿Belén va a venir?

Mi hermano negó con la cabeza.

—Y papá tampoco —imitó mi voz.

La Retrospectiva subía y subía de volumen, de excitación, proclamas y besos, decenas de hombres hablando en femenino, féminas espectaculares moviéndose como si descubrieran un paraíso. Acababa de llegar otro actor de telenovela brasileña. Alguien decía que Poppy, el célebre payaso de la tele, estaba entre los presentes, pero sin su maquillaje de payaso. Los fotógrafos de sociales se emborrachaban con las tazas de té colgándoles de las manos y disparaban flashes sin sentido. La música subía de volumen y la gente empezaba a desparramarse hacia la calle. Uno de los bailarines se quitó la camisa y bailó una coreografía improvisada y rarísima delante del póster de Belén y los presentes creyeron que se trataba de una *performance* que apenas terminó fue celebrada, vitoreada por más consignas y cantos. Glamour es Libertad. República del Glamour. Mi hermano se mantenía a mi lado y yo me asombraba de nuestro autocontrol delante del delirio que provocaba mi retrospectiva.

Escuchamos la primera sirena policial y sentí la mano fuerte y sudorosa de Roy arrancándome del lado de mi hermano. Me arrastró por las escaleras, abrió una puerta desencajada y me empujó en el interior, a una especie de sótano o almacén desde donde seguía escuchando el jaleo de gritos, consignas, las sirenas de la policía. «Policía, tú también tienes un lado frívolo», escuché. «Glamour y Autoridad, Unidas». Ruidos de muebles cayendo, el espejo del bar quebrándose estrepitosamente o quizás la vitrina con mi silueta dibujada. Gritos, carreras, tacones rompiéndose sobre el asfalto. «El actor brasilero, protejan al actor brasilero», «Maricones; atajo de maricones». Y entonces, silencio.

Roy reapareció con la cara desencajada y murmurando cosas. Tenía la camisa rota y me miraba con una mezcla de odio y humor que no sabía cómo reciprocar. Sus pectorales subían y bajaban, la respiración entrecortada. No sabía qué decir. Por un instante asumí que se arrancaría la ropa y me cogería por toda respuesta. Winston apareció de inmediato, el pelo sudado y despeinado, pero el polo de piqué gris en su sitio.

—Se han llevado a tu hermano porque también pone Izaguirre en su cédula.

—Menudo lío. Te lo dije: el que se acuesta con niños amanece meado.

—¿Y lo dices tú, que te has ganado la vida meando a viejos? —soltó Winston, y Roy se abalanzó sobre él golpeándole brazos y pecho.

Me interpuse y me llevé un buen golpe en la cara. Fran llegó jadeante hasta nosotros.

Fuimos hasta la comisaría de El Recreo, Fran, Winston y yo.

—Ni se te ocurra bajarte del carro —insistió Fran.

—Al final no hubo tanto destrozo —dijo Winston—. Solo unas sillas, no le pasó nada al espejo ni a la vitrina. Roy me va a oír. ¡Como me llamo igual que los cigarrillos, coño, La Retrospectiva se queda como decoración todo el mes!

Sonreí y le apreté una mano. Descendieron y avanzaron hacia la comisaría y comprobé que se movían con esa rara combinación de feminidad y masculinidad que deseaba tener. Miraban hacia los lados como si vinieran camiones de la Guardia Nacional a detener una muchedumbre y eran solo ellos dos. Maravillosos, viviendo cada segundo de lo que pasaba como si fuera una secuencia cinematográfica.

Estuve un rato solo, escuchando el recuerdo de los gritos, las consignas. Frivolidad y Democracia. Increíble, y cierto, había pasado apenas un instante atrás. La puerta del vehículo se abrió violentamente, al menos lo suficiente para devolverme a la realidad. Creí que sería un policía malencarado, pero vi la figura diminuta y apretada de Belén sosteniendo su cartera como si fuera el centro del universo.

No pudimos reaccionar de otra manera: nos reímos. Y de inmediato, nos abrazamos.

—¿Cómo está mi hermano? —no era lo primero que quería decir, pero no quería parecer tan absolutamente egoísta.

Ella sacó algo de su bolso, parecía un papel oficial.

—No tendrá ningún antecedente ni nada, pero aquí pone que fue detenido en un evento escandaloso.

—¡No te creo! —dije—. Y te lo perdiste —agregué.

Belén iba a reír pero prefirió contenerse.

—Boris, no está bien. No puedo —contuvo aún más la risa—. Es absurdo.

—Es un absurdo maravilloso, Belén. Es brillante. La mejor manera de cerrar una retrospectiva como la mía. ¡Tendrías que haber visto cómo la gente se arrodillaba delante de tu foto de Giselle!

—Boris —dijo ella muy calmadamente intentando contener ahora una mezcla de risas, llantos. Y un poco de hipo—. No creo que esto siga siendo ni una buena idea ni correcto.

—Belén, ya habrá tiempo para lo correcto —solté.

—¿Cuándo?

Me di cuenta que los dos nos podíamos entender por encima del enfado. Y del amor. Y de eso que aventurábamos como «correcto».

—Un día, Belén, te lo prometo.

—No, Boris. —Su voz se fue haciendo más grave—. Llamar la atención tiene que ser un instrumento que emplees cuando de verdad sea necesario. No llegarás todo lo lejos que deseas si sigues confundiendo talento con payasada. ¿Por qué siendo tan inteligente eres tan débil ante el aplauso? ¿Es por falta de cariño? ¿Es porque necesitas llamar la atención para disculparte por algo? Yo no te reprocho. Conmigo no te tienes que disculpar de nada. No te reprochamos. Y quienes te leen tampoco te reprochan. No necesitas ser admitido ni admirado. No hace falta agitar tanto. Anteponer el escándalo a tus verdaderas ideas.

Todo el tiempo que habíamos estado separados culminaba oficialmente con ese discurso.

—Amor de madre —dijo dirigiéndoselo a sí misma.

Guardó el papel en su bolso, lo cerró y miró hacia el frente. La adoré. Estaba de acuerdo, sobre todo con la manera en que exponía su argumento, algo atolondrada pero sincera, real. Pero no podía decírselo. Necesitaba un poco más de conflicto. Y no lo necesitaba para mí, sino para la historia que construía en mi silencio. Necesitaba un rompimiento con ella, con mi sagrada madre, para que mi retrospectiva pudiera sostenerse una semana más en el interior del Mambo Café. Y mi próxima columna tuviera más éxito que las anteriores. Había demasiada paz y entendimiento entre nosotros.

—No te quedes callado —dijo un pelín exasperada.

Seguí callado.

—¿Por qué lo haces, Boris, por qué necesitas llamar la atención de esa manera?

—Porque me hace bien, Belén.

—No, no te hace bien. Ni a ninguno de nosotros. —Me miró, miró hacia la calle, mi papá y mi hermano esperando a ver qué salía de nuestra conversación—. Esta... exhibición permanente aturde. Hiere. Confunde.

—¿Te hiere a ti, Belén?

—Mucho, porque sé que la gente va a esperar ese momento en que estés débil, en que no estés alerta para desmoronarte y hundirte.

—Belén, estoy enamorado de Leski. Me hace olvidar a Gerardo.

—Eso no es bueno, Boris. Te llenarás de Leskis argumentando que todos te hacen olvidar a Gerardo.

La calle adquirió otra luz, pese a la oscuridad de la noche, y la gente que pasaba me parecía aburrida, acostumbrada a una rutina, entregada a la normalidad mientras dentro de ese vehículo yo estaba viviendo algo extraordinario gracias a mi mamá.

—Leski está enamorado de Fran, son una pareja. Las parejas no se rompen. No es una buena carta de presentación.

—¿Una buena carta de presentación?

—Que empieces a ser conocido como alguien que llega a romper matrimonios.

—Belén, ellos no son un matrimonio.

—Como si lo fueran —dijo.

Belén, como siempre, era capaz de crear en mí una admiración sin límites porque ponía su cabeza en otro asunto, siempre adelantada. Siempre por encima de lo pequeño. Enseñándome que todos los límites están pintados con respeto. Tenía que respetarme a mí mismo. Y respetar los límites de los otros. Allí, frente a mí con su cartera en el regazo, su mirada sobre mí, sus manos tan quietas, dirigiendo sin esfuerzo nuestra reconciliación, mi mamá era un ser asombroso. Pequeño, compacto, hermoso, pero completamente asombroso.

—Estabas tan molesta con la columna.

—Porque hiciste daño a una persona que nunca me ha hecho daño, Boris.

—Lo siento.

—¿Vendrás a casa?

Me invadió un vacío y me di cuenta que todo lo que tenía que recoger en casa de Leski y Fran era muy poco. Dos cambios de ropa, el uniforme del instituto y la máquina de escribir. Y pensé que me gustaría que, de ahora en adelante, mi equipaje fuera así de sencillo. Y entendí que ciertas despedidas tienen esa misma sensación. Son sencillas. Pasan, abres la puerta. Y te vas.

CAPÍTULO 20
—

REPÚBLICA DEL GLAMOUR

Y regresó la lectura del domingo. La sesión de manicura y pedicura, el olor de la comida de Victoria Lorenzo y de mi papá, el reparto de los tebeos con mi hermano, la respiración entrecortada mientras mi papá leía Animal de Frivolidad. Y el teléfono repicando.

—Lo ha vuelto a hacer —suspiró mi hermano—. Ahora coló la frasecita.

¿Cuál frasecita? Mi papá me tendió el periódico como si fuera una declaración de principios con la que estaba en desacuerdo y con mucho hartazgo.

—Ya la leí esta mañana y, sinceramente, pensé: otra vez más de lo mismo.

Me leí, algo que no me gustaba hacer. Consideraba, como decía Isaac, que una vez has terminado un texto y has puesto «Fin» o punto final, nunca más lo vuelves a leer. Pero lo hice. Entendí que mi prosa a veces se hacía excesivamente pomposa, relamida, pero todas esas particularidades la hacían de su época. En la columna, divagaba sobre la importancia de definir que la frivolidad es liberadora siempre y cuando esté acompañada de ironía, inteligencia y un «cierto e inquietante fondo, a veces invisible y de nuevo cristalino. Como un espejo en el que alcanzas a verte, desdibujado, transformado y que pasa a ser un reflejo de tu realidad, pero también de tu sociedad y, sobre todo, de tu tiempo». Sí, ok, era un galimatías, pensé, muy en silencio. Y, precisamente por esa vacua pomposidad narrativa, la frase sobresalía aún más. «¡Soy gay y qué!».

No la había escrito. La habían plantado. En el taller, en la redacción, en algún momento antes de llegar a la rotativa. Cerré los ojos. No lo podía permitir, que estuviera allí, colada en mi columna. Alguien había metido mano y puesto, como un grafiti en una pared, una frase que no me pertenecía y que sin embargo me definía. Me calificaba. Me otorgaba incluso una osadía, una valentía que no eran mías.

Belén tenía razón, su advertencia, tenía toda la razón. Mi éxito tan rotundo y joven creaba enemigos y esos enemigos sabían actuar en la oscuridad colocando obstáculos, sembrando maldad.

A la mañana siguiente, lunes, me presenté en la redacción del periódico. Debería estar en clases, pero era mucho más importante dejar claro que no había escrito «¡Soy gay y qué!» en mi columna. No había mucha gente, algunos levantaban la cabeza de sus máquinas de escribir y creía que era porque sentían mi presencia avanzar hacia la oficina de la dirección. Empezó a crearse una agitación y a aparecer gente desde las esquinas y hasta de dentro de las paredes. Vaya, qué recibimiento. Pero no era para mí. En las pantallas de los televisores que interrumpían la programación diurna vi los rostros de unos militares, que no eran venezolanos, con bigotitos y todas esas medallas y gorros muy altos. Un hombre muy gordo me apartó de una forma ruda.

—Argentina acaba de declarar la guerra al Reino Unido por unas islas rarísimas.

—Malvinas, se llaman Malvinas —gritaba otra mujer desde el fondo de la sala de redacción.

Me sentí brutalmente empequeñecido. Mi propia guerra, la de defender mi columna, no tenía ni un solo fusil con el cual luchar frente a esa guerra que avanzaba y avanzaba desde todos los rincones de la redacción. «Es Latinoamérica contra Europa», vociferaba el gordo que me había apartado de un golpe. «Son típicas escaramuzas de los militares para mantenerse en el poder. ¿Quién coño sabía de esas islas hasta ahora?», gritaba otro mientras iban golpeando las teclas de sus máquinas. Volví a mirar hacia el fondo, donde estaba aquella mujer. Y ya no estaba. En su lugar apareció Luis Alberto.

—Luis Alberto, ayer violaron mi columna —le dije.

—Boris, has escogido el peor momento —empezó él.

—No, la guerra ha escogido el peor momento —respondí tajante—. La columna de ayer era muy importante, muy clave, porque era mi declaración de principios —me equivoqué y no dije «intenciones», como había planificado— y todo eso quedó diluido con esa frase, que *no* escribí, de «soy gay y qué».

—¿No lo escribiste?

—De ninguna manera. No es mi estilo. No lanzo preguntas al aire, no hago declaraciones de intenciones de esa manera —dije recuperando mi pensamiento y mi tono pelín altivo pero efectivo. Sabía que impactaba mucho ver una cara tan juvenil hablando con tanta corrección.

—¿Quién estaba de guardia el jueves y envió los textos al taller? —preguntó dirigiéndose a los que estaban en la redacción.

Me eché unos pasos atrás, los presentes parecían abandonar la guerra en las Malvinas y mirarnos.

—Joder, ¿ese carajito hijo de los Izaguirre puede ser más importante que una mismísima guerra entre el subdesarrollo y el desarrollo? —exclamó el gordo que me había empujado.

—¿Quién estaba al frente de las correcciones y entregas al taller el jueves pasado? Este carajito Izaguirre denuncia que han puesto en su columna palabras que él no ha escrito.

Me saqué el original de entre la chaqueta que llevaba puesta.

—Esta es mi copia del original.

Se hizo un silencio importante.

—Fui yo —entendí la voz antes que las palabras, porque la reconocí. Y ese «fui yo» despertó en mí una mezcla de alerta y deseo. No, no podía ser pero era, levantándose muy tímidamente de un escritorio al extremo del largo pasillo.

Gerardo.

Nos encerraron en una oficina muy pequeña y acristalada, detrás de los vidrios se movían los cuerpos en la redacción como sombras chinescas. Gerardo estaba más fuerte, con una camisa blanca que se pegaba a sus pectorales y unos pantalones grises que le marcaban los músculos de las piernas y todo el culo. Los ojos sostenían todo el azul de esa última noche. Escuchaba ese

«Mírame» acercarse y desaparecer y regresar y marcharse por entre el aterrador silencio que sosteníamos. No deseaba romperlo. Y estaba seguro que él tampoco. Pero, una vez más, él se adelantó a mover ficha para dominar la situación.

—Mi madre me consiguió este trabajo —empezó a decir—. Soy un todoveydile —se calificó, sin separar las palabras—. Piensa que necesito ir cubriendo etapas para terminar como ella, en la televisión.

No abrí la boca.

—¿Qué más te da que pusieran en tu egocéntrico artículo que eras gay si lo estás diciendo todo el tiempo?

—Yo no lo escribí. —Ahí sí hablé, no me iba a callar nada—. Una cosa es lo que digas y otra lo que publicas. Lo que publicas siempre queda. Tengo muy en cuenta esa diferencia.

—¿Por qué no llamaste nunca más?

—¡No lo llames! ¡No le pongas nombre!

Él se quedó atónito.

—Boris, yo lo recuerdo.

—Yo no —mentí y me atraganté. Pero respiré por el estómago, no podía permitir que lo notara.

—¿Por qué no me buscaste, me pediste una explicación? —prosiguió—. Mi mamá me sacó de aquí, me encerró en ese internado y tú no me buscaste, no quisiste saber qué pensaba yo. Cuál era mi versión…

Otra vez ejercía su poder. El físico. Y el mental. Y el del silencio, ese silencio. Era él quien lo dirigía. Lo miré, me arrepentí pero ya estaba hecho. Empezaba a sentir ese gusto sin explicación. Estar de nuevo juntos. Enfrentados. Callados.

—Eres tú quien quiere decirlo —arremetí entonces—. Eres tú el que necesita verlo escrito. —Me aproximé, como si fuera una serpiente a punto de escupir su veneno—. Es a ti a quien le hace falta decirlo: ¡soy gay y qué!

Me empujó con todas sus fuerzas, que habían incrementado igual que sus músculos. Y cruzamos nuestras miradas. Nos gustaba, otra vez esa extraña mezcla. Nos gustábamos a través de la violencia. Mirando el fiero azul de los ojos de Gerardo, creí ver un rompecabezas dentro de ellos. Y era una fotografía de mis capítulos pasados, la vez que escuché el diagnóstico de Carmina, los círculos junto a Belén, mis amigas del colegio jugando a las Trillizas de Oro. La boca de la colmena. Las abejas levantándolo del suelo mientras lo picaban. Gerardo y sus amigos abalanzándose sobre mí, penetrándome desordenadamente. Diciéndole: «Para, Gerardo, tienes novia». Y cada vez, ante cada pieza de ese rompecabezas, yo reaccionaba igual, mofándome del momento, riéndome sin verdad, agitando las manos para distraer la atención, incluso de mí mismo. Convirtiendo el dolor, la agresión en una fuente de inspiración. Burda, quizás mediocre (como había dicho Belén), basada en la exageración y la gestualidad, pero inspiración al fin. Sobre todo para mis textos, mis artículos, la columna que Gerardo había violado.

—Me necesitas —dijo él de pronto—. Tengo esa fuerza sobre ti —expulsó.

Me quedé esperando que lo dijera de nuevo: Mírame. Mírame.

La puerta se abrió. Y era el director del periódico levantando la nariz como si oliera la brutalidad que generábamos Gerardo y yo. Llevaba la prueba de imprenta de mi columna en una mano y mi original en la otra. Antes que empezara a hablar, una segunda persona se incorporó. Mi padre.

—La prueba es clara. En el original de Boris no viene la frase —dijo el director.

—Yo no lo hice —afirmó Gerardo—. Era mi turno, para eso me pagan aquí, para corregir y llevar al taller. Estaba ese día, llevé ese artículo, como tantos otros, pero no puse la frase. —Miró hacia mi padre y hacia el director para terminar de nuevo en esa durísima ráfaga contra mí—. Yo no lo hice.

—Pues no puede quedar así —empezó mi padre—. No se puede consentir que en un periódico como el nuestro se intervenga en los textos.

—Está bien, Rodolfo, eso lo tengo que decir yo —sostuvo el director.

—Es gravísimo lo que ha pasado —insistió mi padre.

—Es gravísimo lo que estamos haciendo con tu hijo, en mi criterio —empezó el director—. Su columna vende periódicos, pero es un menor, es tu hijo y es cada vez más indominable.

Pienso que esto que ha pasado es prueba de todo lo que estoy diciendo.

—¿No quieren que publique más? —pregunté. Sentí la mirada fija de Gerardo debilitarse ante la manera que tenía de defender mis intereses.

—¿Qué es lo que quieres conseguir con esta columna? —preguntó el director.

—Lo que ya tengo: lectores y la oportunidad de seguir publicando mi punto de vista —me arranqué, empleando esa combinación de buen discurso con mi aspecto adolescente. Sentí que crecía una erección bajo mis pantalones, por la proximidad de Gerardo, sin duda, pero también por mi arrojo y argumentación en la presencia de dos hombres que también ejercían poder sobre y para mí: el director del periódico y mi padre—. Esa columna era prácticamente la cumbre de todo lo que he venido escribiendo hasta ahora y explicaba mis razones para defenderla. Y es tan sencillo como mi voz, mi manera de ver el mundo, mi ciudad y mi generación. —Listo, todo fuera. Rimbombante, seguro, pero, una vez más, efectivo.

—Publicaremos una rectificación —dijo el director después de un dramático silencio.

—Yo no fui —insistió Gerardo, bajando la mirada.

—No es necesario. Rectificar es lo peor. Quizás lo mejor sea volver a publicarla sin la frase —sugerí.

Si lo conseguía, sería una jugada maestra porque los que la leyeran se extrañarían de que la volvieran a publicar y se harían preguntas que tendrían una respuesta comprometedora para todos. Gerardo me miró por primera vez aflojando su poder sobre mí. Eso me satisfizo demasiado. Había vencido, al periódico, a mi padre. A Gerardo. Y no supe terminar esa escena de mejor manera que agarrando mi texto original y saliendo hacia la redacción como si acabara de ganar la guerra de las Malvinas.

CAPÍTULO 21
—

BROOKE SHIELDS EN CARACAS

La guerra de las Malvinas la ganaron los ingleses. En mi columna conseguí que me dejaran publicar la fotografía del príncipe Andrés de Inglaterra pilotando un helicóptero sobre las islas. Por supuesto, la columna trataba más del príncipe y sus novias que del conflicto. En mi casa se discutía sobre la poca colaboración de las naciones sudamericanas con Argentina, que fue absolutamente nula, apareándose con Estados Unidos en apoyar a los británicos. Había que tomar en cuenta que la Argentina que había declarado la guerra era una dictadura militar. Y que perder esa contienda debilitó tanto ese régimen que lo aniquiló. Un conflicto bélico había permitido el resurgimiento de una democracia.

Paralelamente, en Caracas crecía el precio de la vida. El Nacional publicó en primera página un estudio que nombraba a Tokio y Caracas como las dos ciudades más caras del mundo. Animal de Frivolidad decidió analizar ese estudio con la crónica de cómo los hijos de los ricos caraqueños viajaban a una playa al oeste de la ciudad, en la población de Choroní, para bailar tambores con los negros de la zona, tomar guarapita, un cóctel mortífero de caña blanca y jugo de fruta de la pasión, y dejarse llevar por el ritmo, el alcohol y el deseo de probar «carne local» y negra. El escándalo, otra vez, fue mayúsculo. El teléfono de casa, que era el auténtico termómetro del éxito de mi columna, no dejaba de sonar.

Y, entre todas las llamadas, siempre había una que podía resultar interesante. O muy interesante. Como la de Fran, con una noticia bomba: Brooke Shields estaría en Caracas.

—¡¿Qué?! —grité, y mi hermano se giró a verme contorsionarme y, de seguidas, agitarme y dar saltos.

—Dicen que no estará más de catorce horas. La llevan a Los Roques, que la dejará muerta, te lo juro. M-U-E-R-T-A porque Los Roques nada que ver con esas playas de mierda de *La laguna azul*.

—Fran, no exageres, son casi tan bellas como ellos dos —dije.

Mi hermano levantó los ojos y siguió subiendo la escalera hacia su habitación.

—¿Y cómo hacemos para ir a Los Roques? —planteé.

—Robándonos un banco, mi amor. O consiguiendo un novio en Petróleos de Venezuela.

—No tenemos tanto tiempo —dije.

—¿Estás sentado?

Me senté de inmediato.

—Dicen que después de Los Roques le van a dar una fiesta en City Hall.

—¡¿Qué!? —volví a gritar.

—Eso tiene que salir en Animal de Frivolidad, mi amor. Brooke Shields no va a venir todos los días a Caracas por catorce horas.

—Pero yo no puedo entrar a City Hall, Fran. No es como el Mambo Café, además es un club.

—Nunca serás productora, carajito. ¿Adivina quién va a ser el acompañante de Brooke en Caracas?

De repente empecé a ver un gris apoderarse de la casa, una nube, como un Hindenburg, que se movía lentamente por encima mío, aplastándome.

—Tu amigo Gerardo.

Sentí un vacío invadiéndome. Pensé en lo que habrán sentido los ingleses en la noche del bombardeo alemán en la Segunda Guerra Mundial.

—Su mamá, por supuesto, la entrevistará en su programa. Los del canal le preguntaron quién podía sacarla por la ciudad más o menos de su edad y ella, ni corta ni perezosa, impuso a su hijo. Eso es el poder, coño —seguía Fran hablando solo. No podía oírlo ya.

No podía oír otra cosa, ver otra cosa, pensar en otra cosa que esas catorce horas de Brooke Shields en Caracas. Tenía una foto de ella y de Christopher Atkins, con esos taparrabos de supervivientes de un naufragio que llevaban durante toda La laguna azul. Aunque no fuera un clásico de la Cinemateca, era una de las películas que más veces había visto. Once, quizás catorce, para verlo a él, un noventa por ciento y el otro diez, ok, sí, a ella, porque entendía su belleza, me resultaba parecida a la mía. O que me gustaría que la mía se pareciera a la de ella, en carisma y con el cuerpo, las piernas, las nalgas de él. ¡E iba a estar en Caracas! Y Animal de Frivolidad se lo iba a perder.

Me encerré en mi cuarto. Pasé el pestillo, arranqué la foto de los protagonistas de La laguna azul de mi clóset. Necesitaba verla a ella. Contactar. Que desde la foto me indicara algo. Una señal, una esperanza. Que alguien le nombrase Animal de Frivolidad, allí en Los Roques mientras la arena se hacía más blanca, que alguien agregara que mi columna era lo más *in* de Caracas. Miraba la foto intentando olvidar las veces que puse mi mano izquierda sobre su rostro mientras sacudía la derecha mirándolo a él; la estudiaba, la poseía y le pedía: «Brooke, diles que me quieres conocer. Diles que me dejen entrar en tu fiesta de City Hall». Sería mi coronación. La crónica del mes. Del año. De mi vida.

City Hall, igual que Brooke Shields, eran símbolos del cambio de década. Es decir, se habían «inaugurado» con gran éxito y estruendo a finales de los años setenta y avanzaban en los ochenta con ese raro peso de ser definitorios, pero también ya mayores. Todo esto lo iba analizando sentado en el único autobús que cubría la distancia entre la discoteca y mi casa. Me veía extraño en ese transporte. Olía a perfume de Halston (también podría hablar de él con Brooke) y a la gomina de factura venezolana que usaba para pegarme el pelo a los lados y crear una especie de fuente de rizos en el frente. No miraba hacia nadie, me distraía mirando mi reflejo en los vidrios del microbús, aunque la mayoría estuvieran cubiertos con letras de colores describiendo las rutas del transporte. Brooke, ¿te gustaría conocer la Caracas de verdad?

Cuando al fin llegué, la multitud luchando por entrar en City Hall era enorme. Varias chicas estaban vestidas como Brooke en La laguna azul pero más glamurizadas, no tan náufragas, con perlas, algunas, collares de fantasía y melenas superestructuradas. Era como un Miss Venezuela con temática Laguna Azul. Eso ya sería suficiente material para la columna. Pero necesitaba entrar. No veía a Fran. Tardaba en aparecer, a lo mejor Leski y él se retrasaban porque estarían también vistiéndose de Brooke o de Christopher Atkins. Tampoco veía a Winston, no iba a acercarse por City Hall ni muerta, como diría él. Roy menos, porque City Hall era «el enemigo». Pero me convencí que ya estando allí, vestido y peinado, todavía fresca la colonia, algo sucedería. El milagro, por pequeño que fuere. Algún lector que me reconociera y me invitara a entrar con él. Podía pasar. Debía pasar. Iba a pasar. Y así, estrujándome la frente, deseando, escuché el griterío y cómo los que llevaban rato esperando se volvían una masa compacta que me impedía ver. Y detrás de la masa, los flashes haciendo crecer las sombras en las paredes. Dos realidades avanzando hacia mí, casi atropellándome, la masa y las sombras resplandecientes. Y la voz de las masas: Brooke, Brooke, Brooke, Welcome to Caracas.

Había llegado hasta la entrada, me dio en la nuca el pomo dorado de la puerta roja del City Hall. Y allí me iba a estampar la masa. Hasta que esta se abrió, como el mar Muerto en *Los diez mandamientos*. Brooke y Gerardo quedaron en el medio. Me inmovilicé, como aquella vez que no pude superar el vértigo subido a la alacena de la cocina. Y ellos también, paralizados en ese mar Muerto de mármol y neón, bajo los flashes de la prensa. Gerardo tendría la foto con Brooke en la página de sociales del periódico antes que yo en mi columna. Gerardo pasaría a ser conocido como «El venezolano que acompañó a Brooke Shields en su noche caraqueña». Veía el titular y lo veía a él, rígido, sin regalar una sonrisa, los ojos faro abiertos como si estuviera iluminando una mina. Brooke, en cambio, posaba, se desprendía de él, le decía algo, cosas, para que volviera a la normalidad. O directamente se iba hacia los fans, las chicas vestidas como ella y las piropeaba y se colocaba para las fotos. Gerardo no hacía nada. Coño, podrías acercarte y dejarme entrar con ustedes, reaccioné.

Pero la masa volvió a unirse y ellos volvieron a quedar detrás y se escucharon más gritos. Querían acercarse más a Brooke y de repente los fotógrafos se volvieron guardias y dos hombres musculadísimos y enormes, unos campeones de halterofilia convertidos en porteros, empezaron a dispersar la masa con golpes. Los aplastaban y empujaban contra las paredes. Algunos de los estampados se separaban de la pared y arremetían contra los porteros. Entre hombros y puños, veía a Brooke y a Gerardo detenidos entre la trifulca, Brooke ahora completamente quieta, esperando como yo el milagro. Me escabullí entre los porteros, las Misses Brooke y llegué hasta ella, hasta la propia Brooke. La agarré de la mano. Gerardo me miró alerta. Iba a decir mi nombre, al menos eso creí, pero abrí la puerta y le dije, muy serio, a Brooke: ¡Go, go, go! empujándola y metiéndonos dentro.

Dentro. La palabra permaneció suspendida al tiempo que contemplaba el templo. Las columnas doradas y negras, los muebles, ese grupo de banquetas y mesas pequeñas que iban organizándose sobre una alfombra que absorbía los juegos de luces del techo. Había un poco de humo, como si acabaran de echar incienso antes de la llegada de la estrella. Brooke se mantuvo quieta a mi lado. Y dijo:

—Es más bello y grande que Studio, Studio 54.

Me quedé de piedra, estábamos solos. Le agarré, suavemente, una mano.

—¿Estás segura?

Ella me sonrió y la vi igual que en la portada de la revista *Time*.

—Créeme, Studio es mi casa, me conozco todo, desde el último piso hasta el sótano. Es mucho más grande —agregó sin dejar de sonreír.

—Y tú, Brooke, diosa Brooke, no tienes miedo de hacerte grande —pregunté.

—Grande o mayor. Cualquiera de las dos será bienvenida. Tengo buena genética. Sé que resistiré. —Abandonó la sonrisa para mirarme muy seriamente. Y después, volver a sonreír.

Gerardo apareció y la sujetó y un fotógrafo disparó su flash.

Tenía entrevista. Y no podía olvidar nada. Por eso fui hasta el baño y compré un bolígrafo de usar y tirar a la señora en la puerta, rodeada de una especie de bazar, también milagroso, donde podías comprar a lo mejor hasta armas nucleares. Me encerré en uno de los lavabos y, sí, tomé suficiente papel *toilette* para escribir mi columna. Lo doblaba en montoncitos para que el bolígrafo no lo atravesara. Y allí puse «Diálogo con Brooke» y me reía, solo, mientras redactaba. Hasta que una patada abrió la puerta en dos. Gerardo.

—¡Dame lo que estás escribiendo!

Lo escondí todo bajo mi ropa. Él cerró la puerta con pestillo y empezó a quitármela. Me defendí, no tanto a mí sino a los papeles. Me acorralaba y sentía su respiración atrapándome. Me bloqueó con sus brazos. ¿Me iba a violar de nuevo? ¿Tendríamos un segundo «evento»?

—Te gusta, sabes que te gusta —dijo bajando la guardia.

Saqué los papeles y los volví una bola. Llamaron su nombre en la puerta del baño. «Gerardo, Brooke no puede quedarse sola». Y él se giró y metí los papeles en mi boca, todo lo que pude. Se borraría algo, pero daba igual. Él me pegó en el abdomen. Y salió, otra vez, de mi vida.

Volví a mi casa caminando por la propia autopista, sin ningún autobús nocturno, pero impulsado por mi deseo de sentarme a transcribir lo antes posible. ¡Ya! Tenía que llevar la columna al día siguiente. No podía permitir que ninguna crónica social saliera antes que mi *Animal* con Brooke. Me dolía el estómago, por el golpe, a lo mejor porque tenía también un poco de hambre. La mezcla me impulsaba a llegar a casa. La luna iluminaba el asfalto y la silueta de El Ávila se recortaba contra el cielo oscuro. Apretaba mis papeles en un puño. Mis ojos parecían desorbitados, había luchado por conseguir mi crónica. Y lo decía en voz alta: «Me ha costado, me ha costado».

Eso fue lo que escuchó Belén al final de la escalera, erguida y muy seria, como el maestro Holguin en la Academia de la Nena Coronil.

—Tengo que escribir —dije.

Ella bajó hacia mí, mucho más pequeña que yo, pero claramente inmensa en ayuda, en solidaridad. Yo, aturdido, quise esquivarla, subir hasta mi habitación y ponerme a escribir lo antes posible.

—Pero ¿por qué te has puesto así? ¿Cómo te las arreglas para terminar metido en un lío?

—Es mi columna —quería gritarlo, aullarlo, hasta que me di cuenta que su talante, su gesto era muchísimo más conciliador. Lo había sido siempre, yo no me había dado cuenta o no había querido darme cuenta. Porque necesitaba el conflicto para crecer.

—Ya sé que es tu columna, pero no quiero que creas que siempre tienes que llegar tan al límite.

Cogió mi rostro entre sus manos y por primera vez en esa larga noche obtenía un gesto de cariño. De bondad.

—No escribas ahora, es tan tarde, de madrugada ya. Espera a que se haga de día —susurró. Y me besó y volvió a subir la escalera y avanzó por el pasillo hasta su habitación.

CAPÍTULO 22

CARACAS, 1985

Tenía un trabajo y una responsabilidad a los dieciséis años. Un escándalo o más bien una vinculación al escándalo a los diecisiete. Un deseo de ser deseado, cuantas más personas mejor, a los dieciocho. Eso no siempre garantizaba que consiguiera ser amado o, por qué no, violado como en el incidente con Gerardo. Gerardo seguía allí, siempre terminaba por colarse en cualquier rendija de mi memoria, también cuando cumplí diecinueve. Cada mes lo veía en las páginas sociales, con una chica que cambiaba de rostro y nombre, pero casi nunca de vestuario y peluquería. Parecían hechas en una fábrica para colgárselas del brazo.

Belén intentaba que no viera esas fotos ni mantuviera mi obsesión con la crónica social. «No te hace nada bien fascinarte con esas páginas, es una gente horrible. Nunca te dan nada sin pedirte algo a cambio», advertía. Pero sí conseguía algo a cambio: el ver a Gerardo cambiando de novia. En el fondo, le agradecía que me permitiera avanzar en mi adolescencia y acercarme a mis veinte años.

Un año antes de cumplirlos, la palabra «sida» sustituyó a lo que los periódicos llamaban «cáncer gay». Belén quería que lo hablásemos francamente.

—Como hemos hablado siempre, ¿no?

—No he hecho el amor con nadie desde Gerardo —mentí, olvidaba a los Detroit, por ejemplo.

—¿Por qué?

—Quiero hacerlo enamorado, mamá.

—Mamá, me estás llamando mamá.

Me reí.

229

—Entonces has hecho de Gerardo una protección —aventuró ella.

Me levanté para subir el volumen de la radio, ponían una canción de Tina Turner, *I Don't Wanna Fight*. La levanté y la invité a que la interpretáramos juntos. «Este es tu nuevo *Pata-Pata*», dijo ella. Mi papá nos observó cuando pasaba a buscar algo junto a mi hermano en su habitación. Se hicieron público y aplaudieron con muchas ganas. Y yo quise repetir la canción, pero supe darme cuenta que lo inolvidable no solo tiene sus reglas sino que aplica lo inesperado para hacerse precisamente inolvidable.

La madre de Gerardo, Altagracia Orozco, se había adueñado de la mañana en su canal de televisión. Su programa empezaba cuando terminaba el de Sofía Imber, que se dedicaba a entrevistas a políticos y grandes personalidades culturales. El de Altagracia era más popular, con testimonios escalofriantes de «la vida real» que ella iba tejiendo de morbo. Y editoriales sobre la actualidad que ella también convertía en discursos casi propagandísticos. Altagracia se había rejuvenecido, su rostro seguía exactamente igual que esa semana de mi infancia en la que había compartido casa y comida. Era el cuerpo lo que había cambiado. Se había puesto tetas. Y parecía más tía buena.

Iba a apagar la televisión y justo Altagracia levantó un ejemplar de El Nacional con un titular: «El sida contagia Caracas».

—Atención a esta epidemia que es culpa de personas sin control sobre sus vidas y sus inclinaciones —arengaba en vez de hablar—. Se transmite a través del sexo entre personas de vida díscola, promiscua, como los homosexuales. Y también a través del consumo de drogas. En Venezuela de momento no existen estadísticas que demuestren que existan drogas de uso intravenoso, pero sí existe una tendencia nefasta a celebrar y glorificar el estilo de vida homosexual. Por eso quiero alertar sobre ese tipo de personas porque será culpa de ellos, su responsabilidad, que esta enfermedad que diezma poblaciones en ciudades como Nueva York y San Francisco se traslade hacia Caracas y empobrezca aún más el difícil panorama que vivimos.

No podía creerlo. Fran y Leski, a los que veía menos porque se habían hecho más imprescindibles en sus profesiones, me contaban cómo se «encontraban» con Gerardo en La Crisis, un bar gay que llevaba ese nombre a modo de burla a la verdadera y profunda crisis económica por la que atravesaba el país a raíz de la devaluación de la moneda y el impago de la deuda con el Fondo Monetario Internacional. Uno de sus atractivos era una sala con bailarines semidesnudos que podían alquilarse y llevarse a unas habitaciones traseras. Gerardo llegaba camuflado en sudaderas con capucha, pero todos le reconocían y lo llamaban Guapo Ojos Faroles. Altagracia obviaba que su propio hijo llevaba una doble vida dentro de esa comunidad que ella, inflada de poder, instaba a perseguir, señalar, reprimir desde su programa.

La única forma de detenerla era ponerla en ridículo delatando a Gerardo.

—¿Y lo vas a hacer? —me preguntó Belén con esa voz, con esa determinación con la que hablábamos desde siempre.

—No —dije sin mucho convencimiento.

—¿No? —insistió mi mamá.

—Altagracia es muy poderosa. Y la única prueba de que Gerardo es gay pasa por hacer manifiesta mi violación. Y ella hará todo lo posible por dejarme en ridículo.

—Así es el poder —dijo—. Parece un muro, pero en realidad es solo un obstáculo.

—Puede removerse. O saltarse. ¿Cómo?

—Demostrando que eres más inteligente que ellos, Boris.

—Me da mucha pena Rock Hudson —continué, abrazándola.

—Vaya giro en la conversación —dijo acariciando mi cara.

—Ha estado encerrado en el hospital en París después que colapsara en el aeropuerto y allí lo tratan los mayores expertos de la enfermedad. Y él ha pedido que por favor emitan un comunicado, en el que reconoce la enfermedad y también su homosexualidad. Y el protocolo francés impide la publicación y él agoniza aterrado por que los paparazzi le fotografíen en su deteriorado estado.

—¿Qué es peor, Boris? ¿Que lo señalen como gay, después de tanto luchar para ocultarlo? ¿El deterioro? ¿A qué crees que teme más? ¿A la muerte?

—A todo, Belén. Y todo es injusto. La enfermedad no solo afecta a los gays, pero sirve para señalarlos. Si el comunicado sale antes que la foto, él al menos podrá explicar al mundo que está enfermo y que es más importante detectar y parar la epidemia que su sexualidad.

—Pobre Rock Hudson —dijo Belén—. Tu papá nunca entendió sus películas con Doris Day. Pero eran maravillosas.

—En el set de *Dynasty* las actrices salieron corriendo después que besara a Linda Evans.

—Victoria también está enferma, Boris. Fuma más de tres cajetillas, no quiere ir al médico, pero Rodolfo ha hecho que su hermano médico le hiciera una revisión y han detectado una bronquitis que no tiene ninguna buena pinta.

—Ayer tosió toda la noche.

—Tengo que decirle que no puede seguir así. Requiso los paquetes de cigarrillos. Casi me siento como si fuera Altagracia.

Me reí a carcajadas.

—La vida es una telenovela, mamá.

—Se te ha escapado el mamá —dijo ella. Me llevó hacia el jardín, los helechos dichosos de enseñar su brillante verde—. ¿De qué sirve tanta belleza si vivimos dentro de un caos?

—Nos permite pensar, Belén. Acompaña, creo yo. O al menos es algo de lo que se puede escribir. Vivir en un caos sin rumbo que da vueltas sobre sí mismo, pero que tiene una luz muy bella. Eso es Caracas —dije muy serio, trascendental.

Pero a ella le gustó, me miró complacida, contenta de estar juntos. El viento le hacía revolotear el cabello y ella meneaba un poco la cabeza para quitárselo. Tenía cincuenta y tantos años y parecía de treinta. Sus ejercicios diarios la mantenían espléndida, dura, flexible, jovial. Y la media hora en que se quedaba delante del espejo aplicando distintas cremas que iba mezclando en la palma de su mano y esparcía con vigorosos movimientos en el cuello, los hombros, la cara, contorno de ojos, alrededor y sobre los labios, detrás de las orejas, nuca, escote, brazos y codos y rodillas, que ella misma bautizaba como «las grandes olvidadas».

—Me estás estudiando.

—Porque estás muy bella, Belén —le dije con una estúpida vocecita de niño.

—Tienes que volver a escribir, Boris. Pero no esa tontería de Animal de Frivolidad.

—Una cosa importante jamás se escribe pensando que va a ser importante.

—Pero no lo dilates más, no sigas perdiendo tiempo en todas esas fiestas, en agradar a la gente. No hay por qué agradar a la gente. Es más, un artista, una mente, más bien tiene que molestar, contrallevar, provocar. No puedes provocar si antes agradas.

—Belén, ¿quieres convertirme en un monstruo?

—Ya fuiste monstruo. Pero, sí, tienes razón, quiero otra metamorfosis.

Me negué a ver el programa de Altagracia, pero no pude con mi propia negación y encendí el televisor en el tiempo de las publicidades. Y allí vi la promoción de la nueva telenovela: *María Cecilia*. Otra historia de amor entre una criada que en realidad es heredera de una gran fortuna. Los mismos actores de la telenovela anterior, la misma ropa, los mismos decorados, las casas de ricos con falsos colmillos de elefante en el foyer. Pero empecé a ver algo diferente, un cierto esfuerzo en los diálogos. Una manera de hacer avanzar la historia y al mismo tiempo suspenderla para enganchar al día siguiente. Y al siguiente. «Yo puedo escribir así», dije delante de la pantalla.

—¿Escribir telenovelas? —exclamó Isaac cuando acudí a él para pedir consejo ante mi nuevo plan—. Te perseguirá toda la vida —agregó—. Boris Izaguirre, escritor de culebrones.

—No entiendo por qué tiene que ser despreciable algo que ven diariamente más de seis millones de personas.

—Porque están mal escritas. Deterioran el lenguaje. Ofrecen roles de conducta esclavizantes. La mujer solo sirve para reproducirse y ser engañada —enumeró.

—A mí también me han engañado. Y ha sido la manera en que creo que he descubierto cómo duele el amor y cuál es su valor.

—Ya estás hablando como si estuvieras en un culebrón. —Fue

hacia su agenda y anotó un teléfono en uno de sus papeles amarillos. Me lo ofreció.

Lo marqué al día siguiente. Respondieron al segundo tim-
brazo.

—¿Puedo hablar con el señor José Ignacio Cabrujas?

Hubo un silencio. Ya iba a colgar y surgió esa voz, gutural,
como expulsada de un cráter profundo:

—Soy yo.

—Yo soy Boris Izaguirre. Me gustaría escribir una telenovela
—dije de carrerilla—, he escrito una columna en El Nacional y
ponía muchos diálogos que escuchaba y reproducía. Tengo mucha memoria. Y escribo muy gráfico, por eso creo que tengo derecho a una oportunidad como guionista.

—Felicitaciones por sus artículos. Eran una bofetada a la sociedad cada domingo. Pero yo ahora no estoy escribiendo ninguna telenovela —agregó.

—Me encantaba la serie de las Trillizas de Oro —no podía
dejarle escapar y había descubierto que él la escribía.

—Uno de mis peores trabajos, Boris. El peor que me pueda
recordar.

—A mí me encantaba. Y jugaba a repetir el episodio con mis
amigas. Y yo era la cuarta trilliza siempre.

—No había necesidad de una cuarta, le aseguro. Las tres, en
la vida real, eran bastante ingobernables como actrices —agregó.

Quería que hablara más, porque la voz me parecía tan especial. Fascinante. Lo más profundo que había oído nunca. Y que
continuara con ese trato de usted, que era arbitrario al tiempo
que muy divertido. Pero él dio por zanjada la conversación con
una fascinante invitación desde su fascinante vozarrón: podía
recibirme en su casa a las seis de la tarde.

Cabrujas vivía en una casa nada pretenciosa en lo alto de
una de las colinas de la ciudad. En una que otra curva pensé que
el coche de Belén desfallecería. Se podían ver inmensos zamuros sobrevolando muy cerca, porque les gusta anidar en las colinas. Son aves de carroña, similares a los buitres y completamen-

te propias de Caracas. La identifican, siempre están presentes, pero en este ascenso hacia Cabrujas, a la hora del atardecer, me recordaban los monos voladores que conviven con la Bruja Mala del Oeste de El Mago de Oz. Así era llegar hasta José Ignacio, ya le llamaba así porque no estaba dispuesto a seguir la tradición del mundo del teatro de referirse a él como Maestro. Para mí era más parecido al Mago de Oz y todo ese ascenso lo veía cubierto por las baldosas amarillas que siguen Dorothy y sus amigos en la película.

Las puertas de hierro blanco se abrieron de par en par. Por alguna razón, en el alto de la colina aún quedaban rastros de sol y se colaba por entre los penachos de las altísimas palmeras. A medida que avanzaba hacia la entrada principal, se arremolinaban árboles frutales con sus frutos agrupados. Los plátanos con sus racimos y su característica flor morada.

Salí del coche y casi resbalé con el lomo de un morrocoy, una variedad de tortuga muy propia de Venezuela y que en Caracas era habitual conservar en las casas en la infancia de mis padres.

—Cuidado con Arturo —escuché a esa voz fascinante—. No es muy amigo de las visitas —anunció desde detrás de la rejilla de la puerta de la cocina, al final de la fachada principal. Sonreía debajo de su espeso bigote y sin que pudiera darme cuenta revisaba cuidadosamente mi vestuario, mi pelo, mis manos, mis movimientos: la mirada del escritor, no estaba recibiendo a alguien sino analizando un personaje.

Arturo, el morrocoy, me enseñó sus dientes, afiladitos y en fila, anunciándome su intención de morderme. Cabrujas abrió levemente la puerta de su cocina y extendió un bol de peltre cargado de hojas de lechuga.

—Izaguirre —como empezó a llamarme, siempre con esa arbitrariedad de impedir el tuteo—, tiene que dejárselo a una distancia considerable, detesta que lo veamos comer y mucho más que lo alimentemos por obligación o con pena.

—No sabía que los morrocoyes pudieran ser tan tiquismiquis —dije.

—Como cualquiera de nosotros —dijo él. Y desapareció.

Me dejó solo con el bol de peltre y las hojas de lechuga peligrosamente cayendo al suelo y encima de Arturo por el temblor de mis manos. Arturo se giró, algo que tampoco imaginaba que pudieran hacer los morrocoyes. Volvió a enseñarme esos colmillitos en fila en esa boca tan pequeña, absurda y sin embargo atemorizante. Decidí avanzar hacia atrás mientras Arturo me seguía con sus cuatro patas hacia delante. Sentía que el animal disfrutaba conduciéndome hacia un precipicio, así que de repente me detuve y dejé el bol con las lechugas prácticamente frente a su boca. Mirando hacia mi espalda pude contemplar una segunda vivienda, rodeada de espejos de agua, jaulas con aves dentro, una parrillera para asados al aire libre y la figura esbelta pero no ágil de José Ignacio adentrándose en una vivienda con aspecto de bungalow.

Cuando entré, Cabrujas tecleaba sobre una máquina de escribir electrónica voluminosa. Detrás estaba una biblioteca de cientos de anaqueles y miles, literalmente, miles de libros. Delante había una amplia mesa de mármol sobre la que descansaban varias libretas. Las cuatro sillas que la rodeaban eran de cuero negro. Entre su escritorio y esa mesa había dos sofás Chesterfield, auténticos y de piel verde envejecida. Una mesa de centro repleta de periódicos y revistas y de premios, los mejores galardones del mundo de la televisión. Y detrás, otra librería infinita llena de libros, algunos con cubiertas maravillosas, de cuero, dibujadas, en francés, inglés, alemán. Y un sencillo tocadiscos donde sonaba *Manon Lescaut* a través de unos enormes altavoces. José Ignacio hizo una pausa en su escritura para escuchar un momento del aria.

—Pobre Manon, como es una buena mujer se enamora del hombre equivocado.

—¿Y no son siempre seres equivocados de los que nos enamoramos? —dije.

—Depende, en una ópera todo es más libre, más válido. En una telenovela hay reglas que cumplir que no siempre son lógicas. Pero es la diferencia entre el gran arte y el arte de masas. En la ópera, el compositor y el letrista pueden hacer lo que quieran, incluso alterar la historia. En la telenovela no puedes traicionar al público. Engañarle, sí. Traicionarle jamás. En lo que detecta que te burlas de él, te abandona. Y los ejecutivos te acusan de intelectual.

Entendí todo lo que dijo en esa primera frase y comprendí que jamás iba a olvidarlo.

—Para escribir telenovelas es imprescindible haber tenido una historia de amor —continuó, su voz esparciéndose por el recinto, las palabras como si estuviera repartiendo trozos de conocimiento—. Si no has besado a nadie en tu vida, no puedes definir qué es sentir un beso.

—No estoy tan de acuerdo —dije. Sabía de pintores que habían pintado selvas amazónicas sin haber dejado París.

—Bueno, si no es un beso, al menos hay que haber sufrido un desengaño para saber escribir de amor. Y que resulte creíble.

No sé cómo me encontré hablándole de Gerardo, sin ocultar su identidad. Él seguía sin escribir y encadenando los cigarrillos. Hasta que esa voz gutural, más allá de lo profundo, retumbó en su estancia.

—No hay personajes como usted en mis telenovelas —dijo.

—¿Quiere decir que no podría escribir sobre amor heterosexual porque solo he tenido amores homosexuales?

—En efecto.

—Hay muchos amores heterosexuales en las novelas y las películas que en realidad han sido amores gays.

—Oh, sí. Y toda la obra de Tchaikovski, por ejemplo —dijo él—. Y todos sabemos que la *Gioconda* podría ser un autorretrato de Leonardo. Pero la señora que ve telenovelas no tiene tiempo para pensar en eso.

—Yo puedo imaginarme mis desamores como si fueran los de un hombre y una mujer —dije.

—Mejor en otro orden: como si fueran los desamores de una mujer y de un hombre. El mundo de la telenovela es el único donde la mujer de verdad gobierna. Lidera. El auténtico feminismo —dijo regresando a su rápido teclear, aspirando el final de un cigarrillo para encender y aspirar el siguiente. Y el siguiente—. No olvide una cosa, Izaguirre. Las telenovelas son telenovelas. Merecen ese respeto. Los que las llaman «culebrones» nos faltan al respeto.

Empecé a trabajar para José Ignacio Cabrujas al mes de esa conversación. Arturo parecía feliz con mi presencia y siempre me esmeraba en ponerle más hojas de lechuga. En RCTV, la cadena de televisión, me otorgaron un carnet con mi foto y por primera vez la palabra ESCRITOR impresa debajo de mi nombre. Llevar ese título confería un estatus diferente. Tanto los asistentes de producción como los técnicos y compañeros de otros programas te trataban con un inusitado respeto. «Es el que escribía la columna sobre sitios gays de Caracas. Su mamá es esa bailarina tan célebre… Su papá dirige un cineclub», escuchaba murmurar. «Lo ha fichado Cabrujas», agregaban.

La dama de rosa, la novela en la que empecé a trabajar como guionista, era una adaptación de *El conde de Montecristo* de Alexandre Dumas. José Ignacio ya había hecho esa adaptación en su novela anterior, en la televisión pública, la única y primera vez que trabajó para ella, con un notable éxito de audiencia. En esa adaptación, el conde de Montecristo pasaba a ser una mujer que, tras ser seducida por el joven heredero de la casa donde trabajaba, es engañada, conducida a la cárcel de donde escapa con el mapa para descubrir una inmensa fortuna que entonces emplea para vengarse de todos los que atentaron contra ella, incluyendo el amor de su vida. Cabrujas ubicó esa adaptación en los años de la dictadura de Juan Vicente Gómez en Venezuela y ese fue el giro que garantizó el éxito de la serie, tanto de público como de crítica. Y que permitió que sus diálogos se salieran de la tradición de las series y fueran más barrocos, cultos y sinceramente apasionantes.

La dama de rosa requería que la actriz principal ejerciera dos papeles. Una, Gabriela Suárez, una chica pelín loca de un barrio satélite de la ciudad que se enamora de un hombre que, sin quererlo, terminará llevándola a la cárcel acusada de traficante de una operación de narcotráfico. En la cárcel, Gabriela cambiará, hará amistades importantes, pero, sobre todo, escapará aprovechando un desfile de modas de prendas confeccionadas por las reclusas. Una vez fuera, planea su venganza y adopta una identidad falsa, Emperatriz Ferrer. Increíble, volvía a mí el superhéroe con doble personalidad.

Era maravilloso escribir junto a Cabrujas. Te hacía sentir

que tus ideas eran importantísimas y que pasarían directamente al capítulo, hasta que veías que él se sentaba delante de su máquina de escribir eléctrica y muchas veces, demasiadas, no paraba hasta escribir todo el guion. Mis compañeros lo llevaban muy mal, se frustraban. Yo me quedaba fascinado viéndole trabajar. Sin miedo, sin pausa. A veces se separaba un poco de su máquina y actuaba los personajes. Decía en voz alta el diálogo que de inmediato escribía. Y se daba la respuesta y cambiaba de lado cuando era un personaje y era otro. Sabía que le miraba y apartaba la mirada cuando él se volvía para espiarme.

Horas antes, a partir de las 6 a. m., sucedía la reunión de diagramación, como se llamaba al tira y afloja de ideas para elaborar una escaleta sobre la que seguir la escritura. Se convertían en algarabías donde se polemizaba sobre las noticias del día, en especial el avance en el poder político del país de la secretaria privada del presidente Lusinchi, una mujer llamada Blanca Ibáñez, quien al parecer ejercía una gran influencia sobre el presidente y designaba o eliminaba ministros y demás puestos de poder. Pero, sobre todo, tenía ilimitado acceso a las arcas y decisiones de una oficina controladora del cambio y los tipos de dólares preferenciales que el Gobierno administraba en un intento fallido para contener la devaluación del bolívar, nuestra moneda. La oficina se llamaba RECADI y en muy pocos meses de creada se había convertido en el mayor centro de la creciente corrupción administrativa. En algunos lugares se le llamaba directamente el Ministerio del Póngame Donde Haiga, la frase que por muchos años había determinado la naturaleza de la corrupción nacional.

José Ignacio la consideraba un personaje shakespeariano con toques de bolero y trópico. Tras analizar las fechorías de la Ibáñez, a quien llamábamos la Secretaria, se discutían las vidas no tan privadas de algunos actores, siempre y cuando no estuvieran involucrados en nuestra producción. «Soy hijo de sastre —decía Cabrujas—, y en las sastrerías no se critica el género que tienes». Y entonces se hablaba de la propia telenovela, del subgénero, como se le llamaba. «Tiene limitaciones, pero las mejores obras se escriben bajo la exigencia de la limitación», terciaba.

La mayor limitación, por ejemplo, era sentarse a escribir. La gente reverenciaba a Cabrujas, por eso lo llamaban el Maestro, y a menudo los otros escritores, al estar cerca de él, en vez de hablar de la telenovela se confesaban, le pedían consejo y él se entretenía mucho en ofrecérselos con esa voz grave y esa manera de repartir conocimiento. A veces, llegábamos al mediodía y teníamos solo tres escenas escritas y otras dos «en remojo», como decía él. «Izaguirre, prepáreme el whisky», decía. Y yo me levantaba y subía hasta la cocina, donde nos reuniríamos mientras mis compañeros se marchaban murmurando acerca del favoritismo que me otorgaba José Ignacio y ellos recelaban. Y así como era fascinante escribiendo, Cabrujas era igual de mágico, hipnotizante, organizando los ingredientes de sus albóndigas con espaguetis, dorada a la sal y pepitona de gallina.

A media tarde, el teléfono repicaba. «¿Estaría listo el capítulo para recogerlo a las seis?», escuchaba la voz chillona del asistente de producción. «Vamos, si ni hemos empezado a grabar. No tenemos ni decorados», argumentaba José Ignacio. «Necesitamos tener la cuarta parte, maestro, para adelantar en la preproducción». José Ignacio aspiraba todo un cigarrillo. «Quizás sea mejor la tensión del día a día, llevamos tantos años trabajando así, ¿para qué vamos a cambiarlo?».

Un viernes de rodaje de exteriores, con la novela ya en el aire y *ratings* no muy elocuentes, los actores protagonistas se rebelaron contra el director para exteriores, un chaval muy prometedor que cometió el gravísimo error de llamar mediocres y estúpidos a las grandes estrellas de la cadena, sudorosos y malhumorados en un exterior que los había hecho amanecer y no avanzaba hacia ninguna parte. Hartos, alegando maltrato, renunciaron. Resultado: nuestra cuarta parte de linda preproducción saltó por los aires. La novela podría suspenderse si no aparecían dos protagonistas el domingo.

Mi reino por un caballo, fue lo que se me ocurrió decirle a Cabrujas cuando llegué a su casa y lo encontré con una camisa impecable y las manos manchadas de nicotina, había estado fumando desde hacía horas, acercando trocitos de lechugas a Arturo y su familia de morrocoyes. Él se me quedó mirando como si estuviera delante de un extraterrestre. Y era verdad. Estaba vestido con un blazer cruzado de botones de oro y unos pantalones cortos, sí, unos shorts, unos bermudas blancos con pliegues y ruedo subido. Debajo de ellos, mis piernas delgadas y peludas y unos calcetines resbalando sobre mis tobillos y apoyándose en lo alto de unos botines puntiagudos.

—Izaguirre, usted tiene el don de lo anticlimático. ¿Cómo se le ocurre vestirse así en una telenovela que se hunde? —exclamó Cabrujas.

Había más personas. Los todopoderosos ejecutivos de la cadena, que se miraron entre ellos cuando me vieron entrar en el bungalow.

—Tenemos que concentrarnos en la protagonista —proclamé.

Cabrujas me miró con un cierto brillo en el fondo de sus ojos.

—Muy bien, Izaguirre. ¿Y qué más?

—Empezar de nuevo.

—Creo que el joven Izaguirre, con su estúpida indumentaria, tiene razón.

José Ignacio fue hacia la pila de guiones tan bellamente ideados, elaborados, escritos y los agarró entre ambas manos. Salió de la casita y fue hacia la barbacoa mientras los ejecutivos gritaban, me empujaban e intentaban detenerlo. Agarró la pistola con la que encendía el carbón y empezó a arrojar los libretos al fuego. Todos estábamos paralizados.

—Izaguirre, vaya a su casa y póngase unos pantalones largos, tráigase un cambio y se queda aquí trabajando todo el fin de semana para que tengamos un guion como Dios manda y le demos un éxito a estos señores para que nos dejen en paz.

CAPÍTULO 23

EL ÚLTIMO LUNES DE FEBRERO

La dama de rosa fue uno de los grandes éxitos de ese año para la cadena. En mi primer trabajo para la televisión, me había incrustado en el centro mismo de un fenómeno de audiencia. Durante el último capítulo de la telenovela, las calles de la ciudad estaban casi vacías. En todas las casas podías distinguir la luz azulada del televisor encendido.

Victoria Lorenzo, cada vez más enferma, la veía junto a mis padres. Prácticamente era el único momento que compartían. Victoria pasaba muchas horas en su habitación. Fumando menos pero consiguiendo escabullir varios cigarrillos con la ayuda de mi papá. Belén lo regañaba, pero él insistía en que Victoria sufriría menos si se le daba un pequeño capricho. O seis, o siete, siempre en forma de cigarrillos. Para mí era mi verdadero baremo: si a Victoria le conmovía alguna escena o atrapaba su atención, se lo decía a José Ignacio al día siguiente. Incluso bautizamos a uno de los personajes, una hermana de Gabriela Suárez, con su nombre.

—Vas a ver como llego al final —me decía, prometía, Victoria Lorenzo, cada vez con menos y menos voz.

En efecto, a la semana del beso final entre Diego y Gabriela, Victoria no despertó. El silencio en la cocina me aterrorizó. Fui hasta su cuarto y estaba tendida en el suelo, sus dedos estirados para intentar alcanzar el aparato con el que se daba un poco de aire, un instrumento para los asmáticos que ella había convertido en su talismán para automedicarse y al mismo tiempo seguir fumando. «Victoria, Victoria Lorenzo», dije en una voz muy pequeña. «Victoria, lo siento». Tomé sus dedos. Así nos encontró Belén, que sintió como si una parte de su vida se hubiera desvanecido.

Victoria no tenía más familia que nosotros. Y eso enderezó a Belén, que organizó su entierro, nos vistió a todos de riguroso luto y fuimos hasta el Cementerio del Oeste a enterrarla. Cuando nos devolvíamos a casa, un grupo importante de guacamayas nos asustó. Eran como diez, ruidosas, inmensas, revoloteando y alzándose por encima nuestro, desplegando sus alas de infinitos colores, el rojo más rojo, el verde, el azul guacamaya. Y pensé de inmediato en la primera vez que vi a Victoria Lorenzo con su turbante de vivos colores. Mi hermano se quedó mirándolas y extendió su brazo hacia esas plumas, ese revoloteo, esos colores mientras lloraba sin parar.

Los últimos años de los ochenta me convirtieron en el guionista de moda. Cumplí veintiuno y también veintitrés. Seguía nadando para limpiarme, en todos los sentidos. Sumergido, hacía cuentas, editaba escenas, resolvía conflictos argumentales y también propios. Fran y Leski llamaban cada vez más seguido para anunciar la muerte de un amigo, de otro amigo del amigo y de otro primo del amigo del amigo de otro amigo. Levantaba la vista al cielo, el sol iluminando mi piel mojada, con olor a cloro. Y veía más zamuros. Uno por cada muerto, hasta oscurecer una parte de la ciudad.

Cada mañana, alguien llamaba para decir que otro alguien había caído, que era la expresión que se empleaba. Una ciudad llena de caídos. Una generación compuesta de caídos. Todos víctimas del sida. Íbamos, mis amigos, Fran y yo, mi mamá y mi papá, mi hermano, a despedir a un compañero de trabajo, un actor, una hija, sin que nadie atisbara un final para ese espantoso goteo. Caídos y más caídos. Amistades y amores truncados, flores a veces hermosas y a veces hirientes, cursis y absurdas, amontonándose en las colinas del cementerio.

—Nunca vi la muerte tan de cerca —me dijo Belén, una vez más observando el rápido viaje de la tarde hacia la noche—. Es tan injusto para ti, para ustedes, que están iniciando sus vidas, ver todo esto, que avance y aniquile y nadie pueda conseguir cómo detenerlo.

—Al parecer en una de estas casas, aquí cerca, han montado un laboratorio que administra las medicinas a un precio de locos.

—¿Hacen dinero de todo esto? —me preguntó Belén—. ¿Cómo puede ser?

—Hoy la cadena envió un comunicado a todos los escritores sobre los que ellos llaman «temas sensibles» —le dije—. No se puede escribir sobre suicidios, abortos, sida ni homosexualidad. Acaban de eliminar toda una trama de un romance entre dos estudiantes varones y una chica.

—¡Semejante pendejada! —exclamó.

—La historia no es mía, pero el mensaje está claro.

—¿Te vas a autocensurar?

—Si quiero seguir siendo el guionista mejor pagado de mi generación, no tengo otra, Belén.

—¿Estás de acuerdo?

—Es el precio del éxito.

—Igual que no quisiste delatar a Gerardo —me dijo.

—Yo no podía hacerlo, Belén.

La seguí hasta dentro de la casa. Fue hacia el comedor, se quedó un rato mirando Tiempo de tormentas.

—Eres muchas cosas que ellos detestan. Los que te obligan a autocensurarte, los que quieren minimizarte. —Apartó la mirada del cuadro—. Eres un triunfador. Y además culto, inteligente y que caes bien. Todo eso te llevará lejos, pero no puedes perder de vista a los que quieren que te equivoques. Autocensurarte es una manera de resquebrajarte.

Escuchamos una voz incoherente diciendo frases que no terminaban. «Boris, sal, perdóname, necesito que me perdones». La reconocía vagamente. Caracas es una ciudad muy peligrosa y nuestra casa, como tantas otras, estaba protegida por un muro de piedra terminado en unas verjas de hierro con sus puntas coronadas por botellas rotas. La persona gritaba a través de las rendijas. «Perdóname, Boris, sé que estás ahí, perdóname». Regresé al jardín y con toda seguridad abrí el portón del garaje y él, Emilio, aquel amigo de Gerardo, quedó expuesto, solo, en el medio de la calle. Su cara transformada en un mapa de espinillas y llagas, monstruoso, aterrador. Estiró la mano para que se la sostuviera. Y lo hice, estaba fría y sudorosa. «No me quiero marchar sin tu perdón», me dijo, se arrodilló con increíble debilidad y cuando iba a acercarme para levantarlo aparecieron dos enfermeros con sus uniformes, apresurados. «Disculpe, ha sido un descuido, no volverá a suceder», decían, casi al unísono. Emilio intentaba separarse de ellos y gritaba mi nombre y pedía por mi ayuda.

Se lo llevaron hacia arriba, hacia la montaña. Belén lo había visto todo y se cubría la cara. Espantada, choqueada. Cerré la puerta del jardín y me puse a su lado, iba a decir algo y ella me detuvo con un gesto de su mano. No hacía falta explicar nada.

Emilio apareció muerto en un estacionamiento de un barrio al oeste de la ciudad. Se había arrojado, pero se abrió una investigación porque su cuerpo delataba una fragilidad que hacía sospechar que no estuvo solo en el momento de hacerlo. El piso estaba a su nombre y había ropa suya y muy pocos muebles. La clínica a pocas cuadras de mi casa confirmó que había abandonado el centro. Recordándole delante de nuestro jardín, concluí que lo habían desahuciado y regresó a ese apartamento, se encaramó en el balcón y se arrojó. Sus padres concatenaron fuerzas para organizar un funeral. Belén insistió en acompañarme. «No sé por qué, pero vamos». Era lunes 27 de febrero de 1989.

Decidimos ir en el metro, la funeraria quedaba también en el oeste y es más fácil ir en transporte público, pese a la inseguridad, que en coche. Nos tomaría dos o hasta tres conexiones llegar hasta ese extremo de la ciudad. Bajábamos por la calle y Belén me sujetó fuertemente y me llevó contra la pared de una quinta. Un autobús incendiado venía en sentido contrario y hombres encapuchados gritaban desde el interior consignas que no entendíamos. Ella intentó que regresáramos a la casa, pero una turba nos empujó hacia abajo. Y seguimos, bien sujetos de la mano como hacíamos cuando era niño, escuchando un relato distorsionado, interrumpido sobre lo que estaba pasando. El nuevo decreto presidencial de ajustes había hecho subir la gasolina durante el fin de semana. Ese lunes, los precios amanecieron 100 % más caros porque la aprobación de los ajustes, llamados «el Paquete», había eliminado los subsidios estatales sobre el precio de la gasolina. El Gobierno de Carlos Andrés Pérez tenía que ceder ante las presiones del Fondo Monetario Internacional y retirar subsidios. La subida de la gasolina incrementó, de forma brutal, el precio del transporte público y las revueltas habían empezado en las afueras de la ciudad y avanzaban, como podíamos constatar, cada vez más agresivas. «Nos quieren ahogar», decía una mujer delante de nosotros. No sabía si se refería a la avalancha que nos empujaba hacia la entrada del metro o a las medidas del Paquete.

El interior del metro era otro caos expulsando su bocanada de desesperación y desorden. La boca de la colmena y Tiempo de tormentas, reunidos. La catástrofe. Belén, como hizo aquella vez durante el terremoto, me cogió por los hombros para evitar que me golpeara contra el muro de personas que intentaban salir del interior de la estación. Los que venían detrás empujaban hacia dentro. Era un tapón. Recordé ese momento en *El coloso en llamas* cuando el fuego quebranta los cristales del último piso del rascacielos. Y el vacío es la única salida.

Tras eternos minutos, llegamos hasta el andén, escuchando esa audifonía que nos había convertido en mejores ciudadanos: «Dejar salir es entrar primero». Los vagones no podían moverse por el peso de la muchedumbre dentro de ellos y se vaciaban a duras penas porque nadie quería perder su puesto. No podíamos regresar a casa por la masa humana. Igualmente imposible llegar hasta algún teléfono público y llamar por ayuda. O explicar lo que estaba pasando. Tardamos media hora, quizá, en entrar en un vagón sin saber qué dirección tomaría, si al este o al oeste, porque tenían que esperar a recibir una orden desde la estación central. Se nos informó por la megafonía, una voz que no podía ocultar sus nervios, que la última parada sería Plaza Venezuela, el punto neutral de la ciudad, la frontera no oficial entre el este y el oeste.

En esa estación bajamos, junto a toda aquella gente. Al salir, eran las tres de la tarde y el cielo estaba perfectamente azul. Las montañas al fondo, cubiertas de un perfecto verde, parecían multiplicarse en los exteriores acristalados de los edificios. En la autopista, los automóviles se sumaban y atascaban. Ofrecían un insólito mosaico de colores metalizados por encima de los cuales insistía en pasearse esa luz maravillosa en medio del caos galopante.

—Señora Belén, venga por aquí —dijo una voz masculina, afectada pero masculina. Un fan, lo detecté de inmediato, y Belén reaccionó como siempre hizo ante ese tipo de personas, mirándole y dejándose sostener—. Subamos por la Nunciatura, está más protegida y pocos saben que queda por aquí.

Tenía razón, pero no tanta. Muchos habían tenido su misma idea, obviamente intentaban escapar del horror. Belén se sintió débil, tanta tensión afectaba sus articulaciones.

—Sigue tú, yo me quedo aquí.

—No puedo dejarte sola, mamá.

Ascendimos un poco más. Si alcanzábamos la avenida Andrés Bello, así llamada por el sabio académico que cambió la gramática e instruyó al libertador Simón Bolívar, estaríamos más cerca de la funeraria donde velaban a Emilio. Pero cuando la alcanzamos, esa avenida de nombre y honra tan ilustre, era un río, una poderosa corriente de irrealidad. O realidad paralela. Reses, aún con el gancho del que colgaban en las carnicerías, desfilaban sostenidas por las manos de hombres semidesnudos, corriendo detrás de otros que en vez de animales sostenían televisores, lavadoras, cocinas de cuatro, seis hornillas, neveras, maniquíes con la ropa puesta, sillas de ruedas izadas encima de la gente como si fueran pasos de Semana Santa. Y la multitud gritando, corriendo, saqueando. Familias enteras llevándose lo que encontraban a su paso. Muchos se ponían superpuestas las prendas robadas a los comercios vecinos. Gritaban: «No queremos pasar más hambre, presidente mentiroso». En segundos, sus dientes estaban muy cerca de nosotros. Parecían querer mordernos. Belén y yo ahogábamos un grito. «¿De dónde sale esa gente?», escuchamos decir.

No hubo respuesta. Los vendedores y propietarios de las tiendas saqueadas lloraban delante de los establecimientos o disparaban al aire. La policía no era suficiente para contenerlos. Entre oficiales y civiles iban recogiendo mujeres sangrando y niños llorando. Llegaban más hombres, armados con ganchos y

punzones, rompían más vidrios en las tiendas y entraban, avasa-
llantes, atacando a los que estaban dentro y sacando hacia la calle la mercancía. No podías apartarte cuando salían enfureci-
dos, porque íbamos todos arrastrados por ese caos, por ese río
de brazos, bocas retorcidas, piernas sin zapatos o pezuñas de
cerdos arrastrados. Un grupo de saqueadores se cubrió los rostros y encendió antorchas hechas de estropajo y kerosene y entre gritos y súplicas las arrojaba dentro de los comercios vandali-
zados. Una de las antorchas alcanzó el pelo de una señora muy
cerca y Belén ya no pudo evitar gritar horrorizada. La sujeté todo lo fuerte que pude pero la masa despavorida nos empujaba
hacia el centro de la avenida. Vi ante mí la iglesia de la Florida,
llena de gente ascendiendo por sus escalones y las puertas cerrándose para evitar que entraran.

De pronto, la mano de Belén se desprendió. Y las hordas me
llevaron. Un remolino de gente, las reses muertas, los trozos de
carne me rozaron y me dejaron la cara empapada de su olor y
contacto. Oía gritos, de socorro, en contra del Gobierno, contra
los propietarios de los comercios, de incitación a más saqueo:
«Oligarcas, hijos de puta, somos los humillados, tenemos derecho a la carne, los televisores, las cocinas». Y miré a los que me
rodeaban, sus ojos inyectados de odio y desorden, rompiéndome la camisa, golpeándome con las esquinas de lo que llevaban,
microondas, radios, planchas, aros para bailar el hula-hula, pi-
ñatas con las formas de las Tortugas Ninja, una docena de gallinas reales corriendo y cacareando despavoridas entre las piernas, los zapatos, los pies descalzos.

Terminé lanzado contra una hornacina que protegía el mínimo busto de Andrés Bello. Un bebé lloraba dentro de un coche.
Los tanques de la Guardia Militar subían por las calles paralelas.
Una parte de la muchedumbre fue hacia ellos e, igual que había
sucedido en la plaza Venezuela, se subían a los tanques y golpeaban a los soldados. Belén, grité, ¿dónde está Belén? Los tanques
dispararon gas lacrimógeno y sujeté al bebé contra mí, cubriéndole con lo que me quedaba de camisa. Creo que no era tan bebé porque me mordía y empleé su colcha para protegernos. Me
incrusté al fondo de la hornacina. Cerré los ojos, las lágrimas ar-

diendo. Y esperé. La garganta deshecha, el niño mordiéndome como si fuera una piraña. Y esperé. En algún momento pensé en cosas hermosas. Belén y yo en esa misma avenida, avanzando cogidos de la mano. La primera vez que vi a Leski sin camisa, ajustando un tornillo en el escenario del Nuevo Grupo, el teatro que quedaba cerca de esa avenida. La vez que competí contra Gerardo en la piscina de la Hermandad Gallega, al final, justamente, de esa avenida. Y esperé que terminara, que pasara. Abrir los ojos y ver a Belén delante de mí. Y a la madre de este niño piraña también. Pero seguía oyendo los gritos, los golpes, ese ruido de la gente convertida en corriente, en cascada, en deslave. El olor de las llamas pero también de la piel quemada. Del pelo quemado. De los pedazos de carne destrozados y abandonados. Del propio gas lacrimógeno. De un zapato de goma abandonado. Y tiros, los tanques avanzando en contra de la multitud, las alarmas de los establecimientos sucediéndose como si fueran un grito más a lo largo de la avenida. Y de repente, un televisor encendido, abandonado, proyectaba la imagen de Michael Jackson cantando *Man in the Mirror.*

CAPÍTULO 24

—

ÁGUILA Y COLIBRÍ

Nunca me recuperé del 27 de febrero de 1989, «el Caracazo». Y el país tampoco. Belén consiguió ser rescatada por aquel fan que nos obligó a tomar el peor camino y encontrarnos de frente con la revuelta. Y con él logró regresar a casa, desesperada por no saber dónde me había quedado. Quizás habría salido peor si ambos nos hubiésemos empeñado en buscarnos en medio de ese caos. Por eso cuando al fin pude volver a casa, no lloramos al abrazarnos, simplemente nos dijimos que ya había pasado. Pero no, no pasó, no se marchó nunca ese alud humano que presenciamos. Ese asalto de muerte y desorden. Algo se había resquebrajado para siempre. Mi país, mi ciudad, ya no era más que escombros.

Las cifras oficiales de muertos nunca fueron fiables. Porque el Gobierno quería evitar a toda costa reconocer la violencia que exigió a sus fuerzas armadas para contener los saqueos y las revueltas. Se habló de un aproximado de miles de muertes en todo el país. La falta de una cifra incrementaba por miles esos miles hasta que se llegó a hablar de treinta mil muertes. Parecía inverosímil. El empeño del Gobierno de Carlos Andrés Pérez por no facilitar datos convirtió el rumor en noticia y después en verdad.

Los analistas e historiadores evitaron entrar en polémica con respecto a esa cifra, pero dejaron claro que el estallido había descubierto de manera pavorosa que la desigualdad social y económica del país se había desbordado. La riqueza del petróleo, que era la única que sostenía nuestra economía, jamás había estado bien repartida. Como si nuestros líderes, políticos y empresarios pensaran: «¿Y es que tiene que estarlo?». Hasta ese día, esa tarde del 27 de febrero de 1989, creíamos que éramos un país rico por el petróleo. Claro que veíamos la miseria en los barrios, las favelas que rodean la ciudad y que son los verdaderos límites al oeste y el este, pero nunca imaginamos cuánta miseria, hambre, rencor crecían y crecían dentro de esos muros de barro. Hasta que sus habitantes decidieron tomar las ciudades y saquear los alimentos, los productos, los bienes que compraba el petróleo.

El Gobierno intentó ofrecer una imagen de recuperación, deshizo los decretos que habían subido el precio de la gasolina y colocó al FMI como el principal responsable, un frío organismo que no comprendía las vicisitudes de un país en desarrollo. También asumió que el operativo desplegado por sus fuerzas militares había servido para «cortar en seco la delincuencia en los barrios» porque entre los muertos se contaban líderes de clanes de narcotráfico en los barrios pobres.

—En la oficina de la familia de Charo llevan días sin motorizados —anunció mi hermano, en esos primeros días, después del suceso, en que intentábamos recoger pedazos rotos del país con la esperanza de juntarlos.

Se refería a su futura esposa, cuya familia mantenía una red de jugueterías. Contar las ausencias del mensajero de la oficina se había convertido en la manera en que los caraqueños del este, los privilegiados que se llamaban a sí mismos «clase media alta», elaboraban una aproximación a la dimensión de la tragedia. «El motorizado de la oficina lleva tres días sin aparecer. No tenemos documentación suya y no podemos reclamarlo en ninguna parte». «La señora Dionisia tampoco ha venido desde el 27». «No tengo jardinero». «No puedo usar la piscina porque no ha venido el chico». «Esos muchachos tan atentos del supermercado que te llevaban las bolsas al auto también están desaparecidos». Así era como se manifestaba la enorme sombra de muerte de los acontecimientos. Gente de servicio, camareros, mensajeros, asistentas, que dejaban de existir. Y así era como esa parte de la ciudad, a la que yo pertenecía, se daba cuenta, se hacía cargo de lo que acababa de suceder.

Gerardo empezó a trabajar con un bufete de asesores legales, pero sobre todo de relaciones públicas. Asesoraban al Gobierno de Carlos Andrés en cómo recuperar la credibilidad perdida. Él mismo se asesoró para casarse con una joven adinerada y, junto a su madre, escenificar la que se calificó de boda del año. Por supuesto, no fui invitado. Pero sí leí, observé, analicé cada uno de los artículos, minutos de televisión, hasta un anuncio en los cines de la capital de esa boda. Belén también.

—Me apena que involucren a más personas en su farsa —dijo al fin, delante del espejo de su lavamanos, mientras la observaba en su lado de la cama.

—Si no involucran a más personas, no sería la gran farsa que desean.

—La peor parte la lleva Altagracia. Ella se niega a darle a su hijo la libertad que necesita.

—O quizás Gerardo lo desee así. Necesita parecer lo que pretende aparentar con este matrimonio, crecer profesionalmente, reproducirse, llegar a los treinta y tantos convertido en algo ejemplar.

—Pero es una mentira —dijo ella.

—Sí. Una gran mentira. Pero las mentiras siempre funcionan mejor que las verdades.

—No estoy para nada de acuerdo —dijo Belén—. Y me extraña que a ti te parezca bien. Tú nunca has mentido acerca de ti, siempre has sido muy claro.

—Me ha traído problemas. A veces no me deja avanzar.

—Puede que obstruya, pero no vas a ninguna parte si te mientes a ti mismo.

—Belén, mira a Gerardo, es la imagen del éxito. El asesor que todos quieren tener. Ahora con su matrimonio, más aprobación.

—¿Tú también lo vas a aprobar? —No se movió, no había que subrayar nada, no llamar la atención sobre lo que estábamos hablando.

—Es más fuerte que yo.

—¿El recuerdo o que no hayas reclamado lo que pasó? —dijo sin dejar de hacer lo que estaba haciendo.

—Están fuera, no nos afectan. Nos han dejado libres.

—No estoy tan segura.

—Pero yo sí soy libre, Belén. Yo sé quién soy. No me engaño. Él está condenado a mentirse. Y es su problema.

Me acerqué a abrazarla, porque al fin me daba cuenta que la violación de Gerardo también la había alcanzado.

—No es verdad que la mentira llegue más lejos que la verdad —dijo entrelazando sus dedos con los míos.

Tras la boda de Gerardo, vino una crisis absoluta con mi trabajo como guionista de telenovelas. No era por él, era lo que había presenciado, el llamado Caracazo. No podía levantarme e ir a escribir diálogos románticos mientras cruzaba una ciudad descompuesta, cada vez más pobreza en las calles, cada vez más tensión en las miradas que cruzaba con esos habitantes depauperados y mi aspecto de joven maravilla que iba a trabajar escribiendo falsas historias de amor para que esa pobreza tuviera algún tipo de entretenimiento. No me gustaba esa ecuación. Me torturaba, me descompensaba. Lo planteé ante los ejecutivos. Y ellos sugirieron unas vacaciones pagadas para que «oxigenara» mi cabeza. Y entonces regresara a escribir esos mismos diálogos, esas mismas tramas para distraer a los venezolanos de su verdadera tragedia. Y, además, obligándome a enaltecer un amor, el heterosexual, que empezaba a parecerme totalitario.

José Ignacio intervino. Me invitó a comer una de sus maravillosas pastas con albóndigas y frutos secos, esa combinación de dulce y salado tan típica del Caribe. Sugirió que me calmara, podía ser que atravesara una especie de estrés postraumático. Y agregó que una vez superada esa ansiedad, me esperaría para volver a escribir juntos una nueva telenovela, esta vez una historia de dos hermanas que son separadas y se reencuentran por un mismo amor. Dije que no. No podía seguir escribiendo esas historias románticas que rechazaban la existencia de mi tipo de amor.

—Pero un escritor tiene que saber mentir, Boris —insistió—. De otra manera, ¿cómo va a escribir ficción? Y, además, ¿qué razón tiene para rechazar al gran público?

Me quedé callado y enfurruñado.

—El problema con usted, Izaguirre, sigue siendo el mismo del primer día. Tiene el don de lo anticlimático. Está incómodo en este país y está negando del único boleto de salida que hay para usted. La telenovela.

—No.

—A lo mejor le tome tiempo, pero es probable que termine como Francisco Umbral, analizando la sociedad.

—Ya existe Paco Umbral, ¿cómo voy a pretender ser como él?

—De la misma manera que me imita en sus diálogos, Izaguirre.

Se rio. Aspiró el final de su cigarrillo. Y prendió otro con la colilla del que finalizaba. Me recordó a Victoria Lorenzo. Temblé un poco y él lo advirtió.

—En realidad, usted quiere irse y dejarnos a todos aquí atrás.

No pude emitir palabra.

—Ya me había advertido Isaac de su mala costumbre de reemplazar afectos. Dejar gente atrás. Así que no se asuste por que encienda un cigarrillo con otro, porque es exactamente lo mismo.

Regresé a casa llorando. No podía contenerme y solo pude salir de ese estado repitiéndome que no quería seguir siendo el guionista estrella. Quería escribir una novela de verdad. Un libro, probablemente sobre todo lo que le podía pasar a un ex niño prodigio después del 27 de febrero. Una persona que no sabe lo que es querer, que cambia afectos como se encienden cigarrillos. Un libro, una novela de verdad. Un libro, una novela de verdad. Un libro.

No lo escribí, no pude, me senté delante de Tiempo de tormentas y el cuadro fastidió mi creatividad. La paralizó.

Unos días después me encontré con Ernesto en una inauguración de alguna galería llena de *yuppies* comprando arte venezolano, «porque es lo que está *in*», dijeron algunos de los presentes. Ernesto estaba borracho, apenas podía andar. Los dueños de la galería lo parapetaban delante de una de sus obras expuestas, similar pero nunca tan apasionante como nuestro cuadro.

—Izaguirre —me gritó.

Fui hasta él, tenía esa mirada de animal, entre el topo y el armadillo, ojos muy pequeños, mirada muy larga. Se reía, como si en su borrachera apareciera yo de niño dándole nombre a su única obra interesante.

—Necesito que convenzas a Belén que me devuelva mi cuadro.

—Hemos crecido con él, Ernesto. Fue tu regalo.

—Nunca he vuelto a pintar igual. Lo necesito, no puedo vivir sin él. Por favor, entiéndelo.

No, no lo entendí. Y salí de la galería molesto, una vez más, con todo, la gente, el comercio, el aliento alcohólico de Ernesto. Vivía en un país, una ciudad repleta de malas noticias. Peores personas, mediocres perspectivas.

Sin trabajo, sin historia para escribir una primera novela, me convertí en una preocupación.

—No puedes seguir así, mi amor —era Belén.

—No sé qué hacer.

—Marcharte —dijo.

—La típica sugerencia venezolana. Si no te gusta, lárgate.

—Es que tú mismo te has cerrado todas las puertas.

—¿Marcharme a dónde, Belén?

—Argentina. España, cualquier país donde pongan tus telenovelas, Boris. Es lo que te dijo José Ignacio, que aprenderías un oficio para poder vivir en el país que quieras.

—No es España ni Argentina. No es ningún país porque en todas partes tendría que ser lo mismo. Mentir, ocultar, disimular. No llamar la atención porque ya llamo la atención.

—Eso no es verdad —exclamó—. Puedes conseguir mucho porque tienes verdadero talento, Boris. Lo has demostrado. Eres más que un niño prodigio, eres más que alguien con suerte, eres más que un hijo de. Solo te sientes atrapado en este país, en esta ciudad porque eres mucho mejor que ella.

—Estás hablando como si yo fuera un artista. Y tú la mamá del artista.

—Necesitas que te hable así —finalizó.

No agregué nada más, como siempre hacía, refugiándome en mi juego de pausas y silencios. Y, como siempre, volví al comedor a sentarme delante de Tiempo de tormentas.

Con un poco más de sobriedad, Ernesto y Belén llegaron a un acuerdo para que el cuadro abandonara, momentáneamente, la pared de nuestro comedor. Estaría expuesto junto a otras obras suyas en una retrospectiva en la Galería Nacional. Ante toda su obra reunida, Ernesto tenía razón: Tiempo de tormentas era superior, atractiva, desgarradora. Intensa. El hecho de haber estado en una familia le otorgaba morbo, curiosidad. ¿Cuánto de la vida de esa familia había pasado a formar parte de la vida del cuadro? Y cuánto del cuadro habría afectado a la familia.

Ernesto había reunido a su generación, los artistas, escritores, cineastas, gente de la danza y el teatro, como Isaac y el maestro Holguin, más tieso que nunca, evitando en todo momento encontrarse conmigo. Y también Irma y Graciella, las amigas bailarinas de mi mamá, que seguían vinculadas al Nena Coronil y hablaban malísimo de Alicia, sus novios, sus gastos, sus operaciones de estética. «Ha vuelto a hacerse las tetas, un día de estos se las aplastará cayéndose encima de ellas», dijo una de las dos. Me chocó que fueran tan gráficas, pero comprendí que justamente para no ser así mi mamá había declinado todas las ofertas de la compañía de que trabajara con ellos en su lado administrativo.

Todos hablaban del fracaso del país para salir del subdesarrollo o de esa estúpida etiqueta «en vías de desarrollo». En sus vidas, en sus carreras habían conocido, rozado o superado el éxito pero no habían conseguido lo mismo para el país, que parecía más bien empeñado en conducirse hacia el abismo.

Me separé un poco y vi entrar por una puerta secundaria a Altagracia, Gerardo y su esposa. Los tres se detuvieron al verme y por eso avancé a saludarles. Fue cordial y helado.

—Te va muy bien con las telenovelas. No me extraña, de niño tenías toda esa imaginación —dijo ella con la voz de la televisión. «Mi mamá cambia, es otra en la vida real», recordé decir a Gerardo. Ahora era la de la televisión. Sabiéndose observada.

—¿Te gusta cómo se ve Tiempo de tormentas? —pregunté.

Altagracia echó un paso atrás.

—Sí. —Calló y giró a verlo—. Se ve mucho mejor que en tu casa. Parece respirar. —Y avanzó hacia otras personas que requerían su atención.

Me había ganado. Beatriz, la esposa de Gerardo, susurró que en su «infancia» su lectura favorita de fin de semana era Animal de Frivolidades. Corregí el plural y ella pareció no entenderlo. «Es Animal de Frivolidad», repetí y Gerardo la arrastró hacia el grupo que rodeaba a Ernesto. Hacía años que no nos veíamos y no cruzamos una sola palabra. Ni mirada. Altagracia y mi mamá se encontraron frente a frente y en vez de besarse en las mejillas se dieron la mano. Otra escena para Tiempo de tormentas que sucedía fuera de Tiempo de tormentas.

Y entonces, empezó el frufrú, ese ruido peculiar de sedas que rozan, frases cortas que se unen y se vuelven una cadena de ruido y asombro. Sofía, Sofía Imber, la fundadora y directora del Museo de Arte Contemporáneo, uno de los más importantes y conocidos de Latinoamérica, apareció en la exposición. Sofía Imber, ese nombre que me había acompañado desde los días del campamento. Pero de alguna manera era ahí, entrando en La Retrospectiva, que ese nombre por fin era persona. «Acaba de entrar el Gran Timonel», dijo uno de los amigos borrachos de Ernesto. Era casi una blasfemia llamarla así, como se le refería a Mao Tse-Tung, porque Sofía defendía desde su programa el liberalismo económico y se declaraba enemiga a ultranza del comunismo. Pero, claro, Ernesto había sido un guerrillero como muchos de los presentes, aunque sus vidas se hubieran reconducido hacia algo definitivamente más lucrativo. Y también liberal. Por eso era aún más llamativa la presencia de Sofía. Como si dos Venezuelas, la que intentó ser comunista y la que disfrutaba los parabienes del petróleo, se unieran.

Altagracia tuvo que bajarse de su papel de la gran dama de la televisión para reverenciar a la auténtica gran dama. Funcionarios de todo rango la rodearon, pero ella hizo un especial ademán de aproximarse a mis padres. Mi hermano y yo nos quedamos lo más juntos posible.

—Belén, qué bien que hayas prestado el cuadro. Sin su presencia, todo esto carece de importancia —puntualizó.

Empecé a estudiar su aspecto, que era uno de los más conocidos del país. Los trajes sastre de Chanel, originales y también alguno que otro de inspiración, *a la manera de*. Los broches, a veces dos sujetos a la misma solapa, que denotaban su fascinación por la creatividad. Los collares, que no siempre eran perlas. Y el peinado, una nube coqueta y perfecta de color champaña. El andar, ligeramente curvada pero sin perder un ápice de seguridad, y las piernas, siempre enseñando una buena forma y una calidad de medias que te hacían desear pasar la mano por ellas. Los zapatos con una hebilla gruesa al frente, y el paso, al mismo tiempo férreo y delicado. Y luego la voz, quebrada, ronca, a veces no muy comprensible.

—La última vez que alguien me estudió de esta manera, querido Boris, me llevaron a la cama y me hicieron un hijo —me soltó de frente, sin que me diera cuenta de su proximidad. No había dicho nada, pero comprendí que estaba delante de alguien que observaba con el mismo taladro que yo. Me quedé perplejo, aunque no sin palabras.

—Nunca había visto tan de cerca unas pulseras de David Webb —sentí como todo el salón se quedaba en silencio. Sonreí.

—Sí las has visto porque las usé en el anuncio de American Express que tanto te gusta.

Me reí. Lo había escrito en una de mis columnas de Animal de Frivolidad. Se hizo a un lado y me llevó con ella.

—Vamos a cenar. Tenemos casi tanto más que hablar que Sofía Loren y Elizabeth Taylor.

Me tomó del brazo y me vi avanzando envuelto en su andar, el ruido de sus telas rozándose y la inmovilidad de su peinado. Belén se quedaba atrás, delante de Tiempo de tormentas y la gente que se reunía a ver cómo me iba junto a Sofía.

Siempre me divirtió la curiosidad que ella despertaba. Estaba convencido que tenía mucho que ver el que fuera mujer y que no ocultaba ninguna de sus características femeninas. Su manera de andar, su vestimenta, el elaborado peinado, las uñas pintadas, el maquillaje, los retoques cosméticos. Sofía era capaz de mezclar su persona profesional con la señora que se ajusta al concepto de señora de una sociedad machista. No le incomodaba. Y pensaba que podía seguir su ejemplo con respecto a mi sexualidad y mi desenvolvimiento personal. Compartiría con ella esa lucha en contra de que mi condición me inferiorizase permanentemente. Y esa lucha fortalecería mis estrategias, mis defensas, haría que mi cabeza, mi inteligencia más que un arma fuera un ejército. Y a ese ejército solo tendría que sumarle cosas. Atractivo. Y al atractivo, encanto. Y al encanto, misterio. Y al misterio, elegancia. Y a la elegancia, humor. Y al humor, cerrando el círculo, inteligencia.

Nos volvimos inseparables. Su equipo de seguridad, que velaba por ella como directora de una de las instituciones culturales más importantes del subcontinente, me asignó un nombre. Ella era Águila. Y yo, Colibrí. «Águila y Colibrí avanzan hacia la puerta principal», oía decir a los de su seguridad por entre sus cascos a todo volumen. Podría ser el título de una buena columna sobre lo que éramos. Un hombre joven, gay, fascinado por una mujer mayor, extraordinaria, increíblemente pública y sabiamente privada. No me atreví a escribirlo porque traicionaría una de nuestras principales promesas nunca dichas: lo que hablábamos, lo que sentíamos, lo que descubríamos, era solo nuestro.

—Todo el mundo se da cuenta de lo que sientes y de lo que descubres junto a ella —me retó Belén, sus ojos ligeramente heridos—. Estás fascinado pero también enamorado de ella.

—No puedo estar enamorado. Sofía está casada y yo prefiero los varones, mamá.

Belén se giró hacia mí.

—¿Ahora vas a llamarme mamá?

—Sí. —Se terminó el Belén.

—Porque Sofía te parece mejor que yo. Que ninguna de nosotras —dijo, su voz debilitándose y el llanto formándose.

—No, mamá. ¡No puedes tener celos de Sofía!

—Los tengo, me molestan, me agreden. Pero los tengo. Solo hablas de ella. Vives a su disposición.

—Es la persona más interesante que he conocido.

—Eso lo entiendo. Y lo comparto. Pero es ese afecto, esa voz que pones cuando le hablas. Todo lo importante, lo interesante lo hablas con ella. Cómo le indicas lo que tiene que vestirse. Me irrita. Me descompone.

—Pienso que algunas cosas pueden modernizarse en su *look*, que es una de sus armas, y ella aprecia mis comentarios.

—Nunca quise tener un amigo gay que me sirviera para eso —dijo con una fuerza, una emoción que no conocía. Como el ladrido de un lobo. Herido, o no, pero ese aliento, esa oscuridad. Era la irracionalidad de esos celos que había reconocido.

Esperé un poco para seguir discutiendo. Mi mamá seguía mirándome, feroz.

Entonces, disparé:

—La ropa es una de las pocas cosas que pueden contar una historia sin palabras. Y dejar ver algo de la personalidad de su usuario. En cada prenda de Sofía hay, en mi criterio, un poco de historia de este país. Y desde ese punto de vista, nuestra conversación sobre lo que lleva o llevó o nunca llevará tiene muchísima importancia. Sobre todo para mí.

Belén se mantuvo dentro del silencio invisible. Yo permanecí a su lado.

—Perdóname, me he sobrepasado —dijo.

—Es la irracionalidad de los celos —confirmé.

—Sofía siempre fue mejor que todas nosotras. Cuando se fija en algo, lo apodera, no es que lo tome prestado y luego lo deseche. Se apodera. Siempre temí que pasara contigo o con tu papá.

—Mamá.

—Puede que los celos sean irracionales pero, al final, te dejan una razón para tenerlos. Nunca imaginé que me suplantarías.

—No te estoy suplantando ni mucho menos, mamá.

No me dejó terminar. En su mirada, esa mirada, sentí que iba a abofetearme. Retrocedí y, pensándolo mejor, avancé, quizás sería mejor si sucediera.

—De todas las personas por las que podías hacerlo, Altagracia, Victoria Lorenzo, cualquiera de las actrices de tus novelas, cualquiera «novia» falsa, has escogido precisamente la que más daño puede hacerme.

—Mamá, por favor, ¿daño…?

—Porque es la única mujer que realmente admiro, en esta ciudad, en cualquier lugar.

La mirada seguía allí y el dolor, que vi aparecer como una centella, un centauro, una ninfa, un acertijo entre sus ojos.

—He descubierto tu egoísmo —siguió—. Igual al de todos

los hombres, no miran a ninguna parte, no respetan nada. Van hacia donde su deseo les lleva. En este caso, tu inteligencia, que es lo que compartes con ella. Y acabas de dejar de compartir conmigo.

—Estoy disfrutando de Sofía, de su fascinación. ¿Qué hay de malo en dejarse seducir por una fascinación?

—Que quizás dejes de darte cuenta que el afecto es otra cosa.

Fran me llevó a la inauguración de un restaurante de lujo. Con todo lo que había pasado por el Caracazo, Fran creía que había que ir a todas las fiestas, inauguraciones y hasta bodas y comuniones. «Doble realidad, mi amor, eso es Venezuela», empezó antes que nos entregáramos a nuestra rutina de saludos en ese tipo de situaciones. «Mi amor, qué bella estás y qué divina esa cartera, es maravillosa. Casi tanto como tú», decíamos «casi» al maravilloso unísono. Nos quedamos solos después de halagar a todas las señoras del estreno.

—Sabes lo de Luis, ¿no?

—¿Qué?

—Está enfermo.

—No, Fran, solo se han separado. Igual que Leski y tú, Isaac y Luis han preferido romper. Mi tío no está destrozado. Está, simplemente, como dice él.

—Quiere dar aspecto de dura. Lo comprendo, yo lo he intentado, pero empezaba a llorar por las esquinas hasta que me di asco de mí misma. Lo de Luis es distinto, mi amor. Está enfermo, se contagió aquí, es lo que dicen y lo que tiene a todo el mundo aterrado. Los casos anteriores han sido gente que había estado en Nueva York o en Europa.

Al cabo de unos meses, Isaac apareció en la puerta de nuestra casa.

—Rodolfo, ¿tu hermano médico es gastroenterólogo?

Mi papá asintió. Luis padecía una diarrea peligrosa. Habían intentado todo, incluso arroz blanco con plátano y manzanas, que era una especie de curación compartida por mi mamá, heredada del Agregado. Mi tío médico dio un parte alarmante.

Los órganos indicados habían dejado de funcionar. Isaac se sentó en una de las sillas del centro médico y miró hacia el frente. Mi mamá fue hacia él.

—Quería ir a Roma, otra vez. Y luego a Venecia y volver a visitar el gueto judío, que en realidad es una gran plaza, pero yo se lo describía recordando las palabras en *Otelo*. Y cuando llegamos allí, horas de góndolas, cambios de bote a bote y pérdidas de rumbo entre las calles, Luis se paró, tomó dos fotos, miró un poco más y me dijo: «Mi amor, esto es una mierda».

Belén e Isaac soltaron una carcajada y entonces Isaac se dobló sobre sí mismo y empezó a llorar sin parar.

No derramó ninguna lágrima en su entierro, a los pocos días. José Ignacio, el maestro Holguin, Alicia y Ernesto pululaban entre ellos. Sorpresivamente, la Mata Hari de Barlovento y Alexis Carrington del Valle llegaron junto a Leski, que me envió un beso desde donde estaban. Todos reunidos no solo parecíamos los personajes en Tiempo de tormentas, sino que volvíamos a ser una postal de un país dentro del país. Los artistas, los miembros de una generación dorada del talento venezolano, apoyándose a pesar de las distancias. Los celos, las ausencias. Sofía llegó casi la última y se colocó cerca de mi mamá. Me gustó verlas juntas. Y Altagracia también llegó con Gerardo y su esposa, con su bebé en brazos. «Vaya, este sí que empieza temprano a venir a funerales», deslizó Fran, a mi lado. Mi hermano se separó cuando me percaté, avanzaba hacia ellos. Decidí seguirle y llegué en el momento en que, muy serio, saludaba a Gerardo y a su esposa y se detenía delante de Altagracia.

—Me asombra que con todo lo que dices y proclamas en tu programa contra el sida y los homosexuales tengas el tupé de venir a este funeral —le dijo—. Ojalá pudieras decir en tu programa que has estado aquí por la amistad que tienes con Isaac y porque sientes, como todos nosotros, que una epidemia que nadie sabe controlar porque, como tú, la observan desde el prejuicio, se ha llevado a un gran talento, pero sobre todo a uno de nosotros.

Todo el mundo se quedó en silencio. Altagracia intentó responderle a mi hermano pero solo pudo bajar los ojos. Él se giró para regresar donde estábamos y yo le seguí inflado de orgullo.

CAPÍTULO 25
—
PROYECTO SOFÍA

Una madre y un hijo se pertenecen. Pero una pasión, una fascinación, una curiosa amistad como la de Sofía y yo se enredan sin raíces ni tentáculos ni lazos, solo es ese espíritu de complicidad, chistes y chismes que van tejiendo una red de afecto e ironía compartida. Y vicio, la necesidad de recurrir cada vez más tiempo, cada día, cada mes, a esa unión de inteligencia, desdén, amor, lenguaje, aprendizaje y también tacto, miradas, sensualidad. «Hace muchos años que dejé de ser físicamente atractiva, entonces me dediqué a ser intelectualmente atractiva. Una conversación, una frase, una discusión, un buen chisme son mis mejores armas de seducción y las que más placer me han dado. Pero es nuestro secreto», había dicho Sofía muchas veces, muchas noches, muchas madrugadas juntos.

—Tengo una idea para ti, en realidad un trabajo. Vamos a hacer una exposición extensa y detallada de Centeno Vallenilla en el museo —soltó un domingo.

Me atraganté, estábamos comiendo en su casa. Siempre hacían borscht, la típica sopa de remolacha y un poco de tocino o de carne para aportarle más consistencia, que en un principio se creyó de origen ucraniano, pero que en realidad adoptan como propio casi todos los países centroeuropeos. Es uno de mis platos preferidos por sus sabores intensos, y también de ella, porque era igual que su origen, que a veces era ruso y otras rumano.

Centeno Vallenilla era el pintor favorito de Juan Vicente Gómez y de Marcos Pérez Jiménez, dos dictadores venezolanos que sumieron al país en un desequilibrio político desde principios del siglo xx hasta 1958, entre golpes de Estado, periodos de inestable democracia, asesinatos y elecciones amañadas. Centeno

Vallenilla los unía tanto como su ambición de poder y desde sus regímenes le fueron comisionados murales que adornaban edificios tan emblemáticos como el Congreso Nacional, el Tribunal Supremo, el edificio de Justicia y el Ministerio del Mar. Sus murales y toda su obra pictórica era profusa en desnudos masculinos, desaforadamente idealizados, dioses griegos y romanos, pero con rostros y pieles nativas, indígenas y negras. Por su estudio desfilaban todo tipo de varones, la mayoría levantadores de pesas y boxeadores, a los que desnudaba y cubría de telas para apolizarlos, herculizarlos, con nuestras montañas, ríos y cataratas como fondos. Jamás se reconoció como homosexual, pero su arte transpiraba «gaysura» —una palabra que se acuñó para sus cuadros tras su muerte—. Una de las piezas que se habían recuperado para la exposición y que más entusiasmaban a Sofía era un inmenso bodegón, de casi cuatro por cuatro metros, de una fuente de tomates. «El tomate te mira. Como pidiéndote que lo muerdas y que luego le grites maricón», decía ella.

—Mi propuesta —retomó Sofía— es que escribas uno de los textos del catálogo.

¡No lo podía creer! La abracé y la besé y me marché corriendo a empezar a escribir. Mi idea era, primero, despojar a Centeno Vallenilla de una vinculación ideológica con los dictadores. Era él quien influía sobre ellos y no al revés. «Te vas a meter en problemas —advirtió mi padre—. Los dictadores no tienen gusto, no son recordados como estetas precisamente». Pero yo sí creía que Centeno Vallenilla se sentía esteta y que para poder serlo había accedido a trabajar para los tiranos.

Segundo, quería vincular a Centeno Vallenilla con los pintores victorianos, como Fred Leighton, que defendían el preciosismo para dulcificar su época, que favorecía la represión. Leighton, al igual que Centeno Vallenilla, tenía una casa-estudio en Holland Park, en Londres, que yo solo conocía por fotos, siendo muy famosos su extenso Salón Árabe, con mosaicos valiosísimos del Imperio otomano, y el gigantesco estudio, donde se sucedían fiestas que eran lo más de esa sociedad reprimida.

Quería escribir sobre el ojo gay, capaz de *gaysar* un tomate, un dios, una anécdota sagrada. Lo gay como verbo, una especie de concentración de fuerzas que también vinculaba a mis deseos de niño de ser un superhéroe abiertamente homosexual cuyo máximo poder fuera el de mariconcarlo todo. Quería explicar cómo esa mirada amanerada pertenecía o solo se podía formar en mentes que habían descubierto el privilegio de la información, de poder mezclar no solo un estilo con otro, «sino un siglo con otro, una nación con otra, porque al saber más, tanto de las civilizaciones antiguas como de las tribus modernas, entendían que nadie es distinto, ni siquiera los que están obligados a defender su diferencia, sino que todos pertenecemos al conocimiento. Y el conocimiento...».

—Un poco farragoso esto del conocimiento y las civilizaciones —expresó Sofía al leerme—. Quítalo —sugirió.

—Pero es que quiero decir que la homosexualidad, acostumbrada a escoger, escoge también dónde desarrollarse. Todo calza: Leighton y Wilde y Beardsley en la Inglaterra victoriana. Centeno Vallenilla entre las dictaduras tan represivas como las de Gómez y Pérez Jiménez... Y el superhéroe contemporáneo que sería yo, dispuesto a *gaysar* el universo.

—Escríbelo exactamente como lo acabas de decir. Y déjalo hasta allí, es suficiente, Boris. Agregar más sería...

—Llamar la atención...

—Y ya llamas la atención —cerró ella aprovechando como nadie el momento.

La exposición fue un éxito. Un gran éxito. Y mi texto en el muy abultado catálogo, más que un éxito, una ansiada coronación.

Mi mamá apareció en el umbral de mi cuarto.

—Es brillante, Boris. Te perdono a ti y a Sofía por este texto tan sabio, tan preciso y tan profundo. Has aprovechado para dejar claro, más que tu punto de vista, tu sitio en el mundo.

La exposición fue requerida en los mejores museos de Latinoamérica. Y Sofía impuso mi presencia en todas esas visitas. Como conferenciante y experto en ese episodio de kitsch y camp en las artes plásticas latinoamericanas. Chile, Perú, Argentina, Brasil y Ecuador. Recibí y aproveché invitaciones para escribir en muchos periódicos y revistas de esos países y desarrollé un discurso donde mezclaba, con mucha eficacia y diversión, todos esos conceptos para configurar lo que bauticé como «la Gran Ensalada Grecolatina». Recibí felicitaciones y premios y un nuevo título que agregar a mi personalidad: experto venezolano en Arte Gay. Sofía me previno de dejarme enredar por esos apócrifos y me instó a que me concentrara en mi novela, tenía que retomarla. Mi cabeza, mi visión de la realidad, de la actualidad, necesitaba una novela para incrustarse en el público. Solo necesitaba una idea. «Belén, allí la tienes, te está esperando. Una mujer que se enfrenta al padre, a las costumbres de una época, para ser bailarina y que luego tiene un hijo gay, eso es una novela», propuso.

No pude hacerle caso. Preferí seguir subido a su auto oficial bajo el sobrenombre de Colibrí.

Sofía me invitó a acompañarla a una escapada a Nueva York. Todas las noches eran un premio de glamour y *niuyorkinismo*, otro de esos ismos acuñados en nuestro conversar. Una cena benéfica con Paloma Picasso. Otra cena en el piso de Christo. Una merienda en casa de Red Grooms. Un apretón de manos con Robert Rauschenberg y quizás, si dejaba que apretara la mía un poco más, pues un bastante más de Rauschenberg para mi anecdotario. La mañana siguiente le propuse que me moría por ver con ella la Bienal del Whitney, pero ella, con esa voz seca y ronca, prefirió otro plan. «Ya estuve en la Bienal, mi amor, y no ganas nada viéndola conmigo porque apenas me vea un galerista ya querrá enseñarme todos los artistas que tiene representados». Su plan era muchísimo más atractivo. «Te espero a la una en punto en EAT». Pero, Sofía, si la Bienal no abre hasta las doce. «Una Bienal es igual que *El lago de los cisnes*. Se podría ver en una hora e insisten en que dure tres actos y la música se repite. Quedamos a la una en EAT», la cafetería judía más famosa del mundo en ese momento.

Sus suelos son de damero; las neveras, con las abundantes porciones de comidas preparadas, como panzas de vidrio que te obligan a caminar en un estrecho pasillo. La cocina, siempre humeante y con ese olor a borscht en permanente cocción, delante de ti como indicándote que estás en una casa muy ajetreada.

Las mesas cubiertas por los manteles de cuadros blancos y rojos y las inmensas servilletas que ponen EAT. Sofía estaba sola, sentada en una esquina con ventana, Madison Avenue en toda su electricidad moviéndose detrás de ella. Acababa de ir a la peluquería, que era algo que podías detectar porque se sentaba más erecta y feliz. Le encantaba salir de la peluquería, ese instante de estar recién peinada y perfecta. Se había puesto un taller Chanel, de colores apastelados pero también otoñales, un rosado con moras, sin ser del todo frutas del bosque. El efecto final daba una sensación de brochazos, un toque Pollock que, por supuesto, fue lo primero que le comenté.

—Siempre tan zalamero, vas a ver cómo te gano ahora mismo.

—No, en serio, es como un Chanel abstracto.

—Todos los Chanel son abstractos, cuánto habría dado por decírselo a la propia Chanel. Ahora es mi turno. Boris, mira el lugar...

—Ambientazo. Y el borscht y bloody maries, vamos a enloquecer.

—¡Mira las flores! ¡Son maravillosas! Parecen vivas, parece que van a tragarte.

—A ti sobre todo, con tu taller con todos esos colores.

—Boris, mi amor, mira todo esto, por favor, míralo bien. —Lo hice, la contemplé a ella, la vi tan feliz por estar divinamente bien peinada y vestida y a punto de comer la comida de su origen—. Mira bien —insistió varias veces y entonces hizo esa pausa que hacía como nadie—. Tú te tienes que marchar de Venezuela.

Iba a decirle que sí, que lo pensaba, que tenía el siguiente plan, pero ella se hizo como más grande, la gente en las mesas vecinas parecía ingerir más despacio, como deseando no hacer ningún sonido que empañara lo que Sofía iba a decir.

—Si te quedas en Venezuela, Boris, vas a ser un marico más. En cambio, si te vas al mundo, ¡serás un gran homosexual!

El silencio fue brutal, tan soberbio como la frase, y creí que nos envolvía en una burbuja y flotábamos, sí, flotábamos por encima de todas las mesas. En esa elevación tenía que encontrarle el sentido a la frase. En Caracas sería un marico más mientras que en el mundo sería un gran homosexual. Pero sería gay en ambos casos. Solo que en uno más importante. O más libre. Y al mismo tiempo más serio. El extraordinario tránsito de marico a homosexual. Abrí y cerré los ojos, miré a Sofía observándome, esperando mi respuesta. ¿Cuál podía ser, cuál podía superar esa frase, ese momento? Y seguíamos elevados a dos palmos del suelo.

—Ok, está bien, lo compro. Quiero ser un gran homosexual.

EAT entero pareció romper en aplausos.

Regresé a Caracas a repetir en todos los sitios posibles la historia. Mi mamá fue la primera y estupefacta me dijo:

—Solo porque te lo ha dicho Sofía, por fin has reaccionado. Yo te lo he dicho mucho antes, Boris.

Tenía razón. Sofía había hecho un vodevil de una verdad y yo había reaccionado a él. Y seguí propagándolo. La propia Sofía me instó a contarlo en una recepción para el presidente de Colombia en su embajada. El shock en los presentes siempre me hacía pensar que la frase tenía, como muchas cosas en Sofía, una genialidad perfectamente disimulada. No se trataba de condenar, ocultar o disimular la homosexualidad sino de llevarla a su máximo nivel. Y a que el triunfo, cualquiera que fuera ese triunfo, tuviese implícita la homosexualidad. Hacer del atrevimiento una declaración de principios.

Se me ocurrió enviar un currículum y varias escenas de mis telenovelas con uno de nuestros galanes que se marchaba a cumplir un contrato en España. No esperaba nada, pero al regresar de Nueva York mi mamá me explicó que el actor había llamado, excitadísimo, trastocado por el cambio de horarios y diciendo que unos productores querían poner en marcha una adaptación de una novela costumbrista para volverla culebrón. Lo llamaban «culebrón», que no me gustaba, como la frase de José Ignacio: la gente que califica la telenovela de culebrón desconoce el aporte y esfuerzo que requieren y significan.

Devolví la llamada y parecían no saber qué decía. Utilicé el nombre del galán, que reconocieron enseguida y creyeron que era yo. Volví a aclararlo, expliqué que yo era el guionista de esas telenovelas. Me hicieron esperar y de pronto apareció una voz más seria, pelín aflautada, que se identificó como el productor. Me pareció ver algo flotar en el salón de la casa de mis padres. Un polvo, un brillo, y desvanecerse. Volverían a llamar.

La madrugada del 4 de febrero de 1992, en un programa de estrenos cinematográficos avanzaban el tráiler de una película sobre el joven Mussolini, con Antonio Banderas. Lo seguía medio adormilado hasta que empezaron los disparos. Como si estuvieran asaltando a alguien en la calle frente a nuestra casa. Hubo un silencio, una pausa y de nuevo regresaron los ruidos. Pero esta vez más seguidos, como si fuera una metralleta. Y detrás de la metralleta, explosiones.

Sonó el teléfono y era mi hermano. Desde su casa también se escuchaban.

—Parecen fuegos artificiales, puede ser un incendio en la fábrica que está más arriba —le dije.

Mamá apareció en la puerta de la habitación, con su dormilona de color oro, los ojos realmente desorbitados, el pelo desordenado.

—Es un golpe de Estado —exhortó—. Ustedes nunca han vivido uno y no lo entienden —insistió. Mi padre apareció detrás—. Llamen a tu hermano.

—Ya estoy hablando con él, mamá. No puede ser un golpe de Estado.

—Lo es, Boris. Lo es.

Bajamos todos hacia la cocina y vimos sobre el suelo del salón las ráfagas de las propias balas o de alguna patrulla y escuchamos un helicóptero, dos, tres. En la biblioteca de papá había un viejo televisor que sintonicé en el canal donde emitían el programa de estrenos. De repente, con el logo de Venevisión, la cadena de la competencia, apareció Carlos Andrés, el presidente, con la misma mirada desorbitada de mamá, diciendo: «Estoy vivo. El golpe ha sido un fracaso. Todo está bajo control». Fui hacia mamá, que temblaba.

—Este país se fue a la mierda —dijo con los dientes cerrados. No temblaba por miedo sino de rabia.

Mi papá abrió un pote nuevo de mermelada, introdujo una cuchara sopera y se la metió entera en la boca.

Hugo Chávez, un comandante paracaidista, fue detenido junto a sus cómplices, uno de ellos su hermano, como responsables de la asonada que pretendía liquidar al presidente Carlos Andrés Pérez, asesinarlo. Imágenes de un tanque militar ascendiendo por las escalinatas del Palacio de Miraflores se repitieron y repitieron en todos los canales de televisión. En algún momento del mediodía, Chávez fue presentado en el Congreso ante las autoridades y dijo: «Hemos fracasado. Por ahora». Algo eléctrico recorrió medio país. «Por ahora».

El teléfono no dejaba de sonar. El Gobierno había decretado el estado de sitio y el toque de queda, solo se podía circular hasta una hora determinada y todo el mundo sabía que estábamos en casa. Por eso llamaban personas que tenía años sin oír ni ver. Harto de responder llamadas del pasado, me aislé en mi cuarto. Acostado boca arriba miré hacia ese cielo de febrero, con sus cambiantes azules y blancos. Y constaté que no se movía. Se había detenido, como el tañido de una campana en la memoria.

CAPÍTULO 26
—

ESTADO DE SITIO

La productora en Santiago de Compostela volvió a llamar. Querían que me incorporase de inmediato. Incorporarme, me resaltó la palabra y esa manera tremendamente natural de los españoles de emplear el idioma, porque es suyo. El nuestro siempre tiene algo que te hace pensar que es impuesto o que al menos ha viajado mucho y podría haberse estropeado para luego ser parapetado al tocar cualquiera de nuestras orillas. Incorporarme, coño, claro que quería, anhelaba, deseaba, moría por incorporarme a algo después de haber visto mi país descalambrarse.

No dije nada, excepto a mi mamá, esa misma madrugada sentada en su butaca mirando *La posada de la sexta felicidad* con Ingrid Bergman. Santa Ingrid Bergman de nuestras madrugadas. Le expliqué que marcharme a Santiago de Compostela no sería algo definitivo, solo atender una propuesta de trabajo.

—Si es lo mejor para ti, estaría bien que fuera definitivo, Boris.

—¿Qué haremos con este cuarto? —dije—. ¿Cuándo vamos a repetir estas conversaciones?

—Por teléfono —dijo ella. Se le quebró la voz—. Como cuando estaba de gira y te llamaba. —Intentó recomponerse—. No imaginé nunca que… pasaríamos separados más tiempo que juntos.

Ingrid Bergman también lloraba de emoción al ver a unos chinos rescatados de algún mar japonés. Y eso, una vez más, nos hizo reír y llorar y volver a abrazarnos.

—Ayer fui al médico —dijo muy bajito, casi no lo entendí al principio—. He estado vomitando y con una digestión que se complica.

—Mamá, ¿por qué no has dicho nada?

271

—Pensaba que era esta rabia que siento por ese golpe de Estado del carajo —soltó.

—Tenía que pasar, mamá. Como dice papá, «lo mejor es lo que sucede».

—Pero esto no es lo mejor, Boris. No te das cuenta: todo lo que hemos luchado por construir en este país son escombros.

Dejamos espacio a que entrara el silencio invisible.

Sí, estoy enferma. Es lo que ha diagnosticado tu tío el médico. Tengo un quiste, en un lugar muy recóndito del aparato digestivo.

Me asusté mucho y ella lo reconoció de inmediato.

—No puedo irme.

—No, vas a irte. Te lo suplico. Yo me voy a curar. Pero a mi manera, no con la medicina tradicional.

—Mamá, no creo que sea buena idea.

—Tu tío cree que la macrobiótica ha depurado tanto nuestro organismo que lo ha debilitado. Salirme de la dieta ha generado ese quiste.

—Mamá, necesitamos más exámenes, más revisiones.

—No, yo entiendo lo que está pasando.

Me levanté y apagué la televisión, no podía seguir viendo a Ingrid Bergman salvar niños chinos de la invasión japonesa.

—Me quedo, no me voy.

Mi mamá se levantó. Era un esfuerzo para ella.

—De ninguna manera. Me voy a curar. Expulsaré el quiste. O lo extirparán, pero sin abandonar mi dieta y mi credo. Ni muchos menos la homeopatía.

—¿Homeopatía? Mamá, puedes estar enferma de gravedad.

—Soy sana. Y muy fuerte. Y lo voy a conseguir. Me curaré. Y tú te irás. Si te quedas, sentiré que no tengo razón para luchar. Hazlo por ti, el marcharte, pero también, un poco, por mí.

Mi tío médico se hizo una presencia delante de Tiempo de tormentas.

—Es un gran cuadro —me dijo.

—¿Qué tiene mi mamá?

—Una obstrucción del píloro, que es una pequeña válvula al final del estómago. Es probable que se haya formado al sedimentarse algo que no consigue eliminar del organismo durante la digestión. No podemos determinar qué es ese algo y es urgente que eliminemos el quiste, lo analicemos y descartemos si es grave o no.

—¿Es cáncer?

—No podemos saberlo hasta extirpar el quiste. Solo que tu mamá no quiere operarse.

—Está convencida que su homeopatía lo eliminará o la ayudará a expulsarlo.

—Yo no critico su convencimiento en la homeopatía, Boris, solo desearía que se dejara operar.

Volví a pillar a mi mamá viendo otra película de Ingrid Bergman en la madrugada. Era un Hitchcock bastante olvidado, *Bajo el signo de Capricornio*. Bergman es la desafortunada esposa de un colono que intenta enloquecerla.

—Es igual a *Luz de gas* —dijo mi mamá—. Solo que con Joseph Cotten, que es tan atractivo, casi animal.

—Mamá, te tienes que operar —casi le escupí con mi apremio.

Respiró hondo y se puso rígida en la mecedora.

—Y tú tienes que marcharte.

—No lo haré si no te operas.

La propia Belén llamó al tío médico y le pidió organizar la operación. Fue unos días después y ella consiguió que la devolvieran a casa en menos días de los supuestos. Estaba muy delgada, los pómulos se veían magníficos en su rostro, que también parecía haberse reducido.

—¿No te habrás hecho algo más, mi amor? —dijo mi papá. Todos soltamos la risa.

La biopsia calificó de benigno el quiste en casi un noventa por ciento. A mi tío médico se le escapó la palabra «tumor» al darnos los resultados. Habían conseguido extirparlo. El peligro había pasado, dijo, pero Belén tenía que seguir un tratamiento. Solo que ella no estaba de acuerdo en hacerlo siguiendo criterios convencionales.

Consiguió una iridóloga.

—¿Confías en esta…, cómo se dice…?

—Iridóloga, revisa el iris de tus ojos y diagnostica todos tus males.

—¿Confías en ella?

—Sí. Va a eliminar muchas cosas de mi dieta. Queso, pan, lácteos en general, hasta el yogur.

—Mamá, comes dos yogures diarios. Y el queso es para ti lo que el scotch para mi papá.

—Y el gin-tonic para ti.

—Mamá, ¿solamente eliminando alimentos vas a…?

—Somos lo que comemos, Boris. Lo que se sedimentó en mi interior era algo que comía y que me hacía daño y el cuerpo no lo expulsaba.

Preferí dejar entrar al silencio invisible.

—Cuando vuelvas de Santiago, estaré completamente curada.

Me quedé mirándola y ella zanjó:

—Te lo prometo.

TERCERA PARTE
—
BELLE ÉPOQUE

CAPÍTULO 27

—

TOMATES EN LA ALAMEDA

Santiago de Compostela. Antes de marchar de Caracas, acudí a una conferencia de Álvaro Mutis, el poeta colombiano, que empezó a hablar de esa ciudad, de cómo había entendido en sus piedras la verdadera naturaleza de la vida y de la poesía que es ofrecer belleza donde más inhóspita sea su aparición. Esa idea de lo que brota me fascinó, además de la asombrosa coincidencia de que el poeta disertara sobre el sitio a donde iba a trasladarme. Atrapado en esa idea, recorría mis nuevas calles. En efecto, la piedra siempre estaba húmeda y siempre parecía guarecer una vida, desde una hoja hasta otra lágrima, hasta el contacto con otra mano. Me fascinaba el ruido de las astas de las banderas, golpeadas permanentemente por el viento, en la plaza del Obradoiro. Mientras más fuerte era el viento, más ruidos surgían por ese golpe entre las astas. La gente siempre circulando con algo que los protegiera, saludándose brevemente, ese típico saludo de las ciudades pequeñas, conocidos que actúan como desconocidos para no admitir que están hartos de ser siempre los mismos. Mamá lo había advertido: «Vas a aburrirte tanto. Tú eres de ciudades grandes». No quería que tuviera razón, pero tampoco deseaba reconocérselo a nadie: estaba en Santiago entrando por una puerta trasera a un país fascinante. Quería ir hasta el centro, llegar a Madrid, sí, claro que sí, pero había que hacer este pasaje, cruzar esta plaza y ese ruido incesante entre el viento y los hierros como único acompañante.

Era terrible escribir diálogos de amor e intriga con una pared de agua impenitente delante de mis ojos. Me aprendí todos los sinónimos de «lluvia». «Chirimiri», «froallo», «babuña», los más locales. «Aguacero», más mío, más tropical. «Galerna», el

277

más alarmante y que sucedía con una frecuencia asombrosa. Y, por supuesto, «tormentas». Tiempo de tormentas. El apartamento que la productora me había ofrecido estaba decorado con muebles que parecían sacados de distintas oficinas. Una mesa de salón con dos niveles, ambos de vidrio. En el superior había dos ceniceros de vidrio como de oficina de seguros. Y en el inferior viejas revistas de consultas dentales y notarías. Diana de Gales lloraba la muerte de su padre en la portada del ¡Hola! María Teresa Campos posaba radiante en una comunión, con sombrero. No sabía quién era, pero iba a averiguar de inmediato que parecía estar en todas partes en la cadena pública. En otra revista aparecía Emilio Aragón con Belén Rueda. «Somos imparables», ponía debajo de ellos. Tampoco sabía quiénes eran, pero iba a ponerme a ello enseguida. Había comprado varios periódicos: *El País*, *Abc* y *La Vanguardia*, donde escribía un escritor que me apasionaba y que Sofía me había «presentado». Terenci Moix. Me hizo ilusión leerlo in situ, en su país, aunque fuera desde Santiago. Escribía sobre una representación de alguien a quien denominaba la Diva, que era como llamaba a su gran amiga, la célebre actriz Mimí. La recordé de inmediato en la portada de las revistas que enviaba y dejó de enviar la Nena Coronil. La manera que tenía de describirla, el detalle minucioso y divertido de una anécdota juntos, me hizo pensar que era una relación como la de Sofía conmigo. Y que me gustaría escribir así.

Todos ellos eran «mi familia» española, la compañía de esos días de lluvia y de diálogos lacrimógenos. «Vas a volverte loco», recordaba a Belén. No tenía línea telefónica. «El último inquilino dejó un pufo importante en conferencias», me explicaron. Usaba el locutorio de enfrente, rodeado de otros latinoamericanos como yo, quejándose de la lluvia y la frialdad de las personas.

Llamé a Fran.

—Muuuujer, la Fugitiva, qué simpática tu linda manera de nunca despedirte.

—Aquí es todo lluvia, Fran. Llevo dos meses viendo llover sin parar.

—Mejor, menos probabilidades de cáncer de piel.

—Te noto rara, amiga.

—Porque te has ido. Y sé que es definitivo. Y que yo me he quedado. Y que eso también es definitivo.

—La vida…

—No da vueltas cuando la noria se estropea, mujer. —Sentí que carraspeaba, que de verdad estaba molesto con mi marcha—. Anda, triunfa en Europa, en el invierno. Y no olvides que la gamuza se estropea con la lluvia.

A veces, la lluvia paraba y salía hacia la Alameda, una extensión de árboles inmensos, dispuesta frente a la catedral. Robles, castaños de Indias y a su lado inconcebibles palmeras, altas, con un penacho verde, tan extrañas, tan foráneas que me sentí una más de ellas. Esparcidas entre los árboles aparecían esculturas de bronce, desteñido por la cantidad de agua, o de mármol veteado, en homenaje a grandes figuras gallegas de las letras, la ciencia, el periodismo. Y entre ellas, en los espacios entre estatua y estatua, jóvenes besándose y varones solitarios mirándome con ojos inyectados de ganas.

—Eres el del culebrón, ¿verdad?

Escuché esa voz pequeña y entusiasta. Me di la vuelta para encontrarme con un caballerete sin edad, con ojos ligeramente cercanos entre sí y unas gafas de cristal muy pesado. Un tamaño mediano, pero algo deliberadamente coqueto y peligroso en toda su figura.

—Soy Jorge, pero todo el mundo me llama Georgette —dijo.

Un nuevo Fran, pensé. Y de inmediato pensé otra cosa: Georgette era el Fran original porque estaba en Europa y todas las cosas vienen de Europa.

—Odiarás este lugar, es una catetada máxima. Todo el mundo habla de ti porque te han puesto en las revistas de la universidad y en los periódicos locales, que solo publican bodas, bautizos y entierros.

—Soy Boris Izaguirre —respondí.

—No hace falta que lo digas. Eres la escritora sudaca de la telenovela.

¡También hablaba en femenino! Y había usado la palabra que jamás había escuchado. «Sudaca». Me asombró, pero proviniendo de él lo consideré una broma, incluso ironía. Pero en realidad me estaba enfrentando por primera vez a cómo me veían los locales. El extranjero, la *rara avis*, el sudaca.

—¿Sabes que aquí se viene a algo más que a contemplar la catedral?

Negué con la cabeza.

—Detrás de la estatua de Rosalía de Castro, allí nos reunimos todas.

Caminaba agitándolo todo, hombros, cintura, nalgas, rodillas. Como con una musiquita interior. Sostenía una bolsa en sus manos, que también se agitaba, como si fuera una pandereta.

—Son tomates rellenos con mayonesa y alcaparras. Están riquísimos.

—¿Es una ofrenda para Rosalía?

—No, nos los comeremos luego, cuando estemos bien descargadas de sexo, mi amor —dijo imitando el «mi amor» que escuchaban en mis telenovelas.

—Oye, pero no puedo meterme en problemas.

—Mi amor, aquí somos siempre las mismas. Nos conocemos de memoria. Mira, ese de allí que camina medio cojo trabaja en la notaría debajo de tu casa.

—¿Cómo sabes dónde vivo?

—Lo sé toooodooooo. —Definitivamente, era como un nuevo Fran—. Y esa que avanza tapándose con el impermeable la llamamos la Tapada. Está en la Xunta, no se sabe muy bien en qué.

—¿Y ese? —pregunté señalando a un hombre musculado, rubio, que se apretaba contra el tronco de un árbol y con una mano bajaba un lado de sus interiores.

—Esa es la Culona, le encanta enseñarlo, aunque todas hemos estado ahí dentro, desde hace años.

El viento volvió a pasear por encima de los árboles y sus ramas continuaron desprendiendo gotas. Georgette se acercó a un caballero que parecía nuevo. Apenas se miraron empezaron a besarse, como si Georgette fuera uno de sus tomates rellenos. Parecieron introducirse en un hueco que hacía el árbol y tras unos minutos vi cómo el bracito de Georgette colocaba la bolsa con el tupper a un lado de las raíces. Me sonreí y sentí cómo una mano intentaba abrirme la bragueta. Me giré y vi una cara que se ocultaba tras una barba espesa y unas gafas de sol. Y su boca se acercó a la mía mientras su mano fortalecía mi miembro. Cerré los ojos y sentí de nuevo el paso del viento entre las hojas y el agua resbalándose en mi rostro. Y el latido del desconocido apretándose contra mí.

—Pero, chica, esto es una chabola de lujo —exclamó Georgette al entrar al apartamento donde vivía y escribía—. Qué horror de muebles. Deben de ser de intercambio.

—¿Intercambio?

—Sí, chica, ¿acaso no sabes que tu productora es la más importante de Galicia? Tienen un show los jueves que regalan un piso amueblado. Y son estos muebles, claro. —Miró cada uno como si lo recordara del programa—. Deberíamos traer a nuestros amigos de la Profundidad aquí.

—De momento vamos a comernos los tomates.

Abrimos el tupper y los tomates estaban agrietados y la mayonesa con alcaparras derramada por todo el utensilio.

—Siempre me pasa, por más que los ponga en el suelo, viene una agitación cualquiera y estos tomates, tan sensibles, se hacen puré.

Me entró una risa increíble. Simplemente no podía parar. Y de amar a mi nuevo mejor amigo. Lo imaginaba vigilando los tomates mientras, obviamente, le penetraban y él no tenía otra cosa a la que sujetarse que a ese tupper lleno de tomates agitándose y agitándose.

—Quiero dar una fiesta, Georgette.

—Pero si solo me conoces a mí.

—Pues invita tú.

La gente empezó a llegar y a comer y a beber como si tuvieran que marcharse en el último tren. Hablaban en gallego y muy poco en castellano.

Me pareció divertido que optaran por expresarse en el lenguaje autonómico por lo antipático y, sobre todo, por esa petulancia juvenil, universitaria, que pasa por rebeldía. Georgette no aparecía por ninguna parte y empezaba a aburrirme en mi propia fiesta, podía estar infestada de gente, pero con ninguna podía abrigar esperanza alguna de una conversación. «Qué asco los culebrones, tío, ¿cómo puedes vivir de eso? Envenenar de esa manera las mentes de las personas», me dijo uno de mis invitados espontáneos.

Al momento se armó una fuerte discusión porque no había un orden en la música. Un grupo de chicos tenían acorralado el reproductor portátil donde poníamos los CD y las cintas. Ninguna canción alcanzaba su final. Todo les aburría. Se hizo una leve tregua al poner Bruce Springsteen y de inmediato tres éxitos de Héroes del Silencio.

No podía hacer nada más. Mis CD de Frank Sinatra y de Pet Shop Boys y de The Supremes claramente no iban a funcionar y podía correr el riesgo de perderlos o que los trituraran. Nunca había caído en la cuenta de la profunda diferencia entre la música heterosexual y la gay, la causa principal de esa profunda grieta divisoria, infranqueable, en mi fiesta improvisada.

El pasillo del piso era en forma de ele y se había convertido en el punto de unión de la fiesta. Me di cuenta que en el rellano flotaba una especie de polvo. Un manto suspendido, un destello, quizás lentejuelas que se habían separado de algunos de los trajes y bailaban en el pasillo. Era parecida a la aparición de Victoria Lorenzo en mi vida. Quería decirle algo a Georgette, que por fin hacía acto de presencia, pero él solo prestaba atención a los que tenía cerca. El polvo se hizo más corpóreo sin dejar de ser etéreo. Entre el miedo y la fascinación, prefería no moverme, pero el manto empezó a hacerse circular y se divertía suspendiéndose sobre la fiesta. Siguiéndole me encontré frente a la puerta en el preciso momento en que Gabriel entraba por ella.

Fueron segundos, fue también una vida entera. Ni Gabriel avanzaba dentro del piso ni yo me desprendía de la puerta. Gabriel seguía mirándome. Y sonriéndome. Los ojos, que en principio fueron verdes, simplemente verdes, fueron volviéndose un verde desconocido, nada tropical. Oliva, totalmente español. Verde aceite. Lo interesante es que parecía que él me lo estaba diciendo sin mover los labios, transmisión de pensamiento: Abandona tu trópico, bienvenido al norte. Al Atlántico, donde hay otros verdes.

Seguía sin hacer nada. Disfrutaba su nariz prominente, mitad Bianca Castafiore y mitad Julio César. Las cejas eran pobladas y castañas, como su ondulado cabello. Las mejillas no eran mejillas sino hueso, esculpido, masculino, igual que su barbilla, prominente y amplia, y el hoyuelo debajo de una boca que era pequeña, pero con labios carnosos. Y la sonrisa era tan franca como impenetrable. El cuello, largo y fuerte; los músculos bajo la piel eran como vigas, muy arquitectónicas, no sobresalían, no eran exagerados. Al principio de su torso se descubrían pectorales igual de sólidos y cubiertos de ese vello castaño. Llevaba una especie de gabardina corta pero ligera; era primavera, por si me había olvidado de mencionarlo, estaba aprendiendo a entender que cada estación tenía su propio vestuario. Después de comprobar que la gabardina era ligera para la primavera, miré hacia sus zapatos. Y eran de lona impermeable. O sea, protectores pero también ligeros para soportar tanto la lluvia como la subida de temperaturas. Gabriel no solo era un mundo de nuevos verdes, era la persona mejor calzada, alternando elegancia con lógica, que jamás había conocido.

—Qué animada fiesta pero qué desastre de música. —La voz era honda, grave, masculina, sin rastro de acento gallego, profundamente española.

—Invité en la calle a quien quisiera venir y, lo siento, no caí en la cuenta que sería demasiado democrático para la selección musical.

—No tienen ni idea. Es deprimente —insistió sin abandonar su sonrisa. Los dientes eran más bien europeos, pelín más descuidados que nuestras dentaduras de Miss Venezuela, pero era esa autenticidad lo que convertía la sonrisa en algo que tampoco podía dejar de analizar.

—Gabriel era dj en el Más Madera, el único lugar interesante de este pueblo, pero ahora está en litigios con ellos —informó Georgette.

—¿Litigios?

—Un juicio por despido improcedente —testificó él recuperando la sonrisa al final de la frase.

—¿Por qué no lo dejas entrar? —dijo Georgette.

—Vaya, perdón, pensé que ya estabas dentro —dije ofuscado.

—Creí que era una costumbre venezolana quedarse en la puerta —dijo él y me reí como si fuera la primera vez que lo hacía en mi vida.

Gabriel tomó el control de la fiesta sin que nadie rechistara. Llegó hasta la mesa donde estaba el aparato de música y extrajo una cinta, un casete, de su gabardina, que también se quitó y colocó sobre una de las sillas. Introdujo la cinta y empezó a sonar Alaska y los Pegamoides. El grupo de invitados que repetían y repetían las canciones de Springsteen y Héroes del Silencio reaccionó como la bruja mala de El Mago de Oz cuando le arrojan agua. Sentí algo de penita por ellos, pero de inmediato las canciones de Alaska y los Pegamoides empezaron a ser cantadas y bailadas por los presentes, sobre todo por las mujeres, que es algo clave en cualquier fiesta: si las mujeres empiezan a bailar, todo el mundo baila. Sonaron los primeros compases de *El Rey del Glam*, curiosamente la única canción de Alaska y los Pegamoides que yo conocía. Y, con una naturalidad maravillosa, cómica y adorable, Gabriel, Georgette y los otros chicos empezaron a bailarla con una coreografía espontánea, pero muy bien hilada. Y cuando llegaba el estribillo, «Porque tú, porque tú, eres el Rey del Glam», ellos decían: Boris, Boris, eres el Rey del Glam.

Me desperté al día siguiente por la luz del sol. Iba recordando escenas, o más bien extractos de escenas de la noche anterior en la que Gabriel reía y yo también, nos decíamos cosas que adquirían una importancia similar al manto volador con polvo de estrellas, como si fueran milagros que no lo son, pero queremos creer que sí. Y entonces, recordaba que no recordaba. No sabía exactamente cómo y cuándo había terminado la fiesta.

Nada estaba en su sitio, la mesa donde se apilaban los ¡Hola! estaba volcada, algunas sillas parecían haberse adherido a las paredes, el espejo torcido, afortunadamente no quebrado, la chimenea, que la había, desplazada. Las ventanas abiertas y algunas descentradas, las cortinas rasgadas, el suelo casi levantado y quizás cubierto de chicles sin mascar. Necesité un día de veintinueve horas para arreglar ese desastre. Y entonces, apareció Georgette con su bolsa de tomates rellenos.

—Amiga, qué FIESTÓN. No se habla de otra cosa.

—Me gustaría ver de nuevo a Gabriel.

—Por supuesto, no recuerdas cómo terminó todo, ¿o sí? —Sostenía la bolsa de tomates que estaba a punto de derramar su contenido sobre el piso superlimpio de la cocina. Había pasado antes por la Alameda y los había agitado de tal forma que era un puré de tomates rellenos.

—Georgette, no me ensucies la cocina.

—Oh, perdona, no pude evitar pasar a ver cómo estaba la Alameda. Y vaya si está animada, todo el mundo preguntando por ti. Eres la estrella. La estrella que todos quieren conocer.

Tomé la bolsa sangrante y la arrojé en la basura. Georgette se quedó lívido.

—¿Qué pasó con Gabriel? ¿Me extralimité en algo…?

—¿En algo? ¿Extralimitarte? Cariño, creo que no hay palabra para empezar a describir el número de ayer.

Tenía ganas de abofetearle, pero me contuve como pude. No conseguía recordar nada, así que tendría que aceptarlo como la única verdad.

—El disparate total fue cuando nos fuimos al Black —continuó él abriendo y cerrando la nevera, empeñado en encontrar algo que no existía.

—¿El Black? —No pude evitar agregar una mueca de terror al final de la pregunta.

—Amiga, no sabes beber. Mezclas y mezclas y te agitas y, claro, amnesia total como resultado.

—¿Qué es el Black?

—El único bar gay del pueblo. Queda al final de una calle con colina, para que te sientas como si bajaras al purgatorio, hija.

—¿Qué pasó en el Black?

Volvió a ir hacia la nevera, la abrió, observó su desolación y la cerró.

—Te pusiste a decir parrafadas superliterarias, supercultas, agarrándole los brazos, sujetándole por los hombros. Juani y la Óscar y yo meadas de la risa. Gabriel va a vivir una telenovela, decíamos.

—¿Nos besamos?

—Tú querías, amiga. Pero, claro, es que no conoces a Gabriel. Él no hace nada que no le salga de adentro y que haya pasado su registro de calidad.

Claramente, no había pasado el «registro de calidad».

—Georgette, llámalo, tienes su teléfono.

—Vive en un piso de estudiante, sin teléfono. Aquí vivimos en la época de las palomas mensajeras, cariño.

—Entonces, ve tú con mi mensaje.

—Te lo he dicho, él no va a hacer nada que no quiera hacer.

Sonó el timbre y los dos nos vimos mitad aterrados y la otra mitad con ganas de gritar como niñas adolescentes, excitadas y descontroladas.

—Es Gabriel —dije.

—Puede ser un vecino que viene a quejarse porque bajáramos por la escalera cantando *La rebelión de los electrodomésticos*.

—No hicimos eso, ¿verdad?

El timbre volvió a sonar y me precipité hacia la puerta. Contuve el aire y olvidé mirarme en el espejo de imitación barroca que había en el pasillo. Abrí. Y, sí, era Gabriel.

—Cinco minutos antes de que empiece —dijo.

Estaba ahí, con la boca abierta y el arrepentimiento de no poder recordar nada. ¿Qué era lo que iba a empezar? Georgette salió rápido al pasillo.

—La película, es verdad, la película…

¿Cuál película? ¿Dónde? Me daba un vuelco al corazón verlo allí, esta vez con camisa vaquera y una gabardina aún más ligera pero en modo americana y zapatos de ante. Claro, había sido un día de sol.

—Es verdad que no estabas muy bien al final en la puerta del Black —empezó él, esa voz suave y profunda—. Pero conseguí que te callaras cuando te dije que hoy ponían *Cleopatra* en la televisión.

Bang. Cleopatra de Mankiewicz. Liz y Burton. Versión completa del director. 10 p. m., Televisión Española, sábado 15 de junio. Exacto, incluso lo había anotado en alguna parte, maldita nota, ¡dónde habría ido a parar después de ordenar!

—Oh —empecé—. Va a ser maravilloso. Son como cuatro horas de película, más los comerciales. ¡No tenemos nada que comer!

—Yo he traído un poco de jamón y queso y empanada. La hace mi madre.

—Umm, está riquísima. Y aquí hay unas latas que trajeron los extraños de ayer —se unió Georgette.

En efecto, había una selección de ventresca, mejillones, rabas, navajas y zamburiñas. Me encantaron todas y me gustó todavía más que fueran conservas gallegas.

En realidad, nunca había visto Cleopatra. Pero sabía todo sobre su interminable rodaje, agravado por las enfermedades de Elizabeth Taylor y su emocionante romance con Richard Burton, casi o más épico que la historia del film. También me emocionaba que una televisión pública fuera tan exquisita como para programar la versión completa un sábado por la noche. Y se me hacía aún más tierna la sensación de que iba a verla en una ciudad como Santiago de Compostela, con mi nuevo amigo Georgette y con mi nuevo interés, Gabriel. Por eso quizás me puse un pelín didáctico explicando quién era Mankiewicz, por qué había aparecido él como director después de que otros dos abandonaran la película. La importancia de esa versión completa era suprema y me enternecía ver cómo Gabriel prestaba atención a todos mis conocimientos y eso me impulsaba a revelarlos con mayor ahínco. Era tan solo por ver esos ojos aceituna tan abiertos, tan atentos. Dios mío, ¿qué barbaridad habría cometido a la puerta del Black para que se haya alejado? Deseaba tanto poder recordarlo. Y mientras iba moderando el debate entre si Liz Taylor era buena actriz o sencillamente estrella, seguía admirando esos puntos en su cuerpo y en su cara que me fascinaban. Georgette empezaba a sobrarme en la habitación, pero tenía que entender que era el precio a pagar por tener a Gabriel.

Durante dos horas la película nos tuvo pegados a la pantalla como si fuéramos tres perritos. Fue un punto de unión, un momento histórico. Mientras las escenas se sucedían, iba entusiasmándome más por Gabriel y sobre todo por gustarle, por arrebatarle. Él se reía en una secuencia, como esa en la que Liz como Cleopatra aparece enrollada en una alfombra, y yo también me reía, incluso aplaudía. Él se mostraba concentrado en algún monólogo de César en el foro, y yo también. Hasta el paroxismo total que es la llegada de Cleopatra a Roma, que dura más dc dicz minutos dc pclícula.

Nuestros alientos contenidos durante todo ese tiempo mientras la Roma de Cinecittà, la de la película, también se queda estática y callada y aparecen unos guerreros africanos lanzando sus armas hacia arriba y detrás de ellos todos los animales de África, elefantes, cebras, jirafas, leones, tigres y detrás una camada de bailarinas prácticamente desnudas. Cuando ya creías que no iba a haber más, los esclavos de Cleopatra, maravillosos, cuerpazos brillantes de sudor resbalando por todos los ángulos correctos, arrastrando la inmensa carroza donde de pronto, desde un ángulo de la pantalla, ves cómo mira ella, Cleopatra, desde su altura, a todos los que la admiran. Y la gente en la Roma antigua enloquece al verla, la magnífica y pequeña Liz Taylor ataviada con una capa de oro de 24 quilates. De pronto todo se aquieta, la gente contiene su respiración en la Roma antigua y nosotros tres en Santiago de Compostela. Y entonces, Cleopatra-Taylor inicia el descenso desde su pedestal hacia el suelo de Roma, acompañada de Cesarión, su hijo con César. Absoluto silencio, solo escuchas los quilates de su capa de oro. Y ella al fin se posa en Roma, hace una pausa fundamental, el más célebre de los silencios invisibles y, magistral, se inclina ante César. Entonces, como si de repente no hubiera nadie más que ellos dos, ella le guiña un ojo. Enloquecí y empecé a gritar y, en la película, Roma se volvió otro grito y nosotros, los tres maricones reunidos en Santiago de Compostela, gritamos, gritamos, sin poder parar.

Al aparecer la palabra «intermedio» nos levantamos excitadísimos y comenzamos a abrazarnos. Cuando intenté besar en los labios a Gabriel, él hábilmente giró su cara para que solo fuera la mejilla.

Fuimos disparados a la cocina a abrir todas las viandas, calentar la empanada, buscar los platos, deleitándonos en nuestra revisión de la escena. Los tres no, porque Georgette ya no hablaba, ya prácticamente no existía. Éramos solo Gabriel y yo.

Decidí abrir la lata de zamburiñas y Gabriel se acercó para preguntarme si sabía lo que eran. Fingí que sí y él insistió, ¿hay zamburiñas en Venezuela? Iba a reconocer mi mentira cuando mi mano abrió con demasiada fuerza la lata y prácticamente todas las zamburiñas cayeron sobre su hasta entonces impecable americana.

—La chaqueta, coño, qué vaina —dejé escapar con marcado acento venezolano.

—Se dice americana, joder —protestó él.

Intenté arrojar bicarbonato de sodio sobre la tela manchada, pero él me detuvo.

—La uso para las axilas, tengo pavor de agarrar mal olor —le dije y él puso todavía más cara de asco—. Déjame llevarla al tinte —insistí, y me entró otra de esas risas, pero la cara de Gabriel era de total consternación.

—Aquí los tintes son malísimos y carísimos, yo no lo intentaría.

—Por favor, déjame hacerlo. De otra manera me sentiría fatal el resto de la noche.

Gabriel sonrió. Lo había conseguido, no tendría un beso suyo pero sí algo muy valioso de su propiedad que lo obligaría a regresar.

CAPÍTULO 28

JUNIO

Y regresó.

Solo que veinticuatro días después. Y en ese tiempo, no solo volvió a llover en Santiago sino que la productora exigió más envolvimiento en los guiones. Querían más amor. No había suficiente en lo que entregaba. Más amor, y el que lo despertaba, a kilómetros de distancia.

Gabriel envió una postal, cómo no, del Museo del Prado y precisamente de *El jardín de las delicias*. En el anverso ponía: «Un día la veremos juntos». Y me aferré a esa postal y esa frase como no lo había hecho nunca con nada. Ni nadie. Ese día delante de El jardín de las delicias se volvió una meta, yo que nunca tuve ninguna, que siempre paseé por la vida esperando el próximo destino. El siguiente movimiento.

—Mamá. —Ella siempre levantaba el teléfono.

—Sabía que eras tú —dijo con una inmensa felicidad en su voz.

—Siento mucho no haber llamado antes —empecé a decir mientras una chica marroquí se levantaba del asiento y me dejaba libre la visión de la calle, gente muy blanca llevando bolsas o luchando por mantener abiertos sus paraguas—. ¿Estás bien?, ¿cómo sigue el tratamiento?

—No lo llames así, la iridóloga prefiere que se le llame «régimen», nada más.

—¿Cómo sigue el régimen?

—He perdido mucho peso y tu papá y tu hermano se alarman. Me han hecho una revisión muy exhaustiva y tengo todos mis niveles, mis índices, la sangre, estupendamente. El régimen es muy duro. —Rompió a llorar. Se me hizo un nudo en la garganta y ella consiguió recuperarse—. ¡Estoy harta del pollo hervido y los puerros y el nabo! —confesó.

—Pero si las revisiones dan positivo, entonces funciona.

—Sí. Pero extraño tantas cosas. Y te extraño a ti.

—Mamá…

—He estado muy ocupada. Aparte de los médicos me han vuelto a llamar del Ballet para ayudarlos en una nueva producción. Alicia ha creado un gran, tremendo embrollo.

—Vaya.

—Ha acusado al maestro Holguin de abuso verbal, violencia, de obligarla a mantenerse en un peso enfermizo.

—¿Y es cierto?

—Altagracia la apoya.

—Mala noticia para el Maestro.

—Le he llamado para testificar en su defensa, si es necesario. Alicia solo quiere tener más poder en la compañía. Ha hecho cosas terribles para conseguirlo.

—Como ser amante de políticos, hasta del presidente, han dicho.

—Lo que está haciendo contra el Maestro me parece más indigno. Dejémoslo. Hay peores noticias. Van a volver a cortar los subsidios por una nueva devaluación. Dicen que se avecina algo peor, una crisis fiscal.

—Si vieras lo que tengo delante, gente saliendo de un supermercado con las bolsas llenas de comida, no te preocuparías por crisis fiscales.

—Pero llueve mucho, ¿no?

—Sí, pero la lluvia me ha devuelto el amor, mamá.

Hizo una pausa.

—¿Amor o entusiasmo?

—Las dos cosas. ¿Te dije que se llama Gabriel?

—Es un bello nombre, tú podrías haberte llamado Gabriel.

—Es maravilloso, no quería decirte nada porque, en realidad, tampoco se lo he dicho a él. Lo de que estoy…

—¿Cuánto más crees que soportarás allí?

—No lo sé. Ahora es diferente porque apareció Gabriel.

—Pero me has dicho que él no sabe lo que tú quieres.

—Cuando lo sepa no irá a rechazarme.

—Depende de lo que le propongas. Y si él te pide que te quedes allí en Santiago, ¿te quedarías?

Esta vez hice yo la pausa y me quedé mirando por la ventana frente a mí y creí ver una alucinación. El azul brillantísimo de los ojos de Gerardo avanzando bajo la lluvia.

—Boris, ¿sigues ahí? Como no llamabas, no podía advertirte que Gerardo viaja uno de estos días hacia Santiago. Lo he leído en la prensa.

Gerardo se quedó atónito al verme aparecer por mi esquina favorita de la plaza de la Quintana, con un impermeable-capa que parecía volar mientras caminaba y un largo pañuelo rosa chillón imitando el vuelo del impermeable. ¿No era junio? Sí, pero la primavera ya era errática en 1992 y había llegado un frente frío desde Irlanda o Gales, los otros dos grandes países celtas. Me planté delante de él y entregué mi mejor sonrisa.

Detrás de ella, de la sonrisa, estaban horas de reflexión, de dudas. Aceptar o no este encuentro. Después de vernos a las puertas del locutorio, fingiendo ambos normalidad y sorpresa, nos planteamos citarnos la mañana siguiente porque él tenía reuniones importantes. Vale, dije. Gerardo subrayó que me estaba galleguizando. Pregunté de qué eran sus reuniones. «Cambios que vendrán en Venezuela», respondió.

Y volví a casa. Y volvió todo. Gerardo. Otra vez, Gerardo.

Ese encuentro, mañana, ojalá con sol. Asumirlo como un punto álgido, un momento clave. Dejarlo ser, como si nada hubiera pasado, como si no existiesen esas voces, «Gerardo, déjalo, ya está bien», reapareciendo a su gusto, o los golpes en el baño del City Hall y también esa jugarreta del destino que le hizo acercarse a la boca de la colmena y yo no pude hacer nada para evitarlo. Gerardo siempre conseguía colarse, estar en mi vida. Ahora lo hacía físicamente en Santiago de Compostela, como para recordarme que él era esa página en blanco con la grieta oculta entre esa blancura.

¿Qué iba a hacer? Después de la sonrisa, ¿qué vas a hacer, Boris? Él te violó. Y antes, te enamoró. Y ahora, sigue siendo violencia. Y amor. Sin explicación, sin denuncia, tampoco disculpa. Si lo consiguiéramos, explicarnos, aceptar su disculpa, cambiar la violación por cualquier otra cosa, quizás allí mismo en este inesperado encuentro, a lo mejor terminaría aprovechándolo para crear un argumento para uno de mis personajes. Pero no para mí. En mi argumento, el incidente, la situación, el hecho, la mierda, lo que nunca llamamos «violación», se había convertido en un laberinto en el que me gustaba perderme. Esa era la gran verdad. Los ojos azules de Gerardo, los faros, eran pasadizos hacia la crueldad. Y el placer. Hasta conocer a Gabriel, tan recientemente, creía que esa confusión, ese laberinto, era el amor. Doloroso, castigador, represor y reprimido. Y tercermundista, propio de ese país en el que ya no estaba.

Vi la luz por encima del azul de los faros. Gabriel, lo que sentía por Gabriel, lo que adivinaba y deseaba de él, me había sacado del laberinto. Porque, otra vez sin explicaciones, quizás sus ojos oliva me hablaban de un amor no solo real sino asumido. Gerardo nunca había asumido nada, solo seguía el dictado de su madre y escondía su verdadero amor. Por eso me había violado. Por eso yo no lo había denunciado. Ya estaba bien, ya lo tenía claro en mi cabeza. Los ojos de Gabriel habían dejado sin luz las llamaradas azules de Gerardo. Santiago de Compostela dejaba atrás esa Caracas donde Gerardo y su mamá hacían lo que les daba la gana. Fuera de esa ciudad, su poder se esfumaba. En aquella habitación del incidente, el evento, el accidente, Gerardo y sus amigos habían echado las persianas. Con Gabriel encontraría la manera de recogerlas, abrir las ventanas, salir por fin de ahí.

—Pensaba que me dejarías plantado —dijo él.

—Son muy infrecuentes los días de sol. Y la Quintana es un lugar increíble para un reencuentro como el nuestro.

Sabía que iba a escuchar su voz del pasado. «Mírame». Una, dos, tres veces.

—¿Cómo haces para no engordar? —siguió.

—Beber, no se lo digas a nadie, el alcohol mejora mi metabolismo.

—Suele ser lo contrario.

—Suelo ser distinto a los demás en muchas cosas. —La empanada llegó, maravillosa, de un atún perfectamente desmijado. Y unas cebollas perfectamente cocinadas entre la masa. Y un poquito de pasas. Se lo explicaba a Gerardo y observaba cómo el azul de sus ojos se fundía y continuaba relajándose.

—Nunca te preocupaste tanto de los ingredientes —comentó degustando el trozo que le había cortado.

—Es la primera forma de integrarte en este país —le dije—. La comida es muy importante aquí. No es un trámite sino una información.

—Si todas las empanadas que me ofrezcas son como esta, te vaticino un gran futuro en este país.

Lo miré un buen rato y me reí. Un ramalazo de sol atravesó la Quintana hasta alcanzarle de pleno. Él lo asumió normal y bebió más albariño.

—Coño, es bueno. Quizás más frío sería genial.

—En España nada es tan frío como los whiskies de Caracas. No hay nada que hacerle, los europeos son alérgicos al hielo.

—Y tú estás hecho todo un europeo con tan solo dos meses —dijo, un punto de coquetería e insinuación en sus ojos.

—Tres meses. Son tres meses —maticé—. ¿Cómo fue la reunión? ¿Has venido a buscar ayudas para Venezuela?

—No, he venido por ti, pero vas a decir que es mentira. Las cosas van a cambiar en Venezuela. —Sonrió tratando de pinchar un trozo de pulpo—. Está divino —dijo—. Casi como tú —agregó. A los dos dejó de interesarnos lo que estaba diciendo sobre nuestro país.

Me eché hacia atrás en la silla, algunas señoras llegaban para pasar el resto del día comiendo pastas y después empanadas, pulpo, pan de maíz y pasas. Él también se echó hacia atrás. Su selección de vestuario parecía poner Caracas en todas sus esquinas. Pantalones de pana, zapatos de invierno. Un suéter supercerrado con botones de cuero. Era tan distinto a Gabriel, pero también había que reconocer que ese era el talento de Gabriel, vestirse con mayor conocimiento de las diferencias y necesidad de cada estación. Y entonces, como un fantasma, Giselle apareció en mi cabeza. No bailaba, recordaba la historia del ballet. Giselle tiene dos hombres en su vida. Hilarión, que es cazador, rudo, casi vestido igual a Gerardo. Y el Príncipe Albrecht, a quien Hilarión sirve de guía en los bosques, donde, en vez de encontrar un animal al que matar, se prenda de Giselle. Y Giselle era yo. Y bajo el inusual sol de la plaza de la Quintana, era también la Giselle willi que tiene que enamorar a ese amor traicionero hasta la muerte. Para liberarse de él, del embrujo mortífero del amor. Y salir definitivamente del laberinto.

Machacamos nuestros cuerpos y miembros durante casi seis horas en mi apartamento. ¿Para qué explicarlo? Era la venganza de las willis, agotar al traidor haciéndolo bailar hasta su muerte. Follaríamos hasta que el evento, el incidente, la situación, se esfumara. Hubo una pausa, un miedo arrastrándose por mi cerebro y sus ojos azules no parpadearon. Pudimos decir viólame, yo. Perdóname, él. Pero no se dijo nada. El azul de sus ojos se cubrió de tormenta. Y esa tormenta pasó, el miedo se fue y nuestras erecciones continuaron y en su aliento recordé mi infancia y también las órdenes que les daba a sus secuaces. Vi a Emilio reaparecer en el jardín de la Quinta Nancy y le escuché decir «perdóname». No era él. Era Gerardo, corriéndose, ahogando un gemido. ¿Lo había dicho? ¿Lo había dicho? Silencio, los dos tendidos como juguetes desplazados por el terremoto. Quería levantarme, preguntarle por su esposa, por sus hijos. Avergonzarle. Altagracia dominaba todo lo que quería menos a mi mamá, que la apartó porque descubrió que al no aceptarme no era digna de su amistad. Y yo podía acabar con Gerardo, porque estaba enamorado de Gabriel y enamorándome de él todavía más mientras acercaba a Gerardo al limbo de las willis. El apartamento giraba cada vez con más velocidad. Un remolino en tierra firme.

Nuestros cuerpos se trenzaban, se erizaban. El jadeo, los besos, el resoplar y el aullido contenido ante cada venida. El brillo de la luna atravesando el patio de luces y los faros de los coches iluminando el agua en el asfalto. La lluvia había vuelto. El pasado se esfumaba. Gerardo perdía letras en su nombre y solo quedaba la G como Gabriel.

—¿Por qué no empezamos de nuevo? —dijo.

Crack, no esperaba esa reacción.

No dije nada. Y él siguió hablando.

—No a follar. A querernos de verdad.

—A volver a la boca de la colmena —dije.

—¿Cuál colmena?

Lo miré con un poco de asco y rabia creciéndome en los ojos. La venganza estaba consumada, no hacía falta fingir más. El perdón no existía y él acababa de firmar su sentencia admitiendo que el recuerdo más importante de todos, esa colmena caída ante la que nos asomamos los dos y solo él se acercó, no existía para él.

—La colmena se desprendió del techo en la entrada del edificio donde vivimos el terremoto, Gerardo. Nos acercamos, la giraste, expusiste la boca y las abejas volaron sobre ti —seguí, viendo en sus ojos una helada pared de desmemoria. Mi voz me traicionó, arrastraba desesperación—. Está en el cuadro.

—¿Cuál cuadro? ¿Tiempo de tormentas? Es un cuadro horrible —agregó.

Me encerré en el baño. Él vino a tocar inmediatamente. Llamaba mi nombre, pedía disculpas, que saliera e intentara explicárselo. «¿Qué es esa colmena? ¿Cuál es la boca de la colmena?, explícamelo. No puedo recordarlo, perdóname», insistía. No iba a salir del baño. En Giselle, el telón cae y el final es más impecable. La puerta del baño no era una barrera, una protección, sino mi final. Las explicaciones, los fantasmas, las voces, el incidente, la situación, el evento, el accidente al fin estaba desprendido y abandonado como la boca de la colmena que Gerardo no admitía recordar.

Se había acostumbrado a mentir de tal manera para no enfrentarse a su verdad que olvidó las abejas. Y entonces sus ojos dejaron de brillar en mi memoria.

Días después, sonó el timbre. Me había afeitado y vestido para escribir un capítulo más. Y avancé por ese mismo pasillo y sentí que el manto deseaba colarse por debajo de la puerta. Gabriel. Al fin, Gabriel, el pelo alborotado, los ojos más verdes y la sonrisa creciendo en su boca. Tenía que besarle, pero recordé que le disgustaban esas emociones desbordadas.

—El tren llegó un poco antes y me vine directo desde la estación.

Fueron las trece palabras mejor dichas y oídas en toda mi vida.

CAPÍTULO 29

SAN PELAYO

Sabemos cuándo nos enamoramos, pero sospecho que nunca conseguimos definir qué es ese amor. Ni cuánto va a durar y si terminó porque se desvaneció o, si fue largo y hermoso, cómo se defendió y pudo andar sobre cuatro patas, las de cada uno de sus componentes, a través de calles desgastadas, empinadas, abandonadas.

Gabriel, los ojos oliva, el cuerpo tan compacto y angosto. «Soy como un Greco», dijo, la boca y su sonrisa cubiertas de agua bajo la ducha, la primera vez que nos bañamos juntos tras hacer el amor beso a jadeo y jadeo a suspiro. Sentí que jamás olvidaría ese momento, diciendo pequeñas grandes verdades que nos acercaban y sellaban.

Gabriel, el sentido del humor y la lógica en la vestimenta. Esas primeras mañanas juntos prefería quedarme en la cama para observarle mientras se arreglaba. Las camisas viajando del blanco al rosa, algún que otro verde como el oliva de sus ojos, los pantalones con la cintura estrecha cayendo casi perfectos sobre el empeine de los zapatos ingleses, sólidos, hasta incómodos, pero con carácter. «Me estás estudiando», dijo. «No, estoy aprendiendo». «No me imites. Tú eres el showbusiness. Yo solo el business».

Gabriel y esas confesiones que los enamorados se ven obligados a ofrecer, como deseando borrar sus historias para que el amor disfrute de un territorio casi inexplorado. Una de esas confesiones fue Gerardo. Gabriel escuchó, en silencio, sin apartar sus ojos de los míos. «Si estás fuera del laberinto, entonces, terminó. Se acabó. Pero no me uses como causa ni como defensa. Aunque provenga de un viejo continente, soy un mundo nuevo. Sobre todo para ti».

Gabriel, un día y todos los días de ese amor que iba administrándose él solo, olas de felicidad y nubarrones que iban agrupándose para descargar la tormenta, los truenos y relámpagos que se aquietaban y regresaba el humor, las comparaciones absurdas, los diálogos sin sentido para nadie que no fuéramos nosotros. Las semanas y los meses disfrutando con nuestros mutuos descubrimientos. «Llegaste a España quinientos años después del Descubrimiento», enfatizó, y yo agregué: «Para devolver la visita». «Para hacerte mejor», terminó él. Ahí estaba una razón para entender nuestro amor. Si no hubiera llegado a España, no le habría conocido. Justo en ese quincentenario, los dos éramos un nuevo descubrimiento, un nuevo encuentro de culturas.

Gabriel, que en ese primer trimestre juntos me invitó a conocer a su madre. «Es una mujer más convencional que Belén», dijo. Aunque no conocía personalmente a mi mamá, les había presentado por el teléfono en ese terrible locutorio, cada vez más lleno de personas. Me aparté para dejarlos hablar solos, Gabriel con una expresión entre el deber, el hastío y la curiosidad de hablar con la madre de su novio al otro lado del océano. Pasaron unos minutos, a lo mejor ni siquiera un instante, y Gabriel empezó a reír con esa carcajada honda y extensa. «No te voy a decir nunca qué me hizo reír —comentó al salir del locutorio—. Es nuestro secreto, entre Belén y yo», me sonrió y me cogió de la mano, algo que no había hecho nunca antes andando por la calle. «Todo va a salir bien», repitió, sin saberlo, una de las frases típicas de mi madre.

Entramos en la casa de sus padres, en lo alto de una colina enfrente de Portugal. Mi aspecto era normal, pero mi temperatura se había disparado, sin ninguna explicación. Vaya manera de conocer a mis suegros, había dicho en el coche. «Todavía no son suegros», murmuró Gabriel. «Mi mamá vive sola», indicó. No hacían falta más preguntas.

Consuelo, su madre, me tocó la frente y las manos apenas entramos en su casa, por la cocina. «Esto te lo quitará mi cocido», sentenció. Estaba cocinándolo. Las patatas, el grelo y casi todas las verduras crecían en su huerto, que estaba al fondo de un jardín desordenado, que parecía confundirse con la maleza vecina. Consuelo estudiaba cada vegetal que encontraba mientras, en la cocina, Gabriel seleccionaba las carnes, el chorizo, el trozo de jamón, la ternera y el pollo, revisando que no tuviera grasa, que estuvieran «jugosos», como los dos le decían a todo. Consuelo cortó todo con una rapidez llamativa y me pidió que la acompañara al molino para recoger la harina de la empanada. Sentía escalofríos por todas partes, pero no rechisté y fui con ella.

Un paseo corto, aunque lleno de sorpresas para mí. Su agilidad, similar a la de su hijo; su decisión, también. Y su conversación.

—A Venezuela fueron en su día muchos gallegos.

—Sí, es la comunidad más importante.

—Mucha hambre se pasó aquí, por la guerra y luego por la dictadura, que nos abandonaron. Pueblos enteros se fueron.

—España ha sufrido mucho.

—Y tanto. Y las familias, Boris, las familias. Mi padre estuvo preso. Yo era muy niña, no me enteraba mucho, pero oía a mi abuela llorar. ¡Cuánto sufrimiento!

Guardé silencio y seguí apretando el paso para llevarle el ritmo. Belén también había tenido una niñez triste: su madre muriéndose de cáncer, su hermano alcohólico, el padre ausente. El ballet la hizo escapar de esa asfixia. Consuelo estaba recordando junto a mí otra infancia desoladora, apertrechada entre la guerra y la reconstrucción de un país. Y aunque parecían mujeres muy distintas, éramos Gabriel y yo los que las acercábamos, les otorgábamos una coincidencia, un punto de encuentro. Madres de hijos gays.

—¡Qué rápido te has recuperado! —dijo Consuelo contenta al ver que no había dejado ni un grumo de empanada ni del cocido.

—Creo que comeré cocido toda mi vida —respondí.

—Luego tenéis que llevaros un poco. Allí en Santiago se come muy mal, mira Gabriel, está escuchimizado. —Me miró para comprobar que me estaba ofreciendo un nuevo vocablo—. Es igual que su abuelo, mi padre nunca engordó. Elegante, traje príncipe de Gales, sombrero, pañuelo en el bolsillo. Los zapatos lustrosos. Gabriel no se viste así, pero tiene la misma pinta. Tú en cambio eres más voluminoso. No es por la comida, sino porque eres glotón. Comes como si no hubiera un mañana, hijo.

Me sonrojé, Gabriel me dio un golpecito en la espalda.

Consuelo y yo nos quedamos solos. No sentí necesario decir nada, pensé que ella igualmente disfrutaba ese silencio.

—Gabriel y tú no vivís juntos, ¿verdad? —preguntó de pronto.

—No —dije.

—¿Él sigue viviendo con esas chicas, Raquel y Elena?

—Sí. Eso creo. —No quise decirle que tenía llave de mi casa y que en realidad pasaba todo su tiempo conmigo.

—A ellas las trajo un día. Muy simpáticas, revoltosas. —Se concentró un rato ante uno de los montones de harina—. Nunca había traído un amigo.

Nos miramos. Gabriel había heredado sus ojos. Y también su mirada, que no podía ocultar nada.

—¿Ves ese baúl?

Claro que lo veía, era un arcón bastante espartano, pero de un roble buenísimo. Me indicó que lo abriese y dentro, bajo una cantidad importante de papel de envolver, había una vajilla completa de manufactura gallega.

—La compré a plazos en la tienda de las hermanas Cáceres, que tenían las mejores vajillas de Vigo. Tiene más de setenta y ocho piezas, bandejas y platos principales dobles porque en mi casa me enseñaban a tener dos siempre, no solo por si se rompían sino para servir el pescado y luego la carne.

—Me encanta cómo lo explicas, Consuelo.

—Mi marido murió muy pronto y no hubo tantas ocasiones de usarla. —Me miró durante un largo silencio, como los de mi mamá—. Es para Gabriel. Será suya el día que se case.

El cocido nos rindió a todos. Consuelo se había ido a su habitación y Gabriel descansaba en el sofá. Por las ventanas veía Portugal, más verde y más amarilla, como con más otoño. Tenía toda esa casa para mí. El baño, con su mobiliario de los años sesenta preservado con el esmero de buena ama de casa, tenía las ventanas con cristales de colores, azul, amarillo, verde, un poco de naranja. Imaginé que Gabriel celebraría, como lo hacía yo, esa combinación azarosa y bella. Enfrente estaba su habitación, lo detecté porque había un disco de Siouxsie and the Banshees, con todo su pelo gótico y abigarrado cubriendo la carátula, sobre el escritorio. Y vi sus libros, *Bajo el volcán* de Lowry. *La naranja mecánica*, con el póster de la película de portada. Un robot de lata, también con colores que combinaban sin esfuerzo, un ejemplar de *Gay Rock*, el libro sobre las estrellas ambiguas de esa música. Igual que los anteriores, yo también lo tenía. Y lo había leído. Otro ejemplar de *Tierna es la noche*, de Fitzgerald. Y *Música para camaleones*, en la misma edición que la que Isaac me había regalado en Caracas. Sentía cómo las lágrimas se me acumulaban. Habíamos leído lo mismo. En distintas orillas del mundo, en habitaciones más o menos rectangulares, habíamos leído, oído, visto lo mismo. Y cuando sentíamos que queríamos más, nos asomábamos a una ventana. La suya de colores, delante de Portugal. La mía, delante de un árbol de mango en una ciudad tropical.

Abrí su armario y aparecieron montones de revistas, todas de música. Los Pet Shop Boys visitando Madrid en 1986. Imágenes de Alaska. Marc Almond, también de visita en Madrid. Kraftwerk, mi hermano tenía todos los discos de esa agrupación. Sus camisetas, una de Blondie encerrada en una televisión. Otra con Warhol cubriéndose una parte del rostro. Un ejemplar del *Interview* de Warhol con la cara de Truman Capote, también cubierta por un fedora. Tenía todas esas cosas, menos Alaska, casi en el mismo desorden en mi cuarto en Caracas.

Me dejé llevar por el llanto. No me impresionaba tanto el que nos hubiéramos educado con las mismas imágenes y querencias. Me emocionaba que los dos habíamos construido esos refugios dentro de nuestras casas, nuestras ciudades o aldeas, para protegernos. Nuestra educación, la información que seleccionábamos y atesorábamos, era nuestra protección. Miré de nuevo el tamaño de su cuarto. Ni pequeño ni grande, quizás porque nunca fue una habitación sino un disimulado almacén. Así era la mía en Caracas, por más que le hubiera puesto una cama barroca comprada con mi primer sueldo como escritor de telenovelas. Más que templos, eran nuestras cuevas, donde regresar cada vez que el mundo exterior nos atacara con su barbarie, su intolerancia, su empeño en no aceptarnos como superhéroes sino convertirnos en monstruos.

Y nuestras madres, tan distintas, pero unidas por nuestra diferencia.

En Venezuela, se incrementaba la zozobra alrededor del Gobierno de Carlos Andrés. En noviembre, Hugo Chávez volvió a ejecutar un golpe de Estado, esta vez desde la cárcel donde estaba confinado. La Fuerza Armada respondió con un ataque aéreo, en especial sobre el cielo de Caracas, creando un estado de guerra jamás vivido en esa capital. Las fachadas de muchos edificios de reciente construcción quedaron con agujeros, grietas derivadas de los impactos. En mi casa, los cristales de las puertas del salón y del comedor se desvanecieron cuando un avión quebró la barrera del sonido. Mi mamá me contó, con una voz calmada pero tensa, que Ernesto se había presentado repentinamente para reclamar, una vez más, Tiempo de tormentas, «porque ya no estaba seguro en nuestra casa». Belén reunió dinero de varias cuentas para recuperar los cristales y las puertas y preservar el cuadro.

—El cuadro significa mucho para Belén —dijo Gabriel.

Asentí. Habíamos alcanzado la plaza de San Miguel, delante de la catedral con ese mismo nombre y que yo cada vez prefería más a la propia catedral, me parecía más misteriosa, por gótica y también porque había sido lo más hasta que se terminó de construir la catedral.

—Se supone que para todos nosotros. Hemos crecido con el cuadro vigilándonos, haciéndonos compañía.

—Le otorgáis poderes casi divinos. Es una tontería. Es solo un cuadro.

Empezamos a bajar por las calles que van hilando el laberinto de una catedral a otra, los mercados abiertos con el pan de maíz recién hecho y dejando pasear su olor por esas calles pequeñas. Gabriel avanzaba a zancadas y yo me rezagaba observando dentro de las tiendas. Conocía el camino, que desemboca delante de una de las visiones más espléndidas de mi querida plaza de la Quintana. Gabriel estaba detenido ante la Casa de la Parra, con la planta que le daba nombre entrelazándose por los hierros del balcón. Justo al otro lado de la plaza sucedió el encuentro entre Gerardo y yo. Gabriel hizo un gesto, parecía harto de esperar por mí. Pero yo necesitaba ver esa imagen, mi concepto del amor, su esquina violenta, la persecutoria y la otra, la plácida y hermosa, estaban incrustadas en la Quintana. Y Gabriel esperaba, enfurruñado, encima de la escalinata.

—Anda, ven —exclamó—. Te vas a perder algo único por estar mirando tonterías, como los indios fascinados por los espejitos que les llevamos.

Obedecí, quizás también como esos indios.

—No hace falta que digas que eres ateo ni que lo sientas. Déjate llevar por la belleza y da las gracias —indicó antes de entrar al convento de clausura de San Pelayo.

Te recibe esa oscuridad que otorga la piedra, pero, a medida que avanzas hacia el altar, la policromía te atrapa. Y te ilumina. Gabriel me hizo girar para observar el claustro y las monjas entrando en él. Quizás sobrecogido por la revelación de que en las esquinas de la Quintana estaban las cuatro cruces de mi relación con el amor, vi a las monjas como si fueran willis. Pero esta vez no bailaban, sino que empezaban a hacer sus ejercicios, sus rezos, a través de cantos que nos dejaban a todos en silencio. Gabriel me acercó con sus manos, sin entrelazarlas, sino para que estuviéramos más juntos. Miré hacia las monjas, era un conjunto variopinto. Había africanas, portuguesas, gallegas, andaluzas y catalanas. Y también, como yo, sudacas esforzándose por no salirse ni de ritmo ni de tono. Sentí la belleza. Y la belleza es una fe. Una unión, un amor. Lo que éramos Gabriel y yo en el lado correcto de la Quintana.

—Vas a levitar —susurró Gabriel.

—Para marcharme. Lo he visto claro, Gabriel.

—Te marcharás para conseguir lo que más quieres. Ser famoso.

—Y lo haremos juntos.

Volvimos a callarnos y, de nuevo, las monjas me maravillaron abandonando el claustro en una santa coreografía, repetida año tras año tras estos muros.

—Solo te pido una cosa —volvió a hablar Gabriel, casi los únicos que permanecíamos delante del claustro.

—¿Cuál?

—Yo no quiero ser famoso. No me interesa, te lo dejo todo para ti. No me pidas salir en ninguna fotografía, hablar para ninguna entrevista. No quiero aparecer como el novio.

Asentí, y volví a ver el claustro vacío. Mentalmente lo volví a llenar de todas las cosas que llevaba dentro de mí. Esas cuatro esquinas. Gabriel, ya nadie más. Solo él. Y el siguiente paso, dejar Santiago. Conseguir moverme de Santiago a Madrid. Amar a Gabriel. Y, sí, ser famoso. Opinar y que mis opiniones también se convirtieran en revoluciones, evoluciones, nuevas creencias. Me asombró que lo hiciera delante de un claustro, donde no hay opiniones y, sin embargo, todos los días, esos cantos, en esas voces de mujeres en clausura, son quizás verdades reiteradas.

CAPÍTULO 30
—
NACER DE PIE

La llegada a Chamartín, al norte de Madrid, ralentiza el tren. Y en el espejo del baño dentro del coche litera se refleja un poco de la sierra y el extenso tendido de cables y raíles que forman la estación. «La suerte te acompaña —dijo Gabriel en el andén de Santiago—. Llegaste en primera a Galicia, te vas en coche litera a Madrid». Y él se quedaba ahí, en el andén, con los ojos verde oliva cubriéndose de lágrimas. «Podrías venirte conmigo, Gabriel», le había dicho. Pero no, hasta que no hubiera algo sólido, de verdad, no pensaba moverse. Había costado un año y medio desde ese momento de revelación delante de las Pelayas, como llamábamos a las monjas de clausura. Había que asumirlo. Íbamos a separarnos. Porque Santiago, como Caracas y como vaticinara mi mamá, se había quedado pequeña. La telenovela que había escrito bajo la lluvia no iba a rodarse. Y el programa matinal en el que me habían puesto a leer horóscopos detrás de una cortina de humo no era suficiente para retenerme y hacerme abandonar mis sueños de Madrid, de fama. De acercarme de nuevo a la boca de la colmena, sin Gerardo.

No había sido tan mal año ese 1993, sobre todo porque al final, en pleno día de los Inocentes, Mario Conde quedó expuesto como un farsante capaz de llevar el banco que dirigía a ser intervenido por el Estado. Fue quizás una de las primeras veces que un ídolo muy mediático pasaba a ser un caído. Y lo mediático se arrojaba sobre él con la misma fuerza con la que lo había aupado. Para mí, ese fue un fenómeno de una España distinta. Un país próspero que empezaba a tener los conflictos propios de un país próspero. Banqueros ambiciosos que se quedaban con el dinero de los ahorristas y se metían en problemas. Y usa-

306

ban gomina y trajes cruzados de telas caras. Todo eso pasaba por delante de mis ojos sin sueño al tiempo que atravesábamos montañas y bosques durante la noche. En la madrugada, me asomé a la ventana y vi los ojos amarillos de una manada de lobos corriendo al lado del tren. Amarillos como azules fueron los de Gerardo, y oliva los de mi amor, mi verdadero amor, Gabriel. Y todo juntándose al lado del tren. España rica, untada de gomina, atrapada en su ambición y rodeada por información y confusión, y yo subido al tren, anhelando Madrid y mi consagración.

Una amiga de un amigo de esos que Georgette conocía trabajaba en Antena 3. Seguí todas las instrucciones, complicadas, agotadoras, que había dejado en un e-mail, tapándome la cara ante el fulgor del sol madrileño y sintiéndome, otra vez, como esas protagonistas de las telenovelas que llegan a la gran ciudad y hacen lo mismo, protegerse del sol y los rascacielos. Y justo en ese momento las roban y despojan de sus pertenencias. No me quitaron nada, pero no podía orientarme para encontrar la estación de autobuses. Una estación conduce a otra estación, pensé. Podría utilizarlo como mantra.

Cuarenta minutos después, el autobús aparcó delante de Antena 3 y caminé hacia su entrada principal y pregunté por la persona indicada y di mi nombre. El de seguridad me miró de arriba abajo, como si viniera a buscar trabajo y tuviera el aspecto de una potencial estrella. Justo enfrente de la entrada estaba el acceso al comedor de la cadena. Me pareció un poco loco, como si en vez de una estación de televisión fuera una empresa de comidas. Pero de inmediato empecé a ver a varias de las figuras de la televisión, comiendo un sándwich mixto, un café, una ensalada. Observaba y murmuraba sus nombres. Llevaba viéndolos desde que había llegado a España. Y entonces escuché el mío.

La amiga del amigo de Georgette se llamaba Georgina. Me entró la risa. «En España, durante la dictadura, solo podías llamarte con nombres que vinieran en la Biblia o en el santoral», explicaba caminando muy deprisa y con sapiencia por los infinitos pasillos de la cadena.

—Está diseñada igual que la cárcel de Alcalá-Meco, ahora tan famosa porque dicen que allí es donde entrará Mario Conde —despachó, porque más que hablar iba despachando—. Te preguntarás cómo una cadena de televisión puede estar diseñada igual que una cárcel. Pues, aparte de que las hicieron en el mismo año, son lo mismo, cariño. Aquí sabes cuándo entras, pero nunca cuándo sales.

Vi el inmenso comedor que servía casi de distribuidor. En una mesa estaban brindando con champaña. «Ilusos, creen que son amigos de los de *Belle Époque*, ganamos un Oscar ayer noche, bueno, en la noche de Los Ángeles, madrugada de aquí». ¿Ganamos?, le pregunté, ¿hasta dónde alcanzaba ese plural?

—Hombre, tío, tienes que contagiarte del orgullo. La peli es majísima, aunque el único que está bien es Jorge Sanz, para mí. —Se golpeaba el pecho diciendo «para mí»—. Bueno, y Ariadna Gil, pero el resto…

Me parecía increíble que gente que no había trabajado para nada en una película oscarizada se sintieran parte de ese Oscar.

—¿Sabes de cine? —lanzó ella—. Has venido al peor lugar. La televisión es el cementerio de todos los elefantes que quisieron ganarse un Oscar y no lo consiguieron —insistió con su animadversión al medio que nos reunía.

Vaya, me había pasado la noche del Oscar, de Santiago a Madrid, sin poder dormir.

Llegamos hasta su despacho. La esperaban tres personas. Una mujer de espaldas; un joven, más joven que yo y muy nervioso, con una taza de té que temblaba a causa del nerviosismo de sus manos; y un señor muy elegante, maduro y aún muy atractivo. La mujer que estaba de espaldas no se giró, alargó la mano para detener el tembleque de la taza de té, tomándola y llevándosela a los labios pese a que humeaba como una chimenea. Volvió a alargar la mano para devolver la taza a las temblorosas manos del joven y este se marchó.

—Tenemos las peores historias de cualquier programa de testimonios de España. De Europa, vamos —la voz de la mujer que no se giraba era muy reconocible. La oía en la tele a todas horas; si no era en sus programas, en los comerciales que hacía. Miré hacia el señor atractivo que levantaba las cejas—. Yo no puedo permitirme un fracaso en mi carrera. Lo sabes —dijo la mujer que no se giraba, girándose al momento del «lo sabes».

Ana Guerrero, periodista de la televisión pública, convertida en presentadora estrella tras ser contratada por la primera cadena privada del país. Su último programa buscaba unir parejas a lo largo de España. No lo veía nunca porque no entendía que la gente encontrara el amor en un estudio de televisión, pero era uno de los éxitos más importantes de la tele. Y la demostración de que la televisión privada convertía a los periodistas con carreras «serias» en nuevas figuras del entretenimiento.

—Este es el amigo de ese amigo que es amigo de un amigo suyo —soltó santa Georgina, con ganas de trabalenguas. Y bajó la voz—: El de Galicia.

Ana Guerrero me inspeccionó y devolvió la mirada hacia el libreto que tenía delante. El señor atractivo extendió su mano muy elegantemente y estrechó con fuerza la mía.

—Eres guionista de culebrones —dijo Ana Guerrero sin mirarme.

—Telenovelas —corregí.

—¿Cuál es la diferencia? —Levantó su hermoso rostro para enfrentarme, cerrando la última palabra, «diferencia», con sus labios maquillados muy juntos.

—Llamarlas «culebrones» es despectivo.

Se quedó mirándome una eternidad subrayada por el silencio de los presentes.

—Revisa estas historias. —Me entregó el libreto que tenía en la mano—. Son reales, pero se sienten falsas. Intenta ordenarlas, guionizarlas para que parezcan menos malas. Y lo traes a mi oficina en una hora.

Estuve sentado en una sala de reuniones con cientos de folios delante. Cada vez que levantaba la vista, pillaba a alguien observándome desde la sala de redacción. Eso me hacía concentrarme más en lo que tenía al frente. Historias de amor reales, absolutamente anodinas. Todo el mundo cree que su historia de amor es diferente, pero en realidad no lo son tanto. El amor es un sentimiento que resulta maravillosamente atractivo al ser contado, es la primera forma de ficción porque siempre le agregamos algo para que resulte más interesante al contárselo a otros. Pero en un programa de televisión hay que adornarlo. Igual que con las personas que salen en la pantalla, las historias necesitan la misma cantidad de maquillaje y peluquería. Y vestuario. Estos testimonios, recopilados por los redactores «a lo largo y ancho dc España», como decían ellos, siempre abusando de las frases hechas, estaban demasiado desnudos para volverse morbo. Así también descubrí el sentido español de la palabra y cuán fuertemente enraizado estaba en sus sentimientos. Todo tenía que poseer ese ingrediente para atrapar más audiencia. Morbo.

Los españoles han estado rodeados de morbo toda su vida. Desde el Génesis, desde Adán y Eva, desde los reyes visigodos y hasta el descubrimiento de América, que posiblemente lo incrementó mucho más al otorgarles el privilegio de ser los primeros en descubrir un nuevo mundo y todo lo que había dentro de él. Seres humanos de distintos colores y plumajes. Alimentos. Historias que permitieron la mezcla y el afloramiento del mestizaje. Recordé cómo mi papá me contaba que el verdadero encuentro de dos mundos fue cuando los conquistadores vieron a las indias con los senos descubiertos y mojados por el agua del río o de las playas. Y las indias vieron los bultos en las entrepiernas de esos conquistadores mucho más grandes que los de los nativos. Como hicimos Gabriel y yo. Bam, todo calzaba, todo unido. El descubrimiento, Colón, Gabriel y yo. El morbo español como un arma que conquista y derriba. Marca y sella.

—Has hecho un buen trabajo —dijo Ana Guerrero mientras terminaba de leer mis testimonios retocados—. Estas historias tienen ahora más garra, más interés.

—Y siguen pareciendo reales —agregué.

Ella se quedó mirándome. Iba a decir algo, pero prefirió callárselo y salir hacia la redacción a impartir órdenes. El día siguiente sería día de grabación del programa y toda la redacción se agitó. La miré, detenida delante de la puerta de su despacho, creciéndose, tenía todo el poder sobre su equipo y parecía George Washington delante de su ejército a punto de cruzar el Delaware.

Una mano se colocó en mi hombro, era la del hombre atractivo.

—Puedes llamarme José, si quieres. Es mi nombre, pero todos me llaman Director en esta parte del mundo.

—¿En qué otros sitios le llaman José? —pregunté.

—En mi casa, donde quiero que vengas esta noche. Hay otros invitados, es una cena en honor a un querido amigo mío.

La casa del Director José quedaba en un número par de la calle Claudio Coello. La entrada conservaba la estructura para dejar entrar las carrozas de siglos pasados y las puertas tenían cristales biselados, seguramente también de la misma época. Al abrirse la puerta, atendió un mayordomo, o al menos su vestuario así lo indicaba y por eso estuve un ratito sin saber qué hacer hasta que él preguntó mi nombre y al dárselo tomó mi absurdo impermeable y lo miró con desdén: no era de marca, parecía robado a Georgette. Me acompañó por el pasillo de entrada hasta el principio del salón, donde ya podía escuchar carcajadas masculinas.

—Y apenas había llegado, le dijo, con una elegancia que ella jamás ha imaginado: «Llamarlas culebrones es despectivo».

Los caballeros en torno al Director José empezaron a aplaudir. Estaban hablando de mí, esa había sido mi frase con Ana Guerrero. Me quedé muy callado, esperando que amainara esa lluvia de alegría, o en realidad burla hacia Ana Guerrero. El Director José fue el primero en detectar mi presencia.

—El hombre del momento, qué honor tenerte en casa. —Avanzó hacia mí, tomando una copa de champaña de una bandeja sostenida por el mismo hombre que había abierto la puerta.

Todos se giraron. Lo primero que observé es que no tenían la misma edad. Era como un ramillete o, mejor, un abanico de varones de varias edades, profesiones y orígenes.

—Bienvenido al harén —dijo un caballero inmensamente atractivo, sexy sin tener que estar desnudo ni en pose, los dientes más pulidos, las manos más perfectas, el olor de colonia más tenue y permanente. Así lo reconocí, él era precisamente el rostro de esa fragancia en todas las paradas de autobuses de la ciudad.

Le sonreí y detrás de él empezaron a saludarme —la mayoría de las veces de manera muy informal, solo ofreciendo sus nombres de pila y además con una rapidez que impedía quedarse con el nombre— el resto de los miembros de ese gabinete, círculo o club al que acababa de integrarme.

Había escuchado que Madrid es una ciudad hospitalaria y que esa bienvenida inicial, donde siempre eres uno más, es la razón por la cual hay menos madrileños de cepa que adoptados. Gabriel lo había llamado «un pueblo grande», pero era evidente que en Madrid te integraban con muchísima más celeridad que en Santiago. Quería contarle inmediatamente a Gabriel lo que estaba viviendo en casa del Director José. «Quieres dejar de llamarme así», me dijo exagerando su enfado con una teatralidad simpatiquísima. No lo hice y poco a poco el resto de sus invitados fueron imitándome. Me hacían sentir el centro de atención. A cada nuevo invitado que llegaba, siempre hombres, le repetían la historia del culebrón versus telenovela con la Guerrero, como la llamaban. «Este Boris es un divino», dijo de pronto el Director José. Y el Hombre Bello que Olía al Perfume que Anunciaba terminó por sentenciar: «¿Dónde has estado escondido todas nuestras vidas?».

Salí de la fiesta determinado a caminar hasta el hotel Mónaco, donde tenía alojamiento esos primeros días en la capital. Tan solo debía cruzar la Castellana y adentrarme en Chueca, pero había bebido más que bastante, en realidad un poco menos de lo que habían bebido ellos, que lo hacían con una soltura deslumbrante. Nunca tenían sus copas vacías y sin mezclar. Los que tomaban vino tinto solo tomaban vino tinto. Los que tomaban vino blanco algunas veces agregaban unos cubos de hielo. «No se lo digas a nadie, se considera una horterada y también una traición en este país y en todas las naciones vinícolas», me dijo el Hombre Bello que Olía al Perfume que Anunciaba, súbitamente a mi lado en ese ebrio trayecto.

—Dime una cosa, ¿a todo el que conoces le pones un denominador tan largo como el mío?

—No, porque no todos los hombres que conozco anuncian el perfume que llevan puesto.

—Eres muy ingenioso. ¿Qué haces escribiendo telenovelas?

—Me dan para vivir.

—De seguro querrás más cosas que te den para vivir. O, más allá que lo económico, te ayuden a ser quien deberías ser.

—No entiendo.

—Sí, sí lo entiendes. Eres una estrella. Mira cómo nos has puesto a todos a bailar bajo tu dedo apenas entraste.

Me quedé mirándole, la conversación parecía encaminada a terminar en un beso.

—No te quedes callado —dijo él.

—No sé si uno puede decidir que es una estrella.

—Claro que sí. —Y entonces se acercó y me besó con ese sabor de hielo y vino blanco, menta y el olor del perfume que anunciaba suspendiéndose detrás de mi nuca.

Amanecimos enredados, el Hombre Bello que Olía al Perfume que Anunciaba y yo, entre sus sábanas blancas de un algodón sedoso. La cama me parecía gigante, pero lo que era infinito era la vista de Madrid. Toda la ciudad, desde las grúas de las torres KIO, de las que todos los periódicos hablaban porque su construcción se había paralizado mientras se investigaba el banco que las bautizaba y que había subvencionado su construcción, hasta la torre de Televisión Española y las montañas que formaban la sierra. El azul del cielo era impecable, ni una sola variación, limpio, cristalino, las nubes suspendidas esperando un grito de acción. Me acercó a su cuerpo, caliente, liso. Volvió a hacerme el amor, con la calma que le confería su edad, bastante mayor que yo, y el control que tenía sobre su cuerpo y el mío. «Ya estás moldeado, por dentro y por fuera, pero tienes que perder esos miedos latinos», me había dicho al entrar en su casa y devorarnos sobre el piso del salón.

—¿Cómo sabes que tengo miedos? —pregunté ahora apretando mi erección contra las sábanas.

—Lo dice todo tu cuerpo, tu mirada, esa timidez que usas para refugiarte y hacer lo que más te gusta hacer —dijo sin terminar la frase.

—¿Qué es lo que más me gusta hacer?

—Observar. Observarnos a los que te rodeamos. Bueno, a los que nos atrevemos a rodearte.

Sonrió muy lentamente. Quería imitar ese gesto allí mismo, era una de sus características, lo empleaba en todos los pósteres en que le había visto. Sus hombros eran superfuertes y le creaban una especie de marco. Los antebrazos también parecían más gruesos de lo normal. El miembro, por cierto, era como un dios en sí mismo, algo a lo que de inmediato adorabas. Las piernas se movían solas y los pies y los dedos de esos larguísimos pies parecían como ondas que buscaban prolongarse más allá de él.

—Tengo novio —dije y casi escuché a Fran gritar: Boba.

—Ya lo sé, lo dejaste claro anoche un par de veces, multiplicadas por seis a medida que bebías más en la cena.

—No le pienso decir nada de esto.

—Como quieras. Todo el mundo se entera siempre. Intento ser discreto, por mi trabajo sobre todo. Los peores enemigos y los más antigays son mis compañeros de trabajo y nuestros jefes. Dicen que es peor en Hollywood, pero es porque los de Hollywood no han venido a Madrid.

—Pero ayer todos los que estabais, era un poco... eso que llaman «la Mafia de Terciopelo».

—No me gusta dar lecciones, pero tengo que hacer una excepción contigo. No llames «mafia» a la mafia, no lo llevan nada bien.

Tenía que irme a trabajar, iba a llegar tarde y además era día de grabación. Él me acompañó a la ducha, medio hicimos otra vez bajo el agua, me ayudó a secarme, peinarme. Al ver que iba a ponerme la misma ropa, me prestó algo de la suya, que como era mucho más musculado me quedaba ligeramente grande. Preparó un desayuno opíparo y fuimos poniendo parte de él en la boca del otro hasta que me planté, iba a llegar tardísimo y el Director José sabría perfectamente por qué. Él se ofreció a llevarme hasta la cadena, que quedaba lejos.

—Pero ¿y si me ven llegar contigo?

Tomó el frasco gigante del perfume que anunciaba y vertió una cantidad importante sobre mí. Y volvió a enseñar esa sonrisa que se desplegaba lentamente mientras mi piel absorbía el perfume.

Ana Guerrero no quería a nadie más a su lado que no fuera yo. «Nació de pie, el jodido. No lleva dos días en Madrid y ya está en todas las rifas», susurró bastante alto santa Georgina. No tuve tiempo de responderle ni aclararle. La Guerrero me quería en su camerino. Tenía un follón, como lo llamó ella misma, con su hija mayor que acababa de escaparse del internado británico donde estudiaba. Le hablé de Belén, de nuestras conversaciones telefónicas, completamente francas, descarnadas a veces.

—¿Hace cuánto que no hablas con ella?

—Desde que Mario Conde cayó en desgracia, por ejemplo.

—¿Están relacionados? —inquirió como si oliera una noticia.

—Solo efemérides —zanjé.

Extrajo una cosa grandísima de un extremo del sofá donde hablábamos. Parecía un zapato, una caja con una letra M que me recordaba la señal de Batman.

—El móvil es de la empresa. Solo lo uso para llamar a mi madre en el Alcázar de San Juan, el pueblo donde nací.

—No puedo aceptarlo, Caracas es mucho más lejos.

—Llámala. La quiero conocer.

Marqué el número de casa y a la tercera repicada atendió mi madre, adormilada, había olvidado la diferencia horaria.

—Mamá, te estoy llamando desde el móvil de mi nueva jefa. —La Guerrero hizo una mala mueca, no le agradaba nada lo de nueva jefa—. Sí, estoy bien, te lo estoy diciendo, te estoy hablando desde un móvil. Sí, un celular. Sí, este es enorme, no es mío.

—Pónmela —ordenó la Guerrero.

—Ana —dijo el regidor que entró al camerino—, estamos a cinco. —La vio con el móvil-zapato en la mano—. Vale, a diez, para el plató. —Se marchó mirándome como si fuera culpable de algo.

Ana empezó a reírse por algo que le decía mi mamá. Fingí preocuparme de que el guion estuviera perfecto, ningún error en los testimonios y que los tarjetones tuvieran las preguntas en el orden exacto para ir creando un crescendo emocional en los

315

entrevistados. Era lo que más gustaba a la Guerrero y creía haber conseguido ese efecto calcando lo que yo mismo sentía las pocas veces que había visto el show.

Ella seguía hablando con mi mamá. Yo no podía entender lo que se decían, por la gente que entraba y salía del camerino, entre ellas santa Georgina, que me miraba cada vez con más celos, y el Director José, que me preguntó, por señas, con quién hablaba la Guerrero. Mentí que no sabía.

—Qué maravilla de mujer. ¿Cómo no viene al programa? —dijo ella.

—¿Para qué?

—Para decirme todo lo que me ha dicho al teléfono. Cómo te crio, cómo te dio alas para que seas quien eres.

—Dos minutos para plató —interrumpió el regidor.

La Guerrero tomó sus dos carpetas, se vio rápidamente en el espejo y se dirigió a la puerta. Retrocedió y sujetó mis manos entre las suyas.

—Has nacido de pie —dijo y se fue en medio de un pasillo de luz y aplausos.

Era feliz. Tenía estrella y trabajo, me atrevía a ir saltando, casi bailando, por los pasillos. Mucha gente disfrutaba con mis carantoñas y en eso estaba cuando una de las principales protagonistas de mi pasado volvió a convertir una esquina sin nombre en un sobresalto.

—Altagracia. —El nombre poseía tanto melodrama que sobresaltó a otros presentes, como si fuera un diálogo de culebrón, no de telenovela.

—Al final acabaste en la televisión, carajito.

La acompañaba uno de los altos directivos de la cadena. Le estaban enseñando el edificio e iba vestida de estrella, casi como la Guerrero, pero como con más poder. Iba vestida de ministra de Comunicaciones. El alto directivo se interesó por mí, ¿cómo conocía a Altagracia Orozco?

—Fui amiga de sus padres —decidió ella—. Juntos hemos querido construir un país mejor.

—Para sus hijos —terció el ejecutivo.

Altagracia se quedó mirándome. No dije nada.

—Ven a verme al hotel. —Deslizó una tarjeta en mis manos—. Tenemos tanto *de qué* hablar, como dicen los españoles, siempre defendiendo ese «de» antes del «que».

Nadie se rio pero su pequeña lucha gramatical quebró mi reticencia. Llevaba razón. Teníamos que hablar.

Llegué a la habitación un poco antes y vi en su cara que le incomodaba mi puntualidad. Me hizo entrar y era una suite también más propia de un ministro que de una presentadora. Podía soltar un guao pero escogí sentir mis pasos silenciados por la moqueta. Se veía más alta, más delgada, más fuerte. Me indicó el sofá y al sentarme observé que en una de las mesillas había una copa de ron sin finalizar. Ella al fin habló recogiendo el vaso.

—Un poco de lo nuestro para combatir el frío.

—No hace frío, al menos fuera.

—Quería enseñarte algo, carajito. —Volvió a levantarse y abrió las puertas correderas de la habitación.

Pensé que lo hacía para quitarme la idea de que había alguien más que había bebido ese ron. No tenía conocimiento de que Altagracia Orozco leyera la mente, pero en la atmósfera cargada de esa habitación había tantas sospechas como muebles. Me asomé discretamente y no había nadie. Ella volvió a sentarse con una carta en la mano.

—Léela. No es para ti. Me la escribió Gerardo cuando volvió de Santiago.

CAPÍTULO 31
—

CORAZÓN NEGRO

Era falso. Todo, la escena, la situación, su voz, parecía como si estuviera a punto de emitir un comunicado del Gobierno que ya sabía que era mentira y sin embargo lo transmitía en su programa. Debí haberme levantado y marchado, pero me quedé, abrí el folio y empecé a leer. «Todo lo que has hecho para evitar que admita quién soy es un fracaso. La verdadera Altagracia Orozco es una perdedora. He hecho lo que has querido, siempre, la academia militar, el trabajo en el periódico, al lado tuyo como un asistente que anota las veces que lleva tus trajes a la tintorería. El matrimonio, los hijos que me obligaste a tener. Siempre he hecho caso. Aquí estoy, callando mi amor, escondiéndolo. Tenía que dejarlo por escrito. Me gusta de Boris que es libre, que su madre es Belén, un ser humano. No tú». Paré de leer. Altagracia me miraba con lágrimas en los ojos y sorbiendo ese vaso de ron que no era suyo.

—Me gustaría hacer algo para que todo fuera como antes —dijo—. Extraño a Belén. Extraño nuestra complicidad.

—Nunca permitirás que Gerardo te diga quién es de verdad.

—Lo destruirían. Me destruirían. ¿Es tan difícil pensar en mí? Yo he construido lo que somos, Boris. Tú mismo lo descubrirás cuando seas quien quieres ser, que no podrás avanzar más porque eres homosexual, no estás en la norma.

—Eso está cambiando.

—No, nunca va a cambiar.

—Hay alguien más en esta habitación, Altagracia.

—Para nada, estamos solos.

Me levanté para marcharme y ella me agarró por la pierna.

—Quiero ofrecerte que trabajes con Gerardo y conmigo. El

país va a cambiar y voy a estar en ese cambio. No solo te voy a hacer rico, te puedo hacer muy poderoso. En serio, no me pongas esa cara como si fuera una actriz de esos culebrones tuyos. He venido a Madrid a tener reuniones muy importantes con los responsables de ese cambio. Y te ofrezco acompañarme en este tren. Y olvidar todo lo que pasó.

—Yo no sé olvidar, Altagracia —me escuché decir, como si efectivamente estuviera cerrando una escena de mis culebrones.

El programa de la Guerrero, como la gente se refería a él, incrementó su audiencia, mejoró eso que los ejecutivos llamaban «sus números» y me hizo bastante imprescindible en la redacción y, para la envidia de mucha gente de la producción, también en la mesa de la zona VIP donde almorzaba la Guerrero. Estaba siempre allí, desde el café de las once de la mañana hasta las pausas en la grabación del programa. Y allí veía pasar la televisión del país, a los que la hacían, los que ponían la cara, los técnicos, los redactores, los ejecutivos. La mejor coreografía que había visto. Intrincados pasos a dos, a tres, cuartetos, quintetos. Grandes entradas, grandes caídas, grandes histerias. Programas que veían sus números disminuir se reunían en mesas cubiertas de servilletas, cafés abandonados, donuts a medio masticar. Los que los veían subir aparecían más tarde, con un papel en la mano, la famosa «curva», donde se detallaba el seguimiento o abandono de la audiencia, minuto a minuto. «Amo mi curva», solía decir santa Georgina. La Guerrero se lo tomaba más en serio. «Mientras más sube, más dura será la...». «Calla, eres experta en fastidiar un buen momento», reñía el Director José.

Tanto la «curva» como el *share* y el rating eran nuevos instrumentos, hijos de la televisión privada, y dictaban el presupuesto que las publicidades inyectarían a los programas. Y eran palabras que, como *weekend* y *fast food,* invadían las conversaciones que escuchaba.

Estaban esas mesas cubiertas de restos y de angustias por cómo afectarían los shares y los ratings y los weekends. Y estaban también las mesas donde pasaban jóvenes aspirantes a ser la

319

Guerrero y algunos de los jóvenes productores las trataban como si fueran despojos de una caja de fast food. No podía evitar comentar con la Guerrero la conducta de los productores antes que la de las mujeres. Consideraba que estas eran más inocentes, más víctimas. Santa Georgina, que siempre estaba cerca, como vigilándome, defendía precisamente lo contrario. «Son ellas las que los provocan. Creen que será más fácil así. No saben lo que hacen. Nadie respeta a las que presentan un programa por que se la chupan a uno de publicidad», decía entre dientes. Se quedó mirándome, esperando una respuesta. La Guerrero no disfrutaba nada con esta conversación. «Yo no he conseguido nada de esa manera», zanjó antes de marchar.

Era un tiempo de tormentas, como el nombre del cuadro, o delante de una nueva boca de la colmena, el otro título del cuadro de Ernesto. Dentro de la tormenta parecía ser su guía, y ante la boca de la colmena, estaría muy dentro, convertido en abeja. Y como abeja peón, me dejaba devorar por las exigencias de la abeja reina, la Guerrero, y todas sus secuaces. En vez de miel, fabricábamos ilusiones, que sobrevolaban y atacaban sin atacar a los televidentes. Los envolvían, los cegaban, les inyectaban un veneno que no sabían calificar como tal. Era risible, era irresistible. Era la televisión.

Tenía colmena pero no tenía casa. Pasaba por la pensión para cambiarme de ropa, por ejemplo, pero prefería dormir en el Corazón Negro, un bar de moda que Paola D —la hija menor de Mimí, esa actriz que había visto junto a El Gran T al llegar a España— había montado junto a otros socios. El bar era una amalgama de otras amalgamas, sofás muy mullidos a ambos lados de un estrecho corredor con la barra al fondo, pintada de dorado y con candelabros de cristal con velas y bombillas. Y encima de la pared con el rosado más intenso que pueda imaginarse, un corazón negro partido en dos. El jefe de todo era un hombre fuerte, delgado y con una voz misteriosa con un acento mitad caribeño mitad francés. Chacon, que podía ser Chacon en francés o Chacon en castellano, dependiendo de su humor era una cosa o la otra. Yo quise llamarle Mr Black desde el principio, pero el camarero principal, cubierto de piercings y de tatuajes y con el pelo rubio un día, negro como el corazón de la pared otro, o rosado como la propia pared al siguiente, me prevenía de llamarle Negro. «Tú repite lo que él te diga», aconsejaba. Y yo seguía la corriente, fiel a mi lema y cada vez más involucrado con el sitio, sirviendo copas, recordando lo aprendido en las fiestas de mis padres, atendiendo como camarero sin serlo, lo que me valía serias amonestaciones de Chacon. «No necesito más camareros, entérate. Tú entretén la sala, háblales, muévete con ese movimiento tuyo. Mira y deja que te miren», ordenó.

Y yo obedecí. Moviéndome de un sofá a otro, aspirando el humo que luego sobrevolaría mi sueño. Y también vigilando que en el sofá donde me tocara dormir no hubiera mucho jaleo, pocas manchas, pocos líquidos o vertidos fastidiando las telas que lo cubrían. Y ningún caballero que quisiera acompañarme en mis poquísimas horas de sueño.

Fueron noches eternas. Nadie quería marcharse del Corazón Negro, las copas eran buenas, los sofás cómodos, la conversación fluida, enrarecida, de nuevo fluida y de nuevo enrarecida. De pronto el camarero del pelo cambiante interpretaba una canción, generalmente en playback, «sonido pregrabado, disculpa», como terciaba el propio camarero antes de seguir con los labios la música enlatada. Lo hacía con una gracia única. Su propia voz programada reinterpretando temas de Sara Montiel, pero con su peculiar acento malagueño. A todos les encantaba ese aire de cabaret berlinés en el Madrid de los noventa. Noche a noche, el grupo de admiradores de las actuaciones del camarero del pelo cambiante se hacía más grande y notorio. Pedían canciones de Marisol, y él respondía con una interpretación de algún éxito de Mina. Se discutía mucho sobre la originalidad de esos playbacks, como los llamaban. Almodóvar, el director de cine que todos nombraban, veneraban y odiaban prácticamente en la misma oración, ya había usado ese tipo de aproximación artística, a medio camino entre la admiración manifiesta y cierta falta de talento propio. Pero lo que hacía el camarero del pelo cambiante tenía algo de personalidad. Y de imán.

Por eso, cuando estábamos solos antes que el club abriera sus puertas, me quedaba en una esquina observando cómo ensayaba sus números. Sentado delante de un espejo, fijando cada movimiento que copiaba del cantante o la cantante original. Luego hacía lo mismo con los gestos, en especial las manos. Iba subiendo el nivel de exageración en cada minuto que pasaba delante de ese espejo. Hasta prácticamente hacer irreconocible a la persona que imitaba.

Después se paraba y hacía varios ejercicios de estiramiento. Y entonces, acometía su don especial, su momento culminante en cada actuación. Mientras escuchaba *No me importa nada*, de Luz Casal, un hit de años anteriores, empezaba a inclinar el cuerpo verticalmente hacia delante, hasta casi tocar el suelo con la punta de su nariz. Y desde allí, volvía a levantar todo su cuerpo en la misma línea vertical. La canción reivindicaba ese movimiento. «No me importa nada que rías o que sueñes, que digas o que hagas, que subas o que bajes, que entres o que salgas». Nunca había visto algo así. Era poderoso, único, inclusive atemorizante. Y genial, completamente genial.

La noche en que lo «estrenó» en el Corazón Negro, los que estábamos presentes creímos que asistíamos a algo histórico.

—¡Una peonza humana! —gritó Antonio, un chico que siempre gritaba algo y hablaba como en titulares todo el tiempo.

—Una peonza oscila, imbécil. Él se inclina verticalmente y vuelve a subir y lo hace entonces para atrás —terciaba Leopoldo, delgado, pequeño, pero con una voz tremenda. Sabía quién era: Leopoldo Alas, sobrino nieto del autor de *La Regenta* y que tenía una columna que yo leía mucho en la sección de Madrid del diario *El Mundo*—. Nuestro David —siguió exclamando Leopoldo y usando el nombre de pila del camarero del pelo cambiante—: El bello David es nuestra balanza humana.

Leopoldo escribió un artículo sobre «La increíble Balanza Humana» y la sensación se extendió por la ciudad. La propia Luz Casal vino al Corazón Negro para verlo. Y cuando terminó le dio un beso tan sentido que el lugar, a rebosar como nunca, se vino abajo en aplausos y lágrimas.

Era maravilloso. Y así quería hacérselo saber a mi mamá.

—No tienes casa, mi amor, ¿de dónde estás llamando?

—Del teléfono del Corazón Negro, mamá.

—No me gusta que estés haciendo llamadas sin autorización, mi amor. Dame el teléfono y te llamo yo.

—No, es una línea falsa, se la robamos a otra tienda. No pasa nada.

—Llevas una vida loca, Boris. ¿Cuánto tiempo piensas seguir así?

—No lo sé. ¿Debería saberlo? Es como un cuadro, como si yo ahora estuviera creando mi propia boca de la colmena. O mi propio Tiempo de tormentas.

—¿No te da miedo que te pierdas en el intento?

Me quedé pensando.

—No. No voy a perderme, mamá. No soy un niño, tengo casi veintinueve años.

—O sea, que todavía te sostiene ese deseo de triunfar antes de cumplir treinta.

—¿Cómo lo sabes?

—Porque me lo has dicho. Borracho. O algo más, por eso no lo recuerdas.

—No te gusta recordarme así, ¿verdad?

—No. Porque no consigues nada. Tu papá podría haber escrito con más disciplina si no se hubiera perdido con todos esos que crearon esa República del Este, que era solo una excusa para emborracharse en restaurantes que los usaban como reclamo.

—Ellos insisten en que fueron un movimiento, mamá.

—No quiero verte atrapado en algo igual. Atrapado no, quise decir desperdiciado.

—Son procesos, mamá. No se pueden evitar, hay que atravesar todas las habitaciones, surcar todos los meandros.

—¿Por qué todos? ¿Por qué especialmente los que te ahogan? Te expones demasiado al peligro creyendo que ganas algo con eso. Y no hay nada que ganar. Porque pienses que me tienes, no es suficiente, Boris. Yo estoy a ocho mil kilómetros de distancia. Soy solo una voz en el teléfono. Puedes decirme que estás sobrio y hablando desde un sitio cómodo y yo no podría distinguir la verdad.

—O sea, que no cuento contigo…

—Para celebrarte esta indisciplina, este dejarte llevar, desde luego que no.

—Me estás advirtiendo, entonces, de ese peligro.

—¿Qué más quieres que haga? Soy tu madre.

—Más bien suenas como si estuvieras dirigiéndome.

—Me vas a venir con esas ahora —soltó—. Siempre he estado pendiente de lo que hicieras. No entiendo que me lo reproches ahora.

—Te lo he reprochado antes.

—Y al final hiciste lo que te dio la gana, convertir esa columna en una auténtica colmena de ideas, revoluciones, movimientos citadinos que se quedaron en nada.

—Belén.

—No empieces con tu Belén —exclamó.

—Dices todo esto porque quieres que vuelva. Y no tengo nada a que volver. No quiero saber nunca más nada de ese país. Para mí es un fantasma, un espectro.

—Estamos nosotros, tu papá, tu hermano y yo aquí. Y ten por seguro que preferiría que hicieras algo importante aquí en tu ciudad, en donde naciste, antes que recibir estas llamadas tuyas, además de carísimas, para decirme que tienes un amigo en un circo, que duermes en el sofá de un cabaret, que te habrás acostado con casi todos esos amigos que mencionas.

—Cómo puedes llamarme puta y además de esa manera.

—Porque soy tu madre y sé que aparte de un hijo de puta eres también muy puta.

—¿Cómo lo sabes?

—Porque soy tu madre —repitió. Y colgó.

Jackie Kennedy falleció el 19 de mayo de ese año, ese 94 que me hacía más y más adulto. Desde enero se sabía, a través de un comunicado emitido por ella misma, que estaba enferma de cáncer, pero la muerte fue veloz. Subí al autobús verde que me llevaba hacia la cadena de televisión y de inmediato constaté que a nadie le afectaba la muerte de Jackie. Nunca he viajado en un medio de transporte público con un rostro más horrorizado. Jackie definió para el mundo los gestos, el vestuario, el silencio, la infatigable lucha por su independencia como mujer en un mundo dominado por los hombres. Hizo de todo para garantizarse esa independencia y lo hizo para que muchas mujeres pudieran conseguirlo, no solo de su generación sino también en el futuro. ¡Cómo iba a despreciar un logro de ese tamaño una madrileña de veinte, de treinta años! Todo el trayecto del bus 150, recorriendo la Castellana y adentrándose en el laberinto de hormigón de la autopista del Norte, miraba a esas personas indiferentes a la muerte de Jackie y me lamentaba de no tener un medio, una manera de comunicarles quién había sido esa mujer que hizo de un cargo vacío, el de Primera Dama, un ejemplo de cómo ser mujer y hacer bien todo lo que la sociedad lanza sobre sus espaldas y acometerlo impecablemente y encima encontrarle el ángulo por el cual construir una profesión de un cargo. Algunas de las mujeres que viajaban conmigo en ese bus me miraban asustadas, quizás porque las observaba amenazadoramente. Y cuando al fin el bus descargó a una cuadra de la cadena, me vi entre todos los que llegábamos a nuestro trabajo, pensando, pensando, pensando que yo necesitaba un programa de televisión para poder ofrecerle a Jackie ese respeto, esa loa, que llevaba dentro.

—Te veo triste —me dijo la Guerrero, mientras revisábamos vídeos de posibles testimonios para su programa.

—Ha muerto Jackie Kennedy.

—Eres una caja de sorpresas. Pensé que estarías preocupado porque ayer pusieron preso a Carlos Andrés Pérez, el ex presidente de tu país. Y en cambio, estás abatido por una mujer que nadie sabía quién era, ni ella misma.

—Estás muy equivocada —salté—. No hubo un solo momento, un solo movimiento en su vida que ella no supiera lo que estaba haciendo. Eso es lo que la hizo ser Jackie Kennedy. Cuando se dio cuenta que mataban más Kennedys que su esposo, se plantó y dijo que los siguientes serían sus hijos y que tenía que marcharse de Estados Unidos. Por eso se casó con Onassis, porque se dio cuenta que esa era la única manera de empezar a ser ella misma. De conseguir esa independencia que era tan importante para ella como para millones de mujeres en el mundo. Y que, injustamente, o se les impide o alguien se empeña en que jamás la conozcan. Por eso Jackie es importante para mí.

El lugar era solo silencio. El Director y parte del equipo se habían congregado en el minúsculo cuarto de edición. Estaban tan lelos como la Guerrero, todos mirándome. Me asusté un poquito porque pensé que me iban a despedir por hablarle alto y llevarle la contraria a la Guerrero.

Ella rompió el silencio.

—Vamos a dedicarle un segmento del inicio del programa a Jackie Kennedy.

Llegué exhausto al Corazón Negro esa noche. Chacon me esperaba en la puerta, no había mucha gente.

—Están de luto por tu Jackie, menuda ha estado la Guerrero con todo lo que le escribiste —me dijo con una sonrisa enorme—. Tu mamá ha llamado cinco veces.

—Coño —dije.

—Te dejo llamarla, pero no más de veinte minutos, que nos van a pillar.

—Boris, me equivoqué molestándome contigo —dijo Belén.

—También me paso mucho con la vida que hago, mamá.

—Pero parece que termina por llevarte a donde quieres ir —dijo casi en un susurro.

—Si es así, deja de tener miedo. Siempre habrá algo, una música, un llanto, una sonrisa que me hará parar y sostener el hilo en el viento —dije.

—Yo no soy una actriz a la que le repites una frase, Boris.

—Ya lo sé, mamá.

—Te felicito. Una amiga de tu papá que está en España ha visto el programa donde trabajas y vio el homenaje a Jackie. Nos dijo: «Lo hizo Boris, seguro».

—¿Por eso llamaste varias veces, mamá?

—Claro. Apenas supe la noticia, pensé en ti.

—Qué pena que no la conocí, fue lo primero que pensé.

—No te hizo falta para entenderla a la perfección.

Colgamos antes de los veinte minutos y me miré un rato en el espejo del despacho. Era grande y su marco en forma de corazón y pintado de negro. Empezaron a desfilar por mi cabeza tantas imágenes de Jackie que había estado revisando y escogiendo para el segmento en el programa de la Guerrero. Su llegada a Sevilla, donde la recibió la duquesa de Alba, el viento sacudiendo el pelo de la duquesa mientras que el de Jackie se quedaba inmóvil, en su sitio, tieso. Su aparición, espectacular con mantilla negra en el baile de debutantes al que había sido invitada en la casa de los Medinaceli y con Grace Kelly ligeramente inferiorizada a su lado. Vestida de corto, de nuevo junto a la duquesa, en la Feria de Abril. Al ver esas imágenes en la transmisión del programa, con la Guerrero emitiendo mis palabras, sentí un orgullo no personal sino patrio. Esa presencia de Jackie en España le descubría al país que había tenido un contacto, un momento de importancia en esa historia. Pese a que sucediera en los años de la dictadura, poseía el brillo de algo que traduce una cima, una conquista. La constatación de que el orgullo patrio también pasa por el chic, el glamour. Y sentía que había descubierto ese trozo de historia a muchos españoles gracias a la televisión, a la Guerrero, pero también gracias a que yo lo sabía y conocía cómo rescatarlo.

Chacon entró en el despacho a comprobar que habían pasado los veinte minutos permitidos y me encontró contemplándome en su espejo. No me detuve, seguí pensando, viendo cómo Jackie al lado de la duquesa se llevaba una mano al cuello mientras hablaba con un caballero y sonreía algún comentario de Grace, pese a que no se llevaban para nada bien. Entonces, Jackie apareció en mi rostro. No me asusté, simplemente sentí que una de esas imágenes que navegaban en mi cabeza había hecho clic y yo al fin era ella. Pero no quería serlo físicamente sino algo más. Casi lo pedí sin mover mis labios: que de todo lo que Jackie podía darme fueran su inteligencia y su inflexible voluntad, lo que entrara en mí a través del espejo en forma de corazón negro.

CAPÍTULO 32
—
NO FUISTE TÚ

El salón principal del Corazón Negro estaba asombrosamente lleno de gente. Periodistas, fotógrafos, diseñadores. Todos decían que se habían quedado electrizados con el segmento de Jackie en el programa de la Guerrero. «Fuiste tú, muchachito, fuiste tú», decían. Me abrazaban, besaban. Leopoldo y sus amigos estaban un poco más apáticos, hasta que uno de ellos dijo: «La marica se la va a comer» y, como decían ellos, me partí de risa. Estaban puestos, desde luego mucho más que yo, que venía del trabajo. Orlando, Leopoldo, Antonio y su semipareja Pablo, que no querían reconocerse como tal, me recibieron diciendo que éramos una generación, un grupo literario sin obras pero compacto. Leopoldo se colocó una pastilla azul debajo de la lengua. Y me acercó otra.

—Bienvenido a la Generación del Otro 94 —dijo.

Intenté rechazar la pastilla, pero estuvo bajo mi lengua en microsegundos. Antonio y Pablo aplaudieron.

—Sí, Generación del Otro 94 —coreaban.

Y al final, con los ojos entrecerrándose y la garganta amarga, conseguí decir:

—Generación Corazón Negro.

El siguiente instante, no estábamos ya en el Corazón Negro y la función de David, el camarero de pelo cambiante, había pasado sin que nos diéramos cuenta. Leopoldo seguía a mi lado, sin camiseta, sudoroso y sosteniendo la cabeza y el pelo de un hombre sin cara. Respirábamos pesadamente. Vi cómo entre mis piernas había otra madeja de pelo. Parecía que estábamos en un piso. No muy amueblado, un par de sofás, donde también había hombres desnudos, absortos, concentrados en lamerse, penetrarse o levantarse y juntarse e introducir dos pollas muy unidas en un mismo ano. Estaba muy colocado. No podía ver los rostros, estaban casi todos cubiertos por el pelo de otro, las manos, el culo, la pelvis de otro, de otros. Los gemidos se volvían una cadena musical. Vi a David, casi celestial, los tatuajes de delfines moviéndose como si nadaran entre nosotros, avanzando entre los cuerpos y los gemidos casi como si no estuviera allí sino que fuera parte de mi alucinación. Llegaba más gente, hombres más musculosos, con miembros gigantes cubiertos de piezas de cuero. Intentaba moverme, pero no podía, estaba rodeado de cuerpos, de hombros, de antebrazos, de axilas abiertas, velludas y menos velludas recordándome, una vez más, la boca de la colmena. Alguien gritaba y se oían golpes, Leopoldo me contuvo. Era en otra habitación, los golpes eran fuertes. No podía seguir sin hacer nada. Hasta que escuchamos. «Más, no me dejes así, destrózame». Y volvían los golpes. David salía de una habitación vestido para actuar. Accionaba con un pie una consola portátil y sonaba Luz Casal. Con un ritmo que se acompasaba a los distintos y múltiples orgasmos, hacía su «Balanza Vertical», abstrayéndose totalmente del entorno. Mi garganta se hacía más seca, áspera, creía que no podía respirar y Leopoldo me daba un buen golpe en el pecho y sentía todo a la vez. Los gemidos, mi respiración, las penetraciones, múltiples, solitarias, huecas, rellenas. Las palabras de la canción. «Que rías o que sueñes, que digas o que hagas, que subas o que bajes, que entres o que salgas». Los ojos abriéndose más y más e intentando acaparar todo lo que pasaba. Un destello de luz de día, colándose por entre las rendijas de las puertas. Uno de los hombres musculados echó una cortina, había olor a incienso y a sudor. Encendieron una televisión. Aparecieron unas imágenes de un hombre vestido de guardia civil y unas letras donde alcancé a leer «corrupción en el Gobierno socialista». Seguían más bailes, más performance, llegaba más gente. No había fin. Y David ascendía y descendía. «Y no me importa nada, nada...».

El caso Roldán estalló sobre nuestras vidas. El antiguo director de la Guardia Civil había escapado del país llevándose una millonaria cantidad de dinero público. Unas fotografías suyas en una especie de orgía, con mujeres y rayas de cocaína, habían estremecido al público, pero, sobre todo, a los votantes del partido socialista, al cual pertenecía el ex director de la Guardia Civil. Yo las veía parecidas a lo que yo hacía un fin de semana sí otro no y que jamás comentaba con mi mamá. Arrastrados en el mismo dejarse llevar, los símbolos de la corrupción y yo teníamos gustos similares en perspectivas diferentes. Bueno, y una gran diferencia económica. Roldán dormía en Indonesia o en Venezuela, protegido por sus amigos en el Gobierno de mi país, a lo mejor operándose la cara para adquirir una nueva identidad. Y yo dormía en los sofás del Corazón Negro, dos horas, una hora, para aparecer insólitamente fresco y jovialísimo delante de los periodistas de informativos, agitados, consternados por la dimensión que iba tomando el asunto, la absurda cantidad de dinero que se habría llevado el ex director general, que, entre fondos reservados y comisiones por ventas de armas en mal estado, podría ascender a más de dos mil millones de pesetas, y que colocaba al Gobierno socialista en un estado de shock y asepsia.

Pero era la agitación lo que más me atraía. Hipnotizaba ver cómo en todos nosotros iba creciendo un juez y al mismo tiempo un experto en corrupción y delitos financieros. Por un momento, y quizás debido a la sorpresa del asunto, la noticia permitió que por primera vez se pudiera hablar abiertamente de corrupción administrativa dentro de un Gobierno. Ninguna noticia podía mover de la primera plana a Luis Roldán. El sida, la sensación de crisis después de los fastos de las Olimpiadas en Barcelona y la Expo en Sevilla y aquella intervención estatal en el banco Banesto, todos quedaban relegados ante la irrupción de este escándalo. El único remanso ante esta alocada conjunción de juicio mediático y adicción a sus personajes y sus giros era el programa de la Guerrero. Cada domingo subían las audiencias porque durante dos horas solo se hablaba de amor. «Sabemos que nos sintonizas, amado espectador, porque necesitas creer en el amor en tiempos turbulentos. Cuando tantas columnas caen en tu rededor, nosotros somos esa esquina del jardín donde el amor trepa por las enredaderas, se adentra en la parra y ofrece su protección», escribí ese lunes para que la Guerrero introdujera el programa. Era exageradamente cursi, pero el momento lo permitía, es más, lo impulsaba. «Cuando todas las columnas caen en tu rededor, solo lo cursi puede acompañarte», debí haber escrito. Y defenderte.

—Boris —era mi mamá con un poco de catarro—. Aquí la situación no es muy diferente. Solo que en vez de ser un policía de la Guardia Civil es el dueño de uno de los bancos más populares del país.

—¿El que se escapó con los ahorros de sus clientes, mamá?

—El mismo, mi amor. Creó con ese dinero una red que se infiltró en todas las entidades financieras del país. Quebró y ha terminado por arrastrar en esa quiebra a todas esas instituciones. El dinero de nuestra cuenta corriente está paralizado mientras hacen una auditoría. No podemos sacar dinero del cajero. Así está todo el mundo en la ciudad. El presidente Caldera ha tenido que reconocer una crisis financiera. En la compañía han descubierto que Alicia tenía una cuenta en un banco de Aruba que no era un banco.

—Es tan hábil para meterse en líos como para terminar piruetas.

—De inmediato ha anunciado su despedida del escenario.

—¿No lleva seis de esos anuncios?

—Ocho, dos los hizo en una misma temporada.

—Mamá, ¿por qué no se vienen aquí?

—Por lo que me cuentas, allí también hay ladrones y ni siquiera tienes casa.

—Te prometo que encuentro una esta misma semana. Ya es desidia de mi parte. Me divierte este estilo de vida, pero son más de tres meses.

Mamá se quedó en silencio. Retomé la oferta.

—Insisto en que penséis en veniros.

—Odio cuando conjugas el vosotros.

—Me lo enseñaban en el colegio, mamá.

—Son demasiadas cosas, Boris. No puedes conciliarlo todo. Y no somos como tú, mi amor. Somos tus padres, tú eres el hijo, el joven, el que puede aventurarse. Nosotros nos hicimos demasiado mayores para la aventura.

Roldán continuó desaparecido la mayor parte de ese agitado 94. El programa de la Guerrero seguía disparado. Me parecía vivir en dos países simultáneos, uno que creía en el amor e iba buscándolo y encontrándolo, casi siempre con final feliz. Y otro que cada día se escandalizaba más por los desaciertos de sus gobernantes y la corrupción que transpiraban cada vez con peor olor sus administraciones públicas. Cada mañana, las portadas de los periódicos parecían anunciar un resquebrajamiento total de los poderes públicos. Una fea cicatriz en el rostro de nuestra justicia, los partidos políticos, los rostros de un puñado de políticos y líderes. La sensación era absurda, un país que se deleitaba en encontrar divisiones, perseguir culpables que se declaraban inocentes.

En el fondo, gracias a que trabajaba como guionista en un programa de televisión, observaba todo como si estuviera pasando en un escenario. Una obra de teatro de un Molière moderno. Me asombraba que me afectara, porque eran cosas que sucedían en un país en el que tan solo llevaba dos años. Y la explicación que encontraba era que España no tenía dos años sino más de dos mil. Es un país que está en el Génesis. Y que seguramente desde hace muchos siglos habría atravesado por crisis administrativas alimentadas por la avaricia y la corrupción. No era nuevo lo que sucedía pero los periódicos, la televisión, la radio lo manejaban como si lo fuera. Y esa sensación de novedad, repetida una y otra vez, generaba este clima sofocante pero envolvente de escándalo, asombro, rechazo pero atracción. Esa infinita capacidad de asombro te hacía quedarte delante del escenario o la pantalla del televisor o la radio sin hacer nada más sino decir cosas exaltadas, que parecían serias pero no eran más que disparates. «Dios mío, qué horror de país», «qué asco de gente», «Fuera. Golpe de Estado», escuchaba decir en los sitios donde me movía. La cafetería de la cadena de televisión. Los pasillos hacia el plató. El propio plató, el camerino de la Guerrero (que se enfrentaba a sí misma en el espejo mientras la maquillaban, sin decir nada), hasta los sofás del Corazón Negro. Todos decían y ninguno hacía. Porque si alguien movía una pieza, la fascinación de lo que sucedía en el escenario se desvanecería y entonces todo dejaría de ser apasionante.

Gabriel se quejó que llamaba más veces él que yo.

—Lo siento, mi amor. Estoy trabajando tanto.

—Yo sigo aquí —soltó—. Hace un día espléndido hoy, sol por todas partes. Y no estás tú, como todos los otros días.

—Mi amor.

—No me sirve «mi amor». No te veo, no te toco, no me despierto contigo. Eso no es «mi amor».

—Estoy haciendo lo posible para que estemos juntos muy pronto.

—Se hace infinito ese «muy pronto».

—Ayer justamente lo hablaba con Leopoldo...

—Siempre hay que hablar de Leopoldo —interrumpió—. Estoy harto de perder minutos de conversación contigo escuchando hablar de ese Leopoldo.

—Es solamente un amigo...

—No me sirve que aclares eso. No te lo he preguntado. Conociéndote, me da igual si te lo has tirado o no.

—No me lo he tirado.

—¿Para qué me lo dices?

—Porque estamos hablando de él.

—Es que no quiero que hablemos de él —lo dijo muy enfadado—. Joder, ¡arruinas el único día de sol en tres meses! Cómo se ve que te has olvidado de todo, del clima, de la lluvia. Y de mí.
—Colgó. Dejándome desconsolado.

Leopoldo lamentó que Gabriel sintiera celos de él. Propuso que le llamáramos, pero que antes fuéramos a la redacción de una nueva revista.

—Completamente gay. Una revista pensada exclusivamente para nosotros. Creo que deberías escribir para ellos.

—¡Pero si me estoy quedando sin novio!

—No haces más que follar, mi amor. No te he visto decirle que no a nadie.

—Tú me llevaste a una orgía.

—No, mi amor, cariño, nena. Tú podías levantarte y regresarte limpita a casita, pero te quedaste y bien que te quedaste.

—No hago más que follar. Esta ciudad es como una liberación de todos los gays del mundo.

—Todavía no tanto. Digamos que los de Albacete y vecindario. Y alguna que otra corderita venezolana que juega a parecer extraviada.

—Tengo novio, coño. Soy el único del grupo que tiene novio.

—En Galicia, corderita, a ochocientos kilómetros, nena. Recuerda, no somos tontos, pagamos a hacienda. Los novios son una lata, deberías saberlo. Nos aburguesan y, aunque tú eres muy fina, es fatal y envejece muchísimo ir por ahí con novio —soltó riéndose de su propia ocurrencia.

—Creí que tú y Orlando erais novios.

—Falsas apariencias —dijo—. Mira qué buen título para una columna en el periódico gay.

Así se llamó mi columna. Y, por cierto, jamás hicimos la llamada conjunta a Gabriel. Aunque *MadridGAY* no era un periódico como El Nacional, su redacción se transformó rápidamente en mi segundo Corazón Negro. Era una idea de Antonio, ese amigo de Leopoldo que hablaba en titulares, y de Pablo, otro de los amigos Generación Corazón Negro de Leopoldo y que era el inversor capitalista. Seguían sin llamarse a sí mismos «pareja», aunque lo eran. El equipo de varones que conformaban la redacción parecía escogido por ellos en alguna de las orgías siguiendo un criterio basado en sus fantasías. Cristóbal, por ejemplo, el fotógrafo «oficial», tendría menos de veintisiete y se vestía con pantalones vaqueros muy ajustados y estrechos, seguramente reliquias de los últimos ochenta, y camisas de cuadros en todas las variedades posibles de colores. Cuadro negro sobre fondo rojo o rojo sobre fondo negro, verde sobre azul, azul sobre marrón, violeta con negro y vuelta a empezar. Tenía una barba perfectamente recortada y una gruesa voz que no empleaba nunca hasta que disparaba su cámara y decía: «Dame más, dame más», de forma tan afectada que los que acudían a sus sesiones, generalmente estrellas que empezaban y se solidarizaban con la revista, terminaban abandonando porque no podían contener la risa.

Antonio y Pablo, aparte de jefes, eran los encargados de los «grandes reportajes», como llamaban a esas entrevistas a cantantes, actores, escritores que sin decirlo claramente dejaban caer su «afinidad» hacia el movimiento homosexual. Se comportaban como dos grandes señoronas. Llevaban entre los dos kilos, kilos de fijador. Atusaban sus imponentes tupés mientras escribían o se «fajaban», como decía uno de ellos, a conseguir entrevistas en el teléfono. Entre los dos tonteaban y se jactaban de haberse cepillado a media oficina. A mí me excluyeron de la lista. Les molestaba infinitamente que trabajara para la Guerrero, que era para ellos el *non plus ultra* de lo que amaban. Y también detestaban.

Enrique, Rodrigo, Julio, Juan Pablo, era divertido llegar a la redacción y marearte repitiendo nombres de varones tan castizos y quedarte rodeado de sus colonias y perfumes. Ellos mismos se manifestaban saturados de tantos olores, tanta fragancia. «No cambian de perfume ni muertas, pero sí lo hacen de novio», remataba Leopoldo. Lo pasaba bien en esa redacción, me servía de relax en comparación con los nervios del programa de la Guerrero. Y a fin de cuentas, me sentía involucrado en algo importante. La revista quería «reivindicar la fuerza de nuestro colectivo y abrir las mentes de los heterosexuales», decía Antonio plantándose como si fuera una versión afeminada del personaje de Robert Redford en *Todos los hombres del presidente* y eso siempre me obligaba a soltar alguna risita.

Consideraba prepotente su visión de un mundo dividido entre heteros y homos, pero entendía que era su fórmula para cohesionar la revista y el movimiento que ayudaba a promover. Y era un movimiento que iba ganando notoriedad. Su gran movilización era la marcha cada celebración de Stonewall, el bar gay en Nueva York que la policía neoyorquina terminó allanando después de una marcha espontánea de dolor y reivindicación civil tras la muerte de Judy Garland en 1969. La manifestación en Madrid, que Antonio, Pablo y la revista deseaban convertir en un evento masivo, llevaba varios años celebrándose en una ruta que partía de la plaza de la Latina y acababa en Sol. Ese año en que fui parte de la redacción de MadridGAY me uní a esa marcha sintiéndome pionero. Nunca antes había tenido oportunidad para reivindicar mi condición sexual. Y mi júbilo pareció contagiar a otros, el hecho de ser un extranjero le daba más «rollo» a la situación. Más onda, como decía Leopoldo. Como si la ciudad tuviera el don de aceptarte fueras como fueras y de que además lo demostraras como quisieras el día que quisieras.

Fuimos avanzando por la calle Carretas y la gente se asomaba a los balcones. «En los balcones también hay maricones», voceábamos. Los que nos miraban desde allí se unían a nuestra marcha. No se sentían insultados, parecía divertirles y algunos arrojaban flores. Otros, caramelos, y alguno que otro, fotos caseras de sus cuerpos desnudos. Recogí varias, pero si volvías a mirar arriba, el caballero se escabullía entre los que se asomaban. La manifestación culminaba en la Puerta del Sol, donde se daría un discurso.

Nuestro director, Antonio, muy orondo, muy como en «sensación Historia de España», que acuñó Leopoldo, se encaramó a la estatua del Oso y el Madroño y habló de cosas que luego se harían frases hechas. «La importancia de disfrutar y compartir tu Orgullo. Nos pertenece, hoy todos somos uno. Hoy somos historia». La mayoría de los presentes, realmente no más de un centenar, nos estudiábamos con la mirada: «Cada manifestante calibrado por la dimensión de su paquete. Un paquete regular, pero dientes estupendos, un paquete importante, aunque brazos pelín enclenques, un paquete inmejorable y labios de jartarte, un megapaquete, pero aires de grandeza, un ultrapaquetón y cerebro de chorlito». Hasta que el discurso acababa y venía lo que Leopoldo me explicó que era «La Gran Besada»: te arrimabas al más buenorro y le dabas un beso en los morros.

—Leopoldo, ¿con lengua? —le pregunté como si fuera una actriz de telenovela.

—Con todo, mi amor —respondió él metiéndome su lengua hasta casi alcanzar el principio de mi estómago.

Abrí los ojos y vi cómo el centenar se convertía en medio, todos besándose, algunos, aprovechados, agarrando al paquete regular junto al megapaquete. Fueron varios minutos, dos o diez, hasta que exhaustos del beso todos gritamos «España» y los turistas que paseaban por la Puerta del Sol se persignaron.

Fue una gran noche y la primera de mis columnas para MadridGAY. Antonio y Pablo dijeron que la enumeración de paquetes, de regular a ultra, denigraba la manifestación, pero Leopoldo me defendió y así salió publicado. Fue un éxito y toda la redacción me felicitó. Menos los directores.

En el canal de la competencia empezaron a emitir un programa de cotilleos que seguía el mismo ritmo social que yo. Uno de los comentaristas de esa escena nocturna y diabólicamente ajetreada era Pablo. Glups, pensé. No me dio ninguna buena señal. Pablo parecía crecido, arrogante, como si supiera algo feo de todos aquellos de los que hablaba. Y aunque a mí no me gustara, al público sí, y a medida que el programa se hizo más y más visto, más protagonismo adquiría. Antonio me pidió que lo entrevistara. Lo que faltaba. Y que lo hiciera en la casa de ambos, que al igual que ellos no tenía la sensación de ser una casa de una pareja sino un lugar para que sus egos se encontraran.

Era una casa atiborrada de objetos, libros, algunos escritos por el propio Antonio, con su cara en la portada. Invitaciones de fiestas pasadas, fotos con Almodóvar y sus actrices, colocadas como si fueran parte de un altar en perenne construcción. Pero también con algunas figuras de antes, como las folclóricas, la gran Sara y, entre ellas, una serie con Julio Iglesias. Y también con Antonio Gala y Terenci Moix. Era un rompecabezas desordenado, pero con un punto en común. Todos los retratados tenían fama. Y seguramente esa cualidad, la fama, más que sus talentos o sus aportes, era lo que provocaba que Antonio y Pablo se fotografiaran con ellos. Pablo salió a mi encuentro, el largo cable del teléfono envolviéndole. Estaba discutiendo su contrato de televisión a gritos. GRITOS. Sus palabras creaban una música alarmante que asustaba al par de loros que cuidaban. Y al perro y al gato que también tenían en aquel diminuto piso.

—No puedes describir su casa de esa manera —me advirtió Leopoldo.

—¿Por qué? Es totalmente fidedigno.

—Es demasiado fidedigno. Los estás llamando horteras, mitómanos. Y todo lo que dice Pablo es irrelevante. «Quiero que los famosos tiemblen al verme llegar».

337

—Lo ha dicho. Y lo ha dicho en su programa hace un par de horas —defendí.

—No puedes tener enemigos en este momento. Acabas de llegar.

—Me estás censurando.

—Te estoy editando. No es igual.

El artículo salió en un especial de la revista, doble página, fotos que parecían hechas por un mamut de lo fosilizados que salían los novios. Todo el texto trapeado, recortado, mutilado. Me enfurecí. Me negué a dirigirle la palabra a Leopoldo.

El programa de Pablo generó un inusitado interés por la vida de los personajes populares, como se los llamaba en España. El interés se convirtió en obsesión y la obsesión en audiencia. Y entonces el personaje popular pasó a llamarse «famoso». Y la caza y captura de imágenes de famosos haciendo cosas que no lo eran, sino escabrosas, comprometedoras, inauditas, escandalosas se convirtió en un sistema de vida y rápidamente en una persecución. Se le prefirió llamar «fenómeno» y muchas cabezas sesudas, firmas de varias publicaciones, se aprestaron a intentar analizar este interés disparado por la vida privada de personas con una vida pública.

«Un país de cotillas», leí en alguna revista. No estaba tan de acuerdo, el cotilleo en cierto modo es una forma de narración. Que congrega a personas que la mayor parte del tiempo no se reúnen. En mi opinión, azorado como estaba asistiendo a toda esta situación que, una vez más, me encontraba en el centro de su génesis, se trataba de información. Tan válida y necesaria como la de las páginas de noticias internacionales de los periódicos. Y no es una información que pueda burlarse, ignorarse o maltratarse por una sencilla razón que descubrí entonces: está viva. Pasa, sucede. Y es esa velocidad y movilidad lo que nos atrapa. Y también lo que nos obliga a desear más. Y más. Y entonces llega a manos de personas como Pablo.

La red de esa cacería alcanzó a la Guerrero. «La presentadora del amor se enamora», publicó una de las revistas del corazón. Y de inmediato Pablo lo convirtió en un monotema de sus intervenciones en el programa. La Guerrero era la reina de la cadena en competencia con la que emitía el programa de Pablo y eso volvió más apetitoso el enfrentamiento. Ella aguantó en silencio durante varias de nuestras grabaciones, pero en el camerino hacía llamadas frenéticas, dejando el aparato caliente, reclamando más protección a los ejecutivos de las plantas nobles. En la redacción se empezaron a hacer comentarios cada vez más antipáticos hacia ella, como si un resentimiento largamente reprimido se extendiera y aprovechara la situación. «Es un ejecutivo de los pisos nobles. Ese es el enamorado». Y esa frase, justamente esa, saltó al programa de Pablo y la vimos todos, la Guerrero muy cerca de mí, en los monitores de la oficina de dirección, que mostraban en un mosaico apabullante lo que se emitía en todos los canales del país.

«Está enamorada de un ejecutivo de los pisos nobles, que solo pisa moquetas. No como ella, que ha tocado todo tipo de suelos para ascender», se relamía Pablo en su programa. La Guerrero cambió de color. Pareció arrancarse del suelo, como un árbol que empieza a caer. Pero no cayó, comenzó a gritar y a tirar cosas de los escritorios y a golpear a varios de nosotros hasta ponerse en el centro de la redacción e increpar:

—¡Quién es el cobarde que me ha vendido!

No sabía qué hacer sino quedarme como congelado a muy escasa distancia de ella.

—Boris entrevistó a ese impresentable para la revista gay donde escribe —dijo una voz cuyo rostro desapareció.

La Guerrero me miró fijamente. Confirmé que sí había entrevistado a ese hombre que ahora la humillaba. Nada más. «No hablamos sobre ti ni sobre el programa, sino sobre la persecución a los gays en el pasado». Pero la Guerrero, dominada por su furia, me miraba y me miraba. Y me miraba.

—No fuiste tú —empezó resoplando—. No fuiste tú. Dime que no fuiste tú.

CAPÍTULO 33

EL GRAN T

Me quedé sin trabajo. Y era agosto. El calor tan seco era algo completamente nuevo para mí. Veía cómo se ensanchaban las muñecas y los tobillos. Una vez, esperando a que se abriera un semáforo, se me derritió una gelatina y el líquido desbordó el envase y me dejó una tremenda mancha roja sobre mi cuerpo. Crucé la calle Serrano como si fuera un mártir. Lo era, en toda regla, nunca conseguí convencer a la Guerrero de que estaba equivocada. Nadie, ninguno en la redacción me defendió ni hizo movimiento alguno para sacarle la idea de que había sido yo el que había informado de su supuesto amor ejecutivo. Y así había terminado lo que también había empezado por un golpe de suerte. Fuera. Una vez dentro, ahora fuera.

Desde su escondite, Roldán respondía al cerco policial con declaraciones que salpicaban a altos funcionarios del Gobierno, vinculándolos con la guerra sucia contra la banda terrorista ETA. En la prensa, y en especial en el periódico serio donde colaboraba Leopoldo, se ventilaba diariamente el llamado «caso GAL», un grupo paramilitar que habría sido pagado con fondos reservados a los que solo tenía acceso el Gobierno.

Leopoldo intentaba combinar todo este jolgorio de asombro y desmoronamiento moral y político en su columna del periódico serio. Decidió cambiarle de título genérico y llamarla *Fin del Mundo*. Creía que bajo ese título podía amparar sus textos donde mezclaba lo que hablábamos, bailábamos y bebíamos en el Corazón Negro con lo que se publicaba sobre Roldán y la trama de los fondos reservados. Más de una vez le llamaron la atención desde la dirección del periódico y más de una vez respondió pisando el acelerador. Su público se incrementó y en Corazón Negro todos le llamaban el Paladín.

A Leopoldo le atormentaba que le llamaran Paladín. Sabía que todos esos piropos no le defenderían de una posible defenestración en el periódico y que le quitaran la columna. Pero, sobre todo, lo que más le mortificaba era que en un principio había querido ser un poeta, el mejor y quizás único poeta de su generación. Y había terminado convertido en un periodista *rara avis*, que mezclaba crónica social con turbulencia política.

—Son los tiempos que vivimos —le dije. Sin aventurar que sospechaba que a mí podría sucederme lo mismo.

—Yo no soy un cronista social. —Me miró—. Eso te lo dejo a ti.

—No podría escribirlas sin meterme en problemas. Tú mismo me lo has hecho ver. Soy un recién llegado, necesito tantas ayudas, no puedo morder la mano que me alimenta.

—Lo harás, en su debido momento, lo harás. —Se ponía sombrío—. No podemos evitarlo, es la maldición de Truman Capote, como la llamo yo.

—Pero él estaba desesperado, Leopoldo, nosotros en cambio somos jóvenes, estamos siempre empezando.

—No, yo quiero terminar. Estoy harto de ese estar «siempre empezando». Ya cumplí treinta años; hace un tiempo, además. Me acompaña la cara, pero no quiero ser la eterna promesa más tiempo. Quiero algo realmente serio. Algo que me encumbre, que me saque de este circuito «de los de atrás», los que estamos como en el coro, pero no en primera fila.

—¿Y cómo lo piensas conseguir?

—No sé. Un gran artículo. Una noticia inesperada. ¿Sabes que hay dos policías gays en el GAL? —me dijo.

—Uau, qué supertitular: El Gay GAL —le respondí.

Lo anotó de inmediato en una libreta absurdamente pequeña que llevaba consigo. Miró hacia el suelo y volvió a hablar con ese tono sombrío.

—¿Qué ganaría con esa investigación? Dos policías gays molestos conmigo y tan solo un recuadro en la primera plana. Gay GAL, por Leopoldo, el Paladín.

Fui a abrazarlo, pero me esquivó.

—No me trates nunca con conmiseración. La detesto —gruñó. No hice nada más, esperé a que pasara la nube negra.

—No me gusta en lo que se está volviendo esto —agregó—. No me parece bien. Antes de todo esto, la imagen que teníamos como país era de un sitio innovador, libre, inteligente, cambiando de cara. Y haciéndolo todo a una velocidad que ni el AVE.

—La imagen sigue igual, te aseguro, muchos de mis amigos en Venezuela quieren venirse aquí, como yo. —Pensaba en Fran y en Alexis Carrington del Valle, por ejemplo.

—Uy, si son todos guapos como tú, diles que vengan de inmediato.

—Son más guapos y también más necios.

—¿Qué pisos has visto hoy? —preguntó encendiéndose un porrito. Era su hábito, uno pequeño y compacto antes de dar por terminada la noche.

—Un taxista se ha ofrecido a enseñarme unos cuantos que maneja una prima suya.

—¿Un taxista?

—Guapísimo, de Lavapiés y bastante rubio. Rubio natural.

—¿De dónde lo sacaste? Con tu suerte, seguro que apareció en esta esquina.

—En efecto, me subí, me guiñó de una manera tan peculiar. Me dijo que no se había subido nadie tan guapo como yo. Se llama Tomás.

—¿Te lo has tirado?

—Una mamada por la M-40 a plena luz del día.

—Estaría como un tren.

—Un tren en posición vertical, sí.

Tomás, el taxista, cumplió su palabra. Encontró un piso, vacío, de apenas sesenta metros idealmente distribuidos, con dos habitaciones, un baño y medio y una cocina al fondo de un pasillo que de inmediato me pareció como el escenario perfecto para dar fiestas. Tomás celebró mi decisión ofreciéndome una vez más la satisfacción de su cuerpo y su erección y territorializamos ese espacio como lobos en celo. Esa fue su comisión. Luego me dejó delante de una ostentosa oficina de abogados con puertas corredizas con detector inteligente, una de las grandes invenciones de ese año. Allí trabajaba su prima, que con una sonrisita deslizó que todos los clientes que le recomendaba su primo eran demasiado guapos. «Será porque los guapos solo se gustan entre ellos», sentenció. Firmé, pagué y regresé a mi primera posesión en la calle Rafael Calvo.

No había ascensor y las escaleras eran dobles, parecían un cuadro abstracto, una sensación de fragmentación que de inmediato asocié al tiempo que vivíamos. Y también pensé en lo jodido que iba a ser subirlas esas noches de «supercolocón».

Abrí la puerta de mi primera casa los primeros días de septiembre y con la ciudad todavía caliente. El lento recuperar después del verano, los coches reapareciendo, los grupos de compañeros de oficina reunidos en las cafeterías, reelaborando las eternas aventuras de verano. Entré en su silencio, su vacío, me dirigí hacia las ventanas exteriores que eran puertas y se abrían de par en par. Justo en ese momento la peluquería que ocupaba el bajo cambiaba de mobiliario y dejaba en la acera dos grandes sofás de escay negro, tachoneados en los respaldos y con cojines de terciopelo aparente y verde. Llamé a Leopoldo desde el teléfono público de la calle y me tumbé sobre ellos en plena acera para también territorializarlos y esperar a la llegada de ayuda para subirlos. Leo llegó con dos amigos forzudos que nos ayudaron a subirlos por la escalera doble. Y una vez colocados en el salón, follarnos como la lógica y natural transacción a favor de sus servicios. Parecía parte de la personalidad del piso.

—Hoy llega El Gran T —exclamó Leopoldo desde el baño estrenando mi primer juego de toallas.

—¿Quién es El Gran T? ¿Terenci Moix?

—El mismo. —Se repasó en el espejo del baño, que era bastante amplio y casi cubría la parte superior de la pared—. ¿Por qué no vienes?

La puerta de dos hojas se abrió en el distribuidor como si detrás estuvieran dos lacayos, con libreas doradas, escoltando a Sissy Emperatriz. Era él, El Gran T, quien abría la puerta desde dentro y nos sonreía como si una cámara de cine se inclinara sobre él para retratarlo en primer plano. Me fascinaron sus dientes, que brillaban. Y el gesto insólito, de Grand Guignol, con que acompañaba la sonrisa. Leopoldo improvisó una reverencia, que no le salió bien. El Gran T lo levantó y puso a un lado, vino hacia mí y yo sí supe hacer la reverencia. Como había dicho una vez el propio Leopoldo, hay un momento, generalmente imperceptible, que lo define todo. Y esa reverencia fue el principio de la diferencia para mí. Vi en los ojos de El Gran T una sucesión de puertas abriéndose. Y mi figura, erguida y casi flotante, avanzando dentro de ellas.

—Hay que acostumbrarse a vivir en crisis —interrumpió El Gran T, mientras Leopoldo se enrevesaba en su discurso sobre la situación que vivíamos—. La crisis revoluciona todo, desecha lo que no necesitas y escoge a los que de verdad valen.

—Eso lo dices porque estás en la intimidad —respondió Leopoldo.

—Mi querido Leopoldo, el periodismo te aparta de la literatura haciéndote creer que te ayuda a escribir mejor. Todo lo que está pasando lo sientes más de cerca porque escuchas cosas, que generalmente confundes con información y que no son más que tergiversaciones. Por eso, crees que estamos en un fin del mundo. Mientras que la gente real, la que no lee el periódico, la que no puede pagarlo, que es mucha gente, mi querido Leopoldo, no se da cuenta que está en el fin del mundo. Cree que Dios los hace sufrir para encumbrarlos apenas pasen el purgatorio. Y así ha sido siempre la vida.

—Hay cada vez más información y la gente, esa gente que acabas de describir, tiene hambre de ella. Como otras ya han vislumbrado, vendrá un momento en que crearás tu propia información con una computadora. Incluso en un teléfono móvil. Seas de la clase que seas.

—No, mi querido Leopoldo. Para adquirir ese móvil necesitarás dinero igual que hoy. Ahora que somos un país rico, gente con efectivo en las manos, españoles invadiendo Nueva York, París, Londres, te das cuenta de que la gente lo quiere todo.

Electrodomésticos, cocinas nuevas, ropa e información. Por eso hablamos todos de todo como loros. Pero no estoy tan seguro de que haya información buena, mucho menos pura en todo este griterío.

—Eso es una buena señal económica —entré sin permiso pero sabía que era mi momento para colarme en la conversación—. En mi país, Venezuela, nos llamaban los «ta barato, dame dos», cuando teníamos dinero porque el petróleo estaba alto.

El Gran T escuchó pacientemente mi opinión.

—España no tiene recursos, querido recién llegado —empezó—. No tenemos petróleo ni gas y el único oro que alguna vez conocimos fue el que nos robamos de todos vosotros. —Me sonrió—. No llegaremos a ningún puerto con esa discusión, Leopoldino. —Fue hasta él para terminarla—. O regresas a la poesía o te dejas arrastrar por el remolino de la prensa. No te ahogarás. Pero estarás para siempre dando vueltas.

Leopoldo me hizo una mueca de burla aprovechando que El Gran T avanzaba hacia otra parte del salón.

—Lo he visto, Leopoldino. Tengo ojos en las espaldas —dijo alejándose.

Empecé a regresar a esa casa como si él teledirigiera mis pasos. Seguramente por eso lo llamaban El Gran T. Una vez que esa puerta de hojas dobles se abría, quedabas bajo su control. Siempre estaba afeitado, peinado y muy bien vestido, aunque podías notar que le gustaba gastarse bromas con su vestuario. Unas veces llevaba un chaleco de un color brillante y una chaqueta más oscura. Otras notabas que la camisa tenía un estampado y que encima se colocaba una americana con un tono más claro. Eran pequeños golpes que evitaban que el atuendo fuera perfecto. «No creo en la perfección. Nefertiti, la más bella de las reinas, era fea. Lo ocultaba muy bien con el maquillaje. Si viviera hoy, sería la responsable de todo Revlon», sentenciaba pero sin subrayar. Era una línea de humor tras otra. Y ese irrefrenable humor también viajaba a su ropa, a su vestir.

Y a la decoración de sus dos casas. La de Madrid, la que ahora conocía, había sido «un capricho. Los catalanes creemos que somos más de París, pero, si nos mudáramos allí, nos moriríamos de aburrimiento y rápidamente entenderíamos que jamás conseguiremos dominar el idioma». Respiró un poquito para darle más importancia a lo que decía: «Oirás muchas quejas, muchas antipatías hacia esta ciudad, pero a los catalanes, y sobre todo los de Barcelona, la ciudad europea que mejor nos acoge es Madrid». Era una casa pequeña, con un salón lleno de luz madrileña donde él convertía la mesa del comedor en escritorio, repleto de libros, recortes de prensa, fotografías. «No son recortes de prensa, querido recién llegado, sino fotografías del tiempo dorado de Hollywood que voy recuperando en mercadillos. De hecho iremos más tarde a uno».

Se echaba en el sofá y desplegaba un impresionante equipo de vídeo a través de un mando muy fino. Proyectores en el techo, la pantalla salía de una grieta en la pared. Ese ruido de aparatos movilizándose siempre me lo recordará. Como aviones rodando por una pista. Y él al frente del timón, del mando. Encendía el proyector y aparecía Julie Andrews en las montañas de Austria y cantaba *The Sound of Music* y él lo miraba extasiado. Yo también, la escena me parecía más real, pero, sobre todo, más importante porque formaba parte del bagaje intelectual de varias generaciones. El Gran T tocaba algo en su mando y entonces aparecía Dyan Cannon cantando una canción, casi con la misma fuerza y movimientos de la Andrews. Era otra película, pero era la misma idea, la misma fuerza. El mismo Hollywood. Y así, otra escena de créditos. Y otra. Y otra, hasta que quedaba como inflado, como si acabara de comerse un paquete de caramelos.

—No hay nada como los créditos, ¿verdad? Ojalá la vida fuera como los créditos de una película. Nada de contenido. Solo emoción.

La mañana siguiente de esa larga noche viendo el principio de un sinfín de películas, El Gran T me llevó a visitar las tiendas donde compraba su infinita red de memorabilia, fotos de películas de todo tipo. «La maravilla del cine es que no discrimina. Un buen guion no necesariamente está en una buena película. Y una buena película no necesariamente tiene un buen guion. Te pueden gustar las películas dramáticas y disgustar las comedias, pero puede haber una comedia que te hace llorar. Tu padre entendía eso, aunque fuera un intelectual que transportaba dinero para las guerrillas». ¿Cómo sabía eso? «Me leí un par de veces ese libro que hizo sobre Hollywood y cómo entendía eso que llamábamos «cine comercial de mierda» y por qué nos gustaba. Y es lo que trato de decirte. El cine nació sin fronteras, por eso nos acoge, nos refugia a los que tampoco sabemos definir los límites».

Mientras hablaba, yo inspeccionaba con calma y sabiduría todo lo que nos rodeaba, que era delirante. Robots, pósteres, monstruos olvidados. Encontré una foto de Elizabeth Taylor, sola, fumando delante del colosal trono que la transportaba a Roma. «Oh», soltó él, me había adelantado a una auténtica joya en medio de aquel caos. «Oh», repitió. Entendí que estaba quitándole algo que le provocaría mucho placer.

—Gabriel y yo nos enamoramos viéndola hace dos años en TVE —le dije.

—Oh —suspiró una tercera vez—. En ese caso es tuya a cambio de que me cuentes todo de Gabriel.

Le conté. Y miraba en sus ojos cómo iba detectando cuándo me ponía literario y cuándo hablaba de verdad. En el fondo me lo estaba contando a mí mismo, le confesé. «Porque todos los acontecimientos, la mudanza a esta ciudad, nos han alejado».

—¿Por qué no le llamas? Desde aquí. Es más barato llamar a Santiago de Compostela que a Caracas. España debería estarte agradecida de que hayas escogido un amor nativo.

Tomé el teléfono, al fondo de un largo pasillo en esa casa que parecía hacerse más grande a medida que la explorabas. Era tarde, Gabriel, que había vuelto a vivir con sus amigas de la universidad, atendió, estaba a punto de dormirse.

—Hoy he vuelto a ver Cleopatra.

—Vaya…, enhorabuena para ti.

—En una tienda maravillosa de coleccionistas.

—Te han despedido por traicionar a tu jefa y te vas a gastar el dinero en tonterías.

—He ido con El Gran T. Estoy aquí con él.

Gabriel guardó silencio.

—Anda —dijo después de un rato—. Anda —repitió.

Hice un gesto a El Gran T, que avanzaba, despacio, por el pasillo hacia la cocina. Quería que le hablara.

—Gabriel —dijo El Gran T—. Deja de lamentarte ante la piedra gallega y vente ya a Madrid. —Hizo una pausa y soltó una risotada, que recorrió toda su cara. Algo que Gabriel le había dicho la provocó. Fuc un ncxo. Sc caían bicn. El Gran T colgó—. Has escogido bien, pequeña niña venezolana. La Venezuelien. No das puntada sin hilo, como las grandes duquesas.

Me regresé caminando por ese silencioso y ampuloso Madrid sumido en la noche. El ruido de los aspersores en los jardines municipales acompañando mis pisadas. Y el cobijo del aire caliente. Como el aliento de Gerardo en la habitación de mi infancia. Recordé a Gabriel, tan lejos y tan cerca. Lo había notado cansado de esperar por venirse aquí. Él, que me había querido presentar Madrid, sus museos, y yo le devolvería el gesto mostrándole la noche, el ego, el deambular. Los espejos. Los vasos rotos. Eran casi las cuatro de la mañana, serían casi las diez de la noche en mi ciudad. Me detuve en un teléfono público, apestaba a alcohol, igual que yo, pero deseaba escuchar a mi mamá mirando hacia Cibeles, las luces del paseo de Recoletos titilando porque alguna bombilla estaría mal y afectaba a toda la fila.

—Boris, mi amor, estaba pensando en ti. Están poniendo *Julia*, esa película con Jane Fonda y Vanessa Redgrave que te gusta tanto.

—Mamá, me encantaría que conocieras a El Gran T. Vengo ahora de su casa.

—Es un escritor que admiras tanto.

—Es todo lo que sueño con ser.

—Pero no puedes imitarle.

—No, claro que no, quiero ser como él, pero siendo yo.

—Eso nunca debes olvidarlo. —Se quedó callada—. Has bebido. No me gusta el alcohol. Se llevó a mi hermano. Fue horrible verlo deteriorarse, Boris.

—No me va a pasar.

—Yo también lo digo en voz alta. No te va a pasar.

—Mamá, es tan bello, este momento, todos los momentos. Madrid, la noche. El día, no tener trabajo, pensar todo lo que voy a escribir y, entonces, no escribirlo.

—Puedes sentir el instante, drogarte con el instante. Pero, en algún momento, lo tienes que escribir.

—Lo haré.

—No me prometas en vano, Boris.

—Voy a ser famoso, mamá.

Miraba la Cibeles. Sí, la frase era perfecta. El momento, el ruido de la brisa recorriendo la copa de los árboles como un carruaje lleno de fantasmas.

—Boris, ya lo eres.

—No, mamá, famoso como tú me pediste. Más famoso que…

—Más famoso que nadie —dijo ella.

CAPÍTULO 34

—

MIMÍ

Subí a Santiago sin avisar. Gabriel se había mudado de nuevo a su piso de estudiante y me pareció aún más bello, él, el edificio, la iglesia de San Martín Pinario otra vez cerca. El abrazo fue intenso, cinematográfico, el beso también, el polvo en su pequeña cama de estudiante también, el flan de manzana del Gato Negro se tragó en menos de un segundo y pedimos otro. Y otro. Escuchamos, las manos entrelazadas, las respiraciones aquietadas, una canción perdida de los ochenta, *Nostalgia*, de Weekend, el único momento en que se había separado de mí fue para ponerlo en su viejo tocadiscos. La aguja recorriendo el acetato nos hizo recordar de dónde veníamos, de habitaciones medianas con ventanas pequeñas que miraban hacia un mundo conquistable.

—¿Y yo en qué voy a trabajar? —preguntó apartando el plato de merluza que había devorado como nunca antes le había visto comer. Estaba buenísima.

El Hispano era el restaurante «caro» de la zona vieja, justo a las afueras del Mercado. Apenas nos sentaron en una mesa en la zona climatizada, vimos que éramos los más jóvenes del sitio. Y que, probablemente, esa sería la última vez que seríamos los más jóvenes de cualquier sitio.

—Seguro que algún trabajo aparecerá, Gabriel.

—Yo no voy a vivir con todos tus otros novios.

—No tengo más novio que tú.

—Qué horror, o sea, que yo soy el de utilería.

—Gabriel, es en serio. Tú me lo pediste…

—¿El qué?

Afinaba su acento gallego que nunca tuvo para darle más atmósfera de diálogo de melodrama rural. Me reí muchísimo porque conocía sus trucos para retrasar la conversación, pequeños chistes, un momento de diálogo absurdo y vuelta al principio. Yo quería que se viniera, de inmediato, junto a mí en mi viaje de regreso el día siguiente. Él insistía en esperar a que tuviera algo más de estabilidad. ¿Cómo iba a tenerla si había entendido que la única opción para crecer e integrarme en ese Madrid era la inestabilidad?

—Ok —empleó mi «ok» supercaraqueño—. Prefiero despertarme contigo sin un duro que no dormir pensando en lo que harás para tenerlos.

—Voy a hacerte una proposición. Vamos a firmar un contrato. De unión, renovable cada cinco años —empecé.

—¿Cada cinco años? ¿Por qué no anual?

—Porque un lustro es una vida. Cada cinco años cambian las cosas. En mi país, por ejemplo, es el lapso de una legislatura. Hoy parece que vivimos un caos, pero te aseguro que los caos no duran un lustro, suceden cada lustro.

—Unidos por el caos, entonces. ¿Qué proposición es esa?

—La que hay. Tenemos que adaptarnos al tiempo que nos toca vivir, Gabriel. Esa es mi propuesta.

—Yo no veo nada escrito.

Acercó el paquete de servilletas. Recordé que en una servilleta estaba escrito el «contrato» de propiedad de Tiempo de tormentas. Preferí levantarme y pedir al camarero que me dejara unas hojas de su libreta. Escribí el diálogo que acabábamos de tener y puse mi nombre y el suyo en letras capitales.

—Esto no es serio. ¿Lo vas a llevar a un notario? —dijo Gabriel.

Entonces firmé y se lo entregué. Él estuvo mirándome un largo rato hasta que tomó el papel, lo dobló y lo guardó en su chaqueta.

La mañana de octubre en que Gabriel llegó a Madrid hacía ese frío que empieza como una caricia, una sensación de limpieza y de pronto parece escupirte y llevarte hacia la pared y ahogarte. Él ya se había bajado del tren, igual de precipitado, un instante antes que de verdad se detuviera y venía avanzando hacia mí cuando el viento le quitó los lentes de la cara y cayeron al suelo. Llegué hasta él y me arrodillé para recogerlos, estaban rotos ambos cristales. «Mala señal», dijo él evitando mi beso de bienvenida.

Le gustó Rafael Calvo y halagó los sofás negros y los acarició con su mano y yo intenté disimular el susto que me entraba si se daba cuenta cómo habían llegado hasta el piso. O si deseaba saber cómo lo había conseguido.

—No pongas esa cara que sé perfectamente que has hecho de todo para encontrar este lugar —me dijo.

Me había olvidado que Gabriel se sentía telepático.

—Georgette envió un tupper con sus tomates rellenos —dijo apoyándolo sobre la encimera de la cocina—. Le echaremos en falta aquí, ¿no crees?

Asentí.

—Tuve una idea en el tren, ¿por qué no trabajo en Corazón Negro? —soltó.

A Chacon no le pareció tan buena idea, pero Leopoldo contribuyó a convencerle. Y él y Gabriel, pese a las reticencias de mi novio de que habíamos tenido algo, se hicieron buenos amigos. Compartían ese porrito final de cada noche y Gabriel nos contaba que las cosas en el bar no iban bien. Que a lo mejor no llegaban a enero y que David, la Balanza Humana, ya tenía un show junto a otros amigos y había dejado de ser camarero.

Enero del 95 era el inicio del año en que cumpliría treinta y no tenía nada. O muy poco. Un novio, una casa amueblada con despojos, un grupo de amigos, Madrid convertido en guante. Pero ningún trabajo. El 19 de abril de ese año, el candidato del Partido Popular, José María Aznar, escapó ileso de un atentado de ETA. Gabriel estaba limpiando el Corazón Negro conmigo a su lado y soltó: «Gana las elecciones, seguro». Yo miré las imágenes pensando en que el año se alargaba y a mí no me pasaba nada.

El Gran T regresó a Madrid y nos invitó a cenar. «Algo pequeño» y con comida. Cuando llegamos me impactó el perfume de gardenias, igual a los malabares que crecían en la Academia Coronil. Apenas avanzamos hacia el salón, una mujer se giró. Vi la frondosidad de su pelo y el gesto de curiosidad en sus inmensos ojos de un color variable y protegidos por unas gafas exquisitas, hechas para una elegante miope.

—Mimí, estos son los niños de los que te hablaba.

Mimí. ¡En carne y hueso, una de las portadas de las revistas que me enviaba la Nena Coronil! Sonrió y se levantó para saludarnos, aunque éramos Gabriel y yo los que avanzábamos con reverencia. Igual que El Gran T, llamaba la atención sin llamar la atención. Tendría que contárselo esa misma noche a mis padres, sobre todo a Rodolfo, que decía admirar una de sus películas donde interpreta a George Sand. Al verla tan cerca recordé una frase de la Mata Hari de Barlovento que aseguraba haberla conocido y que «su belleza es tanta que sientes un escalofrío, entre respeto y susto por estar ante ella». Sentí el escalofrío, pero ella lo eliminó tomándome por los hombros, era así de alta.

—Me dice Terenci que no encuentras trabajo. Pero si lo que siempre hace falta es un buen guionista.

—Es que él quiere ser famoso —apuntó Gabriel.

Mimí rio y me invitó, apoyando sus manos en el cojín vacío a su lado en el sofá, a sentarme junto a ella.

—Hay muchas formas de ser famoso —empezó—. Yo creo haberlas conocido todas. Y entiendo tu admiración por eso. Es un fenómeno de nuestro tiempo. Y todavía no he encontrado un intelectual que lo haya sabido retratar.

—Mimí —carraspeó El Gran T—, estoy escribiendo una novela precisamente sobre eso.

—Te entrará miedo a medio camino y no sabrás deshacer lo escrito y no conseguirás retratar todo este mundo, Terenci.

—Vaya, qué alentadora.

—Es así. No existe ese narrador —se dirigió a mí y aproveché para sostener su mirada. Había algo felino, indiscutiblemente, pero también una sensación de sabiduría que parecía atravesar siglos, estar aquí, en el 95, pero quizás también en otro 95, del 1800, del 1700—. A menos que tú quieras asumir esa responsabilidad.

—Yo no puedo.

—Me ha dicho Terenci que crees que se puede ser famoso para investigar en plan antropológico —insistió ella.

—Es una tontería. Lo que quiere es ser famoso y punto.

—¿Tú no? —preguntó a Gabriel. Y él negó con la cabeza—. Razón de más para que te entregues a tu investigación antropológica —siguió Mimí.

Me fastidiaba un poquito que se burlaran de mis intenciones. Pero la voz de Mimí, tan suave como directa, me hacía pensar que mi idea inicial si no conseguía hacerme alguien reconocible al menos sí le daría un sentido a mi vida en Madrid.

—¿Por qué no venís mañana conmigo al concierto de Raphael?

Y fuimos. Más que un concierto fue una maratón con varias fases. La primera, llegar con Mimí y ver la cara de Pablo, que hacía guardia para la llegada de famosos, al verme junto a ella. Mimí se detuvo para responderle unas preguntas ociosas, para nada agradables sobre sus hijos. Las contestó como una profesional, sin manifestar molestia y sujetándome a su lado para que todo el tiempo saliera con ella en las imágenes. Una vez dentro, nos mantuvo igualmente cercanos para que viviéramos el ritual de saludos, besos y frases cortas que volvían a recordarme una coreografía sin música. Y luego, el propio concierto, de más de dos horas, con Raphael llevándote a todo tipo de récords de velocidad, emoción, ansiedad, jamás aburrimiento, mientras recorría toda su trayectoria musical.

—Has resistido muy bien —dijo Mimí cuando la regresamos a su casa—. Piensa que es todo un lienzo que se llena de cosas, algunas te sirven, otras las tiras. O no pintas nada. Pero no dejes de verlo como un lienzo ni un solo día.

El lienzo se volvió collage y no me atrevía a poner nada de lo que veía por escrito. Pero sí seguía acompañándola. Cada domingo ofrecía un almuerzo en su casa. Su hijo seguía enfrascado en una gira larguísima. Y Gabriel y yo llegábamos los primeros y la ayudábamos a poner la mesa. «Más que un arte, es una educación —decía extendiendo manteles que cosía ella misma y que se ajustaban a cada estación a través de sus colores, sus texturas y sus estampados—. Y al mismo tiempo, es el mejor autorretrato. Una mesa te revela, dice quién eres mucho más que otras cosas».

—Te estás enamorando de ella —advirtió Terenci—. Siempre pasa. Es una combinación infalible, bella e inteligente.

—Y parte de la historia —agregué.

—Bueno, parte de esa historia que te fascina.

Touché. Había dado en el clavo, pero quizás desconocía otro ingrediente porque no se lo había dicho: su relación con Mimí, la forma en que se hablaban y se querían sin ser una pareja, sino aves de raros plumajes reunidas por sus personalidades y trabajos, me hacía pensar en Sofía y José Ignacio, que nunca fueron amigos por más que quizás yo hubiera podido propiciarlo. Mimí y Terenci eran unas figuras paternas sin la plaquita de papá y mamá, sino más bien de compañeros, hermanos mayores, unas hadas madrinas un pelín desordenadas y más lúdicas que aladas. En cualquier caso, eran libres, es decir, manifestaban su libertad en todas las ocasiones posibles. Incluso en la amistad me querían, pero no me pedían nada a cambio. Bueno, quizás una cosa sí: que no olvidara que no eran iguales a nadie ni a nada. Y que me habían aceptado en sus vidas porque me habían otorgado algo importantísimo para ellos: confianza.

Y ese era otro paralelismo, un poco más desigual, que establecer con Sofía y José Ignacio en Caracas. Ambos me abrieron puertas, las de sus casas, las de sus mentes, con la misma amabilidad y desprendimiento que Mimí y Terenci, pero yo les di a cambio mi huida, mi abandono de Caracas porque ya no tenía nada más que buscar en mi ciudad. ¿Me pasaría lo mismo con Mimí y con Terenci?

Mis viajes con Mimí se hicieron una nueva vida. Gabriel consiguió un trabajo como escaparatista en una cadena de ropa y eso alivió la presión del alquiler. Corazón Negro había echado el cierre y en la revista gay me suplicaban por que no dejara de escribir mis columnas, aunque las pagaban con unos pases para unas saunas que jamás frecuenté. Estrenamos año, Aznar venció en las generales de marzo y yo seguía sin rumbo pero apareciendo en todas las imágenes que incluyeran a Mimí y que solamente sucedían en grandes ocasiones. La fiesta por Italia en la embajada americana, porque la esposa del embajador era italiana y admiraban a Mimí. El estreno de una ópera dirigida por un viejo amigo suyo de los tiempos de Visconti. Una versión de *Aída* en Las Ventas. Siempre juntos. Una cena con escritores afincados en un pueblo de Segovia que terminó en un gran baile de canciones desde las Baccara hasta Marta Sánchez. Un adolescente no dejaba de mirarme y Mimí se le acercó. «Es un nuevo futbolista para el Valladolid», le dijo. Y uno de esos domingos de «paella», como ella decía, acudió la duquesa de Alba. Fue la única vez que Mimí estuvo más seria de lo normal. «Por favor, no vayáis a hacerle una reverencia», advirtió y, precisamente, fue lo primero que hicimos Gabriel, Leopoldo, que lo había incluido, y yo.

Al final de la tarde, la duquesa y yo nos quedamos juntos durante un paseo por el jardín. Estábamos muy cerca de una fuente, pequeña pero con su punto rococó, detrás de la habitación de Mimí.

—Allí vive una tortuga gigante —informé a la duquesa.

—Oh, no me gustan ni las esculturas ni los animales grandes —replicó.

Le pedí que nos quedáramos a ver si la tortuga emergía porque lo hacía con mucha puntualidad a esa hora de la tarde. Accedió, pero la tortuga no fue puntual.

—Quizás sea ella la que tiene miedo de mí —confesó la aristócrata.

CAPÍTULO 35

—

BARCELONA

—Venezuelien, te he conseguido un trabajo —dijo El Gran T al teléfono—. Van a escribir una telenovela para una de las cadenas privadas. Tú eres mi apuesta personal para que sea una telenovela lacrimógena y no un ensayo en psicología barata.

Lo agradecí profusamente pero llegué a la reunión de escaleta, como en castellano llamaban a esas diagramaciones de capítulos, escena por escena, con las piernas temblando. Me esperaban cuatro personajes cada uno más siniestro y retorcido. Una mujer delgada, con joyas recién adquiridas y maquillada como si fuera una muñeca de trapo, llevaba la voz cantante, yendo del catalán al castellano como imaginaba que hacían los latinos en Miami pero con el inglés y el español. A su lado había otra mujer, más robusta y serena, que parecía una maestra rural, sonriéndome un poco más beatíficamente que el bicho nicotínico que seguía sin parar de hablar. Un primer hombre, con barriga y mal aliento, leía una novela de Faulkner creyendo dejar claro que estaba allí para ganarse la vida pero que prefería escribir una novela maestra antes que una telenovela. Y un cuarto personaje, esquelético, la ropa le quedaba grande, con un gran bloc de hojas amarillas delante suyo, no hacía nada.

No todos me miraron, aunque el bicho nicotínico aprovechó un respiro de su soliloquio para hacerlo y no contuvo una mueca de disgusto. «Maricón», masculló. Cuando comprendió que la había escuchado, sonrió como una mala bailarina en un pobre escenario.

—Boris, no puedes ser tan despreciativo hacia ellos si van a trabajar juntos —me dijo mi mamá.

—Es lo más tenebroso que me ha tocado ver, te lo juro.

—Estoy segura que El Gran T no va a enviarte a un sitio horrendo.

—Es una telenovela de sesenta y cinco episodios —dije—. Sobre un supermercado y quienes compran allí, los trabajadores. Y los dueños.

—O sea, una telenovela sobre gente de verdad —dijo mi mamá.

—Una monstruosidad —zanjé.

—Pero igual es un trabajo, Boris.

Refunfuñé algo, sentía mi estómago retorcerse recordando los rostros y gestos de ese equipo de necios.

—¿Has dicho necios? —preguntó mi mamá.

—No, lo he pensado pero no lo he dicho.

—No ganas nada poniéndote en contra. Hoy ha sido el primer día.

—Mi instinto, mamá, tengo que hacerle caso a mi estómago.

—No, porque lo que harás será estropearlo. Si conviertes tu estómago en tu cerebro y en tu voluntad, lo vas a cargar de nervios. El estómago no funciona de esa manera, para empezar.

—Siento su envidia. Y es alta, letal.

—Siempre vas a estar rodeado de envidia, Boris. Y mientras más crezcas como persona, más envidia generarás.

—Mamá, pareces un libro de autoayuda.

No se rio como esperaba.

—Viene con el cargo —respondió tras una breve pausa. Y colgó. Mierda, lo había estropeado todo.

Regresé a esa oficina. Hablaban en catalán todo el tiempo. Y cuando se lo hice saber, la Bicho me miró con sus ojos de serpiente y me dijo que como latinoamericano debería sentirme avergonzado que el castellano me hubiera quitado mi lengua original. «No tengo ningún deseo de hablar como un nativo. Estoy encantado con escribir y hablar en castellano». Muy mal comienzo de reunión. Medio dijeron dos o cuatro frases en español y de nuevo regresaron al catalán. Pensé que era una estrategia para que no pudiera colocar ninguna idea dentro del capítulo. Y recordé a mi madre diciéndome que era tan solo el principio y me esforcé en entender el idioma que hablaban. Aprendí inglés de esa manera, concentrándome, yo, el disléxico, el de la concentración caprichosa, y así pude reconocer varias palabras, que se repetían y de alguna manera me orientaban. Coloqué tres ideas bien entrelazadas y me hice con las primeras escenas de la escaleta. El productor ejecutivo manifestó entusiasmo por ellas y supe que esa era la sentencia final delante de mis patibularios. Empezaron a decir que mis escenas, por mejor escritas que estuvieran, trastornaban la ecuación con la que ellos estaban acostumbrados a hacer los guiones. Y que era, Dios mío, una cuadrícula tan extrema que dejaba claro lo mediocres que eran. Una escena termina arriba y la sigue otra que abre otra historia. La tercera escena recoge lo que no se había concluido en la primera y la cuarta abre otra historia para que la quinta continúe con lo de la segunda. Era mecánico, aparentemente inteligente, pero tan absurdamente repetitivo. «Esto no es un libro, ni un culebrón», soltó la Bicho.

Querían que me fuera. Y mi estómago se retorcía indicándome que lo mejor era marcharme, sentirme ese vómito que una vez expulsado acaba con el malestar. Pero les daría la razón que solo ellos sabían hacer telenovelas en España. No podía permitirlo. «Vienes con tu superioridad de nacido en ciudad», siseó la Rural, reservándose uno de sus interminables bostezos para el final. «Un escritor de telenovelas no se da cuenta jamás de que trabaja dentro de una sepultura», expuso el Esquelético con sus lentecitos resbalando sobre el puente de su nariz y quedándose atrapados entre sus labiecitos sin fuerza.

Gabriel intervino.

—No eres lo suficientemente español para sentir la envidia —empezó diciendo en la cocina de Rafael Calvo.

—No puedo asustarme por un sentimiento, Gabriel. No le tengo miedo al miedo. No le tengo miedo al amor, por ejemplo, que es también una guerra. No le tengo miedo a la muerte. No pienso tenerle miedo a la envidia.

—Es que crees que con eso puedes entenderla y la envidia no se puede entender.

—No pienso asumirla como un obstáculo.

—Te equivocas muchísimo —dijo, la voz muy seria—. La envidia es tan invisible que se disfraza y cambia de forma delante de ti. Empieza como un halago, se hace compañía, te engatusa con su camaradería y sin que te des cuenta te deja tirado en una cuneta y con una patada te empuja dentro de la cañería.

—Deberías escribirlo, Gabriel. Me gusta como texto para uno de mis personajes.

—Te estoy hablando en serio —dijo, otra vez con esa voz muy seria.

Se levantó de la mesa y comprendí que, como con mi mamá, le había ofendido. Tuve que seguirlo por el estrecho pasillo y hacia nuestra habitación. Se encerró en el baño.

—Gabriel, perdóname. Quiero entender todo lo que me dices.

—Eres tu peor enemigo —dijo al cabo de un rato—. Te burlas de lo que te asusta y va a hacerte daño.

—Esos tipos son unos cretinos y unos amargados porque en su vida no van a escribir otra cosa que no sea una telenovela de las dos de la tarde.

Abrió la puerta del baño.

—¿Y tú has escrito otra cosa?

—La telenovela de las nueve de la noche. Y que además ha recorrido el mundo. Y me ha traído hasta aquí.

—Sabes que eso no es suficiente.

—Sí, lo sé.

—Ya está bien de que siempre estés jugando con la idea de que eres una promesa. Pasan los días y pasan los años y no avanzas, no conviertes la promesa en ese éxito.

Me pareció muy fuerte, pero mi estómago dejó de retorcerse.

—Te ofreces a tus enemigos tan fácilmente. Eso es lo que trato de hacerte ver. Llegas a esa reunión vestido como si fueras la protagonista de la telenovela, en vez de un guionista más. Que es lo que eres y como te han contratado. Y, encima, haces todo lo posible por brillar, ser más ingenioso que ellos, que tienen más experiencia que tú, al menos en este país.

—Una telenovela es universal. Se trata de contar historias de amor que apasionen. Se trata de mantener viva esa pasión y que el espectador regrese todos los días a recibir su dosis —casi grité.

—Haz eso. Ocúpate de eso, de escribir esas escenas. Y no pierdas tu tiempo y arriesgues tu trabajo vendiéndote a ti. Nadie está interesado en ti. Y si lo están es para frenarte. Ahí empieza la envidia a conseguir lo que quiere. Bloquearte, apartarte, hacerte marchar. Y sigues sin entenderlo. La envidia no funciona sola. Se activa. Y eres tú, el envidiado, el que la activa. Por eso no puedes luchar contra ella. Es una hidra. No puedes enfrentarla, te liquida. Tienes que evitarla. Pero tú no haces más que atraerla.

—Ok. —Creía que lo había entendido.

—No, ok, no. Ni vale. No lo vas a entender nunca porque tu exhibicionismo te ciega. Crees que tienes que demostrar todos los días que eres esa persona diferente que tu mamá te pidió que fueras.

Lo había conseguido, colar a mi mamá en la discusión.

—Sí, tu mamá no ha sabido ver que es una madre sobreprotectora.

—Ha tenido motivos, más de un motivo para serlo.

—No, tú y ella casi los habéis fabricado. Gerardo no te violó. Tú lo deseaste. Lo disfrutaste, terminaste convirtiéndolo en parte del relato con el que alimentas ese personaje, Boris Izaguirre, que está lleno de aire.

Deseaba que el estómago volviera a manifestarse pero parecía estar completamente de acuerdo con lo que discutíamos.

—Todo esto, todo lo que estás diciéndome, empezó por comentarte lo que pienso de mis compañeros.

—No —corrigió Gabriel—. Empezó porque no entiendes la envidia, Boris.

—¿Es lo que sientes por mí?

—Vete a tomar por culo —dijo completamente serio. Se marchó de casa.

Me adentré en el baño para verme en el espejo. Necesitaba verme. Escuché el ruido de la puerta, Gabriel estaba de vuelta y me pilló mirándome en el espejo. Resopló.

—Te dejo y vas a verte al espejo. Tu única reacción cuando alguien te pone otro espejo delante. No te ves. Ves lo que quieres ver. Tu debilidad te va a costar carísimo. Cuando esos que llamas cretinos te ven, ven a esa persona débil y narcisista. Capaz de cualquier cosa por ser solo bello. Capaz de arruinar tu verdadero talento por una mueca, un halago sin más.

Mi estúpido estómago seguía sin reaccionar. Todo lo que

Gabriel decía parecía contar con su beneplácito. Quería enumerar las conclusiones que había sacado de esta inesperada discusión. Al intentarlo, no sabía ponerlas en orden. Gabriel se desnudó, se metió en la cama y apagó la luz.

Apenas se estrenó la telenovela en la cadena privada, mis «amigos guionistas» se confabularon para exigir que me sacaran del proyecto. «No queremos un culebrón sudaca», dijeron. «En cualquier momento nos lo convierte en otra *Dama de rosa*». Lo consiguieron, la cadena y la productora iban a hacer más proyectos y contaban conmigo para ellos, me dijeron los ejecutivos en una reunión gélida y rápida. Ya me llamarían. Gabriel se quedó perplejo. Pensé que me daría una cartilla sobre mi egocentrismo, pero no fue así. Me tomó por el cuello y me besó muy largamente. Decidimos ir al restaurante francés de apenas seis mesas delante de nuestra casa. Nos emborrachamos y pedimos steak tartar, ensalada César y helado de vainilla con tarta de manzana. Y más vino. Y luego follamos un par de veces, quizás tres, y estuve desvelado toda la noche. Existía gente mala, existían las trampas. Esa gente que te hace la cama, pasa por tu vida, te la fastidia y desaparece hacia otra víctima.

Gabriel renovó su trabajo arreglando escaparates para una firma de moda. Por un tiempo, su ingreso era el que nos sostenía. Mi madre volvió a llamar. Estaba francamente preocupada con esta etapa errática. «Conducirá a algún buen puerto, mamá. Tengo que dejarme llevar, es siempre mi mejor táctica». Ella insistía en que no era una táctica, sino un sistema al que me había acostumbrado, al que me había entregado.

Algo al fin llegó, una oferta para participar como actor y guionista de un programa de bromas a famosos y que se rodaría al completo en Estepona, en el verano de 1997. «Ni siquiera en Marbella, sino en su inmediato sucedáneo», esnobeó El Gran T cuando se lo conté. Fue peor que eso, nos alojábamos en un hotel propiedad de un alemán reacio a los mosquitos, razón por la cual en todas las habitaciones entraban a fumigar a cualquier hora. Yo escribía junto a un ex rockero, que siempre pensaba que esto era su último trampolín para conseguir hacer un largometraje sobre una banda de rock en Extremadura. Escribíamos las absurdas bromas pensadas para dejar en ridículo al famoso que se prestara. Fue la primera vez que escuché «famosillo» o «famosete», y entendí que venían a significar el mismo desdeño hacia la persona pública que culebrón hacia la telenovela.

Uno de los ayudantes de producción parecía ciclarse, sus músculos variaban de tamaño. Cuando descansábamos y bajábamos a la playa para tomar sol y ver las medusas apoderarse de kilómetros y kilómetros de playa, su pecho no dejaba de crecer. Sentía que nos mirábamos, pero cada vez que me dirigía a él, cambiaba de vista. El juego se convirtió en tensión. Y la tensión en juego hasta que una noche sus compañeros alquilaron películas porno e iban poniéndolas en el DVD de una de las habitaciones. Decidieron llamar a unas mujeres, y las mujeres llegaron repartiendo condones y guardando el dinero en sus bolsos. Algunos chicos se marcharon, muchos otros se quedaron con las putas. Y el ayudante salió al jardín y le seguí.

—No soy maricón —me dijo.

—Pero quieres probarlo —le dije.

—Tienes novio, ¿por qué lo haces?

—Por ti.

Se bajó los pantalones y su erección era portentosa. Entendí que necesitaba toda esa musculación para contrarrestarla. Entrené con él todo lo que había aprendido esos años en Madrid. Me sentí mal en algún momento, pero apartaba cualquier culpabilidad pensando que en el fondo estaba haciendo una buena labor. Y además, con calidad.

En el desayuno al día siguiente, me esquivó. Lo entendí, no hice ningún aspaviento. Recordé a Gerardo, era un tipo de conducta con la cual él estaría familiarizado. Me dolía el cuerpo, tenía señales de sus dientes en mis hombros y en mis brazos y en mis nalgas, deseaba que se difuminaran lo antes posible. Pensaba marcharme a mi habitación cuando él apareció a mi lado, supercerca, casi impidiendo mi movilidad.

—Ha muerto lady Di —dijo con los ojos muy abiertos.

—O te has vuelto demasiado gay en una sola noche.

—No, estúpido, es en serio. Ha muerto lady Di, en un accidente de coche, en París. Esta noche, mientras tú me dabas el mejor gusto que he sentido en mi vida.

Mimí rio muchísimo cuando le expliqué la anécdota.

—Ahora no sabrás qué vas a recordar más: si a tu amigo o la muerte de la princesa del pueblo —comentó.

El Gran T estaba en Madrid y se mostraba más dolorido por el accidente y el fallecimiento de lady Di.

—Ha muerto por exceso de vida. Lo que estaba pasando en estos últimos días, tanta Costa Azul, tanto novio egipcio, tanto yate, tanta persecución fotográfica, todo eso la ha matado.

—Me da pena —murmuré—. Se marchan nuestros referentes.

—¿De qué? A mí lady Di no me referenciaba nada, salvo las infinitas posibilidades de la peluquería inglesa, que, al igual que los navíos y las brigadas, mantiene una intensa rivalidad con la peluquería española.

—No supo entender que no era una historia de amor lo suyo. Sino un trabajo. Un paripé —sostuvo Mimí.

—Aun engañada, sigue siendo una víctima. Quizás todos prefiramos que fuera una víctima —dije.

—Ya tienes tema para una gran disertación —siguió Mimí.

—No tengo dónde decir una sola palabra sobre ella.

—¿Quieres ir en mi nombre a una estación de radio que no hace más que llamarme? —propuso El Gran T.

—¿Y hacer qué?

—Pues hablar de lo que sientes por la muerte de lady Di.

—Puede que Diana de Gales, lady Di, haya muerto, pero yo pienso que más bien acaba de nacer la leyenda.

Escuchaba mi voz a través de los auriculares, grandes, profesionales. Nunca había sentido especial interés en mi voz, la consideraba más que afectada directamente femenina. Pero esta vez, al escucharla, descubrí que transmitía diferencia.

—Tú prefieres celebrar la leyenda que tenerla viva —interrumpió el presentador, un hombre muy corpulento, fumador y nervioso porque era el primer día de la temporada y tenían a un gay sudaca hablando de lady Di como de una mártir.

—En realidad pienso que los que hemos sido contemporáneos del fenómeno lady Di, hoy, con su muerte, entendemos que ha vivido para alcanzar este nivel de fama. La Fama es una aspiración, pero también es un poder, uno de los poderes más intensos precisamente por esa fascinación que siembra en todos nosotros. Cuando la fama de un individuo pasa a ser un fenómeno, tienes que gestionarla para que sea lo más parecido a un Gobierno con mucha autoridad. Y cuando dominas eso, el siguiente paso es convertirlo en una ideología. Y cuando esa ideología se instala en la mente de millones de personas, tienes que acelerar. Y acelerar hasta que mueres, como ella, en un túnel con la palabra «alma» en su nombre.

Observé en los presentes mis palabras como dibujadas en el aire. El presentador se levantó, apartándose con las manos las cenizas de sus cigarrillos. Y acto seguido estrechó las mías.

—Quédate. Es divertido cómo hablas con tu acento de Dama de Rosa. Y luego lo que dices, que es un sinsentido, pero divertido.

Mi recorrido desde nuestro apartamento en la Torre Madrid, a donde nos mudamos después de Rafael Calvo, hasta la radio en la Gran Vía se convirtió en una señal del destino. Subía la avenida desde la plaza de España hasta el edificio de la radio e iba soñando despierto en que mi vida iba ascendiendo. Y cuando terminaba la colaboración en el programa, bajaba por la otra acera de la misma avenida. Ascendía y bajaba todos los días, descubriendo que en ambas direcciones hay cosas que ver, desear y desechar.

Cuando entraba, como se dice en la jerga de la radio, desde Madrid, estaba solo en el control central, con su olor a moqueta de los setenta y esas paredes con huequitos que había visto desde mi infancia cuando acompañaba a mi papá a hacer su programa de radio. Conocía la radio desde pequeño y ahora volvía a ella, pero en Madrid, mi otra ciudad. Y en España, mi otro país. Eso me hizo respetar mucho más todo lo que fuera a decir y fijarme en que tenía que pronunciar la ce de forma castiza en cada palabra que la contuviera. Y utilizar todos los tiempos del «vosotros» e incorporar en mis frases comentarios y formas de hablar totalmente españolas. Pero sin sacrificar mi acento de culebrón, como habían dicho los del equipo. Ni mi pluma. Iba a llamar la atención sin que se supiera mi rostro, solamente mi voz.

—La radio está muy bien, pero tu meta es hacer televisión, no escribirla —sentenció El Gran T a través del teléfono. Había vuelto a Barcelona, estaba escribiendo una nueva novela. A través del auricular podía no solo escucharle aspirar los cigarrillos, sino casi olerlos—. Ya han empezado a conocerte, aunque aquí en el vecindario me dicen que eres un actor imitando los galanes de la televisión, pero hablando de un novio en vez de una chica. ¿No le molesta a Gabriel que le uses como un personaje?

—Sí, pero yo creo que es buena idea. Me halaga que crean que soy un personaje.

—¿Estás seguro? Puede devorarte —matizó. Me miré en el escaparate de una tienda. Mi teléfono móvil amarillo parecía como si llevara una exótica mariquita. Vi el personaje, un gay estrafalario, estiloso de más, hablando de lo que pasaba por su cabeza—. Es peligroso dejarse llevar por el personaje —insistió—. Ven a Barcelona. Esta conversación podría estar siendo grabada por los de Madrid.

La casa de El Gran T en Barcelona era lo más parecido a un diorama, esos escenarios perfectamente restablecidos que hay, por ejemplo, en el Museo de Ciencia Natural de Nueva York y que alojan antílopes, jirafas y cebras disecados, dentro de un mismo espacio con maravillosos fondos imitando una caída de sol o el despuntar de un interminable amanecer. Era un escenario barroco donde parecía que en cualquier momento fueran a recibirte Peter Pan y Campanilla, Mickey Mouse y Judy Garland entonando una de esas canciones del primer universo Disney. El suelo era azul, como el azul de los ojos de Gerardo, como el de una orilla del Mediterráneo. En realidad no había personajes Disney, sino inmensos retratos originales, firmados por los grandes fotógrafos de Hollywood, de Marlene Dietrich y Mae West, dos tipos tan opuestos de mujer que de inmediato entendías que podían unirse y crear esa mujer perfecta, mitad ser y mitad personaje.

—Oh, llegas justo a tiempo, el programa va a empezar.

—¿Cuál programa?

El Gran T tenía puesta una bata dorada con una estampación inscrita, como si fuera de la época victoriana, probablemente lo sería. Toda la sala estaba a media luz, pero dejando un reflejo dorado. Las ventanas tenían una carpintería antigua, pero en perfecto estado; los muebles, bajo ese resplandor dorado, parecían amarillos, ocres, un carmesí que se evaporaba y salpicaba de colorado el humo de los cigarrillos que se sucedían uno tras otro.

—Lo conociste en mi casa de Madrid pero no conseguiste cautivarlo. Hoy estrena su programa.

Me senté a su lado y comprobé que el gran sofá era de terciopelo amarillo. Y que las paredes tenían ese poco de rojo como si fuera una biblioteca de un opulento caballero. No había televisor sino una inmensa pantalla que servía como cine y que en este momento era el aparato de televisión. Los dos nos quedamos mirando hacia ella mientras una musiquita completamente nueva nos parecía completamente conocida. Un globo terráqueo giraba en medio de una galaxia desordenada y un círculo de letras leían *Crónicas Marcianas*.

Quedé hipnotizado. El presentador, en efecto, era la misma persona con la que apenas había cruzado palabras, con poco éxito, una vez en la casa de Madrid de El Gran T: Xavier Sardà. Así lo llamaba El Gran T. «Lo conozco desde niño, siempre curioso, esos ojos que parecen llevarte dentro. Su hermana es mi verdadera mejor amiga». Me gustaba Xavier, pero sin mayor explicación lo llamaba Javier. Lo recordaba en esa fiesta, moviendo las manos al hablar con un deje napolitano, expresivo pero masculino. En la pantalla era distinto. Mucho más animado, divertido, disfrutando cada segundo de lo que sucedía en ese fantástico decorado, mitad nave espacial de mi infancia y mitad auténtico decorado de un programa de televisión. Tras una entrevista llegaba un acalorado debate sobre algo completamente absurdo, si la recogida de basura debería ser en días de semana, por ejemplo, y se sumaban personas con un humor a veces soez pero casi siempre distinto a lo que había visto en la televisión de cualquier país.

Terminó y El Gran T me miró, me escrutó, esperando que dijera algo.

—Quiero estar ahí —susurré y él me indicó con sus dedos que subiera la voz—. Quiero estar ahí —repetí y volvió a hacer el mismo el gesto—. QUIERO ESTAR AHÍ.

CAPÍTULO 36

VOYAGE TO MARS

No era el único que lo deseaba. Al día siguiente, Leopoldo se presentó en casa de El Gran T. Se asombró, cómo no, de verme allí. Se plantó delante de él y le pidió que le presentara al presentador de Crónicas.

—Va a ser el rey. Y va a desplazar completamente al otro, os lo juro —afirmó—. Tengo un amigo que es guionista del otro y me ha contado que están nerviosos.

Descubrí lo contagioso, adictivo que podía ser ese programa al que quería pertenecer. Y también sospeché, temí, que Leopoldo lo conseguiría antes que yo.

—Puede ser —musitó El Gran T mientras Leopoldo se ausentaba para atender una llamada, también en su teléfono móvil—. ¿Qué tendrías tú que ofrecer que fuera diferente a lo de Leopoldo?

—Mi acento.

—Hombre, serías como un nuevo Kiko Ledgard —dijo.

—Un punto de vista —empecé a susurrar—. Un punto de vista gay —seguí susurrando.

—Lo gay no vende —declaró El Gran T.

—¿Cómo que lo gay no vende?

—Te cataloga, Leopoldo, y te archivan en la sección gay de las librerías —continuó El Gran T—. Que está lo más cerca posible del almacén o de los sanitarios, casi escondida para que la gente no la visite.

—Pues mi amigo guionista me ha dicho que necesitan gente, que necesitan más pluma. Y más descaro. Y más de todo —soltó Leopoldo con una efusividad que era contagiante, solo que yo me iba enfriando cada vez más.

—Vaya. ¿Y cuál de vosotros dos cree que tiene más de esa pluma y ese todo de todo? —preguntó El Gran T.

—Los dos —me apresuré a responder.

Gabriel casi me insulta cuando se lo conté desde la calle Aribau, muy vacía y fría. En las ventanas del edificio de enfrente se veía la luz azulada del televisor encendido. Desde esa casa, pensé, algún día estarán viéndome por televisión. «Siempre te pierde esa imprudencia. Le estás dando ideas a Leopoldo», gritaba Gabriel al otro lado del país. «No sé hacer nada delante de una cámara, ¿cómo voy a pensar que puedo hacerlo en ese programa?». «Porque lo deseas. Porque siempre consigues lo que deseas. Esa es tu fuerza. No puedes perderla delante de alguien tan ávido como Leopoldo, que es capaz de cualquier cosa por conseguir eso que también desea». «¿Cualquier cosa?». «Apartarte», dijo y colgó. Me quedé mirando hacia el edificio de enfrente, había más ventanas invadidas por esa luz azul.

Leopoldo estaba a mi lado. Mirando hacia las mismas ventanas.

—El Gran T se ha quedado sin cigarrillos.

—Vamos al café al lado. Es mítico, funciona como un *after hours* los fines de semana.

—Barcelona. Bella, como dirías tú.

—Y aterradora también. Mira qué silencio.

—Se levantan a trabajar antes que en Madrid. Llevan el país hacia delante —dijo con inmensa ironía. Podía repetir eso mismo en el plató de ese programa que ahora nos unía y desunía. Y triunfar. Y quedarse.

Llegamos hasta el café, compramos los paquetes para El Gran T y decidí pedirme un sándwich mixto, en Barcelona los llamaban «bikinis» y el queso era de mejor calidad que el de Madrid y por eso se derretía de una manera más compacta. Se lo comenté al hombre que lo preparaba y no tuvo ningún efecto. Leopoldo me apremió, El Gran T no podía esperar toda la noche a sus cigarrillos. Cuando regresamos, estaba observando el programa. Habían invitado a uno de los escritores con el que siempre le comparaban. Y estaban hablando de él. Leopoldo se acercó a la pantalla del televisor. Y yo tuve una idea. Y de nuevo volví a expulsarla.

—Gran T, ¿por qué no llamas para ir mañana a dar la réplica?

Leopoldo no tenía un estilo a la hora de vestirse, se empeñaba en ir como un poeta a punto de desfallecer, pantalones desteñidos, camisas por fuera y varias tallas más grandes. Yo en cambio iba impecable, quizás demasiado, como si fuera un hijo de diplomáticos sudamericanos. Pero lo importante era El Gran T y esos ojos que reflejaban las luces del largo pasillo del estudio donde se grababa el programa. El enjambre de gente, muy joven, vestida con monos donde se leían las siglas del programa, CM, moviéndose de un sitio a otro. Una azafata, también uniformada, se inclinó ante El Gran T sosteniendo un ejemplar de su última novela. Le dijo, sin jamás mirarnos, que esperara mientras «reajustaban el camerino de invitados», como indicando que alguien anterior lo había dejado impresentable. Me entró una de esas risitas imposibles de aplacar y la azafata me miró detallando mi vestimenta. Y la llamaron, con lo cual no tuvo tiempo para detallar a Leopoldo.

Entramos en ese camerino de invitados. Tenía una mesa para maquillarse, y de inmediato, otra azafata encendió sus bombillas para que El Gran T estuviera listo. La puerta volvió a abrirse y era Sardá. Leopoldo se incorporó como si entrara un general ruso en ¿*Teléfono rojo? Volamos hacia Moscú*. Fue hacia él, pero se detuvo mientras el hombre hablaba con El Gran T.

—Será espectacular, Gran T. Ese olfato tuyo, una idea genial.

—Voy a responderle cada una de las preguntas que dejó en el aire anoche.

—Una idea espectacular. De puta madre —soltó, era su latiguillo. Giró para percatarse de nuestra presencia y Leopoldo aprovechó la ocasión.

—Este programa va a cambiar España —dijo.

—Gracias, gracias. —Y entonces se fijó en mí—. ¿Hablas español?

—Es el venezuelien que conociste en Madrid.

Se quedó un rato mirándome y le solicitaron. Salió no sin antes abrazar fuertemente a El Gran T.

Al cabo de un rato, regresó.

—Gran T, acabamos de tener una idea genial. Tus amigos, ¿no querrían participar en un debate que teníamos reservado? Ha habido un cambio y creemos que sería genial para esta noche.

Esta vez me adelanté a Leopoldo.

—¿De qué va el debate?

—¿Es más difícil escribir como hombre que como mujer? —dijo alguien detrás de él, que era una mujer y que también traía un ejemplar de la novela de El Gran T.

El Gran T me miraba a través del espejo.

—Ok —dije en vez de «vale»—. ¿Por qué no?

—Tú no eres un escritor —dijo Leopoldo—. Al menos no publicado en España.

Nos maquillaron, nos peinaron y no dejaba de verme mejor que Leopoldo. Todo iba en crescendo, los nervios, las carreras de esas personas uniformadas, el andar del presentador y de todos los que participarían en el programa. Otra coreografía que me gustaría explicarle a mi madre. ¡Me había olvidado de llamar a Gabriel! Leopoldo no paraba de hacer llamadas desde su móvil. ¡Salgo en el programa! ¡Estaré en CM!, como ya lo llamaba, apropiándose de las siglas en los uniformes. El Gran T emergió del camerino de invitados, terminaron de ajustarle los micrófonos. Y me coloqué a su lado, podía ver el interior del estudio. El rugido del público presente, la musiquita que tan solo unas noches atrás nos había fascinado. Y la voz divertida, familiar, agradable del presentador, saludando, desgranando comentarios sobre noticias del día. España estaba entre las quince economías mundiales. «¿Y eso es bueno o malo?». Las risas, los aplausos, el paso a un video de la entrevista de la noche anterior al escritor invitado. Y al regreso de este, la presentación: «Rompedor, refugio, amigo, único, El Gran T». Él inclinó la cabeza y la levantó como si fuera el león de la MGM. Un cañón de luz lo envolvió y avanzó como si esas dos grandes damas colgadas en la pared de su casa salieran de esos cuadros y fueran una, él, El Gran T.

Todo lo que decía él era ingenioso y recibido por cascadas de risas y aplausos. Me incliné para ver cómo todo un grupo de personas observaba la entrevista desde unas improvisadas bambalinas anotando cosas en una carpeta y todos pendientes de Sardá, que llevaba un ritmo interior que convertía la entrevista en una sinfonía. Hacía una pregunta que buscaba hurgar en una supuesta rivalidad entre los escritores. El Gran T sabía muy bien qué había venido a hacer: afectar una rivalidad, una riña de divos. «Mañana esto es un treinta de share», dijo alguien detrás de mí, esa misma mujer que nos había explicado el debate.

Sardá volvió a pasar frente a mí durante el corte. Era una bala. Delgadísimo, directísimo. Entró en lo que parecía un control dando órdenes que evitó que viéramos al cerrar la puerta. El Gran T se dirigía a su camerino, un poco más cansado, pero con los ojos luminosos y una sonrisa que parecía salirse de su cara. La mujer de antes se acercó a él y le susurró lo que parecían indicaciones. Leopoldo hablaba más frenéticamente en su teléfono. Sardá salió de ese lugar detrás de las puertas y me pasó una mano sobre el hombro. «Dame un buen debate, chaval».

No, no fue un buen debate. No se entendía nada, Leopoldo insistía en hablar por encima de lo que yo intentaba decir y Sardá nos miraba cada vez más ofuscado. Pulsaba algo delante de él, que nos atraía igualmente a Leopoldo y a mí. Era el único momento en que callábamos. Apenas entró un video, el presentador se levantó muy airado de su puesto y vinieron dos personas a decirnos que habíamos terminado. Leopoldo me miraba con odio mientras me quedaba rezagado, como desorientado. Estaba en medio de la nada sin nadie que me condujera.

Y avancé entre la oscuridad, los gritos del público, la sintonía del programa repitiéndose sin parar. Hasta que me detuve en un sitio que consideré a salvo. Estaba entre el público. Y otra vez al lado de Sardá.

—El debate ha terminado porque no se ponían de acuerdo, señores —dijo él. Su mirada decía otra cosa, «salte de aquí, cabrón».

—Pero el programa continúa —dije yo y sostuve su mirada. Intentaba decirle: sé que me habéis despedido pero no sé cómo salir de aquí.

—Acompáñeme…

—Boris, me llamo Boris Izaguirre —dije.

El público empezó a decir mi nombre pero imitando también mi acento. Y mi pluma. La combinación creó un ambiente diferente en todo el plató. La chica que nos había explicado los términos del debate se paró delante de mí y empezó a hacerme señas de que me cortaría el cuello.

—¿Cómo ha dicho que se llama? —retomó Sardá.

—Boris, Boris Izaguirre.

Y el público volvió a tronar de risa y aplausos. La mirada le cambió. Se hizo más suave. E intensa. Y cómplice.

—Boris, quédate conmigo para responder las preguntas del público. Miren esta, por ejemplo, ¿qué es lo que más gusta a los españoles: el buen sexo o la buena comida?

—Un buen chisme —dije yo.

Y el rugido regresó, incluso con más fuerza.

—¿Y por qué es más suculento un chisme que un buen plato o el buen sexo?

—Porque el chisme lo puedes comentar desde el postre hasta el polvo —solté. No supe cómo llegué a hilar postre y polvo, no eran palabras que empleara, pero sentía que los rugidos del público iban a apreciarlo.

Y así fue. Sardá se quedó mirándome, como si me pesara en oro. Bajaron las luces, se fueron a negro y él desapareció. Encendieron las luces, el mágico plató que simulaba una nave espacial se convirtió en un estadio vacío. Por fin vi la puerta de salida.

Leopoldo dejó de hablarme por semanas, al regreso a Madrid. Chacon, el responsable del Corazón Negro, me informó que se había sentido traicionado. Que le había arrebatado la amistad con El Gran T y, de paso, había fulminado cualquier sueño de trabajar en el programa nocturno. De nada sirvió que le dijera a Chacon que no había sucedido nada desde esa noche. Nadie había llamado, ni del programa, ni de parte de El Gran T. Nadie me reconocía en la calle; bueno, alguien sí, el camarero de los cruasanes a la plancha, que preguntaba qué había pasado esa noche, que no se entendió nada. Chacon juró que le informaría a Leopoldo y me daría su respuesta. Cumplió su palabra, Leopoldo no quería verme ni en pintura.

Gabriel y yo nos convertimos en espectadores del programa. Y todas las noches me iba a dormir sintiéndome mal conmigo mismo por haber perdido mi oportunidad de estar dentro.

—No te obsesiones. No sirves para eso y punto —indicó Gabriel—. Eres un escritor, no un comentarista.

Pero entendía perfectamente de lo que comentaban en ese programa. Y, además, tenía una opinión casi ensayística de por qué en este final de siglo la fama parecía lo más atractivo en España. Representaba una especie de superación histórica, el país parecía más desarrollado, más integrado en la comunidad internacional. Y, sobre todo, más rico. O, por fin, rico. Y desde esa perspectiva, lucía menos agobiado, menos enlodado en líos ideológicos, políticos, de carestía o de desequilibrio social. Uno de cada tres españoles invertía sus vacaciones en viajar a un país extranjero. Casi todos habían estado en Nueva York y en República Dominicana y habían comprobado que a los españoles se los valoraba, más que nada, por sus urgentes ganas de aprender, beber y comprar todo lo que veían. Desde ropas hasta personas.

En ese feliz panorama, el chisme, el saberse las idas y venidas de una cantidad de personajes populares, se había convertido en el gran entretenimiento nacional. Y yo había conocido de una forma u otra, a través de un roce o de un rozamiento, a muchos de los personajes que las revistas parecían usar como si fueran muñecos recortables.

En Crónicas, había un espacio aún no descubierto para dedicarlo a ese tipo de análisis. Lo que pasaba a los famosos era más apasionante que lo que pasaba en el mundo político. Mientras los políticos perdían atractivo como líderes, los famosos se alzaban como brillantes y pelín ofuscados sucesores. Mientras más grandes se hacían sus escándalos, más atractivos se volvían para un programa como CM.

—Pero no puedes traicionar a tus amistades, Boris —fue la primera reacción de mi madre—. En cualquier momento te pedirán que hables de Mimí. De El Gran T y las fiestas en su casa. Y no puedes ventilar lo que sabes, lo que has oído, lo que te han confiado tan solo por aparecer en televisión.

No sabía qué decir.

—No es elegante —continuó mi madre.

—No, no lo es —consentí.

El primer día de enero de 1998 llamaron del programa.

—Quieren que vuelva —comuniqué a Gabriel.

Gabriel se fue hacia la cocina a prepararse un té. La nieve era una asombrosa cortina blanca en la calle. El Edificio España, la torre vecina que a veces se me parecía un edificio enamorado del nuestro, se volvió un fantasma.

—Se van a burlar de ti. Dejarte como otro más de esos maricones —dijo.

—No puedo dejar de intentarlo.

—Porque estás obsesionado con esas ideas que tienes de la fama. Es un terrorismo, una idea que te come la cabeza y eres capaz de cualquier cosa por conseguirlo.

—Pero tú me has pronosticado esa fama casi desde el primer día que llevamos juntos.

—Te van a utilizar, te van a devorar, te expondrán y te dejarán colgado de un palo delante de todos.

—Como el sueño que tiene mi mamá —susurré.

—Da igual, irás. Te mueres antes de no ir.

—Es solo una prueba.

—No, no, no quieres que sea una prueba. Y esta vez lo harás para quedarte.

—Gabriel, no es nada grave. Además, está nevando. Es una buena noticia.

—No, no lo es —dijo apartando su mirada de la taza de té para clavármela—. No te he perdido con todos esos hombres con los que te has acostado. Pero esta vez, el enemigo es muy superior. Una vez que estés allí dentro, en ese círculo en el que te mueres por entrar, no existirá nada más.

Fue hacia la habitación y cerró la puerta con tal fuerza que el espejo en forma de sol que habíamos recuperado de la calle cayó al piso. Y se estrelló.

Solo tenía un buen traje, un Paul Smith de terciopelo marrón —tabaco, como prefería decir mi mamá— y que en realidad adquirí a plazos pensando en ese Dior color tabaco con el que mi mamá siempre recordaba que se había casado. Escogí una camisa rosada porque siempre he pensado que la combinación más acertada es rosado y marrón, porque hay trazos de ambas tonalidades en esos colores. Mezcla perfecta. Y entendía que, en el mundo occidental, rosa y gay son casi siempre lo mismo. Gabriel salió a la calle, en plena nevada, para no verme empacar. Pasé por delante del espejo roto aterrado pero dispuesto a no dejar que nada me impidiera hacer ese viaje a Barcelona.

El aeropuerto me recibió con todo el clima y tensión de alerta de vuelos cancelados. Aprovechando que iba a salir en Crónicas Marcianas conseguí que me metieran en un puente aéreo que tenía confirmada la salida. Llevaba en pista más de dos horas. Fui el último en incorporarme. La tensión por la espera era inconmensurable, algunos pasajeros parecían coyotes esperando a morder a la tripulación. Vi a una novia de un actor en horas bajas, que salía mucho en la prensa del corazón, aireando sus desavenencias y entendí que viajaba para aparecer en el mismo show. Su presencia era más importante que la mía, así que seguro que el avión despegaría. Me acomodé en mi asiento y la nevada regresó, esta vez un poco más intensa. El interior del avión se convirtió en otro tipo de nevada, un aluvión de insultos, los coyotes levantándose de sus asientos, gruñendo sus quejas, madres llorando, hijos pegados a las ventanillas y la actriz telefoneando desde un móvil color naranja, agitando sus manos y señalando hacia la nieve. De repente una azafata corpulenta exigió silencio y, al obtenerlo, hizo junto a otra compañera la demostración de las medidas de seguridad. Y el avión empezó a andar por la pista mientras la nieve comenzaba a convertirse en un gigante que avanzaba junto a nosotros casi a la misma velocidad. El avión despegó y se movió como una hoja mientras los gritos en la cabina me recordaban aquel rap original que bailaba en La Cotorra. Y cerré los ojos, mientras escuchaba la voz de la actriz rezando un rosario y a uno de los coyotes acercándose a ella a taparle la boca.

Crónicas Marcianas se emitía en directo desde un estudio a las afueras de Barcelona. El famoso taller de arquitectura de Ricardo Bofill, donde su hijo se había casado con la hija de Julio Iglesias e Isabel Preysler, quedaba muy cerca. Sus torres, diseñadas como un peculiar guiño hacia lo gótico, tan presente en la ciudad, y sus colores interiores me maravillaron, un amor para siempre, en esa primera vez, sentado en el coche de producción del programa, con la actriz gimoteando, aterrorizada tras el vuelo, que describía «como la peor experiencia de mi vida». Cuando llegamos al estudio, la agitación era otra especie de nevada y distinta de la vez anterior. Había crecido, había más gente trabajando. Había más sensación de éxito, de importancia. Una chica muy joven y muy seria dijo mi nombre y me preguntó si necesitaba que plancharan algo de mi ropa, le ofrecí mi bolsa con mi traje y mi camisa y ella sonrió, al fin. «Qué elegante», dijo y desapareció. Y me encontré solo en una habitación decorada con piezas de diverso origen, pero todas exclamando esa palabra, «disseny» catalán, que se había impuesto en todo el país desde las Olimpiadas del 92. Esperé y regresó la joven, más sonriente, con un plato de jamón, queso y uvas y me sentí como si me alimentaran en Grecia para conquistar alguna isla rebelde. Volví a quedarme solo hasta que reapareció la joven para «subirte a maquillaje» y así lo hicimos. La actriz estaba en plena función explicando los vaivenes del avión, comparándolos con las palizas que había sufrido a manos del actor que venía a denunciar. Las maquilladoras, que eran dos, la escuchaban sin dejar de aplicar sus productos. Me asombró esa capacidad de diligencia.

—Hola, soy Juana —me dijo una de ellas—. Qué bonita piel tienes —continuó. Y yo miré que sus productos eran de una marca japonesa muy innovadora que El Gran T decía era la más adelantada de todas. Las cosas en las que también se fijaba El Gran T.

—¡Qué elegante, Shu Uemura! —dije al sentarme y ponerme en sus manos.

—Ya sabía que ibas a fijarte —dijo Juana.

—¿Por qué?

—Tengo un poquito de intuición, sé leer a las personas. Y la vez anterior, aunque saliera mal, sabía que te iban a volver a llamar.

La miré a través del espejo. Sonreímos y me quedé pensando que llevaba tiempo sin ver a nadie a través del espejo, pero que esa era una de las características propias de este lugar. Y, zas, ya la tenía incorporada.

Me dijeron que esperara en el pasillo. Y lo hice. Era un lugar diseñado para acoger mucho tránsito, como se espera de un estudio de grabación pero curiosamente no había ninguno. Estuve sentado un largo rato allí, escuché la sintonía del programa, consulté mi reloj y comprobé que eran pasadas las 12 a. m., la hora en que empezaba el directo. Y algo recorrió mi cuerpo, estaba dentro.

Al fondo del pasillo vi a esa mujer que había estado junto a El Gran T la vez del fallido debate. Algo la agitaba. Entendí que la actriz se había descompuesto y habría devuelto en el camerino. No podía salir en el primer bloque. La mujer contrajo todo su rostro. ¿Cómo iban a cambiar la escaleta en pleno directo? «Haciéndolo», pensé en mi silencio, sentado allí.

Ella vino hacia mí.

—Estás listo y maquillado, ¿verdad? —preguntó, una voz seca. Respondí afirmativamente—. Mierda —apretó los dientes y se ajustó unos cascos—. El otro debatiente acaba de llegar y no está en condiciones.

Preferí quedarme en mi asiento, sin agregar nada, y esperar.

—Entras ahora, espera aquí detrás de la cortina y cuando oigas tu nombre, sal. Es Boris Izaguirre, ¿verdad?

Sí. Ella me miró, ladeó la cabeza y sonrió, pero solo con los ojos. Escuché mi nombre. Y a Gabriel advirtiéndome que me usarían, me volverían una caricatura de mí mismo. Sentí ganas de ir al baño y abrí la cortina.

379

CAPÍTULO 37
—
SEXO ORAL

Volví esa segunda noche al plató de Crónicas Marcianas. Y me quedé diez años. Y en ninguna de las veces que tuve que esperar detrás de esas cortinas, que luego fueron unas puertas corredizas con las letras del programa y también una pirámide de luces que se deslizaba para que entraras como un faraón; nunca, en ninguna de esas noches, dejé de escuchar la voz de Gabriel y sentir esas irrefrenables ganas de ir al baño.

Pero esa segunda vez, de nuevo en un absurdo debate sobre si el arte contemporáneo era arte o no, me descubrí en los monitores alrededor de la mesa de debate. Y me vi. Sardá, siempre alerta, detectó mi fascinación ante mí mismo. Pero no dijo nada. Yo seguía contemplándome, un nuevo Narciso, los monitores convertidos en ese río que en quietud me devolvía el fulgor de mi verdadera imagen. No tan verdadera, pero la que proyectaba, que era una verdad prolongada, aunque para todos los que me vieran a través de la televisión sería la única verdad. La piel llamaba la atención por lo limpia, el maquillaje de Juana la había dejado casi etérea. Los ojos estaban llenos de simpatía, la boca se movía amanerada y las manos, pelín alertas por tanto movimiento, fotografiaban grandes y bonitas. Y el pelo, con su rizo aflamencado, daba una sensación angelical pero con un poquito de rebeldía guerrillera. Como si el Che Guevara de la habitación de Victoria Lorenzo hubiera pasado demasiado tiempo en Nueva York y por ello amariconándose.

—Izaguirre, cuando termine de admirarse, nos encantaría conocer su opinión sobre el arte contemporáneo —pronunció Sardá.

Me encantó su manera de devolverme al orden. Y a partir de ahí preferí llamarle Javier antes que Sardá.

—Este programa es arte contemporáneo porque refleja cosas terribles, como el mal rollo entre la actriz invitada con su ex marido pero también cosas maravillosas. Y bellas, como yo mismo.

El silencio fue durísimo, porque en el estudio había más de cien espectadores sentados en gradas delante de nuestra mesa. Porque los ojos del otro debatiente se salían de sus órbitas y porque los de Javier se clavaban en los míos para que no me quedase callado, que siguiera. Entonces alguien del público gritó: «Encima de sudaca, maricón». Vi cómo en los ojos de Javier brotaba la molestia por los insultos. Descubrí que encima de nosotros estaba una persona delante de una consola de sonido. Y me planté frente a las gradas.

—Con maricón es suficiente —dije. Me vino a la cabeza el episodio en El Nacional, cuando plantaron esa palabra en mi texto. Era un momento diferente, ahora era yo quien lo decía.

Javier se levantó de su silla y miró hacia el otro caballero encima nuestro. El público también se levantó. Gritaban mi nombre. Como una ola, como un mantra, Boris, Boris, Boris. El hombre de arriba soltó una música, una especie de samba con algo de rumba y comencé a bailar delante de las gradas. El otro debatiente se frotaba los ojos y yo decidí ir hacia Javier e involucrarlo en el baile. Y él, adorable, lo hizo, se unió, con pésima coordinación, pero una simpatía absoluta. Nos miramos. Él guiñó un ojo y sonrió. Y yo hice como la Cleopatra de Liz Taylor, me incliné y también le guiñé un ojo.

No dormí esa noche. Me mantenía despierto la inquietud de haber perdido, de nuevo, mi oportunidad. De haber resuelto una situación recurriendo a mi propensión por el show, el histrionismo. Declararme maricón delante de las gradas y, a través de la televisión, ante miles de personas que jamás llegaría a conocer personalmente. Me levanté varias veces para ir al baño, no podía parar de cagar y mear. Y en cada vez, me miraba en el espejo del baño y no veía a ese ser pulido, exquisito, etéreo que había visto en el monitor del programa. Ese ser solo existía en ese estudio. Y probablemente nunca más lo volvería a ver.

El teléfono sonó por la mañana, y reconocí la voz de la mujer que me había acompañado detrás de la cortina. «Soy Eva, perdona si antes no me había presentado —empezó—. Lo de ayer fue histórico. No paramos de hablar de ello aquí en la redacción. ¿A qué horas te regresas a Madrid?». «A ninguna», le dije.

Javier fue el último en sentarse en la mesa del comedor en la planta superior de la productora. Era un rectángulo protegido por unas ventanas que daban a un jardín interior, con varias higueras, sus ramas extendidas como brazos desnudos. Enfrente de ellas, había dos bancos donde se agrupaban mujeres y hombres, vestidos en creativos desafíos al invierno. Abrigos largos con camisetas debajo, bufandas que llegaban al suelo pese a que dieran varias vueltas en sus cuellos, faldas largas de corduroy y de colores inesperados, morado, turquesa. Eran muy jóvenes, ninguno llegaría a los veintiocho. Y hablaban todo el tiempo de televisión. Eva apareció, sonriente, jovial, besándome y cambiándome de mesa junto a Javier para que nos sentáramos «a gusto», como dijo ella.

Javier lideraba la conversación, entendí que el resto de los que estábamos allí era su equipo. Los guionistas hablaban en catalán y él en español.

—De ninguna manera vamos a hablar de ETA. No es, de momento, el sentido del programa. Estamos en el horario que estamos para distender la jornada diaria.

—El paro sigue bajando pero menos que los dos años anteriores —sugirió otro de los hombres sentados en la mesa.

—Y que por Dios siga bajando —dijo Javier—. Mientras más prosperidad y trabajo tengamos en este país, más ganas tendrán de vernos en la noche.

—Bueno, no lo pondría así exactamente —dijo un hombre pelirrojo sentado atrás de Javier y que comía una ensalada de lechugas verdísimas y un redondo de atún que nadie más tenía—. Tanta prosperidad podría robarnos audiencia porque la gente no ve la televisión cuando tiene algo mejor que hacer.

—El Betis se enfrenta al Atleti —sugirió otro de los hombres.

—No hablamos de fútbol porque perderíamos los de Madrid —susurró Javier.

—La actriz que se descompuso ayer es portada de *Lecturas* —sugerí.

Todos miraron hacia sus platos. Javier volteó a verme.

—Hombre, no te hemos dado las gracias por la curva…

—¿Cuál curva? —pregunté.

Él miró al resto de los comensales.

—¿Nadie le ha enseñado la curva a Boris?

Todos seguían mirando en sus platos. Eva apareció desde el jardín de fumadores con una hoja que colocó en las manos de Javier y él se cambió con otro de los comensales para estar a mi lado.

—Mira, aquí es donde empezamos —alzó la voz—. Hundidos. Ahogados al fondo del abismo de la audiencia. Y aquí —señaló con sus dedos, que eran gruesos y claramente acostumbrados a tocar instrumentos musicales— entras tú. —Volvió a subir la voz—. Y mira, mira, cómo va subiendo la puta curva hasta que sacamos la cabeza de esa profundidad.

Sentí una responsabilidad devoradora. No me entraron ganas de ir al baño, pero sí de salir de allí. Todo el mundo nos miraba. Y de repente, empezaron a aplaudirme, no me habían prestado ninguna atención antes y ahora estaban todos encima mío, reverenciándome. Javier, el primero, aplaudiéndome, envolviéndome en su mirada, penetrante, divertida. Pese a todo lo que llevaría dentro, lo que no dejaba de pensar, en sus ojos, solo había transparencia.

Salimos juntos de la productora y había gente esperándole. Eran fans del programa, chicas y algunos chicos que dijeron mi nombre y nos pidieron que posáramos juntos. Lo hicimos y él fue hasta su coche, que era un Beetle. Mi automóvil favorito. Lo admiré, le expliqué que en Venezuela y en Brasil llegaron a construir plantas para manufacturarlos allí. Las piezas venían de Alemania y se ensamblaban en esos países, eran motivo de orgullo de las economías de esos países. Le dije el año de manufactura de su coche y eso le asombró.

—O sea, que no solo sabes de actrices que andan en escándalos.

—Nunca he tenido capacidad de concentración, sino un interés bastante arbitrario.

—Por eso te miras en el monitor —dijo con un tono paternal—. Es la única cosa en la que te puedes concentrar. En ti mismo —agregó como si acabara de dar con una fórmula magistral.

Me sentí desnudado. Y al mismo tiempo con ganas de profundizar en esa camaradería.

—Vamos, te llevo a donde quieras —me dijo.

Abrió la puerta del coche como quien abre la puerta a un mundo nuevo. Bueno, eso fue con Gabriel, digamos ahora que con Javier sería a un nuevo planeta.

—Mira qué bella es Barcelona. Y aún es más impresionante desde el cielo —dijo cuando la Diagonal entroncaba con paseo de Gracia. Me contó que estaba a punto de sacarse el carnet de piloto. Su voz cambiaba, parecía alguien más joven—. Aunque allí arriba no llevo radio y me muero, chico, pensando en que voy a aterrizar y algo gordo haya pasado. Como que el rey abdique. —Me reí con él, me gustaba su compañía y creí que a él la mía—. ¿Por qué no te quedas aquí? Tienes a El Gran T y ahora nos tienes a nosotros. Al programa. —Se giró y vio que yo ya no me reía, estaba aterrorizado—. ¿Por qué ese miedo?

—No he dormido nada desde ayer.

—¿Fuiste de fiesta?

—No, estaba paralizado.

—Eso es buena señal, ¿lo sabes?

—Pero es que yo quiero escribir.

—¿Y?

—Ya es suficiente con haber escrito telenovelas para nunca, jamás, ser considerado un escritor serio. Y ahora, salir en tu programa, bailando y diciendo que soy maricón, lo hará más difícil.

Él siguió conduciendo sin inmutarse.

—Eso no es lo que realmente piensas —dijo.

Me quedé mirando hacia la ciudad. La tarde parecía prolongarse en el invierno, la casa de las Punxes me recordó alguna casa fantasmagórica de algunos de los tebeos que leía en Caracas. Realmente, había llegado muy lejos en mi vida, estaba en el corazón de Europa, una ciudad milenaria. Y al lado de alguien que empezaba a capitanear la noche del resto del país.

—Tienes razón. No es lo que pienso.

—¿Y entonces qué piensas?

—Que toda la vida he defendido a la televisión. Creo que es el medio de comunicación más poderoso y también el más poroso. El más vivo. Por eso escribí en las telenovelas, porque me quitaron el miedo a escribir. Tenía que escribir un guion todos los días. Eso lo aprendí y lo respeto. Y ayer, vi un poco de cómo se hace un programa en directo. Cómo hay que resolver sobre la marcha. Y me gustó verme envuelto en ello.

—Más que envuelto, ser una estrella.

Nos miramos y volvimos a reír porque creo que él leyó en mi mirada que estaba pensando en que él sería Von Stroheim, el director, y yo Marlene Dietrich, a quien convirtió, más que en una gran actriz, en una estrella.

—Si me pidieran escoger, elegiría ser estrella antes que escritor —concluyó Javier ofreciendo su mirada tranquilizadora y su perfecta sonrisa de éxito.

El Gran T le dio la razón sentado en la cocina de su apartamento.

—Velo de esta manera, tienes muchas oportunidades para ser un escritor, pero solo una para ser una estrella.

—Gran T, por favor, estoy hecho un lío.

—Yo también vi el programa, Venezuelien —habló Mimí, esa voz de actriz, ese acento italiano, ese encanto y complicidad—. Y sentí miedo de esos bárbaros gritándote maricón y sudaca. Pero cuando los enfrentaste, fue grande, no debería reconocértelo, pero lo fue. Impecable, un corte de mangas directo al corazón.

—Como Charlton Heston cuando separa las aguas del mar Muerto en Los diez mandamientos —solté.

—Más bien como cuando aparta el coche de Mesala con sus brazos en *Ben Hur*.

—No he tenido tiempo de llamar a Gabriel.

—Pues has hecho fatal. Hemos hablado varias veces hoy —dijo Mimí—. No lo ve como nosotros, una gran oportunidad, sino una deriva más.

Llamé desde mi móvil. Gabriel tardó en responder.

—Hola, Maricón de España —dijo.

—Ha sido un éxito.

—Enhorabuena.

—Siento no haber llamado antes.

—No lo sientas. Ya sabía que sería así.

—Gabriel, por favor, me han mostrado la curva, se suman millones de personas en ese momento, no ha sido cualquier cosa.

—Pues, la verdad, se veía sin ningún esfuerzo, por eso te felicito.

—Es fascinante el directo, estar allí, sentir como algo que te pasa por la cabeza puede convertirse en un hito.

—Que se olvida la noche siguiente.

—Pues entonces regresas allí y vuelves a conseguir otro hito.

—Hasta que tu vida sea solo una repetición de hitos que nadie recuerda.

—Gabriel, por favor.

Se quedó callado.

—¿Por qué no hablas?

—Porque cuando no tengo nada bueno que decir prefiero callarme.

Precisamente, no mucha gente se sumó a celebrar mi éxito en Crónicas Marcianas. Leopoldo se levantó en medio de la proyección de un corto en el Colegio de Arquitectos y me dejó con la mano extendida. Chacon dijo que me estaba vendiendo barato al éxito. El señor Director me llamó diciéndome que encontraba grotesco todo el programa, y en un cruce entre las calles del barrio de Salamanca, me tropecé con la Guerrero, acosada por paparazzi. Nos dimos la mano, que estuvo bien porque así quedaba olvidado el injusto despido, nos fotografiaron y la turba que la seguía le preguntaba sobre su inminente divorcio. Nos separamos. Y yo subí por la misma acera por donde ella bajaba.

Javier llamó por la tarde, se quejó de que era un incordio que no estuviera en Barcelona. Me necesitaban para comentar algo «importantísimo» en el programa.

—El caso Lewinski, ¿estás enterado?

—No me ha dado tiempo porque acaba de suceder.

—Tiene de todo, ¿no? —dijo en un tono cómplice—. Una becaria y con sobrepeso, un presidente sexy como Clinton. El Salón Oval, guao, menuda despedida de siglo XX, chico.

—Estoy totalmente en desacuerdo, es una manera de fastidiar a Clinton.

—Seguro que se te ocurre algo más en la onda de nuestro programa.

—Creo que el sexo oral es glorioso y que todo el mundo debería practicarlo más.

—Súbete al primer puente aéreo. Te enviamos coche para que estés a tiempo a la reunión de las 7 p. m.

Colgó. Gabriel salió de la habitación.

—No te van a soltar.

En Crónicas se cenaba siempre a la misma hora. El rigor era muy importante para Javier. Era su modo de hacernos entender que más que un programa éramos una nave interespacial. A diferencia de otros miembros de esa tripulación, Javier me sentaba a su lado. Igual que cuando José Ignacio me distinguía del resto de sus dialoguistas invitándome a acompañarle a almorzar. Al otro lado de Javier siempre se sentaba el Hombre del Sintetizador, el que ponía música desde las alturas. Ese día Javier me exigió que dejara de llamarlo el Hombre del Sintetizador y lo hiciera por su nombre: Jorge Salvador.

—Jorge no se cree que seas gay. Dice que eres un actor.

—No, hombre, eso no es exactamente lo que pienso —dijo Jorge. Era como un niño grande, todo le asombraba, todo le llamaba la atención.

—Esa música que pusiste es Henry Mancini, ¿verdad? —empecé—. A mí me encanta Henry Mancini. *Casino Royale* es mi favorita.

—Ostras, me encanta. Sabe quién es el grande, el maestro, el genio Henry Mancini —dijo con una voz atronadora.

Javier acercó nuestras botellas de cerveza, la de Jorge era sin alcohol, y brindamos. No paramos de hablar de películas con bandas sonoras compuestas por Mancini. Javier parecía irse muy lejos de nosotros, entendíamos que pensaba en el programa. En que todo saliera como se había discutido en la reunión anterior, que propuse bautizarla como la Mesa Redonda. Jorge y Javier estuvieron de acuerdo y estrechamos nuestras manos como si acabáramos de sellar un pacto.

Regresé a maquillaje por mis propios pies. Prefería estar maquillado antes que nadie para evitar problemas y en realidad encontrarme con Juana de nuevo. Fue así. Me besó en la mejilla. «Lo de maricón es suficiente lo dicen hasta mis hijos y a mi esposo le encanta». Montse, que maquillaba a Javier a su lado, se sumó. «Y yo entré en la charcutería y me mandaron a decir que en sus casas también lo dicen a cada rato». Javier buscó mi mirada a través del espejo. Y la encontró.

Entró más tarde en un camerino que habían dispuesto para mí.

—¿Vas a defender a la Lewinski o a Clinton? —empezó.

—No quisiste hablar de ello en la reunión —dije.

—Porque quiero que te crezcas con el público. —Me miró muy fijamente, estaba delante del director antes que del presentador—. Van a flipar cuando te vean aparecer. Ya has visto que lo de «Maricón es Suficiente» ha calado. Es un país de locos. Hace nada enviaban a los maricones a la cárcel y ahora están enamorados de ti.

—El problema es que es una frase...

—Es tu espontaneidad lo que los vuelve locos. —Sus ojos brillaban, yo creía que los dominaba y podía subir la intensidad de ese brillo a voluntad.

—Tengo la teoría de que Monica Lewinski tiene lo que se llama «pelo malo».

—No sigas —dijo poniendo voz de actriz decadente—. No sigas, dilo todo afuera, con ellos. No los pierdas nunca de vista, al público. Son tu pulmón. Son tu verdadero director. —Su voz ponía signos de admiración en todas las palabras.

Salí al cabo de un rato a ese pasillo que ahora era todo descontrol, gente que iba de un lado a otro. El regidor, sonriéndome y gritando «Cinco minutos para el directo». Jorge y Javier cuchicheando algo en una esquina. Y el señor pelirrojo entre ellos.

388

—Boris —era Javier—, vamos a hacer un cambio. —Me miró de arriba abajo—. No vas a entrar por esta puerta sino por arriba, por las escaleras.

—Dios mío —exclamé—. Solo sé bajar bien las escaleras de mi casa, Javier.

—Confía en mí. El Pulmón, mira hacia el Pulmón.

El regidor se cuadró ante él. Un minuto para el directo.

Y él entró y escuché el rugido del Pulmón. Las azafatas me acompañaron hasta el principio de la escalera. Javier dio sus palabras de introducción, divertidas, bien hiladas sobre la noticia del día: que en la Casa Blanca se podía practicar sexo oral. Las carcajadas del Pulmón eran aterradoras y envolventes al mismo tiempo. Y dijo:

—Esta noche nos acompaña un experto en… ambos temas: el Salón Oval y el sexo oral.

Sentí cómo de nuevo Gabriel alertaba. «Se burlarán».

—¡Boris Izaguirre!

Empecé a bajar la escalera, escuché la música de Mancini y miré directo hacia el Pulmón. Cambié mi paso, seguí instintivamente la música, la incorporé a mi paso y me transformé en una pequeña coreografía, deslizándome por la escalera antes que bajándola con aprehensión. No parpadeé porque quería tener los ojos abiertos y la misma sonrisa de mi mamá haciendo los *fouttes* de *Lago*. La música seguía, se repetía y yo alcanzaba el suelo y el Pulmón parecía aguantar la respiración y de inmediato enloquecer, enloquecer, gritando mi nombre y lo de «Maricón es Suficiente». Miré rápidamente hacia Javier, que levantaba sus pulgares hacia Jorge y a Jorge rápidamente guiñarme un ojo. Me detuve delante de Javier, que se echó hacia atrás e imitó con cierta torpeza mi parada, provocando que el aplauso se volviera en una carcajada general.

—Quiero confesarle algo, Sardà.

—Por favor, no se lo diremos a nadie —agregó él, los ojos brillando.

—No me interesa para nada el Salón Oval. Pero sí, y mucho, el sexo oral.

CAPÍTULO 38
—
PARAMECIOS

Barcelona en 1998 era una ciudad que no terminaba de aceptar que el éxito de las Olimpiadas la habían convertido en universal, pero siempre vinculada a una enfermiza riña con Madrid. Era una de las discusiones más eternas y aburridas en las cenas antes de empezar la transmisión en directo. Javier se empeñaba en mantener el plató en Barcelona, pese a que prácticamente todos los colaboradores e invitados tenían que viajar desde Madrid. La línea aérea nacional jamás nos contrató para uno de sus anuncios, ni siquiera en el momento de mayor popularidad del programa, pese a que poblábamos sus aviones de lunes a jueves en diversos estados de euforia, exaltación o tensión porque sus retrasos nos hacían llegar con exagerada demora a nuestra función.

Pero ese distanciamiento entre la Capital y Barcelona, que también era muy rebatido por barceloneses de pro como Javier y El Gran T, permitió que muchos de los participantes de esa función que era CM no supiéramos de inmediato el efecto que el programa estaba consiguiendo en todo el país. El éxito, el clamor, las discusiones y polémicas que generaba nuestra manera de hacer televisión y de emitir opiniones. Mi amaneramiento, mi desenfado, mis desnudos, mis gritos y poses se estaban convirtiendo en un espectáculo que entre gustos y disgustos iba haciéndose necesario para el espectador. Y como terminábamos muy de madrugada y nos íbamos a dormir porque no había nada abierto más que los restaurantes de los taxistas nocturnos, no podíamos enterarnos de lo que pasaba con nosotros, de lo que hacían con nosotros los espectadores. Al día siguiente, la reunión de guion de las diez de la mañana era sacrosanta, no se podía llegar tarde. Mi sección me la dejaban a mí solo, cómo resolverla, de qué hablar, mientras que «montar» toda la parte de los humoristas les llevaba horas. Yo no era un humorista, pero tenía mucho sentido del humor. Y sobre todo del espectáculo. Porque sentía algo que había visto en mi madre: absoluta seguridad sobre el escenario. Nada podía herirme, ni siquiera una viga cayendo desde el techo más alto. Era inmune. Era Hércules. Y, desde luego, un poco de la Giselle que tantas veces observé bailar a mi madre.

Mientras la sacrosanta reunión de guion se eternizaba, yo bajaba a un cuchitril muy aseado, muy mono y con un hombre maravilloso dentro. Mi salvador, el señor Salvador, que no era otro que Jorge, el que había puesto la música de Mancini para acompañar mi entrada en el show.

Su despacho era un angosto rectángulo debajo de una de las escaleras del edificio de la productora. Se quejaba, con razón, de lo pequeño de ese espacio, que se reducía aún más con la incorporación de los monitores y la pequeña sala de edición para preparar todos los vídeos que se emitirían durante el show. Cuando llegaba, siempre estaba agobiado, pero se alegraba porque sabía que teníamos por delante hora y media de risa y lo que calificaría como un desahogo para él y para mí y los potenciales espectadores, convirtiendo pedazos de entrevistas a personajes famosos en segmentos muchas veces arbitrarios y delirantes, pero siempre desternillantes. Eso era lo que entendía como la premisa del programa: ofrecerle al espectador una hora de desahogo ante lo pesado, cruel, mortífero del día que estaba terminando. Eso era lo que detallábamos Jorge, el señor Salvador y yo en esa absurda oficinilla, con sus monitores y su maravillosa computadora para editar y cortar esos momentos absurdos, no necesariamente detectables a primera vista, que luego, en el escenario, durante el programa, yo convertía en Momentazos.

Uno de ellos fueron unos pantalones que el duque de Lugo vistió en un evento familiar durante el verano del 99. Ya llevaba cinco años casado con la hija mayor del rey de España y probablemente el público veía a los duques de Lugo como unos aristócratas sin mayores ocupaciones. Cierta élite agradecía al duque que hubiera transformado a la otrora torpe infanta en una de las mujeres más elegantes de su tiempo. Siempre se subrayaba que era una cosa de él, como si fuera un pigmalión de su propia esposa. El duque vistió a su esposa con los trajes más *soignées*, las pamelas más transversales, los peinados más borbónicos que ella misma. Y de repente, las revistas empezaron a vanagloriarse de que, en esos duelos de estilos que sucedían en algunas bodas de ese tipo de personas, la duquesa de Lugo había estado más elegante que la propia Carolina de Mónaco.

Quizás aturdido por ese éxito, el duque vistió unos pantalones de paramecios en una noche estival de ese último año del siglo xx. Los pantalones de estilo, con ese estampado como de amebas o medusas o huellas de casimira, han engalanado o cubierto piernas de ese tipo de señores desde casi todo el siglo que terminaba. Pero ninguno había sido tan expuesto en una España que empezaba a estar empalagada y empachada de su propio éxito, de su propia riqueza. En el 99 España era una potencia económica mundial, una promesa cumplida de éxito y bienestar. La única sombra en ese paisaje iluminado y esplendoroso era el terrorismo, que dolía, manchaba, sacudía. Pero existían muchas otras horas en el día para divertirse con situaciones y con personas. Y los pantalones de paramecios del duque se convirtieron en ese cóctel perfecto.

En la sacrosanta reunión de guion se echaron un poquito para atrás cuando planteé el tema y mi deseo de vestir los mismos pantalones. Primero hubo un mareo con la marca, se atribuía a una empresa foránea, Versace, Gucci, Dior; yo, en plan entendido, sugerí Etro, y todos estábamos equivocados. Alguien planteó que sería necesario hablarlo con la cadena porque íbamos a tratar un tema relacionado con la Casa Real. Fue una hora larga elaborando el informe que daríamos a la cadena para evitar subrayar que, en efecto, los pantalones del yerno del rey podían ser considerados algo muy importante por la jefatura del Estado sobre su imagen. Fuera como fuera, tenía que hablar de esos pantalones.

Entonces Javier tuvo ese tipo de ideas que reconducen una nave.

—No te quedes solo en los pantalones. Utilicemos la tela. Una resma. Un metro —dijo él.

Y yo me subí a una de las mesas de la redacción.

—Que sea un kilómetro de paramecios.

Fue una gran actuación. El público parecía presentirlo, quizás alguien habría soplado que íbamos a tratar el tema de los pantalones del duque. Yo esperaba, muerto de nervios, con esas ganas espantosas de ir al baño, aguardando ese momento en que Javier estiraba las vocales en mi nombre y el público se enardecía, daba patadas al suelo de las gradas y yo entraba, deslizándome al ritmo de la melodía de Mancini, avanzando hacia él. Y él se mordía los nudillos, me miraba con ganas de que lo soltara todo, ya, todo, ahora, y eso hacía que el público enloqueciera todavía más.

—Necesito decirte algo.

—Boris, por Dios, ¿el qué?

—Ha pasado algo en el país, una sacudida.

—¿Una revolución?

—¡Los paramecios!

—¿Necios, cuáles necios?

—No, santo Dios. ¡Los paramecios de los pantalones del duque de Lugo!

Noooo, gritábamos los dos. La imagen del duque bajándose de una embarcación en Mallorca invadía la pantalla. Y al volver a plató, Javier y yo sosteníamos un pedazo de la tela, prácticamente idéntica entre nuestras manos. Se la quitaba y echaba a correr hacia el público extendiendo metros, metros…

—Meeeeeeetros, meeetros de esta maravilla, este milagro, esta bendición que el duque de Lugo ha extendido sobre nuestras vidas, nuestras conciencias, nuestras almas —gritaba dejándome llevar, delirando mientras conseguía ver por los monitores, siempre de reojo, cómo el programa se convertía en un nuevo delirio nocturno.

Javier fingía un grito de contención.

—Izaguirre, vuelva a la normalidad.

—No, el duque de Lugo nos ha hecho entrar en el siglo XXI. Es el siglo del Paramecio. El Parameeeeeeecio. Y él ya no es el

393

duque de Lugo sino algo más noble, algo más grande, algo más universal. El duque del LUJOOOOOOOOOO.

Al día siguiente era viernes y ya debía estar de vuelta en Madrid junto a Gabriel, pero Javier llamó muy temprano y me instó a ir a la oficina. Estaba sentado junto a ese hombre risueño, con el pelo rojo, que siempre estaba atrás. Hablaban con una tercera persona a través del teléfono. «Tiene que marcharse, no aporta nada, no se entiende lo que grita», decía la voz en el teléfono. Javier tomó un folio y escribió un nombre en letras mayúsculas. El director de la cadena. Me senté en el primer asiento que encontré. «Además, todo ese discurso de que el duque de Lujo es mejor que los de Mallorca ha sentado fatal en la alta instancia. No tiene ningún derecho a compararlos. Los de Mallorca están completamente alejados del Lujo. Son deportistas y son considerados más de andar por casa, más normales. Son más queridos por la gente que los del Lujo». Me quedé mirando por la ventana, desde esa esquina se veían todas las calles empinadas llevando una línea casi recta hasta el Mediterráneo.

—Disculpe que le interrumpa, señoría —dijo Javier.

—Hombre, no me llames así.

—¿Usted cómo ha llamado a los duques que no son los de Mallorca?

—Los duques del Lujo —respondió la voz en el teléfono—. Ostias, vaya, así es como los llama este maricón —agregó.

—Tiene un don —continuó Javier. No me miraba ni buscaba mi mirada y por eso yo seguí mirando hacia esas líneas rectas de asfalto y edificios increíbles, dirigidos por una mano invisible hacia el mar.

—¿Por qué no prescindís de él una semana? Es una orden. La presión es mucha. Es sudaca, es maricón, es imposible de defender —dijo la voz.

Javier guardó silencio. Y el pelirrojo despidió la conversación.

—Coño, te has hecho una estrella en mucho menos tiempo de lo que esperaba —dijo al fin Javier.

Volví el lunes siguiente. Una célebre modelo nacional había escapado con un caballero italiano mientras era la novia oficial de uno de los hombres más ricos del país. El programa iba a desarrollar un monográfico sobre la historia. Mientras revisaba el material sobre el viaje de la modelo con el caballero italiano, observé que la maleta de ella estaba abierta y mostraba un desorden alarmante. La típica maleta de cualquiera de nosotros. Pero no la de una modelo o de lo que imaginas, esperas de una modelo. Pero no quería criticarla, ni a la modelo, ni su conducta, ni su desorden o dejadez. Sino enseñarle cómo hacer una maleta perfecta. Javier y yo almorzamos juntos esa misma tarde.

—¿Enseñarle a hacer una maleta? —murmuró mientras vertía una cantidad asombrosa de aceite de oliva sobre la ensalada.

—Tanto aceite es como si yo derramara una torre de petróleo venezolano sobre las mismas lechugas.

—El petróleo no es comestible.

—Pero es igual de combustible —tercié.

—Nos jugamos mucho con que vuelvas esta noche al programa —siguió—. Hablar de una maleta quizás sea un poco menor, ¿no?

—Es inesperado.

Él levantó la mirada, transparente, como un mar en calma. Y ese brillo al fondo, como si al fondo del mar estuviera una televisión que te mirara y analizara.

—¿Cuál es la diferencia entre una maleta bien hecha y una desordenada? —preguntó Javier esa noche delante de su silla, una vez que la estruendosa ovación que acababa de recibirme bajara de intensidad.

—El papel de seda —le respondí en el centro del plató, el público en auténtico silencio y la tensión en los ojos de todo el equipo.

Si la cagaba, la cagábamos todos. Mantuve mi mirada en la de Javier. Era más que una guía, tenía mucho de ese trampolín en la proa de los barcos de piratas donde un falso movimiento te echaba al agua y sin cabeza.

—Ella necesita entender la importancia del papel de seda absorbente —solté con toda mi pluma, con una exasperación de actriz de teatro mediocre, pero conocedora de las debilidades del público, su ansia de inesperadas golosinas arrojadas al centro de sus gargantas. Aún no reaccionaban, no decían nada. Querían más golosinas. Fui hacia la maleta que habíamos colocado en el plató. Y empecé a sacar hojas y hojas de papel, el que usan para rellenar las bolsas de regalos—. No se puede ir por la vida sin papel de seda en las maleeeeeetaaaaassss —grité.

Javier me sujetó lo más cerca posible de la cámara principal.

—Pero ¿por qué? —dijo con mi misma exasperación de mala actriz.

—¡Porque ABSORBE la arruga! Hagas lo que hagas, no habrá arrugas.

Y, zas, el público reaccionó. Directamente empezó a gritar mi nombre y acompañarlo de esa frase, ese título: Eres el Puto Amo. Una y otra vez.

España entró en el siglo XXI bastante absorta en lo que sucedía en la vida de esos famosos que parecían vivir solo para el escándalo. Y Crónicas Marcianas adquiría cada vez más poder para convertir en mayúsculo, importante, vital, cada detalle, cada movimiento de esa celebridad que iba creciendo y creciendo hasta convertirse en una obsesión, pero también una cultura. Se le llamó «el Famoseo», y el programa y yo éramos uno de sus más importantes cultores. Quería defenderlo como una cultura, la Cultura de la Celebridad, pero quizás sonaba pretencioso. No podíamos ser pretenciosos en el programa, porque eso era lo que gustaba de nosotros, que éramos unos desclasados, un grupo de marcianos que nunca habían encontrado dónde pertenecer, pero que ahora eran los más queridos del país, de la noche. Aún no había podido comentarlo con mi mamá, pero habíamos conseguido fascinar a un país haciendo exactamente lo que a ella le gustaba menos que hiciera: llamar la atención.

Ser los paladines del Famoseo nos hizo volvernos casi emblema de ese nuevo país que se adelantaba al siglo XXI, celebrando que al fin se había quitado ese mal pellejo que había sido la herencia de la dictadura, el atroz recuerdo de la posguerra. Nuestro show era la exaltación de un nuevo país. Y al ser un programa de televisión en directo, no era solo la repercusión inmediata a lo largo del territorio, sino también un elemento con el que ninguno contaba: servía para difuminar fronteras y clases. Los vascos y los andaluces se sentían identificados porque no los tratábamos por separado sino que los hacíamos parte de nuestro universo. Lo mismo sucedía con los castellanos y los gallegos, los de Murcia, de Alicante y los de Oviedo. Todos tenían un punto en común de locos, de rebeldes, de golfería que se hacían familia en nuestra compañía. Incluyendo ricos y pobres.

—Pero te estás desvirtuando, tienes que reconocerlo —me dijo El Gran T fumando y tosiendo al mismo tiempo.

—No sé cómo pararme.

—Porque no quieres, porque ese es justamente tu secreto, sabes muy bien cómo dejarte llevar. Pero perderás cosas. La cabeza, los brazos. Y también a gente.

—¿A ti, por ejemplo?

—Mucho peor. A Leopoldo. Por si no lo has visto, acaba de publicar esto en el periódico donde escribe.

Me acercó la página. Lo leí de un tiro y quise olvidarlo de inmediato. Lamentablemente, algunas palabras se quedaron, imborrables. Más o menos venían a decir algo como: que no había nada moderno en mis gritos y berrinches cada noche en ese programa donde todos, según él, se reían de lo que fuera. También decía que era una deplorable representación del marica, un adefesio que no aporta nada, que más bien subraya el desprecio, el odio con que son vistos los homosexuales en nuestra sociedad. Hacía referencia a los llamados «cacharritos» en ferias como las de Sevilla, donde actúan los travestis mayores, despertando una angustiosa gracia y risa entre el público iletrado y homófobo sin poder reconocerlo. Y que además, yo conseguía vender como si fuera el colmo de lo *cool*, lo moderno, lo in y que en realidad no era más que una marioneta al servicio del rating.

—Sigue leyendo —ordenó El Gran T.

—Él también está haciendo algo previsible, sangrando por la herida porque no está donde yo estoy.

—Eso solo lo sabemos nosotros.

—¿Le das la razón?

—No. Está mal escrito, es torpe, pero hay algo, muy al fondo, donde todavía puedes distinguir al amigo que quiere prevenirte. Y ayudarte.

También Gabriel me miraba como si estuviera dentro de una burbuja que me alejaba de él. Me dolía, pero deseaba que en efecto la burbuja me llevara hasta donde quisiera y explotara y yo cayera contra el asfalto. O cualquier superficie. Quería más ascenso, más burbuja, más alto, más arriba, y una caída más larga, infinita, porque en el fondo sería más importante, más inmortal que el ascenso.

Mi apuesta funcionó. El nuevo siglo entró como sale un corcho disparado de la botella de champaña más grande y gorda de todos los tiempos. La cadena había comprado los derechos de un formato holandés llamado *Gran Hermano*. Más de una docena de candidatos se sometía a vivir en cautiverio, sin relojes, ordenadores, teléfonos móviles, televisión y otros dispositivos del mundo moderno, por noventa días. Cada semana ellos mismos elegirían —«nominarían», como se decía en el programa— a dos candidatos de entre ellos mismos para abandonar la casa, que serían votados por el público hasta que solo quedara el que ganaría la competencia. El que se marchaba regresaba a un mundo real que ya no lo era tanto. Y el que permanecía quedaba dentro de esa casa cada vez más repleta de estrategias, odios y escasez de alimentos. Tanta elaboración, ¿iba a ser atractiva al público?

Javier me llamó un minuto antes que empezara su emisión la noche del domingo.

—Son nuestras nuevas estrellas —dije yo.

—¡Cómo lo has captado!

—Vamos a amarlos. Ellos ya nos aman, están deseando que los hagamos nuestros.

—Son nuestro público —dijo él.

—Serán nuestra gloria —dije yo.

En todos los programas de la cadena, que también iban a absorber la información de esa observación de veinticuatro horas sobre lo que sucedía o sucediera en esa casa, se hablaba del programa como un experimento. Un ejercicio pedagógico, un estudio sociológico. Lo era, pero nosotros solo veíamos un excitante programa de televisión. Una telenovela sin guionistas y con todos los mimbres tan desordenados y a la vista como la ropa en la maleta de la modelo. Gabriel se irritaba cuando al visitarme en Barcelona yo permanecía pegado al televisor estudiando ese enjambre de seres humanos, jóvenes, atractivos, dialogando entre ellos sin percatarse de que eran un reflejo de ese país que, desde la televisión, daba la impresión de formarse de nuevo. Hablaban dc las drogas, el sexo, la comida, la prostitución, el terrorismo, las imposiciones de la Comunidad Europea, el amor, el sexo otra vez, la inmortalidad y el vacío, la depresión, al mismo tiempo. Espatarrados en unos sofás de colores, discutiendo por la lista de la compra, aterrados de hacerse amigos y al mismo tiempo nominar.

—Basta, es un invento espantoso —estalló Gabriel.

—Es mi trabajo.

—No, tu trabajo es escribir. Lo has olvidado, pero el disfrute narcisista de tu éxito lo compensa.

Era asombroso cómo todo lo que me rodeaba asociaba mi éxito a cosas terribles. Vacío, estrépito, dolor, desamor. Abandono.

—Es igual. Es mi trabajo.

—Quizás deberían pagarte más.

—Renegociaré. De momento quieren que esté todos los días.

—Sí, mejor antes de que estalles en directo.

—No es así, Gabriel.

—Es más o menos así y tú lo sabes.

—Porque estoy viviendo los días más maravillosos de mi vida.

—¿Y qué es lo maravilloso? ¿Depender de todo ese halago, toda esa atención?

Iba a decir algo estúpido. Que su reacción me parecía previsible, el adjetivo que más detestaba escuchar y el que más empleaba. Previsibles palabras, previsibles reacciones. El halago era agradable, también atemorizante. Sí era verdad que apenas salía de casa, o del plató, era cuestión de minutos que la gente empezara a reaccionar, en la fría y seria Barcelona, al verme. Un descontrol que podía volverse aterrador hasta que me arrojaba dentro de un taxi o dentro del coche que me llevaba hasta el plató.

—¿Cuánto puede durar esto? Lo pregunto para organizarme un poco.

—No se puede saber, Gabriel. Es un paseo. Una ola, como los surfistas. Luchas por estar encima de ella hasta que ella se deshace.

—Y te ahogas o no.

—O flotas un rato. Hasta la siguiente ola.

En una de las sacrosantas reuniones de guion estaba revisando El País y encontré una página entera que ponía: «LO SENTIMOS, BORIS», anunciando un canal de tele dedicado enteramente a seguir y comentar Gran Hermano. Javier lo vio y no dijo nada. El resto de la redacción tampoco. Yo lo recorté y lo puse dentro de mi agenda llena de reservas, cancelaciones, citas para estrenos, bailes, comuniones, sí, comuniones con todos esos manjares con los que me atiborraba en mi infancia.

La final de Gran Hermano coincidió con la llegada del verano. Era un cálculo perfecto, como si todo el país se graduara de algo y el «experimento sociológico» nos hubiera dejado más expertos en la observación, revisión y digestión de la vida de los demás, a través de la lupa agigantadora que era la televisión. El ganador fue un caballero gaditano que, apenas salió de la casa, ante los ojos de casi dieciocho millones de espectadores, fue recibido con honores de premio Nobel en su ciudad natal y por las autoridades políticas; casi bautizan una calle con su nombre. Uno de sus méritos era que había impuesto la palabra «pisha», muy típica de esa parte del país, a raíz de emplearla hasta la saciedad en la casa del Gran Hermano. Yo también había conseguido imponer mi «momento» de la misma manera.

Javier y yo vimos la final juntos, al contrario que el principio.

—¿Qué haremos el año que viene?

—Subir. Aun sin hacer nada, estarán viendo el programa —dijo.

CAPÍTULO 39
—
LA ENTREVISTA

Mi hermano se casó ese verano y Gabriel también me cogió de la mano cuando vimos nacer, casi desde el fondo del mar, las montañas que protegen Caracas y alzarse fuertes y verdes contra el azul del cielo. Es una visión arrebatadora. «Y violenta», señaló él. Llevaba razón, cuando salimos del avión, retrocedimos como vampiros delante de una hilera de crucifijos. El blanco de los mosaicos del pasillo era enceguecedor y el frío del aire acondicionado te hacía sentir como si avanzaras dentro de un iceberg. Un gigantesco retrato de Hugo Chávez, rodeado de los colores de la bandera nacional y un inmenso papagayo apostado en su brazo, también te hacía retroceder. La fila de militares delante y detrás de los cubículos de inmigración impresionaba. La aglomeración de gente en las puertas de llegada, susurrando cosas, cambiando dólares, indicando atención a posibles hurtos, reconociéndome, hablándote de la revolución bonita, era agobiante. Entre el grupo apareció mi hermano, sonriente, agitado.

—Gracias por venir, Gabriel —los dos se abrazaron—. Han desviado la subida a Caracas y tenemos que pasar por las ruinas —informó.

—¿Ruinas?

—Todo lo que se llevó el deslave del año pasado, hermano.

El ascenso a Caracas. Cuando los españoles la fundaron, pasada la mitad del 1500, siguieron una estrategia que ya habían probado en otras colonias, alejar la ciudad principal de la costa y ubicarla en el valle más cercano. Casi 433 años después, ese camino seguía siendo el único que conectaba la ciudad con el mar. El deslave vino provocado por una torrencial lluvia de varios días. Muchas de las construcciones, en su gran mayoría barriadas edificadas sin ningún criterio urbanístico y que se integraban a la red de chabolas que la ciudad era incapaz de contener, taponaban salidas de agua, cañadas naturales. Y el agua erosionó la tierra de tal manera que esta se desintegró y en el deslave arrastró viviendas, edificios, iglesias, todo lo que encontraba a su devastador paso. Las ruinas a las que se refería mi hermano estaban diseminadas a lo largo de todo el ascenso hacia mi ciudad. Gabriel no entendía nuestras palabras, que eran nombres de iglesias, fuentes de sodas, clubes de playa que ya no existían. En un momento vi un contenedor del puerto estrellado contra la puerta de lo que había sido una de las iglesias coloniales de La Guaira. Más adelante, un palomar aplastado en el quinto piso de un hotel, un edificio sin una mitad y la que permanecía, tan solo un montón de vigas oxidadas. La orilla del mar parecía haber retrocedido kilómetros y podías ver la basura del fondo marino moverse, peces muertos rodeados de gaviotas blancas y zamuros negros. Un pulpo enorme atacado por hombres armados con navajas diminutas, cortándolo. Caballos y gallinas deambulaban y, detrás, personas, familias, madres mendigando o con carteles con los nombres de sus familiares desaparecidos.

Mi mamá esperaba en la puerta de casa para abrazar primero a Gabriel, con lágrimas en los ojos. Y a mí con un largo y maravilloso abrazo. Mi hermano los había llamado desde el trayecto informándolos de lo que habíamos visto. Gabriel observó la Quinta Nancy como si fuera un remanso tras tanto horror. Y la esposa de mi hermano bajó las escaleras con su hija Valentina al lado. Mi sobrina tenía ocho años y nos miraba con curiosidad y una risa que no podía disimular.

—En el programa de Altagracia están transmitiendo la marcha de la Victoria del presidente.

—No es un presidente, es un dictador —dijo mi hermano.

Subimos, Gabriel de la mano de Valentina y mirando esa escalera que tanto le había contado. El rellano de mis lágrimas y gritos. «Esas paredes deberían estar pintadas de rosado para proyectar esa luz sobre el resto de la casa», dijo. Mi mamá asentía detrás de él y llegamos hasta el antiguo cuarto de mi hermano, la televisión encendida y la retransmisión de una impresionante fila de Cadillac presidenciales desfilando bajo una toma aérea.

Chávez y su esposa saludaban, como si fueran unos Kennedy tercermundistas, a una población que se escuchaba, pero que no podías ver. La señora Chávez llevaba una pamela que sujetaba con sus manos. «Nadie le ha dicho que debe sujetarla con ganchos en el pelo», dijo Valentina. Nadie fue capaz de contenerse en todo tipo de críticas sobre la pareja presidencial exhibiéndose con toda esa pompa después de haber visto la sucesión de inesperadas ruinas en el ascenso hacia la ciudad.

Mi hermano había decidido casarse y para eso nos había reunido. Gabriel, Valentina y yo seríamos sus testigos y, pese a tal modernidad, el cura había obligado a mi hermano a que se bautizara e hiciera la primera comunión en el mismo día, la víspera de su boda. Le pregunté a mi madre si nos acompañaría.

—No.

—Lamento mucho no haberte llamado en estos últimos meses.

—Estás metido en una rueda que no cesa.

—Viendo las ruinas, pensé que me verías igual. Un despojo.

—Aún no. Pero sigo pensándolo. —Me volvió a abrazar—. Has cambiado, no eres capaz de verlo, pero es tan evidente. Saludas de una manera automática, dices gracias a todo como si fuéramos fans.

—Mamá, no es verdad. Sé muy bien quién es una fan y quién eres tú.

—No puedes darte cuenta, eso es lo peor de la fama, mi amor. Estás tan metido, tan encajado que hasta que vuelvas a estar fuera no serás capaz de discernirla.

—Me dejo llevar. Esa es mi fórmula. Y el resto del tiempo te recuerdo bailando y eso es lo que me guía.

—Eso también se nota. Me halaga. También es cierto que por más que lo deseara para ti, jamás me imaginé tu nivel de popularidad. Es halagador, no me malinterpretes. Y es inspirador, eso es lo que más me gusta. Pero no puedo dejar de asustarme ante su nivel de violencia.

Nos quedamos callados.

—¿Por qué no se vienen papá y tú a España? Esto pinta mal, mamá. Ese desfile después de la catástrofe es propio de dictaduras, de regímenes...

—Porque no queremos alejarnos de lo que está pasando

aquí. —No me dejó terminar—. Tenemos a todos nuestros antiguos amigos en contra. Altagracia es la voz del Gobierno, no sé si te diste cuenta. Ernesto ha creado un Instituto Nacional de Museos y ha apartado a tu papá de la Cinemateca dándole un puesto de honor, pero que no significa nada. La compañía de la Nena Coronil continúa y yo sigo siendo una de sus principales directoras, pero cada día intentan imponernos coreografías «modernas y revolucionarias» que importan del ballet nacional de Cuba.

—Mamá, es horrible. ¿Por qué vas a querer permanecer aquí si puedo instalarlos en Madrid o en Barcelona?

—Porque si seguimos aquí, ellos sabrán que mantenemos nuestra postura.

—Mamá, son el Gobierno y tú no tienes nada con lo que enfrentarlos.

—Mis ojos. Mi mirada. Mis recuerdos. Eso es lo que tengo. Que nací en esta ciudad y que me moriré sin que me la arrebaten.

Fran apareció en la puerta de casa y una cierta alegría se recuperó. Era probable que hubieran pasado años, varios, desde que nos llamáramos, a lo mejor tantos como desde que me fui de Santiago. Pero él no lo reprochó. En el instante que nos abrazamos, sentí que todo seguía igual entre nosotros. Éramos «las amigas» del departamento en Parque Central organizando La Retrospectiva en el Mambo Café. «Ahora es una tienda de lencería femenina», nos informó. Gabriel y él se llevaron bien desde esa presentación. Y mamá nos informó que le acababan de conceder el Premio Nacional de Fotografía. Fran insistió en que teníamos que acompañarle a una visita «hecha a medida para ti, mi *enfant terrible*». Había conseguido que nos abrieran El Cerrito, la casa que el famoso arquitecto italiano Gio Ponti había construido en una de las más altas colinas de la ciudad.

No podía creerlo, Gabriel tampoco. «¿Gio Ponti hizo una casa en Caracas?», preguntó. Sí, en 1957, ofreciéndole con su construcción a la ciudad la titularidad de la ciudad más moderna y pujante de Sudamérica. Gabriel se abrazó a Fran con el mismo afecto instantáneo que había descubierto por mi sobrina Valentina. Ponti era uno de los «héroes» particulares de Gabriel. Y a los primeros minutos del atardecer entramos en lo que se considera su obra maestra.

—Qué suerte tienes, Gabriel —dije observando la impresionante colección de orquídeas en el orquideario al final de la casa, los originales muebles diseñados por el arquitecto, el balcón dedicado al sol y justo enfrente el de la luna, alegorías de los dueños de la casa y la propietaria avanzando entre las estancias, rodeadas por las montañas de la ciudad, el maravilloso paso del verde hacia el violeta y el azul oscuro de las colinas de esas montañas mientras el atardecer daba la bienvenida a la noche—. Llevo toda mi vida esperando entrar en esta casa y tú acabas de llegar esta mañana y ya la estás conociendo.

—Podía ser tu novela. Y para eso tenías que esperar a que yo viniera a verla contigo. Para hacértelo ver —pronunció.

Avanzamos hasta la biblioteca donde la dueña de la casa, la señora Planchart, explicaba cómo su marido era un gran cazador, pero a Ponti le horrorizaba la idea de mostrar los trofeos de esas cacerías, que a su vez formaban una de las colecciones de animales disecados más apreciadas del país. Y entonces, salvando la situación, Ponti creó unos paneles automatizados que, por un lado, mostraban estanterías o superficies lisas donde colgaban maravillosos Fontanas y Alejandro Oteros. Y, al apretar un botón, como hizo ella misma, esos paneles giraban y surgían cabezas de antílopes con sus orgullosos cuernos y miradas de vidrio. Quizás con una escena similar podría dar principio a mi novela.

La boda de mi hermano fue hermosa. Bailamos las canciones de Pretenders que una vez en Nueva York nos acompañaron de la noche al día. Compartimos unas rayas de cocaína y observé cómo se asombraba de mi rapidez en aspirarla. Afuera mi mamá y su nieta conversaban como si tuvieran la misma edad y me quedé pensando en que eso era una forma de felicidad. Me uní a ellas y nos abrazamos, sin llorar, no había ninguna necesidad de ello y también porque no paré de hablar, de contarle todas mis noches en Crónicas, los desnudos, las entrevistas, los personajes, las frases de Javier, la música de Mancini que anunciaba mi aparición. Mi hermano le pidió al dj que la pusiera. La tenía, me levanté y me imité a mí mismo entrando al plató, mientras veía cómo mi mamá se sentaba al lado de Gabriel y sonreía. Sus ojos repetían lo que habíamos hablado horas antes: «Estás tan metido dentro de tu fama».

La Mata Hari de Barlovento ya no se llamaba así. Había vuelto a su nombre original de Fernando y era uno de los abogados jóvenes con más prestigio de la ciudad.

—No es un momento fácil, paso el día rodeado de unos policías cero atractivos y totalmente amenazantes —informó mientras revisaba la figura de Gabriel—. Amo Galicia —le dijo enseñándole todos sus dientes blanquísimos.

—Se ha metido a defensora de los corruptos chavistas —terció Fran.

Estábamos reunidos en el impresionante piso de Fernando, en la altura de una de las colinas del otro lado del valle. Gabriel y Fran iban comentando los cuadros, los muebles, las habitaciones.

—Cuando viene mi mamá del interior, le da miedo acostarse en las camas. «Son como adornos de Navidad, mi amor», me dice.

—¿Todo este dinero es de legalizar la corrupción? —me preguntó Gabriel. Asentí con la cabeza—. Apenas llevan un año en el poder, ¿cómo van a robar tanto?

—Un país petrolero recibe dinero todos los días. Y todos los días, seas de izquierdas, de derechas, bolivariano o no, hay oportunidades para robar. Y contratar a Fernando.

Alexis Carrington del Valle prefirió recibirnos en su casa.

—No es que esté peleada con la Mata Hari, que mira por dónde terminó siendo una auténtica Mata Hari. Pero no creo que vaya a terminar bien. Mezclarse con esa gentuza solo le traerá problemas.

—Tú también vas decorándoles los pisos, mi amor —salió Fran en defensa de Fernando, y Alexis se molestó muchísimo.

—Una cosa es comprarles un Cruz Diez e iluminárselos bien y otra, muy distinta, arreglarles los chanchullos, lavarles el dinero y hacérselos pasar por legales.

Se enzarzaron. Gabriel se levantó para observar la vista desde el balcón del penthouse de Alexis Carrington del Valle. Fui hacia él mientras escuchaba cómo Alexis le enumeraba a Fran las señoras chavistas que había fotografiado para una revista. Gabriel me abrazó.

—Menos mal que no vives aquí.

Durante esos días en Caracas, el teléfono empezaba a sonar hacia las diez de la mañana y mi mamá atendía todas las llamadas con su característica voz grave y su «Aloooooo» que se estiraba por toda la casa. «Boris no está», decía en casi todas y entendía que eran de la prensa. Hasta que una de las llamadas la hizo subir a mi habitación con una cara preocupante.

Era Altagracia invitándome a su programa esa misma noche. Bueno, no había llamado ella directamente sino su asistenta de producción.

—No tiene huevos —dijo mi papá, que había adoptado expresiones españolas.

—No deberías ir —agregó mi hermano—. Ella y su programa son la columna vertebral de este régimen.

Gabriel se levantó de su siesta apoyándose en mi mamá. Y Valentina me invitó a que me inclinara para decirme al oído:

—Ve, no tienes nada que esconder.

Me quedé mirándola. La precocidad parecía un gen familiar.

El coche de producción atravesó una ciudad oscura, pero llena de esa sinfonía de grillos y sapos que distingue la noche de Caracas de cualquier otra ciudad. La música de la oscuridad, el playback de la inseguridad. El edificio del canal era una construcción de los noventa que había respetado la casa original donde te recibían sendos retratos de las estrellas de la cadena. El de Altagracia era un monte Rushmore de ella misma, su rostro en las cuatro décadas que iba a cumplir como presentadora de un programa que ahora era una plataforma de propaganda de la «revolución bonita». La esposa de Gerardo salió a nuestro encuentro, muy cariñosa con Gabriel y un poco más reservada conmigo. Hablamos de cosas bobas, la alegría que les daba que aceptáramos ir al programa, preguntas a Gabriel de cómo encontraba Caracas. «Desconcertante», dijo. La esposa de Gerardo carraspeó y explicó que ella y Gerardo trabajaban asistiendo a Altagracia, «el programa ha crecido tanto…». Gerardo apareció en la sala. Delgado, fuerte, rígido, y se colocó al lado de su esposa como si estuvieran esperando por saludar a la reina de Inglaterra en Buckingham.

—¿Continúas nadando? —preguntó.

—Todos los días —respondí.

—¿Cómo te da tiempo?

—Hay una piscina cerca del estudio y voy allí una hora antes dc la rcunión dc guion.

Gabriel se aproximó a Gerardo quebrando su barrera invisible.

—Soy Gabriel, he oído muchas cosas de ti.

Gerardo intentó echarse atrás pero no tenía donde. Se creó un denso silencio.

—Nosotros tenemos piscina en casa —rompió la esposa—. Y también en la nueva casa de Altagracia —dijo, callándose de inmediato.

La regidora entró como si alguien la hubiera plantado, preguntando si prefería esperar un rato más o adelantar el maquillaje, que fue lo que escogí. No me hizo falta girarme para ver a Gerardo un poco más, todas las ventanas del pasillo eran de espejo y allí lo observé, reproducido varias veces, alerta, vigilante, represor y reprimido.

Altagracia se maquillaba en una habitación contigua. Podía sentir su perfume, que era el Balenciaga de mi madre. Intenté recordar un momento de aquellos días del campamento en los que mi madre y ella lo hubieran compartido y no recordé ninguno. Quizás había decidido usurparlo ahora que era todo lo rica y poderosa que jamás hubiera aspirado en los días del campamento, pero que sí me había prometido en el hotel en Madrid. Estuve listo mucho antes de lo que habían planificado y consulté con la regidora si podía pasar al plató. No me entendió.

—Al set. Prefiero esperar allí —sugerí con mi voz más pacífica.

Fue una idea perfecta. Más que un plató, era una pieza de museo, llevaba igual desde mi infancia. Dos sillas enfrentadas alrededor de una elegante mesa blanca y circular. Le habían agregado público, seguramente para rejuvenecerlo. Y el público reaccionó ante mi presencia. «Muchacho, eres un galán», dijo la regidora. Firmé autógrafos, acepté fotos y tranquilamente me senté en la silla asignada. Altagracia retrocedió dos pasos cuando me encontró. Tenía que grabar su entradilla enfatizando los esfuerzos que el Gobierno hacía para ayudar a todas las víctimas afectadas por el deslave. Consultó algo con sus asistentes, en susurros. Y entonces se sentó frente a mí.

Detecté que uno de los focos no la iluminaba bien y pregunté si podía mejorarlo, pero ella no me entendió, y aproveché su desconcierto para ajustar el foco. El técnico se molestó, pero la regidora lo contuvo y Altagracia se observó en su monitor.

—Me has quitado diez años —dijo.

—De nada.

Y empezó la entrevista.

—Mi primera pregunta, Boris Izaguirre, es si alguna vez imaginaste que todo esto te pasaría, que llegarías a ser más famoso que el rey de España en su propio país.

Me reí y me acerqué más a ella, lo que continuó desconcertándola. Igual que el aplauso espontáneo y las risas del público.

—El rey es famoso desde que nació, yo me he ido construyendo mi propia fama. Con mis recursos. Mi acento caraqueño, por ejemplo. Y también mi amaneramiento, que cuando era niño, aquí en Caracas, era más bien un problema grande.

Aunque mi iluminación le había quitado años, no había conseguido erradicar las huellas de sucesivas operaciones estéticas. Se notaban en que la cara carecía de movilidad. El espectador en casa no se daría tanta cuenta. Pero nosotros sí sabíamos qué miraba el uno del otro. Mantuve la sonrisa para que la cámara no me delatara.

—¿Has sufrido una infancia atormentada por tu… forma de ser? —titubeó sobre sus propios puntos suspensivos.

—No. Tú lo sabes mejor que nadie, mi madre y tú fuisteis muy buenas amigas —avancé—. El primer programa de televisión que recuerdo haber visto fue cuando la entrevistaste en este mismo estudio cuando ella estrenó Giselle.

—Eras un niño —soltó Altagracia humanizándose.

—En mi familia jamás hubo un problema por mi homosexualidad —agregué. Ella se recolocó en su asiento—. Y eso me evitó reprimirme, negarme quién era realmente. A lo mejor eso es lo que detectaron los españoles, que yo nunca había ocultado mi verdad. Que soy honesto.

—Muchas personas, en las críticas que hacen hacia el programa —aprovechó para extraer una de las críticas de Leopoldo— donde te has vuelto una estrella, subrayan que tú «has hecho de tu pluma una mercancía, una fórmula para hacerte famoso y denigrar a una comunidad que continúa siendo humillada incluso desde dentro por personas como Boris Izaguirre». —Leía francamente bien, los años de cabeza del telediario le habían dejado una dicción perfecta—. ¿Crees que están en lo cierto?

—No. Porque yo nunca me he propuesto ser ejemplo de nada. No soy un gobernante sino un entretenedor. No quiero imponerle nada a nadie y tú y yo sabemos que una de las grandes cosas de la televisión es el mando. Puedes cambiar de canal o apagar la televisión cuando algo te disgusta o no estás de acuerdo.

—¿Te molestan esas críticas?

—Soy hijo de crítico y mi papá me dijo apenas aprendí a leer que jamás respondiera ni a una crítica ni tampoco a un halago.

—Pero muchas personas que ven tu programa me dicen que te desnudas, que gritas, que bailas y te mueves como si estuvieras en una discoteca.

—O en un ballet rosado —aproveché.

El público se rio sonoramente. Ella tragó saliva y yo le devolví mi sonrisa de estrella.

—¿Tienes que hacer el indio para ganarte el cariño del público español?

—Desde mi punto de vista, agradezco a España que me permita explorar todo eso que está dentro de mí. Para mí es una forma de conocer los límites de mi libertad de expresión. Hay muchas personas como yo que no tienen esa posibilidad. Digamos que, sin ser un ejemplo, yo lo exploro en nombre de todos ellos.

—¿Por qué te marchaste de tu país? —Era su pregunta clave, la que iba a ponerme contra la espada y la pared.

—Porque me dio la impresión que sobraba —respondí.

El público lo encontró genial y volvió a aplaudir. Altagracia me miró profundamente.

—¿No te preocupa lo que pueda pasarles a tus padres?

—Mucho. Pero ellos quieren estar aquí. Seguir aquí. Y lo respeto. Aquí está su casa, sus helechos. Y Tiempo de tormentas.

—¿Qué es Tiempo de tormentas?

Igual que Gerardo en Santiago, lo había olvidado, el cuadro que vio crearse en el campamento. Lo fingía, insistía en encontrar eso que me hiciera quebrarme en la entrevista. Vi una ráfaga azul, entre las luces, por el suelo. Los ojos de Gerardo. Estaba colocado detrás de su mamá, los brazos cruzados.

—Es un cuadro que viste nacer, como a mí, Altagracia. Me apena que no lo recuerdes. Eso significa que en tu memoria tampoco está el que yo jamás olvido.

—¿A Boris Izaguirre le importa Venezuela?

—Tanto como a ti. Y como a mis padres. Y en este viaje he aprovechado para verla a través de los ojos de Gabriel, mi novio.

El público aplaudió y Altagracia volvió a recolocarse en su asiento. Miré hacia Gerardo y encontré los faros clavados en mí.

—A Gabriel le ha asombrado mucho ver el estado del Departamento Vargas al salir del aeropuerto. El desamparo de esas ruinas, el mar recedido dos kilómetros hacia dentro, la gente buscando los restos de sus casas o de sus vidas.

—Ha sido un desastre natural y todos los espectadores de este programa saben del esfuerzo que el Gobierno nacional está ejecutando, pese a que las ayudas internacionales tardan en materializarse.

—¿De verdad? Cuando era niño y pasó el terremoto de Caracas, recuerdo lo mucho que luchaste a través de este programa para que esas mismas ayudas internacionales no se perdieran en los pasillos del Gobierno de entonces. Estoy seguro que tienes eso en cuenta ahora que defiendes al Gobierno.

Altagracia me miró con profundo odio. Apenas estuvo fuera del aire se levantó y fue hacia la oscuridad. Yo esperé, los reflectores encima mío disminuidos, a que me invitaran a marchar, pero en su lugar escuché la voz de su director, o su productor o alguien a quien ella tenía que escuchar. «La centralita del canal ha colapsado, quieren saber más de él». Altagracia regresó con un poco de su labial manchándole los dientes.

—Sigo siendo la misma persona, ¿sabes? La misma mujer que levantó sola a su hijo, a este programa y a esta cara —dijo amenazadora, señalándose el rostro—. No he cambiado.

—Yo tampoco —respondí justo cuando las luces volvieron a encenderse.

CAPÍTULO 40
—

EL PERRO CON LOS OJOS COLOR RON

Muchas veces he deseado que la vida se detenga y esa vez de vuelta en Caracas, observando a mi madre hacer de mi secretaria, fue una de ellas. No iba a pedirle que dejara de hacerlo, pero sí mantener ese momento en el aire por un tiempo, para darme cuenta, en ese simple segundo, de todo lo que ella había luchado por mí y por tenerme allí, convertido en una estrella de la televisión de un país en el que no había nacido, sin demostrar esfuerzo alguno, como hacía en las coreografías que bailó. De alguna manera celebrando muy dentro de ella que más que el esfuerzo fue la convicción en sí misma, en su elección, en su forma de educarme y de quererme, lo que había conseguido este momento.

Gabriel preparó una empanada como la de su madre para mí y mis padres. Mientras la devorábamos y cubríamos de halagos, él observaba Tiempo de tormentas.

—Una vez Alicia, «la primera bailarina de Venezuela», como ella misma se define, lo calificó de «inquietante» —aprovechó mi mamá para dejar escapar su risa. Gabriel la imitó. Fue un clic entre los dos.

—Tiene mucha influencia de Tàpies —continuó Gabriel.

—Los europeos siempre nos meten lo de la influencia —dijo mi papá.

Gabriel me miró pelín temeroso de haber dicho, sin querer, algo irritante. Mi mamá acercó su silla hacia la de Gabriel y apoyó su brazo en el de él, cruzó las piernas y ladeó un poco la cabeza, en tres segundos perfectos, como si enlazara cada uno de ellos siguiendo una partitura muda.

—En este cuadro está condensada la historia de amor entre Boris y yo. Delante de él hacíamos los círculos que Boris no podía terminar por su dislexia. Delante de él descubrí que en mi hijo convivían muchas diferencias que nadie más tenía y que solo yo podía entender. Delante de este cuadro, lloré tantas veces. Lloré por haber escogido ser esta mujer que ahora te habla. Esta mujer que unos dicen es una adelantada a su época. Me da risa, ¿quién lo puede saber? Quizás solo cuando te mueres puedes darte cuenta que hayas vivido adelantada a tu época. Pero, te miento, yo sí he tenido la oportunidad de saber que estaba adelantada a mi época. Y esa oportunidad ha sido entender a mi hijo homosexual. Y saber amarlo y criarlo dentro de esa aceptación. Convertir esta casa en una fortaleza que no lo pareciera. Un espacio, su universo, donde podría ser él sin ningún tipo de castigo, de censura, de represión. En la calle, en el periódico, en las fiestas aparecería el odio, la agresión, el insulto contra él, contra su forma de ser, contra la libertad y el amor en los que fue criado. Yo eso no podía controlarlo. Pero sí aquí dentro. Junto a mi marido. Y este cuadro.

Gabriel estaba llorando. Mi mamá continuó.

—Y es que los diferentes son legión. Como todas las personas que están dentro del cuadro. Es lo que los une. La diferencia. Por eso inquieta tanto. Y seguramente eso es lo que esconde el título. El tiempo de tormentas es eterno para los que se salen de la regla. Es su dolor, pero también su fuerza. Todos queremos ser diferentes y no nos dejan, Gabriel. Yo no tuve miedo. Le di a mi hijo su diferencia. Y la diferencia lo llevó a los sitios que elegía. Hasta llegar a ti.

—¡Habría pagado por estar allí, escuchándolo! —exclamó Isaac delante de un tercer o quizás cuarto vodka con tónica. Se había convertido en una disciplina tan férrea como la que empleaba para escribir y que estaba minándolo.

Sara lo advertía, mis padres también, desde la muerte de Luis escaseaba sus apariciones públicas, seguía produciendo excelente teatro pero pasaba más tiempo escribiendo novelas que le hacían ver esos vodkas como única compañía. Gabriel se sentó a su lado y me pidió que lo dejara solo con él. Se habían hecho muy amigos y verlos juntos me recordó a mí mismo con él, descubriendo autores, lecturas, definiendo mi personalidad.

Salí hacia la terraza que sobrevolaba esa parte de Caracas. Edificios muy próximos, vidas paralelas en cada ventana. Un trozo del valle abriéndose camino hacia el oeste de un lado y El Ávila volviéndose púrpura en el otro. Antes que la noche unificara ambas esquinas, Isaac me abrazaba. Gabriel se había quedado dormido en el sofá.

—Estuviste muy bien en la entrevista de Altagracia. Lástima que no pudiste decirle que se quedara con todo menos con nuestro cariño.

—Isaac...

—Van a quedarse con todo, Boris. Escríbelo, fírmalo con mi nombre, séllalo y guárdalo en alguna parte. Cuando estemos todos muertos, que será pronto, publícalo. Decrétalo: Se quedarán con todo y todavía querrán más.

—¿Quiéres decir Altagracia y Gerardo?

—Y todo lo que representan. Yo no lo veré. No tengo salud. No quiero que nadie lo sepa, mucho menos Belén y Rodolfo. Y quiero irme lo antes posible, antes de estorbar. Y antes de ver cómo estas noches, súbitas y largas, ese morado del cerro, empiezan a ser recuerdos de un momento glorioso que nunca va a volver.

Caracas no podía terminar sin ver a Sofía. Gabriel también había visto su programa de televisión, donde seguía haciendo esas preguntas directas y donde empezaba a deslizar un discurso opuesto al de Altagracia Orozco. Allí donde Altagracia apoyaba sin reticencias al Gobierno actual, Sofía insistía en subrayar sus errores y alertar de que un Gobierno democrático jamás podría ser conducido por un general, al menos en un país latinoamericano. Gabriel se veía divino sentado a mi lado en el coche que Sofía había enviado a recogernos. Bajando y subiendo la ventana para que la frondosidad y el arrebato de colores de Caracas apareciera y desapareciera mientras ascendíamos hacia la montaña, hacia dentro de ella misma, como si penetráramos la boca de otra colmena, esa que albergaba a una reina madre como Sofía.

Gabriel dejó escapar un guao al ver la exquisita selección de obras de arte que te recibían apenas entrabas en SIR. El balcón al fondo, los cinéticos venezolanos, cubanos, argentinos esparcidos sobre las paredes casi como amebas. Y ella, descendiendo desde el piso superior con un vaso de whisky en la mano. El borde de su falda plisada ocultaba las rodillas, pero enseñaba tranquilamente unas piernas que seguían siendo estupendas, cualquiera que fuera la edad de Sofía. Circulaban tantos dígitos, algunos incluso de más de ciento veinte años. Sofía se paró delante de Gabriel y lo midió como si estuviera tasando un esclavo. Gabriel se rio casi nervioso. Sofía repasó sus hombros, la cintura, sus antebrazos, los pectorales. «Muy buen ejemplar. No podía esperar menos de Boris», remarcó. Siguió bajando la escalera hacia el siguiente piso donde una boca de Tom Wesselmann te recibía con un cigarrillo tan real que parecía encendido. Avanzó en su reino hasta llegar al comedor con la mesa puesta, una vajilla de deslumbrantes colores y vasos de brillante cristal. Y el único cuadro la portentosa vista de Caracas nocturna detrás del inmenso ventanal.

—No quiero fastidiar el bello discurso de Belén, pero Ernesto no deja de llamar al museo para pedirme que vaya a tu casa y les quite el cuadro.

—No puede hacer eso. Belén se moriría si eso llega a suceder —dijo Gabriel.

—Ernesto se ha hecho muy cercano al nuevo presidente.

—Chávez —dije.

—Nuevo presidente. No quiero oír su nombre, mucho menos pronunciarlo.

—Pero su revolución era necesaria. Este país se cansó de que se lo repartieran dos partidos y un puñado de empresarios —soltó Gabriel.

Sofía dejó su copa en la mesa y se giró para mirarlo de frente.

—He estado casi treinta años al frente del museo distribuyendo mis favores y también mis gracias ante los presidentes de esos dos partidos y creo que puedo decirte que esto que recién empieza ahora, este absurdo juego comunista, va a terminar por arrasarnos. Devolvernos a la casilla cero, sin ropa, sin alimentos, sin huesos.

—Yo creo que es un cambio que esas clases dirigentes necesitaban —insistió Gabriel.

—No hay nada que guste más a los europeos que una revolución en Latinoamérica —noqueó Sofía.

—¿Y si yo hablara con Ernesto? —Quería evitar una discusión matricida entre ellos.

—Es una persona que no está en sus cabales, igual que todos los demás que se acercan al nuevo presidente. Definitivamente, no te recomendaría que lo vieras, pero ya sé que al decírtelo te estoy dando alas para que vayas directo a él.

Hubiera preferido que Gabriel no me acompañase, pero no podía evitarlo, sobre todo porque después de la visita a Ernesto enfilaríamos al aeropuerto con apenas tiempo para coger el avión de la noche. El taller de Ernesto olía a algo que no era el incienso encendido, su brasa enrojecida, casi furiosa como todo lo que veía al entrar en ese espacio reducido, lleno de obras apiladas, aplastadas contra otras, columnas de periódicos viejos, el ruido de una cisterna desarreglada, un bolero que se repetía en una radio perdida, el calor moviéndose como un fantasma de pasos lentos.

—Cómo has crecido, carajito —bramó una voz rota. Él apareció, los dientes amarillos, más bien ocres, la lengua pastosa, el vaso de ron con el color del licor asimilado al vidrio, integrado.

Iba descalzo y las uñas eran largas y con un trazo negro en su interior. Gabriel retrocedió al verlas. Yo en cambio me acerqué a dejar un beso en una mejilla que me pareció de cartón.

—Quiero mi cuadro, Boris.

—Nos estás pidiendo algo que puede quitarle la vida a mi mamá.

—Fue un préstamo, un malentendido, llámalo como quieras, pero quiero mi cuadro.

—Todos estos años ha estado con nosotros. Tiene que haber algo más para que insistas en quedártelo.

—Es mío. —Tragó el líquido en ese vaso tan ocre como sus dientes y se sirvió otra dosis—. Nunca lo he superado. Nunca he pintado algo mejor. Lo necesito.

—Como si fuera sangre —dijo Gabriel.

Ernesto se retorció como una iguana a la que pegan una pedrada e interrumpen un baño de sol. Sus ojos también eran cobrizos, como si todo lo que hubiera consumido de ese vaso los inyectara del mismo tono.

—Se lo regalaste a mi madre, lo pone detrás, escrito por ti. Si lo tomaras de vuelta, ¿cómo vas a borrar tus propias palabras?

—Con la ayuda de este nuevo Gobierno. Y le recordaré a tu padre su traición. Se volvió un burgués.

—Es un discurso antiguo —solté.

—No es antiguo. Hemos vuelto, Chávez le ha dado una razón a esa guerrilla en la que tu padre estuvo implicado, comprometido. Y que traicionó para educarte. Para tener un hijo maricón como tú.

Él mismo tropezó con algo, una lata de conservas, impulsado por el odio en sus palabras, y cayó contra uno de sus cuadros. Ni Gabriel ni yo nos molestamos en levantarlo. Me giré el primero y regresé hacia el coche observando un perro espantoso, flaco, apestoso, que parecía estar cagando todo el tiempo, sus ojos cubiertos de ese amarillo corrosivo de la mirada de Ernesto.

—Los traidores no tienen ningún derecho a quedarse con mi mejor obra —gritó Ernesto al tiempo que el coche arrancaba hacia el aeropuerto.

Ese viaje de regreso a España fue especialmente turbulento. Gabriel durmió todo el trayecto. Yo no. Y al aterrizar, la turbulencia parecía pegada a nuestras maletas y ropas. La crítica televisiva anunciaba que Javier y yo terminaríamos enfrentados por mi protagonismo en el programa. Quizás para evitarlo había agregado un marciano más, un fantástico imitador, Carlos Latre, que había conocido en un programa de televisión. Joven, inteligentísimo, se mantenía muy callado tanto en la reunión de guion como durante el maquillaje. Sospechaba que detrás de su silencio iba anotando todas nuestras características para imitarnos. Así lo terminé de ratificar al verlo haciendo la mía, que se hizo inmensamente popular y requerida en el programa.

Hasta el momento en que Javier consideró que teníamos que aparecer juntos. Me asustaba que se convirtiera en una rutina. Y así fue.

La idea de la rivalidad en el programa, de los celos de Javier ante la estrella que había construido, no fastidiaba nuestra relación, que seguía siendo intensa, cómplice. La rivalidad sí aparecía en el programa, porque se convertía en un ingrediente importante pero no único de su atractivo. Era inevitable, Javier hacía gestos de aburrirse cuando yo volvía a hilar el traje de alguna de las reinas del corazón con lo que sucedía en el país y eso me desconcertaba porque pensaba que le parecería genial. Era un poco de teatro, pero generaba una paranoia corrosiva que temía que fuera a estropear mi desempeño.

También él tenía que encajar los golpes cada vez más constantes y duros de la prensa. En el fondo nadie asimilaba bien el éxito que empezaba a volverse una nueva boca de la colmena. Suspendido sobre nosotros, sin ganas de marcharse y activando sus turbinas para que todos nos mantuviéramos suspendidos, girando y girando, sin parar, sobre nuestro propio reflejo.

En ese año, Javier se hizo todavía más próximo a Joan Ramon, ese hombre de pelo rojo que había sido su cuñado y que parecía pensar por él, por el programa y por que esa boca de la colmena jamás se alejara de nosotros. Cada mañana, durante la larguísima reunión de guion en las oficinas de la productora, Javier escuchaba, suspiraba, se movía, me abrazaba y me decía algo incomprensible sobre la noche anterior, se volvía a sentar, ojeábamos juntos un periódico y yo sabía que en realidad hacía tiempo para que Joan Ramon llegase a su despacho y juntos revisaran todo lo que habíamos estado haciendo hasta entonces. Cuando volvíamos a reunirnos en el plató, en la sacrosanta reunión de escaleta, me daba cuenta de que los toques de Joan Ramon enlazaban el programa como una cesta de mimbre. Que era la cesta donde terminaríamos todos aterrizando sin paracaídas durante la emisión.

Nunca conseguí ese nivel de proximidad con Joan Ramon. Me parecía que, si insistía, parecería provocado. Sentía un profundo respeto por la complicidad de Javier y él, y si me metía en el medio, sería como una novia incómoda que termina por fastidiar un genuino afecto. A veces me preocupaba que por tanto celo me estuviera perdiendo grandes risas, grandes alegrías junto a él. Porque Joan Ramon tenía una vida propia sorprendente, una curiosidad enorme por la vida y sobre todo por la música pop que quedaba bastante expuesta, por ejemplo, con su admiración por Robbie Williams, a quien era capaz de derrumbar y reconstruir a través de un análisis y un discurso formidables, muy similares a los que yo empleaba para también derrumbar y reconstruir a mis ídolos y no tan ídolos cada noche en el programa.

—Tienes mucha influencia sobre Xavier —consiguió decirme un día, en mi camerino, que se había convertido en el centro neurálgico del programa. Todos nos reuníamos allí. Y, por una vez, Joan Ramon y yo nos habíamos quedado solos.

—No tanta como tú.

—¿No tienes celos?

—No.

—Yo sí. Me habría encantado ser capaz de inventar algo como el «Páralo, Pol», que has hecho tú.

—Solamente tú sabes que es Pol, en catalán, y no Paul, como cree media España.

—Es brillante. Las dos palabras con la misma inicial, el grito. «Páralo, Pol».

—Gracias.

—La gente lo recordará —dijo antes de marcharse—. Como a todos estos personajes caóticos, desenfrenados, locos de fama, que son nuestros hijos.

En septiembre de 2001, Crónicas entró en su quinta temporada compartiendo fotos nuestras con las Torres Gemelas detrás. El 11-S nos había estrenado en el nuevo siglo con una brutal descarga de violencia, horror, tan brutal como la que a veces se cuela en nuestros sueños. Y los convierte en algo con un poder terrible, el poder del susto, pero también de una extraña hipnosis a la que regresas y regresas sin darte cuenta. Igual que la boca de la colmena, que siempre sigue tu camino. O de Tiempo de tormentas, que vigila los pasos de mi madre y entra y sale de mis recuerdos. Por eso asocié esa brutalidad, la caída de las Torres Gemelas, a lo que había vivido en el estudio de Ernesto, a pesar de que hubiera pasado más de un año de esa visita. Ese perro, esos ojos amarillos, los dientes putrefactos y ese deseo de arrebatarnos el cuadro junto al que habíamos crecido. Así como el aplauso se volvía atronador cada vez que entraba en el programa, en mi cabeza crecían esas palabras de Ernesto. «Los traidores, los traidores, los traidores…».

CUARTA PARTE

—

DISIPACIÓN

CAPÍTULO 41

LA FIESTA Y LA TENDENCIA

La Fama. La Fama. La Fama pasó a convertirse en esa lluvia que arrasaba, pero que también sembraba y se oscurecía, envuelta en nubarrones, oscuridad y pavor y te despertaba mareado, resacoso, de alguna manera casi tan violado como con Gerardo, pero súbitamente más cuerdo, más seguro y, quizás por la suma de todo eso, más arriesgado. Al mirarme al espejo, ya no era yo sino la persona que al final de ese día volvería a salir al plató a seducir, conquistar, volverme esa lluvia arrasadora, más bien excitadora, arrojándome sobre miles de rostros girados en mi dirección, esperándome, deseándome, anhelándome.

La Fama es una tormenta. La Fama es un instante. O es para siempre.

—No, Boris, no lo olvides. Es poder —dijo mi mamá mientras la llamaba unos minutos antes de entrar en directo. Quería saber si todo estaba bien y no había más novedades sobre Ernesto y el cuadro—. No lo olvides porque es tu idea, tú me lo dijiste; querías conocer la fama por dentro para entender su fascinación. No para dejarte fascinar por ella.

—En todas las entrevistas que me hacen siempre coincide la misma pregunta: ¿Qué hará cuando ya no sea famoso?

—Qué desagradables. Esa debe ser la envidia española.

—Todo el mundo, todos los países, todas las culturas envidian, mamá. Pero la pregunta me hace pensar en lo que la gente cree que es la fama.

—Algo pasajero.

—Que se esfuma de la misma manera que aparece, también como un fantasma que se queda a vivir contigo hasta que se va.

—¿Y no es así?

—No, yo creo que no. En primer lugar, todo el mundo quiere ser famoso, pero no todo el mundo lo consigue. Es como el propio poder, todos queremos tener alguno, sobre tu amor, tus hermanos, tu madre.

—Que lo tienes —interrumpió ella.

—O sobre tus conciudadanos. La fama te permite sentirte más poderoso que los poderosos porque, como decía Diana Vreeland cuando salió a cenar con Clark Gable, la gente muy poderosa se rinde ante la fama.

—Quizás no sea tan buena idea que la intelectualices tanto, Boris.

Me callé. Mi mamá había convertido nuestras conversaciones en terapias tan profundas como rápidas. Miré el reloj sobre el espejo de mi camerino, faltaban quince minutos para el directo y no había visto nada de la gala de expulsión de Gran Hermano que analizaríamos apenas empezara el programa.

—Me parece mejor idea que lo vivas, que hagas, como tú dices, el ejercicio de dejarte llevar, arrastrar por esa lluvia que ahora disfrutas.

—Cayéndome sobre la cara.

—Bañándote. Y también embadurnándote. Si la sigues analizando es porque te agobia, te molesta y probablemente en realidad te asuste y te sientas culpable de tenerla. Y eso es lo que no quiero que sientas.

—Mamá, si nos graban esta conversación te llamarán mamá del artista —reí, pero ella no.

—Es lo que soy. Tú me has convertido en eso —dijo.

—Mamá.

—No te sientas culpable de tu éxito. Si lo haces, lo perderás.

La fama y la lluvia, la fama como una lluvia, una tormenta, un huracán. Cada día aprendía algo nuevo, un gesto, una manera de exagerar mi ya de por sí exagerado andar para demostrarle a ese público que no dejaba de verme, seguirme, lo bien que lo estaba pasando. Que si llovía, no llevaba paraguas y entregaba mi cara a esa agua que sabía purificadora. Bajo esa tormenta, fui a las mejores fiestas, bebí el mejor champaña, puse cubos de hielo en el vino blanco, saludé a las mujeres más maravillosas por sus nombres de pila y aproximé mis labios a sus oídos para deleitarlas con pedazos de ingenio, complicidad y de ese cóctel construí una armadura de seducción con la cual no deseaba estar protegido sino desnudo, deslizándome, flotando entre personas, ideas, experiencias. Grandes peligros, grandes bondades. Abismos y verdes planicies. La fama y la tormenta, el relámpago y el esplendor.

Me di cuenta que las tormentas tienen tres etapas. La primera es *cumulus*, en la que las fuerzas se acumulan. La segunda es de madurez. La tercera y última de disipación. Y allí estaba yo, en esa disipación que no alcanza conclusión alguna. La huida hacia delante. Era el único de mis compañeros con esa habilidad para entender lo que nos estaba sucediendo. Yo no quería la gloria, el reconocimiento, la autoridad. Lo que deseaba era que la fiesta nunca terminara, llevaba años diciendo «la vida es una fiesta, y el mundo una tendencia». Ahora yo era la fiesta y la tendencia.

Cuando escampaba, caía reventado en cualquier superficie. Y cerraba los ojos y algunas veces lloraba porque desfilaban las personas que dejaba atrás y algunas veces entre ellas se colaban Gabriel y mi mamá, mi papá, mi hermano, José Ignacio y Victoria Lorenzo. Mi tío Isaac. Sofía, el maestro Holguin, la ridícula señorita Alicia. Y Altagracia y Gerardo. Mimí y El Gran T, cada vez fumando más y encerrado en un conflicto consigo mismo y sus lectores que le criticaban su debilidad ante el tabaco. Cada vez éramos menos los que le visitábamos porque nunca se sabía si estaba ingresado o nos permitían verle. Y, para ser sinceros, la última vez que habíamos hablado me había criticado «mi deriva».

—Estás obsesionado, como los demás, por ese brillo glorioso de la fama y no sé si sabrás echarlo a un lado antes de que te conduzca al precipicio.

El glamour se apoderó de mi discurso y casi de inmediato de mi persona y de lo que representaba para el público de Crónicas Marcianas. Me obligó a reconstruir un personaje que parecía cambiar lo que tocaba y hacerlo pasar de feo a hermoso y más que rico, maravilloso. Brillante. Pero quería aprovechar ese milagro para colar mi idea: el glamour es democrático, permite que te conviertas en la persona que anhelas o sueñas ser. Mientras que la elegancia es mucho más inmovilista y totalitaria, a veces impide que te acerques a ese lugar donde luchas por llegar y entrar y ver. Por eso había defendido la televisión como medio por tantos años. Porque la televisión te hacía conocer eso por lo que sentías hambre de conocimiento. Verlo, sentir que lo tocabas, lo saboreabas. Y en ese sentido mi fama era un transportador, me conectaba con mi público, pero yo también lo colocaba a mi lado para que viera lo que yo estaba viendo. Y si todo eso se comunicaba a través de la idea del glamour, de mi glamour, era más lluvia. Más relámpago. Bienvenida la tormenta.

—Amárrate al timón, todos los días, todas las noches —aconsejaba Mimí, a quien cada vez veía menos porque estaba siempre de gira con obras que iba enlazando una con otra.

Lo hice. Y me dejé llevar. Cada mes las cadenas de la competencia creaban un programa para batirse contra el nuestro y todos fracasaban. Era ligeramente consternante ver a personas imitando mi manera de hablar y de pensar para hacerme la competencia. Todo el mundo en el programa me decía que era halagador, pero no lo era porque estaban intentando fastidiar a nuestra audiencia. Y que pareciera que imitaran a la imitación de Latre antes que a mí mismo. Y pensaba que de tanto usar mi forma de ser me convertían en una mercancía que en cualquier momento dejaría de gustar o se pudriría. Javier siempre pasaba por mi camerino antes de cada directo y a veces veía esos personajes hablando como yo. «Es el verdadero éxito, no hay nada que supere algo así», decía. Me apretaba la mano y salía primero, esperaba menos de un minuto y ahí estaba su voz deletreando mi nombre y cada noche unas horribles ganas de salir huyendo se apoderaban de mí y chasqueaba los dedos y me adentraba en la oscuridad, las puertas deslizantes se abrían y allí estaba, el paraíso enceguecedor y el aplauso. El Fin de la Tormenta. El principio del huracán.

Del Gran Hermano pasamos a analizar otro fenómeno televisivo llamado *Operación Triunfo*. Nos fastidiaban el rating el día que se emitían sus galas, pero el programa lo realizaba la misma productora del nuestro. Y se grababa en la esquina de nuestro plató. Hábilmente, decidimos una noche interceptar el autobús que llevaba a los concursantes musicales más amados de la televisión española y traerlo dentro de nuestro plató. Los dos programas más vistos del país de repente estaban juntos. Y establecimos una camaradería profunda. Así como sabíamos hacer de los Grandes Hermanos unas estrellas catódicas, podíamos convertirnos en los amigos del mundo de la televisión de las nuevas estrellas musicales del país. Y conseguimos amortizar el impacto del programa musical en nuestra audiencia y hacernos, de paso, con algo de la de ellos. Incorporamos a los más jóvenes en nuestro universo. Y quisimos recompensar esos honores acompañando a Rosa, la ganadora del concurso musical, a su cita en Eurovisión, que era el premio del concurso: representar a España en el concurso musical que había perdido algo de su lustre.

La lluvia, la fama, todo siguió entrelazado. Rosa fue a competir a Eurovisión con una canción que celebraba la llegada del euro y se llamaba «Europe is Living a Celebration». No podíamos decir lo que pensábamos de la canción, pero confiábamos en que el abigarrado oído de los jurados de Eurovisión la consideraría lo bastante kitsch para otorgarle una buena posición. Verme en Eurovisión sinceramente me pareció como la integración absoluta a lo europeo, que pasa por admirar y entender Versailles, sentir Roma, enamorarte del sol de España, pero también por comprender este universo de malas canciones e intérpretes más próximos a orquestas provincianas que a un continente donde todo lo conocido se ha originado. A lo mejor ese era el secreto de Europa: que, pese a ser el origen de los orígenes, es capaz de aportar cosas como la democracia, pero también el cursi y el kitsch.

Latre y yo llegamos hasta Tallín disfrazados de Massiel y Salomé, la otra casi ganadora española del certamen musical. La prensa nos confundía con algún grupo esloveno, «que les encanta travestirse», y por la noche bajábamos a la llamada Euro-Disco a bailar las canciones ganadoras del festival junto a los concursantes de ese año. Rosa parecía divertirse y me maravillaba su capacidad de disimular su verdadero terror, sabiéndose vigilada por todos los programas de España, hasta los informativos suspendieron esa inmensa bola de excitación que significaba ver a una persona normal convertida en la esperanza nacional para conquistar el festival de música que unificaba Europa con más cohesión y verdad que la propia Comunidad. Y Rosa perdió o, en realidad, quedó en séptimo lugar. La burbuja reventó en nuestra propia cara. Pero ella se mantuvo entera. Respondió con pasmosa tranquilidad a las preguntas de cómo se sentía con algo que resultaba muy genuino, una parsimonia característica de la gente normal. Sin ego, pensé, sin marañas que la confundieran y la hicieran creerse protagonista, reina, poderosa, invencible, que era como cada día me sentía yo.

Al darme cuenta de eso, decidí salir fuera del recinto. Y me sorprendió la aurora boreal, que empezaba exactamente en ese momento. Ese círculo de luz abriéndose paso entre la noche, devorándola igual que un gato sediento sorbe un plato de leche. Su avance me hizo detenerme; todos, Rosa, Javier, los espectadores, las vedettes, el presidente del Gobierno, los ejecutivos de la TV, Gabriel, mi mamá en sus llamadas telefónicas, todos habíamos subido a un carrusel que no se detenía de golpe, pero acababa de ver cómo uno de sus caballos se caía y hacía una pausa, lo suficiente para echar a andar de nuevo. Pero a otro ritmo.

Dentro de mí vi la burbuja reventándose y a todos nosotros expulsados, algunos arrastrados por el agua hacia el filo del precipicio. Sin embargo, en el avión de regreso, entre todas las caras largas, Javier se sentó a mi lado para convencerme de continuar un par de años más. «Nos necesitamos», dijo.

Apenas aterrizamos nos hicimos a un lado para ver cómo Rosa salía a enfrentarse con la prensa, siempre esa calma mientras nosotros subíamos a un coche y empezábamos a planificar la celebración de nuestras mil noches de programa. ¿Cuántos años son mil noches? La única respuesta fue un calendario lleno de excitación, agitación, nuestro especial y difícil equilibrio entre satisfacer a un público cada vez más entregado, defendiéndonos como leones ante nuestros críticos, y nuestras verdaderas intenciones de transmitir un mensaje que observábamos cada vez más diluido.

La lluvia, el ruido de la lluvia resbalando en todos los alféizares de todas las ventanas y yo esperando detrás que el agua las abriera y cayera sobre mi cara, como le había dicho a mi madre. Una mañana del 2002 vi por primera vez un millón de euros en mi cuenta corriente y volví a cruzar el océano para hacer entrevistas remuneradas en Chile, en Estados Unidos, rápidos fines de semana, en las que volvían a preguntarme si había mercantilizado mi homosexualidad, si se había vuelto un espectáculo mi vida. Regresaba a tiempo para esperar junto a Javier el inicio del programa y en vez de querer huir agradecía haber vuelto.

La hija del presidente del Gobierno anunció su próxima boda con un experto de las relaciones públicas y miembro de las juventudes del partido del Gobierno. Cuando apareció en una revista la lista de bodas, recibí una invitación del novio para aclararme que era incierta y bastante ridícula. «No pensamos comprarnos electrodomésticos de diez mil dólares», me dijo en un restaurante favorecido por miembros del partido porque quedaba al lado de la sede general. Me sentí como si estuviera involucrado en todas las cosas que eran de interés general para el país. Como si más que un reportero o un animal de televisión me hubiera convertido en alguien que necesitaba ser involucrado.

Regresé en el puente aéreo a tiempo de llegar a la reunión de escaleta y se había corrido la voz de que había almorzado con el novio del momento. «¿Y no vas a comentar nada en el programa?», preguntó uno de los guionistas. No, dije tranquilamente. Fue un almuerzo privado. Pero apenas entré al plató en la emisión, el invitado de la noche lanzó la pregunta: «Boris fue a negociar que le invitaran a la boda del año». No, no era verdad, pero me di cuenta que el enunciado generaría un debate y conseguí acoplar mi disgusto a la dinámica para hacer de la boda un nuevo punto de inflexión y opinión en el programa. La boda del año se convirtió en un desfile de líderes del liberalismo europeo, presidentes de gobiernos, en vez de coronas reales, desfilando delante del Escorial. Todo el mundo acudió, desde estrellas consagradas, ex presidentes, el Gobierno al completo y una generación de conservadores nuevos vestidos con fracs de carísimas telas y chalecos en colores brillantes. Rojo descaro, naranja valenciano, verde dólar. El país descubrió el nivel de grandeza que podía convocar sobre sí mismo el presidente del Gobierno para celebrar la boda de su única hija y reaccionó en contra. Por primera vez, una de nuestras críticas, de nuestros dardos habían dado de lleno en algo en lo que el país parecía estar de acuerdo. Había sido *too much*. Nuestra respuesta el lunes siguiente de la boda fue presentar a la novia vestida como tal, pero con los bigotes característicos de su padre. Cuando volví a coincidir con el novio y ella en una fiesta en Ibiza, solamente él me saludó. Ella pasó de largo.

La lluvia fue intensa en ese 2002. Todo se mezclaba, un vendaval, una hojarasca, una tormenta en el desierto. Una temporada de hitos. David Delfín, que era aquel chico camarero del Corazón Negro, la Balanza Humana, revolucionó la pasarela de Modas con su primer desfile, cubriendo el rostro de sus modelos con capuchas que, en vista de la guerra, parecían ensalzar las burkas que el islam obligaba a vestir a las mujeres. El programa le invitó y su aparición trajo las memorias de mi primer año en Madrid. Nuestro saludo fue cortés, pero entendí que él no quería recordar nada de eso ahora que acababa de entrar en la notoriedad, un espacio en el que yo llevaba quizás demasiado tiempo y que no dejaba de ver como una lluvia que jamás escampaba. Su entrevista fue un éxito, su manera de hablar, tan suave, tan como si no fuera él quien había desatado la nueva tormenta periodística en ese año cuajado de ellas. Explicó que su desfile era un homenaje a Buñuel, a Mimí y a Magritte. Y que era la excesiva información bajo la que vivíamos la que había confundido a los críticos y a los periodistas. Su propuesta estaba en el lado opuesto de las burkas. El aplauso del público en el plató fue estruendoso. Y también el de la audiencia, el rating fue altísimo al día siguiente y Delfín fue invitado a formar parte de nuestra familia, pero él prefirió concentrarse en su próximo desfile. Le vi salir de nuestro estudio y pensé, con un cierto respingo, que yo también tenía otra profesión, escribir, para poder salir por esa misma puerta.

¿Dónde empieza Boris y termina el personaje?, me preguntaban continuamente. En ninguna parte, no existía un personaje, era yo. Pero nadie parecía interesado en esa respuesta. Me preguntaban por mi provocación y yo respondía que había nacido con el don del exhibicionismo y que, en cualquier caso, el programa me había ayudado a convertir una patología en una fuente de ingresos. Y de inmediato venía la risa del entrevistador y veía ese titular y no era exactamente como lo había formulado. Parecía una *boutade* más del rey de la provocación. Como si, efectivamente, hubiera sido el personaje el que hubiera respondido.

El programa continuaba su expansión. Y cada noche veía la aurora boreal viajar hacia nosotros, en las afueras de Barcelona, y amenazarnos con su presencia, determinando que mientras más ascendiéramos más caeríamos. Pero no había manera de poner un fin a las temporadas. Soplaba a nuestro favor que la necesidad de escándalos, sobre todo en el mundo de la farándula, se había convertido en una adicción en el país, que por lo demás veía que podía permitirse cada vez más adicciones porque había dinero para todos. No era que circulaba, parecía venir envuelto en esa lluvia que no dejaba de caerme encima. Recordé que había visto cómo en Venezuela todo ese dinero bañándote día tras día había terminado evaporándose, aprovechado por unos pocos. Gabriel me dijo que España jamás sería como Venezuela y entendí que no debía hacer la comparación en público. Pero dentro de mí empecé a sentir un reloj que echaba una cuenta hacia el final. Y en ese final incluía al país. Sentía que ese crecimiento económico iba a detenerse por inercia. Que la burbuja en la que parecíamos seguir viajando, atravesando un infinito de prosperidad, encontraría de repente la pata de un águila que la desintegrara o el muro de una montaña obligándola a estallar.

Todas las noches me esperaban nuevas figuras del Gran Hermano, músicos promocionando sus discos, actores de cine aterrorizados de que fuéramos a hablar de sus vidas privadas, estrellas de la natación sincronizada, capitanes de baloncesto, campeones de tenis, actores porno enfrentados y decididos a ventilar los secretos de sus erecciones, nuevas vedettes con nuevos éxitos de verano. El desfile no terminaba. Las audiencias crecían. Las noticias también.

Por todas partes oía que un rayo me partiría, que el barro me arrastraría. Por todas partes respondía que creía en dejarme llevar. Y también en ese dejarme llevar me las arreglé para construir un gran mosaico de fascinación por las mujeres que ilustran el llamado «mundo del corazón» de España. Porque ya entonces pensaba que en un país tan arraigadamente machista son las mujeres las que se convierten en ídolos. En Venezuela teníamos el mismo sistema a través del Miss Venezuela, pero una miss raras veces pasaba a convertirse en una analítica, una reflexión del país, como observaba que pasaba en España con mujeres como Isabel Preysler, la duquesa de Alba, la baronesa Thyssen, Naty Abascal, Mar Flores, Belén Esteban o María Teresa Campos. El ramillete siempre se prestaba a riñas, discusiones y hasta burlas, pero la dinámica, que era lo que me interesaba explicar y explotar como tema, estaba muy clara. La vida de cada una de esas mujeres agitaba algo en las otras españolas y a través de ellas en el tejido del país. A muchas de ellas se las acusaba de no ser científicas, académicas o profesionales, pero cada una había construido un universo sobre sí misma, y yo estaba convencido de que eso era a causa del machismo y al mismo tiempo una respuesta, un revulsivo en su contra.

—Me has incluido casi con calzador dentro de tus mujeres de España —aclaró Mimí por teléfono.

—No quería meter la pata.

—Sí, es difícil ser amigo y estrella y analista. ¿No has visto a Terenci? Vivís en la misma ciudad y apenas os veis. No está bien. Me preocupa, quería que lo supieses.

Envuelto en esa armadura, protegido por estos argumentos, empapado de la lluvia y la fama, entré en el Palacio de Congresos vestido con un esmoquin de mi propiedad (porque no me gusta vestir ropa prestada, aparte de no poseer la talla de los showrooms) la noche de la gala de los Premios Goya. Lo hice del brazo de una de las actrices miembros de la Academia del Cine, que además entregaría uno de los premios. La gala empezaba a descubrir las posibilidades que atesoraba el glamour y deseaba a toda costa que los miembros de su Academia, los actores nominados e invitados, los directores, los productores se desprendieran de ese aspecto desarreglado y excesivamente informal que caracterizaba a la gente del cine. Esa noche había una lucha abierta entre plegarse a esa imposición del glamour hollywoodense o entregarse completamente a la esencia local.

Mi actriz iba vestida con un «traje-columna», como se denominaban esos tubos de tela en los que se envolvían, ofrecido por una firma extranjera y claramente de muestra porque yo mismo le había quitado el ticket de la tintorería parisina donde había sido enviado después de que otra actriz lo vistiera para otros premios cinematográficos. La Goya, como había preferido llamar a la actriz, acababa de sufrir una pequeña crisis de nervios detrás de una de las columnas del Palacio de Congresos que casi termina con su elaborado peinado, entre gritos y patadas. El desorden capilar que coronaba el estricto cilindro de pliegues y lazos de su traje francés fue una de las claves para permitir que el glamour y el desarreglo se dieran la mano.

La Goya me requirió a su lado cuando llegó su turno en el *photocall*. Y entonces mi nombre opacó el de ella. Y me quedé solo delante de ese batallón, recordando una frase de Mimí: «Todas esas fotos, ¿dónde van?». Y empecé a escuchar una discusión sobre quién me había invitado, qué coño hacía allí, si me había colado, que no tenía nada que ver con el mundo del cine español, más bien nos afea, nos vulgariza siendo el payaso del momento en la televisión. La Goya regresó a sujetarme de la mano, girarse hacia las personas que discutían sobre mi presencia y llevarme muy cerca de ella y su enloquecida cabellera hasta nuestros asientos en la sala. El traje-columna, al haber atravesado el frío invernal y entrar en el calor de la calefacción del teatro, pareció ceñirse a su cuerpo haciéndole casi imposible andar.

Los Goya, como todos los premios televisados, son una tortura y uno debería acudir solamente si está nominado a uno de ellos. En su afán de convertirlos en un programa de televisión con rating, el primer bloque duró más de cuarenta minutos en los que pensé en lo que debían sufrir los asistentes a Crónicas. Sientes cómo el culo se convierte en el queso de un sándwich mixto y la garganta se va arrugando como un higo seco. En el intermedio pregunté si había algo de beber y una voluntaria de la Academia me respondió en voz muy alta que solamente los verdaderos invitados de la Academia tenían acceso al bar VIP. La Goya se abrió paso hacia ese bar, pies juntitos, el tubo entubándola y a pesar que la antipática voluntaria le recordó que el premio que debía presentar estaba próximo a llegar. El bar VIP estaba atestado, como siempre sucede con los bares VIP, y entré en un lavabo a tomar agua del grifo y descubrí que prácticamente todos los nominados masculinos estaban haciendo lo mismo. Al salir, un chico muy atractivo me ofreció una cartulina con letras muy brillantes y rojas que ponían «No A La Guerra». La Goya le dijo que ya tenía suficientes lazos en su traje, que me pareció que iba encogiéndose y ya mostraba sus tobillos. Conseguí ponérselo en medio de la cintura, a ella le gustó y yo me coloqué el mío en el bolsillo del pañuelo de mi esmoquin. Y no comenté nada de que veía el traje cada vez más corto. Antes de volver a mi asiento, descubrí a la hermana de Javier hablando muy quedo con un grupo de actores. Discutian sobre El Gran T.

—Está enfermo. Grave —decía ella.

—¿Y por qué no dejan verlo? —preguntó otro actor.

—Él no quiere. —Me miró—. Cuando quiera, te lo hará saber. —Y se alejó.

Regresé a mi asiento. Móvil sin batería, no podía llamar a Terenci ni a Mimí. Los premios siguieron su lento desfile. Y regresé a lo que estaba pensando antes de esa terrible información. Aun bañado por la lluvia y la fama, sabía que el Gobierno de José María Aznar defendía la implicación de España en la guerra organizada por la administración de George W. Bush contra Irak para detener su supuesta equipación de armas químicas que podrían destruir el mundo. Cada vez era más evidente que no existían esas armas químicas, pero líderes como Aznar y Tony Blair avanzaban en apoyos muy explícitos a Bush. Al ponernos esas cartulinas, la Goya y yo nos uníamos a un grupo de partidarios que se extendía por la platea del Palacio de Congresos y también por los palcos y balcones. Habían aprovechado ese intermedio para repartirlas, y a la vuelta de la emisión uno de los presentadores apareció con el cartón, y la cámara y la realización no pudieron hacer nada para que en la pantalla no se vieran las cuatro palabras. «No A La Guerra». Por más que intentaran desviar la cámara hacia los invitados en la platea, allí reaparecían las palabras, porque prácticamente todo el mundo llevaba las cartulinas. Desde luego, yo aparecí y además sonriendo, fiel a mi personaje de Mr Glamour. La Goya consiguió tapar el suyo con las manos y me susurró: «No me dejarán subir al escenario si ven que lo tengo». Y aprovechó que no nos enfocaban para retirárselo y lanzarlo al suelo.

Vinieron a buscarla, una azafata descalabrada, casi histérica. La Goya se levantó muy tensa, el pelo alborotándose aún más y el traje apretándola y casi ya más arriba de los gemelos. No pude alertarla, la azafata prácticamente la cargó por una puerta trasera. Y a los pocos minutos la anunciaron como presentadora y ella inició su andar, la música siguiéndola, el cañón de luz y el traje apretándose y apretándose hasta que no pudo andar más y cayó al suelo. Arrastrándose consiguió llegar al atril, entre las risas de los espectadores que creían que estaban delante de un gag de guion. Logró erguirse, pero apenas podía hablar, porque las ballenas y la tela del traje francés iban en contra de ella, se comprimían ante cada movimiento.

—Qué me está pasando, qué coño es esto —soltó delante de los micrófonos y la audiencia enloqueció.

Alguien vino a felicitarme porque creía que era idea mía. «Puro Crónicas Marcianas en los Goya». Pero no, era algo que

435

de verdad le estaba pasando al traje. La tela se había vuelto sensible a los cambios de temperatura. La Goya consiguió decir los nominados y cuando se giró a mirar hacia la pantalla, el traje hizo crack. La sacaron como pudieron y los ganadores de la nominación subieron a decir No A La Guerra.

El lunes siguiente, Javier escuchaba mi narración del evento con sus ojos moviéndose como tiburones en un mar enrojecido. Le extendí la cartulina que había recogido del suelo y que, le expliqué, era la responsable de que la Goya subiera al escenario medio desnuda.

—Es un souvenir, desde luego, pero deberíamos reproducirlo y llevalo puesto esta noche.

—Ya —dijo Javier levantándose—. El Gobierno está que trina con esta osadía de «los artistas», como los llaman. Esta mañana en la radio era un festín, los que estaban en contra llamándoles todo tipo de lindeces.

—La Goya está agradecida a los de No A La Guerra porque nadie habla de su traje francés.

—Tuvo suerte —siguió—. Dicen que hoy obligarán a los de informativos a decir que el programa fue un fracaso de audiencia.

—Razón de más para llevar los carteles —insistí.

Esa noche el programa tenía como invitados al grupo de ganadores de Operación Triunfo, los que habían acompañado a Rosa a Eurovisión. Y eran además elenco de la televisión pública, que, como había recordado Javier, había transmitido los premios y había tomado la decisión de condenar el No A La Guerra llegando tan lejos como a reconocer en su informativo que habían tenido la audiencia más baja desde que empezaron a retransmitirse. Es decir, la cadena emisora cargándose su propio programa.

Los llamados «triunfitos» eran el buque insignia de la televisión pública. Y al ponerse los carteles de No A La Guerra, estaban enfrentando a la cadena consigo misma. Quizás haciéndoles ver que su manía por acoplarse al Gobierno los alejaba del sentimiento creciente en sus gobernados, contrarios a que su país se metiera en una guerra que consideraban no solo lejana, sino motivada por deseos que no se manifestaban con transparencia. Ellos, que habían sido nuestra competencia, eran ahora parte de nuestra mesa, nuestra familia, porque sentarse junto a nosotros nos permitía ser los padrinos que bendecían su éxito y su estatus de fenómenos. Y los acontecimientos de la actualidad, el monstruo del que todos dependíamos, volvían su visita en una coincidencia tan excitante como posiblemente histórica.

Volvió a repetirse la noche siguiente. Y la siguiente. Y la siguiente ya no eran solo los cartelitos sino el público de pie gritando No A La Guerra una y otra vez. No A La Guerra. No A La Guerra. No A La Guerra. Y a la mañana siguiente, subido al taxi que me llevaba hasta la reunión de guion, escuchaba en la radio cómo nos criticaban. «Los payasos de Sardà con Izaguirre desnudándose como una ninfa enloquecida ante los gritos de No A La Guerra», escuché esa misma mañana. El conductor me miró por el retrovisor. «La gente del espectáculo no debería participar en la política».

Gabriel estuvo de acuerdo en acudir a la manifestación en Madrid, a lo largo del paseo del Prado hasta Cibeles, para demostrar nuestra oposición a la guerra. El grito de No A La Guerra fue decisivo. Estuvimos horas avanzando muy lentamente, a veces literalmente sin poder movernos por la cantidad de personas que éramos. Miraba hacia el cielo y veía los helicópteros de la policía rodearnos, un largo rato, más de una hora, hasta que empezaron a desaparecer. Aún no se hacía de noche y no entendía por qué se marchaban los helicópteros. «Se van para no hacerse responsables de cualquier toma área que demuestre que somos muchos», escuché decir en la manifestación. Sería una imagen, seguí escuchando entre los comentarios, que el Gobierno no aceptaría reconocer. Era una afrenta hacia el Gobierno o, más aún, era un país dejando claro que no quería marchar hacia esa guerra.

El Gobierno intentó negar que la manifestación hubiera congregado a más de un millón de personas. «Es imposible reunir esa cantidad de gente en ese espacio urbano. Ninguna ciudad puede soportar ese número de gente entre sus calles», reconocían a la prensa distintos representantes y miembros del Gobierno y del ayuntamiento de la ciudad. Los organizadores de la manifestación insistían en que habían sido más de tres millones. Se elaboraban distintos grados de medición por metro cuadrado y en el programa decidimos reproducir entre el público y nosotros uno de esos cuadros propuestos por alguno de los Ministerios y terminábamos sumando y sumando gente, haciendo del famoso gag del camarote de los hermanos Marx una metáfora de cómo el Gobierno, en su afán por unirse a la guerra contra Irak, había perdido la conexión con la ciudadanía.

Crónicas se convirtió en un refugio para todos los que se sintieron engañados y contrarios a esa decisión del Gobierno. Nuestros No A La Guerra se volvieron catarsis para miles de espectadores, de todas las edades y comunidades. Sin dejar de atender «nuestros asuntos», los realities, las idas y venidas entre edredones de los integrantes de Gran Hermano, los amores y desamores de la farándula nacional, el auge de figuras que sin ningún tipo de talento aupábamos a lo más alto del pódium de la fama nacional, mojándolos en esa lluvia y muchas veces dejándolos desamparados bajo ella, el No A La Guerra era más que un saludo a la bandera: una especie de unión para siempre con nuestros espectadores.

Mientras, El Gran T empeoraba. Intentaba ponerme en contacto con él y siempre recibía la misma respuesta. «Está ingresado por cansancio en la Teknon». Decidí presentarme allí una tarde de intenso y extraño frío en Barcelona. Alcancé la planta donde había alquilado una de las suites vecinas a las que escogía la infanta Cristina en sus sucesivos partos.

El Gran T estaba terminando de comerse un yogur de fresas, con fresas auténticas en la parte superior. Estaba mucho más que delgado, era prácticamente del tamaño de un niño de seis años. Se había colocado un batín de diminutos lunares y la enfermera seguía sus instrucciones para conseguir dejar una parte del batín por fuera del colchón reclinable. Y otra, elegantemente, dentro de las sábanas. El Gran T lo exigía cuando alzó la vista y me encontró allí.

—¿Podrías explicarle quién fue Barrymore? —me dijo.

Fui hasta la enfermera y le pedí que me ayudara a levantar a El Gran T y volver a sentarlo en el colchón, con toda la bata dentro. Él batalló, pero subí la manta y le acerqué, a la altura del torso, un espejo para que pudiera dar su aprobación.

—No es lo que quería, pero tiene el mismo efecto —dijo. Se tragó una de las fresas de verdad en el tope de su yogur.

La enfermera me dio las gracias quedamente antes de marchar.

—Si me llevan al otro mundo, quiero marcharme de la mejor manera posible.

—Lupe Vélez tuvo la misma idea y los vómitos hicieron todo lo posible para fastidiársela.

—Sí, pero se fue habiéndosela chupado, y mucho, nada más y nada menos que a Johnny Weissmüller.

Intenté imitar el grito de Tarzán, y él, el de golpearse su diminuto torso. Fue entonces cuando empezó a llorar.

—Lo hice todo, eso es lo único que me tranquiliza. Y acompaña. No tienes idea de lo fría que es la muerte cuando viene a reclamarte que estás usando más tiempo del que tiene para ti.

No sabía cómo seguir. Inclinó un poco más el colchón, muy diestro con el mando. Y sacó, nunca supe de dónde, un cigarrillo que encendió con absoluta tranquilidad usando un mechero plateado con sus letras grabadas.

—No puedo creer que estés fumando, porque sabes que no te lo voy a quitar.

—He tenido una idea, no para mi funeral, que de verdad prefiero que lo organicen otros, sino para un ciclo en la Filmoteca, que me encantaría tuvieran el gusto de hacerlo como homenaje póstumo.

—Serías capaz de aparecer como fantasma con esmoquin blanco.

—Demasiado Peter Lorre en *El halcón maltés*, que, mira por dónde, la voy a incluir en ese ciclo.

Me acerqué un poco más, la garganta se resistía a tragar el humo y, aun así, él continuaba chupándolo. Llevaba una pequeña libreta para anotar cosas pero no tenía bolígrafo y él, aún succionando ese espantoso cigarrillo, me señaló dónde estaban los que proporcionaba la clínica.

—Anoto, Mr. Gran T —dije.

—Vamos a empezar con la gran Sara —se animaba a medida que iba anunciando las películas que conformarían su ciclo—. Y, claro, habría que decidir o quizás someter a votación popular, entre *El último cuplé* y *La violetera*, ¿cuál es más, dijéramos, Sara, pero al mismo tiempo yo?

—La violetera.

—¿Y esa seguridad, Venezuelien? —Hacía mucho mucho tiempo que no me llamaba así. Y de inmediato mil y un recuerdos juntos me nublaron la vista.

—Porque el argumento tiene más estructura, el melodrama es más arrebatado y estoy seguro que te habría encantado haberla escrito —conseguí decir batallando contra mis lágrimas. Él también luchaba.

Pasó un rato sin que apuntara ninguna película más. Hasta que él decidió encenderse otro cigarrillo, e hice un movimiento para quitárselo pero no me dejó. Recuperé la libreta, apreté el bolígrafo y esperé.

—*Rocco y sus hermanos*, aunque deberían cortarle quince o veinte minutos para que quede realmente perfecta. Delon está exquisito en cada plano. Fellini siempre quiso parecer el más macho, pero ¿te das cuenta cómo de fotografía a Alain o a Mastroianni?

Asentí y me atacó de nuevo el llanto. Si él se marchaba, ¿quién quedaría en el mundo para hacer ese tipo de comentarios?

El Gran T falleció semanas después de ese encuentro. Su capilla ardiente congregó a miles de personas, que lo despidieron como un hijo muy amado, muy estimado de Barcelona. Mimí apareció en el funeral, muy delgada, vestida de un azul marino casi negro. Fue hasta el féretro y encendió un cigarrillo y lo fumó entero sin que nadie se atreviera a interrumpirla o pedirle que lo apagara. El elenco femenino reunía a todas las reinas de Terenci: Preysler, serenísima; Rosa Maria Sardà y su hijo, Pol, que era el auténtico Pol de «Páralo, Pol»; Elisenda Nadal y sus hijos; Nuria Espert y sus hijas; Montserrat Caballé y su hija. No había símbolos religiosos. Era el primer funeral laico al que asistía. Pensé en Belén, que habría valorado mucho ese detalle.

Leopoldo vino a la ciudad, con una cámara de una televisión de cable o algo similar, para grabar cada detalle de la ceremonia, que arrancó con la canción de los siete enanos de Blancanieves. El elenco de figuras en la Sala del Concell de Cent competía en importancia con los que firmaban las suntuosas coronas de flores que rodeaban el féretro. Alguien se aproximó para decirme, en un catalán intenso y en susurros, que contaban conmigo como uno de los portadores del féretro cuando fuese transportado hacia el cementerio. Vi a Leopoldo mirarme enojado.

La reacción del Gobierno ante el empuje de nuestro No A La Guerra fue intensa. La palabra «telebasura» empezó a asociarse, casi en exclusiva, a nosotros. Uno de los suplementos dominicales publicó una portada donde Javier y yo salíamos dentro de unos bidones de basura maloliente. El lunes Javier llamó a la dirección de ese suplemento para recordarles que parte de la propiedad de la publicación era del mismo grupo en que también participaba la cadena donde se emitía ese programa que llamaban «telebasura». En la noche les explicó esta circunstancia a los espectadores del programa y les preguntó si ellos nos consideraban basura y si ellos mismos se considerarían espectadores de telebasura. Entre gritos de No A La Guerra afirmaron que nos querían. Y defendían. Javier aprovechó para enumerar las páginas de anuncios calificados dedicados al comercio sexual del periódico que editaba el suplemento.

Fuimos a la guerra y al tercer día de combate mataron a uno de los periodistas de la cadena. El debate fue intenso. Mucho de lo que no salía en la prensa ni se escuchaba en la radio crecía y se vociferaba en Crónicas Marcianas. Nuestros ratings subían a niveles inauditos, 58 % de audiencia en nuestra franja horaria, que, siendo muy nocturna, más allá de la medianoche, indicaba que mucha gente se quedaba despierta para ver no solo lo que hacíamos, sino cómo íbamos a seguir sosteniendo el pulso contra el poder, contra el *establishment* nacional, contra el propio presidente del Gobierno. El mismo presidente habló de la telebasura en el Parlamento y en el programa invitamos a dos vedettes autoras del hit musical del verano que, tras su alocada actuación, le pidieron al presidente, con vocecitas felinas, que no las llamara telebasura, que ellas habían votado por él y no olían mal y que viniera él mismo a comprobarlo. Al día siguiente la gerencia de la cadena llamó a Javier. Yo sobraba al lado de las chicas, vestido como ellas, manifestaron subiendo el tono de voz, como si mi presencia fuera la gota que colmaba el vaso. Esa noche las volvimos a invitar. Volvieron a reclamarle al presidente que no olían mal y reiteraron la invitación para conocerlas. Y yo terminé desnudándome junto a ellas en una nueva actuación musical.

Me quedé, otra noche, otro año, otra temporada de lluvias y tormentas. El regreso a Madrid era abrazarme a Gabriel y pedirle ayuda. Sostenme. Y él me preguntaba: «¿quién me sostiene a mí?». Y esperábamos el sábado para ir mezclando CD que Gabriel pasaba a su ordenador y con los que rellenaba su iPod, un proceso complicado, pero que nos entretenía muchísimo. «Tecnología punta para reunir canciones de los ochenta», decía. Noventa, también. Y algunos de los éxitos que anunciábamos en el programa. Empezábamos por Estefanía de Mónaco y su *Huracán* y seguíamos, Bosé, Alaska, y acabamos en Ana Belén y las Rocíos, Dúrcal y Jurado, el *Querida* de Juan Gabriel y el éxito que él le compusiera a Isabel Pantoja, *Así fue.* Lo vivíamos, sí, la imitábamos y quedábamos hasta avergonzados de ser tan pantojiles y para recuperarnos, el gran colofón final, los Pet Shop Boys en su integridad. «Sábados de Gloria Gay», los bauticé.

—No quiero volver el lunes, ya está, ya lo he hecho todo en el programa. Secuéstrame, enciérrame. No me dejes volver.

—No, tienes que hacerle caso a Belén: uno nunca abandona un espectáculo —dijo Gabriel, y yo susurré:

—Es el espectáculo el que te abandona a ti.

CAPÍTULO 42

—

LA CUENTA ATRÁS

El 11 de marzo del 2004 me levanté con el sabor de un gin-tonic de más y toda mi ropa dispersa entre el salón de mi cuarta casa alquilada en Barcelona y mi nueva cama. Conseguí recoger lo mío y otras prendas que no me pertenecían. Habría sido más de un combinado también. Pese a la lentitud de mis movimientos logré ducharme y estar más o menos adecentado para mis compromisos de la mañana, entre ellos la exhibición de *La mala educación* de Almodóvar antes de su estreno esa noche en Madrid. Encendí la televisión para ver la última parte del programa de la mañana y allí estaban las crueles imágenes de la explosión en Atocha unas horas antes. El tren entraba en la estación cuando estalló a causa de unas bombas escondidas en mochilas abandonadas. Provenía de una de las zonas con mayor población trabajadora de la ciudad. Muy al contrario que yo, madrugaban y esa mañana lo hicieron para morir masacrados. Se barajaba que fuera otro atentado de ETA. Gabriel no contestaba a su móvil. Mi hermano llamó consternado, advirtiéndome que entre los muertos había mucha gente latinoamericana. Y me hizo la pregunta: «¿De verdad, no crees que sea Al Qaeda?». Me sorprendió. En ese momento nadie lo planteaba. Intenté entrar en mi gimnasio, como todas las mañanas, pero la gente estaba delante de las pantallas del televisor siguiendo la noticia y observando esas imágenes tan crueles, una espantosa destrucción, como si una guerra se hubiera desatado en un minuto y destruido la idea de paz para siempre. Volví a llamar a Gabriel y seguía el buzón de voz. Volví a marcar y volví a marcar, siempre el buzón de voz.

Fue lo primero que le dije a Javier al encontrármelo, serio, nervioso.

—De momento, no habrá programa esta noche.

443

—Es mejor. ¡Cómo vamos a hacerlo con este panorama!

El número de heridos continuaba creciendo; en efecto, muchos de ellos de nacionalidades latinoamericanas, como yo. Pero lo que seguía sin aclararse era la autoría. La versión de que podía ser Al Qaeda crecía y se volvía un rumor que avanzaba en nuestra redacción, en el comedor de la productora, en el kiosco de prensa donde adquiría mis revistas de corazón, en los ojos de la admirada señora Teresa, la portera de mi edificio que me pedía que nosotros dijéramos la verdad, cuanto antes, cualquiera que fuera.

Y el teléfono de Gabriel continuamente repitiendo el mensaje de voz.

La productora de Almodóvar canceló la proyección en Barcelona y el estreno en Madrid, y Javier llamó para saber si Gabriel había aparecido.

—No, no ha aparecido y ya son más de las dos de la tarde.

—No vengas al programa —me dijo.

—¿Al final habrá?

—Sí. Pero entrevistaremos a personas especializadas en terrorismo. Y a varias víctimas y asociaciones. La mayoría tienen que ver con actos terroristas de ETA, pero hay más y más posibilidades de que pueda ser Al Qaeda o alguna célula afiliada.

—Dios mío, las elecciones generales son el domingo.

—Sí, el atentado ha estado calculado. Si es ETA, el Gobierno será reelegido masivamente, como repulsa.

—Pero ¿y si no es?

—No lo podemos anticipar. Solo podemos esperar a que el Gobierno dé una respuesta más firme, más exacta, para poder condenarlo. O que esos hijos de puta se adjudiquen la autoría como lamentablemente hacen cada vez.

—Entonces, prefieres que no esté en el programa.

—Es un tema… demasiado serio para tu…

—… glamour —dije.

—Pero el lunes quiero que regreses y quisiera que hiciéramos un programa tan feliz como siempre. Tan nuestro…

Dijo varias cosas más, pero yo preferí despedirme. Gabriel seguía sin aparecer, coño. Era el peor día para no devolver una llamada. Vi en mi móvil a qué hora había sido la primera. Diez y treinta. Eran casi las tres y no aparecía.

—Perdona —dijo su voz al fin—. No me di cuenta de que había dejado el móvil en la bolsa. Se me hizo tarde para tomar el tren esta mañana en Atocha y, cuando empecé a cambiar el billete por el ordenador, saltó la noticia y he estado… digiriéndolo, no lo puedo explicar ahora, hasta ahora mismo. Podía haber estado allí, ese es el tren que tengo que tomar para ir a las tiendas en los barrios de esa zona… Podía haber estado allí, en la estación, esperando.

Le dije que lo sentía y que me marchaba en el siguiente puente aéreo. Madrid me recibió cubierto de frío y angustia en el rostro de la gente. Y, al mismo tiempo, abrazándome y agradeciendo que estuviera allí. «Quién ha sido», increparon un grupo de personas en el trayecto hacia los taxis del aeropuerto. Y siguieron gritándolo toda la noche, a través de la televisión, en las calles, dentro de las casas. Gabriel se abrazó a mí al llegar a casa. Encendimos el televisor y vimos salir al ministro Acebes a decir que se estaba trabajando en dos líneas de investigación porque no descartaban la autoría de ETA y tenían que investigar más profundamente cualquier vinculación con Al Qaeda.

—Es Al Qaeda —dijo Gabriel—. Por la cercanía de las elecciones quieren o desearían por una vez que fuera ETA.

—El terrorismo como compañero de elecciones.

—Por eso no quieren que estés en el programa, porque soltarías frases así.

—Debería regañarte por no responder el teléfono. ¿Cómo se te ocurre no llamar tú primero?

—Porque estaba llorando por todas esas familias que han quedado destrozadas, Boris.

Me callé. Avancé hacia el cuarto, eran casi las 9 p. m. Quería caer rendido. Y deseé, antes de dormir, que al día siguiente el ministro Acebes dijera quién había sido.

Pero no lo dijo, insistió en que seguían abiertas las dos líneas de investigación. Empezó a llover en la ciudad. Pertinaz, reiterativa, intensa. Los informativos anunciaban la convocatoria de una manifestación espontánea de repulsa a los ataques y se escuchaba que el Gobierno negociaba las palabras en el cartel de la cabecera de la manifestación, que involucraría al Príncipe de Asturias. Gabriel me regaló un sombrero para protegerme de la lluvia y nos besamos en la puerta de casa antes de salir hacia la manifestación. La cantidad de gente volvía a ser impresionante. De todas las esquinas te tomaban de la mano y formabas cadenas de personas. A mi lado estaba una señora de setenta años con un impermeable de los años setenta, botas de plástico y una sonrisa estupenda. «No me gusta lo que haces en la tele, pero me gusta que estés aquí», escuchamos en ese instante el primer ¿Quién ha sido?, que se convirtió en una ola, una sola voz. ¿Quién ha sido? Avanzando desde la plaza de Colón hasta la plaza de Neptuno, otra vez tantas personas que apenas podíamos movernos. ¿Quién ha sido? Repetíamos, una hora y todavía no alcanzábamos Cibeles. ¿Quién ha sido? Y nos deteníamos, la lluvia pasando sobre nuestras cabezas mientras los árboles del paseo del Prado se agitaban por el viento. ¿Quién ha sido? Habíamos empezado menos de quinientos metros atrás a las seis de la tarde y eran las ocho y media. Una masa unificada de personas, manos entrelazadas y de nuevo el grito. ¿Quién ha sido? Y la única respuesta eran las aspas de los helicópteros sobrevolándonos y la lluvia, la verdadera lluvia uniéndonos. ¿Quién ha sido?

Tercamente, el ministro Acebes reapareció en la televisión, casi en cadena, insistiendo en las dos líneas de investigación. Gabriel y yo nos encerramos en casa deseando que esas expresiones cambiaran porque nos torturaba esa insistencia en hacernos creer algo que ya todos sabíamos no era verdad. Era una tortura y ellos, el Gobierno, parecían no darse cuenta. Me dolía que no se dieran cuenta que su tozudez en ocultar la autoría nos hacía sentir más desasistidos en nuestro dolor y estupor ante el atentado. Mi madre llamó para decirnos que una página web en Inglaterra había publicado un comunicado de una filial de Al Qaeda adjudicándose la autoría del atentado. Gabriel y yo vimos un documental en la televisión autonómica sobre la barbarie de ETA y consideramos que era una mala decisión. ¿Por qué ese empeño en adjudicarle a la banda terrorista vasca un atentado que todo el mundo concluía que había sido ejecutado por fuerzas extranjeras? ¿Cómo podían derivar lo sucedido, la atrocidad de esas muertes, a un conflicto de cuál banda terrorista era la ejecutora? Era una ofensa a todas esas muertes. El viernes se hizo sábado y Acebes reapareció a las

12 a. m. para insistir en las dos vías de investigación y entonces el móvil empezó a sonar. Había gente manifestándose delante de Atocha, otros delante de la sede del partido del Gobierno y otros delante del propio Congreso para anunciar que las elecciones del día siguiente estaban secuestradas.

El domingo me levanté temprano para votar en mi colegio electoral. Mis primeras elecciones tras conseguir la nacionalidad en 1999. Era tan temprano que coincidí en la calle, mojada por la lluvia nocturna, con las monjas de clausura del convento frente a mi edificio. Un milagro en Madrid, un convento de clausura al lado de una casa donde vivían dos hombres juntos, también a su manera sosteniendo una vida de clausura. Las saludé con una inclinación de mi cabeza y ellas se agitaron levemente mientras la madre superiora las reconvino para seguir hacia el colegio electoral. «El de la tele», dijeron mientras me miraban a través de los escaparates de las tiendas. «Estamos enteradas de todo», alcanzó a decirme una cuando tuve que superarlas porque venían más personas. «No A la Guerra», dijo otra de ellas entonando las palabras como los cánticos que hacíamos en el programa. Y la superiora le hizo un gesto de silencio, pero yo las aplaudí y les envié besos.

Esa misma tarde la televisión repitió la imagen de la primera dama del Gobierno llorando al salir de su centro de votación. De inmediato se dio por sentado que habían perdido las elecciones y se discutió *ad nauseam* si la estrategia de poner al ministro Acebes había propiciado un resultado electoral inesperado y adverso. El propio Acebes continuó apareciendo en la pantalla mientras también se emitían imágenes de la manifestación y escuchábamos el «¿Quién ha sido?».

Javier y yo nos llamamos un par de veces.

—Hiciste falta el jueves, debiste haber estado —confesó.

—Me pediste que me marchara y lo agradezco, no me habría gustado perderme nada de esto en Madrid.

—Mañana será como si empezáramos la temporada de nuevo —dijo él. Y colgamos.

Y fue la última. No lo sabíamos, pero el cambio de Gobierno, el paso imprevisto del gobierno conservador a uno socialista nos convirtió en especiales reliquias. Habíamos sido la cabeza de lo contestatario y aireado contra el Gobierno de Aznar, pero también las cabezas, el ejemplo de lo que fue su España. Ese extraño equilibrio que manejábamos entre el humor, el descaro, el glamour, la noche y la afrenta al conservadurismo terminó por hacernos los rostros y quizás las voces de una España que de un día para otro se hacía pasado. Fuimos contrarios a Aznar y lo vencimos, pero él nos agarró de la mano y nos arrastró consigo. Quedamos, sin poder hacer nada, adheridos a su tiempo. Probablemente, aspiraríamos a ser recordados con más cariño, incluso nostalgia, que el ex presidente, pero en su caída también caímos nosotros.

¿Fue duro? No, fue paulatino. La primera señal fue la muerte en julio de 2004 de una de nuestras mayores fuentes de contenido, la madre e hija de toreros cuya vida fue una sucesión de esplendores, caídas y levantadas que terminaron por traerla al programa a raíz de un vídeo explotado por muchas televisoras donde se la veía entrando y saliendo del baño de un chiringuito, emergiendo de su interior cada vez más divertida y alborotada. En mi análisis de la imagen insistí en mi teoría de que estábamos viviendo una fiesta, pero no como individuos sino como nación, que parecía no tener fin y que en su larga trayectoria nos hacía volver a nuestros ancestros, unos iberos que celebraban el sol, la fiesta y la siesta como una relación amorosa entre la vida y la muerte. A ella le gustó mi comentario y aceptó la invitación. Estaba saliendo de maquillaje cuando la vi llegar, caminando con dificultad y recomponiendo su personaje para que fuera el que estaba acostumbrado a ver en las imágenes. Miraba directo a los ojos, se enorgullecía de sí misma, pero no había nada falso ni posado. Había nacido así, dinástica, bella, aireada, no entendería Citizen Kane de la misma manera que yo, pero su autor era para ella «Tío Orson». Los dos sentimos que nos comunicábamos bien y la acompañé hasta su camerino, donde de inmediato la bloquearon de mi vista sus acompañantes, hombres con aspectos disonantes a la sensación de diosa que ofrecía, vestida de blanco y todo el pelo moreno cubriéndole los hombros.

Fue la peor entrevista que hice en el programa. En un momento dado, Javier me pasó un papel donde había escrito «¿hoy también cobras?», porque no había abierto la boca. Empezó mal desde que decidimos vestirnos de toreros para recibirla y ella casi retrocede entre el griterío del público porque lo consideró una falta de respeto a unos «hombres que se juegan la vida cada día, no como vosotros». No podíamos quitarnos las chaquetillas allí mismo, así que tragamos largo y nos dimos cuenta que ella había aprendido de los toros cómo defenderse en una entrevista. Fue de mal en peor hasta que no hubo más remedio que preguntarle por las idas y venidas al baño del chiringuito. Odié cada palabra cargada de obviedad en mi pregunta. Y ella me miró con una dulzura inesperada. «Lo que yo haga en un lugar privado es una cosa privada». Fin de la entrevista. Y principio de una leyenda sobre lo que pasó antes y después de esa visita al programa, sobre esas personas que la acompañaban, sobre esas cosas privadas que muy seguramente tuvieron mucho que ver con su muerte.

Fue el principio del fin desde el momento en que Javier me llamó a Caracas, donde empezaba un largo verano, y me dio la noticia y de inmediato, como acostumbrábamos en nuestras conversaciones, le di un titular. «Ha muerto como si fuera la Jim Morrison del ¡Hola!». Fue mucho más que eso, se convirtió en una persecución a sus hijos, su ex nuera, todas las familias por las que su vida había pasado y también esas compañías que parecían ahora sospechosas de haber colaborado en acelerar su muerte. Fue público, inmensamente, poderosamente, invenciblemente público. Y grotesco, por esa maximización de algo tan íntimo como la muerte.

Cuando el programa regresó decidimos no sumarnos al resto de shows que no hacían otra cosa que diseccionarla. No volvimos a mencionarla como una forma tajante de marcar una diferencia. Pero yo sí la recordaba días después de la infortunada entrevista, en la boda de su hijo menor donde ella me sentó en su mesa ante cierto y entendible disgusto de alguno de los presentes, que de seguro recordaba la pregunta. Pero ella, siguiendo su intuición de anfitriona, que lo era y regia, prefirió que disfrutara con ella ese matrimonio. Nunca olvidaré la suavidad de su mirada y de su mano, el tono ronco de su voz, la risa y el movimiento del pelo que todos le hemos imitado. Y un momento en que, antes de empezar el primer número flamenco, me preguntó si conocía los «palos». Ante mi negativa, hizo una señal a los músicos para contenerlos y se dedicó a explicarme los cuatro movimientos del cajón que reciben el nombre de «palos», en un castellano tan perfecto, tan correcto en todos sus matices y vocablos, que sentí que lloraba. Ella recogió la punta de su servilleta y me secó los ojos.

Nada de esto lo podía contar en el programa porque ya no tenía cabida. El sentido de las noticias había cambiado, era más áspero porque predominaba lo inmediato, lo instantáneo. No había espacio para la literatura, para la crónica. Era la noticia lo que primaba y en nuestro género, de entretenimiento y chisme primordialmente, la noticia no necesitaba ser interpretada, que era mi fuerte, sino gestionada y estirada, alargada si se convertía en una fuente de audiencia.

Algo más grave e íntimo sucedía en ese tramo final. Joan Ramon había enfermado de cáncer. Javier entró en mi camerino una noche, y no era él. Pálido, nervioso, preocupado. «Si pasa algo, si me desprendo, si parezco que no estoy, ¿sabrás darte cuenta?». Por supuesto, respondí. «Confío en ti», dijo agarrándome el brazo con una firmeza jamás sentida. No hice más preguntas porque había entendido la orden.

Paz Vega era la invitada. Y juntos entramos bajo el atronador aplauso. En lo que llegamos hasta Javier, todo estaba mal. No paraba de llorar, se abatía y se recuperaba para saludar a Paz y presentarla con la gestualidad y el encanto de cualquier otra noche. Solamente yo podía ver cómo se refugiaba fuera de cámara y se desplomaba, se doblaba en lágrimas. Entendí lo que me había pedido en el camerino y, aprovechando que adoraba a Paz, llevé la voz cantante en la entrevista. Fue el primer bloque de programa más largo de toda mi vida. Apenas fuimos a publicidad, Javier balbuceó algo y Paz me preguntó. «¿Ha muerto alguien de su familia, Boris?».

No, no había muerto, pero la enfermedad invadió el programa. Javier llegaba deshecho cada mañana a la reunión de guion, y todo su equipo, conscientes de la amistad y también muy allegados a Joan Ramon, poco podían hacer para animarlo porque estaban sumidos en el mismo dolor y el terror de que la muy posible muerte de Joan Ramon descalabraría el árbol que era Crónicas.

—¿Qué puedo hacer? Tiene los mejores médicos, hay dinero. Pero no hay salud. Va a sufrir, Boris. No puedo verlo sufrir. Toda mi vida ha estado marcada por la muerte. Soy la persona con más muertos por visitar el día de los Muertos. Mis padres, mi hermano. Y ahora.

Le tomé las manos.

—Por ahora no.

—Pero va a ser, Boris.

—Lo estás acompañando. Deja de venir a la reunión, quédate con él. Escuchando música, haciendo nada. Sé que Jorge te ha dicho que puedes pensar en ausentarte. Todos podemos cubrirte, quizás alguien como Mercedes Milá o Julia Otero puedan venir no a suplirte, pero a permitirte que descanses.

—No. El programa somos nosotros.

Pensé que en realidad quería decirme que a Joan Ramon no le gustaría que alteráramos el programa de esa forma. Y que Javier estaba de acuerdo, solo que el dolor no le permitía disfrutar con ese universo de entretenimiento y desfase que habíamos creado. La audiencia se percató y empezó a abandonarnos por un programa en la competencia que por fin pegaba. Y que se alejaba de muchos de nuestros contenidos vinculados a los personajes del corazón y del reality. Pero solamente los integrantes del programa y los cercanos a Javier sabíamos que el cáncer había levantado un reality terrible en nuestro corazón.

La prensa nos despertaba cada mañana diciéndonos que estábamos acabados y la enfermedad avanzaba otro zarpazo en el cuerpo de Joan Ramon. Todos esos días, Javier llegaba malherido, sus radiantes ojos sin dormir. De alguna manera, el espíritu del programa recuperó su lozanía y sirvió de guía en la larga espera por que la enfermedad nos arrebatara a Joan Ramon. El entretenimiento fue nuestra cura y palió, de alguna forma, los dolores que a él lo minaban. Javier llamó un domingo: «Joan Ramon ha preguntado por ti, parece que has dicho algo de no sé qué en el programa que le ha hecho mucha gracia. Está en el hospital, él creo que no lo sabe, a veces está consciente y otras no. Llámalo. Tienes que despedirte».

—Joan Ramon, soy Boris —empecé, no sentía que estuviera escuchándome.

—Boris, Boris, cómo me ha gustado lo que has dicho de que sin Preysler, Tita y Carmen Martínez Bordiú, España naufragaría.

—Sabes que es verdad.

—Hay que poner a Sara, hombre, que es tan grande.

—Muy bien, pondremos a Sara.

—¿Qué quieres que le diga a Terenci? —soltó. Me quedé helado.

—Que Pujol será desheredado de todos sus títulos.

—¿Es que tienen alguno?

—Figurativo, sus honores, sus medallas.

—Hombre, algo más tuyo.

—Que Robbie Williams es más leyenda que Leonardo di Caprio. Y nos reímos. Y él colgó. O alguien colgó por él.

La ausencia de Joan Ramon, como todos temíamos, descubrió que Crónicas era bicéfala. La intuición de Javier, que nos integraba y generaba esas chispas que aportábamos, y la guía sigilosa pero enfilada, perfecta, de Joan Ramon para llevar al programa exactamente por el medio del vibrar de sus espectadores. Nadie podía ponerse frente a ese timón. Una mañana de abril de 2005, Javier nos llevó a Latre y a mí a almorzar a un restaurante al tope de una de las colinas de Barcelona. En el trayecto, con un taxista que no paraba de decirme que teníamos que cambiar la fórmula, que ya estaba harto de los «grandes hermanos» y que extrañaba esos gritos de «No A La Guerra» y «todo ese ambiente», miré hacia atrás para ver el estilo con que la ciudad se aleja del mar para verlo mejor y el agua se convierte en un inmenso espejo titilante cuyo reflejo, sin embargo, no puedes ver porque estás muy alejado. Algo bello, misterioso y que siempre asocio a la belleza y misterio que tiene lo mitológico. Por eso Barcelona es mitológica para mí. Peligrosa y abierta, enamorada y torturadora, tuya y de nadie. Cuando bajé del taxi, en lo alto de la colina, me giré para desafiarla, las superficies de sus edificios y avenidas siempre brillando, cada destello una palabra entre el sol y la ciudad.

Javier bajó desde donde estaba su mesa para recibirme.

—Vamos a terminar el programa este julio —me dijo—. Quería decírtelo con Latre aquí, pero me ha salido ahora. Desde luego, quiero saber qué pensáis vosotros.

—Estar contigo. Hacerte caso. Acompañarte, quiero decir, en tu decisión.

—Tienes que aprender a sintetizar, coño, llevas más de mil horas de televisión y das tres respuestas cuando hay que dar una. —Me reí porque tenía razón, pero el momento parecía tan trascendental desde su punto de vista que una sola respuesta me parecía poco.

Esa misma noche ordenó instalar un reloj gigante detrás de él. Marcaba la cuenta atrás para el final del programa. La audiencia pensaba que era una broma, hasta que al cabo de unos días empezaron a pararme en todos sitios para decirme que lo quitaran, que no nos iban a abandonar, que no podían imaginarse su vida sin el Crónicas Marcianas. Solo podía responderles con mi escueto y seco «gracias». Muchas otras veces había visto telenovelas cuyo público decía que no podrían vivir sin ellas y, sin embargo, desaparecían, sus actores se iban a la calle y cambiaban o de personajes o de carreras y el público se enganchaba a la siguiente telenovela y la consideraba tan de su vida y para siempre como la anterior.

—Mamá, se me está cayendo el cabello —le comenté en una de esas últimas noches.

—Es ese reloj que me has contado. ¿Cómo puedes trabajar con una cuenta atrás?

—Veo trozos enteros de cabello en la almohada.

—Tienes mi pelo —dijo ella casi como una orden—. Toma algo, cualquier cosa que lo refuerce. Verás como no lo pierdes.

—¿Qué sentiste cuando te diste cuenta que no ibas a volver a bailar otra vez?

—Vacío. Y silencio. Pero te tenía a ti.

—¿Yo no te tengo a ti?

—Hace rato, Boris, que nos cambiaste a todos por ti mismo.

Conseguí el tratamiento para contener la caída del pelo. El médico que lo recetó me advirtió que perdería estimulación masculina. Nunca lo olvidaré, se colocó delante de mí, con sus enfermeras flanqueándole, y dijo: «Aunque viniera una tía con las tetas más grandes que haya visto y se desnudara frente a usted y aplastara su cabeza dentro de ellas, no sentirá nada». Las enfermeras no paraban de reírse y él se giró hacia ellas. «Doctor, ¿no sabe usted quién es él?». Nunca supe qué respondió, pero le envié una nota agradeciendo esas pastillas que, en efecto, durante diez días me dejaron neutralizado. Descubrí que había otras cosas que observar en un varón que no fueran su olor, sus músculos, su aliento o los ojos verde oliva como los de Gabriel o de fulgurante azul como los de Gerardo.

Y conseguí plantarme delante del reloj con la cuenta atrás a esperar tranquilamente que la noche final llegara. Y cuando llegó, estuve todo el tiempo en mi camerino, recordando cómo en otras ocasiones me había despedido de su entorno emulando el personaje femenino sin nombre de *Rebecca*, que repasa todos los rincones de la habitación del hotel donde ha conocido al señor de Winter y reflexiona sobre la importancia de las atmósferas en nuestras vidas. Javier llamó a la puerta para que subiera a cenar, como todo el mundo y le acompañé, me sumé a su atmósfera, mucho más caótica, nervios a flor de piel, aplausos y vítores y carcajadas y llantos.

Antes de salir por última vez a nuestro plató, los informativos me preguntaron si creía que volveríamos. «Cuando vuelvan las hombreras», exclamé y entré, sintiendo que todos esos nervios de último minuto me abandonaban también para siempre. Me coloqué en mi sitio y me abracé hondamente con Javier y compartí con él las exequias con camaradería y bonhomía. Me miré en los monitores, como había hecho desde el primer día. Era el mejor vestido de todos. Con traje negro y corbata morada, tanto de luto como también preparado para otro destino. El reloj alcanzó su minuto final en su cuenta atrás y las luces descendieron acompañadas de una ovación infinita. No quería seguir allí un segundo más y avancé hacia mi camerino repitiéndome que no mirara atrás, como la mujer de Lot. Pero, igual que ella, sí miré y entonces vi cómo una aserradora mecánica destruía la mesa del programa.

CAPÍTULO 43

VILLA DIAMANTE

A veces la vida parece una cosa de dos. La pareja. La verdad y la mentira. La tormenta y el escampado. La razón y el caos. Mi mamá y yo.

—Voy a cumplir cuarenta años, desempleado.

—No exageres, no estás desempleado, te has quedado sin programa, pero seguro que te llaman para otro en nada. Aprovecha este tiempo para…

—Escribir —le interrumpí—. Tengo una idea.

—Me lo ha dicho Gabriel. Sobre El Cerrito que visitasteis hace cinco años cuando fue la boda de tu hermano. Villa Diamante —se apresuró a decir.

—¡Ese es el título! ¿Se te ha ocurrido a ti o te lo ha dicho Gabriel?

—Llamarla El Cerrito parecería muy de Rómulo Gallegos —bromeó—. Es una idea magnífica, pero no puede ser solo sobre una casa, Boris. ¿A quién le puede interesar la historia de una casa?

—A algún lector, por lo menos. Es que la casa ha sido testigo de todo lo que ha pasado en Caracas desde que se inauguró en 1957.

—Una historia corta, imagina todo lo que han visto las pirámides —soltó. Nos reímos mucho—. Tengo algo horrible que contarte. Ernesto vino anoche, enfurecido, colocado, ebrio. Tu papá y yo estábamos viendo una película malísima, tan mala que nos quedamos viéndola precisamente por eso, cuando escuchamos sus gritos. Belén, Belencita, Rodolfo, hijos de puta…

—¿Por qué bajaste si os estaba insultando?

—No lo sé. Bajamos y lo vimos a través de la puerta del salón. —Su voz se enervó un poquito—. Tu papá había dejado abiertas las puertas del garaje. Quise golpearlo por un desliz de ese tama-

455

ño. Es un peligro dejar nada abierto en esta ciudad, tú lo sabes, pero ahora es imposible, los asaltos, los secuestros, los homicidios.

—Sí, mamá, lo entiendo. Lo siento por mi papá, tendrás que estar más encima de él. El hecho es que Ernesto…

—Estaba ahí como un espectro, un fantasma de nuestro pasado. Grotesco, la boca se le deformaba al hablar, los ojos enrojecidos, el cuerpo contraído. Se echaba hacia atrás cuando avanzábamos hacia él. Rodolfo le gritó que se fuera, que estaba borracho. Y él le dijo cosas espantosas. Odio. Nada más que odio.

—¿Por qué no llamaste a la policía?

—Me acerqué. A pesar del monstruo que estaba delante de mí, lo recordé tan lleno de vida, tan esperanzado y divertido cuando le conocí por primera vez. Cuando decidió cambiar la decoración de mi casa después del terremoto. Cuando te dio tu nombre.

—Mamá, no puedo creer que no hayas llamado a mi hermano, a los vecinos para que lo sacaran de ahí.

—No pude evitarlo, Boris. Él fue nuestro amigo. Y él se aferró a mí y grité y Rodolfo le pegó para separarnos y él corrió hacia el comedor y empezó a desmontar el cuadro.

—Mamá, ¿qué me estás contando?

—Enfurecido, fuera de sí, gritando cosas que en principio no tenían sentido. «Va a venir el cambio, voy a ser superior a todos ustedes. Lo quiero, es mío, es mío, mío, mío». —Mamá empezó a llorar.

—Mamá, ¿estás sola? ¿Dónde está papá?

—Estoy aquí, Boris —dijo mi papá desde otro teléfono. Entendí que habrían hablado entre ellos para contarme lo sucedido.

Estaba horrorizado. Quizás no deberían estar tan solos en esa casa. Quizás debería hablar con mi hermano y que alguien fuera a casa de Ernesto y le diera una buena tunda.

—Sacó una navaja y nos amenazó, esos ojos, desbordados, esas palabras, la boca llenándose de saliva. Se giró hacia el cuadro y levantó la mano e iba a destrozarlo cuando Rodolfo le arrojó una de las sillas. Y…

—Mamá, papá, ¿esto es de verdad? No se han tomado...

—¿Qué nos vamos a tomar, Boris? —dijo mi papá. Mi mamá estaba llorando.

—¿Y qué han hecho con él?

—Llamamos a su hijo. Había llamado hace un mes o dos para preguntar si el cuadro estaba bien. No tardó en venir, quizás estaba esperándole, como si fuera su cómplice...

—Mamá, es una locura...

—El hijo nos explicó que toma una medicación en exceso y que desde hace años atraviesa una mala racha. No vende, no pinta. Habla sobre Tiempo de tormentas todo el tiempo —continuó mi mamá.

—Aprovechó para darle una buena mirada al cuadro mientras levantaba a su padre del suelo —dijo mi papá.

—¿Y por qué decía que «iba a cambiar»? ¿Qué va a cambiar?

—El Gobierno quiere convertirlo en una figura. No tienen a nadie y él escribe unos artículos muy encendidos de afecto a Chávez —dijo mi papá.

—Por mí se lo daría —dijo mi mamá.

—Mamá, dijiste junto a Gabriel que si alguna vez te faltaba ese cuadro...

—No me voy a morir —dijo, por encima de sus lágrimas, con mucho orgullo y ese desafío que tenía al bailar.

—No estoy de acuerdo en que le des el cuadro porque se presente una noche borracho y colocado, mamá. De ninguna manera. Yo también he crecido con ese cuadro. Le he hablado. Es el único que me conoce, que sabe todo sobre mí —dije un poco envalentonado, intentando defender mi argumento.

—Boris, hace casi quince años que no vives aquí. —Mi padre siempre sabía dónde poner la puntilla.

—Hablaré con Sofía...

—¿No te has enterado? Chávez la despidió por televisión hace dos días.

Sentí un frío recorrerme la espalda. Sofía sin museo, el símbolo de toda su vida, la razón de su existir. Me despedí como pude de mis padres y llamé de inmediato a Sofía. Gabriel me miraba al fondo, con su cara de «¿está pasando algo?», sin hacer la pregunta. Sofía atendió al segundo repique y su voz era tan mansa y agradable como cualquier otro día.

—Mi amor, deberíamos celebrar que estamos los dos sin empleo.

—Pero lo tuyo es un abuso.

—El fin de una época. Me apena que tenía pensado anunciar mi retiro antes que me echaran. Pero no siempre salen las cosas como quieres.

—Viajemos a alguna parte —propuse.

—No, cariño, tú tienes a Gabriel, que, al igual que Belén, no gozo de su cariño porque tengo todo el tuyo.

Me reí, suavizó todo que dejara escapar esa perla de su humor.

—¿Es cierto que aprovecharás este tiempo libre para escribir? —continuó ella—. Recuerda que no todo el mundo tiene un escritor dentro. Yo que he estado casada con dos te lo garantizo. No hay otra explicación para semejante entrega, riesgo y disciplina si no lo tienes dentro.

Le conté cómo quería escribir *Villa Diamante*.

—Boris, ¿a quién le puede interesar la historia de una casa?

—Mi mamá acaba de decirme lo mismo —dije—. Pues a la misma gente que cree que la historia de su vida es interesante.

Se quedó callada.

—Conocí a sus dueños. Y al arquitecto, Ponti, que siempre nos miraba como si fuéramos gente rara. Estaba obsesionado con su propia casa y yo le preguntaba si veía El Ávila, si veía las guacamayas volar de este a oeste todas las mañanas y en sentido inverso por las tardes. No, no las veía, la naturaleza no era tan importante, es solo naturaleza, me dijo. Imagínate a quién se lo estaba diciendo.

—¿Puedo poner ese diálogo en mi novela?

—Si te ayuda a escribirla, por supuesto. Iré a Madrid antes de lo previsto, precisamente para que brindemos por este precipicio al que acaban de arrojarnos.

Colgó. Y me quedé un rato escuchando todos esos ruiditos, como compartimientos que iban cerrándose, que siempre sucedían cuando hablaba con ella.

Mi mamá tuvo razón y enganché el fin del programa con otro, además con mayor responsabilidad como presentador. Se llamaba *Channel N.º 4* porque inauguraba una cadena de televisión, Cuatro. Lo primero que leí sobre el programa lo escribía Antonio, aquel director de la revista gay donde colaboraba. Decía que yo pretendía ser señora después de bajarme los pantalones cada noche. E insinuaba que el presidente del Gobierno habría instaurado un canal de televisión en el que yo era «la conejita».

—No estoy seguro de que sea tan buena idea que la promociones como un melodrama —dijo Gabriel mientras leía el primer manuscrito.

—Es un melodrama. Y te lo he explicado. Todo en la vida es un melodrama. Hasta la Biblia, el mejor Shakespeare, un musical como *West Side Story*.

—¡No te escuchas! Pareces la loca de la tele explicándole al mundo que ahora es una intelectual.

—Es lo que soy. Y no puedo permitir que ser la loca de la tele no me deje escribir la novela que quiero escribir.

—Está bien —dijo echando los papeles del manuscrito a un brazo del sofá—. Engancha. Pero tiene que apasionar y además quiere contar una historia que a los españoles no nos interesa. Una casa en Caracas, una ciudad que la gente no sabe dónde queda…

—No dijiste lo mismo cuando viste la casa fotografiada en *World of Interiors*.

—Me impactó ver en una revista así un sitio en el que había estado —confesó con una media sonrisa.

Estábamos alojados en la casa que Jorge Lanata me había prestado en José Ignacio (Uruguay), para escapar de mí mismo y dedicarme de lleno a terminar la novela. Parte de una intensa luna de miel, Gabriel y yo nos habíamos casado en Barcelona en febrero de ese año. En agosto, era invierno austral y las temperaturas habían bajado a niveles desconocidos en la localidad. La señora Rosa venía cada mañana a confirmar que no estábamos ateridos, congelados y la novela sin terminar. Como buen melodrama, la historia de amor era cada vez más retorcida. Con las manos casi paralizadas escribía de nuevo sobre el amor y sus duplicidades, los vericuetos, la belleza de sus laberintos mientras Gabriel dejaba sonar Kraftwerk en su iPod y cuando cesaba de llover sobre el mar veía los lobos marinos avanzando por la arena a recostarse en las inmensas rocas que llegaban hasta el jardín de la casa. Algunos jugaban y parecían darse mordidas con sus colmillos mojados y pensaba que el amor de mis personajes, el arquitecto y su patrona, construyendo una casa que era una exaltación de su amor imposible, se querrían así, en el extremo del mundo, como lobos. Gabriel entraba en la habitación donde me encerraba toda la mañana y leía por encima de mi hombro, sabiendo que me irritaba, y discutía una palabra y una coma en oraciones diferentes, todavía más irritante. Antes que me levantara para discutir, me sacaba de la silla y me llevaba hasta la cama en la habitación siguiente. Cuando me tumbaba creía que me quedaría paralítico del frío entre las sábanas. Me recordaba el de nuestra primera cama en Santiago de Compostela y él se colocaba sobre mí y de nuevo sus besos eran un calor bienvenido, Kraftwerk se eternizaba y al fondo se oían los lobos marinos adentrándose en el mar.

Villa Diamante quedó finalista del Premio Planeta 2007. Gabriel me tomó de la mano cuando me levanté a recoger mi premio. «Es una celebración», dijo, seguramente porque en mi cara había aprehensión por no ser el ganador. Entendí el mensaje como si fuera una indicación de Javier. El aplauso del público me emocionó, algunas de las personas que más admiraba se ponían de pie. Celebrando un logro y, al mismo tiempo, mi entrada en un territorio que jamás hubiera imaginado alcanzar cuando escribía diálogos de telenovelas con Cabrujas. Saludé a Bryce Echenique, un héroe literario para mí, y me vi delante de ese público y miré a Gabriel luchando por no echarse a llorar. Pensé en El Gran T, pero miraba a ese niño haciendo de la Pantera Rosa porque no sabía caminar bien, ese pequeño aventurero adentrándose en las habitaciones de la quinta del Ballet Nena Coronil hasta quedarse detenido en la puerta de unas duchas repletas de vapor y de gemidos de varones amándose. En el pequeño enamorado siendo embestido por los secuaces de su primer amor y en el caballero despendolado seduciendo a un país entero a través de una programa de televisión. Y volví a mirar a Gabriel todavía luchando contra sus lágrimas, pero aún con fuerzas para instarme a que hablara de una vez. Y vi los lobos marinos llegar, pelearse a colmilladas y mirarme mientras se secaban bajo el sol del invierno austral.

Leopoldo llamó al día siguiente de la publicación del libro. «Ha pasado tanto tiempo, ¿no?». «Gracias», le dije un poco automáticamente; estaba sorprendido, pero lo esperaba, que llamara. En el fondo, su llamada me parecía un premio agregado al premio, pero también me intrigaba. «Me ha gustado la novela, quería que lo supieras, escribiré algo bueno sobre ella, pero creo que seré el único. Van a destruirte». Y colgó. Gabriel se había pegado al auricular para escucharle. «Es horrible lo que la envidia hace contigo. Es la peor parte de la fama, ver cómo transforma a todos. Los que la obtienen y los que no la consiguen». Sentí frío, era noviembre, pero el frío era más abstracto y más verdadero.

En efecto, Villa Diamante era recibida con tibieza en algunas críticas, como si me perdonaran la vida. Y en otras directamente me masacraban, pero siempre escribían sobre mí, casi nunca sobre la novela. «No respondas jamás una crítica», había advertido mi padre. Y me ceñí a ello. Mientras la novela se colocaba en las listas de los más vendidos, yo continuaba mi gira como finalista del premio literario más importante del idioma español. Y respondía esas preguntas empeñadas en repetirse vez tras vez.

—¿Cree que le han dado el premio por ser un fenómeno mediático?

—El premio es un fenómeno mediático y los fenómenos siempre se atraen.

—¿La ha escrito usted o ha contratado un negro?

—No necesito negros porque tengo marido.

—¿Piensa que con usted se entierra definitivamente la credibilidad del premio?

—Más bien se desentierra su esencia polémica.

Leopoldo escribió: «No es una novela importante, pero sí anuncia la llegada de alguien que por fin podría hacer algo importante».

Una tarde de febrero del año siguiente, Cuatro anunció que Channel N.º 4 celebraría sus quinientas emisiones y su despedida. En una tensa reunión, los ejecutivos de la cadena manifestaron su pésima relación con la productora independiente que realizaba el programa. Los conflictos propios de la televisión, matrimonios que empiezan mal y terminan peor. En muy poco tiempo, tenía que desalojar el camerino donde llevaba diez años. No sabía qué llevarme. Un puntero con el que señalaba cosas en Crónicas, algunos de mis célebres disfraces, el de Mafalda, el del traje que la infanta Elena llevó a la boda de su hermano. O una foto en una fiesta en Barcelona sosteniendo la mano inmensa de Urdangarín, el yerno real. Preferí cederlo todo a la productora. Y marchar.

Unas semanas más tarde pasé por una librería dentro de un gran almacén, necesitaba recargar mi pluma fuente y tuve un ataque de indecisión entre una tinta color tabaco, un color que siempre me recuerda a mi mamá, y otra de un azul muy intenso. Formaba parte de mi deriva dejarme enredar en situaciones tan ridículas. Y vi a Chacon. Intacto, la gente del Caribe no envejece. Me sujetó del brazo.

—¿No has sabido nada de Leopoldo, tu antiguo amigo?

—No, Chacon. Y lo siento, tengo prisa.

—Le han internado por una crisis inmunológica —soltó.

Me separé con tranquilidad, pagué los frascos de tinta, todos del mismo color, el tabaco, y la cajera dijo que «esperamos pronto una novela suya. Y también que regrese Crónicas Marcianas». Chacon soltó una risa macabra.

Llamé a casa de Leopoldo, no respondía nadie. Llamé a su madre, tenía su teléfono por una vez que iríamos con Leopoldo a su casa de la playa. Dejé un mensaje. Pasó un día. Otro. Y Gabriel se ofuscó cuando me escuchó hablar acerca de esta actitud tan misteriosa sobre Leopoldo y su enfermedad. «Pareciera que lo esconden», dije. «Lo estás utilizando para ocultar que sigues sin poder escribir», remató. Tenía razón. Una prima hermana de Leopoldo me llamó. No podía visitarlo, no podía decirme en qué centro estaba. Y no pintaba bien. Él me llamaría, dijo.

—No sé por qué te preocupas, él dejó bien claro que no te quería. Se alejó y escribió las peores críticas sobre ti —recordó Gabriel.

—¿Por qué lo esconden, por qué todo este misterio?

Repetí las preguntas un par de cenas más sin conseguir explicarle a Gabriel lo que de verdad sentía. No quería adelantar nada, pero estaba escribiendo. Una historia sobre dos pequeños monstruos que se aman y que la crisis convierte en sobrevivientes, sí, de una deriva. Si Leopoldo se marchaba, no quería que lo hiciera sin decirle que su misteriosa enfermedad me había recuperado. Era tal cual, así. Quería reconocérselo. No quería despedirme, si ese fuera el caso, sin haberle dado a nuestra amistad su sitio. El tiempo que vivimos juntos, que reímos, que fiesteamos, mariconeamos y fuimos casi uno, desaparecería con su marcha.

Y al fin sonó el teléfono.

—Estoy enfermo —dijo Leopoldo con una voz muy débil.

—¿En tu casa? Paso a verte.

—No, y lo sabes bien. Estoy ingresado. Mi familia no quiere que reciba visitas porque necesitan hacerme exámenes para saber qué tengo.

—Pero, Leopoldo, ¿cómo no has dicho nada?

—¿A ti, de todas las personas?

—Me comentaron que tenías una gripe mal curada, pero no que estarías ingresado —mentí.

—Te preocupaste por mí.

—Siempre lo he hecho, Leopoldo.

—¿Me perdonas que no haya sabido digerir tu éxito?

Me quedé callado. No podía creer que estuviéramos hablando de esa manera. Los ojos se me llenaron de lágrimas.

—Por supuesto que te perdono, Leopoldo. Tú me has descubierto Madrid. Me tendiste la mano.

—Y luego te la mordí.

—Pero la culpa ha sido del éxito, Leopoldo. No de nosotros dos.

Oía cómo en su garganta el aire sonaba como el viento entre las hojas atrapadas en un rincón.

—Mi madre me regañó por escribir mal sobre tu novela —dijo con mucho esfuerzo—. A ella le encantó.

—Gracias, Leopoldo.

Entraron varias personas en su habitación y le quitaron el teléfono, y él con poquísima voz les pedía que se lo devolvieran. Estuve escuchando un rato, sin casi respirar, cómo discutían si debía seguir en ese centro o ir a uno más especializado y él repetía con un hilo de voz mi nombre. Solo yo parecía escucharlo.

En el entierro de Leopoldo, Gabriel y yo nos encontramos con lo que habían sido nuestros noventa. Chacon, como si estuviera aún al frente del Corazón Negro, organizando familiares a un lado y los deudos que veníamos a llorar el fin de nuestra juventud, del otro.

—¿Leerías algo sobre Leopoldo? —me preguntó.

—Sí, pensaba dárselo a su madre, pero puedo leerlo —dije. Luego me arrepentí.

En el lado de los deudos de los noventa, como alguien rápidamente nos bautizó, alcancé a ver a Orlando y también a David Delfín, el diseñador, rodeado de varones que imitaban su ropa, su pelo, sus accesorios. Orlando estaba borracho igual que la última vez que lo vi al final del 94. Empezaron a sentarse poetas, críticos, editores, los dueños de la revista gay. Parecían un cuadro de un tiempo que fue. Las sobrinas de Leopoldo avanzaron acompañadas de dos curas muy pequeños que empezaron su homilía diciendo: «Papá Diosito, toma en tus brazos a Leopoldito». Gabriel me sujetó un brazo. Eran mexicanos y colocaban sus diminutivos en las palabras más inapropiadas. Paradisito, cielito, amorcito de papá diosito. La muertecita. Me llamaron, milagrosamente, Boris y no Borisito, pero se vengaron cuando dijeron «el mejor amiguito del querido Leopoldito». Vi a Antonio entrar tardecito por la puertezota del tanatorio y me quedé mirando ese mundito deudorcito de Leopoldito. Pedí a papá Dios en toda regla, que el mío fuera diferente.

La televisión llamaba cada vez menos a mi puerta y estaba ligeramente secuestrado por la alta sociedad madrileña porque seguía desprendiendo mi perfume de animal de frivolidad acariciado por la fortuna y el descaro, algo irresistible para cualquier sociedad. Cada vez me burlaba más de mí mismo para, igual que en mi infancia, desviar el foco de atención de lo verdaderamente grave: estaba a la deriva. Iba, seguía, deambulaba, flotaba de una ciudad a otra, de una fiesta a otra, de un estreno a otro, de una diva a otra, de una anécdota a otra, de una fecha a otra, acostándome con Gabriel, deseando escuchar Kraftwerk al fondo y los colmillos de los leones marinos antes de entrar al mar. Pero, no, no aparecían y lo único que siempre estaba ahí era mi rostro reflejado en los vidrios de la parte superior de los autobuses rojos, cargados de gasolina venezolana casi regalada por Hugo Chávez, circulando por Londres y devolviéndome mi mirada extraviada, deambulante, como si fuera un hijo de Drácula, posmoderno, viejuno, abandonado.

Fue allí, en Londres, donde Gabriel dijo que yo estaba estancado. Nos habíamos mudado a principios de septiembre y el día 14 el banco financiero Lehman Brothers colapsó. Veníamos paseando por la City, admirando el rascacielos de Norman Foster popularmente llamado el Pepino, cuando vimos a la gente gritar desde las ventanas que el mundo acababa de entrar en crisis, la primera crisis global. Dos chicas muy jóvenes y superbién vestidas aferradas a unas cajas de cartón lloraban como si les hubieran torcido las piernas. «The end», me dijeron cuando les acerqué mi pañuelo. Pero al llegar a nuestra casa pensé lo contrario. Tenía otra novela por delante, una pareja que se muda a Londres cuando el mundo entra en crisis.

—Sería mejor si volvieras a la tele —dijo Gabriel.

No tenía respuesta porque no quería escucharme decir estupideces como que no sabría adaptarme a otro programa después de Crónicas. O que había escuchado que mi nombre salía barajado en esas reuniones de posibles presentadores para nuevos proyectos y siempre decían que era demasiado afeminado y sudaca. Además asociado en mayúsculas a un programa que pesaba como una losa en otros programas que intentaban no parecerse sin éxito. Gabriel decía que me había amancebado, que me había creído mi propio éxito y que estaba más que estancado, paralizado. No sabía, no supe, no pude responderle. Porque tenía razón, pero de alguna manera creía que estaba haciendo de mi deriva una corriente que en algún momento, imposible de saber o adivinar, mucho menos prever, terminaría por depositarme en algún sitio.

—Quizás deberíamos separarnos —pronuncié con toda la intención de que pareciera algo sacado completamente de contexto.

Gabriel me cogió por los hombros súbitamente.

—No solucionarás nada separándote, quedándote solo. Te enfrento con tu realidad y te vas por la tangente. Somos un equipo, trabajamos bien juntos, conseguimos cosas. Tú tienes que volver a centrarte. Dejar de estar fascinado porque crees que pareces un Drácula posmoderno aquí en Londres. No lo eres. Eres un hombre que atraviesa los cuarenta años y está asustado.

—¿Asustado de qué?

Se quedó callado. Un largo, eterno rato. Pensé que su recién adquirida psicología se había quedado sin fuelle. Abrió la puerta y salió a la calle. Podría haberle seguido, pero no lo hice. Me senté en la mesa del comedor que usaba también como despacho. Y empecé a escribir otra novela sobre el amor. Dos monstruos juntos.

Gabriel volvió esa noche y otras cuantas más en las que discutíamos casi igual. Podían pasar más de cuarenta y ocho horas sin hablarnos y, de pronto, una canción, una noticia, el vuelo de un grupo de patos salvajes delante de los ventanales de nuestra casa, conseguía que volviéramos a hablarnos, besarnos, abrazarnos y hacernos el amor. Pero veía la grieta como si estuviera avanzando sobre nuestro techo. Y también crecía esa sensación de deriva. De que mi dejarme llevar se había apoderado completamente de mí, de todo. Londres era cada vez más un escenario, un barco abandonado flotando entre el Támesis y las calles, llevándome, arrastrándome, cubriéndome, desnudándome, arrojándome. Abandonándome.

—Escribe, por favor, escribe —me pedía Gabriel, y yo me quedaba delante de la taza de café del desayuno y se hacía almuerzo y tarde y continuaba allí.

Solo me levantaba para repetir la lista de favoritos en el iPod conectado a unos altavoces y miraba el Museo de Historia Natural absorbiendo la poca luz de las tardes de invierno, las lluvias de primavera, el tibio sol del verano y el despliegue de cigüeñas y patos sobrevolando la ciudad durante el otoño. Todo se movía, todo se cambiaba y seguía igual. La deriva iba del exterior hacia mi interior. Gabriel se desesperaba. «Escribe, por favor, escribe».

Cada noche entraba en una casa de alguien más a la deriva que yo y salía antes que rompiera el alba, entraba en mi casa y Gabriel se crispaba, no lo podía soportar, y entumecido, por el auténtico frío o por el de la cocaína en mi sangre, me sentaba a fingir que continuaba escribiendo. Lloraba sin lágrimas, me desesperaba en silencio, intentaba decir la verdad y regresaba a la comodidad de la mentira. Y la deriva reiniciaba su curso, me instalaba en el metro, el bus, el coche que me depositaba en el este y aparecían nuevas caras, los mismos camellos, las mismas horas repartidas en consumir y ver. Restaurantes de tres pisos y escaleras asimétricas con salas decoradas con animales disecados. Un oso polar junto a un león. Jirafas y antílopes. Un tigre de Bengala sobre una mesa de brillante caoba. Un rellano repleto de pájaros en estático movimiento. Y detrás de ellos, Alfonso, un chico español de pelo cobrizo y dientes separados, muchísimo perfume de pino silvestre, dispuesto a ser follado allí mismo, en su casa compartida con otros dos chicos españoles que trabajaban de camareros en un Pizza Hut.

Metía su lengua en mi oreja, me dejaba morderle la nuca, se colocaba encima mío y gemía y gritaba y mezclaba ideas, conceptos, recuerdos en su agitado hablar. «España se ha ido a la mierda, te quiero, fóllame, déjame follarte, me gustas desde que era un crío, tu marido no te deja vivir, necesitas irte, alejarte, de ti mismo, de todo, fóllame, déjame follarte». Y sentía que en cada embestida, suya o mía, encontraba ese diálogo, ese gesto que trasladaría a mis personajes. Hasta que invité a Alfonso, no sé cómo ni por qué, a mi casa. Y entramos, hicimos ruido, hicimos el amor y Gabriel se despertó y nos encontró. Alfonso siguió gimiendo y saltando sobre mí mientras Gabriel nos miraba. No pude más, me levanté, fui hacia él. Alfonso seguía diciendo cosas, masturbándose frenético. Gabriel se devolvió a la habitación y la cerró con llave, Alfonso intentó besarme y siguió diciendo que yo estaba preso, que tenía que salir y todo su discurso parado, medio vestido y descalzo sobre la moqueta del pasillo. Cerré la puerta. Miré al techo. Y la grieta sucumbió.

CAPÍTULO 44

—

DEMASIADO REAL

La crisis económica se volvió tormenta perfecta cuando España estuvo a punto de ser rescatada por el Banco Central Europeo. Una semana de principios de junio de 2012 en la que casi no podías respirar. «¡Aquí siempre tendrás un plato de pasta!», me hizo saber Mimí mientras desayunábamos otra vez juntos. Me había acogido en su casa. Gabriel y yo decidimos regresar a Madrid. Y separarnos. «No sientes respeto por nada. Amar, enamorarte, puedes representarlo. Y muy bien. Pero respetar, no tienes idea. Yo me enamoré; luego te he querido. Y perdonado. Pero siempre te pedí que me respetaras. Nunca lo hiciste. El viaje ha terminado», dijo. Fue en la calle, eché a andar para no verlo a él marcharse y seguí caminando hasta coger un taxi y regresar a casa de Mimí.

El calor continuaba, las enfermedades y las malas noticias también. El presidente Rajoy y su equipo de gobierno, en especial los ministros financieros, se habían convertido en protagonistas de memes que iban de móvil a móvil antes que pudieras pestañear. «Tampoco imaginé que la tecnología pudiera ser divertida», agregó mi mamá. Fue una semana infartante. Y como si fuera un acto de magia, el Gobierno de Rajoy consiguió que el Eurogrupo facilitara cien mil millones de euros para taponar el agujero negro de varios bancos, algunos vinculados al propio partido del Gobierno o a autonomías gobernadas por el mismo partido, donde el dinero, incluido el de los ahorristas, se había esfumado.

—Te estás equivocando —bramó Mimí—. No pueden ser cien mil millones.

Le mostré el artículo que leía en El País.

469

—Un país puede costar eso —afirmé.

—Ni se te ocurra escribirlo, ya suficientes problemas tenemos con esa fascinación por conseguir un buen titular.

Me retiré a seguir escribiendo esa novela que insistía en no conseguir forma y Mimí me llamó para que la acompañara delante del televisor. En el telediario, el presidente Rajoy figuraba en un palco entre otras autoridades, asistían a un partido de la selección española de fútbol durante la Eurocopa.

—Bueno, negocio resuelto. O nos hemos librado o estamos completamente vendidos —subrayé.

Mimí me miró con sus ojos cinematográficos:

—Estamos totalmente jodidos.

—Es una novela tan dura, seca. Deberías quitar todas esas referencias a la crisis —comentó mi editora en su oficina donde se acumulaban títulos que no habían cumplido sus expectativas de superventas.

—Pero si esa es precisamente su razón —argumenté—. La historia de una pareja que se agrieta mientras el mundo exterior se resquebraja.

—No es una historia totalmente original —dijo.

—Pero la forma de plantearla sí. Ese es el truco, el estilo, el escenario, la relación entre la crónica de un tiempo y la ficción, es mío.

—Todas esas manifestaciones que relatas, la gente desempleada, los escraches en las casas de los políticos, la gente hacinada en la Puerta del Sol, los helicópteros sobrevolando la ciudad y el Gobierno luchando por pasar una ley antidisturbios...

—Todo eso es real.

—Demasiado real —dijo.

—Los helicópteros están sobrevolándonos ahora mismo —rebatí.

—¿No te das cuenta de que cuando todo esto pase la novela quedará obsoleta?

—Será una crónica, entonces. Un retrato de algo que pasó.

—No eres Pío Baroja, sino Boris Izaguirre —remató.

Me encerré en el despacho que Mimí improvisó en su casa, mientras por las ventanas veía el desfile, casi militar, de helicópteros y escuchaba el rugido de la manifestación en las avenidas cercanas a mi vivienda. ¿Cómo no iba a incorporar esa realidad a mi novela? Había hecho lo mismo en Villa Diamante, la historia real como un telón de fondo delante del cual actuaban, se cruzaban, sufrían o se deshacían mis personajes. Entonces me advirtieron que una historia sobre una ciudad que los españoles no conocían no tendría ningún éxito. Y ahora me indicaban que algo que sufrían todos los españoles tampoco era adecuado. Más que censura, parecía insensatez, pero bien es cierto que la censura carece de lógica la mayoría de las veces.

—Mimí, no tengo derecho a hacerte sufrir todo esto —dije en la cena.

—Bobadas. Nos hacemos compañía.

—¿Hablas con Gabriel?

—Estrictamente de lo nuestro. Sabe que estás aquí y no quiere comunicación.

—Pues es un abuso tenerte en el medio.

—Ninguno, porque no soy vaso comunicante. Tienes que terminar tu novela. Yo te alimento y te doy cama hasta que la termines.

—No voy a terminarla.

—Entonces, te vas a la calle. Y vendrán peores noticias.

Y vinieron. Una cadena de televisión acababa de despedir a casi toda su plantilla y finiquitado las llamadas «exclusivas», que eran una fórmula antigua para mantenerte atado a ellos. Yo tenía uno de esos contratos y, de la noche a la mañana, la televisión se apagó en mi cara. Mi colaboración en la radio también desaparecía. «No hay publicidad. Su contrato es de otra época. Nunca más volverán esas vacas gordas», dijo la persona en recursos humanos que me citó para despedirme. Mimí pensó que podía llamar a mis contactos y lo hice. Casi todos dijeron lo mismo. «No es el momento para Mr Glamour Boris Izaguirre. La realidad es muy cruel para que estés en la tele», escuché. Una amiga presentadora me consiguió que colaborara en el nuevo programa que le habían asignado. «Me ha costado, pero no te mereces lo que está pasando», me dijo. Acudí como colaborador los meses suficientes para que el 2012 pasara a ser el 2013. Una mañana estaba esperando que terminaran de colocarme el micrófono para sentarme en mi lugar habitual cuando la regidora me apartó bruscamente. «Vamos a conectar con el desahucio», me dijo. Y me separé.

Estuve allí toda la conexión, la abuela aferrada a sus potes en la cocina, los policías dando hachazos a la puerta, los niños llorando en el suelo y el actor protagonista del estreno de ese viernes y yo conteniendo las lágrimas y sumando minutos de espera. «Seguimos con el directo, despejen el plató todos los demás», vociferó la regidora. Salí a la calle, había una luz fantástica, el cielo era tan azul y el sol te acariciaba, aunque fuera enero y el 2013 pareciera tan aterrador y conflictivo como los anteriores. Avancé hacia la salida mirando mi afiche en la galería de rostros de la cadena, totalmente desbalanceado. Me detuve a enderezarlo con la malísima suerte que unos empleados, llamándome por mi nombre, me dijeron que ya lo quitaban ellos.

Mimí y yo cenamos muy poco, encendimos el telediario para escuchar más desahucios, las imágenes de las manifestaciones en las principales ciudades del país contra los recortes, los economistas explicando qué eran las primas de riesgo y la retahíla de casos de presunta corrupción que se dejaban para el final. Muchos de esos expertos economistas me parecían las nuevas estrellas de la televisión. El tiempo en que hablar de los demás y, sobre todo, de sus relaciones sentimentales, se había acabado. Si tan solo unos años atrás yo había convertido la palabra «momento» en casi un adjetivo, ahora volvía a ser una manera de indicar lo que estaba pasando. El momento ya no era un clima, una alegría, una cumbre. Era cruel. Seco. Infinito.

—Siempre volvemos al principio —analizó Mimí—. Cuando nos conocimos, empezaban a faltar papeles para mí. Me hacía mayor, ya no podía ser la mamá joven o la señora madura de buen ver que busca un amante más joven. No hay papeles que te acompañen en la vejez. Y apareciste tú y fuiste luz. Esa alegría. Me enamoré…

—Nos enamoramos —interrumpí.

—A nuestra manera, exacto. Disfrutando de todo lo invisible para que se disiparan las sombras, las malas noticias.

—El tiempo de tormentas.

—Es cíclico, Boris. Sé que no es muy creíble, pero mi edad me ha enseñado que todo es cíclico.

—Sí, como decía mi mamá, todo va a estar bien.

—Sé que volverás con Gabriel. Y entonces, todo volverá a estar bien. Pero, claro, soy una romántica.

La situación en Venezuela también había empeorado y, por una cadena de impagos y malas políticas aeroportuarias, una serie de aerolíneas habían dejado de volar y operar en mi país. Había pensado aprovechar mi desesperada situación para pasar un tiempo junto a mis padres, pero no podía volar hacia allí hasta una fecha con casi seis meses de espera.

—Mira siempre el lado bueno —dijo mi madre cuando se lo expliqué—. El 7 de febrero es el aniversario de mi boda con tu papá.

—Fue lo primero que pensé.

—Me encantará que lo celebremos juntos.

—Gabriel no podrá estar, mamá. Llevamos separados unos cuantos meses.

—Tardaste en decírmelo, él lo hizo apenas se marchó a Portugal.

Me ardió el estómago, pero mi mamá no me dio tregua.

—Me han encontrado un cálculo, es lo que creen. Está en un lugar que no tiene fácil acceso y por eso no saben qué es.

Cerré los ojos pero no me quedé callado, me resultó tan terrible que dijera lo que acababa de decir. De esa manera, al descuido, zas, la pezuña del destino, la muerte apareciendo como alguien que llega tarde a cenar.

—¿Cuándo van a analizarte?

—En una semana. Me da miedo la máquina y ese momento larguísimo en que estás dentro y no ves nada.

—Pensarás en algo bello, imagino —dije sin saber qué era lo que decía.

473

—Cuando venías a buscarme al ballet después de tus clases.

—Mamá…

—No hay que adelantarse a nada, Boris.

Era grave y se confirmó casi un mes después, empezaba noviembre, pero extrañamente la tarde se alargaba y aún había luz en la calle. Mi mamá sonaba muy serena, hablaba lentamente desde Caracas.

—Es cáncer —dijo—. Van a operarme y estoy preparándome para ello. Sabes que no me gustan los médicos.

—¿Por qué no vienes aquí, mamá?

—No hay vuelos, Boris. Tú tampoco puedes volar porque están repletos. Las nuevas medidas económicas, aquí en Venezuela, han convertido los billetes de avión en una cuenta corriente.

—Puedo llamar a alguien.

—No quiero que hagas ningún esfuerzo. Además, no quiero ser una de esas personas que desmerece de los médicos de su país.

—Mamá, por favor, es tu salud lo que importa.

—Recuerdas aquel problema con el píloro —dijo. Me pilló mientras miraba hacia el suelo, Mimí pasó camino hacia la cocina. No quería empezar a llorar. Y mamá bajaba su voz—. Creo que ese es el origen de todo.

—Te habías curado.

—Sí, la iridóloga lo confirmó.

—Una iridóloga que luego desapareció, mamá.

—Sí. Pero es mi decisión. Estoy de acuerdo con la medicina alternativa, Boris. Me curó entonces. Te fuiste a España, un día de ese horrible año, me curé. Funcionó.

—No, mamá, no funcionó si ahora estás en una situación más grave.

—No voy a hacer quimioterapia —dijo muy firmemente.

—¿Tampoco quieres operarte para extraer el quiste?

—No. Voy a operarme porque tu hermano y Rodolfo me han suplicado que lo haga. Y también Valentina.

—Inclúyeme. Yo también te lo suplicaría, mamá.

—Pero será aquí, en la clínica más cercana a casa.

Entró un silencio invisible.

Y ella retomó la conversación.

—No deseo ser un estorbo.

—Mamá, no eres ningún estorbo.

—Es por eso que no voy a hacer quimioterapia, no quiero convertirme en una carga. De verdad, no lo quiero. ¿Estoy siendo clara? No lo quiero, no quiero que pierdan tiempo en intentar convencerme.

—Belén —dije controlando que no se me escaparan ni lágrimas ni nervios. Mimí se sentó a mi lado y la dejé que escuchara.—. Estás siendo muy clara. Yo estoy de acuerdo contigo. Tienes mi apoyo, mamá.

—No quiero destrozar lo poco que me queda de cuerpo. Pueden llamarlo vanidad, lo que quieran, pero no quiero dar pena. Toda mi vida intenté ser lo más sana posible y el resultado ha sido que me enfermé. Pero es mi problema. No quiero luchar por luchar. Necesito seguir pensando, no quiero verlos sufriendo. No quiero que me mantengan viva si la vida ya no quiere seguir dentro de mí.

Mimí me miró y se apartó del móvil.

—Mamá —empecé y me quedé en silencio. Para ganar fuerzas. Y aproveché para recontar cuántas llamadas de último adiós me habían tocado tan recientemente. Leopoldo, que en realidad fue una neumonía avasalladora. El Gran T, que no fue una llamada, pero sí una despedida desgarradora. Joan Ramón, que sí fue otra llamada. Y ahora, Belén. Mamá.

Entonces, pude hablar.

—Eres tú la que está enferma y tienes todo el derecho a enfrentarlo como tú quieras, mamá. Yo solo puedo acompañarte en todo lo que decidas.

—Gracias —finalizó con un hilo de voz.

CAPÍTULO 45

—

CARACAS

Aterricé en Caracas sentado en un asiento de Business y disfrazado de Mr Glamour, solícitamente atendido por las azafatas de la aerolínea, que estuvieron sirviéndome y rellenando vino blanco en una copa con dos hielos prácticamente hasta abrirse las puertas. El único varón en la tripulación, Nelson, me había dejado su teléfono móvil en Caracas escrito en una tarjeta. Era venezolano y pasaría unos días de asueto en «nuestra ciudad, que ya no es lo que era», había dejado escrito bajo los números.

Mi mamá llevaba días sin comer bien y sin bajar de su habitación. Pero mi visita había conseguido animarla y probablemente podríamos llevar adelante la celebración de sus bodas de oro. Les resultaba una situación burguesa y demasiado tradicional, por más que para mi hermano mayor y su familia sirviera como un desahogo tras unos meses muy tristes.

Entré en su habitación mirando hacia su cómoda, donde se reunían los objetos que demostraban esa vida que parecía empezar a apagarse. No tenía miedo de cómo la iba a encontrar, pero quería…, pensaba que, si me daba un tiempo para ese momento, estaría más preparado para que ningún gesto desnudara mi miedo.

—Mi amor —dijo ella mientras la levantaba apenas un poco del colchón para abrazarla muy delicadamente.

Ya no era delgada, era casi papel. Pero, sorprendentemente, la piel pegada a sus huesos, en la cara, conseguía dibujar una belleza luminosa. Era una esfinge, un anuncio beatífico. Una canción hermosa que sobrevuela tu memoria a medias, sus palabras incompletas, su melodía confundida, pero aún transmitiendo una esencia, un buen mensaje. Algo bello.

476

—Mamá, ¿estás pensando en una canción?

—Sí —respondió y sus ojos se alegraron muchísimo—, esa de Miriam Makeba.

Me eché a reír.

—*Pata-Pata* —dije controlando mis lágrimas. Se la canté con mi pésima afinación—. *Pata-Pata is the name of a dance we do down Johannesburg way.*

Increíblemente, con toda su debilidad, ella empezó a bailar, como bailamos esa canción juntos de niños y también de adultos en mis fiestas locas en esta casa.

—*Hihi ha mama, hi-a-ma sat, si pata-pata* —seguía ella. Empecé a reírme con llanto—. Tú lo bailabas mejor que yo —dijo de repente.

—Para nada, no hacía más que seguir tus pasos. Gabriel siempre dice, perdón, siempre decía que yo bailo todo igual, con esos pasitos que aprendí contigo.

—Rodolfo preparó las tartaletas del Agregado para celebrar que llegabas. Hace tanto tiempo que no las llamábamos así. Estarán riquísimas y, aunque no me dejan comer nada verde, estoy decidida a comerme dos. Quiero llevarme ese sabor conmigo, ¿sabes?

—Me contó Valentina que ella ayudó con la receta.

—Se parece tanto a ti esa niña.

—Todos los niños te recuerdan a mí, mamá.

—Porque sufriste tanto cuando lo fuiste, mi amor. Qué injusticia tan grande.

—No te preocupes por eso ahora. Estaba desesperado por dejar de ser niño.

—Y eres un desastre como adulto.

—Mamá.

—La enfermedad la hace ser muy clara —interrumpió mi papá. Había entrado con una bandeja cargada con muchos envases de medicinas homeopáticas, parte del tratamiento que mi mamá había escogido después de una segunda intervención que la vació de todos sus órganos reproductivos, donde el cáncer había iniciado su veloz extensión.

—Siempre he dicho lo que pensaba. Y más que a nadie, a Boris.

La celebración del aniversario tuvo un poquito de todo, emoción y contención, nostalgia y terror por el presente, ese cóctel molotov de crisis financiera, personal y de salud. Sofía llegó la primera y pidió quedarse a solas con Belén, en su habitación, mientras ayudaba a arreglarla para recibir al resto de los invitados. Igual que hacía cuando era niño, me pegué a la puerta para intentar escuchar lo que hablaban. Pero había perdido facultades, no oía nada. O estaban hablando por señas o directamente no decían nada porque sabían que estaría con el oído pegado a la puerta.

Me sumé a los invitados. El maestro Holguin, igual de esquelético y su mirada clavada en mí sin decirme siquiera hola en mi propia casa. Fran, adorable y pelín fuera de foco, trayendo como regalo el libro recién publicado de Altagracia Orozco, *Mi Venezuela*. Alexis Carrington del Valle, vestido como un banquero, con varios álbumes de fotos suyas con Belén. «Somos amigos secretos desde que te fuiste, Boris», explicó mi mamá incorporándose muy débilmente, sujeta a Sofía, en su propia celebración. Alexis Carrington del Valle no pudo contener su llanto. El resto nos quedamos en silencio y mi mamá atajó la situación. «Todo va a estar bien, Alexis Carrington del Valle». Al llamarle así, recuperamos la risa y me senté entre los dos devolviéndole a mi mamá, a través de la mirada, mi admiración.

Al final, llegaron Irma y Graciella, las compañeras de ballet de mi mamá, que seguían igual de juntas, ahora con un aire más conspirador. Recordaron ese episodio en que le dijeron a la Pelirroja que una de ellas se acostaba con su marido.

—¿Cómo «una de nosotras»?, ¡si fue Irma! —exclamó Graciella. Y la risa fue como una sanación.

Mi mamá se unía a la carcajada, pese a que le provocaba dolores en la garganta.

—Fuimos muy locas —recordó—. Irma, tú decías que hacía el amor como un salvaje —insistió mi mamá.

—No, como un loco, el pene se convertía en un robot desorientado y yo hacía lo que podía para que no se extraviara en un mundo cruel.

Todo el mundo estaba encantado o fascinado de esta manera de celebrar un aniversario de bodas con una mamá enferma. Mi sobrina Valentina se acercó para darme ánimos. «Nadie es así ahora, tío», me dijo.

Nelson, el azafato, se adelantó a mi llamada. Detrás de su voz escuché a Saint Etienne, un grupo que Gabriel y yo disfrutábamos mucho en nuestro piso de Santiago de Compostela. Propuso ir al nuevo restaurante de moda en la ciudad, que estarían unos amigos suyos que tenía muchas ganas de presentarme. Decliné y él insistió. Dijo que necesitaba salir de ese momento lúgubre. Debí haber terminado la conversación allí mismo. En vez de colgar, me sedujo la gravedad de su voz y la risa cortada después de la frase y Saint Etienne jugando con mi memoria. Y me escuché diciéndole a Nelson que sí, que pasara a buscarme.

La mañana siguiente escuché los ruidos de la intendencia de mi casa. El olor del café recién hecho y de las arepas empezando a tostarse sobre el budare. Salí al pasillo y vi que mi mamá no estaba en su habitación y bajé raudo las escaleras para encontrarla más parapetada que otra cosa en su silla de la mesa de comer en la cocina. Mi papá murmuraba sus típicas maldiciones sobre las hornillas, que nunca sabía cómo controlar. Mi mamá movió su cadavérica cabeza llevando los ojos hacia atrás en su típica señal de exasperación a causa de mi papá.

—Rodolfo, la hornilla que tienes que apagar es la de la derecha.

—No es esa.

—Sí, Rodolfo es esa. Boris, por favor, apágala tú.

Yo, de todas las personas que seguía sin saber cuál era la derecha y la izquierda, aparté con cariño a mi papá y apagué la que había indicado mi mamá.

—Gracias, mi amor. ¿Saliste anoche?

—Sí, mamá.

—¿Cómo se llama?

—Nelson.

—¿Lo conociste en el avión?

—Sí, mamá.

—Qué horror.

—Belén, ¿qué estás diciendo? —insistió mi padre.

—A mi mamá nunca le gustó que saliera con azafatos o bailarines.

—No tienen nada que aportarte —Mi mamá aprovechó para pedirme con una señal que le untara mantequilla sobre su trozo de arepa. Así lo hice.

—Oye, Belén, son profesiones como cualquier otra.

—Los bailarines no saben de otra cosa que su cuerpo. Y un azafato jamás sabe decirte por dónde está volando el avión en el que trabaja. —Mordió un trozo de la arepa y estaba demasiado caliente. No pudo reprimir un gesto de dolor que me alarmó—. No es la garganta, aunque igual sí, es la sensación del calor que me baja al estómago y me despierta todos esos demonios que debo tener dentro —dijo.

—Toma un poco de agua tibia, mi amor —dijo mi padre.

—Me da igual. Quiero tener un desayuno normal con Boris —afirmó. Me miró y la vi como si tuviera treinta años y acabara de regresar de bailar Giselle y los dos tomáramos chocolate caliente antes de irnos a dormir. Sí, alguna vez lo hicimos.

—¿Y entonces qué pasó con Nelson?

—Ay, sus amigos eran unas locas insoportables.

—Pero él tiene veinte años menos que tú.

—Sí, mamá.

—Los hombres son tan típicos.

—Belén, no generalicemos —dijo mi papá.

—Cuando tuviste esa novia que llamaba y colgaba tenías la edad de Boris ahora.

—Mamá. —Quería intervenir para defender a mi papá—. No soy capaz de reprimir ese deseo de seducir lo que se ponga a tiro.

—Eso es lo fácil. La verdadera seducción es hacia esos a los que no les gustas.

—Belén, eso es muy debatible.

—Tú me hiciste daño con esa mujer igual que Boris se lo ha hecho a Gabriel, pero eso es un pensamiento demasiado cristiano para mí. No abogo por que hagan lo que les dé la gana, pero no quiero escucharme condenándolo porque tampoco lo condeno. Es algo con lo que nacen ustedes, los hombres. Y luego los gays hacen de una infidelidad una telenovela increíble porque parece aportarles adrenalina —lanzó.

—¡Sí que la enfermedad te ha dado una claridad increíble, mamá!

—No es la enfermedad. Es lo otro. La muerte, su cercanía, su aliento, me hace ver cada vez más lejos.

Nos quedamos callados.

—¿Te acostaste con el almirante? —recuperó ella misma la conversación.

—Azafato, mamá.

—Otra puta. Todos los hombres son iguales —repitió, quizás sin recordar que acababa de decirlo.

—Hay una arepa más, Boris, si quieres comerla —dijo mi papá mal disimulando su risa por su frase de mayordomo.

—Necesito esa seducción, mamá.

—Es una droga. Y como todas las drogas no te deja ver la verdad. Lo haces porque estás lleno de egoísmo, Boris. Creía que era culpa mía haberla inculcado para que pudieras defenderte de tantas cosas adversas, y al final la convertiste en un escudo para esconder tus heridas.

—Gabriel, pese a que estamos separados, piensa igual que tú.

—Porque te queremos los dos. Me da tanta pena no haberme dado cuenta de eso y ser más amiga de él. Pero sabes que, al igual que contigo, hablamos mucho por teléfono. Y le prometo que jamás te comentaré lo que hablamos de ti.

Asentí con la cabeza.

—No condeno que te enamores de cuanto pájaro agite las alas frente a tus ojos, Boris. Pero nunca estuve de acuerdo en hacerle daño a quienes solo te quieren.

—Deberíamos subir a la habitación, mi amor —volvió a actuar como mayordomo mi papá.

—En el primer viaje que la compañía hizo a Cuba, unos años después de la Revolución, el encargado de negocios de la embajada de México nos recibió en el aeropuerto. Una planta impresionante. Roberto Montesinos, me acabo de acordar del nombre. Con unas maneras finas, el nudo de la corbata impecable bajo esa humedad insoportable. Y colonia fresca. Miré hacia Isaac, que venía con nosotros para escribir una crónica del viaje, como diciéndole que era más para él que para mí.

—¿En qué año fue ese viaje? —preguntó mi papá.

Mi mamá hizo como si no le oyera. Y tomó mis manos.

—Pero cuando dijo mi nombre y me comentó que esperaba muchísimo a verme bailar esa noche, comprendí que estaba delante de una excepción.

—Belén, ¿ese viaje fue cuando la revolución se declaró marxista leninista o antes? —insistió mi padre.

Mi mamá siguió sin demostrarle atención.

—Creo que fue una de las noches que bailé más libremente. No mejor, sino entregada, despreocupada si levantaba el brazo en la altura correcta o mezclaba las puntas delicadamente en el *entrechat*.

—Te dejaste llevar —dije.

—Sí.

—¿Solo esa vez? —preguntó atinadamente mi papá.

—Roberto me invitó a cenar esa noche y las otras en que estuvimos en La Habana. Siempre se mezclaba el olor de su colonia con el de las plantas en las calles, los limoneros, un aire de almendras.

—¿Estás segura que fue solo en La Habana?

—A lo mejor ese era su sabor y no su olor —continuó ella. Apretó sus manos en las mías—. Pero no hubo más. No pasó nada más.

—¿Por qué, mamá?

—Porque me di cuenta que no sería nada más. Que yo me regresaría a Caracas y él se quedaría allí o en donde le enviara su embajada. Que no seríamos más que un recuerdo. Y jamás un amor. La vida no está hecha para hacerla solo de recuerdos, Boris. En algún momento tienes que escoger entre lo que es real y lo que no. Lo real nunca es tan cautivador como la imaginación. Y no es hasta que la vida empieza a terminar que te das cuenta que lo vivido…

—Fue siempre lo mejor —culminó mi padre.

Belén lo miró, al principio molesta porque él le hubiera arrebatado el final de la conversación. Y, entonces, poco a poco cambió su mirada a una más profunda, llena de cariño. Y de despedida.

—Llévame a la habitación, mi amor —pidió a mi papá.

Las mañanas de esa visita a Caracas estaban marcadas por las sirenas y las explosiones de los gases lacrimógenos que lanzaban las Fuerzas Armadas contra los manifestantes, en su mayoría muy jóvenes, en la plaza Altamira. Nelson estaba absorbido e involucrado al máximo con las concentraciones antigobierno. Me enseñaba todo lo que pasaba, dónde se movía, hasta dónde llegaba a través de su móvil. Esas imágenes eran las únicas que testificaban lo que estaba sucediendo. En la televisión nacional era imposible ver nada acerca de estos acontecimientos. Mientras veías cómo el cielo de la ciudad se volvía naranja y limón por el humo de las bombas lacrimógenas, en el televisor solo veías telenovelas de todas las décadas posibles, setenta, ochenta, noventa y dos mil, como en algunas emisoras de radio que retransmiten hits de esas épocas. Estuve tentado a ver alguna de las que había escrito con José Ignacio, pero me pudo la indignación por que a través de esas reemisiones se escamoteara la realidad a los venezolanos.

Fran venía a visitar a mi madre y le traía papayas de un sabor sobrehumano. Lamentablemente, el cáncer limitaba cada vez más los alimentos que mi mamá podía ingerir, pero ese poquito de «lechosa divina», como llamaba mi mamá en su perfecto caraqueño a la fruta, se colaba al tiempo que ella conseguía descender de su habitación para estar un rato con Fran hablando de cosas que habían construido en común durante mi larga ausencia.

—Creo que las rosas no se van a dar tan bien este año, Fran.

—No estés tan segura, sabes que se hacen tan caprichosas como sus dueños y pueden darte una sorpresa.

—Me encantaría que florecieran para mi cumpleaños.

—Nuestro cumpleaños —dijo él muy sonriente. Era verdad, habían nacido el mismo día pero en diferentes años.

—Sabes que cuando tú apareciste en la vida de Boris fue la vez que más enfrentados estuvimos.

—Pero no por mí, sino por esa loca columna de periódico.

—Loca o no, empezó mi carrera —dije.

—La verdad que agradezco que tu amistad haya durado más que esa columna. —Nos reímos todos.

Mi hermano llegó con su esposa y su hija, que aplicaba un masaje «curativo», como lo llamaba la propia Belén. Era un día sí y otro no. Ese instante en que estuvimos todos juntos fue una auténtica pausa en la convivencia con la enfermedad. «Valentina, haz una foto con el móvil», pidió mi mamá y Fran saltó para hacerla él. Sus brazos se habían vuelto alas, me recordó una cigüeña extendiendo esas alas entre Valentina, tan joven, tan fresca. Y yo.

La enfermedad tenía dos caras. La cruel, la adversa, era realmente pavorosa. Empezaba con los gritos de mi madre a mitad de la noche y que se exacerbaban porque en esas horas Caracas es la ciudad más silente del mundo ya que sus habitantes se encierran en sus casas, aterrorizados por la rampante inseguridad. Para evitar asaltos, secuestros, muertes violentas, los caraqueños habían aprendido a encerrarse a las seis de la tarde. Cuando el dolor atacaba a mi madre hacia las once de la noche, el silencio servía de eco a sus gritos. El dolor avanzaba dentro de ella como una garra que apretaba lo que encontraba a su paso. «Eutanasia», gritó una de esas noches. Salí de mi habitación para detenerme en el umbral de la de ella. Mi papá apretaba suavemente una toalla empapada en algo que tenía un olor médico. Valentina, tan joven, tan seria, tan abnegada, la tomaba de una mano y mi mamá retorcía los labios, crispaba los dedos y el dolor la dejaba un instante y entonces repetía esa palabra quedamente, pero igual de determinante en su pronunciación, «eutanasia». Mi papá me miró, no había lágrimas en sus ojos, pero sí una pena devastadora. «No es posible, mi amor, Belén, no es legal». «Que la hagan legal», decía, ese hilo de voz y de nuevo la embestida, crispando sus dedos tan finos y Valentina acariciándolos como si pudiera amainar la bestia que los retorcía.

—A veces pienso que mi abuela se está muriendo porque sabe que el país que ella conoció también se está muriendo —dijo

Valentina en el comedor delante de Tiempo de tormentas. Todos nos quedamos callados mirándola—. Y a veces pienso que en vez de que el cáncer la escogiera fue ella la que lo llamó. Sé que es duro, abuelo, pero cuando lo pienso así, que la abuela lo ha escogido, se me hace más comprensible lo que está pasando.

—Ayer volvió a tener una de esas alucinaciones y habló con su papá y le dijo que estaba leyendo de nuevo esos cuentos de Flaubert porque sabía que, apenas se fuera de aquí, iba a conocerlo.

Los tres nos levantamos para abrazarlo y él se derrumbó a llorar.

Alguna vez, en la tarde, mi mamá aparecía en la puerta de mi habitación y entraba y se sentaba en una esquina de mi cama, en un principio sin percatarse que yo estaba allí.

—Mamá —le decía—, ¿quieres algo?

—Se volvió una costumbre, estos años que no has estado, venir a sentarme aquí un ratico hacia esta hora. —Ya casi los huesos parecían bailar delante. Su belleza se empeñaba en acompañarla—. ¿Cuándo te fuiste la primera vez?

—En 1992, mamá.

—¿En qué año estamos?

—2014.

—Voy a cumplir ochenta y dos.

—Sí, mamá, y yo cuarenta y nueve.

—He tenido una vida fantástica, ¿verdad, mi amor? Hice siempre lo que quise y, sin embargo, ese no es el verdadero principio de la vida.

—¿Cuál es?

—No arrepentirte. Me habría gustado pasar más tiempo físicamente contigo, mi amor. No solo verte crecer, sino tocarte cuando hacía falta. Cuando estabas más solo. Y cuando estabas mal acompañado también.

—Pero tenía que marcharme, mamá.

—Para ser quien eres. —Me acarició la cara y siguió sonriendo. Me acerqué a besarla, se había puesto su perfume de Balenciaga que apenas quedaba en el frasco—. ¿Crees de verdad que fue el país, este fracaso de país, lo que te obligó a marcharte, Boris?

—No, mamá, fue mi ambición. Mi necesidad de éxito.

—No puedes perderla, ¿lo sabes? ¡Es lo que mejor sabes hacer! Tener éxito. —Se separó y volvió a ponerse en esa esquina de mi cama—. Tantas tardes aquí, sola, pensando, recordándote cada segundo. Esas capas que te inventabas con mis pañuelos y llegabas así vestido a tu colegio, llamando la atención, claro. Pero lo divertido era que convencías a tus compañeros que la capa te daba poderes, podías volar y tus amigos te dejaban sus zapatos, sus mochilas, sus termos, las loncheras de última moda a cambio de la capa.

—Y tú me comprabas otro pañuelo para que yo siguiera haciendo esos trueques.

—Ahí en tu clóset hay uno de esos zapatos que le «robaste» a uno de esos compañeros.

—Un poco tarde para devolvérselo.

—Pero las capas siguen en casa. En mi clóset, al fondo, las he guardado todo este tiempo para que sigan cubriéndote de poderes.

Nos abrazamos. Y le dije al oído:

—Para protegerme, mamá.

Mimí se quejó amargamente de que no hubiera respondido a sus llamadas.

—Cada vez entiendo más a Gabriel. Y a tu mamá, que la convertiste en una secretaria, como a mí. Te están llamando de Estados Unidos, se llama Morgan, tiene acento argentino. Insiste en que tiene una oferta para ti.

—No puedo dejar a mi mamá.

—Los abogados llamaron ayer para notificar que tienes una investigación de Hacienda. Necesitarás dinero, Boris.

—Puedo terminar la novela y con el adelanto...

—No es suficiente.

Mi mamá gemía intermitentemente desde su habitación. En la pantalla del móvil apareció el nombre de Nelson y seguidamente el de Fran, tendría que responderles al colgar. Mimí se molestó muchísimo cuando le colgué con prisas.

Me llevé las manos a la cabeza y vi a mi papá abrazando a mi madre con la boca abierta, dejando escapar un grito que no era capaz de tener sonido. Entre los dos la sujetamos para iniciar el descenso de esa escalera. En cada escalón, el dolor la atacaba con ese puño frío que crujía lo poco que debía quedar dentro de ella. Y su cara se distorsionaba mientras ese grito salía de ella sin ruido, tan invisible y visible. Mamá, dije, y ella movió la mano dentro de la mía, como pidiéndome que la dejara, que no siguiera adelante, que dejara que el dolor la quebrara en dos y todo terminara. Mamá, dejé escapar, y mi papá me cubrió la boca con su mano libre.

Cuando llegamos al hospital, la gente empezó a hacer esos gestos de reconocimiento que precedían la petición de fotos o la extensión de abrazos y condolencias. «Su pobre mamita». Mi papá llegó hasta un despacho con aire acondicionado, dos señoras le reconocieron y colocaron a mi mamá, lo que quedaba de ella, en una silla de ruedas. Las seguimos hasta una habitación donde consiguieron tenderla en una cama. «Será una horita, algo más», dijeron. Mi papá me explicó que la enfermedad generaba un líquido en su cuerpo que la inflamaba hasta un punto que no se podía hacer otra cosa que extraérselo. Eso aliviaba o tranquilizaba a la bestia del dolor. Me quedé junto a él, sentados en el pasillo de la clínica que empezaba a colapsarse, enfermos de todo tipo, heridos de tiroteos, mujeres presas de ataques de nervios porque acababan de violentarlas o secuestrar a sus hijos delante de ellas; otras enfermas de cáncer como mi madre. Una de las dos enfermeras se paró delante con su móvil en la mano. «Mi amor, no tendrás un poquito de hidroxiurea para este piso. Sí, mi amor, se acabó y no hay en ningún otro hospital». Se quedaba mirando al suelo, dando unos golpecitos con el pie. Intentaba otra petición, siempre con el mi amor por delante y el diminutivo hasta para la medicina más áspera. Nada. No había nada.

Entré a ver a mi madre, que fuera lo primero que viese cuando volviera del sueño tras la intervención. En una inyectadora inmensa, rellena de un líquido que parecía grasa, estaba una parte, un tentáculo del monstruo que la estaba matando. Ella despertó y sujeté esa mano que se había convertido en nuestra nueva comunicación. Nos vimos muy dentro. Había un trozo de su cabello, con el color de su juventud, moviéndose al fondo de ellos. Seguía un ritmo, bailaba, allí suspendido en ese sereno amor conservado dentro de sus ojos.

Morgan atendió mi llamada al final de esa tarde. Su propuesta era trasladarme a Miami, quería hacer una prueba para un programa que estaba seguro sería un éxito.

—Es un reality de ex profesionales de televisión reunidos de todas partes de Latinoamérica. Y cómo no iba a estar la única estrella latinoamericana que ha triunfado en España.

—No soy la única.

—El que más. Los demás duraron un programa o dos. Además, puedo conseguir que nos «aguanten» más de seis semanas, previendo que colaborarás con las situaciones que se puedan crear durante el encierro.

—Tragar —dije.

—Oh, no, están pensadas muchas pruebas para demostrar tu capacidad de suspicacia.

—Supervivencia, más bien.

—Puedo conseguir una buena cifra para ti, aparte de mi porcentaje.

Volvimos a sentarnos delante de Tiempo de tormentas, mi papá, mi hermano, Valentina. Empecé explicándoles que los impuestos me habían dejado casi tan vivo como mi mamá. No les gustó nada el símil, pero así quedaba expuesto el motivo principal para aceptar la propuesta. Si me aceptaban, estaría encerrado en un programa de televisión mientras mi mamá agonizaba. Todos bajaron la mirada menos Aminta y el hombre en la silla de ruedas de Tiempo de tormentas.

CAPÍTULO 46
—

DECIR ADIÓS SIN PALABRAS

Nelson vino a buscarme a casa de mis padres al volante de un jeep color limón fosforescente. Me miré en el espejo mientras terminaba de afeitarme. Eros y Tánatos, dije quedamente.

Mi mamá, en los huesos, contenía la suficiente fuerza para ponerse en uno de sus sitios favoritos de su casa, la ventana de la antigua habitación de mi hermano, donde veía las películas de Ingrid Bergman y atendía mis llamadas transoceánicas. Y, desde esa esquina de la ventana, observaba la vida, la calle infestada de agentes de seguridad que vigilaban una de las casas vecinas, propiedad de los padres de uno de los vicepresidentes de la Revolución Bolivariana.

—Boris, no me imaginé nunca que terminarías así, pavoneándote con un chico veinte años más joven.

—Me ha invitado a una boda, mamá, pensé que me vendría bien para mi nuevo libro recordar una de esas bodas caraqueñas llenas de invitados.

—Me parece una falta de respeto.

—¿El chico veinte años más joven o la boda?

—Lo que estás haciendo con Gabriel. Y acudir a una fiesta cuando esta mañana han matado a dos estudiantes en las manifestaciones contra el Gobierno.

—«Respeto». Esa fue la palabra que nos separó, mamá. No supe respetarlo y así terminamos.

Fui a abrazarla y Nelson sonó varias veces su bocina.

—¡Tengan cuidado! —indicó acercando sus huesudas manos a mi rostro.

Nelson aceleró apenas me senté y coloqué el cinturón de seguridad. Era exactamente lo que había imaginado que haría.

Estaba delicioso en su traje azul marino con una débil raya diplomática. La tela se aferraba a sus muslos, confería mayor importancia a la entrepierna y dejaba ver un poco de sus delgados tobillos cubiertos por unos calcetines demasiado clásicos y negros. También me pareció ridícula la correa: si ya poseía una cintura estrecha, no entendía esa necesidad de cumplir con el absurdo protocolo venezolano de llevar cinturón. La camisa hacía lo mismo que los pantalones, se unía a su respiración y podías ver dibujadas sus costillas, el espacio entre los pectorales, la forma de los tríceps en reposo y también los bíceps y, sobre todo, los ángulos de sus hombros. Y antes que te fijaras en el cuello, el perfil y la voluminosa cabellera, te sorprendía el aroma de su colonia, demasiado fresca, demasiado pino y cítricos, atosigando el interior de ese jeep de surfista.

—¡Qué bello estás! —dijo tras una fugaz mirada y acelerando en la pequeña calle—. ¡Te vistes como nadie! —agregó—. ¿Cómo lo haces? O mejor dicho, ¿cómo puedo hacerlo yo?

No dije nada, iba pensando en Gabriel, que estaría ya dormido, pero seguramente con un ojo abierto dirigido hacia esta conversación. Porque en el fondo, en el fondo de cualquiera que fuera mi alma, seguía pensando que me perdonaría, que dejaría de otorgarle tanta importancia al respeto. Y que yo, obtenido su perdón, dejaría todo, sí, a pesar que Nelson tuviera veinte años menos en todas las partes de su cuerpo, y regresaría.

—¿En qué piensas?

—En que para ser nacido en la Castellana te pierdes como un novato en sus calles.

—Es que no soy nacido en la Castellana.

—Vaya, pensé que siendo estudiante del San Ignacio eras un chico pudiente.

—Solo tengo el aspecto.

La boda era en el Country, una de las zonas más ricas de Caracas, robusta en dinero, hectáreas y vegetación. Nelson bajó del jeep y avanzó tongoneando muslos, nalgas, fémures de una manera que te hacía perder el orden alfabético. Me sentí ligeramente molesto conmigo mismo por babear detrás de ese culo pero tampoco tuve mucho tiempo para rectificar porque estábamos bajando la rampa de la impresionante mansión donde se desarrollaba la boda. A medida que descendíamos se arremolinaba más gente y los flashes se disparaban como si estuviéramos entrando en un estreno. Empecé a escuchar mi nombre, como si estuviera en uno de esos photocall y adopté la pose en la que siempre salgo en las fotos, acariciando mi anillo de compromiso al tiempo que separo las piernas y dejo que un hombro se acerque más a la cámara que otro. Sonrisa, ojos abiertos y mi mamá pasó volando sobre mí. Como si ya fuera un fantasma, con una bata blanca con flores de tela que parecían deshacerse en su vuelo. Nelson se acercaba más a mí y algunas de esas personas que nos fotografiaban lo llamaban y podía discernir que a las cámaras de verdad se unían los teléfonos móviles y gente gritando mi nombre. Belén dejó de volar y la luz de los flashes fue una pared blanca donde se garabateaba una palabra que no podía leer. Y de repente, el eterno de repente, Gerardo estaba ahí y no, no era él sino Nelson llevándome a través de los pasillos de suelos de ladrillos encerados, típicamente colonial y típicamente propios de las casas de los ricos de Caracas, hacia el jardín de árboles altos de cuyas ramas colgaban grandes candelabros de cristal, de camareros disfrazados como si fueran ujieres de la Ópera de Viena y de señoras con moños estirados y estiradores de sus facciones, mirando como si fuéramos una amenaza demasiado familiar.

—Me encanta Thalía —dijo Nelson mientras me agarraba de las manos y me convertía en su pareja de baile.

«No llames la atención», escuché a Belén tan cerca que intenté parar y regresarme a casa, podría estar marchando de este mundo mientras yo seguía allí, con Nelson, repitiendo la letra de la canción.

«Boris, estás haciendo el ridículo». Era la voz de Gabriel. Nadie estaba bailando, solo nos veían a mí y a Nelson, su camisa adhiriéndose a su piel y el dibujo de sus pectorales a punto de hipnotizarme.

«Marico, maricones, maricomaricomaricomaricomarico», ahora la voz de aquel obrero con el pelo sobre su cara, sus ojos invitándome a saltar la verja y perderme con él dentro de la fábrica. Maricones, Maricones.

Nelson se separó de mí y golpeó a quien decía «Maricones». Pasaba de verdad, no lo estaba imaginando. Y toda un ala de la fiesta vino hacia nosotros con furia. Un solo hombre los contuvo. Vestido como un mayordomo inglés, detuvo la marabunta, todos más jóvenes que Nelson, vestidos como novios de mazapán, increpándonos.

—Esto es una boda, maricones. Una familia decente.

«No llames la atención, porque ya llamas la atención». Mi mamá de nuevo, no llevaba la batola blanca, sino un vestido negro, con las mismas flores de colores bordadas y deshilachándose.

—Señor Izaguirre, el servicio de la boda desea hacerse una foto con usted, que es un orgullo para todos nosotros —dijo el mayordomo.

«¿Qué haces ahí? ¿Por qué te juntas con esa gentuza?». La voz de Gabriel tan clara, precisa. No quería decir gentuza porque era una descripción demasiado gráfica de esos varones encorbatados y con zapatos lustrosos, llenos de ese odio y desprecio que hace tantos años atrás había dejado allí, bajo esa misma montaña.

—Señor Izaguirre —insistió el mayordomo, y noté que la música se había apagado y todo el servicio había dejado sus quehaceres para fotografiarse conmigo.

Posé junto a todo el servicio y los chicos mazapán se dispersaron. Escuché el chasquido de sus lenguas, apretadas entre sus dientes, fastidiados por no haber armado pelea. Nelson no aparecía por ninguna parte. La orquesta recuperó su ritmo y vi a Gerardo hablando con Emilio en una esquina. Parpadeé y no estaban ninguno de los dos, solo Nelson, la camisa por fuera del pantalón, la cara contrariada y una fuente de ceviche recién colocada en la mesa a su lado.

Me acerqué y le serví una buena ración en uno de los platos dispuestos.

—No quiero ceviche.

—Es lo mejor para este momento.

—Lo mejor hubiera sido no venir. Esta gente no tiene remedio.

—Bueno, llevan así todas sus vidas. Y las de sus hijos, por lo visto.

—Es por ellos que estamos como estamos —empezó a subir el tono de su voz—. Ustedes son responsables.

La orquesta subía el volumen, quizás para aplacar sus gritos. Lo vi tan desesperado y estaba cada vez más en desacuerdo con su actuación que me puse frente a él y lo callé besándolo todo lo profundo que pude.

«No llames la atención», escuché decir a mi mamá.

Nelson me empujó hacia la mesa donde estaba el ceviche y fue a esa fuente a lo único que pude sujetarme y, para no perder el equilibrio y caer hacia atrás, la lancé entera en su dirección. Él resbaló por culpa de algún calamar bañado en limón y al derrumbarse casi se golpea con una de las mesas de cristal dispuestas para que los invitados dejaran sus copas.

«Sal de ahí, tú no perteneces a esa gente. Regresa», escuché a Gabriel.

Me levanté como pude y enrumbé hacia la salida. Iba a cruzar la calle, solo, cuando una fila de motos me pasó peligrosamente cerca. Eran oficiales de las Fuerzas Armadas, el sello de la agrupación militar venía en los tanques de las motocicletas, en sus uniformes y cascos. Escuché mi nombre, no me giré, seguí caminando detrás de la fila de motocicletas y Nelson me agarró por el cuello.

—Te has vuelto loco.

—¿Yo solamente?

—¿A dónde piensas ir? Es Caracas, güevón. —Una palabra que solo escucharás en Caracas; fue un gran insulto en los ochenta, ahora es casi como decir mierda—. Pueden matarte en la esquina.

Subimos a su coche, él caminando con el mismo tongoneo pero con mejillones y trozos de pescado desprendiéndose. Tuvo que levantarse dos veces porque aplastaba calamares y limones con el culo. Se quitó la ropa y me retó. «Mírame».

—Llévame a mi casa —dije con toda la frialdad posible.

Lo hizo a una velocidad espantosa. La ciudad, un desierto sin arena y nocturno. Más que una capital caribeña, era la ciudad de la muerte. El jeep se detuvo frente a la casa de mis padres. Fui hacia Nelson y él me besó primero y me quitó la camisa y me llevó hacia su cuerpo cubierto de ceviche, con olor a ceviche. Un hombre tan fantástico y lo iba a tener con un sabor tan raro. El ceviche es mejor servido en un plato que sobre la piel de un varón.

Me separé.

—¿Qué te pasa? ¿Por qué me tratas así? —dijo—. Soy uno más, ¿verdad?

Preferí bajarme sin responder. Tenía los pantalones manchados del boniato que acompañaba al ceviche.

Él arrancó a toda velocidad. Y entré en la casa de mis padres para encontrarme a mi hermano bajando la escalera.

Mi mamá no estaba muerta. El dolor no le permitía hablar, luchaba, cara a cara, para conseguir decir algo. No servía de nada pedirle que desistiera, lo intentaba con fuerzas que sacaba de alguna parte. Mi sobrina Valentina intentaba comunicarse con un servicio de urgencias.

—Eutanasia —la escuché hablar y fui hacia ella—. ¿Por qué no me matan? —seguía hablando, pero esta vez con los ojos.

—Ve a ducharte, Boris —dijo mi papá, su expresión muy seria.

El chorrito de agua recorrió mi cuerpo. Caracas siempre ha tenido problemas de abastecimiento de agua. La capital del petróleo se muere de sed y hasta las mansiones millonarias tienen que soportar cortes repentinos. Fue una de las primeras señales de comunismo antes que sobreviniera la Revolución Bolivariana. Escuché el teléfono. Mi hermano abrió la puerta del baño.

—Es Gabriel.

Atendí mientras observaba que se hacía de día.

—Tenía años sin vivir un Draculazo. —Fue lo primero que le dije. ¿Quién le estaba hablando? El animal de frivolidad, el hombre desorientado, un imbécil? Llevábamos más de año y medio sin hablarnos. En su silencio comprendí que él se imaginaba que venía de estar con alguien como Nelson. Y continué—. Así los bautizamos en los ochenta, ciegos de cocaína y vodka, atrapados en el trafico de la mañana, viendo a la gente normal ir a sus trabajos mientras nosotros aún seguíamos de fiesta.

—¿Quién coño te crees, Boris? —dijo él exasperado—. Belén se está muriendo y tú lo único que haces es mariconear con algún mamarracho, exhibiéndote, haciendo el payaso en el peor sitio posible…

Le devolví el teléfono a mi hermano y fui hacia la habitación de mi mamá. Valentina coordinaba la labor de unos enfermeros que le administraban una inyección y la subían a una camilla.

Entramos en la habitación del hospital. Mi papá le decía cosas maravillosas a mi mamá. Le recordaba esa primera vez que la conoció. «Tenías el pelo tan negro y los labios tan dulces y me invitaste a un cigarrillo y yo te hablé de Roma». Mi hermano y Valentina salieron a rellenar todo el papeleo del seguro. Mi mamá abrió los ojos supervisando la habitación, impersonal, una combinación de beige y verde en la decoración.

—Rodolfo, déjame sola con Boris —pidió.

CAPÍTULO 47

—

LA PENÚLTIMA DESPEDIDA

La Clínica La Floresta es privada, pero una nueva normativa del Gobierno Bolivariano obligaba a ese tipo de instituciones a volverse públicas. Esas habitaciones beige y verdes, concebidas para un uso individual, podían volverse pequeñas comunidades de varias personas. Por lo temprano de la hora, la que mi madre iba a usar, no se podía saber por cuánto, aún estaba sola. Ella pidió un poco de agua y busqué en la bolsa que Valentina había preparado y saqué una botella.

—¿Estará fría? Tengo tantas ganas de beber agua fría.

Lo estaba y vi al fondo un termo, wow, Valentina era fantástica.

—Devuelve el cuadro, Boris.

—Mamá…

—No estoy alucinando, te estoy hablando claro. Quiero que busques a Ernesto. Y le devuelvas el cuadro. Que sea cuanto antes.

—Mamá…

—Me voy a ir… —Me tomó de la mano. El hueso aún desprendía fuerza. Y cariño.

—Hoy saldrás de esta, mamá.

—Pero voy a aguantar solo unos días. Hay cosas que arreglar. Tu baño, quiero cambiar el lavabo. ¿Puedes hacerlo?

Asentí.

—Me gustaría oír tantas cosas —continuó ella—. Tantas canciones. Esa que escuchabas de ese grupo inglés…

—*Missing*, de Everything But the Girl.

—Esa no, la versión que hacían de una canción de Rod Stewart.

496

—*I Don't Want to Talk About It*, mamá. —La voz empezaba a flaquearme.

—Te sentabas en el salón y la escuchabas y escuchabas.

—«No quiero hablar acerca de eso, con mi corazón roto» —recordé la canción. Como había hecho con el *Pata-Pata* de Miriam Makeba.

—Tienes que seguir siendo este hombre que está ahora aquí conmigo. —No lo esperaba, era lo más importante que quería decirme—. Quiero que sigas siendo el triunfador que eres. Brillante. Talentoso.

Me quedé mirándola, no podía hacer otra cosa. Un sinfín de recuerdos, de conversaciones, palabras, suspiros, miradas se arremolinaron entre los dos. Y ella pasó sus manos, lo que quedaba de ellas, alrededor de mi cara, como si quisiera volverla un camafeo, algo que llevarse con ella. Los que mueren se marchan con algo nuestro, no puedes darte cuenta de ello hasta que alguien, como tu madre, empieza a marcharse.

—Anoche, cuando no estabas, me quedé despierta recordándote haciendo los círculos. Te aburrías y venías hacia mí y me metías los dedos en el pelo y yo quería que siguieras y el mundo fuera solamente eso.

Intenté hacerlo, allí, con su pelo corto y su cara reducida.

—Lo siento, mamá.

—¿Por qué, mi amor? Solo me voy a marchar. Sin llorar. Ya lloré por ti esas noches de hotel, en las giras del ballet, pensando que me perdía algo de ti, tus ojos, lo mal que caminabas, tu torpeza. Volverás con Gabriel. Inténtalo, sin aspavientos. A él no le gustan.

—No hables tanto, mamá.

—Hay que aprovechar que puedo, mi amor. Quería agradecerte algo, sí, déjame hacerlo. Cuando empezaste a ganar dinero, me horrorizaba que empezaras a cubrirme de esos regalos que los hijos gays hacen a sus madres.

—Mamá, ¿qué estás diciendo?

—Sabes de lo que te hablo. Esos bolsos caros, de marcas, Chanel, Dior. Esos vestidos de nueva rica. Esos zapatos de tacón.

Iba a reírme.

—Y esos collares de perlas y sus pendientes a juego, hasta broches. Como de muerta. Te agradezco que no me los regalaras. Ni se te ocurra ponérmelos, Boris, cuando me entierren.

Me reí muchísimo, pese a que hablara de su muerte. Tenía tanta razón, por alguna razón machista, muchos hijos gays disfrazamos a nuestras madres de algo que idealizamos y termina por caricaturizarlas.

—Te lo prometo, mamá.

—Lamento no haber sido nunca como esas mujeres en las revistas que enviaba la Nena —continuó.

—No hizo falta, mamá.

—Menos Mimí y alguna más. —Quería decir que apreciaba a Mimí y a alguna más de esas señoras—. Fui yo la que le escribió a la Nena, como si fueras tú, para que dejara de enviarlas —confesó.

—Hiciste bien, mamá.

—Igual las comprabas en el kiosco y las escondías.

—Gasté una fortuna, mamá. Y muchas veces te robé dinero del monedero.

—Dinero bien invertido —deslizó y, adolorida, consiguió sonreír—. Gracias por respetarme y no volverme una de ellas.

Me pidió que la ayudara a beber un poco más de agua. Abrió y cerró los ojos. Ya era completamente de día en Caracas. El Ávila resplandecía. Los dos lo contemplamos y escuchamos en ese silencio las voces de las enfermeras mendigando medicamentos entre ellas, llamándolos siempre con diminutivos.

Mi mamá me pidió que me acercara, apenas podía hablar.

—¿En qué momento esta ciudad se convirtió en esta catástrofe?

Iba a responderle, pero ya no estaba ahí. Había caído rendida.

Fran me esperaba para llevarme al aeropuerto. Insistía en explicarme lo que iba a pasar con el cuadro. Se había puesto al frente de esa negociación porque ninguno de nosotros lo deseaba. Contactó con Ernesto, que lo recibió con los ojos inyectados, el aliento de días y días de consumo, esa habitación donde sobrevivía, apestosa a alcohol, y sus hijos sentados detrás de unos caballetes fabricando cuadros que intentaban imitar Tiempo de tormentas. Fran me contó que se habían puesto a bailar, allí delante de él, cuando les dijo que Belén devolvía el cuadro. Que hicieron llamadas y que escuchó decir en varias de ellas las palabras «comandante» y «vicepresidente». Y, también, «Altagracia». No quería oír más, pero Fran, que siempre retuvo la profesionalidad de un buen productor, insistió en darme más detalles. Cómo habían llegado hasta la Quinta Nancy aprovechando que estábamos en el hospital con mi mamá y cuidadosamente, cuidadosamente, habían desmontado el cuadro. Y al hacerlo, una sencilla hoja, un folio, no una servilleta como siempre había creído, se había desprendido. Fran me la ofreció. «Para Belén, Campamento Terremoto». No la recogí y bajé más la ventana. Miré la ciudad, la gente arremolinándose delante de los contenedores de basura, los señores huesudos, casi como mi mamá, caminando con una bolsa colgada al brazo, dentro una barra de pan y una botella de cerveza. Fran insistía en que tomara el papel. Y se le escapó de los dedos. Empezó a revolotear delante de nosotros. Fran terminó sujetándola con la boca y, molesto, la puso entre sus piernas.

—Fran, Sofía, no la he llamado. No puedo irme sin verla —dije.

—Vas a perder el avión y tu agente Morgan es una mujer muy pesada…

Aun así me llevó y prefirió esperar en su coche, dentro de la casa de Sofía. Sentí su perfume al entrar. Y también el del borscht.

—Boris, ¿qué haces aquí?

—Despedirme.

—Pero ese no es nuestro trato. No creo en las despedidas.

—Yo sí, Sofía, sobre todo ahora. Tantas cosas se han despedido de mí en los últimos días.

Hizo un gesto de comprensión.

—Hablé con mi mamá. Me despedí. Me agradeció que nunca la disfracé de señora rica como hacen los hijos gays con sus madres cuando empiezan a ganar dinero.

Sofía cambió de gesto. Me escrutó. Y empezó a reírse.

—Qué mujer, Belén —afirmó y rio un poco más—. Gabriel siempre decía eso de ella. «Creen que la conocen pero no la conocen».

—¿Hablas con él?

—Todos los días. —Sonrió—. Somos unos enamorados de Portugal. Debió aprender contigo a hablar por teléfono y hacerte sentir como si estuviera al lado. Ahora, vete. No puedes permitirte perder ese avión.

Entré en el reality y, mientras la vida se empeñaba en aferrarse a Belén, me convertí en su estrella y su mayor reclamo ante la audiencia. Morgan hablaba todos los días con los editores en España. «Que escriba esa novela sobre su madre y el reality. Que la tenga lista de una puta vez». Ok, respondí. Podía hacerla entre las pausas interminables de la vida en el reality. A los espectadores les fascinaba verme escribir porque ponía canciones y las bailaba, recordando por dentro los sábados con Gabriel.

Belén se hizo cenizas y después de su funeral, ahí estaba otra vez el Venezuelien observando el caos del aeropuerto que servía a su ciudad como retrato de todas las cosas por las que una vez se había marchado.

Un par de jóvenes se fotografiaban echadas sobre el suelo del aeropuerto, que es mucho más que un suelo, es una obra del artista cinético Carlos Cruz Diez, realizada en los años setenta, cuando aún éramos una esperanza como país. Los que se marchan ahora de Venezuela se hacen esa fotografía sobre el suelo a modo de despedida.

Nos reconocimos, o ellas me reconocieron, y les devolví el saludo con mis pulgares hacia arriba, muy americano, mientras esperaba en la fila de pasajeros. Hacía más calor porque el aire acondicionado se había roto y la gente comentaba que era una estrategia del Gobierno Bolivariano para castigar a los que le abandonaban. Otros viajeros se esmeraban en contar sus historias de secuestros, torturas, disparos a bocajarro en mitad de la calle. Las madres presentes los interrumpían recordándoles que había niños. Como de costumbre, no facturé y me dirigí hacia inmigración sosteniendo mi maleta de cuero verde, que se ha convertido en mi casa, y en seco contuve mi paso al ver una algarabía.

Altagracia Orozco intentaba abrirse paso. Mientras unos le pedían autógrafos, otros la pitaban. Se había vuelto a operar porque la piel no resistía más. Y en su rostro no se reflejaba ninguna emoción. Quería evitar que me viera. Me escondí detrás de una columna. Unos obreros portaban una inmensa caja rectangular y Altagracia hacía maniobras para que la gente la permitiera llegar hasta facturación. La caja tenía las dimensiones de albergar un cuadro. Tiempo de tormentas. Iba a llevárselo con ella. Lo habría concertado, elaborado con Ernesto. Pasó tan rápido, fue tan cruel. Ella lo habría dispuesto todo, años atrás. Quizás desde ese encuentro en Madrid. Aproximarse a Ernesto, plantarlo de nuevo en nuestra proximidad exigiendo y exigiendo que devolviéramos el cuadro. Para quedárselo ella. Y sacarlo del país. Venderlo en dólares o euros.

¿Habría tenido la delicadeza de esperar a que Belén fuera cenizas para hacerlo? Ella, que en aquella entrevista en su programa me había dicho que no recordaba el cuadro. Igual que Gerardo. Mentiras, todo lo que son, todo lo que habían conseguido, mentiras. Pero muy ciertas, tan reales como el poder del que gozaban en el país. Los malos siempre ganan. Y se ríen de nosotros como siempre hacen los nuevos dueños.

La caja no se movía con facilidad, no conseguía esquivar a la gente que insistía en acorralar a Altagracia. «¿Qué hay dentro? Se están robando nuestro país», empezaron a increpar mientras Altagracia se escudaba tras los guardias. Los que gritaban llegaron hasta la caja, la empujaron, la derribaron y se abrió la tapa. Asomó una esquina del cuadro. Y de su interior salieron unas canicas. Las canicas de Ernesto, que yo había guardado allí. Su aparición contuvo a la multitud. Altagracia se quedó inmóvil tras sus guardaespaldas. Rodaron por el suelo cinético. Seguían vociferando contra Altagracia. Me agaché a recoger las canicas y ponerlas en mi equipaje. Caminé encima del suelo de rayas multicolores descubriendo que todos ellos, los que llevaba encima y los que adornaban el suelo, combinaban.

ÍNDICE

Primera parte
CARACAS

Segunda parte
ANIMAL DE FRIVOLIDAD

Tercera parte
BELLE ÉPOQUE

Cuarta parte
DISIPACIÓN